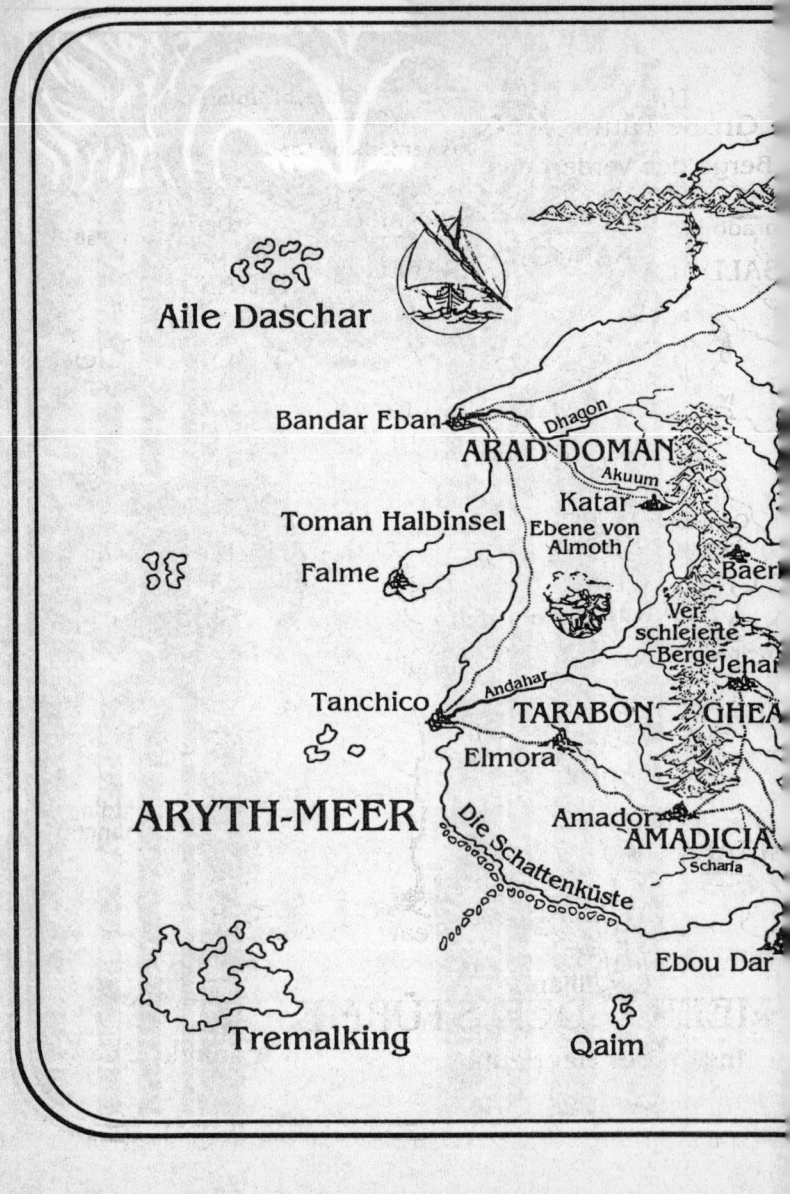

Aile Daschar

Bandar Eban

ARAD DOMAN

Dhagon

Akuum

Katar

Toman Halbinsel

Ebene von Almoth

Falme

Baer

Ver-
schleierte
Berge

Jehar

Tanchico

Andahar

TARABON

GHEA

Elmora

ARYTH-MEER

Die Schattenküste

Amador

AMADICIA

Scharla

Ebou Dar

Tremalking

Qaim

INHALT

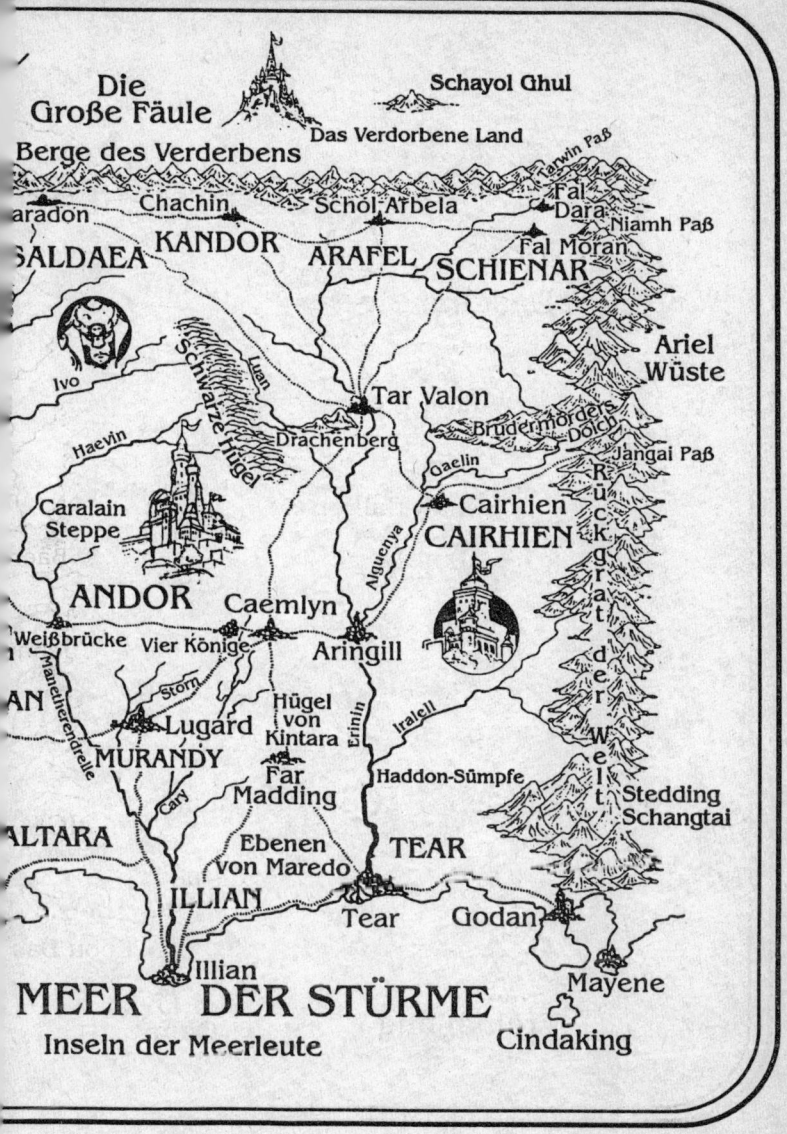

KAPITEL 1

Neue Freunde
und alte Feinde

E gwene folgte der Aufgenommenen durch die Säle
der Weißen Burg. Gobelins und Gemälde bedeckten
Wände, die genauso weiß waren wie die Außenmauern
der Burg. Der Fußboden war mit gemusterten Platten
ausgelegt. Das weiße Kleid der Aufgenommenen sah
genauso aus wie ihres; nur am Saum und an den Man-
schetten befanden sich jeweils sieben dünne Farbbän-
der. Egwene runzelte die Stirn, als sie das Kleid betrachtete. Seit gestern trug auch Nynaeve das Kleid der Aufgenommenen, aber sie schien daran keine Freude zu haben, so wenig wie an dem goldenen Ring — einer
Schlange, die den eigenen Schwanz fraß —, der ihren Rang anzeigte. Egwene hatte die Seherin nur ein
paarmal getroffen, doch über Nynaeves Augen schien
ein Schatten zu liegen, als habe sie Dinge gesehen,
die sie von ganzem Herzen ungesehen zu machen
wünsche.

»Hier herein«, sagte die Aufgenommene kurz angebunden und deutete auf eine Tür. Sie hieß Pedra und
war eine kleine drahtige Frau, ein wenig älter als Nynaeve, und ihre Stimme klang immer so kurz angebunden. »Euch sei diese Freizeit gestattet, weil es Euer erster Tag hier ist, aber ich erwarte Euch in der Spülküche,
sobald der Gong die Hohe Stunde schlägt, und keinen
Augenblick später.«

Egwene knickste und streckte dem Rücken der Da-
vonschreitenden die Zunge hinaus. Es war vielleicht nur
einen Abend her, daß Sheriam ihren Namen endlich in

11

das Novizinnenregister eingetragen hatte, aber sie war sich bereits darüber im klaren, daß sie Pedra nicht leiden konnte. Sie drückte die Tür auf und trat ein.

Das Zimmer war einfach und klein und hatte weißgetünchte Wände. Drinnen befand sich eine junge Frau mit rotgoldenem, bis auf die Schultern herunterhängendem Haar, die auf einer der beiden harten Bänke saß. Der Fußboden war kahl; Novizinnen hatten nicht viel Verwendung für Zimmer mit Teppichen. Das Mädchen war ungefähr in ihrem Alter, doch es lagen eine solche Würde und Selbstsicherheit in seiner Haltung, daß es älter wirkte. An ihr sah das einfach geschnittene Kleid der Novizinnen wie eine Robe aus. Elegant. Ja, das war es.

»Ich heiße Elayne«, sagte sie. Sie hielt den Kopf schräg und musterte Egwene. »Und du bist Egwene. Aus Emondsfeld in den Zwei Flüssen.« Sie sagte das, als habe es eine besondere Bedeutung, fuhr aber sogleich fort: »Einer neuen Novizin wird immer ein paar Tage lang eine Novizin beigegeben, die schon eine Weile hier ist, um ihr beim Zurechtfinden behilflich zu sein. Setz dich bitte.«

Egwene setzte sich auf die Bank Elayne gegenüber. »Ich dachte, jetzt, da ich endlich Novizin bin, würde ich von Aes Sedai unterrichtet. Aber bisher hat mich nur Pedra gute zwei Stunden vor Tagesanbruch geweckt und die Flure fegen lassen. Sie sagt, nach dem Essen müsse ich helfen, das Geschirr abzuwaschen.«

Elayne verzog das Gesicht. »Ich hasse das Abspülen. Ich mußte das nie ... Na ja, es spielt keine Rolle. Du wirst unterrichtet. Von jetzt an wirst du um diese Zeit jeden Tag im Unterricht sein. Vom Frühstück bis zur Hohen Stunde und dann wieder vom Mittagessen bis zur Drittstunde. Wenn du besonders schnell oder besonders langsam lernst, dann geht es vielleicht nach dem Abendessen noch weiter bis zur Vollen Stunde, aber normalerweise mußt du zu der Zeit noch mehr

Haushaltsarbeiten erledigen.« Elaynes blaue Augen blickten nachdenklich drein. »Du wurdest mit dem Talent geboren, nicht wahr?« Egwene nickte. »Ja, ich fühlte es. Bei mir war es genauso. Es war auch angeboren. Sei nicht enttäuscht, wenn du es nicht bemerkt hast. Du wirst noch lernen, das Talent anderer Frauen zu fühlen. Ich hatte den Vorteil, in der Nähe einer Aes Sedai aufzuwachsen.«

Egwene wollte schon danach fragen — *Wer wächst schon in der Nähe einer Aes Sedai auf?* —, aber Elayne sprach weiter: »Und sei auch nicht enttäuscht, wenn es einige Zeit dauert, bevor du etwas zustande bringst. Mit der Einen Macht, meine ich. Selbst die einfachsten Sachen brauchen ein wenig Zeit. Geduld ist eine Tugend, die man lernen muß.« Ihre Nase krauste sich ein wenig. »Sheriam Sedai sagt das immer, und sie tut ihr Bestes, damit wir das alle lernen. Versuch zu rennen, wenn sie sagt, du sollst gehen, und sie hat dich einen Wimpernschlag später schon in ihrem Büro.«

»Ich habe auch schon ein paar Lektionen erhalten«, sagte Egwene und bemühte sich, bescheiden zu klingen. Sie öffnete sich *Saidar* — das war mittlerweile leichter geworden — und fühlte, wie die Wärme ihren Körper durchdrang. Sie beschloß, das Größte zu versuchen, was sie bisher gelernt hatte. Sie streckte die Hand aus, und über ihr formte sich eine glühende Kugel aus purem Licht. Sie flackerte — sie brachte es noch nicht fertig, das Licht stetig zu halten —, aber sie war immerhin da.

Ruhig streckte auch Elayne die Hand aus, und über der Handfläche erschien eine Lichtkugel. Auch sie flackerte.

Einen Moment später nahm Egwene einen schwachen Lichtschein um Elayne herum wahr. Sie schnappte nach Luft, und ihre Lichtkugel verschwand.

Elayne kicherte, und auch ihr Licht erlosch, sowohl die Kugel als auch der Schein rundum. »Du hast es gesehen, dieses Licht, das mich umgab?« fragte sie aufgeregt. »Ich habe es bei dir gesehen. Sheriam Sedai sagt, das käme früher oder später. Aber dies war das erste Mal. Bei dir auch?«

Egwene nickte und schloß sich dem Lachen des anderen Mädchens an. »Du gefällst mir, Elayne. Ich glaube, wir werden Freundinnen.«

»Das glaube ich auch, Egwene. Du kommst von den Zwei Flüssen, aus Emondsfeld. Kennst du da einen Jungen namens Rand al'Thor?«

»Ich kenne ihn.« Plötzlich fiel Egwene eine Geschichte ein, die Rand erzählt und die sie nicht geglaubt hatte, wie er von einer Gartenmauer gefallen war und dort . . . »Du bist die Tochter-Erbin von Andor«, japste sie.

»Ja«, sagte Elayne schlicht und einfach. »Wenn Sheriam Sedai hört, daß ich das auch nur erwähne, wäre ich wahrscheinlich schon in ihrem Büro, bevor ich noch ausgesprochen hätte.«

»Jede redet davon, in Sheriams Büro gerufen zu werden. Sogar die Aufgenommenen. Schimpft sie so schlimm? Sie scheint mir so freundlich.«

Elayne zögerte, und als sie dann sprach, klang es bedächtig. Sie sah Egwene dabei nicht an. »Sie hat eine Weidenrute auf ihrem Schreibtisch. Sie sagt, wenn du nicht auf anständige Weise lernst, dich an die Regeln zu halten, dann lehrt sie es dich auf andere Art. Es gibt so viele Vorschriften für Novizinnen, da ist es schwer, keine davon zu übertreten«, endete sie.

»Aber das ist ja — fürchterlich! Ich bin kein Kind und du auch nicht. Ich lasse mich doch nicht als Kind behandeln.«

»Aber wir sind Kinder. Die Aes Sedai, die vollen Schwesternstatus haben, das sind die erwachsenen Frauen. Die Aufgenommenen sind die jungen Frauen, gerade alt genug, daß ihnen nicht die ganze Zeit jemand über die Schulter gucken muß. Und die Novizinnen sind die Kinder, die beschützt und versorgt werden, die zum Ziel geleitet werden müssen und die man bestraft, wenn sie unartig waren. So erklärt es Sheriam Sedai. Niemand wird dich deines Unterrichts wegen bestrafen, außer du versuchst etwas, das man dir verboten hat. Manchmal ist es schwer, nichts auszuprobieren. Du wirst feststellen, daß du die Macht benützen willst, genauso selbstverständlich, wie du atmest. Aber wenn du zu viele Teller zerbrichst, weil du träumst, anstatt abzuwaschen, oder wenn du einer Aufgenommenen nicht den nötigen Respekt zollst oder die Burg ohne Erlaubnis verläßt, oder eine Aes Sedai ansprichst, bevor sie dich anspricht, oder ... Du kannst eben nur dein Bestes geben. Etwas anderes zählt nicht.«

»Das klingt fast so, als ob wir uns wünschen sollen, von hier wegzugehen«, protestierte Egwene.

»Das nicht — aber auf gewisse Weise vielleicht doch. Egwene, es gibt nur vierzig Novizinnen in der Burg. Nur vierzig, und höchstens sieben oder acht werden schließlich Aufgenommene. Das sind einfach nicht genug, sagt Sheriam Sedai. Sie sagt, es gibt jetzt schon nicht genug Aes Sedai, um die Aufgaben zu erfüllen, die erfüllt werden müssen. Aber die Burg kann und wird ihre Ansprüche nicht zurückschrauben. Die Aes Sedai können keine Frau zur Schwester machen, der die Fähigkeiten und die Kraft und der Wille fehlen. Sie können den Ring und die Stola keiner verleihen, die die Macht nicht genügend sicher beherrscht oder die sich einschüchtern läßt, oder die umkehrt, sobald Schwierigkeiten auftauchen. Unterricht und Prüfungen schulen das Talent, und was die Kraft und den Willen betrifft ... Na ja, wenn du gehen willst, lassen sie dich gehen. Sobald du genug weißt, daß du dort draußen nicht gerade an deiner Unwissenheit scheiterst.«

»Ja«, sagte Egwene bedächtig, »Sheriam hat uns etwas Ähnliches erzählt. Ich habe allerdings nie daran gedacht, daß es zu wenig Aes Sedai geben könnte.«

»Sie hat eine Theorie. Wir haben die Menschheit zu

sehr ausgelesen. Weißt du, was damit gemeint ist? Wenn man alle jene Tiere aus der Herde ausschließt, die unerwünschte Eigenschaften zeigen.« Egwene nickte ungeduldig. Niemand wuchs in einem Schafzuchtgebiet auf und wußte nichts von Ausleseverfahren. »Sheriam Sedai sagt, nachdem die Roten Ajah dreitausend Jahre lang Männer mit der Fähigkeit, die Macht zu gebrauchen, verfolgt haben, züchten wir diese Fähigkeit in uns allen zurück. Sie verschwindet langsam. Ich würde das allerdings nicht in der Nähe einer Roten äußern, wenn ich du wäre. Sheriam Sedai hat so manche Auseinandersetzung mit ihnen gehabt, und wir sind nur Novizinnen.«

»Das werde ich bestimmt nicht tun.«

Elayne schwieg und fragte dann: »Geht es Rand gut?«

Egwene fühlte einen plötzlichen Stich, einen Anfall von Eifersucht — Elayne war sehr hübsch —, aber er wurde überlagert von einem noch stärkeren Angstgefühl. Sie überflog im Geist noch einmal das wenige, was sie über Rands Zusammentreffen mit der Tochter-Erbin wußte, und sie beruhigte sich: Elayne konnte auf keinen Fall wissen, daß Rand die Macht benutzte.

»Egwene?«

»Es geht ihm den Umständen entsprechend gut.« *Ich hoffe, es geht ihm wirklich gut, dem wollköpfigen Narren.* »Als ich ihn zuletzt sah, ritt er mit einigen schienarischen Soldaten weg.«

»Schienarer! Und er sagte mir, er sei Schafhirte.« Sie schüttelte den Kopf. »Ich merke, daß ich zu den unmöglichsten Zeiten an ihn denke. Elaida hält ihn auch auf irgendeine Art für wichtig. Sie hat das nicht direkt gesagt, aber sie ließ nach ihm suchen und war wütend, als sie hörte, daß er Caemlyn verlassen hatte.«

»Elaida?«

»Elaida Sedai. Die Ratgeberin meiner Mutter. Sie ist eine Rote, aber trotzdem scheint Mutter sie zu mögen.«

Egwenes Mund war ziemlich trocken. *Rote Ajah —*

und an Rand interessiert. »Ich — ich weiß nicht, wo er sich jetzt befindet. Er hat Schienar verlassen, und ich glaube nicht, daß er zurückkehren wollte.«

Elayne warf Egwene einen beruhigenden Blick zu. »Ich würde Elaida nicht sagen, wo er ist, auch wenn ich es wüßte, Egwene. Er hat meines Wissens nichts Böses getan, und ich fürchte, sie will ihn auf irgendeine Art benutzen. Außerdem habe ich sie seit dem Tag unserer Ankunft hier nicht mehr gesehen. Wir hatten Weißmäntel auf den Fersen. Sie lagern immer noch am Abhang des Drachenbergs.« Plötzlich sprang sie auf. »Laß uns von schöneren Dingen reden! Es sind noch zwei andere hier, die Rand kennen, und ich würde dich einer davon gern vorstellen.« Sie nahm Egwenes Hand und zog sie aus dem Zimmer.

»Zwei Mädchen? Rand scheint eine Menge Mädchen zu treffen.«

»Mmmmm?« Elayne zog Egwene noch weiter durch den Korridor, musterte sie aber dabei eingehend. »Ja. Na ja. Eine von ihnen ist eine faule Schlampe namens Else Grinwell. Ich glaube nicht, daß sie lange hierbleibt. Sie vernachlässigt ihre Pflichten und stiehlt sich immer fort, um den Behütern beim Üben mit ihren Schwertern zuzusehen. Sie behauptet, Rand sei mit einem Freund zum Hof ihres Vaters gekommen. Mat. Es scheint, sie haben ihr in bezug auf die Welt außerhalb ihres Dorfs einen Floh ins Ohr gesetzt, und so rannte sie weg, um Aes Sedai zu werden.«

»Männer«, murmelte Egwene. »Ich tanze ein paarmal mit einem netten Jungen, und Rand läuft herum, als habe er Zahnschmerzen, aber er ...« Sie brach ab, als vor ihnen ein Mann in den Gang trat. Neben ihr blieb auch Elayne stehen, und ihre Hand faßte die Egwenes fester.

Abgesehen von seinem plötzlichen Auftreten war nichts Bedrohliches an ihm. Er war groß und gutaussehend, von beinahe schon mittlerem Alter und trug sein dunkles lockiges Haar lang. Doch seine Schultern hingen herab, und in seinem Blick lag Trauer. Er bewegte sich nicht auf Egwene und Elayne zu, sondern stand einfach nur da und sah sie an, bis eine der Aufgenommenen hinter ihm erschien.

»Ihr solltet nicht hier drinnen sein«, sagte sie nicht unfreundlich zu ihm.

»Ich wollte spazierengehen.« Seine Stimme war tief und genauso traurig wie seine Augen.

»Ihr könnt draußen im Garten spazierengehen, wo Ihr Euch aufhalten solltet. Der Sonnenschein wird Euch guttun.«

Der Mann lachte bitter auf. »Wo zwei oder drei von Euch jede meiner Bewegungen beobachten? Ihr habt doch nur Angst, daß ich ein Messer finden könnte.« Der Blick in den Augen der Aufgenommenen brachte ihn erneut zum Lachen. »Für mich selbst, Frau. Für mich. Führt mich in Euren Garten und zu Euren wachenden Augen.«

Die Aufgenommene berührte leicht seinen Arm und führte ihn weg.

»Logain«, sagte Elayne, als er weg war. »Der falsche Drache!«

»Er wurde der Dämpfung unterzogen, Egwene. Jetzt ist er nicht gefährlicher als jeder andere Mann. Aber ich erinnere mich daran — als ich ihn vorher sah —, daß sechs Aes Sedai nötig waren, um ihn davon abzuhalten, die Macht zu benützen und uns alle zu zerstören.« Sie schauderte.

Egwene überlief es auch kalt. Das also würden die Roten auch mit Rand machen.

»Müssen sie eigentlich immer der Dämpfung unterzogen werden?« fragte sie. Elayne sah sie mit offenem Mund an, und so fügte sie schnell hinzu: »Ich denke nur, daß die Aes Sedai einen anderen Weg finden könnten, mit ihnen umzugehen. Anaiya und Moiraine sagten, daß die größten Werke im Zeitalter der Legenden von Männern und Frauen gemeinsam mit Hilfe der

18

Macht geschaffen wurden. Ich dachte mir daher, sie würden versuchen, wieder einen Weg in diese Richtung zu finden.«

»Also, laß das bitte keine Rote Schwester hören, auch wenn du nur laut denkst. Egwene, sie haben es versucht. Dreihundert Jahre lang, nachdem die Weiße Burg erbaut war, haben sie es versucht. Sie gaben es auf, weil sie keinen Erfolg hatten. Komm weiter. Ich möchte dir Min vorstellen. Aber — dem Licht sei Dank — nicht in dem Garten, in dem Logain spazierengeht.«

Der Name kam Egwene irgendwie bekannt vor, und als sie die junge Frau sah, wußte sie auch, warum. Ein schmaler Bach floß durch den Garten, mit einer niedrigen Steinbrücke darüber, und auf der Seitenmauer der Brücke saß Min mit übergeschlagenen Beinen. Sie trug hautenge Männerhosen und ein weites Hemd, und da ihr dunkles Haar kurzgeschnitten war, konnte man sie beinahe für einen Jungen halten, allerdings für einen ungewöhnlich hübschen. Neben ihr auf der Brüstung lag ein grauer Mantel.

»Ich kenne dich«, sagte Egwene. »Du hast in der Schenke in Baerlon gearbeitet.« Eine leichte Brise kräuselte das Wasser unter der Brücke zu kleinen Wellen, und in den Bäumen des Gartens sangen die Graufinken.

Min lächelte. »Und du warst eine von denen, die uns die Schattenfreunde auf den Hals schickten, die die Schenke niederbrannten. Nein, mach dir keine Gedanken. Der Bote, der mich holen kam, brachte genug Gold mit, so daß Meister Fitch sie doppelt so groß wieder aufbaut. Guten Morgen, Elayne. Schwitzt du nicht über deinen Lektionen? Oder über einem Stapel Töpfen?« Sie sagte es neckend, wie unter Freundinnen, was durch Elaynes Lächeln bestätigt wurde.

»Ich sehe, daß es Sheriam noch nicht fertiggebracht hat, dich in ein Kleid zu stecken.«

Mins Lachen klang frech. »Ich bin keine Novizin.« Sie sprach mit übertrieben kieksiger Stimme. »Ja, Aes Sedai. Nein, Aes Sedai. Kann ich noch den Fußboden kehren, Aes Sedai? Ich«, sagte sie wieder mit ihrer normalen leisen Stimme, »ziehe mich so an, wie ich will.« Sie wandte sich Egwene zu. »Geht es Rand gut?«

Egwenes Mundpartie straffte sich. *Er sollte die Hörner eines Hammels tragen wie ein Trolloc*, dachte sie verärgert. »Es tut mir leid, daß eure Schenke abbrannte, und ich bin froh, wenn Meister Fitch sie wieder aufbaut. Warum bist du nach Tar Valon gekommen? Es ist ja klar, daß du keine Aes Sedai werden willst.« Min zog eine Augenbraue hoch. Egwene war sicher, daß sie sich amüsierte.

»Sie mag ihn«, erklärte Elayne.

»Ich weiß.« Min sah Egwene an, und für einen Augenblick glaubte Egwene, Traurigkeit — oder Bedauern? — in ihrem Blick zu entdecken. »Ich bin hier«, sagte Min vorsichtig, »weil man nach mir geschickt hat und mir die Wahl ließ, entweder herzureiten oder in einem Sack gebunden abtransportiert zu werden.«

»Du übertreibst wie immer«, sagte Elayne. »Sheriam Sedai sah den Brief, und sie sagt, es sei eine Bitte gewesen. Min kann Sachen sehen, Egwene. Deshalb ist sie hier: damit die Aes Sedai herausfinden, wie sie das bewerkstelligt. Es ist nicht mit Hilfe der Macht.«

»Eine Bitte!« schnaubte Min. »Wenn eine Aes Sedai deine Anwesenheit fordert, dann ist das wie der Befehl einer Königin, die hundert Soldaten ausschickt, um ihn zu vollstrecken.«

»Jeder sieht Sachen«, sagte Egwene.

Elayne schüttelte den Kopf. »Nicht so wie Min. Sie sieht ... eine Aura ... um einen Menschen herum. Und Bilder.«

»Nicht immer«, warf Min ein. »Und nicht bei jedem.«

»Und sie kann daraus Dinge über dich herauslesen, obwohl ich nicht sicher bin, daß sie immer die Wahrheit sagt. Sie sagte, ich würde meinen Mann mit zwei anderen Frauen teilen, und das würde ich nie hinnehmen.

Sie lacht nur und sagt, sie habe auch eine andere Vorstellung von der Ehe gehabt. Aber sie sagt auch, ich würde einmal Königin, bevor sie wußte, wer ich war. Sie behauptet, sie habe eine Krone gesehen, und es sei die Rosenkrone von Andor gewesen.«

Unwillkürlich fragte Egwene: »Was siehst du, wenn du mich anblickst?«

Min sah sie an. »Eine weiße Flamme und ... Ach, alle möglichen Sachen. Ich weiß nicht, was es bedeutet.«

»Das sagt sie ziemlich oft«, meinte Elayne trocken. »Eines der Dinge, die sie bei mir gesehen haben will, ist eine abgeschlagene Hand. Nicht meine, sagt sie. Und sie behauptet auch hierbei, sie wisse nicht, was es bedeutet.«

»Weil ich es nicht weiß«, beharrte Min. »Ich weiß bei der Hälfte aller Dinge nicht, was sie bedeuten.«

Das Knirschen von Stiefeln auf dem Gartenweg schreckte sie auf. Zwei junge Männer kamen auf sie zu. Sie trugen die Hemden und Mäntel über dem Arm, so daß man ihre verschwitzten Oberkörper sah, und in den Händen hielten sie Schwerter, die in ihren Scheiden steckten. Egwene sah sich plötzlich dem bestaussehenden Mann gegenüber, den sie je erblickt hatte. Er war hochgewachsen und schlank, machte dabei einen harten Eindruck und bewegte sich mit der Grazie einer Raubkatze. Ihr wurde plötzlich klar, daß er sich über ihre Hand beugte — sie hatte noch nicht einmal bemerkt, daß er ihre Hand genommen hatte —, und sie suchte im Geist nach dem Namen, den sie gehört hatte.

»Galad«, murmelte sie. Seine dunklen Augen blickten in ihre Augen. Er war älter als sie. Älter als Rand. Beim Gedanken an Rand zuckte sie zusammen und fing sich wieder.

»Und ich bin Gawyn« — der andere junge Mann grinste offen —, »da ich nicht glaube, daß Ihr beim erstenmal hingehört habt.« Min lächelte auch, und nur Elayne runzelte die Stirn.

Egwene erinnerte sich plötzlich an ihre Hand, die Galad immer noch hielt, und sie zog sie zurück.

»Falls es Eure Pflichten gestatten«, sagte Galad, »sähe ich Euch gern wieder, Egwene. Wir könnten spazierengehen oder, falls Ihr die Erlaubnis bekommt, die Burg zu verlassen, könnten wir außerhalb der Stadt ein Picknick machen.«

»Das — das wäre nett.« Min und Gawyn lächelten immer noch spöttisch, und Elayne trug ein finsteres Gesicht zur Schau. So bemühte sie sich, an Rand zu denken, um wieder Ruhe zu finden. *Er ist so ... schön.* Sie fuhr zusammen, weil sie schon befürchtete, laut gesprochen zu haben.

»Bis dann.« Galad sah endlich weg. Er verbeugte sich vor Elayne. »Schwester.« Geschmeidig wie eine Klinge schlenderte er über die Brücke davon. »Der da«, murmelte Min, die ihm nachblickte, »wird immer das tun, was richtig ist, ganz gleichgültig, wen er damit auch verletzt.«

»Schwester?« fragte Egwene. Elaynes finstere Miene hatte sich nur wenig erhellt. »Ich dachte, er sei dein ... Ich meine, so finster, wie du dreinschaust ...« Sie hatte geglaubt, Elayne sei eifersüchtig, und war sich auch jetzt nicht sicher.

»Ich bin nicht seine Schwester«, sagte Elayne mit fester Stimme. »Ich weigere mich, seine Schwester zu sein.«

»Unser Vater war auch sein Vater«, sagte Gawyn trocken. »Das kannst du nicht leugnen, es sei denn, du willst unsere Mutter eine Lügnerin nennen, und dazu gehört denn doch mehr Unverfrorenheit, als wir zusammen besitzen.«

Erst jetzt bemerkte Egwene, daß er das gleiche rotgoldene Haar hatte wie Elayne, wenn auch vom Schweiß dunkel und verklebt.

»Min hat recht«, sagte Elayne. »Galad hat auch nicht die geringsten menschlichen Züge an sich. Er stellt das

Recht über die Gnade, über das Mitleid und ... Er ist nicht menschlicher als ein Trolloc.«

Gawyns Lächeln kehrte zurück. »Ich weiß nicht. Wenn ich daran denke, wie er Egwene angesehen hat ...«

Er fing sich von ihr und seiner Schwester entsprechende Blicke ein und riß rasch die Hände hoch, als wolle er sich mit seinem in der Scheide steckenden Schwert schützen. »Außerdem hat er ein Geschick mit dem Schwert, wie ich es noch nie gesehen habe. Die Behüter müssen ihm alles nur ein einziges Mal zeigen, und er kann es schon. Ich schwitze mich beinahe zu Tode, um halb soviel zu lernen, wie Galad wie von selbst zufliegt.«

»Und es genügt, mit einem Schwert gut umgehen zu können?« schnaubte Elayne. »Männer! Egwene, wie du bemerkt haben dürftest, ist dieser schandbar unbekleidete Tolpatsch mein Bruder. Gawyn, Egwene kennt Rand al'Thor. Sie kommt aus dem gleichen Dorf.«

»Tatsächlich? Wurde er wirklich in den Zwei Flüssen geboren, Egwene?«

Egwene zwang sich, ruhig zu nicken. *Wieviel weiß er?* »Natürlich. Ich bin mit ihm aufgewachsen.«

»Klar«, meinte Gawyn bedächtig. »Was für ein eigenartiger Bursche. Schafhirte sei er, hat er behauptet, aber er sah nicht aus und handelte auch nicht wie ein Schafhirte. Eigenartig. Ich habe alle möglichen Leute kennengelernt, und sie wiederum haben Rand al'Thor irgendwann einmal getroffen. Einige kennen nicht einmal seinen Namen, aber der Beschreibung nach kann es kein anderer gewesen sein, und er hat das Leben jedes einzelnen verändert. Da gab es einen alten Bauern, der nach Caemlyn kam, nur um Logain auf seinem Weg hierher zu sehen. Und doch blieb der Bauer und stand auf Mutters Seite, als die Unruhen ausbrachen. Und warum? Weil ein junger Mann auf dem Weg in die weite Welt ihn davon überzeugte, daß das Leben mehr zu bieten hat als einen Bauernhof. Rand al'Thor. Man könnte beinahe glauben, er sei *Ta'veren*. Elaida ist ganz offensichtlich an ihm interessiert. Ich frage mich, ob das Zusammentreffen mit ihm auch unsere Leben im Muster verschieben wird.«

Egwene sah Elayne und Min an. Sie hatten bestimmt keinen Hinweis darauf, daß Rand wirklich *Ta'veren* war. Sie selbst hatte eigentlich nie darüber nachgedacht; er war eben Rand und war mit dem Talent verflucht, die Macht lenken zu können. Aber *Ta'veren* beeinflußten das Schicksal anderer Menschen, ob diese das wollten oder nicht. »Ich mag euch wirklich«, sagte sie plötzlich und schloß beide Mädchen mit ein. »Ich möchte eure Freundin sein.«

»Und ich möchte deine Freundin sein«, sagte Elayne.

Impulsiv nahm Egwene sie in die Arme, und dann hüpfte Min herunter, und so standen sie alle drei auf der Brücke und umarmten sich gegenseitig.

»Uns drei verbindet tatsächlich einiges«, sagte Min, »und wir lassen keinen Mann zwischen uns treten. Nicht einmal ihn.«

»Wäre eine von euch vielleicht so nett, mir zu erklären, was das alles soll?« bohrte Gawyn sanft.

»Das kannst du nicht verstehen«, sagte seine Schwester, und dann schüttelten sich die drei Mädchen vor Kichern.

Gawyn kratzte sich am Kopf und schüttelte ihn anschließend. »Also, wenn es etwas mit Rand al'Thor zu tun hat, dann vergewissert euch bitte, daß Elaida nichts davon erfährt. Sie hat mich dreimal seit unserer Ankunft wie ein Folterknecht der Weißmäntel verhört. Ich glaube nicht, daß sie ihm wohl …« Er fuhr zusammen. Eine Frau kam durch den Garten geschritten; eine Frau, die eine Stola mit roten Fransen trug. »Nenn den Dunklen König beim Namen«, zitierte er, »und er erscheint. Ich brauche keinen weiteren Vortrag darüber, daß ich mein Hemd anziehen soll, wenn ich mich außerhalb des

Übungsgeländes befinde. Einen guten Morgen euch allen.«

Elaida sah dem sich entfernenden Gawyn nach, als sie die Brücke erreichte. Sie ist zwar nicht schön, sieht aber doch ganz passabel aus, dachte sich Egwene. Doch das alterslose Aussehen zeigte genau wie die Stola, wer sie war. Nur den ganz neuen Schwestern sah man das noch nicht an. Als ihr Blick Egwene streifte und einen Moment an ihr hängenblieb, bemerkte Egwene plötzlich eine innere Härte an der Aes Sedai. Sie hatte Moiraine schon immer für stark gehalten, wie Stahl unter Seide, aber bei Elaida war die Seide nicht mehr vorhanden.

»Elaida«, sagte Elayne, »das ist Egwene. Auch sie wurde mit dem Talent geboren. Und sie hat auch schon Unterricht erhalten, deshalb ist sie ungefähr so weit wie ich. Elaida?«

Das Gesicht der Aes Sedai war ausdruckslos. »In Caemlyn, Kind, bin ich die Ratgeberin deiner Mutter, der Königin, aber hier befinden wir uns in der Weißen Burg, und du bist Novizin.« Min machte Anstalten zu gehen, aber Elaida hielt sie zurück mit den scharfen Worten: »Bleib hier, Mädchen! Ich will mit dir reden.«

»Ich kenne dich mein ganzes Leben lang, Elaida«, sagte Elayne ungläubig. »Du hast mich aufwachsen sehen und den Garten im Winter zum Blühen gebracht, damit ich darin spielen konnte.«

»Kind, dort warst du die Tochter-Erbin. Hier bist du eine Novizin. Das mußt du begreifen. Eines Tages wirst du groß sein, aber bis dahin mußt du viel lernen!«

»Ja, Aes Sedai.«

Egwene war erstaunt. Wenn sie jemand vor anderen so heruntergeputzt hätte, wäre sie wütend gewesen.

»Jetzt fort mit euch beiden!« Ein Gong ertönte mit vollem schönen Klang, und Elaida hielt den Kopf schief. Die Sonne stand auf halbem Weg zu ihrem Höchststand. »Die Hohe Stunde«, sagte Elaida. »Ihr müßt euch beeilen, wenn ihr nicht noch mehr Schelte einstecken wollt. Und, Elayne? Geh nach der Arbeit ins Büro der Oberin. Eine Novizin spricht keine Aes Sedai ungebeten an. Lauft, ihr beiden! Ihr werdet zu spät kommen. Lauft!«

Sie hoben ihre Röcke und rannten los. Egwene betrachtete Elayne während des Rennens. Auf Elaynes Wangen zeigten sich zwei rote Flecke, und ihr Blick war sehr entschlossen.

»Ich werde auch eine Aes Sedai«, sagte Elayne leise, und es klang wie eine Drohung.

Hinter ihnen hörte Egwene Elaida beginnen: »Man hat mir zu verstehen gegeben, Mädchen, daß Ihr von Moiraine Sedai hierhergebracht wurdet.«

Sie wäre gern geblieben und hätte gelauscht, um zu erfahren, ob Elaida sie über Rand aushorchen wollte, aber durch die ganze Burg hallte der Gongschlag zur Hohen Stunde, und sie mußte mit ihrer Arbeit beginnen. So lief sie dem Befehl entsprechend weiter.

»Ich werde auch eine Aes Sedai«, grollte sie. Elayne lächelte ihr kurz und verständnisvoll zu, und sie liefen noch schneller.

Mins Hemd klebte ihr am Körper, als sie schließlich die Brücke verließ. Es war kein durch die Sonne hervorgerufener Schweiß, sondern rührte von der Hitze der Fragen Elaidas her. Sie sah sich um, weil sie nicht sicher war, ob die Aes Sedai ihr folgte, aber Elaida war nirgends zu sehen.

Woher wußte Elaida, daß Moiraine sie herbeigerufen hatte? Min war sicher gewesen, daß dieses Geheimnis allein ihr selbst, Moiraine und Sheriam bekannt sei. Und dann all die Fragen über Rand. Es war nicht leicht gewesen, mit glattem Gesicht und stetigem Blick einer Aes Sedai ins Gesicht zu lügen, sie habe nie von ihm gehört und wisse nichts über ihn. *Was will sie von ihm? Licht, was will eigentlich Moiraine von ihm? Was ist er? Licht, ich will keinen Mann lieben, den ich nur einmal gese-*

hen habe, und dann auch noch einen Bauernjungen! »Moiraine, das Licht blende dich«, knurrte sie. »Wozu du mich auch hierhergebracht hast, komm jetzt aus deinem Versteck und sag es mir, damit ich wieder gehen kann!«

Die einzige Antwort war das süße Lied der Graufinken. Sie verzog ihr Gesicht und ging weg, um sich irgendeinen Fleck zum Abkühlen zu suchen.

KAPITEL 2

Cairhien

Die Stadt Cairhien erstreckte sich über mehrere Hügel zum Alguenya-Fluß hin. Rand sah sie zum erstenmal von den Hügeln im Norden aus, im Schein der Mittagssonne. Elricain Tavolin und die fünfzig Soldaten kamen ihm immer noch wie eine Bewachung vor — vor allem seit sie den Gaelin auf der einzigen Brücke überquert hatten. Je weiter nach Süden sie ritten, desto strenger blickten sie drein. Aber Loial und Hurin kümmerten sich nicht darum, also bemühte er sich ebenfalls, sie zu ignorieren. Er betrachtete die Stadt. Sie war ebenso groß wie die größten, die er bisher erblickt hatte. Dickbauchige Schiffe und breite Lastkähne füllten den Fluß, und auf dem gegenüberliegenden Ufer standen viele große Getreidesilos. Cairhien selbst schien hinter seinen hohen, grauen Mauern nach einem präzisen Plan erbaut. Die Mauern bildeten ein genaues Quadrat, dessen eine Seite sich genau am Fluß entlangzog. Nach einem ebenso genauen Muster erhoben sich hinter der Mauer Türme. Sie ragten um mehr als das Zwanzigfache der Mauerhöhe aus der Stadt heraus, und sogar von den fernen Hügeln aus konnte Rand erkennen, daß jeder in einer stumpfen, zinnenbewehrten Spitze auslief.

Außerhalb der Stadtmauer lag ein Gewirr von Straßen, die sich in jedem möglichen Winkel kreuzten und vor Menschen nur so wimmelten. Dieses Viertel erstreckte sich von Flußufer zu Flußufer. Rand wußte von Hurin, daß man es Vortor nannte. Einst hatte man ein Marktdorf vor jedem Stadttor erbaut, doch in so vielen

Jahren waren diese Dörfer zusammengewachsen. Das Durcheinander von Straßen und Gassen hatte sich in alle möglichen Richtungen ausgedehnt.

Als Rand und die anderen in diese ungepflasterten Straßen hineinritten, wies Tavolin ein paar seiner Soldaten an, ihnen einen Weg durch das Gewühl zu bahnen. Sie schrien und peitschten ihre Pferde vorwärts, als wollten sie alle niedertrampeln, die nicht rechtzeitig aus dem Weg sprangen. Die Leute wichen ihnen aus, ohne weiter hinzuschauen; es war wohl etwas ganz Alltägliches für sie. Rand mußte aber doch lächeln.

Die Kleidung der Leute von Vortor war meist recht schäbig, aber dafür sehr farbig, und der ganze Ort war von derbem Leben erfüllt. Straßenhändler priesen schreiend ihre Waren an, und Ladenbesitzer riefen den Leuten zu, sie sollten ihre Waren betrachten, die auf Tischen vor den Läden ausgebreitet waren. Barbiere, Obsthändler, Scherenschleifer, Männer und Frauen, die hundert verschiedene Dienste und Hunderte von Waren zum Verkauf anboten, schoben sich durch die Menge. Aus mehr als einem Gebäude erklang Musik durch den Lärm der Menge hindurch. Zuerst glaubte Rand, es seien Schenken, doch die Schilder davor zeigten ausnahmslos Männer mit Flöten oder Harfen, Jongleure oder Akrobaten, und so groß sie auch waren, wiesen sie keinerlei Fenster auf. Die meisten Gebäude in Vortor waren aus Holz gebaut, gleich, wie groß sie waren, und viele wirkten neu, wenn auch hastig zusammengezimmert.

Rand starrte ein paar an, die mehr als sieben Stockwerke hatten. Sie schwankten ein wenig, obwohl die hinein- und hinaushastenden Menschen das offenbar gar nicht bemerkten.

»Bauern«, knurrte Tavolin, der verächtlich geradeaus blickte. »Seht sie an, wie sie von ausländischen Sitten verdorben wurden. Sie sollten nicht hier sein.«

»Wo sollten sie denn sein?« fragte Rand. Der Offizier

aus Cairhien funkelte ihn böse an und gab seinem Pferd die Sporen. Er hieb mit seiner Reitpeitsche in die Menge hinein.

Hurin berührte Rand am Arm. »Es war der Aiel-Krieg, Lord Rand.« Er sah sich um, ob einer der Soldaten nahe genug sei, um zu lauschen. »Viele Bauern hatten Angst davor, auf ihr Land am Rückgrat der Welt zurückzukehren, und so kamen sie alle hierher, wo sie wenigstens der Heimat nahe sind. Deshalb läßt Galldrian diese vielen Lastkähne voll Getreide von Andor und Tear den Fluß heraufkommen. Es kommt kein Getreide aus dem Osten, denn dort gibt es keine Bauernhöfe mehr. Aber es ist besser, das jemandem aus Cairhien gegenüber nicht zu erwähnen, Lord Rand. Sie geben gern vor, den Krieg habe es nie gegeben, oder zumindest behaupten sie, sie hätten gewonnen.«

Trotz Tavolins Reitpeitsche wurden sie zum Halten gezwungen, als eine eigenartige Prozession an ihnen vorbeikam. Ein halbes Dutzend tanzender Männer mit Tambourinen führte eine Kette von riesigen Puppen an, von denen jede die Männer, die sie an langen Stangen hielten, noch um die Hälfte überragte. Gigantische gekrönte Gestalten von Männern und Frauen in langen, kunstvoll gewebten Roben verbeugten sich vor der Menge, umringt von phantasievollen Tierfiguren. Ein Löwe mit Schwingen. Ein Bock mit zwei Köpfen, der auf den Hinterbeinen lief. Den roten Bändern nach, die aus beiden Mäulern hingen, sollten sie wohl Feuer spucken. Etwas, das zur Hälfte Katze, zur Hälfte Adler zu sein schien, und eine andere mit dem Kopf eines Bären auf dem Körper eines Mannes. Rand hielt es für einen Trolloc. Die Menge jubelte und lachte, während sie vorbeitänzelten.

»Der Mann, der den gemacht hat, hat noch nie einen Trolloc gesehen«, knurrte Hurin. »Der Kopf ist zu groß und die Gestalt zu dünn. Hat vermutlich nicht an seine Existenz geglaubt, Lord Rand, genausowenig wie bei

30

diesen anderen Ungeheuern. Die einzigen Monster, an die die Leute von Vortor glauben, sind die Aiel.«

»Feiern sie ein Fest?« fragte Rand. Er sah keine weiteren Anzeichen dafür als diese Prozession, aber er dachte, es müsse ja wohl einen Grund dafür geben. Tavolin befahl seinen Soldaten, nun endlich weiter vorzurücken.

»Nicht mehr als jeden Tag, Rand«, sagte Loial. Wie er so neben seinem Pferd einherschritt, auf dessen Sattel die in Decken gehüllte Truhe geschnallt war, zog er die Blicke genauso an wie die Puppen. Einige lachten sogar und klatschten Beifall wie vorher für die riesigen Figuren. »Ich fürchte, Galldrian stellt die Ruhe im Volk dadurch her, daß er sie Feste feiern läßt. Er gibt den Gauklern und Musikern das Königliche Präsent, eine Summe in Silber, um hier in Vortor ihre Kunst zu zeigen, und außerdem veranstaltet er jeden Tag Pferderennen am Fluß. An vielen Abenden gibt es auch Feuerwerk.« Er klang angewidert. »Der Älteste Haman sagt, Galldrian sei eine Schande für Cairhien.« Er blinzelte, als ihm klar wurde, was er da gesagt hatte, und dann sah er sich schnell um, ob einer der Soldaten es gehört hatte. Das war aber wohl nicht der Fall gewesen.

»Feuerwerk«, sagte Hurin und nickte. »Die Feuerwerker haben sich hier ein Gildehaus gebaut wie in Tanchico, habe ich gehört. Ich hätte nichts dagegen, wie damals, als ich hier war, so ein Feuerwerk zu sehen.«

Rand schüttelte den Kopf. Er hatte noch nie ein Feuerwerk gesehen, das prächtig genug gewesen wäre, um auch nur die Anwesenheit eines einzigen richtigen Feuerwerkers zu verlangen. Er hatte gehört, daß sie Tanchico nur verließen, um Veranstaltungen irgendwelcher Herrscher zu beehren. Sie waren schon an einem seltsamen Ort angelangt.

Am hohen, quadratischen Stadttor befahl Tavolin einen Halt, und er stieg vor einem geduckten Steingebäude knapp innerhalb der Stadtmauer ab. Es hatte statt

Fenstern Schießscharten und eine schwere Tür mit Eisenstreben.

»Ein Augenblick, Lord Rand«, sagte der Offizier. Er warf seine Zügel einem der Soldaten zu und verschwand im Gebäude.

Rand musterte wachsam die Soldaten, die steif in zwei Reihen auf ihren Pferden saßen. Er fragte sich, was sie wohl tun würden, wenn er, Loial und Hurin nun wegzureiten versuchten. Dann nutzte er die Gelegenheit, die Stadt vor ihnen genauer zu betrachten.

Das eigentliche Cairhien bildete einen scharfen Kontrast zu dem geschäftigen Treiben von Vortor. Breite, gepflasterte Straßen kreuzten sich im rechten Winkel. Nur wenige Leute befanden sich darauf. Genau wie in Tremonsin hatte man die Hügel abgetragen und Terrassen angelegt, so daß die Straßen fast gerade verlaufen konnten. Geschlossene Sänften, manche mit einem kleinen Wimpel versehen, der das Wappen eines Adelshauses zeigte, wurden zielstebig getragen, und Kutschen rollten langsam durch die Straßen. Die Menschen gingen schweigend in dunkler Kleidung einher. Man sah keine hellen Farben; höchstens hier und da eine Schärpe auf der Brust eines Mantels oder Kleides. Je mehr Schärpen oder Schrägstreifen, desto stolzer bewegte sich der Träger, aber niemand lachte oder lächelte auch nur. Die Gebäude auf den Terrassen waren aus Stein gebaut, und alle Verzierung wies nur Geraden und rechte Winkel auf. Auf den Straßen sah man keine Händler oder Bettler, und selbst die Läden schienen irgendwie dem Hintergrund angepaßt. Vor ihnen waren keine Waren ausgestellt, und die Schilder waren auch nur klein.

Er konnte nun auch die hohen Türme klarer erkennen. Aus zusammengebundenen Stangen gebaute Gerüste zogen sich um sie herum, und auf den Gerüsten wimmelte es von Arbeitern, die neue Steine brachten, um die Türme noch weiter zu erhöhen.

»Die Himmelhohen Türme von Cairhien«, murmelte

Loial traurig. »Na ja, einst waren sie hoch genug, um diese Bezeichnung zu verdienen. Als die Aiel Cairhien ungefähr zu der Zeit einnahmen, als du geboren wurdest, da brannten die Türme und zersprangen und stürzten ein. Ich sehe unter den Steinmetzen keine Ogier. Keinem Ogier würde es gefallen, hier zu arbeiten. Die Menschen von Cairhien wollen alles, was sie erbauen, ohne jede Verzierung oder Baukunst errichten. Trotzdem befanden sich Ogier hier, als ich das erste Mal in Cairhien war.«

Tavolin kam heraus, von einem anderen Offizier und zwei Beamten gefolgt, von denen der eine ein großes, in Holz gebundenes Hauptbuch trug und der andere ein Tablett mit Schreibutensilien. Der Vorderteil des Kopfes war auch bei diesem Offizier wie bei Tavolin kahlgeschoren, obwohl eine fortgeschrittene Glatze noch mehr daran schuld sein mochte als das Rasiermesser des Barbiers. Beide Offiziere blickten zuerst Rand an, dann die unter Loials gestreifter Decke verborgene Truhe und dann wieder Rand. Keiner von beiden fragte, was unter der Decke stecke. Tavolin hatte sie auf dem Weg von Tremonsien nach Cairhien oft angesehen, aber auch nicht danach gefragt. Der Mann mit dem lichten Haar sah auch Rands Schwert an und spitzte einen Moment lang die Lippen.

Tavolin stellte den anderen als Asan Sandair vor und verkündete dann laut: »Lord Rand aus dem Hause al'Thor und sein Mann Hurin, zusammen mit Loial, einem Ogier aus dem Stedding Shangtai.« Der Beamte mit dem Hauptbuch öffnete es, wobei er es mit beiden Armen festhalten mußte, und Sandair schrieb die Namen mit einer fein geschwungenen Schrift ein.

»Ihr müßt morgen um dieselbe Zeit zu diesem Wachhaus zurückkehren, Lord Rand«, sagte Sandair, der das Pudern der Schrift dem zweiten Beamten überließ, »und den Namen der Schenke angeben, in der Ihr wohnt.«

Rand blickte auf die ruhigen Straßen von Cairhien

und dann zurück zum lebhaften Treiben in Vortor. »Könnt Ihr mir eine gute Schenke dort draußen empfehlen?« Er nickte in Richtung Vortor.

Hurin gab ein entsetztes *Ssssst* von sich und beugte sich herüber. »Das wäre nicht schicklich, Lord Rand«, flüsterte er. »Wenn Ihr in Vortor bleibt, obwohl Ihr doch ein Lord und so seid, dann werden sie annehmen, Ihr führt etwas im Schilde.«

Rand bemerkte, daß der Schnüffler wohl recht haben mußte. Sandairs Kinnlade hing herunter, und Tavolins Augenbrauen hatten sich bei seiner Frage hochgezogen. Beide beobachteten ihn immer noch eindringlich. Er wollte ihnen gern sagen, daß er keineswegs ihr Großes Spiel spielte, aber statt dessen sagte er: »Wir werden uns Zimmer in der Stadt nehmen. Können wir jetzt gehen?«

»Natürlich, Lord Rand.« Sandair verbeugte sich. »Aber ... die Schenke?«

»Ich werde Euch wissen lassen, wenn wir eine gefunden haben.« Rand ließ den Braunen wenden, hielt ihn aber noch zurück. In seiner Tasche knisterte der Zettel, den ihm Selene zurückgelassen hatte. »Ich muß eine junge Frau aus Cairhien finden. Lady Selene. Sie ist ungefähr so alt wie ich und sehr schön. Ich weiß nicht, aus welchem Hause sie stammt.«

Sandair und Tavolin sahen sich an, und dann sagte Sandair: »Ich werde mich erkundigen, Lord Rand. Vielleicht bin ich morgen in der Lage, etwas mehr zu sagen, wenn Ihr zu mir kommt.«

Rand nickte und ritt in die Stadt, gefolgt von Hurin und Loial. Sie erregten wenig Aufmerksamkeit, obwohl man nicht viele Reiter sah. Selbst Loial wurde kaum bemerkt. Die Menschen schienen beinahe davon besessen, sich um nichts als sich selbst zu kümmern.

»Werden sie das falsch deuten, daß ich mich nach Selene erkundigt habe?« fragte Rand Hurin.

»Wer weiß das schon in Cairhien, Lord Rand? Sie

scheinen zu glauben, das alles irgendwie mit *Daes Dae'mar* zu tun hat.«

Rand zuckte die Achseln. Er hatte das Gefühl, alle Leute sähen ihn an. Er konnte es nicht erwarten, wieder in einem guten, einfachen Mantel zu stecken und aufhören zu können, etwas vorzuspiegeln, was er nicht war.

Hurin kannte mehrere Schenken in der Stadt, obwohl er die meiste Zeit in Vortor verbracht hatte. Der Schnüffler führte sie zu einer, die sich ›Verteidiger der Drachenmauer‹ nannte. Auf dem Schild sah man einen gekrönten Mann, der seinen Fuß auf die Brust eines anderen stellte und sein Schwert an dessen Kehle hielt. Der Bursche, der auf dem Rücken lag, hatte rotes Haar.

Ein Stallbursche kam heraus und nahm ihnen die Pferde ab. Er musterte heimlich Rand und Loial, als er glaubte, daß es niemand bemerke. Rand sagte sich, er dürfe sich nichts einreden; nicht jeder in dieser Stadt konnte das Große Spiel spielen. Und wenn, dann gehe es ihn nichts an.

Der Schankraum war sauber und ordentlich. Die Tische waren ebenso präzise ausgerichtet und gedeckt wie die ganze Stadt aussah, und es befanden sich nur wenige Leute darin. Sie blickten kurz auf, als die Neuankömmlinge eintraten, aber dann sahen sie sofort wieder auf ihren Wein hinunter. Rand hatte dennoch das Gefühl, sie beobachteten und belauschten ihn immer noch. Im großen Kamin brannte ein kleines Feuer, obwohl der Tag wärmer wurde.

Der Wirt war ein molliger, schmieriger Typ, der einen einzelnen grünen Streifen quer über seinem dunkelgrauen Mantel trug. Er schreckte zuerst auf, als sie eintraten, und das überraschte Rand nicht. Loial, der die Truhe unter der gestreiften Decke auf den Armen trug, mußte sich ducken, um durch die Tür zu kommen, Hurin wankte unter der Last all ihrer Satteltaschen und Bündel, und sein roter Mantel bildete einen scharfen

Kontrast zu den nüchternen Farben der Kleidung der anderen Gäste an den Tischen.

Der Wirt nahm Rands Mantel und Schwert wahr, und sein öliges Lächeln kehrte zurück. Er verbeugte sich und rieb sich die glatten Hände. »Vergebt mir, Lord. Ich habe Euch nur einen Moment für einen ... vergebt mir. Mein Gehirn ist auch nicht mehr das, was es einmal war. Ihr wünscht Zimmer, Lord?« Er fügte eine weitere nicht so tiefe Verbeugung für Loial hinzu. »Ich heiße Cuale, Lord.«

Er glaubte, ich sei ein Aielmann, dachte Rand mißvergnügt. Er wünschte sich aus Cairhien weg. Aber es war der einzige Ort, an dem Ingtar sie finden konnte. Und Selene hatte geschrieben, sie würde in Cairhien auf ihn warten.

Es dauerte ein wenig, bis ihre Zimmer gerichtet waren. Cuale erklärte unter übertriebenem Lächeln und vielen Verbeugungen, daß es notwendig sei, ein Bett für Loial aus einem anderen Raum herzuschaffen. Rand wollte, daß sie alle wieder ein Zimmer teilten, doch unter dem entsetzten Blick des Wirts und dem eindringlichen Protest Hurins — »Wir müssen den Leuten von Cairhien beweisen, daß wir genausogut wissen, was sich schickt, wie sie, Lord Rand« — nahmen sie schließlich zwei Zimmer — eines davon für ihn allein — mit einer Verbindungstür.

Die Zimmer ähnelten sich sehr, bis auf die Tatsache, daß in ihrem zwei Betten standen, eines davon groß genug für einen Ogier, während in seinem nur ein Bett stand, das aber beinahe genauso groß war wie die beiden anderen zusammen, mit seinen massiven Bettpfosten, die fast bis an die Decke reichten. Sein hochlehniger Polsterstuhl und das Waschtischchen waren viereckig und ebenfalls massiv gebaut. Der Kleiderschrank an der einen Wand wies schwerfällige, starre Schnitzereien auf, so daß er den Eindruck erweckte, er könne jeden Moment umkippen und auf ihn fallen. Aus einem Doppelfenster neben dem Bett konnte er auf die Straße zwei Stockwerke unter ihm blicken.

Sobald der Wirt gegangen war, öffnete Rand die Tür und ließ Loial und Hurin in sein Zimmer. »Dieser Ort nagt irgendwie an mir«, sagte er ihnen. »Jeder schaut einen an, als glaube er, man führe etwas im Schilde. Ich gehe zurück nach Vortor, jedenfalls zumindest eine Stunde lang. Dort lachen die Leute wenigstens. Wer von euch ist bereit, die erste Wache beim Horn zu übernehmen?«

»Ich werde hierbleiben«, sagte Loial schnell. »Ich würde gern ein wenig lesen. Nur weil ich keine Ogier gesehen habe, heißt das nicht, daß keine Steinmetzen aus dem Stedding Tsofu hier sind. Es liegt ja nicht weit von der Stadt.«

»Ich denke doch, du würdest sie gerne treffen.«

»Äh ... nein, Rand. Sie haben mich das letzte Mal genug ausgequetscht, warum ich allein hier sei und so. Falls sie vom Stedding Shangtai gehört haben ... Also, ich ruhe mich nur hier aus und lese, ja?«

Rand schüttelte den Kopf. Er vergaß öfters, daß Loial von zu Hause weggelaufen war, um die Welt zu sehen. »Wie steht es mit dir, Hurin? Es gibt Musik in Vortor und lachende Menschen. Ich wette, dort spielt niemand *Daes Dae'mar*.«

»Da wäre ich gar nicht so sicher, Lord Rand. Auf jeden Fall danke ich Euch für die Einladung, aber ich komme lieber nicht mit. Es gibt in Vortor so viele Raufereien — und auch Morde —, daß es dort stinkt, wenn Ihr versteht, was ich meine. Nicht, daß sie einen Lord angreifen werden, denn natürlich bekämen sie es dann mit den Soldaten zu tun. Aber wenn Ihr gestattet, möchte ich lieber im Schankraum etwas trinken.«

»Hurin, du brauchst doch keine Erlaubnis von mir, wenn du etwas tun willst. Das weißt du doch.«

»Wie Ihr meint, Lord Rand.« Der Schnüffler deutete eine Verbeugung an.

Rand holte tief Luft. Wenn sie Cairhien nicht bald verließen, würde Hurin demnächst wohl noch einen Knicks vor ihm machen. Und falls Mat und Perrin das bemerkten, würden sie es ihn sein Leben lang fühlen lassen. »Ich hoffe, daß sich Ingtar durch nichts aufhalten läßt. Wenn er nicht bald kommt, müssen wir selbst das Horn nach Fal Dara zurückbringen.« Er tastete durch den Mantelstoff hindurch nach Selenes Zettel. »Wir müssen. Loial, ich komme rechtzeitig zurück, daß du auch noch etwas von der Stadt sehen kannst.«

»Das riskiere ich lieber nicht«, sagte Loial.

Hurin begleitete Rand nach unten. Sobald sie den Schankraum betraten, verbeugte sich Cuale tief vor Rand und schob ihm ein Tablett in die Hände. Drei gefaltete und versiegelte Briefe lagen auf dem Tablett. Rand nahm sie an sich, da der Wirt das zu wünschen schien. Sie bestanden aus sehr feinem Pergament, das sich weich und glatt anfühlte. Teuer.

»Was ist das?« fragte er.

Cuale verbeugte sich erneut. »Einladungen natürlich, Lord Rand. Von dreien der Adelshäuser.« Er entfernte sich unter Verbeugungen aus Rands Nähe.

»Wer schickt mir denn eine Einladung?« Rand drehte sie in der Hand um. Keiner der Männer an den Tischen blickte auf, doch Rand hatte das Gefühl, sie beobachteten ihn trotzdem. Er erkannte keines der Siegel. Die Mondsichel mit den Sternen, die Selene benutzt hatte, war nicht darunter. »Wer weiß überhaupt, daß ich hier bin?«

»Mittlerweile jeder, Lord Rand«, sagte Hurin ruhig. Auch er fühlte wachsame Blicke auf sich ruhen. »Die Torwachen halten bestimmt nicht den Mund, wenn ein ausländischer Lord nach Cairhien kommt. Der Stallbursche, der Wirt ... jeder erzählt bereitwillig, was er weiß, und zwar demjenigen, von dem er sich den meisten Nutzen verspricht, Lord Rand.«

Rand verzog das Gesicht, machte zwei Schritte und

warf die Einladungen in den Kamin. Sie fingen sofort Feuer. »Ich spiele kein *Daes Dae'mar*«, sagte er laut genug, daß es jeder hören konnte. Nicht einmal Cuale sah ihn an. »Ich habe nichts mit Eurem Großen Spiel zu tun. Ich bin nur hier, um auf einige Freunde zu warten.«

Hurin faßte ihn am Arm. »Bitte, Lord Rand«, flüsterte er eindringlich. »Bitte tut so etwas nicht wieder.«

»Wieder? Glaubst du, daß ich noch mehr bekomme?«

»Da bin ich sicher. Licht, Ihr erinnert mich daran, als Teva so wütend wurde, weil ihm eine Hornisse um die Ohren summte, daß er dem Nest einen Tritt gab. Ihr habt wahrscheinlich gerade jeden im Raum davon überzeugt, daß Ihr ganz tief in das Spiel verwickelt seid. Es muß schon sehr tief sein, werden sie denken, wenn Ihr abstreitet, überhaupt zu spielen. *Jeder* Lord und jede Lady in Cairhien spielen mit.« Der Schnüffler blickte auf die Einladungen hinunter, die sich schwarz im Feuer krümmten, und er stöhnte auf. »Und Ihr habt nun gewiß drei Häuser zum Feind. Keine der großen Häuser, denn die hätten sich nicht so schnell gerührt, aber trotzdem Adelsfamilien. Ihr müßt weitere Einladungen beantworten, wenn Ihr sie erhaltet, Lord Rand. Lehnt sie ab, wenn Ihr wollt — aber sie werden aus den Einladungen, die Ihr abschlagt, ihre Schlüsse ziehen. Und aus denen, die Ihr annehmt. Natürlich, falls Ihr sie alle ablehnt oder alle annehmt ...«

»Ich will nichts damit zu tun haben«, sagte Rand ruhig. »Wir verlassen Cairhien, sobald wir können.« Er steckte die geballten Fäuste in die Manteltaschen und fühlte, wie Selenes Zettel verknittert wurde. Also zog er ihn heraus und glättete ihn an der Mantelbrust. »Sobald wir können«, murmelte er und steckte den Zettel zurück in die Tasche. »Trink nur jetzt etwas, Hurin.«

Er stolzierte wütend hinaus, wobei er sich nicht sicher war, ob er auf sich selbst wütend war oder auf Cairhien und das Große Spiel oder auf Selene, weil sie verschwunden war, oder auf Moiraine. Mit ihr hatte alles begonnen, als sie seine Mäntel stehlen und ihm statt dessen die Kleider eines Lords hineinhängen ließ. Selbst jetzt, wo er meinte, sie los zu sein, brachte es eine Aes Sedai fertig, sich in ein Leben einzumischen, und das, ohne überhaupt anwesend zu sein.

Er ging durch das gleiche Tor zurück, durch das sie die Stadt betreten hatten, denn den Weg kannte er wenigstens. Ein Mann, der vor dem Wachhaus stand, bemerkte ihn — mit seinem leuchtenden Mantel und seiner Größe hob er sich von den Leuten aus Cairhien ab — und eilte hinein, doch Rand merkte nichts davon. Das Gelächter und die Musik von Vortor zogen ihn an.

Innerhalb der Mauer war er durch seinen goldbestickten roten Mantel aufgefallen, aber zu Vortor paßte er genau. Viele der Männer, die sich durch die belebten Straßen schoben, trugen die gleiche dunkle Kleidung wie in der Stadt, aber mindestens ebensoviele hatten rote, blaue, grüne oder goldfarbene Mäntel an, manchmal bunt genug, um zu einem Kesselflicker zu passen, und ein noch höherer Anteil der Frauen trug bestickte Kleider und bunte Schals oder Schultertücher. Die meisten dieser Festtagskleider waren allerdings zerknittert und saßen schlecht, als seien sie für jemand anderes angefertigt worden, aber falls einige Träger solcher Kleider seinen feinen Mantel bemerkten, so nahmen sie es gleichmütig hin.

Einmal mußte er stehenbleiben und eine weitere Prozession riesiger Puppen an sich vorbei ziehen lassen. Während die Trommler ihre Tambourine schlugen und tanzten, kämpfte ein schweinsgesichtiger Trolloc gegen einen Mann mit Krone. Nach ein paar planlosen Schwerthieben brach der Trolloc zusammen, und die Zuschauer lachten und jubelten.

Rand knurrte. *Sie sterben nicht ganz so leicht.* Er blieb stehen, um durch die Tür eines dieser großen, fensterlosen Gebäude zu spähen. Zu seiner Überraschung schien sich darin nur ein einziger, riesiger Saal zu befinden, der in der Mitte kein Dach hatte und von Balkonen umgeben war. An einem Ende befand sich ein großer Podest. Er hatte noch nie etwas Ähnliches gesehen oder auch nur davon gehört. Auf den Balkonen und unten im Saal drängten sich die Menschen, um die Vorführungen auf dem Podest zu verfolgen. Als er an anderen gleichartigen Gebäuden vorbeikam, warf er ebenfalls einen Blick hinein und sah Jongleure und Musikanten, unzählige Akrobaten und sogar einen Gaukler mit seinem Flickenumhang, der eine Geschichte aus der *Wilden Jagd nach dem Horn* in volltönendem Hochgesang deklamierte.

Dabei mußte er an Thom Merrilin denken, und er eilte weiter. Die Erinnerungen an Thom waren immer traurig. Thom war ein Freund gewesen. Ein Freund, der für ihn gestorben war. *Und ich rannte weg und ließ ihn sterben.* In einem anderen der großen Bauten ließ eine Frau in wallenden weißen Gewändern Dinge aus einem Korb verschwinden, und die tauchten dann in einem anderen Korb wieder auf und verschwanden schließlich in einer Rauchwolke aus ihren Händen. Die Zuschauermenge gab laute *Aaaahs* und *Oooohs* von sich.

»Zwei Kupferpfennige, guter Herr«, sagte eine kleine Ratte von Mann am Eingang. »Nur zwei Kupferpfennige, und Ihr könnt die Aes Sedai sehen.«

»Das glaube ich nicht.« Rand blickte die Frau dort hinten an. Eine weiße Taube war in ihrer Hand erschienen. *Aes Sedai?* Er verbeugte sich kurz vor dem kleinen Mann und ging.

Er schob sich durch die Menge und fragte sich, was er wohl als nächstes sehen würde, da hörte er von einem Eingang her, über dem das Abzeichen eines Jongleurs angebracht war, eine tiefe Stimme, begleitet von den Tönen einer Harfe: »... kalt weht der Wind den Paß von Shara herunter, und kalt liegt das vergessene Grab. Doch jedes Jahr zum Sonnentag erscheint über diesen aufgehäuften Steinen eine einzelne Rose mit einer Kristallträne wie Tau auf den Blütenblättern. Sie wird von der schönen Hand Dunsinins dorthin gelegt, denn sie hält sich an das Versprechen, das sie Rogosh Adlerauge gab.«

Die Stimme zerrte an Rand wie ein Seil. Er drängte sich durch die Tür, als gerade Applaus aufbrauste.

»Zwei Kupferpfennige, guter Herr«, sagte ein Mann mit dem Gesicht einer Ratte. Er hätte ein Zwilling des anderen sein können. »Zwei Kupferpfennige, um den ...«

Rand kramte ein paar Münzen hervor und drückte sie dem Mann in die Hand. Wie betäubt ging er weiter und starrte den Mann an, der sich auf dem Podest vor dem Beifall seiner Zuhörer verbeugte, in einem Arm die Harfe hielt und mit der anderen Hand seinen Flickenumhang ausbreitete, als wolle er alle Geräusche damit auffangen. Es war ein hochgewachsener Mann, schlacksig und nicht mehr jung, mit einem Schnurrbart, der ebenso weiß war wie das Haar auf seinem Haupt. Und als er sich aufrichtete und Rand erblickte, da waren die aufgerissenen Augen blau und sahen ihn scharf an.

»Thom.« Rands Flüstern verlor sich im Lärm der Menge.

Den Blick auf Rand gerichtet, nickte Thom Merrilin leicht in Richtung auf eine kleine Tür neben der Bühne. Dann verbeugte er sich wieder, lächelte und badete im Applaus.

Rand kämpfte sich zu der Tür durch und ging hinein. Er befand sich in einem engen Flur, von dem aus drei Stufen zum Podest hinaufführten. In der entgegengesetzten Richtung sah Rand einen Jongleur beim Üben mit bunten Bällen und sechs Akrobaten, die sich aufwärmten.

Thom erschien auf den Stufen und hinkte herunter, als sei sein rechtes Bein ein wenig steif geworden. Er betrachtete den Jongleur und die Akrobaten, pustete verächtlich in seinen Schnurrbart und wandte sich Rand zu. »Alles, was sie hören wollen, ist *Die Wilde Jagd nach dem Horn*. Man sollte denken, bei den Neuigkeiten aus den Haddon-Sümpfen und aus Saldaea würde wenigstens einer nach dem *Karaethon-Zyklus* verlangen. Na ja, und wenn es nicht das ist, würde ich mich trotzdem selbst bezahlen, wenn ich etwas anderes erzählen könnte.« Er musterte Rand von oben nach unten. »Du siehst aus, als ginge es dir gut, Junge.« Er befühlte Rands Kragen und spitzte die Lippen. »Ziemlich gut.«

Rand mußte einfach lachen. »Ich verließ Weißbrücke in dem sicheren Glauben, Ihr wärt tot. Moiraine behauptete, daß Ihr noch lebt, aber ich ... Licht, Thom, es ist gut, Euch wiederzusehen! Ich hätte zurückgehen sollen, um Euch zu helfen.«

»Du wärst ein großer Narr gewesen, wenn du das getan hättest, Junge. Dieser Blasse ...«, er sah sich um. Niemand war nah genug, um zu lauschen, aber er senkte die Stimme trotzdem. »... interessierte sich gar nicht für mich. Er hinterließ mir als kleines Geschenk ein steifes Bein und rannte dann weg, hinter dir und Mat her. Du hättest nichts tun können außer sterben.« Er schwieg und blickte ihn nachdenklich an. »Moiraine hat also behauptet, daß ich noch lebe? Ist sie denn bei dir?«

Rand schüttelte den Kopf. Zu seiner Überraschung schien Thom enttäuscht.

»Das ist auf gewisse Art schade. Sie ist eine prachtvolle Frau, obwohl sie ...« Er sprach es nicht aus. »Also war sie hinter Mat oder Perrin her. Ich werde dich nicht fragen, hinter wem. Sie waren gute Jungen, und ich will es gar nicht wissen.« Rand trat unruhig von einem Fuß auf den anderen. Er erschrak, als Thom ihn mit einem knochigen Finger fixierte. »Was ich wissen will: Hast du noch meine Harfe und die Flöte? Ich will sie zurückhaben, Junge. Die ich jetzt habe, sind nicht mal gut genug für ein Schwein.«

»Ich habe sie, Thom. Ich werde sie Euch bringen, das verspreche ich. Ich kann nicht glauben, daß Ihr noch lebt. Und ich kann kaum glauben, daß Ihr nicht in Illian seid. Die Wilde Jagd bricht auf. Der Preis für die beste Erzählung der *Wilden Jagd nach dem Horn!* Ihr wolltet doch unbedingt hin.«

Thom schnaubte. »Nach Weißbrücke? Wahrscheinlich würde ich sterben, wenn ich dorthin ginge. Und hätte ich auch das Schiff erreicht, bevor es weitersegelte, würden Domon und seine Besatzung doch in ganz Illian herumerzählen, wie ich von Trollocs gejagt wurde. Falls sie den Blassen gesehen oder von ihm gehört haben, bevor Domon ablegen ließ ... Die meisten Leute in Illian glauben, daß Trollocs und Blasse Märchen seien, aber genug andere wollen vielleicht wissen, warum ein Mann von ihnen verfolgt wird, na ja, und dann wäre Illian kein sicheres Pflaster mehr für mich.«

»Thom, ich könnte Euch soviel erzählen!«

Der Gaukler schnitt ihm das Wort ab. »Später, Junge.« Er und der schmalgesichtige Mann vom Eingang blickten sich über den Flur hinweg böse an. »Wenn ich nicht hinausgehe und eine weitere Geschichte erzähle, wird er zweifellos den Jongleur hinausschicken, und die Menge wird vor Wut den Saal auseinandernehmen. Komm in die ›Traube‹ — jenseits des Jangai Tors. Dort habe ich ein Zimmer. Jeder kann dir sagen, wo es ist. Ich bin in einer Stunde oder so dort. Sie werden sich mit einer zusätzlichen Geschichte zufriedengeben müssen.« Er ging zur Treppe zurück und rief noch einmal nach hinten: »Und bringe meine Harfe und Flöte mit!«

KAPITEL 3

Mißklang

Rand hetzte durch den Schankraum im ›Verteidiger der Drachenmauer‹ und eilte nach oben. Er grinste, weil ihn der Wirt so überrascht angesehen hatte. In diesem Gemütszustand brachte ihn alles zum Grinsen. *Thom lebt!* Er riß die Tür zu seinem Zimmer auf und ging geradewegs zum Kleiderschrank.

Loial und Hurin steckten vom anderen Zimmer her die Köpfe herein. Beide waren in Hemdsärmeln, und aus den Pfeifen in ihren Mündern quollen dünne Rauchwolken.

»Ist etwas passiert, Lord Rand?« fragte Hurin besorgt.

Rand warf sich das Bündel aus Thoms Umhang mit den Instrumenten über die Schulter. »Das beste, was mir überhaupt passieren konnte, außer, wenn Ingtar endlich einträfe. Thom Merrilin lebt. Und er ist hier in Cairhien.«

»Der Gaukler, von dem du mir erzählt hast?« fragte Loial. »Das ist ja wunderbar, Rand. Ich würde ihn gern kennenlernen.«

»Dann komm mit, falls Hurin gewillt ist, eine Weile allein Wache zu halten.«

»Es wird mir ein Vergnügen sein, Lord Rand.« Hurin nahm die Pfeife aus dem Mund. »Die Leute im Schankraum versuchten die ganze Zeit, mich auszuhorchen — natürlich so unauffällig wie möglich —, wer Ihr seid und aus welchem Grund Ihr Euch in Cairhien aufhaltet. Ich sagte ihnen, wir warteten hier auf einige Freunde, aber Menschen aus Cairhien können wohl nicht anders:

Sie glaubten bestimmt, ich wolle ihnen den wirklichen Grund verschweigen.«

»Laß sie doch denken, was sie wollen. Komm jetzt, Loial.«

»Ach, ich glaube, ich komme nicht mit.« Der Ogier seufzte. »Ich bleibe doch lieber hier.« Er hob ein Buch hoch, in dem ein dicker Finger als Lesezeichen steckte. »Ich kann Thom Merrilin ja ein andermal kennenlernen.«

»Loial, du kannst dich doch nicht ständig hier vergraben. Wir wissen nicht einmal, wie lange wir in Cairhien bleiben. Und schließlich haben wir keinen Ogier zu Gesicht bekommen. Und wenn schon; sie verfolgen dich doch wohl nicht, oder?«

»Nicht gerade verfolgen, aber ... Rand, ich habe vielleicht doch zu überhastet gehandelt, als ich das Stedding Shangtai verließ. Zu Hause könnte ich in arge Schwierigkeiten kommen. Selbst wenn ich mit der Rückkehr warte, bis ich so alt bin wie der Älteste Haman jetzt. Vielleicht kann ich ein verlassenes *Stedding* finden, um bis dahin dort zu bleiben.«

»Falls dich der Älteste Haman nicht zurückkehren läßt, kannst du in Emondsfeld wohnen. Das ist ein hübscher Ort.« *Ein schöner Ort.*

»Da bin ich sicher, Rand, aber das geht nicht. Siehst du ...«

»Darüber sprechen wir, wenn es an der Zeit ist, Loial. Jetzt komm mit zu Thom.«

Der Ogier überragte Rand noch einmal um die Hälfte, aber Rand schob ihn buchstäblich in seinen Mantel und Umhang hinein und die Treppe hinunter. Als sie durch den Schankraum trampelten, zwinkerte Rand dem Wirt zu und lachte dann über dessen verwirrten Blick. *Laß ihn glauben, ich sei dabei, sein blutiges Großes Spiel zu spielen. Laß ihn glauben, was er will. Thom lebt noch.* Als sie das Jangai-Tor in der Ostmauer der Stadt passiert hatten, schien jeder die ›Traube‹ zu kennen. Rand und Loial fanden sich schnell zurecht. Die Straße war für Vortor sehr ruhig. Die Sonne stand bereits tief am Nachmittagshimmel.

Es war ein altes, wackliges Holzgebäude mit drei Stockwerken, aber der Schankraum war sauber und voll. In einer Ecke saßen ein paar Männer beim Würfelspiel, und in einer anderen warfen Frauen mit Wurfpfeilen auf eine Zielscheibe. Die Hälfte sah aus wie typische Einwohner Cairhiens — schmächtig und blaß —, aber Rand hörte auch den andoranischen Dialekt und andere, die er nicht kannte. Aber alle trugen die Kleidung, die hier in Vortor üblich war: eine Mischung von Stilen aus einem halben Dutzend verschiedener Ländern. Einige blickten sich um, als er mit Loial hereinkam, doch dann wandten sie sich wieder ihrer Beschäftigung zu.

Die Wirtin war eine Frau mit genauso weißem Haar wie Thom und einem durchdringenden Blick, mit dem sie Loial und ihn musterte. Sie stammte nicht aus Cairhien, so schloß er aus ihrem dunklen Teint und ihrem Akzent. »Thom Merrilin? Iiia, er hat hier ein Zimmer. Die Treppe rauf, erste Tür rechts. Wahrscheinlich wird Euch Dena dort auf ihn warten lassen« — sie beäugte Rands roten Mantel, die Reiher am hohen Kragen und die goldgestickten Zweige an den Ärmeln und sein Schwert — »hoher Herr.«

Die Treppe knarrte unter Rands Stiefeln und erst recht unter denen Loials. Rand war nicht sicher, ob das Gebäude noch viel aushalten könne. Er fand die richtige Tür und klopfte an. Wer wohl Dena war?

»Herein«, rief eine weibliche Stimme. »Ich kann gerade nicht aufmachen.«

Rand öffnete zögernd die Tür und steckte den Kopf hinein. An einer Wand stand ein großes, ungemachtes Bett, und der übrige Raum wurde fast ganz von zwei Kleiderschränken, mehreren messingbeschlagenen Truhen und Behältern sowie einem Tisch und zwei Holzstühlen ausgefüllt. Die schlanke Frau, die mit untergeschlagenem Rock im Schneidersitz auf dem Bett saß, jonglierte gleichzeitig mit sechs bunten Bällen, die wie ein Rad durch die Luft wirbelten.

»Was immer es auch sein mag«, sagte sie, ohne den Blick von ihren Bällen zu wenden, »stellt es auf den Tisch. Thom wird bezahlen, wenn er zurückkommt.«

»Seid Ihr Dena?« fragte Rand.

Sie schnappte sich einen Ball nach dem anderen aus der Luft und drehte sich um, damit sie ihn ansehen konnte. Sie war nur ein paar Jahre älter als er, hübsch, mit der blassen Hautfarbe von Cairhien und langen, schwarzen Haaren, die ihr bis auf die Schultern reichten. »Ich kenne Euch nicht. Das ist mein Zimmer, meins und das von Thom Merrilin.«

»Die Wirtin meinte, Ihr würdet uns hier auf Thom warten lassen«, sagte Rand. »Falls Ihr Dena seid.«

»Uns?« Rand ging in das Zimmer hinein, so daß Loial geduckt eintreten konnte, und die Augenbrauen der jungen Frau hoben sich. »Also sind die Ogier zurückgekehrt. Ich bin Dena. Was wollt Ihr?« Sie betrachtete Rands Mantel so auffällig, daß das Weglassen der Anrede ›Lord‹ eine klare Absicht darstellte, auch wenn sich ihre Augenbrauen erneut hoben, als sie die Reiher auf der Scheide und dem Schwertgriff sah.

Rand hob das Bündel an, das er trug. »Ich habe Thoms Harfe und Flöte zurückgebracht. Und ich will ihn besuchen«, fügte er schnell hinzu, da er das Gefühl hatte, sie wolle sie schnell wieder loswerden. »Ich habe ihn lange nicht mehr gesehen.«

Sie betrachtete das Bündel. »Thom jammert immer, daß er seine beste Flöte und die beste Harfe verloren hat, die er je besaß. So wie er sich anstellt, könnte man denken, er sei Barde an einem Königshof. Na ja. Ihr könnt hier warten, aber ich muß weiter üben. Thom sagt, nächste Woche wird er mich mit auftreten lassen.« Sie erhob sich graziös und setzte sich auf einen der beiden Stühle, wobei sie Loial bedeutete, sich aufs Bett zu setzen. »Zera würde Thom sechs Stühle bezahlen lassen, wenn Ihr auch nur einen davon zerbrächt, Freund Ogier.«

Rand setzte sich auf den anderen Stuhl und stellte sich und Loial vor. Der Stuhl knarrte sogar unter seinem Gewicht erbärmlich, und er fügte zweifelnd hinzu: »Seid Ihr Thoms Lehrling?«

Dena lächelte leicht. »Das — könnte man sagen.« Sie hatte wieder zu jonglieren begonnen, und ihr Blick verfolgte die wirbelnden Bälle.

»Ich habe noch nie von einer weiblichen Gauklerin gehört«, sagte Loial.

»Ich bin die erste.« Aus dem größeren Kreis wurden zwei kleine, die sich überschnitten. »Ich werde die ganze Welt zu sehen bekommen, bevor ich aufhöre. Thom sagt, wenn wir genug Geld haben, gehen wir nach Tear hinunter.« Sie ging dazu über, mit jeder Hand drei Bälle zu jonglieren. »Und dann vielleicht hinaus zu den Inseln des Meervolks. Die Atha'an Miere bezahlen Gaukler sehr gut.«

Rand sah sich in dem Raum mit all den Truhen und Behältern um. Er machte nicht den Eindruck eines Raumes, den man bald wieder verlassen wollte. In einem Topf auf dem Fensterbrett wuchs sogar eine Blume. Sein Blick fiel auf das einzige große Bett, auf dem Loial saß. *Das ist mein Zimmer, meins und das von Thom Merrilin.* Dena sah ihn durch das große Rad, das sie nun wieder jonglierte, herausfordernd an. Rand errötete.

Er räusperte sich. »Vielleicht sollten wir doch besser unten warten«, begann er, als sich die Tür öffnete und Thom mit flatterndem Umhang und einem verwirrenden Durcheinander von bunten Flicken eintrat. Flöte und Harfe hingen in ihren Behältern auf seinem Rükken. Die Behälter waren aus rötlichem Holz, das von der vielen Benutzung abgegriffen wirkte.

Dena ließ die Bälle unter ihrem Kleid verschwinden, rannte auf Thom zu und schlang ihm die Arme um den

Hals. Sie mußte dabei auf Zehenspitzen stehen. »Du hast mir gefehlt«, sagte sie und küßte ihn.

Der Kuß zog sich eine Weile lang hin, so daß Rand sich schon fragte, ob er und Loial gehen sollten, aber dann ließ Dena ihre Fersen mit einem Seufzer zu Boden sinken.

»Weißt du, was dieser Idiot von Seaghan jetzt wieder getan hat, Mädchen?« sagte Thom, der auf sie heruntersehen konnte. »Er hat eine Bande von Großmäulern engagiert, die sich ›Schauspieler‹ nennen. Sie laufen herum und behaupten, Rogosh Adlerauge zu *sein*, und Blaes und Gaidal Cain und ... Baaaah! Sie hängen hinter sich einen Fetzen bemalter Leinwand auf, damit die Zuschauer glauben sollen, diese Narren befänden sich im Thronsaal von Matuchin oder in einem Paß der Berge des Verderbens. Ich bringe die Zuhörer dazu, daß sie jede Flagge vor sich sehen, jede Schlacht riechen und jedes Gefühl selbst fühlen. Ich mache sie glauben, *sie selbst* seien Gaidal Cain. Seaghan wird es erleben, daß sie seinen Saal auseinandernehmen, wenn er die Bande nach mir auf die Bühne schickt.«

»Thom, wir haben Besuch. Loial, Sohn des Arent, Sohn des Halan. Oh, und einen Jungen, der sich Rand al'Thor nennt.«

Thom sah Rand über ihren Kopf hinweg an und runzelte die Stirn. »Laß uns eine Weile allein, Dena. Hier.« Er schob ihr ein paar Silbermünzen in die Hand. »Deine Messer sind fertig. Warum gehst du nicht und bezahlst sie Ivon?« Er streichelte ihre glatte Wange mit einem knorrigen Handrücken. »Geh nur. Ich werde dich schon dafür entschädigen.«

Sie sah ihn gespielt finster an, doch dann warf sie sich den Umhang über und murmelte: »Ich hoffe, Ivon hat das Wechselgeld parat.«

»Eines Tages wird sie eine Bardin sein«, sagte Thom stolz, nachdem sie weg war. »Sie hört eine Geschichte einmal — wirklich nur einmal! —, und sie gibt sie vollständig und richtig wieder; nicht nur den Text, sondern jede Einzelheit, auch den Rhythmus. Sie spielt die Harfe ausgesprochen gut, und sie hat beim ersten Mal schon besser Flöte gespielt als du jemals.« Er stellte die hölzernen Instrumentenkästen auf eine der größeren Truhen und ließ sich auf den von ihr verlassenen Stuhl fallen. »Als ich auf dem Weg nach hier durch Caemlyn kam, sagte mir Basel Gill, du seist in Begleitung eines Ogiers weitergezogen. Unter anderen.« Er verbeugte sich in Richtung Loial und brachte es auch sitzend fertig, seinen Umhang zu spreizen. »Ich freue mich, Euch kennenzulernen, Loial, Sohn des Arent, Sohn des Halan.«

»Und ich freue mich, Euch kennenzulernen, Thom Merrilin.« Loial stand auf und verbeugte sich ebenfalls. Als er sich aufrichtete, berührte sein Kopf beinahe die Decke. So setzte er sich schnell wieder. »Die junge Frau behauptete, sie wolle Gauklerin werden.«

Thoms Kopfschütteln wirkte entmutigend. »Das ist kein Leben für eine Frau. Auch kein besonders schönes Leben für einen Mann. Von Ort zu Ort wandern, von Dorf zu Dorf, sich zu fragen, wie sie dich wohl diesmal wieder zu betrügen versuchen, die Hälfte der Zeit unsicher, woher du die nächste Mahlzeit bekommen wirst ... Nein, ich werde sie schon davon abbringen. Sie wird noch Hofbardin bei irgendeinem König oder einer Königin, bevor es dazu kommt. Aaaah! Ihr seid nicht gekommen, um über Dena zu reden. Meine Instrumente, Junge. Du hast sie doch mitgebracht?«

Rand schob das Bündel über den Tisch. Thom band es hastig auf, blinzelte, als er sah, daß es aus seinem alten Umhang bestand, der genauso wie sein neuer mit bunten Flicken besetzt war, und öffnete den ledernen Flötenkasten. Er nickte beim Anblick der gold- und silberverzierten Flöte.

»Nachdem wir uns trennten, habe ich meinen Unterhalt damit verdient«, sagte Rand.

»Ich weiß«, antwortete der Gaukler trocken. »Ich kehrte zum Teil in ein paar derselben Schenken ein, aber ich mußte mich mit Jonglieren und ein paar einfachen Geschichten begnügen, da du meine — Du hast doch die Harfe nicht berührt, oder?« Er öffnete den anderen dunklen Lederkasten und zog eine genauso mit Gold und Silber verzierte Harfe heraus. Er nahm sie wie ein Baby auf die Arme. »Deine ungeschickten Schäferfinger sind für eine Harfe nicht geeignet.«

»Ich habe sie nicht berührt«, versicherte ihm Rand.

Thom zupfte an zwei Saiten und verzog das Gesicht. »Wenigstens hättest du sie stimmen können«, murmelte er.

Rand beugte sich über den Tisch zu ihm hin. »Thom, Ihr wolltet doch nach Illian gehen, um zu sehen, wie die Wilde Jagd aufbricht, und als einer der ersten eine neue Geschichte dazu erfinden, aber das ging dann nicht. Was würdet Ihr sagen, wenn ich Euch erzählte, daß Ihr immer noch daran teilhaben könntet? Daß Ihr eine große Rolle darin spielen könnt?«

Loial rutschte nervös auf seinem Stuhl umher. »Rand, bist du sicher ...?« Rand winkte ihm zu, still zu sein, und blickte weiter Thom an. Thom sah kurz den Ogier an und runzelte die Stirn. »Das kommt darauf an, welche Rolle und wie. Falls du wissen solltest, daß vielleicht einer der Jäger nach hier kommt ... Ich schätze, sie könnten Illian bereits verlassen haben, aber es würde Wochen dauern, bis er hier ankäme, selbst wenn er den direkten Weg wählte. Außerdem, warum sollte er? Ist es einer der Burschen, die gar nicht erst nach Illian zogen? Er wird nie in die Geschichten kommen, wenn er nicht den Segen erhalten hat; was er auch vollbringt.«

»Es spielt keine Rolle, ob die Jagd Illian bereits verlassen hat oder nicht.« Rand hörte, wie Loial nach Luft schnappte. »Thom, *wir* haben das Horn von Valere.«

Einen Augenblick lang herrschte Totenstille. Thom beendete sie schließlich mit einem lauten Lachanfall. »Ihr zwei habt das Horn? Ein Schäfer und ein bartloser

Ogier haben das Horn von ...« Er krümmte sich vor Lachen und schlug sich auf die Knie. »Das Horn von Valere!«

»Aber wir haben es wirklich«, sagte Loial ernst.

Thom holte tief Luft. Kleinere nachträgliche Lachanfälle erschütterten ihn immer noch. »Ich weiß nicht, was Ihr gefunden habt, aber ich kann Euch in mindestens zehn Tavernen führen, wo Euch ein Mann erzählen wird, daß er einen Mann kennt, der den Mann kennt, der das Horn gefunden hat. Er wird Euch auch erzählen, wie das Horn gefunden wurde — solange Ihr sein Bier bezahlt. Ich kann Euch auch zu *drei* Männern führen, die Euch das Horn *verkaufen* werden, und sie werden beim Licht auf ihrer Seele schwören, daß es das einzige und wahre Horn von Valere ist. Es gibt in dieser Stadt sogar einen Lord, der behauptet, das Horn in seinem Herrenhaus unter Verschluß zu haben. Er sagt, es sei ein Familienschatz, der seit der Zerstörung von einer Generation an die nächste weitergegeben wurde. Ich weiß nicht, ob die Jäger das Horn jemals finden werden, aber unterwegs müssen sie sich mit tausend Lügen herumschlagen.«

»Moiraine sagt, es sei das echte Horn«, sagte Rand.

Thoms Gelächter brach ab. »Tatsächlich? Ich dachte, du hättest gesagt, sie sei nicht hier!«

»Ist sie auch nicht, Thom. Ich habe sie nicht gesehen, seit ich Fal Dara in Schienar verlassen habe, und den Monat zuvor hat sie keine zwei Worte mit mir gesprochen.« Er konnte die Bitterkeit in seiner Stimme nicht unterdrücken. *Und als sie schließlich etwas sagte, wünschte ich mir, sie hätte mich lieber weiterhin nicht beachtet. Ich werde nie mehr nach ihrer Pfeife tanzen. Das Licht versenge sie und alle anderen Aes Sedai. Aber nicht Egwene und nicht Nynaeve.* Er war sich bewußt, daß Thom ihn scharf anblickte. »Sie ist nicht hier, Thom. Ich weiß nicht, wo sie ist, und es ist mir auch ganz gleich.«

»Na ja, wenigstens bist du schlau genug, es geheim

zu halten. Falls nicht, hätte sich diese Neuigkeit bereits über ganz Vortor verbreitet und halb Cairhien würde darauf lauern, es dir wegzunehmen. Die halbe Welt.«

»O ja, wir haben es geheimgehalten, Thom. Und ich muß es nach Fal Dara zurückbringen, ohne es von Schattenfreunden und anderen abgejagt zu bekommen. Das ist doch schon eine Geschichte wert, oder? Ich könnte einen Freund gebrauchen, der die Welt kennt. Ihr wart doch schon überall; Ihr wißt Dinge, die ich mir nicht einmal vorstellen kann. Loial und Hurin wissen mehr als ich, aber wir drei allein sind trotzdem in Schwierigkeiten gekommen.«

»Hurin ...? Nein, sage mir nichts weiter. Ich will es nicht wissen.« Der Gaukler schob seinen Stuhl zurück und ging zum Fenster. Er blickte auf die Straße hinunter. »Das Horn von Valere. Das bedeutet: Die Letzte Schlacht ist nahe. Wer denkt schon daran? Hast du die lachenden Menschen in den Straßen dort unten gesehen? Wenn die Getreideschiffe auch nur eine Woche lang ausbleiben, lachen sie nicht mehr. Galldrian wird glauben, sie seien alle zu Aielmännern geworden. Die Adligen spielen alle das Spiel der Häuser, intrigieren, um dem König näherzukommen, intrigieren, um mehr Macht in die Hand zu bekommen als der König, intrigieren, um Galldrian zu stürzen und selbst König zu werden. Oder Königin. Sie werden glauben, Tarmon Gai'don sei nur ein Schachzug in diesem Spiel.« Er wandte sich vom Fenster ab. »Ihr sprecht doch wohl nicht davon, einfach nach Schienar zu reiten und das Horn — wem? — zu übergeben. Dem König? Warum gerade Schienar? Die Sagen verbinden das Horn grundsätzlich immer mit Illian.«

Rand sah Loial an. Die Ohren des Ogiers hingen herunter. »Schienar, weil ich weiß, wem ich es dort geben kann. Und Trollocs und Schattenfreunde sind hinter uns her.«

»Warum überrascht mich das wohl nicht? Nein. Ich

mag ja ein alter Narr sein, aber ich bin es auf meine persönliche Art. Der Ruhm gebührt dir, mein Junge.«

»Thom ...«

»Nein!«

Dann herrschte Schweigen, das nur vom Knarren des Betts unter Loials Gewicht durchbrochen wurde. Schließlich sagte Rand: »Loial, würdest du bitte Thom und mich ein wenig alleinlassen? Bitte!«

Loial blickte überrascht drein — die Haarbüschel an seinen Ohren sträubten sich —, aber er nickte und erhob sich. »Dieses Würfelspiel im Schankraum sah interessant aus. Vielleicht lassen sie mich mitspielen.« Thom sah Rand mißtrauisch an, als sich die Tür hinter dem Ogier schloß.

Rand zögerte. Es gab Dinge, über die er unbedingt Bescheid wissen mußte und bei denen er sicher war, daß Thom das nötige Wissen besaß — der Gaukler verstand offenbar eine ganze Menge von überraschend vielen Dingen —, doch er wußte nicht, wie er beginnen sollte. »Thom«, sagte er schließlich, »gibt es irgendwelche Bücher, die den *Karaethon-Zyklus* enthalten?« Er hatte ein besseres Gefühl dabei, diesen Titel zu nennen, anstatt ›Die Prophezeihungen des Drachen‹.

»In den großen Bibliotheken«, sagte Thom bedächtig. »Jede beliebige Anzahl von Übersetzungen, und hier und da findet man ihn sogar in der Alten Sprache.« Rand wollte schon fragen, ob er irgendwo ein solches Buch auftreiben könne, aber der Gaukler fuhr fort: »In der Alten Sprache liegt Musik, doch selbst zu viele der Adligen heutzutage haben nicht die Geduld, sie herauszuhören. Man erwartet von den Adligen ja, daß sie die Alte Sprache beherrschen, aber die meisten lernen gerade genug, um die zu beeindrucken, die sie nicht verstehen. Übersetzungen klingen nicht so gut, außer solchen in Form des Hochgesangs, und da ändert sich manchmal die Bedeutung noch stärker als in den meisten normalen Übersetzungen. Es gibt einen Vers im Zyklus —

es klingt vielleicht nicht besonders gut, wenn man es wörtlich übersetzt, aber die Bedeutung stimmt wenigstens —, der lautet so:

> *Zweimal und wieder zweimal wird er hervorgehoben,*
> *zwei Leben und zwei Tode vorgezeichnet.*
> *Einmal bestimmt der Reiher seinen Weg.*
> *Zum zweiten kennzeichnet der Reiher ihn als den Wahren.*
> *Einmal steht der Drache für die verlorene Erinnerung.*
> *Noch einmal steht der Drache für den Preis, den er zu zahlen hat.«*

Er streckte die Hand aus und berührte die auf Rands Mantelkragen gestickten Reiher.

Einen Augenblick lang konnte Rand ihn nur mit offenem Mund anstarren, und als er etwas herausbrachte, schwankte seine Stimme. »Mit dem Schwert sind es fünf. Knauf, Scheide und Klinge.« Er legte die Hand mit der Innenfläche nach unten auf den Tisch, damit man das Brandzeichen nicht sehen konnte. Zum ersten Mal, seit Selenes Salbe die Wunde geheilt hatte, spürte er Schmerzen in der Hand. Es tat nicht arg weh, aber er wußte, daß es vorhanden war.

»Tatsächlich?« Thom lachte hart auf. »Ein anderer Vers kommt mir dabei ins Gedächtnis.

> *Zweimal dämmert der Tag heran, an dem sein Blut vergossen wird:*
> *einmal ist es ein Tag der Trauer; einmal feiert man seine Geburt.*
> *Rot auf Schwarz, so klebt des Drachen Blut am Fels von Shayol Ghul*
> *und im Abgrund des Verderbens wird sein Blut die Menschen vom*
> *Schatten befreien.«*

Rand schüttelte ablehnend den Kopf, aber Thom schien es gar nicht zu bemerken. »Ich weiß zwar nicht, wie ein Tag zweimal herandämmern kann, aber es ist ja wohl sowieso eine ganze Menge dabei, was keinen rechten Sinn ergibt. Der Stein von Tear wird nicht fallen, bis Callandor in der Hand des Wiedergeborenen Drachen ist, aber das Schwert, Das Man Nicht Berühren Kann, liegt mitten in dieser Burg — also wie kann er es dann in der Hand halten? Na ja, sei es, wie es mag. Ich denke, die Aes Sedai werden es so zu steuern versuchen, daß sich alles so genau wie möglich gemäß den Prophezeiungen abspielt. Irgendwo im Versengten Land zu sterben wäre schon ein hoher Preis dafür, mit ihnen zusammenzuarbeiten.«

Es kostete Rand Mühe, seine Stimme ruhig klingen zu lassen, aber er schaffte es. »Keine Aes Sedai wird mich für irgend etwas benützen. Ich habe Euch ja gesagt: Ich habe Moiraine zum letzten Mal in Schienar gesehen. Sie sagte, ich könne gehen, wohin ich wolle, und ich ging.«

»Und du hast jetzt überhaupt keine Aes Sedai dabei? Wirklich keine?«

»Keine.«

Thom fuhr sich über die weißen, herunterhängenden Schnurrbartenden. Er schien zufrieden und gleichzeitig verblüfft. »Warum fragst du mich dann über die Prophezeiungen aus? Warum schickst du den Ogier weg?

»Ich ... wollte ihn nicht noch nervöser machen. Er hat schon Angst genug wegen des Horns. Das wollte ich ja auch noch fragen: Wird das Horn in den — den Prophezeiungen erwähnt?« Er brachte sich immer noch nicht dazu, es ganz auszusprechen. »All diese falschen Drachen, und nun wird auch noch das Horn gefunden. Jeder glaubt, das Horn von Valere diene dazu, tote Helden aus dem Grab zurückzurufen, damit sie in der Letzten Schlacht gegen den Dunklen König kämpfen, und der ... der Wiedergeborene Drache ... soll ja auch in der Letzten Schlacht gegen den Dunklen König kämpfen. Da schien mir die Frage naheliegend.«

»Das mag sein. Nicht viele wissen das von dem Wiedergeborenen Drachen — daß er in der Letzten Schlacht kämpfen wird — oder wenn, dann glauben sie, er werde für den Dunklen König streiten. Nicht viele lesen die Prophezeiungen, um mehr zu erfahren. Was hast du da von dem Horn erzählt? Man glaubt, es diene dazu ...?«

»Ich habe einiges gelernt, seit wir uns trennen mußten, Thom. Sie werden kommen und für jeden kämpfen, der das Horn bläst, selbst für einen Schattenfreund.«

Buschige Augenbrauen schoben sich fast bis an Thoms Haaransatz hoch. »Also das wußte ich noch nicht. Du hast wirklich einiges gelernt.«

»Das heißt aber nicht, daß ich mich von der Weißen Burg als falschen Drachen benützen lassen würde. Ich will nichts mehr mit den Aes Sedai zu tun haben oder mit falschen Drachen oder der Macht oder ...« Rand biß sich auf die Zunge. *Kaum regst du dich auf, schon plapperst du unkontrolliert. Narr!* »Eine Weile lang, mein Junge, glaubte ich, du wärst derjenige, den Moiraine sucht, und ich dachte sogar, ich wisse, warum. Weißt du, kein Mann will von sich aus die Macht gebrauchen. Es geschieht einfach, so wie eine Krankheit. Man kann keinen Mann dafür verantwortlich machen, daß er krank wird, selbst wenn es etwas Ansteckendes ist, das dich auch umbringen könnte.«

»Euer Neffe könnte die Macht lenken, nicht wahr? Ihr habt mir gesagt, Ihr hättet uns deshalb geholfen, weil Euer Neffe Schwierigkeiten mit der Weißen Burg hatte und niemand da war, ihm zu helfen. Es gibt nur eine bestimmte Art von Schwierigkeiten, die man als Mann mit der Weißen Burg haben kann.«

Thom betrachtete die Tischfläche und schürzte dabei die Lippen. »Ich denke, es hätte keinen Zweck, das abzuleugnen. Du verstehst sicher, daß ein Mann über so etwas nicht spricht: ein männlicher Verwandter, der die Macht lenken kann. Ach! Die Roten Ajah gaben Owyn überhaupt keine Chance. Sie unterzogen ihn einer Dämpfung, und dann starb er. Er hatte einfach nicht mehr den Willen zu leben ...« Er seufzte traurig.

Rand schauderte. *Warum hat Moiraine das nicht mit mir gemacht?* »Eine Chance, Thom? Wollt Ihr damit sagen, es gebe einen Weg, damit fertigzuwerden? Nicht wahnsinnig zu werden? Nicht zu sterben?«

»Owyn verzögerte es um fast drei Jahre. Er hat nie jemandem weh getan. Er benützte die Macht nur, wenn es notwendig war, und auch dann nur, um seinem Dorf zu helfen. Er ...« Thom hob die Hände resignierend. »Wahrscheinlich hatte er gar keine andere Wahl. Die Leute dort, wo er wohnte, sagten mir, er habe sich schon das ganze letzte Jahr über eigenartig benommen. Sie wollten sich nicht weiter dazu äußern, und sie steinigten mich fast, als sie erfuhren, daß ich sein Onkel war. Ich denke, er wurde tatsächlich langsam wahnsinnig. Aber er war mein Blutsverwandter, Junge. Ich kann die Aes Sedai nicht gerade deswegen lieben, was sie ihm angetan haben, auch wenn sie es tun mußten. Wenn Moiraine dich ziehen ließ, dann bist du aus der Sache heraus.«

Rand schwieg einen Augenblick lang. *Narr! Natürlich gibt es keinen Ausweg. Du wirst verrückt und stirbst, gleich, was du anstellst. Aber Ba'alzamon sagte —* »Nein!« Unter Thoms forschendem Blick lief er rot an. »Ich meine ... ich habe nichts mehr damit zu tun, Thom. Aber ich habe immer noch das Horn von Valere. Stellt Euch vor, Thom: das Horn von Valere! Andere Gaukler erzählen vielleicht Geschichten darüber, aber Ihr könntet sagen, Ihr hättet es selbst in Händen gehalten!« Ihm wurde bewußt, daß er schon wie Selene redete, aber das brachte ihn nur dazu, sich zu fragen, wo sie wohl stecken mochte. »Es gibt niemanden, den ich lieber dabei hätte als Euch, Thom!«

Thom runzelte die Stirn, als überlege er angestrengt, aber schließlich schüttelte er entschieden den Kopf. »Junge, ich kann dich gut genug leiden, aber du weißt genausogut wie ich, daß ich euch vorher nur half, weil eine Aes Sedai in die Sache verwickelt war. Seaghan versucht mich nicht mehr zu betrügen, als ich es erwarte, und wenn man noch des Königs Präsent dazu rechnet, könnte ich auf den Dörfern niemals genausoviel verdienen. Zu meiner großen Überraschung scheint Dena mich zu lieben, und — genauso überraschend für mich — erwidere ich das Gefühl. Warum sollte ich also all das aufgeben, um mich statt dessen von Trollocs und Schattenfreunden jagen zu lassen? Das Horn von Valere? O ja, es ist schon eine Versuchung, das gebe ich zu. Aber nein. Nein, ich will nicht wieder in solche Dinge verwickelt werden.«

Er beugte sich vor und nahm einen der hölzernen Instrumentenbehälter, einen langen, schmalen, in die Hand. Als er ihn öffnete, lag eine Flöte darin, einfach gearbeitet, doch mit Silber verziert. Er schloß den Behälter wieder und schob ihn über den Tisch. »Du brauchst sie vielleicht eines Tages wieder, um dir dein Essen zu verdienen, Junge.«

»Das kann schon sein«, sagte Rand. »Wenigstens können wir miteinander sprechen. Ich werde in . . .«

Der Gaukler schüttelte den Kopf. »Eine klare Trennung ist am besten, Junge. Wenn du herumkommst, brauchst du es gar nicht zu erwähnen, ich habe trotzdem immer das Horn im Kopf. Aber ich will nichts damit zu tun haben. Absolut nichts!«

Nachdem Rand gegangen war, warf Thom seinen Umhang auf das Bett und setzte sich an den Tisch, die Ellenbogen auf die Tischfläche gestützt. *Das Horn von Valere. Wie konnte dieser Bauernjunge das finden . . . ?* Er brach diesen Gedankengang ab. Zu lange über das Horn nachzudenken könnte bedeuten, daß er mit Rand wegrannte, um es nach Schienar zu bringen. *Das gäbe eine Geschichte: das Horn von Valere, verfolgt von Trollocs und Schattenfreunden, in die Grenzlande bringen.* Kopfschüttelnd erinnerte er sich Denas. Und selbst wenn sie ihn nicht geliebt hätte, konnte man doch ein solches Talent nicht alle Tage finden. Und sie liebte ihn tatsächlich, wenn er sich auch nicht vorstellen konnte, warum.

»Alter Narr«, murmelte er.

»Ja, ein alter Narr«, sagte Zera von der Tür her. Er fuhr zusammen. Er war so in Gedanken versunken gewesen, daß er nicht gehört hatte, wie sich die Tür öffnete. Er kannte Zera seit Jahren, hatte sie zwischen seinen Reisen immer wieder getroffen, und sie nutzte ihre Freundschaft dazu, ihm immer wieder die Meinung zu sagen. »Ein alter Narr, der schon wieder das Spiel der Häuser spielt. Wenn mich mein Gehör nicht täuscht, spricht dieser junge Lord mit dem Akzent von Andor. Auf jeden Fall kommt er nicht aus Cairhien. *Daes Dae'mar* ist gefährlich genug, auch ohne sich in die Intrigen eines ausländischen Lords verwickeln zu lassen.«

Thom blinzelte überrascht, aber dann überlegte er, wie Rand wohl auf die anderen gewirkt haben mochte. Der Mantel war sicher fein genug gewesen für einen Lord. Er wurde langsam alt, wenn er solche Einzelheiten nicht mehr wahrnahm. Mit schlechtem Gewissen wurde ihm bewußt, daß er sich überlegt hatte, ob er Zera die Wahrheit sagen oder sie lieber bei ihrer vorgefaßten Meinung lassen sollte. *Es ist nur notwendig, über das Große Spiel nachzudenken, und schon fange ich an, es zu spielen.* »Der Junge ist Schäfer, Zera, und kommt von den Zwei Flüssen.«

Sie lachte höhnisch. »Und ich bin die Königin von Ghealdan. Ich sage dir, in den letzten paar Jahren ist das Spiel in Cairhien äußerst gefährlich geworden. Es ist nicht so harmlos, wie du es aus Caemlyn kennst. Jetzt wird dabei auch gemordet. Wenn du nicht aufpaßt, schneidet dir eines Tages jemand die Kehle durch.«

»Ich sage dir doch, ich spiele das Große Spiel längst nicht mehr. Das liegt alles zwanzig Jahre oder so zurück.«

»Ja.« Es klang nicht, als glaube sie ihm. »Aber was auch immer, abgesehen von jungen ausländischen Adligen hast du begonnen, in den Herrenhäusern der Lords aufzutreten.«

62

»Sie zahlen gut.«

»Und sie benützen dich für ihre Intrigen, sobald sie einen Weg dazu gefunden haben. Sie sehen einen Mann und überlegen, wie sie ihn benützen können. Das ist für sie genauso natürlich wie das Atmen. Dieser junge Lord wird dir nicht helfen können; sie werden ihn bei lebendigem Leibe rösten.«

Er gab es auf, sie davon überzeugen zu wollen, daß er nichts mehr damit zu tun habe. »Bist du deshalb heraufgekommen, Zera, um mir das zu sagen?«

»Ja. Hör auf, das Große Spiel mitzuspielen, Thom. Heirate Dena. Sie nimmt dich, die Närrin, auch wenn du knochig bist und weiße Haare hast. Heirate sie, und vergiß diesen jungen Lord und *Daes Dae'mar.*«

»Danke für den guten Rat«, sagte er trocken. *Sie heiraten? Sie mit einem alten Ehemann belasten? Sie wird niemals Bardin werden, wenn ihr meine Vergangenheit wie ein Bleigewicht am Hals hängt.* »Wenn du nichts dagegen hast, Zera, möchte ich ein wenig allein sein. Ich werde heute nacht bei Lady Arilyn auftreten, um ihre Gäste zu unterhalten, und ich muß mich darauf vorbereiten.«

Sie schnaubte kurz, schüttelte den Kopf und knallte die Tür hinter sich zu.

Thom trommelte mit den Fingern auf die Tischfläche. Mantel oder nicht, Rand war immer noch Schafhirte. Wenn er mehr wäre, vielleicht das, was Thom einst vermutet hatte — ein Mann, der die Macht lenken konnte —, hätte weder Moiraine noch irgendeine andere Aes Sedai ihn ohne Dämpfung herumlaufen lassen. Horn oder nicht, der Junge war nur ein Schafhirte.

»Er hat nichts mehr damit zu tun«, sagte er laut, »und ich auch nicht.«

KAPITEL 4

Schatten
in der Nacht

Ich verstehe das nicht«, sagte Loial. »Ich hatte die meiste Zeit über eine Gewinnsträhne. Und dann kam Dena und spielte mit — und sie gewann alles zurück. Jeden Wurf. Sie sprach von einer kleinen Lektion. Was hat sie damit gemeint?«

Rand und der Ogier schritten durch die Straßen von Vortor. Die Traube lag ein gutes Stück hinter ihnen. Die Sonne stand tief am westlichen Himmel. Die Hälfte der roten Kugel befand sich schon unterhalb des Horizonts, und die sichtbare Hälfte warf lange Schatten über sie. Die Straße war leer bis auf eine der großen Puppen, einen gehörnten Trolloc mit einem Schwert am Gürtel, der auf sie zukam. Fünf Männer hielten die Stangen. Aus anderen Teilen Vortors konnten sie immer noch den fröhlichen Lärm von Feiern hören. Dort standen die Festhallen und Tavernen. Hier waren die Türen bereits verrammelt und die Läden vor den Fenstern verriegelt.

Rand hörte auf, den hölzernen Flötenkasten zu streicheln, und hängte ihn sich wieder auf den Rücken. *Ich konnte wohl kaum von ihm erwarten, daß er alles über Bord wirft und mit mir kommt, aber reden könnte er ja wenigstens mit mir. Licht, ich wünschte, Ingtar tauchte endlich auf.* Er steckte die Hände in die Taschen und fühlte nach Selenes Zettel.

»Du glaubst doch nicht, daß sie ...« Loial schwieg bedrückt. »Du glaubst doch nicht, daß sie gemogelt hat, oder? Alle haben gegrinst, als mache sie etwas sehr Schlaues.«

Rand zuckte die Achseln unter seinem Umhang. *Ich muß das Horn nehmen und gehen. Wenn wir auf Ingtar warten, kann alles mögliche passieren. Fain kommt früher oder später auch hierher. Ich muß einen Vorsprung vor ihm haben.* Die Männer mit der Puppe befanden sich unmittelbar vor ihnen.

»Rand«, sagte Loial plötzlich. »Ich glaube nicht, daß das eine ...«

Plötzlich ließen die Männer ihre Stangen auf die festgetretene Straße fallen, und statt zusammenzubrechen, sprang der Trolloc mit ausgestreckten Händen auf Rand zu.

Er hatte keine Zeit zum Überlegen. Der Instinkt brachte das Schwert in einem lichtschimmernden Bogen aus der Scheide heraus. ›Der Mond geht über den Seen auf‹. Der Trolloc taumelte mit einem gurgelnden Schrei zurück und fauchte noch, als er bereits stürzte.

Einen Moment lang standen alle wie erfroren da. Dann blickten die Männer — sie mußten ja wohl Schattenfreunde sein — von dem auf der Straße liegenden Trolloc zu Rand auf, der mit dem Schwert in der Hand und Loial an der Seite vor ihnen stand. Sie drehten sich um und rannten weg.

Auch Rand starrte den Trolloc an. Das Nichts hatte ihn umgeben, bevor er auch nur den Griff des Schwertes berührte. *Saidin* leuchtete in seinem Verstand, lockte auf seine kranke Art. Mit Mühe ließ er das Nichts wieder verschwinden und leckte sich die Lippen. Ohne die Leere hatte er vor Angst eine Gänsehaut. »Loial, wir müssen zurück zur Schenke. Hurin ist allein, und sie ...« Er keuchte auf, als ihn ein kräftiger Arm in die Luft hob. Der Arm war lang genug, um seine beiden Arme wehrlos an seiner Brust festzuhalten. Eine haarige Hand ergriff seine Kehle. Er sah eine mit Hauern bewehrte Schnauze über seinem Kopf auftauchen. Ein fauliger Gestank stieg ihm in die Nase — teils saurer Schweiß, teils Schweinestall.

Genauso schnell, wie sie ihn gepackt hatte, wurde die Hand an seiner Kehle weggerissen. Wie betäubt sah Rand, daß die dicken Finger des Ogiers das Handgelenk des Trollocs umklammerten.

»Halt durch, Rand!« Loials Stimme klang gequält. Die andere Hand des Ogiers kam in Sicht und packte den Arm, der Rand immer noch ein Stück über dem Boden hielt. »Halt dich fest!«

Rand wurde kräftig durchgeschüttelt, als Ogier und Trolloc so miteinander rangen. Plötzlich war er frei und fiel ein Stück herunter. Taumelnd machte er zwei Schritte, um aus der Reichweite des Trollocs zu kommen, und drehte sich dann mit erhobenem Schwert um. Loial stand hinter dem Trolloc mit der Keilerschnauze und hielt ihm mit festem Griff an Handgelenk und Unterarm die Arme weit gespreizt auseinander. Er atmete schwer vor Anstrengung. Der Trolloc knurrte kehlig klingende Worte in der harten Trollocsprache und warf den Kopf hin und her in der Absicht, Loial mit einem der Hauer zu erwischen. Ihre Stiefel rutschten durch den Staub der Straße.

Rand versuchte, einen Fleck zu finden, wo er den Trolloc mit seinem Schwert durchbohren konnte, ohne Loial zu treffen, aber Ogier und Trolloc taumelten in ihrem tödlichen Tanz so umher, daß er keine Stelle finden konnte.

Mit einem Aufgrunzen riß der Trolloc seinen linken Arm aus der Umklammerung, aber bevor er sich vollends befreien konnte, hatte Loial von hinten seinen Hals umklammert und preßte die Kreatur fest an sich. Der Trolloc griff nach seinem Schwert. Die sichelförmige Klinge hing jedoch an der falschen Seite, um sie mit der linken Hand zu ziehen. Doch ganz, ganz langsam brachte er es fertig, die Klinge Stück für Stück aus der Scheide zu ziehen. Und immer noch taumelten sie so umher, daß Rand nicht zustechen konnte, ohne Loial zu gefährden.

Die Macht. Die könnte helfen. Er wußte nicht wie, aber es schien ihm der einzige Weg. Der Trolloc hatte sein Schwert schon halb aus der Scheide. Wenn die gekrümmte Klinge frei war, würde sie Loial töten.

Zögernd bildete Rand das Nichts. *Saidin* schimmerte ihm entgegen, zog ihn in sich hinein. Verschwommen erinnerte er sich an das eine Mal, als es zu ihm gesungen hatte, aber nun zog es ihn lediglich an, wie der Duft einer Blume die Biene anzieht oder der Gestank von Abfall eine Fliege. Er öffnete sich und faßte danach. Es war nichts da. Er hätte genausogut wirklich nach Licht fassen können. Der Gestank nach Fäule erfaßte ihn und beschmutzte ihn, aber in seinem Inneren ergab sich kein Strom von Energie. Von augenblicklicher Verzweiflung getrieben versuchte er es immer wieder. Und immer wieder war da nur diese Verderbnis.

Mit einem plötzlichen Aufbäumen warf Loial den Trolloc zur Seite, und zwar so hart, daß die Kreatur gegen die Hauswand prallte. Mit dem Kopf voran knallte er dagegen. Es gab ein deutlich vernehmbares Knacken, und dann glitt der Trolloc mit gekrümmtem Hals zu Boden.

Loial stand da und blickte ihn schwer atmend an. Rand sah einen Augenblick lang verständnislos aus der ihn umgebenden Leere hinaus, bevor ihm klar wurde, was geschehen war. Sobald es ihm klar war, ließ er Nichts und faulendes Licht fahren und eilte an Loials Seite.

»Ich habe noch nie ... zuvor getötet, Rand.« Loial atmete zittrig ein.

»Er hätte dich getötet, wenn du ihm nicht zuvorgekommen wärst«, sagte Rand zu ihm. Nervös sah er sich um: dunkle Gassen, Fenster mit geschlossenen Läden und verriegelte Türen. Wo sich zwei Trollocs befanden, steckten bestimmt noch mehr. »Es tut mir leid, daß du das tun mußtest, Loial, aber er hätte uns beide getötet oder noch Schlimmeres ...«

»Ich weiß. Aber es gefällt mir trotzdem nicht. Selbst wenn es ein Trolloc ist.« Der Ogier deutete auf die untergehende Sonne und packte dann Rand am Arm. »Da ist noch einer von ihnen.«

Rand mußte gegen die Sonne sehen und konnte deshalb keine Einzelheiten erkennen, aber eine andere Gruppe von Männern mit einer riesigen Puppe schien sich Loial und ihm zu nähern. Nun wußte er aber, worauf er achten mußte. Die ›Puppe‹ bewegte ihre Beine zu natürlich, und der Tierkopf hob sich und witterte, ohne daß jemand eine Stange bewegte. Er glaubte nicht, daß ihn die Schattenfreunde und der Trolloc in den tiefen, abendlichen Schatten erkennen konnten, genausowenig wie das, was neben ihnen auf der Straße lag — dafür bewegten sie sich zu langsam. Doch es war klar, daß sie suchten und näher kamen.

»Fain weiß, daß ich irgendwo hier draußen bin«, sagte er und wischte schnell sein Schwert am Mantel des toten Trollocs ab. »Er hat sie geschickt, um mich aufzuspüren. Er will aber nicht, daß die Trollocs als solche erkannt werden, sonst hätte er sie nicht so verkleidet. Wenn wir eine belebte Straße finden, sind wir in Sicherheit. Wir müssen zurück zu Hurin. Falls Fain ihn allein beim Horn findet ...«

Er zog Loial mit sich zur nächsten Ecke und wandte sich den Geräuschen von Musik und Gelächter zu, doch lange bevor sie die Quelle des fröhlichen Lärms erreicht hatten, erschien eine weitere Gruppe von Männern mit einer Puppe, die keine war, auf der ansonsten leeren Straße vor ihnen. Rand und Loial bogen um die nächste Ecke. Die Straße führte nach Osten.

Jedesmal, wenn Rand versuchte, Musik und Gelächter zu erreichen, versperrte ihm ein Trolloc den Weg. Oft schnupperten sie in die Luft, um eine Witterung von ihm einzufangen. Einige Trollocs pflegten auf diese Art zu jagen. Manchmal ging auch ein Trolloc ohne Tarnung einher, wo keine Augen waren, ihn zu erspähen. Mehr als einmal war Rand sicher, daß er diesen Trolloc bereits vorher gesehen hatte. Der Kreis um ihn herum wurde enger. Sie wollten sichergehen, daß er und Loial die verlassenen Straßen mit ihren verrammelten Türen und Fenstern nicht verließen. Langsam wurden die beiden nach Osten getrieben, weg von der Stadt und von Hurin, weg von den anderen Menschen, durch enge, düstere Gassen, deren Gewirr sich nach allen Seiten erstreckte, hügelab und hügelan. Rand betrachtete die Häuser, an denen sie vorbeikamen — hohe Gebäude, die zur Nacht geschlossen waren —, mit größtem Bedauern. Selbst wenn er an eine Tür pochte, bis jemand öffnete, und selbst wenn sie Loial und ihn einließen — keine der Türen, die er da sah, würde einen Trolloc aufhalten. Er würde ihnen auf die Art nur außer Loial und ihm selbst weitere Opfer anbieten.

»Rand«, sagte Loial schließlich, »jetzt sind wir am Ende angelangt.«

Sie hatten die Ostgrenze von Vortor erreicht; die hohen Gebäude zu beiden Seiten waren die letzten im Ort. Lichter in den oberen Fenstern verhöhnten sie, aber in den unteren Stockwerken waren die Fenster dicht verrammelt. Vor ihnen lagen die in Dämmerung gehüllten Hügel. Nicht einmal ein Bauernhaus war dort zu sehen. Allerdings — ganz unbewohnt waren sie nicht. Auf einem der größeren Hügel konnte er blasse Mauern erkennen, vielleicht eine Meile weit entfernt, und dahinter Gebäude.

»Wenn sie uns einmal dort draußen haben«, sagte Loial, »brauchen sie sich nicht mehr darum zu scheren, wer sie sieht.«

Rand deutete auf die Mauern um den Hügel. »Die sollten auch einen Trolloc aufhalten. Das muß das Herrenhaus eines Lords sein. Vielleicht lassen sie uns ein. Einen Ogier und einen ausländischen Lord? Der Mantel muß doch endlich mal für etwas gut sein!« Er blickte die Straße hinter ihnen hinunter. Noch kein Trolloc in Sicht, aber trotzdem zog er Loial um die Ecke des Gebäudes an ihrer Seite.

»Ich glaube, das ist das Zunfthaus der Feuerwerker, Rand. Die Feuerwerker hüten ihre Geheimnisse sorgfältig. Ich glaube nicht, daß sie selbst Galldrian hineinlassen würden.«

»In welches Fettnäpfchen bist du nun wieder getappt?« fragte eine vertraute Frauenstimme. Plötzlich lag ein gewisses Parfüm in der Luft.

Rand blieb der Mund offen stehen: Selene kam um die Ecke, von der sie beide gerade hergekommen waren. Ihr weißes Kleid schimmerte hell in der Dämmerung. »Wie bist du denn hierhergekommen? Was machst du hier? Du mußt sofort weg! Renn! Hinter uns sind Trollocs her!«

»Das habe ich gesehen.« Ihre Stimme klang trocken, kühl und beherrscht. »Ich habe dich gesucht, und du läßt dich von Trollocs wie ein Schaf in den Pferch treiben. Kann sich der Mann so behandeln lassen, der das Horn von Valere besitzt?«

»Ich habe es nicht bei mir«, fauchte er, »und ich weiß auch nicht, wie es mir helfen könnte. Die toten Helden kommen wohl kaum zurück, um mich vor Trollocs zu retten. Selene, du mußt weg! Sofort!« Er spähte um die Ecke.

Keine hundert Schritt entfernt steckte ein Trolloc vorsichtig den gehörnten Kopf um eine andere Ecke und witterte in den Abend hinein. Der große Schatten an seiner Seite mußte von einem weiteren Trolloc stammen. Und dann waren da auch noch kleinere Schatten. Schattenfreunde.

»Zu spät«, murmelte Rand. Er schob den Flötenkasten zur Seite, zog den Umhang aus und legte ihn ihr um die Schultern. Er war lang genug, um ihr weißes Kleid ganz zu verdecken und noch über den Boden zu schleifen. »Du mußt ihn hochheben, damit du rennen kannst«, sagte er ihr. »Loial, wenn sie uns nicht hineinlassen, müssen wir eine Möglichkeit finden, uns hineinzuschleichen.«

»Aber, Rand ...«

»Willst du lieber auf die Trollocs warten?« Er gab Loial einen sanften Stoß, damit er loslief, und faßte Selenes Hand, um Loial hinterherzurennen. »Such uns einen Weg, auf dem wir uns nicht gerade den Hals brechen, Loial.«

»Du regst dich viel zu sehr auf«, sagte Selene. Es schien ihr leichter zu fallen, Loial in der zunehmenden Dämmerung zu folgen, als Rand. »Suche das Einssein, und beruhige dich. Einer, der groß sein will, muß immer ruhig bleiben.«

»Die Trollocs könnten dich hören«, entgegnete er. »Ich will kein großer Mann sein.« Er glaubte, von ihr ein irritiertes Seufzen zu hören.

Manchmal rollten Steine unter ihren Füßen weg, aber ansonsten war der Weg über die Hügel nicht schwierig, trotz der langen Schatten der Dämmerung. Bäume und sogar Sträucher waren schon lange als Feuerholz abgehackt worden. Nichts wuchs hier außer kniehohem Gras, das leise um ihre Beine raschelte. Ein sanfter Nachtwind kam auf. Rand machte sich Sorgen, daß er den Trollocs ihre Witterung zutragen könnte.

Loial blieb stehen, als sie die Mauern erreichten. Sie waren doppelt so hoch wie der Ogier. Die Steine waren hell verputzt. Rand spähte zurück in Richtung Vortor. Von der Stadtmauer her glänzten die Reihen erleuchteter Fenster wie die Speichen eines Rads.

»Loial«, sagte er leise. »Kannst du sie sehen? Folgen sie uns?«

Der Ogier blickte in Richtung Vortor und nickte dann unglücklich. »Ich sehe nur ein paar Trollocs, aber sie kommen hierher. Sie rennen. Rand, ich glaube wirklich nicht ...«

Selene unterbrach ihn. »Wenn er hinein will, *Alantin*, braucht er eine Tür. So wie die dort.« Sie zeigte auf einen dunklen Fleck ein bißchen weiter hinten an der Mauer. Obwohl sie es behauptete, war Rand nicht sicher, daß es wirklich eine Tür war, aber als sie hinging und daran zog, öffnete sie sich.

»Rand ...«, begann Loial.

Rand schob ihn auf die Tür zu. »Später, Loial! Und leise! Wir verstecken uns gerade, erinnerst du dich noch?« Sie drückten sich hinein und schlossen die Tür hinter sich. Es gab Halterungen für einen Riegel, aber es war kein Riegel zu sehen. Sie würde niemanden aufhalten, doch vielleicht zögerten die Trollocs, hereinzukommen.

Sie befanden sich in einer hügelan führenden Gasse zwischen zwei langen, niedrigen, fensterlosen Gebäuden. Zuerst glaubte er, sie bestünden ebenfalls aus Stein, doch dann wurde ihm klar, daß hier lediglich Holz weiß verputzt worden war. Es war nun dunkel genug, daß der von den Wänden reflektierte Mondschein eine trübe Beleuchtung ergab.

»Besser, von den Feuerwerkern gefangengenommen zu werden als von den Trollocs«, murmelte er und ging nach oben.

»Aber das habe ich dir doch schon die ganze Zeit sagen wollen«, protestierte Loial. »Ich habe gehört, die Feuerwerker töten Eindringlinge. Sie bewahren ihre Geheimnisse auf sehr wirksame Art und Weise, Rand.«

Rand blieb wie angewurzelt stehen und blickte zur Tür zurück. Die Trollocs waren noch immer dort draußen. Im schlimmsten Fall war es bestimmt besser, sich mit Menschen auseinanderzusetzen als mit Trollocs. Vielleicht war er in der Lage, die Feuerwerker dazu zu überreden, sie laufenzulassen; Trollocs hörten nicht zu, bevor sie töteten. »Tut mir leid, daß ich dich in diese Lage gebracht habe, Selene.«

»Gefahr birgt einen gewissen Reiz«, sagte sie leise. »Und bis jetzt wurdest du gut damit fertig. Sollen wir nachsehen, was wir dort entdecken?« Sie streifte an ihm vorbei die Gasse hoch. Rand folgte. Ihr würziger Duft stieg ihm in die Nase. Oben auf dem Hügel weitete sich die Gasse zu einer breiten Fläche geglätteten Lehmbodens, der beinahe genauso weiß war wie der Verputz an den Wänden. Der Platz war fast ganz von weiteren weißen, fensterlosen Gebäuden umgeben, in deren Schatten neue Gassen lagen. Zur Rechten stand jedoch ein Gebäude mit Fenstern, aus denen Licht auf den blassen Lehmboden fiel. Er drückte sich zurück in den Schatten der Gasse, als ein Mann und eine Frau erschienen, die langsam über den Platz schritten.

Ihre Kleidung stammte offensichtlich nicht aus Cairhien. Der Mann trug Kniebundhosen, die genauso bauschig waren wie seine Hemdsärmel. Beides war goldgelb, und an den Hosenbeinen sowie auf der Hemdbrust befanden sich Stickereien. Das Kleid der Frau mit einem kunstvoll gearbeiteten Brustteil schien von blassem Grün, und ihr Haar war zu einer Unzahl kleiner Zöpfe geflochten.

»Alles ist bereit, sagt Ihr?« wollte die Frau wissen. »Seid Ihr sicher, Tammuz? Alles?«

Der Mann spreizte die Hände. »Ihr müßt mich ständig überwachen, Aludra. Es ist wirklich alles bereit. Die Vorstellung könnte in diesem Moment beginnen.«

»Die Tore und Türen sind verriegelt? Alle ...?« Ihre Stimme verklang, als sie zum hinteren Ende des beleuchteten Gebäudes kamen.

Rand betrachtete den offenen Platz, erkannte aber fast nichts. In der Mitte standen einige Dutzend Röhren, jede beinahe so hoch wie er und einen Fuß oder mehr weit. Sie waren auf großen Holzpodesten befestigt. Aus jeder Röhre kam ein dunkler, verdrehter Strick heraus, der sich über den Boden zog und schließlich auf der anderen Seite hinter einer niedrigen, vielleicht drei Schritt langen Mauer verschwand. Rund um den Platz verteilt standen Unmengen von Holzgestellen, an denen Schüsseln und Röhren und gespaltene Stöcke und andere Sachen befestigt waren.

Alle Feuerwerkskörper, die er je gesehen hatte, konnte man in der Hand halten, und das war so ungefähr alles, was er darüber wußte, außer daß sie mit großem Lärm zerbarsten oder in funkensprühenden Spiralen über den Boden zischten oder manchmal in die Luft hinauf flogen. Mit ihnen kam auch immer eine Warnung der Feuerwerker, daß sie explodieren würden, wenn man sie öffnete. Aber Feuerwerkskörper waren sowieso zu teuer, als daß der Gemeinderat sie von jemandem Unerfahrenen öffnen lassen würde. Er konnte sich gut an das eine Mal erinnern, als Mat genau das tun wollte. Es dauerte beinahe eine Woche, bis irgend jemand außer Mats Mutter wieder mit ihm sprach. Das einzige Vertraute, das Rand entdecken konnte, waren die Stricke — die Zündschnüre. Er wußte, daß man sie dort entzündete.

Nach einem Blick zurück zu der unverriegelten Tür bedeutete er den anderen, ihm zu folgen. Er wollte um die Röhren herumgehen. Wenn sie ein Versteck fanden, sollte es soweit wie möglich von dieser Tür entfernt sein.

Das bedeutete, daß sie zwischen den Holzgestellen durchlaufen mußten, und Rand hielt jedesmal die Luft an, wenn er eines berührte. Die daran hängenden Dinge bewegten sich bei der leisesten Berührung und klapperten dann. Alle bestanden aus Holz. Kein Stück Metall war zu sehen. Er konnte sich den Lärm vorstellen, falls eines davon heruntergestoßen wurde. Er beäugte mißtrauisch die Röhren, da er sich noch gut daran erinnern konnte, wie schon eine fingerlange Röhre dieser Art knallte. Wenn das Feuerwerkskörper waren, wollte er sich nicht so nahe bei ihnen aufhalten.

Loial murmelte pausenlos etwas in seinen nicht vorhandenen Bart, besonders als er gegen eines der Gestelle stieß. Da zuckte er so hastig zurück, daß er natürlich prompt gegen ein anderes stieß. Der Ogier schlich unter Klappern und Gemurmel dahin.

Selene ging ihm auch auf die Nerven. Sie schlenderte so selbstverständlich einher, als befinde sie sich auf einer Straße mitten in der Stadt. Sie stieß gegen nichts, erzeugte keinen Laut, aber sie bemühte sich nicht einmal, den Umhang geschlossen zu halten. Das Weiß ihres Kleides schien ihm heller als alle Wände zusammen.

Er spähte zu den erleuchteten Fenstern hinüber und wartete nur darauf, daß dort jemand erschien. Es war nur einer notwendig. Er mußte Selene ja sehen und Alarm schlagen.

Doch an den Fenstern erschien niemand. Rand atmete gerade erleichtert auf, während sie auf eine niedrige Mauer zuschritten und auf die Gassen und Gebäude dahinter, als Loial wieder gegen ein Gestell stieß, das direkt neben der Mauer stand. Es enthielt zehn weich wirkende Stöcke, jeder so lang wie Rands Arm, aus deren Spitzen dünne Rauchfahnen quollen. Das Gestell machte kaum Lärm, als es umfiel, aber die schwelenden Stökke fielen auf eine der Zündschnüre. Zischend entzündete sich die Zündschnur, und die kleine Flamme raste auf eine der hohen Röhren zu.

Rand blieb einen Moment lang die Luft weg, und dann versuchte er, flüsternd zu schreien: »Hinter die Mauer!«

Selene gab einen ärgerlichen Laut von sich, als er sie hinter der Mauer zu Boden warf, aber das war ihm gleich. Er bemühte sich, sich schützend über sie zu breiten, während Loial sich daneben niederkauerte. Als er darauf wartete, daß die Röhre explodierte, fragte er sich, ob von der Mauer etwas übrigbleiben werde. Es gab einen dumpfen Schlag, den er als Erschütterung im Boden genauso fühlte wie er ihn hörte. Vorsichtig hob er sich von Selene und spähte um die Kante der Mauer herum. Sie knallte ihm hart die Fäuste in die Rippen und wand sich mit einem Fluch in einer ihm unbekannten Sprache unter ihm hervor, doch er bemerkte das kaum.

Eine dünne Rauchfahne erhob sich aus der Spitze einer der Röhren. Das war alles. *Wenn das alles ist ...*

Mit einem wahren Donnerkrach erblühte eine riesige rote und weiße Blume hoch am mittlerweile dunklen Himmel und sank dann langsam in einem Funkenregen nieder.

Während er sie noch mit offenem Mund anstarrte, explodierte das Haus förmlich vor Lärm. Schreiende Männer und Frauen füllten die Fenster. Sie sahen herüber und zeigten mit Fingern in ihre Richtung.

Rand betrachtete sehnsuchtsvoll die nur ein Dutzend Schritte entfernte dunkle Gasse. Schon der erste Schritt würde sie all jenen Leuten an den Fenstern sichtbar machen. Trommelnde Füße näherten sich von dem Gebäude her.

Er drückte Loial und Selene gegen die Mauer und hoffte, sie sähen aus wie ein ganz normaler Schatten. »Bewegt euch nicht, und seid still«, flüsterte er. »Das ist unsere einzige Hoffnung.«

»Manchmal«, sagte Selene ruhig, »kann dich niemand sehen, wenn du ganz still sitzt.« Sie klang nicht im geringsten besorgt.

Stiefel trampelten vor der Mauer hin und her, und zornige Stimmen erhoben sich. Besonders eine klang wütend — die Rand als Aludras erkannte.

»Du Riesenidiot, Tammuz! Du Riesenschwein! Deine Mutter war eine Ziege, Tammuz! Eines Tages bringst du uns alle um!«

»Das ist nicht meine Schuld, Aludra«, protestierte der Mann. »Ich bin sicher, ich habe alles angebracht, wie es sein muß, und der Zunder war ...«

»Halt den Mund, Tammuz! Ein großes Schwein verdient es nicht, wie ein Mensch zu sprechen!« Aludras Tonfall veränderte sich, als sie die Frage eines anderen

Mannes beantwortete: »Es ist keine Zeit mehr, eine neue vorzubereiten. Galldrian muß sich heute abend mit dem Rest zufriedengeben. Und einer verfrühten Zündung. Und du, Tammuz! Du wirst alles in Ordnung bringen und morgen mit den Karren abreisen, um Mist zu kaufen. Falls heute abend noch etwas schiefgeht, werde ich dir noch nicht einmal mehr den Mist anvertrauen!«

Schritte entfernten sich in Richtung des beleuchteten Gebäudes, begleitet von Aludras ärgerlichem Gefluche. Tammuz blieb zurück und grollte unterdrückt darüber, wie unfair das alles sei.

Rand stockte der Atem, als der Mann herüberkam, um das umgefallene Gestell wieder aufzurichten. Im tiefsten Schatten gegen die Mauer gedrückt, konnte er Tammuz Rücken und Schulterpartie erkennen. Alles, was der Mann tun mußte, war, sich umzudrehen. Dann konnten ihm Rand und die anderen gar nicht entgehen. Tammuz führte immer noch ärgerliche Selbstgespräche, richtete die schwelenden Stöcke im Gestell wieder aus und stolzierte dann zurück zu dem Gebäude, in das die anderen hineingegangen waren.

Rand atmete tief durch, streckte kurz den Kopf vor, um dem Mann nachzublicken, und zog sich dann wieder in den Schatten zurück. An den Fenstern standen immer noch einige Leute. »Noch mehr Glück heute nacht wäre zuviel verlangt«, flüsterte er.

»Man sagt, große Männer machten ihr eigenes Glück«, sagte Selene leise.

»Hör endlich damit auf«, sagte er müde. Er wünschte, ihr Duft stiege ihm nicht so zu Kopf. Er konnte so einfach nicht klar denken. Er erinnerte sich an das Gefühl, als er am Boden auf ihrem Körper lag — weich und verwirrenderweise gleichzeitig fest —, und das half ihm auch nicht gerade.

»Rand?« Loial sah um die Mauerecke auf der von dem beleuchteten Gebäude abgewandten Seite herum. »Ich glaube, wir brauchen doch noch ein wenig Glück, Rand.«

Rand schob sich hinüber und sah dem Ogier über die Schulter. Jenseits des Platzes, am Ausgang der Gasse, die zu der unverriegelten Tür führte, standen drei Trollocs und blickten vorsichtig aus den Schatten zu den beleuchteten Fenstern hinüber. Eine Frau stand an einem der Fenster. Sie schien die Trollocs nicht bemerkt zu haben.

»Also«, meinte Selene, »wird das hier nun zur Falle. Diese Leute töten euch vielleicht, wenn sie euch fangen. Die Trollocs tun das ganz gewiß. Aber vielleicht kannst du die Trollocs so schnell töten, daß sie sich nicht mehr bemerkbar machen können. Vielleicht kannst du die Leute davon abbringen, euch zu töten, um ihre kleinen Geheimnisse zu wahren. Vielleicht strebst du nicht nach Größe, aber nur ein großer Mann kann das nun fertigbringen.«

»Deshalb brauchst du dich nicht so selbstzufrieden zu geben«, schimpfte Rand. Er versuchte, nicht mehr daran zu denken, wie sie duftete, wie sie sich anfühlte, und beinahe hätte ihn das Nichts überrascht. Er schüttelte es ab. Die Trollocs schienen sie noch nicht entdeckt zu haben.

Er lehnte sich an die Mauer und blickte in die nächste Gasse hinein. Sobald sie in diese Richtung losliefen, würden die Trollocs sie sehen und auch die Frau am Fenster. Es würde ein Wettrennen stattfinden. Wer würde sie zuerst erreichen: die Trollocs oder die Feuerwerker?

»Deine Größe wird mich glücklich machen.« Im Gegensatz zu diesen Worten klang Selene zornig. »Vielleicht sollte ich dich verlassen, damit du dich eine Weile lang allein zurechtfinden mußt. Wenn du nicht nach der Größe greifst, die sich in deiner Reichweite befindet, verdienst du möglicherweise den Tod.«

Rand vermied es, sie anzusehen. »Loial, kannst du erkennen, ob sich am Ende dieser Gasse dort wieder eine Tür befindet?«

Der Ogier schüttelte den Kopf. »Es ist zu hell hier, und dort ist es zu dunkel. Wenn ich mich in der Gasse befände, dann ja.«

Rand fühlte nach dem Griff seines Schwerts. »Nimm Selene. Sobald du eine Tür siehst — *falls* eine da ist —, rufst du, und ich folge euch. Wenn am anderen Ende keine Tür ist, mußt du sie hochheben, damit sie auf die Mauer klettern kann und hinüberkommt.«

»In Ordnung, Rand.« Loial klang besorgt. »Aber wenn wir uns bewegen, kommen diese Trollocs hinter uns her, ganz gleich, wer sonst noch zuschaut. Auch wenn sich dort eine Tür befindet, haben wir sie auf den Fersen.«

»Überlaß mir die Trollocs.« *Drei. Ich könnte es mit Hilfe des Nichts schaffen.* Der Gedanke an *Saidin* ließ ihn einen Entschluß fassen. Zu viele eigenartige Dinge waren geschehen, wenn er die männliche Hälfte der Einen Quelle an sich herangelassen hatte. »Ich folge euch, sobald ich kann. Los!« Er drehte sich um und blickte über die Mauer hinweg zu den Trollocs hinüber.

Aus den Augenwinkeln sah er, wie sich die massige Gestalt Loials und Selenes weißes, halb von seinem Umhang verdecktes Kleid bewegten. Einer der Trollocs jenseits der Röhren deutete aufgeregt auf sie, doch die drei zögerten und sahen zu dem Fenster hoch, aus dem die Frau immer noch herausblickte. *Drei. Es muß einen Weg geben. Ohne das Nichts. Ohne Saidin.* »Es ist eine Tür da!« rief Loial mit unterdrückter Stimme. Einer der Trollocs tat einen Schritt aus dem Schatten heraus, und die anderen folgten dicht hinter ihm. Wie aus großer Entfernung hörte Rand die Frau am Fenster aufschreien und Loial gleichzeitig etwas rufen.

Ohne nachzudenken sprang Rand auf. Er mußte irgendwie die Trollocs aufhalten, oder sie würden ihn und Loial und Selene überrennen. Er schnappte sich einen der schwelenden Stöcke und warf sich hinter die nächste Röhre. Sie kippte, fiel vornüber, aber er packte das viereckige Holzpodest, auf dem sie befestigt war. Die Röhre zeigte nun geradewegs auf die Trollocs. Sie verlangsamten unsicher ihren Schritt — die Frau am Fenster kreischte —, und Rand berührte mit dem schwelenden Ende des Stocks die Zündschnur dort, wo sie in die Röhre hineinverlief.

Der dumpfe Schlag folgte augenblicklich, und das dicke Holzpodest rammte sich in seinen Magen und brachte ihn zum Sturz. Ein Aufbrüllen wie von Donner erfüllte die Nacht, und ein blendender Lichterhagel zerriß die Dunkelheit.

Blinzelnd taumelte Rand auf die Beine und hustete. Beißender Qualm drang in seine Lunge. Seine Ohren klingelten. Er starrte überrascht auf das, was vor ihm lag. Die Hälfte der Röhren und alle Gestelle lagen umgestürzt herum, und eine Ecke des Gebäudes, neben dem die Trollocs gestanden hatten, war einfach verschwunden. Flammen züngelten an den Enden von Brettern und Balken entlang. Von den Trollocs keine Spur.

Durch das Klingeln in seinen Ohren hörte Rand die Schreie der Feuerwerker in dem Gebäude. Er rannte wankend los in die Gasse hinein. Nach ein paar Schritten stolperte er über etwas, was er als seinen Umhang erkannte. Er schnappte ihn ohne stehenzubleiben vom Boden auf. Hinter ihm erfüllten die Schreie der Feuerwerker die Nacht.

Loial trat neben der Tür ungeduldig von einem Fuß auf den anderen. Und er war allein.

»Wo ist Selene?« wollte Rand wissen.

»Sie ist zurückgegangen, Rand. Ich wollte sie festhalten, aber sie ist mir durch die Hände geschlüpft.«

Rand wandte sich noch einmal dem Lärm hinter ihnen zu. Durch das fortwährende Klingeln in seinen Ohren hindurch konnte er einige der Rufe gerade noch ausmachen. Es war jetzt hell dort hinten — von den Flammen beleuchtet.

»Die Sandeimer! Holt schnell die Sandeimer!«

»Das ist eine Katastrophe! Eine Katastrophe!«

»Ein paar sind dorthin gelaufen!«

Loial packte Rands Schulter. »Du kannst ihr nicht helfen, Rand. Nicht damit, daß du selbst gefangen wirst. Wir müssen weg.« Jemand erschien am Ende der Gasse, ein Schatten, dessen Umrisse nur durch das Glühen der Flammen dahinter abgehoben wurden. Er deutete auf sie. »Komm schon, Rand!«

Rand ließ sich durch die Tür in die Dunkelheit zerren. Der Feuerschein verblaßte hinter ihnen, bis nur noch ein glühender Fleck durch die Nacht hindurch erkennbar war, und die Lichter von Vortor näherten sich. Rand wünschte sich fast, daß weitere Trollocs erschienen, jemand, mit dem er kämpfen konnte. Aber es gab nur den leichten Nachtwind, der das Gras sanft bewegte.

»Ich habe versucht, sie aufzuhalten«, sagte Loial. Langes Schweigen folgte. »Wir konnten wirklich nichts weiter tun. Sie hätten lediglich auch uns noch gefangengenommen.«

Rand seufzte. »Ich weiß, Loial. Du hast getan, was du konntest.« Er ging ein paar Schritte zurück und blickte zu dem fernen Glühen hinüber. Es wurde kleiner; die Feuerwerker waren wohl dabei, die Flammen zu löschen. »Ich muß ihr irgendwie helfen.« *Wie? Saidin? Die Macht?* Er schauderte. »Ich muß.«

Sie gingen auf den beleuchteten Straßen durch Vortor, in ein Schweigen gehüllt, das die Fröhlichkeit um sie herum ausschloß.

Als sie den ›Verteidiger der Drachenmauer‹ betraten, hielt ihm der Wirt sein Tablett mit einem versiegelten Brief entgegen.

Rand nahm ihn und betrachtete das weiße Siegel. Eine Mondsichel mit Sternen. »Wer hat das gebracht? Wann?«

»Eine alte Frau, Lord. Keine Viertelstunde ist es her. Eine Dienerin. Sie sagte allerdings nicht, aus welchem Haus.« Cuale lächelte schmierig, als gebe er Vertraulichkeiten preis.

»Danke«, sagte Rand, der immer noch unverwandt das Siegel betrachtete. Der Wirt beobachtete mit nachdenklichem Gesichtsausdruck, wie sie nach oben gingen.

Hurin nahm die Pfeife aus dem Mund, als Rand und Loial eintraten. Er hatte sein Kurzschwert und den Schwertbrecher auf den Tisch gelegt und wischte sie gerade mit einem Öltuch ab. »Ihr wart aber lange bei dem Gaukler, Lord Rand. Geht es ihm gut?«

Rand fuhr auf. »Was? Thom? Ja, es ...« Er brach das Siegel mit seinem Daumen auf und las:

Wenn ich glaube zu wissen, was du tun wirst, dann tust du etwas ganz anderes. Du bist ein gefährlicher Mann. Vielleicht dauert es nicht lang, und wir sind wieder beisammen. Denke an das Horn. Denke an den Ruhm. Und denke an mich, denn du gehörst mir für immer.

Wieder befand sich keine Unterschrift darunter, aber die fließende Handschrift war unverkennbar.

»Sind denn alle Frauen verrückt?« wollte Rand von der Zimmerdecke wissen. Hurin zuckte die Achseln. Rand warf sich auf den anderen Stuhl, den, der von der Größe her für den Ogier bestimmt war. Seine Füße baumelten in der Luft. Es machte ihm nichts aus. Er betrachtete die von Decken verhüllte Truhe unter Loials Bett. *Denke an den Ruhm.* »Ich wünschte, Ingtar käme endlich.«

KAPITEL 5

Ein neuer Faden
im Gewebe

Perrin beobachtete nervös beim Reiten die Berge von
Brudermörders Dolch. Der Pfad wand sich immer
noch aufwärts und die Steigung schien nie enden zu
wollen, aber er glaubte, daß die Paßhöhe nicht mehr
weit entfernt sein konnte. Auf einer Seite des Pfads fiel
der Abhang steil ab bis zum Bett eines kleinen Berg-
bachs, der schäumend über scharfkantige Steine hüpfte;
auf der anderen Seite ragten steile Felswände wie gefro-
rene Wasserfälle auf. Der Pfad selbst führte durch Ge-
röllhalden. Einige der Felsblöcke waren so groß wie ein
Pferdekarren, andere hatten nur die Größe eines Män-
nerkopfes. Es gehörte nicht viel dazu, sich dort irgendwo zu verstecken.

Die Wölfe behaupteten, in den Bergen befänden sich
Menschen. Perrin fragte sich, ob das wohl einige von
Fains Schattenfreunden seien. Die Wölfe wußten es
nicht und es interessierte sie auch nicht. Sie wußten ansonsten nur, daß die Verzerrten sich irgendwo vor ihnen
befanden. Ziemlich weit vor ihnen sogar, obwohl Ingtar
die Kolonne pausenlos angetrieben hatte. Perrin bemerkte, daß Uno die sie umgebenden Berge auf dieselbe
Art betrachtete wie er.

Mat hatte sich den Bogen übergehängt und ritt offensichtlich unberührt voran. Er jonglierte dabei mit drei
farbigen Bällen. Aber er wirkte blasser als vorher. Verin
untersuchte ihn mittlerweile mit gerunzelter Stirn zwei
oder drei Mal am Tag, und Perrin war sicher, daß sie es
mindestens einmal mit ihrer Aes-Sedai-Heilkunst pro-

biert hatte, aber Mat sah nicht anders aus als zuvor. Außerdem schien sie in Gedanken ständig mit etwas beschäftigt, worüber sie nicht sprach.

Rand, dachte Perrin, wenn er den Rücken der Aes Sedai betrachtete. Sie ritt immer mit Ingtar an der Spitze der Kolonne, und sie wollte grundsätzlich noch schneller vorwärtskommen, als selbst der schienarische Lord gestattete. *Irgendwie werde ich das Gefühl nicht los, daß sie über Rand Bescheid weiß.* Von den Wölfen herrührende Bilder flackerten durch seinen Kopf: steinerne Bauernhäuser und Dörfer zwischen Terrassenfeldern, alles jenseits der Berggipfel. Die Wölfe sahen sie als nichts Besonderes an, als seien sie nichts anderes als Hügel oder Wiesen, doch irgendwie vermittelten sie das Gefühl, das Land sei verdorben. Einen Augenblick lang spiegelte sich in ihm das Bedauern darüber wider, die Erinnerung an von den Zweibeinern längst verlassene Orte, an die flinke Hatz durch den Wald, an das Zuschnappen der kräftigen Kiefer, wenn der Hirsch zu fliehen versuchte, an ... Mit Mühe verdrängte er die Wölfe aus seinem Kopf. *Diese Aes Sedai werden uns noch alle vernichten.* Ingtar ließ sich neben Perrin zurückfallen. Manchmal wirkten in Perrins Augen die halbmondförmigen Abzeichen auf dem Helm des Schienarers wie die Hörner eines Trollocs. Ingtar sagte leise: »Sagt mir noch einmal, was Euch die Wölfe berichten.«

»Ich habe es Euch schon zehnmal gesagt«, murmelte Perrin.

»Sagt es mir trotzdem noch einmal! Vielleicht habe ich etwas überhört, etwas, das mir helfen kann, das Horn zu finden ...« Ingtar sog tief Luft ein und atmete langsam wieder aus. »Ich muß das Horn von Valere finden, Perrin. Sagt es mir noch einmal.«

Es war nicht nötig, daß Perrin erstmal alles im Geist ordnete — nicht nach so vielen Wiederholungen. Er rasselte alles herunter: »Jemand — oder etwas — griff die Schattenfreunde in der Nacht an und tötete die Trollocs, die wir fanden.« Mittlerweile drehte sich ihm der Magen deshalb nicht mehr um. Raben und Geier hatten keine feinen Tischmanieren. »Die Wölfe nennen ihn — oder es — Schattentöter. Ich glaube, es war ein Mann, aber sie gingen nicht nahe genug heran, um es klar erkennen zu können. Sie haben keine Angst vor diesem Schattentöter — Ehrfurcht käme der Sache schon näher. Sie sagen, daß die Trollocs nun dem Schattentöter folgen. Und sie sagen, Fain sei bei ihnen« — selbst nach so langer Zeit brachte ihm die Erinnerung an die Witterung Fains, an das Gefühl, das ihn bei dem Mann packte, einen bitteren Geschmack auf die Zunge — »also muß sich auch der Rest der Schattenfreunde dort befinden.«

»Schattentöter«, murmelte Ingtar. »Ein Geschöpf des Dunklen Königs wie ein Myrddraal? Ich habe in der Fäule Dinge gesehen, die den Namen Schattentöter verdienten, aber ... Haben sie denn sonst nichts gesehen?«

»Sie wollten sich ihm nicht nähern. Es war kein Blasser. Ich habe Euch ja gesagt, sie würden einen Blassen noch schneller reißen als einen Trolloc, auch wenn sie das halbe Rudel dabei verlören. Ingtar, die Wölfe, die das beobachteten, gaben die Nachricht an andere weiter und die wieder an andere, bevor sie mich erreichte. Ich kann Euch nur berichten, was sie mir sagten, und nach so vielen Wiederholungen ...« Er schwieg, als Uno sich zu ihnen gesellte.

»Aielmann zwischen den Felsen«, sagte der Einäugige leise.

»So weit weg von der Wüste?« sagte Ingtar ungläubig. Uno brachte es irgendwie fertig, beleidigt zu wirken, obwohl sich sein Gesichtsausdruck nicht änderte, und Ingtar fügte hinzu: »Nein, ich zweifle ja nicht an deinen Worten. Ich bin nur überrascht.«

»Licht noch mal, er wollte, daß ich ihn sehe, sonst hätte ich das nicht gekonnt.« Uno klang mißmutig ob dieses Eingeständnisses. »Und sein verdammtes Gesicht ist nicht verschleiert, also ist er nicht auf Kampf aus. Aber wenn man einen verfluchten Aielmann sieht, sind meist einige unsichtbare in der Gegend.« Plötzlich riß er die Augen auf. »Seng mich, wenn es nicht verflucht danach aussieht, daß er mehr will als nur gesehen werden.« Er deutete nach vorn: Ein Mann war ein Stück vor ihnen auf den Pfad getreten.

Sofort senkte sich Masemas Lanzenspitze, er ließ sein Pferd die Fersen spüren, und nach drei Sätzen befand es sich in vollem Galopp. Er war nicht der einzige: Vier Stahlspitzen jagten auf den Mann am Boden zu.

»Halt!« brüllte Ingtar. »Halt, sagte ich! Ich schneide jedem die Ohren ab, der nicht sofort stehenbleibt, wo er ist!«

Masema riß böse an den Zügeln und brachte sein Pferd zum Stehen. Auch die anderen blieben in eine Staubwolke gehüllt stehen, die Lanzen immer noch auf die Brust des Mannes gerichtet. Er hob eine Hand, um den Staub wegzuwedeln, der auf ihn zutrieb. Es war seine erste Bewegung, seit er auf den Pfad getreten war.

Er war hochgewachsen, hatte eine dunkle, sonnenverbrannte Hautfarbe und kurzgeschnittenes rotes Haar, das ihm nur hinten in einem Pferdeschwanz bis auf die Schultern hing. Die weichen, geschnürten, kniehohen Stiefel, genauso wie all seine Kleidung bis hinauf zum Halstuch, waren in verschiedenen Schattierungen von Braun und Grau gehalten, die sich von den Felsen und der Erde kaum abhoben. Die Spitze eines kurzen Hornbogens ragte über seine Schulter hervor, und an seinem Gürtel hing ein mit Pfeilen gespickter Köcher. An der anderen Seite hing ein langes Messer. In der linken Hand hielt er einen runden Lederschild und drei kurze Wurfspeere, nur etwa halb so lang, wie er groß war, aber mit genauso langen Spitzen wie die der schienarischen Lanzen.

»Ich habe keine Musikanten, um das Lied zu spielen«, verkündete der Mann lächelnd, »aber wenn Ihr zu tanzen wünscht ...« Er änderte seine Körperhaltung nicht, aber Perrin bemerkte, daß er jetzt auf irgendeine Art kampfbereit wirkte. »Ich heiße Urien von den zwei Türmen, Siebter der Reyn Aiel. Ich bin ein roter Schild. Erinnert Euch an mich.«

Ingtar stieg ab und schritt vorwärts, wobei er seinen Helm abnahm. Perrin zögerte nur einen Augenblick. Dann stieg er ebenfalls ab und tat es Ingtar gleich. Er wollte die Gelegenheit nicht versäumen, einen Aiel aus der Nähe zu sehen. ›Wie ein Aiel mit schwarzem Schleier handeln.‹ In jeder Geschichte wurden die Aiel als genauso gefährlich und tödlich wie die Trollocs beschrieben. Manche behaupteten sogar, sie seien allesamt Schattenfreunde. Aber Uriens Lächeln wirkte einfach nicht gefährlich, trotz der Tatsache, daß der Mann sprungbereit dastand. Seine Augen waren blau.

»Er sieht aus wie Rand.« Perrin sah sich um. Mat hatte sich zu ihnen gesellt. »Vielleicht hat Ingtar recht«, fügte Mat leise hinzu. »Vielleicht ist Rand ein Aiel.«

Perrin nickte. »Aber das hat nichts zu sagen.«

»Bestimmt nicht.« Mat klang, als rede er von etwas anderem als dem, was Perrin damit meinte.

»Wir sind beide weit weg von zu Hause«, sagte Ingtar zu dem Aiel. »Wir zumindest sind zu einem anderen Zweck hier, als zu kämpfen.« Perrin änderte seine Meinung in bezug auf Uriens Lächeln. Der Mann sah nun tatsächlich enttäuscht aus.

»Wie Ihr wünscht, Schienarer.« Urien wandte sich Verin zu, die gerade vom Pferd stieg, und verbeugte sich auf eigenartige Weise. Die Speerspitzen bohrte er in den Boden, und die rechte Hand hob er mit der Innenfläche ihr zugewandt. Seine Stimme klang respektvoll: »Weise Frau, mein Wasser gehört Euch.«

Verin gab ihre Zügel einem der Soldaten. Sie musterte den Aiel, als sie näher trat. »Warum nennt Ihr mich so? Haltet Ihr mich für eine Aiel?«

»Nein, Weise Frau. Aber Ihr seht aus wie eine Frau, die nach Rhuidean gereist ist und überlebt hat. Die Jahre berühren die Weisen nicht in dem Maße wie andere Frauen oder wie Männer.«

Die Aes Sedai blickte sichtlich gespannt drein, aber Ingtar sagte ungeduldig: »Wir verfolgen Schattenfreunde und Trollocs, Urien. Habt Ihr etwas von ihnen gesehen?«

»Trollocs? Hier?« Uriens Augen strahlten. »Das ist eines der Zeichen, die prophezeit wurden. Wenn die Trollocs wieder aus der Fäule hervorkommen, werden wir das Dreifache Land verlassen und unser altes Land wieder in Besitz nehmen.« Die berittenen Schienarer murmelten irgend etwas. Urien blickte sie so stolz an, als sehe er auf sie herunter.

»Das Dreifache Land?« fragte Mat.

Perrin hatte das Gefühl, daß Mat noch blasser aussah — nicht unbedingt kränklich, aber so, als sei sein Gesicht lange Zeit nicht mehr der Sonne ausgesetzt gewesen.

»Ihr nennt es eine Wüste«, sagte Urien. »Für uns ist es das Dreifache Land: ein Wetzstein, um uns zu formen, eine Prüfung, um festzustellen, was wir wert sind, und eine Strafe für unsere Sünden.«

»Welche Sünden?« wollte Mat wissen. Perrin stockte der Atem. Er wartete darauf, die Speere in Uriens Hand vorzucken zu sehen.

Der Aiel zuckte die Achseln. »Es ist schon so lange her, daß sich niemand daran erinnert. Außer eben den Weisen Frauen und den Clanführern, und die sprechen nicht darüber. Es muß schon eine sehr schlimme Sünde gewesen sein, daß sie sich nicht überwinden können, uns davon zu erzählen, aber der Schöpfer bestraft uns eben hart.«

»Trollocs«, beharrte Ingtar. »Habt Ihr Trollocs gesehen?«

Urien schüttelte den Kopf. »Wenn ich welche gesehen

hätte, hätte ich sie getötet, aber ich habe außer Felsen und dem Himmel nichts bemerkt.«

Ingtar schüttelte in nachlassendem Interesse ebenfalls den Kopf, aber Verin sagte mit äußerst konzentriert klingender Stimme: »Dieses Rhuidean. Was ist das? Wo ist es? Wie wählt man die Mädchen aus, die dorthin gehen sollen?«

Uriens Gesicht wurde ausdruckslos. Seine Augenlider sanken herab. »Ich kann darüber nicht sprechen, Weise Frau.«

Unwillkürlich griff Perrin nach seiner Axt. Uriens Stimme forderte das irgendwie heraus. Ingtar hielt sich auch bereit, nach dem Schwert zu greifen, und unter den Berittenen machte sich Bewegung breit. Doch Verin trat vor den Aielmann hin, bis sie beinahe seine Brust berührte, und blickte hoch in seine Augen.

»Ich bin keine Weise Frau von der Art, die Ihr kennt, Urien«, sagte sie eindringlich. »Ich bin Aes Sedai. Sagt mir, was Ihr über Rhuidean sagen könnt.«

Der Mann, der bereit gewesen war, zwanzig Männern gegenüberzutreten, wirkte nun, als suche er verzweifelt nach einem Weg, dieser einen molligen Frau mit grauem Haar zu entkommen. »Ich ... kann nur sagen, was jeder weiß. Rhuidean liegt im Gebiet der Jenn Aiel, des dreizehnten Clans. Ich kann nichts weiter über sie sagen als den Namen. Niemand darf dorthin gehen, außer Frauen, die Weise Frauen werden möchten, oder Männer auf dem Weg zum Clanführer. Vielleicht werden sie von den Jenn Aiel ausgesucht — ich weiß es nicht. Viele gehen, wenige kehren zurück. Diese wenigen weisen die Merkmale ihres neuen Standes auf — Weise Frauen oder Clanführer. Mehr kann ich nicht sagen, Aes Sedai. Weiter nichts.«

Verin sah weiter zu ihm auf und schürzte die Lippen.

Urien blickte zum Himmel auf, als bemühe er sich, ihn sich einzuprägen. »Werdet Ihr mich jetzt töten, Aes Sedai?«

Sie blinzelte überrascht. »Was?«

»Werdet Ihr mich jetzt töten? Eine der alten Prophezeiungen sagt, wenn wir die Aes Sedai wieder enttäuschen, werden sie uns töten. Ich weiß, daß Eure Macht größer ist als die der Weisen Frauen.« Der Aiel lachte plötzlich auf. Es war ein freudloses Lachen, und seine Augen blitzten wild. »Ruft Eure Blitze herbei, Aes Sedai. Ich werde mit ihnen tanzen!«

Der Aiel glaubte, er werde sterben, und er hatte keine Angst davor. Perrin wurde bewußt, daß sein Mund offen stand, und so klappte er ihn zu.

»Was würde ich nicht darum geben«, murmelte Verin, die Urien immer noch in die Augen sah, »Euch in der Weißen Burg zu haben. Oder wenigstens zum Sprechen gewillt. Oh, seid ruhig, Mann! Ich werde Euch nichts zuleide tun. Außer Ihr wollt mir an den Kragen, mit Eurem Geschwätz vom Tanzen.«

Urien schien überrascht. Er sah die Schienarer an, die um ihn herum verteilt auf den Pferden saßen, als glaube er, Verins Worte seien nur eine Finte. »Ihr seid keine Tochter des Speers«, sagte er bedächtig. »Wie könnte ich eine Frau angreifen, die nicht mit dem Speer verheiratet ist? Es ist verboten, außer um Leben zu retten, und dann würde ich lieber selbst Wunden empfangen, um den Angriff auf eine Frau zu vermeiden.«

»Warum seid Ihr hier, so weit von Eurem Land entfernt?« fragte sie. »Warum habt Ihr Euch an uns gewandt? Ihr hättet Euch weiter zwischen den Felsen verbergen können, und wir hätten nicht einmal gewußt, daß Ihr da seid.« Der Aielmann zögerte, und sie fügte hinzu: »Sagt nur das, was Ihr zu sagen gewillt seid. Ich weiß nicht, was Eure Weisen Frauen machen, aber ich werde Euch nichts tun und auch nicht versuchen, Euch zum Reden zu zwingen.«

»Das sagen die Weisen Frauen auch«, meinte Urien trocken, »aber selbst die Clanführer müssen eine Menge Ausdauer haben, wenn sie deren Befehlen zuwiderhandeln wollen.« Er schien seine Worte sorgfältig zu wählen. »Ich suche nach ... jemandem. Einem Mann.« Sein Blick streifte Perrin und Mat, die Schienarer, blieb aber an niemand hängen. »Er, Der Mit Dem Sonnenaufgang Kommt. Es heißt, man werde große Zeichen und Ankündigungen seines Kommens empfangen. Ich sah an der Ausrüstung Eurer Eskorte, daß Ihr aus Schienar kommt. Dazu habt Ihr auf mich wie eine Weise Frau gewirkt. So hoffte ich, Ihr hättet vielleicht Nachrichten über bedeutende Ereignisse. Ereignisse, die Vorzeichen seines Kommens sein könnten.«

»Ein Mann?« Verins Stimme klang sanft, doch ihre Augen blitzten scharf wie Dolchklingen. »Welche Vorzeichen meint Ihr?«

Urien schüttelte den Kopf. »Es heißt, wir würden sie erkennen, wenn wir von ihnen hören, so wie wir ihn erkennen, wenn wir ihn sehen, denn er wird gezeichnet sein. Er wird von Westen kommen, von jenseits des Rückgrats der Welt, aber er ist von unserem Blut. Er wird nach Rhuidean gehen und uns aus dem Dreifachen Land führen.« Er nahm einen Speer in die rechte Hand. Leder und Metall quietschten, als die Soldaten nach ihren Schwertern griffen. Perrin wurde bewußt, daß er wieder seine Axt in der Hand hielt. Doch Verin blickte irritiert drein und bedeutete ihnen, Ruhe zu geben. Urien kratzte mit der Speerspitze einen Kreis in die Erde und dann eine Schlangenlinie, die ihn durchschnitt. »Es heißt, er werde unter diesem Zeichen siegen.«

Inglar zog beim Anblick dieses Symbols die Stirn kraus. Auf seinem Gesicht zeigte sich kein Erkennen. Doch Mat fluchte unterdrückt, und Perrin merkte, wie sein Mund austrocknete. *Das alte Wahrzeichen der Aes Sedai.* Verin entfernte das Zeichen mit dem Fuß. »Ich kann Euch nicht sagen, wo er sich befindet, Urien«, sagte sie, »und ich habe nicht von irgendwelchen Vorzeichen gehört, die Euch zu ihm führen können.«

»Dann werde ich meine Suche fortsetzen.« Es war

wohl keine Frage, doch Urien wartete, bis sie nickte. Dann blickte er die Schienarer stolz und herausfordernd an, bevor er ihnen den Rücken zuwandte. Er ging mit geschmeidigen Bewegungen fort und verschwand zwischen den Felsen, ohne sich noch einmal umzublicken.

Einige der Soldaten sprachen, ärgerlich miteinander. Uno sagte etwas von einem ›verrückten, blutigen Aiel‹, und Masema grollte, sie hätten den Aiel den Raben überlassen sollen.

»Wir haben wertvolle Zeit verschwendet«, verkündete Ingtar laut. »Wir werden schneller reiten, um sie wieder aufzuholen.«

»Ja«, sagte Verin, »wir müssen schneller reiten.«

Ingtar sah sie an, aber die Aes Sedai blickte auf den verschmierten Boden hinunter, wo ihr Fuß das Symbol entfernt hatte. »Absitzen«, befahl er. »Rüstungen auf die Packpferde. Wir befinden uns mittlerweile in Cairhien. Wir wollen nicht, daß die Einwohner glauben, wir wollten gegen sie kämpfen. Macht schnell!«

Mat beugte sich zu Perrin hinüber. »Glaubst du …? Glaubst du, daß er von Rand gesprochen hat? Ich weiß, es ist verrückt, aber sogar Ingtar glaubt, er sei ein Aiel.«

»Ich weiß nicht«, sagte Perrin. »Alles war irgendwie verrückt, seit wir an die Aes Sedai gekommen sind.«

Verin sagte leise und mehr zu sich selbst, wobei sie immer noch den Boden anblickte: »Es muß ein Teil des Ganzen sein, doch inwiefern? Webt das Rad der Zeit Fäden in das Muster, von denen wir nichts ahnen? Oder berührt der Dunkle König das Muster gerade wieder?«

Perrin rann es kalt den Rücken herunter.

Verin blickte auf und sah, wie die Soldaten ihre Rüstungen abnahmen. »Beeilt Euch!« befahl sie in härterem Tonfall als Ingtar und Uno. »Wir müssen uns beeilen!«

KAPITEL 6

Seanchan

Geofram Bornhald beachtete den Gestank brennender Häuser und die Leichen nicht, die im Schmutz der Straße lagen. Byar und eine weißgekleidete Hundertschaft Soldaten ritten direkt hinter ihm in das Dorf hinein. Das war die Hälfte der Männer, die er bei sich hatte. Seine Legion war für seinen Geschmack zu weit verstreut, und zu viele der Offiziersposten waren von Zweiflern besetzt, aber seine Befehle waren ganz eindeutig gewesen: Gehorcht den Zweiflern.

Hier hatte es nur vereinzelt Widerstand gegeben; nur über einem halben Dutzend Behausungen standen Rauchwolken. Wie er sah, stand die Schenke noch: weiß verputzte Steinmauern wie bei den meisten Gebäuden auf der Ebene von Almoth.

Er hielt sein Pferd vor der Schenke an. Sein Blick streifte die Gefangenen, die von seinen Soldaten beim Dorfbrunnen aufgestellt worden waren, und blieb dann an dem langen Quergalgen hängen, der das Dorfgrün verunzierte. Er war offensichtlich hastig zusammengezimmert worden: nur ein langer Querbalken auf hohen Stützen. Daran hingen dreißig Leichen, deren Kleidung im leichten Wind flatterte. Zwischen den Leichen von Erwachsenen hingen auch kleine Körper. Selbst Byar betrachtete sie ungläubig.

»Muadh!« brüllte er. Ein grauhaariger Mann löste sich aus der Gruppe, die die Gefangenen bewachte. Muadh war einst in die Hände von Schattenfreunden gefallen. Sein vernarbtes Gesicht schreckte auch die Abgebrühtesten noch ab. »Ist das dein Werk, Muadh, oder das der Seanchan?«

»Weder noch, Lordhauptmann.« Muadhs Stimme klang heiser, wie ein geflüstertes Grollen. Auch eine Erinnerung an die Schattenfreunde. Er sagte nicht mehr.

Bornhald runzelte die Stirn. »Na, die dort haben es sicher nicht getan«, sagte er und deutete auf die Gefangenen. Die Kinder sahen nicht mehr so gepflegt aus wie bei ihrem Aufbruch, als er sie über den Taranbon geführt hatte, aber verglichen mit dem zerlumpten Pack, das unter ihren wachsamen Blicken am Dorfbrunnen kauerte, wirkten sie noch hübsch genug für eine Parade. Männer in Lumpen und Resten von Rüstungen. Männer mit enttäuschten, müden Gesichtern. Die Überreste der Armee, die Tarabon gegen die Invasoren von der Toman-Halbinsel ausgesandt hatte.

Muadh zögerte und sagte dann bedächtig: »Die Dorfbewohner sagen, sie hätten Waffenröcke der Armee von Tarabon getragen, Lordhauptmann. Es war ein großer Mann dabei mit grauen Augen und einem langen Schnurrbart, dessen Beschreibung sich anhört wie die Kind Earwins, und ein junger Bursche, der versuchte, ein hübsches Gesicht hinter einem blonden Bart zu verstecken, und mit der linken Hand kämpfte. Das klingt beinahe wie Kind Wuan, Lordhauptmann.«

»Zweifler!« Bornhald spuckte förmlich das Wort aus. Earwin und Wuan waren unter denen, die er dem Befehl der Zweifler hatte unterstellen müssen. Er hatte die Taktik der Zweifler schon früher kennengelernt, aber es war das erste Mal, daß er vor den Leichen von Kindern stand.

»Wenn Lordhauptmann meinen.« Bei Muadh klangen die nüchternen Worte wie begeisterte Zustimmung.

»Schneidet sie ab«, sagte Bornhald müde. »Schneidet sie ab und bringt den Dorfbewohnern bei, daß es kein weiteres Töten geben wird.« *Wenn nicht irgendein Narr meint, er müsse seiner Frau oder wem beweisen, wie mutig er ist, und ich muß dann ein Exempel statuieren.* Er stieg ab und musterte die Gefangenen wieder, während Muadh loslief und nach Leitern und Messer verlangte. Er mußte sich über einiges mehr Gedanken machen als über den Übereifer der Zweifler. Er wünschte, er bräuchte sich überhaupt über die Zweifler keine Gedanken mehr machen.

»Sie wehren sich nicht heftig, Lordhauptmann«, sagte Byar. »Weder diese Taraboner, noch was von den Domani übriggeblieben ist. Sie schnappen wie in die Enge getriebene Ratten, aber sie rennen weg, sobald jemand zurückschnappt.«

»Wir werden ja sehen, was wir gegen diese Invasoren ausrichten können, Byar, und dann beurteilen wir diese Männer hier vielleicht anders, ja?« Die Gesichter der Gefangenen zeigten einen Ausdruck von Hoffnungslosigkeit, und der war schon vorhanden gewesen, bevor seine Männer kamen. »Laß Muadh einen für mich aussuchen.« Muadhs Gesicht allein brachte die meisten Männer schon dazu, keinen Widerstand mehr zu leisten. »Wenn möglich einen Offizier. Einen, der intelligent genug wirkt, um zu berichten, was er gesehen hat, ohne es unnötig auszuschmücken, aber jung genug, um noch nicht halsstarrig zu sein. Sag Muadh, er braucht nicht unbedingt sanft mit ihm umzugehen, ja? Der Bursche soll glauben, ihm werde bei mir Schlimmeres geschehen, als er sich je erträumt hat, außer er stimmt mich sanftmütig.« Er warf seine Zügel einem der Kinder des Lichts zu und ging in die Schenke.

Erstaunlicherweise war der Wirt da, ein schwitzender, unterwürfiger Mann, dessen schmutziges Hemd sich so über seinem Bauch spannte, daß die roten Stickereien darauf abzuplatzen drohten. Bornhald bedeutete dem Mann, zu gehen. Er war sich undeutlich der Anwesenheit einer Frau und einiger Kinder bewußt, die sich an eine Tür drückten, aber der fette Wirt trieb sie nach draußen.

Bornhald zog die Handschuhe aus und setzte sich an einen Tisch. Er wußte einfach zuwenig über die Invasoren, diese Fremden. So nannte sie mittlerweile beinahe jeder, jedenfalls diejenigen, die nicht pausenlos von Artur Falkenflügel plapperten. Er wußte, daß sie sich Seanchan und *Hailene* nannten. Er kannte die Alte Sprache gut genug, um zu verstehen, daß letzteres ›Die vorher kommen‹ hieß, oder einfach Vorfahren. Sie nannten sich manchmal ebenfalls *Rhyagelle*, ›Die Heimkehrer‹, und sprachen von *Corenne,* der Rückkehr. Es reichte wirklich beinahe, um ihn an die Märchen glauben zu lassen, daß Falkenflügels Armee zurückgekehrt sei. Niemand wußte, woher die Seanchan kamen, außer daß sie in Schiffen gekommen waren. Bornhalds Anfragen beim Meervolk, ihm weitere Informationen zukommen zu lassen, waren auf Schweigen gestoßen. In Amador waren die Atha'an Miere nicht gerade hoch angesehen, und sie erwiderten diese Haltung doppelt und dreifach. Alles, was er von den Seanchan wußte, hatte er von Männern wie denen draußen erfahren. Gebrochenes, geschlagenes Pack, das mit weit aufgerissenen Augen und schwitzend von Männern erzählten, die auf Pferden wie auch auf Ungeheuern in den Kampf ritten, die Seite an Seite mit Monstern kämpften und Aes Sedai mit sich führten, die den Boden unter den Füßen ihrer Feinde zerfetzten.

Beim Geräusch von Stiefelschritten an der Tür setzte er sein gemeinstes Grinsen auf, aber Byar wurde noch nicht von Muadh begleitet. Das Kind des Lichts, das jetzt mit steifem Kreuz und unter den Arm geklemmtem Helm neben ihm stand, war Jeral, den Bornhald hundert Meilen weit entfernt glaubte. Über seiner Rüstung trug der junge Mann einen Umhang von typischem Domani-Schnitt, mit Blau besetzt, und nicht den weißen Umhang der Kinder.

»Muadh spricht jetzt mit einem jungen Burschen, Lordhauptmann«, sagte Byar. »Kind Jeral ist gerade mit einer Botschaft angekommen.«

Bornhald gab Jeral einen Wink, zu beginnen.

Der junge Mann blieb genauso steif stehen. »Grüße

von Jaichim Carridin«, begann er, wobei er stur geradeaus blickte, »der die Hand des Lichts in ...«

»Ich brauche keine Grüße von einem Zweifler«, grollte Bornhald und bemerkte den erschreckten Blick des jungen Mannes. Jeral war noch sehr jung. Aber auch Byar blickte nervös und verlegen drein. »Gib mir die Botschaft, ja? Nicht jedes einzelne Wort, außer ich verlange es von dir. Erzähle mir einfach, was er will.«

Das Kind, auf wörtliches Herunterbeten vorbereitet, schluckte erst einmal, bevor er begann. »Lordhauptmann, er ... er sagt, Ihr rückt mit zu vielen Männern zu nahe an die Toman-Halbinsel vor. Er sagt, die Schattenfreunde auf der Ebene von Almoth müssen bekämpft werden, und Ihr sollt — vergebt mir, Lordhauptmann — Ihr sollt sofort kehrtmachen lassen und zum Mittelpunkt der Ebene vorrücken.« Dann stand er steif da und wartete ab.

Bornhald musterte ihn. Jerals Gesicht, Umhang und Stiefel waren vom Staub der Ebene bedeckt. »Geh und besorge dir etwas zum Essen«, sagte Bornhald. »Wenn du es wünschst, wird es in einem dieser Häuser bestimmt Wasser zum Waschen geben. Komme in einer Stunde wieder zu mir zurück. Ich werde dir Botschaften mitgeben.« Er entließ den jungen Mann mit einem Wink. »Die Zweifler könnten recht haben, Lordhauptmann«, sagte Byar, als Jeral weg war. »Auf der Ebene befinden sich viele verstreute Dörfer, und die Schattenfreunde ...«

Bornhalds Hand, die auf den Tisch klatschte, schnitt ihm das Wort ab. »Was für Schattenfreunde? Ich habe in keinem Dorf, das ich auf seinen Befehl einnehmen sollte, etwas von ihnen gesehen. Nur Bauern und Handwerker, die Angst hatten, wir würden ihren Lebensunterhalt vernichten, und ein paar alte Frauen, um die Kranken zu pflegen.« Byars Gesicht war ein Muster der Ausdruckslosigkeit. Er war im Gegensatz zu Bornhald immer bereit, Schattenfreunde zu entdecken. »Und Kinder, Byar? Werden hier schon die Kinder zu Schattenfreunden?«

»Die Sünden der Mutter werden gesühnt bis zur fünften Generation«, zitierte Byar, »und die Sünden der Väter bis zur zehnten.« Aber er wirkte unsicher dabei. Selbst Byar hatte noch nie ein Kind getötet.

»Ist dir nie eingefallen, Byar, dich zu fragen, warum Carridin uns unsere Flaggen weggenommen hat und die Umhänge der Männer, die von den Zweiflern kommandiert werden? Selbst die Zweifler haben das Weiß abgelegt. Das deutet doch auf etwas hin, oder?«

»Er muß wohl seine Gründe haben, Lordhauptmann«, sagte Byar bedächtig. »Die Zweifler haben immer ihre guten Gründe, selbst wenn sie uns andere nicht einweihen.«

Bornhald mußte sich selbst daran erinnern, daß Byar trotzdem ein guter Soldat war. »Die Kinder des Lichts im Norden tragen Umhänge aus Tarabon und die im Süden solche der Domani. Mir gefällt nicht, was das bedeuten könnte. Es gibt hier Schattenfreunde, doch die befinden sich in Falme und nicht auf der Ebene. Wenn Jeral zurückreitet, tut er es nicht allein. Botschaften werden an jede Gruppe der Kinder geschickt, von der ich weiß, wo sie zu finden ist. Ich habe vor, die Legion auf die Toman-Halbinsel zu führen, Byar, um zu sehen, was die wirklichen Schattenfreunde, diese Seanchan, vorhaben.«

Byar wirkte beunruhigt, aber bevor er etwas sagen konnte, erschien Muadh mit einem der Gefangenen. Der schwitzende junge Mann im zerbeulten, doch reich verzierten Brustpanzer sah immer wieder ängstlich Muadhs entstelltes Gesicht an. Bornhald zog sein Messer und fing an, sich die Fingernägel zu schneiden. Er hatte noch nie verstanden, warum das einige Männer nervös machte, aber er benützte dieses Mittel trotzdem. Selbst sein großväterliches Lächeln ließ das schmutzige Gesicht des Gefangenen erbleichen. »Nun, junger Mann,

Ihr werdet uns jetzt alles erzählen, was Ihr über diese Fremden wißt, ja? Falls Ihr erst darüber nachdenken müßt, was Ihr sagen sollt, schicke ich Euch mit Kind Muadh hinaus, damit Ihr Muße zum Nachdenken habt.«

Der Gefangene warf Muadh einen Blick aus weit aufgerissenen Augen zu. Dann sprudelten die Worte nur so aus ihm heraus.

Die *Gischt* ritt die lange Dünung des Aryth-Meeres aus, aber Domons gespreizte Beine hielten ihn im Gleichgewicht, während er den langen Zylinder des Fernrohrs ans Auge hielt und das große Schiff betrachtete, das sie verfolgte. Verfolgte und sie ganz langsam überholte. Der Wind, unter dem die *Gischt* kreuzte, war weder der günstigste noch der stärkste, aber er hätte für das andere Schiff nicht günstiger sein können, das mit seinem breitgebauten Bug die langen Wellen zu Bergen von Gischt zerschlug. Im Osten ragte die Küste der Toman-Halbinsel auf — dunkle Klippen und schmale Sandstreifen. Er hatte die *Gischt* nicht so weit hinausbringen wollen, doch nun fürchtete er, diese Vorsichtsmaßnahme teuer bezahlen zu müssen.

»Fremde, Käpten?« Yarins Stimme klang nach Schweiß. »Ist es ein Schiff der Fremden?«

Domon senkte das Fernrohr, aber das große, irgendwie viereckig wirkende Schiff mit den eigenartig gerippten Segeln schien immer noch sein Gesichtsfeld zu füllen. »Seanchan«, sagte er und hörte, wie Yarin aufstöhnte. Er trommelte mit den Fingern auf die Reling und sagte dem Rudergänger dann: »Halte näher auf die Küste zu. Dieses Schiff nicht wagen wird, seichtes Wasser zu befahren, wie es die *Gischt* kann.«

Yarin gab Kommandos aus, und Seeleute rannten und holten Mastbäume ein, während der Rudergänger die Pinne herumzog und den Bug mehr auf die Küste richtete. Die *Gischt* kam nun langsamer vorwärts, da sie doch fast direkt in den Wind hineinlief, aber Domon war sicher, er könne die Untiefen vor der Küste erreichen, bevor sie von dem anderen Schiff eingeholt würden. *Auch wenn Laderäume voll sein, sie doch können befahren seichteres Wasser als dieser große Rumpf.* Sein Schiff lag ein wenig höher im Wasser als bei ihrem Ablegen in Tanchico. Ein Drittel der Ladung an Feuerwerkskörpern, die er dort genommen hatte, war weg — in den Fischerdörfern auf der Toman-Halbinsel verkauft. Aber mit dem dafür erhaltenen Silber waren auch beunruhigende Nachrichten eingetroffen. Die Leute erzählten von Besuchern aus den großen, kastenförmigen Schiffen der Invasoren. Wenn Schiffe der Seanchan vor der Küste ankerten und die Dorfbewohner sich sammelten, um ihre Heimat zu verteidigen, wurden sie von Blitzen aus heiterem Himmel zerfetzt. Kleine Boote brachten die Invasoren an Land, und der Erdboden explodierte unter den Füßen der Verteidiger. Domon hatte geglaubt, man wolle ihm einen Bären aufbinden, aber dann hatten sie ihm den geschwärzten Boden gezeigt, und das in so vielen Dörfern, daß er die Geschichten nicht mehr anzweifelte. Neben den Soldaten der Seanchan kämpften Ungeheuer. Nicht, daß es überhaupt noch viel Widerstand gab, sagten die Dorfbewohner. Manche behaupteten sogar, die Seanchan selbst seien Monster mit großen Insektenköpfen.

In Tanchico hatte niemand auch nur gewußt, wie sie sich nannten, und die Bewohner Tarabons hatten zuversichtlich davon gesprochen, daß ihre Truppen die Invasoren ins Meer zurücktreiben würden. Aber es war in jeder Küstenstadt anders. Die Seanchan sagten den erstaunten Leuten, sie müßten Eide erneut schwören, die sie vor langer Zeit gebrochen hätten, erklärten aber nicht, wann sie sie gebrochen oder was sie überhaupt bedeutet hatten. Eine junge Frau nach der anderen wurde weggebracht und untersucht, und manche davon wurden an Bord der Schiffe gebracht und nicht wiedergesehen. Auch ein paar ältere Frauen waren verschwunden, meist Lenker und Heiler. Die Seanchan wählten neue Bürgermeister und neue Gemeinderäte. Jeder, der gegen das Verschwinden der Frauen protestierte, kam zumindest nicht mehr für eines der Ämter in Frage oder wurde möglicherweise gehängt oder brannte plötzlich bei lebendigem Leib oder wurde einfach wie ein kläffender Köter beiseitegeschoben. Man konnte nicht vorhersagen, was einem passierte, bis es zu spät war.

Und wenn die Menschen gründlich eingeschüchtert waren, wenn man sie hatte niederknien und verwirrt schwören lassen, den Vorfahren zu gehorchen, auf die Rückkehr zu warten und Denen Die Heimkehrten mit ihrem Leben zu dienen, segelten die Seanchan fort und kamen gewöhnlich nicht mehr wieder. Nur in Falme, so sagte man, hatten sie einen festen Brückenkopf.

In einigen der Dörfer, die sie verlassen hatten, näherten sich die Männer und Frauen langsam wieder ihrem vorherigen Lebensstil, sprachen sogar davon, ihre Gemeinderäte neu zu wählen, aber die meisten blickten nur nervös aufs Meer hinaus und protestierten mit blassen Gesichtern, daß sie die Eide, die sie hatten schwören müssen, einzuhalten gedächten, auch wenn sie sie nicht verstanden.

Domon hatte nicht die Absicht, irgendwelche Seancham kennenzulernen, wenn er es vermeiden konnte.

Er hob gerade wieder das Fernrohr, um zu sehen, ob er etwas auf dem sich nähernden Deck des anderen Schiffes ausmachen konnte, als mit einem Donnerschlag die Meeresoberfläche keine hundert Schritt von der Backbordseite der *Gischt* entfernt in einer von Flammen durchsetzten Wasserfontäne explodierte. Bevor er auch nur den Mund staunend öffnen konnte, zerriß eine weitere Flammensäule das Meer auf der anderen Seite, und als er herumfuhr, um dorthin zu starren, stieg gerade voraus eine dritte Flammensäule aus dem Meer empor. Die Explosionen erstarben so schnell, wie sie sich ereignet hatten. Tropfen hagelten auf das Deck herunter. Wo sie sich kurz vorher befunden hatten, kochte und dampfte die See nun.

»Wir ... wir werden seichtes Wasser erreichen, bevor sie längsseits gehen können«, sagte Yarin bedächtig. Er schien es zu vermeiden, die Stellen anzublicken, wo das Wasser unter Dampfwolken kochte.

Domon schüttelte den Kopf. »Wie sie es auch anstellen mögen, sie uns zerschmettern können, auch wenn ich sie in Brecher lenke.« Er schauderte, als er an die Flammen in den Wasserfontänen dachte und daran, daß sein Laderaum mit Feuerwerkskörpern gefüllt war. »Glück, stech mich, wir vielleicht nicht lange genug leben würden, um zu ertrinken.« Er zupfte an seinem Bart und rieb sich die bartfreie Oberlippe. Er zögerte den Befehl hinaus — das Schiff und seine Ladung waren alles, was er auf der Welt besaß —, doch schließlich zwang er sich dazu: »Geh unter den Wind, Yarin, und laß das Segel einholen. Schnell, Mann, schnell! Bevor sie denken, wir immer noch fliehen wollen.«

Während die Besatzungsmitglieder rannten, um die Dreiecksegel einzuholen, drehte sich Domon wieder um und beobachtete, wie das Schiff der Seanchan näher kam. Die *Gischt* verlor an Fahrt und dümpelte in der Dünung. Das andere Schiff war ein gutes Stück höher als Domons Frachtkahn. An Bug und Heck hatte es hölzerne turmartige Aufbauten. Auf diesen Türmen standen Gestalten in Rüstungen, und in der Takelage kletterten Männer herum, die die eigenartigen Segel refften. Eine Pinasse wurde heruntergelassen und anschließend flink zur *Gischt* hinübergerudert. Sie beförderte gerüstete Gestalten und, was Domon überrascht die Stirn runzeln ließ, es kauerten auch zwei Frauen im Heck. Die Pinasse rumpelte gegen den Rumpf der *Gischt*.

Der erste, der herauskletterte, war einer der Gerüsteten, und Domon sah sofort, warum einige Dorfbewohner behaupteten, die Seanchan selbst seien Ungeheuer. Der Helm sah tatsächlich beinahe so aus wie der Kopf eines riesigen Insekts mit feinen, roten Federn anstelle von Fühlern. Der Träger schien zwischen den Beißzangen herauszulugen. Dazu war er noch angemalt und mit Gold verziert, um diesen Eindruck zu verstärken. Auch die übrige Rüstung des Mannes war bemalt und goldverziert. Sich überlappende schwarze und rote Schuppen mit Goldrändern bedeckten die Brust, die Außenseiten der Arme und die Vorderseiten der Schenkel. Selbst die stahlverstärkten Rücken der Handschuhe waren in Rot und Gold gehalten. Wo er kein Metall am Körper trug, war er in dunkles Leder gekleidet. Das Zweihandschwert auf seinem Rücken mit seiner gekrümmten Klinge steckte in einer schwarzen und roten Lederscheide.

Dann nahm der Gerüstete den Helm ab und Domon riß die Augen auf. Es war eine Frau. Ihr dunkles Haar war kurzgeschnitten, und ihr Gesicht wirkte hart, aber es gab keinen Zweifel. Er hatte noch nie von so etwas gehört, außer natürlich bei den Aiel, aber von den Aiel wußte man sowieso, daß sie verrückt waren. Auch die Tatsache, daß ihr Gesicht keineswegs so fremdartig war, wie er es von den Seanchan erwartet hatte, brachte ihn etwas aus der Fassung. Sicher, ihre Augen waren blau und ihr Teint ausgesprochen hell, aber das hatte er auch schon früher einmal gesehen. Wenn diese Frau ein Kleid trüge, würde niemand ihr Beachtung schenken. Er musterte sie und revidierte sein Urteil: mit diesem kalten Blick und den harten Wangen mit ihren hohen Backenknochen würde sie überall auffallen.

Die anderen Soldaten folgten der Frau an Deck. Domon war erleichtert, als einige von ihnen die eigenartigen Helme abnahmen und er sah, daß zumindest sie Männer waren, Männer mit schwarzen oder braunen Augen, die in Tanchico oder Illian überhaupt nicht aufgefallen wären. Er hatte sich schon ganze Armeen von blauäugigen Frauen mit Schwertern ausgemalt. *Aes Sedai mit Schwertern,* dachte er, als er sich an das explodierende Meer erinnerte.

Die Seanchan-Frau musterte hochmütig das ganze Schiff und wählte dann Domon als den möglichen Kapitän aus. Der Kleidung nach konnte es ja nur er oder Yarin sein. Und so, wie Yarin die Augen geschlossen hielt und leise Gebete vor sich hin murmelte, deutete alles auf Domon hin. Sie fixierte ihn mit einem durchdringenden Blick.

»Gibt es in Eurer Besatzung oder unter Euren Passagieren irgendwelche Frauen?« Sie sprach in einem leicht schleppenden, undeutlichen Tonfall, der es schwer machte, sie zu verstehen. Doch in ihrer Stimme lag eine Schärfe, die vermuten ließ, daß sie gewohnt war, Antworten zu erhalten. »Äußert Euch, Mann, falls Ihr der Kapitän seid! Falls nicht, dann weckt diesen anderen Narren und sagt ihm, er solle sich äußern!«

»Ich sein Kapitän, Lady«, sagte Domon vorsichtig. Er hatte keine Ahnung, wie er sie anreden sollte, und er wollte bloß nichts falsch machen. »Ich haben keine Passagiere, und es sein keine Frau unter meiner Besatzung.« Er dachte an die Mädchen und Frauen, die verschleppt worden waren, und fragte sich nicht zum ersten Mal, was diese Leute mit ihnen wohl anstellten.

Die beiden auch als solche angezogenen Frauen kamen aus der Pinasse herauf an Deck. Domon riß die Augen auf, als er sah, daß die eine die andere an einem silbernen Metallkettchen wie an einer Leine hinter sich her zog. Die Metalleine ging von einem Armband aus, das die vordere Frau trug, und war an einem Metallhalsband bei der hinteren Frau befestigt. Er konnte nicht feststellen, ob sie gewebt oder aus Einzelgliedern gefertigt war — irgendwie schien es beides gleichzeitig zu sein —, aber sie bestand offensichtlich zusammen mit Armband und Halsband aus einem einzigen Stück.

Die vordere Frau raffte die Leine in Schlingen zusammen, als die andere das Deck betrat. Die Frau mit dem Halsband war in einfaches Dunkelgrau gehüllt und stand mit gefalteten Händen und auf die Planken gesenktem Blick da. Die andere hatte an der Brust ihres blauen Kleides und an den Seiten ihres knöchellangen Rocks rote Einsatzstreifen, auf denen silberne, gespaltene Blitze zu sehen waren. Domon musterte die Frauen nervös.

»Sprecht langsam, Mann«, verlangte die blauäugige Frau in ihrem schleppenden Tonfall. Sie kam über das Deck heran und stellte sich vor ihn. Obwohl sie zu ihm hochblicken mußte, schien sie größer als er zu sein. »Ihr seid ja noch schwerer zu verstehen als der Rest in diesem vom Licht verlassenen Land. Und ich behaupte nicht, von edlem Blut zu sein. Noch nicht. Nach der *Corenne* ... Ich bin Kapitän Egeanin.«

Domon wiederholte seine Worte, wobei er sich bemühte, langsam zu sprechen, und fügte hinzu: »Ich sein ein friedlicher Handelsschiffer, Kapitän. Ich nicht Bedrohung für Euch sein, und ich nichts mit Eurem Krieg zu tun haben.« Er konnte nicht anders, als die beiden durch die Leine verbundenen Frauen wieder anzustarren.

»Ein friedlicher Handelsschiffer?« sann Egeanin laut nach. »In diesem Fall seid Ihr frei und könnt weiterfahren, sobald Ihr Euren Gefolgschaftseid wieder abgelegt habt.« Sie bemerkte seinen Blick und lächelte die beiden Frauen voller Besitzerstolz an. »Ihr bewundert meine *Damane*? Sie hat mich einiges gekostet, aber sie war auch jede Münze wert. Nur wenige außer den Adligen besitzen eine *Damane*. Die meisten sind Eigentum des Throns. Sie ist stark, Händler. Sie hätte Euer Schiff zu Splittern zerbersten lassen können, wenn ich es gewünscht hätte.«

Domon betrachtete die Frauen und ihre silberne Leine. Er hatte diejenige, die das Abzeichen mit den Blitzen trug, mit den feurigen Fontänen im Meer in Verbindung gebracht und angenommen, sie sei eine Aes Sedai. Egeanin hatte nun seine Vorstellungen durcheinandergewirbelt. *Niemand kann so etwas einer . . .* »Sie sein Aes Sedai?« fragte er ungläubig.

Er sah den beiläufig durchgezogenen Schlag mit dem Handrücken nicht kommen. Er taumelte, als ihr stahlverstärkter Handschuh seine Lippe spaltete.

»Diese Bezeichnung wird niemals ausgesprochen«, sagte Egeanin mit gefährlich sanfter Stimme. »Es gibt nur die *Damane*, die Gekoppelten, und nun dienen sie auch in Wirklichkeit und nicht nur pro forma.« Im Vergleich mit ihrem Blick wäre Eis warm erschienen.

Domon schluckte das Blut herunter und ließ die geballten Fäuste herunterhängen. Und hätte er auch ein Schwert zur Hand gehabt, er hätte doch nicht seine Mannschaft von einem Dutzend gerüsteter Soldaten dahinschlachten lassen. Aber es kostete Mühe, seine Stimme demütig klingen zu lassen. »Ich nicht respektlos sein wollen, Kapitän. Ich nichts wissen von Euch und Euren Sitten. Wenn ich dagegen verstoßen, es nur Ignoranz sein und keine Absicht.«

Sie sah ihn an und sagte dann: »Ihr wißt alle nichts, Kapitän, aber Ihr werdet für die Schuld Eurer Vorfahren zahlen. Dieses Land gehörte uns, und es wird uns wieder gehören. Nach der Rückkehr ist es wieder in unserem Besitz.« Domon wußte nicht, was er sagen sollte. *Sie doch wohl nicht sagen wollen, daß dieser ganze Klatsch über Artur Falkenflügel wahr sein?* Also hielt er den Mund. »Ihr werdet nach Falme segeln« — er versuchte zu protestieren, aber ihr finsterer Blick ließ ihn innehalten und schweigen — »wo Ihr und Euer Schiff untersucht werdet. Wenn Ihr nur ein friedlicher Händler seid, wie Ihr ja behauptet, wird man Euch erlauben weiterzusegeln, sobald Ihr die Eide abgelegt habt.«

»Eide, Kapitän? Welche Eide?«

»Zu gehorchen, zu warten und zu dienen. Eure Vorfahren hätten sich doch eigentlich daran erinnern müssen.«

Sie holte ihre Leute zusammen. Nur einer war ausgenommen: ein Mann in einfacher Rüstung, die seinen niedrigen Rang unterstrich, genau wie seine tiefe Verbeugung Kapitän Egeanin gegenüber. Dann legte ihre Pinasse ab und wurde zu dem größeren Schiff hinübergerudert. Der verbliebene Seanchan gab keine Befehle. Er setzte sich lediglich mit übergeschlagenen Beinen auf das Deck und machten sich daran, die Klinge seines Schwertes zu schleifen, während die Besatzung Segel setzte und das Schiff Fahrt aufnahm. Er schien keine Angst zu haben, obwohl er so allein in ihrer Mitte saß, und Domon hätte auch jeden Matrosen persönlich über Bord geworfen, der eine Hand gegen ihn erhob. Während die *Gischt* die Küste entlangfuhr, folgte ihnen das Schiff der Seanchan draußen in tieferem Wasser. Zwischen den beiden Schiffen lag etwa eine Meile, aber Domon war klar, daß es trotzdem kein Entkommen gab, und er wollte den Mann so sicher wieder an Kapitän Egeanin übergeben, als hätte seine eigene Mutter ihn auf den Armen geschaukelt.

Es war eine lange Fahrt nach Falme, und Domon überredete den Seanchan schließlich, ein wenig mit ihm zu plaudern. Er war ein dunkeläugiger Mann von mittleren Jahren mit einer alten Narbe über den Augen und einer weiteren an der Kinnspitze. Er hieß Caban und hatte nichts als Verachtung übrig für jeden, der auf dieser Seite des Aryth-Meeres lebte. Das machte Domon dann doch nachdenklich. *Vielleicht sie wirklich sein . . . Nein, das sein doch verrückt!* Cabans Tonfall war genauso schleppend wie der Egeanins, aber wo ihre Stimme nach Seide auf Eisen klang, klang seine nach Leder, das über einen Felsen schleift. Meist wollte er nur über Schlachten sprechen, über Trinken und über die Frauen, die er kennengelernt hatte. Die Hälfte der Zeit über war Domon nicht klar, ob er von der jüngsten Vergangenheit berichtete oder von dem Land, von dem er gekommen war. Der Mann konnte ihm nicht viel über das erzählen, was Domon wissen wollte.

Einmal fragte ihn Domon nach den *Damane*. Caban, der vor dem Rudergänger auf den Planken saß, hob das Schwert und setzte die Spitze an Domons Kehle. »Seid vorsichtig mit dem, was Eure Zunge tut, oder Ihr verliert sie. Das geht nur den Adel an und nicht Euch. Oder mich.« Er grinste dabei, und als er ausgesprochen hatte, fuhr er fort, mit einem Stein die schwere, gekrümmte Schneide zu schleifen.

Domon berührte den Blutstropfen, der über dem Kragen aus seiner Kehle trat, und beschloß, vorläufig wenigstens nicht mehr danach zu fragen.

Je näher die beiden Schiffe Falme kamen, desto häufiger passierten sie hohe, eckig anzuschauende Schiffe der Seanchan, einige unter Segel, die Mehrzahl jedoch vor Anker. Jedes hatte diesen abgeschnittenen Bug und die Türme an Bug und Heck, und sie gehörten zu den größten Schiffe, die Domon selbst bei den Meerleuten jemals gesehen hatte. Ein paar kleine Küstensegler mit ihrem spitzen Bug und den Dreiecksegeln glitten über die grünen Wogen. Ihr Anblick ließ ihn auf Egeanins Versprechen vertrauen, daß er frei weitersegeln könne.

Als sich die *Gischt* der Landzunge näherte, auf der Falme stand, riß Domon aber dann doch die Augen auf. Eine solche Anzahl von Schiffen der Seanchan vor dem Hafen ankern zu sehen, hatte er nicht erwartet. Er versuchte, sie zu zählen, aber bei hundert gab er auf, und das war noch nicht einmal die Hälfte. Er hatte schon zuvor gelegentlich eine solche Schiffsansammlung gesehen — in Illian oder Tear und sogar im Hafen von Tanchico, aber da waren eben sehr viele kleine Schiffe dabeigewesen. Er murmelte mürrisch einiges in sich hinein und ließ die *Gischt* in den Hafen einlaufen, von ihrem großen Seanchan-Schäferhund hineingetrieben.

Falme stand auf einer schmalen Landzunge am äußersten Ende der Toman-Halbinsel. Weiter westlich erstreckte sich nur noch das Aryth-Meer. Von beiden Seiten her war die Hafeneinfahrt von hohen Klippen eingerahmt, und auf einer davon, an einem Fleck, den jedes Schiff, das in den Hafen einfahren wollte, passieren mußte, standen die Türme der Wächter der Wogen. Ein Käfig hing an der Seite eines der Türme, und darin saß offensichtlich mutlos ein Mann und ließ die Beine zwischen den Gitterstäben herausbaumeln.

»Wer sein denn das?« fragte Domon.

Caban hatte endlich mit dem Schwertschleifen aufgehört, nachdem Domon sich gefragt hatte, ob er sich damit rasieren wolle. Der Seanchan blickte auf und sah, worauf Domon deutete. »Oh! Das ist der Erste Wächter. Natürlich nicht derjenige, der den Vorsitz hatte, als wir ankamen. Jedesmal wenn einer stirbt, wählen sie einen neuen, und wir stecken ihn in den Käfig.«

»Aber warum?« wollte Domon wissen.

Cabans Grinsen legte viele Zähne frei. »Sie haben auf die falsche Sache gewartet und vergaßen, woran sie sich hätten erinnern müssen.«

Domon riß den Blick von dem Seanchan los. Die *Gischt* glitt über die letzte höhere Welle in das ruhigere Wasser des Hafens. *Ich sein schließlich Händler, und das alles mich nichts angehen.* Falme erhob sich in der von der Hafenbucht gebildeten Mulde am Ende der Landzunge. Domon konnte nicht entscheiden, ob die dunklen Steingebäude lediglich ein großes Dorf bildeten oder ob es sich doch um eine kleine Stadt handelte. Auf jeden Fall konnte er kein einziges Gebäude entdecken, das auch nur einem schwachen Vergleich mit dem kleinsten Palast von Illian standhielt.

Er steuerte die *Gischt* eigenhändig zu einem Liegeplatz an einem der Kais und fragte sich, während seine Matrosen die Leinen festmachten, ob die Seanchan vielleicht einen Teil der Feuerwerkskörper im Laderaum kaufen würden. *Ach, mich nichts angehen.*

Zu seiner Überraschung ließ sich Egeanin mit ihrer *Damane* an Land rudern. Diesmal trug eine andere Frau das Armband und die roten Einsatzstreifen mit dem gespaltenen Blitz am Kleid, aber die *Damane* war die gleiche Frau mit dem traurigen Gesicht, die nie aufblickte, außer die andere sprach sie an. Egeanin ließ Domon und die anderen vom Schiff treiben und befahl ihnen, sich unter den Augen von zweien ihrer Soldaten auf die Kaimauer zu setzen. Sie schien zu glauben, daß eine stärkere Bewachung überflüssig sei, und Domon widersprach ihr gewiß nicht. Andere durchsuchten derweil nach ihren Anweisungen die *Gischt*. Die *Damane* nahm auch an der Suche teil.

Weiter unten am Kai erschien ein Ding. Domon wußte nicht, wie er es hätte bezeichnen sollen. Es war eine mächtige geduckte Gestalt mit ledriger, graugrüner Haut und einem Schnabel anstelle des Mauls in seinem keilförmigen Kopf. Und mit drei Augen. Es trottete neben einem Mann her, dessen Rüstung mit drei aufgemalten Augen markiert war, genau wie die Augen dieses Geschöpfes. Die einheimischen Hafenarbeiter und Matrosen in grob bestickten Hemden und knielangen Westen wichen vor ihnen zurück, als sie vorbeikamen, doch kein Seanchan schenkte ihnen besondere Beachtung. Der Mann, der die Kreatur begleitete, schien sie mit Gesten zu dirigieren.

Mann und Monster verschwanden zwischen den Gebäuden, während Domon und seine Männer ihnen hinterherstarrten und in sich hineinfluchten. Die beiden Seanchan-Wächter grinsten sie schweigend und höhnisch an. *Mich nichts angehen*, ermahnte sich Domon nachdrücklich. Ihn ging nur sein Schiff etwas an.

In der Luft lag der vertraute Geruch nach Salzwasser und Pech. Er rutschte nervös auf dem von der Sonne erhitzten Stein umher und fragte sich, wonach die Seanchan wohl suchen mochten. Wonach vor allem die *Damane* suchte. Fragte sich auch, was das für ein Geschöpf gewesen war. Möven schrien und kreisten über dem Hafen. Er dachte daran, welche Schreie wohl ein Mann in einem Käfig ausstieß. *Es mich nichts gehen an.* Schließlich führte Egeanin ihre Leute auf den Kai zurück. Domon bemerkte mißtrauisch, daß der Seanchan-Kapitän ein in gelbe Seide gehülltes Päckchen in der Hand trug. Klein genug, um es in einer Hand zu tragen, aber sie hielt es vorsichtig in beiden Händen.

Er stand auf — der Soldaten wegen nur sehr langsam, obwohl in ihren Augen die gleiche Verachtung stand wie bei Caban. »Seht Ihr, Kapitän? Ich nur sein friedlicher Händler. Vielleicht Eure Leute wollen kaufen ein wenig von meinem Feuerwerk?«

»Möglich, Händler.« Sie machte den Eindruck unterdrückter Erregung und das machte ihn wiederum nervös. Ihre nächsten Worte verstärkten seine Nervosität noch. »Ihr kommt mit mir.«

Sie befahl zwei Soldaten mitzukommen, und einer von ihnen gab Domon einen Schubs, damit er loslief. Es war kein starker Schubs; Domon hatte oft gesehen, wie Bauern ihre Kühe auf die gleiche Art anschoben, um sie in Bewegung zu setzen. Er knirschte mit den Zähnen, folgte aber Egeanin.

Die mit Kopfstein gepflasterte Straße zog sich den Abhang hinauf und ließ den Geruch des Hafens hinter sich zurück. Weiter oben wurden die ziegelgedeckten Häuser größer und gepflegter. Überraschend für eine besetzte Stadt, befanden sich mehr Einwohner auf der Straße als Seanchan-Soldaten, und hier und da wurde sogar eine Sänfte mit vorgezogenen Vorhängen von Männern mit nacktem Oberkörper einhergetragen. Die Falmer schienen ihren Geschäften nachzugehen, als gebe es die Seanchan gar nicht. Oder fast nicht. Wenn allerdings eine Sänfte oder ein Soldat vorbeikam, dann verbeugten sich sowohl die ärmeren als auch die reicheren Leute tief und verblieben in dieser Haltung, bis die Seanchan verschwunden waren. Die Ärmeren hatten ihre schmutzige Kleidung nur mit einem oder zwei Streifen verziert, während die Reichen Hemden, Westen und Kleider trugen, die von der Schulter bis an die Hüfte mit den kompliziertesten Mustern bestickt waren. Alle verbeugten sich nun auch vor Domon und seiner Wache. Doch weder Egeanin noch ihre Soldaten würdigten sie eines Blickes. Domon bemerkte erschrocken, daß einige der Einwohner Falmes an ihren Gürteln Dolche trugen und ein paar sogar Schwerter. Das überraschte ihn, und er platzte heraus: »Einige von ihnen sein auf Eurer Seite?«

Egeanin runzelte die Stirn, als sie zu ihm nach hinten sah. Sie war offensichtlich verblüfft über seine Frage. Doch dann betrachtete sie die Leute näher, ohne deswegen langsamer zu gehen, und nickte. »Ihr meint, wegen der Schwerter. Sie gehören jetzt zu uns, Händler; sie haben die Eide abgelegt.« Sie blieb plötzlich stehen und deutete auf einen hochgewachsenen, breitschultrigen Mann mit einer reich verzierten Weste und einem Schwert, das an einem einfachen Ledergehenk baumelte. »Ihr da!«

Der Mann blieb mitten im Schritt stehen, einen Fuß in der Luft, und auf seinem Gesicht zeigte sich plötzlich Angst.

Es war ein hartes Gesicht, und doch wirkte er, als wolle er am liebsten weglaufen. Statt dessen wandte er sich ihr zu und verbeugte sich, die Hände auf den Knien und den Blick auf ihre Stiefel gesenkt. »Wie kann dieser Unwürdige dem Kapitän dienen?« fragte er mit angespannter Stimme. »Ihr seid Händler?« fragte Egeanin. »Ihr habt die Eide abgelegt?«

»Ja, Kapitän. Ja.« Er hob den Blick noch immer nicht von ihren Füßen. »Was sagt Ihr den Leuten, wenn Ihr mit Euren Wagen ins Landesinnere fahrt?«

»Daß sie den Vorfahren gehorchen müssen, Kapitän, die Rückkehr erwarten und denen dienen, die heimkehren werden.«

»Und denkt Ihr niemals daran, dieses Schwert gegen uns zu erheben?«

Die Knöchel des Mannes wurden weiß vor Anspannung — die Hände lagen immer noch auf den Knien —, und in seiner Stimme lag nun irgendwie der Eindruck von Schweiß. »Ich habe die Eide abgelegt, Kapitän. Ich gehorche, warte und diene.«

»Seht Ihr?« sagte Egeanin, wobei sie sich wieder Domon zuwandte. »Es gibt keinen Grund, ihnen das Tragen von Waffen zu verbieten. Es muß Handel geben, und Händler müssen sich gegen Banditen schützen. Wir erlauben den Leuten, nach Gutdünken zu kommen und zu gehen, solange sie gehorchen, warten und dienen. Ihre Vorfahren haben die Eide gebrochen, aber die hier haben dazugelernt.« Sie ging weiter den Hügel hinauf, und die Soldaten schubsten Domon hinter ihr her.

Er blickte zu dem Händler zurück. Der Mann blieb so gebückt stehen, bis Egeanin sich zehn Schritte von ihm entfernt hatte. Dann richtete er sich auf und eilte in entgegengesetzter Richtung mit langen Schritten zum Hafen hinunter.

Egeanin und seine Bewacher sahen sich auch nicht um, als eine Gruppe berittener Seanchan-Soldaten an ihnen vorbeikam und weiter die Straße hochritt. Die Soldaten ritten auf Geschöpfen, die wie pferdegroße Katzen aussahen, aber unter ihren Sätteln schimmerten bronzefarben die Schuppen einer Eidechse. Klauenbewehrte Füße packten beim Vorwärtsspringen die Pflastersteine. Ein Kopf mit drei Augen wandte sich nach Domon um, während der Trupp sie überholte. Von allem anderen abgesehen, blickten die Augen für Domons Geschmack zu — weise. Er stolperte und wäre beinahe gestürzt. Die ganze Straße entlang drückten sich die Falmer an die Häuserfronten, und manche schlossen sogar die Augen. Die Seanchan beachteten das nicht.

Domon verstand gut, warum die Seanchan den Leuten hier so viele Freiheiten lassen konnten. Er fragte sich, ob er selbst den Mut aufbringen könne, ihnen Widerstand zu leisten. *Damane.* Ungeheuer. Gäbe es überhaupt irgend etwas, das die Seanchan davon abhalten könnte, geradewegs bis zum Rückgrat der Welt zu marschieren? *Gehen mich nichts an*, dachte er grimmig und überlegte, ob es irgendeine Möglichkeit gebe, die Seanchan bei seinen künftigen Handelsreisen zu meiden.

Sie erreichten den oberen Rand des Einschnitts, wo die Stadt endete und das Hügelland begann. Es gab keine Stadtmauer. Vor ihnen lagen die Schenken, wo die Kaufleute übernachteten, die ins Landesinnere fuhren, und dazu die Wagenstellplätze und Ställe. Die Häuser hier wären auch in Illian respektable Herrenhäuser der niedrigeren Adligen gewesen. Vor dem größten stand eine Ehrenwache von Soldaten der Seanchan, und obenauf flatterte eine Flagge mit einem goldenen Falken mit ausgebreiteten Schwingen auf blauem Grund. Egeanin gab Schwert und Dolch ab, bevor sie Domon mit hineinbrachte. Ihre beiden Soldaten verblieben auf der Straße. Domon kam ins Schwitzen. Das roch nach der Anwesenheit eines hohen Adligen, und es war nicht gut, mit einem Lord in dessen eigenem Haus verhandeln zu müssen.

In der Eingangshalle ließ Egeanin Domon an der Tür stehen und sprach mit einem Diener. Er war wohl aus Falme, wie Domon aus den langen Ärmeln seines Hemdes und den spiralförmigen Stickereien auf der Brust schloß. Domon glaubte, aus ihrer Unterhaltung die Worte ›hoher Herr‹ herauszuhören. Der Diener eilte fort und kehrte nach einer Weile zurück. Er führte sie in das unzweifelhaft größte Zimmer des Hauses. Jedes noch so kleine Möbelstück war daraus entfernt worden, selbst die Teppiche, und der Steinboden war blitzblank geputzt. Mit fremdartigen Vögeln bemalte Stellwände verdeckten Wände und Fenster.

Egeanin trat ein kurzes Stück in den Raum hinein und blieb dann stehen. Als Domon sie fragen wollte, wo sie sich befanden und warum, brachte sie ihn mit einem wilden Blick und einem wortlosen Grollen zum Schweigen. Sie rührte sich nicht, schien aber irgendwie auf Zehenspitzen zu stehen. Sie hielt das, was sie von seinem Schiff mitgenommen hatte, wie etwas Wertvolles in den Händen. Er versuchte sich vorzustellen, was es wohl sei.

Plötzlich erklang leise ein Gong, und die Seanchan-Frau sank auf die Knie nieder, wobei sie den in Seide gehüllten Gegenstand vorsichtig neben sich stellte. Auf einen Blick von ihr hin ließ sich auch Domon auf die Knie nieder. Adlige erließen manchmal eigenartige Vorschriften, und er vermutete, die der Seanchan könnten noch etwas eigenartiger sein als alles, was er bisher kennengelernt hatte.

Zwei Männer erschienen im Eingang auf der entfernten Seite des Raumes. Der eine hatte die linke Kopfseite kahlgeschoren. Das verbliebene blaßgoldene Haar hing zu einem Zopf geflochten auf seine Schulter herunter. Sein sattgelbes Gewand war gerade lang genug, daß die Spitzen seiner gelben Pantoletten beim Gehen herauslugten. Der andere trug ein blaues Seidengewand, mit Vogelbildern umsäumt und so lang, daß er es auf dem Boden hinter sich herschleifen mußte. Sein Kopf war völlig kahlgeschoren und die Fingernägel waren dreimal so lang wie normal. Die an den Zeige- und Mittelfingern beider Hände waren blau angemalt. Domon bekam vor Staunen den Mund nicht zu.

»Ihr befindet Euch in der Gegenwart des Hohen Herrn Turak«, verkündete der gelbhaarige Mann in singendem Tonfall, »der die Vorfahren befehligt und die Rückkehr vorbereitet.«

Egeanin warf sich mit seitlich angelegten Händen zu Boden. Domon machte es ihr übereifrig nach. *Selbst die Hochlords von Tear so was nicht verlangen würden*, dachte er. Aus dem Augenwinkel sah er, wie Egeanin den Boden küßte. Er verzog das Gesicht und entschloß sich, das Nachahmen an diesem Punkt abzubrechen. *Sie nicht sehen können sowieso, ob ich das tun oder nein.*

Egeanin stand plötzlich wieder auf. Er begann ebenfalls, sich zu erheben, und kniete auch bereits mit einem Bein wieder, als ein Grollen aus ihrer Kehle und ein entsetzter Blick des Mannes mit dem Zopf ihn wieder zurücksinken ließ. Er lag mit dem Gesicht am Boden und fluchte leise vor sich hin. *Ich das nicht machen würde für den König von Illian und den Rat der Neun zusammen.* »Ihr heißt Egeanin?« Das mußte die Stimme des Mannes in dem blauen Gewand sein. Der Rhythmus seiner Stimme klang beinahe nach Gesang.

»Man gab mir diesen Namen an meinem Schwert-Tag, Hoher Herr«, antwortete sie demütig.

»Das ist ein schönes Stück, Egeanin. Recht selten. Wünscht Ihr eine Bezahlung?«

»Es ist mir Bezahlung genug, dem Hohen Herrn Freude bereitet zu haben. Ich lebe, um zu dienen, Hoher Herr.«

»Ich werde Euren Namen der Kaiserin gegenüber erwähnen, Egeanin. Nach der Rückkehr werden neue Namen zum Adel berufen werden. Erweist Euch als würdig, und vielleicht legt Ihr dann den Namen Egeanin ab, zugunsten eines höheren.«

»Der Hohe Herr ehrt mich.«

»Ja. Ihr könnt mich nun verlassen.«

Domon konnte nur sehen, wie ihre Stiefel sich aus dem Raum schoben, wobei sie in Abständen stehenblieben, wenn sie sich verbeugte. Die Tür schloß sich hinter ihr. Langes Schweigen folgte. Er beobachtete, wie die Schweißtropfen von seiner Stirn auf den Boden klatschten. Dann sprach Turak wieder.

»Ihr mögt Euch erheben, Händler.«

Domon stand auf und sah, was Turak in den Händen mit den langen Fingernägeln hielt: Die Scheibe aus *Cuendillar*, die das uralte Symbol der Aes Sedai darstellte. Da er sich noch zu gut an Egeanins Reaktion bei seiner Erwähnung der Aes Sedai erinnerte, kam Domon nun wirklich ins Schwitzen. Im Blick aus den dunklen Augen des Hohen Herrn lag allerdings keine Feindseligkeit, nur leichte Neugier, aber Domon traute solchen Adligen nicht.

»Wißt Ihr, was das ist, Händler?«

»Nein, Hoher Herr.« Domons Antwort klang felsenfest überzeugend. Kein fahrender Händler überlebte lang, wenn er nicht mit Unschuldsmiene und fester Stimme lügen konnte.

»Und doch habt Ihr es an einem geheimen Ort versteckt.«

»Ich sammeln alte Sachen, Hoher Herr, Sachen aus vergangenen Zeiten. Es geben solche, die das stehlen würden, wenn es leicht erreichbar sein.«

Turak betrachtete die schwarz weiße Scheibe einen Augenblick lang. »Das ist *Cuendillar*, Händler — kennt Ihr diese Bezeichnung? —, und es ist älter, als Euch vielleicht klar ist. Kommt mit!«

Domon folgte dem Mann mißtrauisch. Er fühlte sich nun allerdings etwas sicherer. Bei jedem Lord in einem der Länder, die er kannte, wäre es jetzt bereits geschehen, daß er die Wachen gerufen hätte, falls er das wollte. Aber das wenige, das er bisher bei den Seanchan beobachten konnte, sagte ihm nur, daß sie die Dinge anders anpackten als andere Leute. Er bemühte sich, ein unbeteiligtes Gesicht zu machen.

Er wurde in einen anderen Raum geführt. Er war der Überzeugung, daß Turak das Mobiliar hier mitgebracht haben mußte. Es schien ganz aus Rundungen zu bestehen. Es gab überhaupt keine harten, geraden Linien. Das hochglänzende Holz zeigte eine fremdartige Maserung. Ein Stuhl stand im Raum, und zwar auf einem seidenen Teppich, der Vögel und Blumen zeigte; dazu eine große, runde Kommode. Stellwände ließen auch diesen Raum kleiner erscheinen.

Der Mann mit dem Zopf öffnete die Tür der Kommode, und in ihrem Inneren sah Domon eine eigenartige Sammlung von Skulpturen, Pokalen, Schüsseln, Vasen, fünfzig verschiedene Dinge, von denen sich keine zwei in Größe oder Form glichen. Domon stockte der Atem, als Turak vorsichtig die Scheibe neben einen perfekten Zwilling legte.

»*Cuendillar*«, sagte Turak. »Das ist es, was ich sammle, Händler. Nur die Kaiserin selbst hat eine schönere Sammlung.«

Domon fielen fast die Augen aus dem Kopf. Wenn alles in dieser Kommode wirklich aus *Cuendillar* bestand, dann reichte es aus, ein Königreich damit zu kaufen, oder um wenigstens ein großes Adelshaus zu begründen.

Selbst ein König würde arm werden, wenn er soviel erwarb — falls er überhaupt wußte, wo man soviel finden konnte. Er setzte ein Lächeln auf. »Hoher Herr, bitte nehmt dieses Stück als Geschenk an.« Er wollte es nicht aufgeben, aber das war immer noch besser, als diesen Seanchan zu ärgern. *Vielleicht werden nun die Schattenfreunde ihn verfolgen?* »Ich nur sein ein einfacher Kauffahrer. Ich nur wollen handeln. Laßt mich segeln, und ich verspreche Euch ...«

Turaks Gesichtsausdruck änderte sich nicht, aber der Mann mit dem Zopf schnitt Domon wütend das Wort ab: »Unrasierter Hund! Ihr sprecht davon, dem Hohen Herrn zu geben, was ihm Kapitän Egeanin bereits gegeben hat! Ihr handelt, als sei der Hohe Herr ein — ein Kaufmann! Ihr werdet neun Tage lang ausgepeitscht, und ...« Eine kaum sichtbare Bewegung von Turaks Finger brachte ihn zum Schweigen.

»Ich kann Euch nicht gestatten, mich zu verlassen, Händler«, sagte der Hohe Herr. »In diesem von gebrochenen Eiden überschatteten Land kann ich niemanden finden, mit dem ich mich über gewisse Dinge unterhalten könnte. Doch Ihr seid ein Sammler. Vielleicht wird die Unterhaltung mit Euch interessant.« Er setzte sich auf den Stuhl, lehnte sich bequem zurück und betrachtete Domon.

Domon setzte ein — wie er glaubte — dankbares Lächeln auf. »Hoher Herr, ich wirklich sein ein einfacher Händler, ein einfacher Mann. Ich weiß nicht, wie ich mit Hohen Herrn sprechen sollen.«

Der Mann mit dem Zopf funkelte ihn an, doch Turak schien ihm gar nicht zugehört zu haben. Hinter einer der Stellwände trat eine hübsche junge Frau hervor und kniete neben dem Hohen Herrn nieder. Sie bot ihm ein bemaltes Tablett an, auf dem eine einzelne feine, henkellose Tasse mit einer dampfenden, schwarzen Flüssigkeit stand. Ihr dunkles, rundes Gesicht erinnerte entfernt an das Meervolk. Turak nahm die Tasse vorsichtig zwischen die Finger mit den langen Nägeln, wobei er die junge Frau überhaupt nicht ansah, und atmete die Dämpfe ein. Domon warf dem Mädchen einen Blick zu und riß dann den Blick mit einem abgewürgten Keuchen von ihr los. Ihr weißes Seidengewand war mit Blumen bestickt, aber so durchscheinend, daß er praktisch hindurchblicken konnte. Darunter trug sie nichts als ihre Schlankheit.

»Der Duft von *Kaf*«, sagte Turak, »ist fast genauso gut wie sein Geschmack. Also, Händler. Ich habe erfahren, daß *Cuendillar* hier sogar noch seltener ist als in Seanchan. Erzählt mir, wie ein einfacher Händler an ein solches Stück kommen konnte.« Er schlürfte seinen *Kaf* und wartete.

Domon holte tief Luft und bemühte sich, seinen Weg aus Falme hinauszulügen.

KAPITEL 7

Daes Dae'mar

Rand stand in Hurins und Loials Zimmer und blickte durch das Fenster auf die wie mit dem Lineal gezogenen Straßen und die Terrassen Cairhiens, auf die Steingebäude und Schieferdächer. Er konnte das Zunfthaus der Feuerwerker von hier aus nicht sehen. Erstens waren riesige Türme und Herrenhäuser im Weg, und zweitens hätte schon allein die Stadtmauer gereicht, um den Blick darauf zu verdecken. Die Feuerwerker waren in aller Munde in der Stadt, selbst jetzt noch, Tage nach jenem Abend, an dem sich nur eine einzige Feuerblume in den Nachthimmel erhoben hatte und sonst nichts, und das noch vorzeitig. Man erzählte sich ein Dutzend verschiedener Versionen dieses Skandals mit noch einigen kleineren Variationen, aber nichts davon kam der Wahrheit nahe.

. Rand wandte sich ab. Er hoffte, daß niemand durch den Brand verletzt worden war, aber die Feuerwerker hatten noch nicht einmal offiziell zugegeben, daß es bei ihnen gebrannt hatte. Sie waren äußerst verschwiegen in bezug auf das, was sich innerhalb ihres Zunfthauses abspielte. »Ich werde die nächste Wache übernehmen«, sagte er zu Hurin, »sobald ich zurück bin.« »Das ist nicht nötig, Lord Rand.« Hurin verbeugte sich genauso tief wie die Leute aus Cairhien es zu tun pflegten. »Ich kann Wache halten. Wirklich! Mein Herr muß sich nicht damit abgeben.«

Rand holte tief Luft und tauschte einen resignierenden Blick mit Loial. Der Ogier zuckte die Achseln. Der Schnüffler benahm sich mit jedem in Cairhien verbrachten Tag förmlicher und steifer. Der Ogier sagte dazu meist nur, daß sich Menschen eben oft sehr eigenartig benähmen.

»Hurin«, sagte Rand, »du hast mich doch sonst auch nur Lord Rand genannt und dich nicht jedesmal verbeugt, wenn ich dich ansah.« *Ich will, daß er sich entspannt und mich wieder Lord Rand nennt*, dachte er, über sich selbst erstaunt. *Lord Rand! Licht, wir müssen hier raus, bevor ich mir wirklich wünsche, daß er sich verbeugt.* »Würdest du dich bitte jetzt hinsetzen? Ich werde schon müde davon, dir zuzusehen.«

Hurin stand mit steifem Kreuz da, machte aber dennoch den Eindruck, als sei er sprungbereit, sobald Rand auch nur den kleinsten Wunsch äußerte. Er setzte sich weder hin, noch entspannte er sich. »Das wäre nicht schicklich, Lord Rand. Wir müssen diesen Leuten aus Cairhien beweisen, daß wir uns genauso gut benehmen können wie ...«

»Hör endlich auf damit!« schrie Rand.

»Wie Ihr wünscht, Lord Rand.«

Es kostete Rand Mühe, nicht wieder zu seufzen. »Hurin, es tut mir leid. Ich hätte dich nicht anschreien sollen.«

»Das ist doch Euer Recht, Lord Rand«, sagte Hurin einfach. »Wenn ich etwas nicht so mache, wie Ihr wünscht, ist es Euer Recht, mich anzuschreien.«

Rand trat vor den Schnüffler hin und wollte ihn am Kragen packen und schütteln.

Ein Klopfen an der Verbindungstür zu Rands Zimmer ließ sie gleichzeitig erstarren, aber Rand war froh, als er sah, daß Hurin nicht auf seine Erlaubnis wartete, das Schwert zu ziehen. Die Reiherklinge hing an Rands Gürtel; im Hingehen berührte er den Knauf. Er wartete, bis Loial sich auf seinem langen Bett zurechtgesetzt und Beine und Mantel so arrangiert hatte, daß die mit Dekken bedeckte Truhe unter dem Bett verdeckt war. Dann riß er die Tür auf.

Dahinter stand der Wirt, der vor Aufregung von einem Fuß auf den anderen trat und Rand sein Tablett vor die Nase hielt. »Vergebt mir, Herr«, sagte Cuale atemlos. »Ich konnte nicht warten, bis Ihr herunterkamt, und dann wart Ihr nicht in Eurem Zimmer und — und ... Vergebt mir, aber ...« Er balancierte das Tablett auf den Händen.

Rand schnappte sich die Einladungen — er hatte schon so viele erhalten —, ohne sie anzusehen, packte den Wirt am Arm und drehte ihn zur Ausgangstür hin. »Danke, Meister Cuale, daß Ihr Euch die Mühe gemacht habt. Wenn Ihr uns nun bitte verlassen würdet ...«

»Aber, Herr«, protestierte Cuale, »die hier sind von ...«

»Dankeschön.« Damit schob Rand den Mann in den Flur hinaus und zog die Tür entschlossen zu. Er warf die Briefe auf den Tisch. »Das hat er vorher nicht gemacht. Loial, glaubst du, er hat an der Tür gelauscht, bevor er klopfte?«

»Du fängst schon an, wie jemand aus Cairhien zu denken.« Der Ogier lachte, aber seine Ohren zuckten nachdenklich, und er fügte hinzu: »Aber er ist ja schließlich aus Cairhien und könnte es deshalb durchaus getan haben. Ich glaube jedoch nicht, daß wir etwas gesagt haben, was er nicht hören durfte.«

Rand bemühte sich, alles noch einmal in sein Gedächtnis zurückzurufen. Keiner von ihnen hatte das Horn von Valere erwähnt oder Trollocs oder auch nur Schattenfreunde. Als er sich dann fragte, was Cuale wohl mit dem anfangen könne, was er tatsächlich gehört haben mochte, schüttelte er sich kurz. »Dieser Ort geht einem ganz schön auf die Nerven«, murmelte er vor sich hin.

»Lord Rand?« Hurin hatte die versiegelten Briefe in die Hand genommen und betrachtete mit großen Augen die Wappen auf den Siegeln. »Lord Rand, die hier sind von Lord Barthanes, dem Hochsitz des Hauses Damo-

123

dred, und von ...«, seine Stimme erstarb beinahe vor Ehrfurcht — »König Galldrian.«

Rand winkte ab. »Trotzdem wandern sie ins Feuer wie die anderen. Ungeöffnet!«

»Aber, Lord Rand!«

»Hurin«, sagte Rand geduldig, »du und Loial, ihr habt mir dieses Große Spiel erklärt. Wenn ich irgendwohin gehe, wo sie mich eingeladen haben, werden die Leute aus Cairhien etwas hineinlesen und glauben, ich sei ein Teil irgendeiner Intrige. Wenn ich nicht hingehe, lesen sie daraus auch wieder etwas ab. Wenn ich eine Antwort abschicke, werden sie darin nach einer versteckten Bedeutung suchen, und wenn ich nicht antworte natürlich auch. Und da offensichtlich die Hälfte aller Cairhienianer die andere Hälfte bespitzelt, weiß jeder genau, was ich mache. Ich habe die ersten beiden verbrannt, und ich werde auch die hier verbrennen, so wie all die anderen.« An einem Tag hatten sich zwölf Einladungen gestapelt, die er mit intakten Siegeln in den Kamin im Schankraum geworfen hatte. »Was sie auch daraus wieder herauslesen mögen, zumindest betrifft es sie alle gleichermaßen. Ich bin nicht für irgend jemand hier, und ich bin nicht gegen irgend jemand.«

»Ich habe schon versucht, dir etwas zu sagen«, sagte Loial. »Ich glaube nicht, daß es so geht. Was du auch tust, die Cairhienianer werden darin eine Intrige vermuten. Das hat jedenfalls der Älteste Haman immer gesagt.«

Hurin hielt Rand die versiegelten Einladungen hin, als seien sie aus Gold. »Lord Rand, diese hier trägt das persönliche Siegel Galldrians. Sein *persönliches* Siegel! Und das hier ist das persönliche Siegel von Lord Barthanes, der gleich nach dem König kommt, was Macht angeht. Lord Rand, verbrennt diese Einladungen, und Ihr habt Feinde, wie es keine mächtigeren gibt. Das Verbrennen hat bisher insofern gewirkt, als die anderen Häuser alle darauf warten, was Ihr wohl vorhaben

124

mögt, und sie glauben, Ihr habt mächtige Verbündete, so daß Ihr riskieren könnt, die anderen alle zu beleidigen. Aber Lord Barthanes — und der König! Beleidigt sie, und sie werden bestimmt handeln.«

Rand fuhr sich mit den Händen durchs Haar. »Und was, wenn ich beide ablehne?«

»Das geht auch nicht, Lord Rand. Mittlerweile hat Euch jedes einzelne Haus eine Einladung geschickt. Wenn Ihr nun auch diese hier ablehnt, wird irgendein Haus daraufkommen, daß man ja nun eigentlich etwas gegen Euch wegen der verbrannten Einladung unternehmen könne, denn Ihr seid ja auch nicht mit dem König oder Barthanes verbündet. Lord Rand, es wird erzählt, daß die Häuser Cairhiens mittlerweile Mörder aussenden. Ein Messer auf irgendeiner Seitenstraße. Ein Pfeil von einem Dach aus. Gift in Eurem Wein.«

»Du könntest auch beide annehmen«, schlug Loial vor. »Ich weiß, daß du nicht willst, Rand, aber es könnte direkt Spaß machen. Ein Abend in einem Herrenhaus oder sogar im Königspalast. Rand, die Schienarer haben an dich geglaubt.«

Rand verzog das Gesicht. Er wußte, es war Zufall gewesen, daß ihn die Schienarer für einen Lord gehalten hatten, eine zufällige Ähnlichkeit der Namen, ein Gerücht unter den Dienern, und Moiraine und die Amyrlin schürten kräftig mit. Aber auch Selene hatte daran geglaubt. *Vielleicht könnte ich sie dort irgendwo treffen?* Hurin schüttelte allerdings heftig den Kopf. »Erbauer, Ihr kennt *Daes Dae'mar* nicht so gut, wie Ihr glaubt. Jedenfalls nicht, wie man es jetzt in Cairhien spielt. Bei den meisten Häusern würde es keine Rolle spielen. Selbst wenn sie die anderen bis aufs Messer bekriegen, tun sie so, als sei es nichts, jedenfalls in der Öffentlichkeit. Aber nicht diese beiden. Das Haus Damodred hatte den Thron inne, bis Laman ihn verlor, und sie wollen ihn zurückhaben. Der König würde sie vernichten, wenn sie nicht beinahe genauso mächtig wären wie er selbst. Ihr könnt keine grimmigeren Feinde finden als die Häuser Riatin und Damodred. Wenn mein Herr beide Einladungen annimmt, werden es beide Häuser erfahren, sobald er seine Antworten abschickt, und jeder wird glauben, er sei Teil einer Intrige des anderen Hauses. Ihr werdet blitzschnell ihre Messer oder ihr Gift zu fühlen bekommen.«

»Und wahrscheinlich wird jeder glauben, daß ich mit dem anderen verbündet bin, wenn ich dessen Einladung annehme«, grollte Rand. Hurin nickte. »Und vermutlich werden sie versuchen, mich umzubringen, um zu verhindern, was immer ich auch vorhabe.« Hurin nickte erneut. »Kannst du mir dann sagen, wie ich es vermeiden soll, daß mir *irgend jemand* hier an den Kragen will?« Hurin schüttelte den Kopf. »Ich wünschte, ich hätte die ersten beiden Einladungen nie verbrannt.«

»Ja, Lord Rand. Aber das hätte auch nicht viel geändert, schätze ich. Wen auch immer Ihr ablehnt oder wessen Einladung Ihr auch annehmt, die anderen witterten doch etwas dahinter.«

Rand streckte die Hand aus, und Hurin legte die beiden zusammengefalteten Pergamentblätter hinein. Das eine war nicht mit dem Baum und der Krone des Hauses Damodred gezeichnet, sondern mit dem angreifenden Keiler von Barthanes. Auf dem Siegel des anderen prangte Galldrians Hirsch. Persönliche Siegel. Anscheinend hatte er Interesse an höchster Stelle erweckt, einfach weil er überhaupt nichts getan hatte.

»Diese Leute spinnen«, sagte er und versuchte in Gedanken, einen Ausweg zu finden.

»Ja, Herr.«

»Ich werde mich im Schankraum mit diesen Briefen sehen lassen«, sagte er bedächtig. Was man auch immer mittags im Schankraum sah, hatte sich bis zum Abend in zehn Häusern herumgesprochen, und am nächsten Morgen in allen anderen. »Ich werde die Siegel nicht brechen. Dann wissen sie, daß ich noch keines der beiden Schreiben beantwortet habe. Solange sie darauf warten, wohin ich mich wenden werde, habe ich Ruhe. Vielleicht kann ich auf diese Art noch ein paar Tage herausschinden. Ingtar wird doch wohl bald ankommen. Er muß einfach!«

»Also, jetzt handelt Ihr wie jemand aus Cairhien, Lord Rand«, sagte Hurin grinsend.

Rand warf ihm einen säuerlichen Blick zu und steckte dann die Briefe zu Selenes Zettel in die Tasche. »Gehen wir, Loial. Vielleicht ist Ingtar angekommen.«

Als er mit Loial den Schankraum betrat, sah sich kein einziger Mann und keine einzige Frau dort nach ihnen um. Cuale polierte ein Silbertablett, als hinge sein Leben von dessen Glanz ab. Die Serviererinnen eilten von Tisch zu Tisch, als existierten Rand und der Ogier gar nicht. Jede der an den Tischen sitzenden Personen blickte in das Glas vor sich, als lägen alle Geheimnisse der Macht in dessen Inhalt vergraben. Keiner sagte etwas.

Nach einem Augenblick zog er die beiden Einladungen aus der Tasche und betrachtete die Siegel. Dann steckte er sie zurück. Cuale fuhr ein wenig zusammen, als Rand zur Tür ging. Bevor sie sich hinter ihnen schloß, begann wieder eine lebhafte Unterhaltung im Schankraum.

Rand ging so schnell die Straße hinunter, daß Loial gar keine kürzeren Schritte machen mußte, um neben ihm zu bleiben. »Wir müssen einen Weg aus der Stadt hinaus ausfindig machen, Loial. Dieser Trick mit den Einladungen kann nicht mehr als zwei oder drei Tage vorhalten. Wenn Ingtar bis dahin nicht angekommen ist, müssen wir weg.«

»Einverstanden«, sagte Loial.

»Aber wie?«

Loial zählte die Voraussetzungen an seinen dicken Fingern ab. »Fain befindet sich dort draußen, sonst wären keine Trollocs in Vortor gewesen. Wenn wir hinausreiten, werden sie über uns herfallen, kaum daß wir außer Sichtweite der Stadt sind. Falls wir mit dem Wagenzug eines Händlers fahren, werden sie diesen sicherlich überfallen.« Kein Händler hatte mehr als fünf oder sechs Leibwächter, und die würden wahrscheinlich wegrennen, sobald sie einen Trolloc sahen. »Wenn wir nur wüßten, wie viele Trollocs und wie viele Schattenfreunde Fain hat. Du hast ihre Zahl ja bereits verringert.« Er erwähnte den Trolloc nicht, den er selbst getötet hatte, aber seiner finsteren Miene und den auf seine Wangen herunterhängenden Augenbrauen nach dachte er daran.

»Es spielt keine Rolle, wie viele er hat«, sagte Rand. »Zehn sind genauso schlimm wie hundert. Wenn uns zehn Trollocs angreifen, glaube ich nicht, daß wir ihnen wieder entkommen können.« Er vermied es, daran zu denken, daß es für ihn ja vielleicht — vielleicht — einen Weg gab, mit zehn Trollocs fertigzuwerden. Es hatte schließlich auch nicht geklappt, als er Loial helfen wollte.

»Das glaube ich auch nicht. Ich schätze, wir haben auch nicht genug Geld, um uns sehr weit weg befördern zu lassen, aber selbst wenn wir es hätten und versuchten, den Hafen von Vortor zu erreichen — na ja, Fain hat bestimmt Schattenfreunde dorthin geschickt, um aufzupassen. Falls er glaubt, wir wollten per Schiff entkommen, würde er wahrscheinlich keine Rücksicht mehr darauf nehmen, wer die Trollocs sehen könnte. Und auch wenn wir uns irgendwie von ihnen befreien könnten, müßten wir alles den Stadtwachen erklären, und die würden vermutlich nicht glauben, daß wir die Truhe nicht öffnen können, also ...«

»Wir lassen doch niemand aus Cairhien die Truhe überhaupt sehen, Loial!«

Der Ogier nickte. »Und die Hafenanlagen der Stadt selbst nützen uns auch nichts.« Der Stadthafen war für die Getreideschiffe und die Jachten der Lords und Ladies reserviert. Niemand kam ohne Erlaubnis dort hinein. Man konnte von der Stadtmauer aus hinunterblikken, aber ein Sprung von dort oben wäre selbst für Loial tödlich. »Ich denke, es ist einfach zu schade, daß wir nicht nach Stedding Tsofu können. Die Trollocs betreten niemals ein *Stedding*. Aber sie würden uns wohl gar nicht erst soweit kommen lassen, ohne anzugreifen.«

Rand antwortete nicht. Sie hatten das große Wachgebäude innerhalb der Stadtmauer erreicht, durch das sie zuerst Cairhien betreten hatten. Draußen wimmelte es in den Straßen von Vortor, von den aufmerksamen Blicken zweier Wachsoldaten beobachtet. Rand glaubte einen Mann in einst gepflegter schienarischer Kleidung gesehen zu haben, der sich bei ihrem Anblick rückwärts in die Menge hinein verzogen hatte, doch sicher war er sich nicht. Es gab einfach zu viele Leute in Kleidern aus aller Herren Länder, und alle hatten es eilig. Er ging die Stufen zum Wachgebäude hinauf, vorbei an den Soldaten mit ihren Brustpanzern, die zu beiden Seiten des Eingangs standen.

Das große Foyer war von harten Holzbänken eingerahmt, auf denen die Leute saßen, die dort zu tun hatten. Die meisten waren einfach und dunkel gekleidet und warteten voll demütiger Geduld. Es waren auch ein paar aus Vortor darunter, die durch die Schäbigkeit und Farbenfreude ihrer Kleidung auffielen. Sie hofften offensichtlich darauf, sich in der Stadt eine Arbeit suchen zu dürfen.

Rand ging geradewegs zu dem langen Tisch im hinteren Teil des Raums. Dahinter saß nur ein einzelner Mann, kein Soldat, mit einem grünen Streifen auf dem Mantel. Er war ein molliger Bursche mit zu straff gespannter Haut. Er sortierte die Papiere auf dem Tisch und schob sein Tintenfaß zweimal hin und her, bevor er aufblickte und Rand und Loial mit einem aufgesetzten Lächeln begrüßte.

»Wie kann ich Euch helfen, Herr?«

»Genauso, wie Ihr gestern hofftet, mir helfen zu können«, sagte Rand geduldiger, als es seinen Gefühlen entsprach, »und vorgestern und am Tag zuvor. Ist Lord Ingtar gekommen?«

»Lord Ingtar, Herr?«

Rand atmete tief ein und ließ die Luft langsam wieder heraus. »Lord Ingtar aus dem Haus Schinowa aus Schienar. Der gleiche, nach dem ich mich jeden Tag erkundigt habe, seit ich hier ankam.«

»Niemand, der diesen Namen führt, hat die Stadt betreten, Herr.«

»Seid Ihr sicher? Müßt Ihr nicht wenigstens in Eure Liste sehen?«

»Herr, die Liste der Ausländer, die nach Cairhien kommen, wird zwischen den Wachhäusern jeden Tag bei Sonnenaufgang und bei Sonnenuntergang ausgetauscht, und ich sehe sie durch, sobald ich sie hier habe. Kein Lord aus Schienar hat in letzter Zeit die Stadt betreten.«

»Und Lady Selene? Bevor Ihr wieder nachfragt, nein, ich weiß nicht, aus welchem Haus sie stammt. Aber ich habe Euch ihren Namen genannt, und ich habe sie Euch bereits dreimal beschrieben. Reicht das noch nicht?«

Der Mann spreizte die Hände. »Es tut mir leid, Herr. Es ist sehr schwer, da ich ihr Haus nicht kenne.« Sein Gesichtausdruck war absolut nichtssagend. Rand fragte sich, ob er es ihm sagen würde, wenn er etwas wüßte.

Eine Bewegung an einer der Türen hinter dem Schreibtisch erregte Rands Aufmerksamkeit. Ein Mann wollte den Vorraum betreten, wandte sich jedoch hastig wieder zum Gehen. »Vielleicht kann mir Hauptmann Caldevwin helfen«, sagte Rand zu dem Beamten.

»Hauptmann Caldevwin, Herr?«

»Ich habe ihn gerade hinter Euch gesehen.«

»Es tut mir leid, Herr. Wenn sich ein Hauptmann Caldevwin im Wachhaus befände, müßte ich es eigentlich wissen.«

Rand starrte ihn zornerfüllt an, bis Loial seine Schulter berührte. »Rand, ich glaube, wir können wohl gehen.«

»Danke für Eure Hilfe«, sagte Rand mit angespannter Stimme. »Ich komme morgen wieder.«

»Es wird mir ein Vergnügen sein, Euch zu helfen«, sagte der Mann mit seinem falschen Lächeln.

Rand stolzierte so schnell aus dem Wachhaus, daß Loial sich beeilen mußte, um ihn auf der Straße wieder einzuholen. »Du weißt, daß er gelogen hat, Loial.« Er verlangsamte seinen Schritt keineswegs, sondern eilte davon, als wolle er seine Wut durch die Anstrengung dämpfen. »Caldevwin war da. Er hat vielleicht auch in anderer Hinsicht gelogen. Ingtar ist möglicherweise schon längst da und sucht uns. Ich wette, er weiß auch, wer Selene ist.«

»Vielleicht, Rand. *Daes Dae'mar . . .*«

»Licht, ich habe es satt, immer nur von dem Großen Spiel zu hören. Ich will es nicht spielen. Ich will mich nicht hineinverwickeln lassen.« Loial ging neben ihm her und sagte nichts. »Ich weiß«, sagte Rand schließlich. »Sie glauben, ich sei ein Lord, und in Cairhien werden sogar ausländische Herren in das Spiel mit einbezogen. Ich wünschte, ich hätte diesen Mantel niemals angezogen.«

Moiraine, dachte er mit aufsteigender Bitterkeit. *Sie macht mir nach wie vor Kummer.* Aber sofort gab er, wenn auch zögernd, zu, daß sie an seiner jetzigen Lage wohl kaum eine Schuld trug. Es hatte immer irgendeinen Grund gegeben, anderen vorzuspielen, was er gar nicht war. Zuerst mußte er Hurin bei Laune halten und dann Selene beeindrucken. Danach schien es gar keine andere Möglichkeit mehr gegeben zu haben. Seine Schritte wurden langsamer, bis er schließlich ganz stehenblieb. »Als Moiraine mich gehen ließ, glaubte ich, nun wäre alles wieder ganz einfach. Sogar die Suche nach dem Horn, auch mit ... mit allem eben ... na ja, ich stellte mir das halt alles einfach vor.« *Selbst mit Saidin im*

Kopf? »Licht, was gäbe ich nicht darum, wenn alles wieder einfach und unkompliziert wäre!«

»*Ta'veren*«, begann Loial.

»Davon will ich auch nichts mehr hören.« Rand lief wieder genauso schnell wie vorher weiter. »Alles, was ich will, ist Mat den Dolch geben und Ingtar das Horn.« *Und dann? Verrückt werden? Sterben? Wenn ich sterbe, bevor ich dem Wahnsinn verfalle, tue ich wenigstens niemandem weh. Aber sterben will ich auch wieder nicht. Lan kann ja ›Schwert in die Scheide‹ erwähnen, aber ich bin Schäfer und kein Behüter.* »Wenn ich es nicht mehr berühren kann«, murmelte er, »vielleicht kann ich dann ... Owyn hätte es beinahe geschafft.«

»Was, Rand? Ich habe dich nicht verstanden.«

»Ach, nichts«, sagte Rand müde. »Ich wünschte, Ingtar käme endlich. Und Mat und Perrin.«

Eine Weile gingen sie schweigend nebeneinander her. Rand war tief in Gedanken versunken. Thoms Neffe hatte es drei Jahre lang durchgehalten, weil er die Macht nur dann benutzte, wenn er es für unbedingt nötig hielt. Wenn Owyn es fertiggebracht hatte, das so einzuschränken, müßte es doch auch möglich sein, ganz ohne die Macht auszukommen, gleich, wie verführerisch *Saidin* auch sein mochte.

»Rand«, sagte Loial, »dort vorne brennt es.«

Rand schob seine unerfreulichen Grübeleien beiseite und blickte mit finsterer Miene nach vorn in die Stadt hinein. Eine dicke, schwarze Rauchsäule erhob sich über den Dächern. Er konnte nicht erkennen, aus welchem Gebäude sie quoll, aber es war auf jeden Fall in der Nähe ihrer Schenke.

»Schattenfreunde«, sagte er beim Betrachten der Rauchwolke. »Trollocs können nicht ungesehen die Stadt betreten, aber Schattenfreunde ... Hurin!« Er rannte los, und Loial hielt leicht Schritt mit ihm.

Je näher sie kamen, desto klarer wurde ihnen, welches Gebäude da brannte. Sie umrundeten die letzte steingefaßte Kurve, und da war der ›Verteidiger der Drachenmauer‹. Rauch quoll aus den oberen Fenstern, und Flammen schlugen aus dem Dach. Vor der Schenke hatten sich viele neugierige Zuschauer versammelt. Cuale schrie und hüpfte wild herum. Er wies Männer an, die Möbel hinaus auf die Straße trugen. Eine Doppelkette von Männern gab auf der einen Seite wassergefüllte Eimer weiter ins Haus hinein, und auf der anderen Seite kamen die leeren Eimer zurück und wurden bis zum weiter unten an der Straße befindlichen Brunnen weitergereicht. Die meisten Leute standen aber nur herum und sahen zu. Eine grelle Flamme schlug durch das Ziegeldach in den Himmel, und sie gaben ein lautes ›Aaaaah‹ von sich.

Rand drängte sich durch die Menge zum Wirt. »Wo ist Hurin?«

»Vorsichtig mit diesem Tisch umgehen!« schrie Cuale. »Verkratzt ihn nicht!« Er sah Rand an und blinzelte. Sein Gesicht war von Rauch geschwärzt. »Lord Rand? Wer? Euer Diener? Ich kann mich nicht daran erinnern, ihn gesehen zu haben, Herr. Bestimmt ist er draußen. Laß die Kerzenhalter nicht fallen, du Narr! Sie sind aus Silber!« Cuale tanzte weg, um die Männer anzuschreien, die alle seine Besitztümer aus der Schenke schleppten.

»Hurin ist doch nicht hinausgegangen«, sagte Loial. »Er hätte niemals die ...« Er sah sich um und ließ den Rest ungesagt. Einige der Zuschauer schienen den Ogier ebenso interessant zu finden wie das Feuer.

»Ich weiß«, sagte Rand und stürzte in die Schenke hinein.

Dem Schankraum sah man kaum an, daß das Gebäude in Flammen stand. Die Doppelkette von Männern zog sich die Treppe hinauf und gab die Eimer weiter, während andere herumeilten und hinaustrugen, was noch an Möbeln übrig war. Aber hier sah man nicht mehr Rauch, als sonst aus der Küche quoll. Erst als

Rand sich an den Männern vorbei die Treppe hoch-
quetschte, wurde er dichter. Hustend rannte er hoch.

Die Kette endete kurz vor der Treppe zum zweiten
Stock. Männer standen auf halber Höhe und schleuder-
ten Wasser in einen von Rauch erfüllten Gang. Flammen züngelten an den Wänden hoch und flackerten rot
durch den schwarzen Qualm.

Einer der Männer packte Rand am Arm. »Ihr könnt
da nicht hinaufgehen, Lord! Dort oben ist alles verloren.
Ogier, sagt es ihm doch!«

Erst jetzt bemerkte Rand, daß Loial ihm gefolgt war.
»Geh zurück, Loial. Ich bringe ihn heraus.«

»Du kannst nicht gleichzeitig Hurin und die Truhe
tragen, Rand.« Der Ogier zuckte die Achseln. »Außerdem überlasse ich meine Bücher nicht dem Feuer.«

»Dann duck dich unter den Rauch.« Rand ließ sich auf
alle viere nieder und krabbelte weiter hinauf. Unten, nahe dem Boden, war die Luft sauberer; immer noch so
qualmerfüllt, daß er husten mußte, aber er konnte sie
wenigstens atmen. Doch selbst die Luft schien unerträg-
lich heiß zu sein. Er bekam durch die Nase nicht genug
Luft, also atmete er durch den Mund und fühlte, wie
seine Kehle austrocknete.

Wasser, das die Männer in die Flammen schleudern
wollten, erwischte ihn voll und durchnäßte ihn bis auf
die Haut. Die Kühle brachte aber nur für einen Augenblick Erleichterung, dann schlug die Hitze wieder zurück. Entschlossen kroch er weiter. Er hörte am Husten
des Ogiers, daß dieser sich gleich hinter ihm befand.

Eine Wand des Flurs stand lichterloh in Flammen,
und aus dem Boden an dieser Seite stiegen bereits die
ersten Rauchfäden zu der Wolke über ihren Köpfen auf.
Er war froh, daß er nicht erkennen konnte, wie es über
dem Rauch aussah. Das unheilvolle Krachen im Gebälk
sagte ihm einiges.

Die Tür zu Hurins Zimmer brannte noch nicht, aber
sie war bereits so heiß, daß er zwei Versuche benötigte,

um sie aufzustoßen. Das erste, was er sah, war Hurin, der am Boden lag. Rand kroch zu dem Schnüffler hin und nahm ihn in die Arme. An der Seite seines Kopfes sah er eine pflaumengroße Beule. Hurin öffnete die Augen und blickte ihn verschwommenen an. »Lord Rand?« murmelte er schwach. »... an die Tür geklopft ... dachte, es sei wieder eine Einl ...« Seine Pupillen rollten weg. Rand fühlte nach dem Herzschlag und entspannte sich vor Erleichterung, als er ihn gefunden hatte.

»Rand ...«, hustete Loial. Er war beim Bett und hatte die Laken hochgeschlagen. Darunter befanden sich lediglich die kahlen Bodenbretter. Die Truhe war weg.

Über dem Rauch krachte es in der Decke, und brennende Holzstücke fielen zu Boden.

Rand sagte: »Nimm deine Bücher. Ich trage Hurin. Mach schnell!« Er versuchte, sich den schlaffen Körper des Schnüfflers über die Schultern zu legen, aber Loial nahm ihm Hurin ab. »Die Bücher müssen eben verbrennen, Rand. Du kannst ihn nicht tragen und dabei wegkriechen, und wenn du aufstehst, wirst du nicht einmal mehr die Treppe erreichen.« Der Ogier zerrte sich Hurin auf den breiten Rücken. Die Arme und Beine des Schnüfflers hingen zu beiden Seiten herunter. Von der Decke her ertönte ein weiteres lautes Knacken. »Mach schnell, Rand.«

»Geh, Loial! Geh, ich komme nach.«

Der Ogier kroch mit seiner Last in den Flur hinaus, und Rand wollte ihm schon folgen. Dann hielt er aber inne, als er die Verbindungstür zu seinem Zimmer sah. Die Flagge war immer noch dort drinnen. Das Drachenbanner. *Laß sie doch verbrennen*, dachte er, und der antwortende Gedanke kam prompt, als höre er ihn von Moiraine: *Dein Leben könnte davon abhängen. Sie will mich immer noch benützen. Dein Leben könnte davon abhängen. Aes Sedai lügen nie.*

Ächzend rollte er sich über den Boden und trat die Tür zu seinem Zimmer auf. Der andere Raum war von

Flammen erfüllt. Das Bett wirkte wie ein Sonnwendfeuer. Rote Zungen leckten bereits über den Boden. Dort konnte er nicht weiterkriechen. Er stand auf und rannte geduckt in das Zimmer. Er zuckte vor der Hitze zurück, keuchte und erstickte fast. Sein nasser Mantel dampfte. Eine Seitenwand des Kleiderschranks brannte schon. Er riß die Tür auf. Drinnen lagen seine Satteltaschen, bisher noch vom Feuer verschont. Die eine war ausgebeult, wo die Flagge Lews Therin Telamons steckte, und der hölzerne Flötenkasten lag daneben. Einen Moment lang zögerte er. *Ich kann sie immer noch verbrennen lassen.* Die Decke über ihm ächzte. Er packte die Satteltaschen und den Flötenkasten und warf sich durch die Tür zurück. Er landete auf den Knien, während brennende Dachbalken auf die Stelle herunterkrachten, an der er eben noch gestanden hatte. Er schleifte seine Last hinter sich her und kroch in den Flur. Der Fußboden wurde vom Aufprall weiterer herunterstürzender Balken erschüttert.

Die Männer mit den Eimern waren weg, als er die Treppe erreichte. Er rutschte vor Hast beinahe bis zum nächsten Absatz hinunter, rappelte sich hoch und rannte durch das mittlerweile leere Gebäude auf die Straße hinaus. Die Zuschauer starrten ihn neugierig an. Sein Gesicht war schwarz und der Mantel rußbedeckt, aber er taumelte hinüber zu Loial, der Hurin an die Mauer des gegenüberliegenden Hauses gelehnt hatte. Eine Frau aus der Menge wischte Hurins Gesicht mit einem feuchten Tuch ab, doch seine Augen waren noch geschlossen, und der Atem kam unregelmäßig.

»Gibt es hier keine Seherin?« wollte Rand wissen. »Er braucht Hilfe.« Die Frau sah ihn verständnislos an, und er bemühte sich, sich an die anderen Bezeichnungen zu erinnern, mit denen die Menschen solche Frauen bezeichneten, die in den Zwei Flüssen Seherinnen gewesen wären. »Eine Weise Frau? Eine Frau, die ihr Mutter soundso nennt? Eine Frau, die sich mit Kräutern und Heilkunst auskennt?«

»Ich bin Leserin, falls Ihr das meint«, sagte die Frau, »aber alles, was ich für den hier tun kann, ist, ihm Linderung zu verschaffen. Ich fürchte, in seinem Kopf ist etwas gebrochen.«

»Rand! Du bist es tatsächlich!«

Rand fuhr herum. Es war Mat, der mit dem Bogen auf dem Rücken sein Pferd durch die Menge führte. Ein Mat mit blassem und eingefallenem Gesicht, aber immer noch Mat, und er grinste sogar schwach. Hinter ihm kam Perrin. Seine gelben Augen leuchteten im Feuerschein und zogen genausoviele Blicke an wie die Flammen. Und Ingtar, der einen Mantel mit steifem Kragen statt der Rüstung trug, stieg nun ebenfalls vom Pferd. Der Griff seines Schwertes ragte aber wie immer über seinen Schultern hervor.

Rand fühlte, wie ihn ein Schauer überlief. »Es ist zu spät«, sagte er zu ihnen. »Ihr seid zu spät gekommen.« Und dann setzte er sich auf die Straße und fing an zu lachen.

KAPITEL 8

Auf der Spur

Rand wußte nicht, daß Verin da war, bis die Aes Sedai sein Gesicht in ihre Hände nahm. Einen Augenblick lang erkannte er Besorgtheit in ihren Augen und vielleicht sogar Angst, und dann fühlte er sich, als habe man ihn in kaltes Wasser getaucht. Es war kein Gefühl von Nässe, aber er fühlte sich erfrischt. Er schauderte einmal kurz, und sein Lachen erstarb. Sie verließ ihn und beugte sich über Hurin. Die Leserin beobachtete sie genau. Rand auch. *Was macht sie hier? Als ob ich das nicht wüßte.*

»Wo seid ihr denn abgeblieben?« wollte Mat heiser wissen. »Ihr seid einfach verschwunden, und nun seid ihr vor uns in Cairhien angekommen. Loial?« Der Ogier zuckte unsicher die Achseln, und seine Ohren zuckten mit. Die Hälfte der Zuschauer hatte sich vom Feuer abgewandt und beobachtete die Neuankömmlinge. Ein paar drückten sich näher heran, um zu lauschen.

Rand ließ sich von Perrin auf die Beine helfen. »Wie habt ihr die Schenke gefunden?« Er sah sich nach Verin um, die neben Hurin kniete und den Kopf des Schnüfflers in den Händen hielt. »Sie?«

»In gewisser Weise«, sagte Perrin. »Die Wachen am Tor wollten unsere Namen wissen, und ein Bursche, der gerade aus dem Wachhaus kam, fuhr zusammen, als er den Namen Ingtar hörte. Er sagte, er kenne ihn nicht, aber sein Lächeln schrie förmlich meilenweit das Wort ›Lüge‹ heraus.«

»Ich glaube, ich weiß, wer gemeint ist«, sagte Rand. »Er lächelt die ganze Zeit so.«

»Verin zeigte ihm ihren Ring«, warf Mat ein, »und flüsterte ihm etwas ins Ohr.«

Er wirkte und klang krank, die Wangen waren gerötet, und die Haut spannte sich straff über die Knochen, doch er brachte ein Grinsen zustande. Rand hatte seine Backenknochen noch nie so hervortreten sehen. »Ich konnte nicht verstehen, was sie sagte, aber ich wußte nicht, ob ihm zuerst die Augen aus dem Kopf fallen würden oder er seine Zunge verschluckte. Mit einem Mal konnte er nicht genug für uns tun. Er sagte uns, daß ihr uns erwartet, und auch, wo ihr euch aufhaltet. Bot uns an, uns höchstpersönlich hinzubringen, aber er sah ganz schön erleichtert aus, als Verin das ablehnte.« Er schnaubte. »Lord Rand aus dem Hause al'Thor.«

»Das ist eine zu lange Geschichte, um hier gleich alles zu erklären«, sagte Rand. »Wo sind Uno und die anderen? Wir werden sie brauchen.«

»In Vortor.« Mat sah Rand finster an und fuhr bedächtig fort: »Uno sagte, sie blieben lieber dort als innerhalb der Stadtmauer. Nach dem zu schließen, was ich sehe, wäre ich lieber bei ihnen. Rand, warum werden wir Uno brauchen? Hast du ... sie ... gefunden?«

Das war der Augenblick, den Rand gerne vermieden hätte. Er atmete tief ein und sah seinem Freund in die Augen. »Mat, ich hatte den Dolch, und ich verlor ihn. Die Schattenfreunde haben ihn wieder geholt.« Er hörte, wie die lauschenden Zuschauer nach Luft schnappten, aber es war ihm gleich. Sie konnten ihr Großes Spiel spielen, wenn sie wollten, aber Ingtar war gekommen, und er hatte nun seine Ruhe. »Sie können jedoch noch nicht weit sein.«

Ingtar hatte vorher den Mund gehalten, aber jetzt trat er vor und packte Rand am Arm. »Ihr habt es gehabt? Und den ...«, er blickte sich nach der neugierigen Menge um; »... das andere Ding?«

»Sie haben sich auch das wieder geholt«, sagte Rand leise. Ingtar schlug sich mit der Faust auf die Handfläche und wandte sich ab. Ein paar Cairhienianer wichen vor seinem wilden Blick zurück.

Mat kaute auf seiner Lippe herum und schüttelte dann den Kopf. »Ich wußte nicht, daß ihr ihn gefunden hattet, also fühle ich mich nicht, als habe ich ihn verloren. Er ist eben immer noch verloren.« Es war klar, daß er von dem Dolch sprach und nicht vom Horn von Valere. »Wir finden ihn schon wieder. Jetzt haben wir zwei Schnüffler. Perrin ist auch einer. Er folgte der Spur bis nach Vortor, nachdem du mit Loial und Hurin verschwunden warst. Ich glaubte, du wärst vielleicht einfach weggelaufen, um ... na ja, du weißt schon, was ich meine. Wo warst du nun eigentlich wirklich? Ich verstehe immer noch nicht, wie du solch einen Vorsprung vor uns gewinnen konntest. Dieser Bursche behauptete, ihr wärt schon seit Tagen hier.«

Rand sah Perrin an — *er ein Schnüffler?* — und bemerkte so, daß Perrin ihn ebenfalls musterte. Er glaubte, Perrin irgend etwas murmeln zu hören. *Schattentöter? Ich muß ihn falsch verstanden haben.* Perrins gelber Blick hielt ihn eine Weile lang fest. Er schien Geheimnisse über ihn zu enthalten. Er sagte sich, daß er sich das sicherlich nur einbildete — *ich bin doch nicht verrückt — noch nicht —*, und riß den Blick von Perrin los.

Verin half gerade einem sichtlich wackligen Hurin auf die Beine. »Ich fühle mich so leicht wie Gänsedaunen«, sagte er. »Noch ein wenig müde, aber ...« Er sprach nicht weiter. Er schien sie zum erstenmal bewußt zu sehen und auch jetzt erst zu begreifen, was geschehen war.

»Die Erschöpfung wird noch ein paar Stunden anhalten«, sagte sie zu ihm. »Es ist anstrengend für den Körper, sich selbst schnell zu heilen.«

Die Leserin aus Cairhien erhob sich. »Aes Sedai?« fragte sie leise. Verin neigte den Kopf, und die Leserin knickste tief.

So leise sie auch gewesen waren: Die Worte ›Aes Sedai‹ kursierten durch die Menge und lösten Ehrfurcht, Angst und auch Zorn aus. Mittlerweile blickten alle zu ihnen herüber. Nicht einmal Cuale beachtete seine brennende Schenke noch. Rand war der Meinung, daß ein wenig Vorsicht nun wohl angebracht sei.

»Habt ihr schon Zimmer gefunden?« fragte er. »Wir müssen miteinander reden, und hier geht es nicht.«

»Gute Idee«, meinte Verin. »Ich war früher schon hier im Großen Baum. Dort gehen wir hin.«

Loial ging die Pferde holen. Das Dach der Schenke war vollends eingestürzt, doch die Ställe waren unversehrt. Bald ritten sie durch die Straßen, jedenfalls alle außer Loial, der behauptete, sich zu sehr ans Laufen gewöhnt zu haben. Perrin hielt die Führleine eines der Packpferde, die sie mit nach Süden gebracht hatten.

»Hurin«, fragte Rand, »wie schnell wirst du wieder soweit sein, daß du erneut ihrer Spur folgen kannst? Kannst du ihr auch folgen? Die Männer, die dich niederschlugen und das Feuer legten, haben doch wohl eine Spur hinterlassen, oder?«

»Ich kann ihr schon jetzt folgen, Lord Rand. Und ich konnte sie auf der Straße riechen. Der Gestank wird sich aber nicht lang halten. Es waren keine Trollocs dabei, und sie haben niemanden getötet. Nur Männer, Lord Rand. Schattenfreunde, glaube ich, aber das kann man oft am Geruch nicht feststellen. Vielleicht einen Tag lang wird er sich halten, dann ist er verflogen.«

»Ich glaube, sie können die Truhe genausowenig öffnen, Rand«, sagte Loial, »sonst hätten sie einfach das Horn mitgenommen. Das wäre doch viel einfacher gewesen, als die ganze Truhe wegzuschleppen.«

Rand nickte. »Sie müssen sie in einen Karren oder auf ein Pferd gepackt haben. Sobald sie sie aus Vortor hinausgeschafft haben, werden sie sich wieder den Trollocs anschließen — ganz klar. Dieser Spur wirst du bestimmt folgen können, Hurin.«

»Bestimmt, Lord Rand.«

»Dann mußt du dich ausruhen, bis du wieder stark genug bist«, sagte Rand. Der Schnüffler wirkte bereits einigermaßen sicher auf den Beinen, aber er saß in sich zusammengesunken und mit müdem Gesicht auf dem Reittier. »Im günstigsten Fall haben sie nur wenige Stunden Vorsprung. Wenn wir schnell reiten ...« Plötzlich bemerkte er, daß die anderen ihn alle ansahen: Verin und Ingtar, Mat und Perrin. Ihm wurde klar, was er getan hatte, und seine Wangen liefen rot an. »Es tut mir leid, Ingtar. Ich habe mich nun mal daran gewöhnt, das Kommando zu führen, schätze ich. Ich versuche nicht, Euren Platz einzunehmen.«

Ingtar nickte bedächtig. »Moiraine hat eine gute Wahl getroffen, als sie Lord Agelmar bat, Euch zu meinem Stellvertreter zu ernennen. Vielleicht wäre es besser gewesen, die Amyrlin hätte Euch hier das Kommando übergeben.« Der Schienarer lachte kurz auf. »Zumindest habt Ihr es tatsächlich fertiggebracht, das Horn zu berühren.«

Danach ritten sie schweigend weiter.

Der Große Baum hätte ein Zwilling des Verteidigers der Drachenmauer sein können. Das Gebäude sah wie ein hoher Steinwürfel aus, und der Schankraum war mit dunkler Holztäfelung ausgestattet und mit viel Silber geschmückt. Auf dem Kaminsims stand eine große, matt schimmernde Uhr. Die Wirtin hätte Cuales Schwester sein können. Die Meisterin Tiedra war genauso mollig und hatte ein paar derselben unbewußten Angewohnheiten — und den gleichen durchdringenden Blick; dieselbe Art, auf Dinge zu hören, die unausgesprochen im Raum hingen. Aber Tiedra kannte Verin, und das Lächeln, das sie der Aes Sedai zur Begrüßung schenkte, wirkte warm und herzlich. Sie erwähnte die Bezeichnung Aes Sedai nicht, aber Rand war sicher, daß sie Bescheid wußte.

Tiedra und ein Dienerschwarm kümmerten sich um ihre Pferde und zeigten ihnen dann ihre Zimmer. Rands

Zimmer war genauso schön wie das verbrannte, aber er interessierte sich vor allem für die große kupferne Badewanne, die von zwei Dienern durch die Tür gezwängt wurde. Küchenmädchen brachten anschließend Eimer dampfenden Wassers von der Küche hoch. Ein Blick in den Spiegel über dem Waschtisch zeigte ihm ein Gesicht, das aussah, als habe man es mit Holzkohle geschrubbt. Sein Mantel wies auf der roten Wolle schwarze Schmierer auf.

Er zog sich aus und kletterte in die Wanne. Dort dachte er genauso lange nach, wie er sich wusch. Verin war hier. Eine der drei Aes Sedai, bei denen er darauf vertrauen konnte, daß sie ihn weder selbst einer Dämpfung unterziehen noch ihn jenen übergeben würden, die das tun würden. Jedenfalls schien es ihm so. Eine der drei, die ihm weismachen wollten, er sei der Wiedergeborene Drache, oder die ihn als falschen Drachen benützen wollten. *Sie ist das Auge Moiraines, das mich beobachtet, Moiraines Hand, die an meinen Fäden zieht. Aber ich habe die Fäden durchtrennt.* Seine Satteltaschen waren hochgebracht worden, zusammen mit einem Bündel frischer Kleidung aus der Ladung des Packpferds. Er trocknete sich ab und öffnete das Bündel. Dann seufzte er. Er hatte vergessen gehabt, daß alle anderen Mäntel genauso reich geschmückt waren wie der, den er achtlos über eine Stuhllehne geworfen hatte, damit ihn eines der Mädchen säuberte. Nach einem kurzem Zögern wählte er den schwarzen Mantel aus, dessen Farbe seiner Stimmung entsprach. Silberne Reiher hingen an seinem Stehkragen, und die Ärmel waren mit silbernen Wasserfällen geschmückt — Wasser, daß an den gezackten Felsen als Gischt brodelte.

Als er die Sachen aus seinem alten Mantel in den neuen steckte, fand er die Einladungen wieder. Abwesend steckte er sie in die Tasche, während er Selenes beide Briefe betrachtete. Er fragte sich, warum er sich so närrisch benommen hatte. Sie war die schöne, junge

Tochter eines Adelshauses. Er war ein Schäfer, den die Aes Sedai zu benützen versuchten; ein Mann, der dazu verdammt war, wahnsinnig zu werden, falls er nicht vorher starb. Und doch konnte er ihre Anziehungskraft selbst aus ihrer Schrift heraus spüren, konnte beinahe ihr Parfum riechen.

»Ich bin Schäfer«, erzählte er den Briefen, »und kein großer Mann, und wenn ich mal irgendwann heiraten sollte, dann Egwene. Aber sie will Aes Sedai werden, und wie kann ich überhaupt eine Frau heiraten, eine Frau lieben, wenn ich verrückt werde und sie vielleicht dann umbringe?«

Worte konnten den Eindruck von Selenes Schönheit nicht mindern oder die Art, wie sie sein Blut zum Kochen brachte, wenn sie ihn nur anblickte. Es schien ihm fast, als befände sie sich bei ihm im Zimmer, als röche er ihr Parfum wirklich. Er sah sich schnell um und lachte dann über seine närrische Anwandlung. Er war allein.

»Ich habe schon Einbildungen, als sei ich bereits auf dem Weg zum Wahnsinn«, murmelte er.

Mit einem Mal öffnete er den Verschluß der Lampe auf dem Nachttisch, zündete sie an und hielt die Briefe in die Flamme. Außerhalb der Schenke schwoll der Wind zu einem Heulen an. Er drang durch die Läden herein und entfachte die Flamme, so daß die Briefe lodernd brannten. Hastig warf er die brennenden Zettel in den kalten Kamin, gerade rechtzeitig, bevor er sich daran die Finger verbrannte. Er wartete, bis der letzte Rauchfaden verflogen war, dann schnallte er sich das Schwert um und verließ den Raum.

Verin hatte für sie ein privates Speisezimmer genommen, wo auf den Regalen an den dunkel getäfelten Wänden noch mehr Silber stand als im Schankraum. Mat jonglierte drei hartgekochte Eier und bemühte sich, dabei einen selbstverständlichen Eindruck zu erwecken. Ingtar blickte mit finsterer Miene in den kalten Kamin. Loial hatte immer noch ein paar Bücher aus Fal Dara in den Manteltaschen gehabt und saß lesend neben einer Lampe.

Perrin saß zusammengesunken am Tisch und betrachtete seine gefalteten Hände. Mit seinem feinen Geruchssinn roch er das Bienenwachs, das man zum Putzen der Täfelung benützte. *Er war es,* dachte er. *Rand ist der Schattentöter. Licht, was geschieht mit uns allen?* Seine Hände verkrampften sich zu großen, kantigen Fäusten. *Diese Hände sind für einen Schmiedehammer bestimmt und nicht für eine Streitaxt.* Er blickte auf, als Rand eintrat. Perrin glaubte, einen entschlossenen Zug an ihm zu bemerken, als habe er sich zu einem ganz bestimmten Vorgehen entschieden. Die Aes Sedai bedeutete Rand, sich auf einen hohen Lehnstuhl ihr gegenüber zu setzen.

»Wie geht es Hurin?« fragte Rand, während er sein Schwert nach hinten schob, damit er sich setzen konnte. »Ruht er?«

»Er bestand darauf, rauszugehen«, antwortete Ingtar. »Ich sagte ihm, er solle die Spur nur soweit verfolgen, bis er Trollocs roch. Von da an können wir sie morgen wiederaufnehmen. Oder wollt Ihr heute abend noch hinterherreiten?«

»Ingtar«, sagte Rand nervös, »ich wollte wirklich nicht das Kommando übernehmen. Ich habe mir einfach nichts dabei gedacht.« Und doch sagte er das nicht so unsicher, wie er so etwas früher gesagt hätte, dachte sich Perrin. *Schattentöter. Wir ändern uns alle.* Ingtar antwortete nicht. Er starrte weiter in den dunklen Kamin.

»Es gibt da einige Dinge, die mich sehr interessieren, Rand«, sagte Verin ruhig. »Eines davon ist, wie Ihr spurlos aus Ingtars Lager verschwinden konntet. Ein weiteres wäre, wie Ihr in Cairhien eine Woche vor uns ankommen konntet. Die Angaben des Beamten waren in dieser Hinsicht ganz eindeutig. Ihr müßt geflogen sein.«

Eines von Mats Eiern fiel zu Boden und zerbrach.

145

Aber er beachtete es gar nicht. Er sah Rand an, und auch Ingtar hatte sich umgedreht. Loial gab vor, immer noch zu lesen, aber sein Blick war besorgt, und seine Ohren standen in steifen, haarigen Spitzen hoch.

Perrin wurde klar, daß auch er Rand anstarrte. »Also, geflogen sind sie nicht«, sagte er. »Ich kann keine Flügel erkennen. Vielleicht hat er uns auch noch Wichtigeres mitzuteilen.« Verin widmete ihm kurz ihre Aufmerksamkeit. Er brachte es fertig, ihr in die Augen zu sehen, aber er war es auch, der den Blick zuerst abwandte. *Aes Sedai. Licht, warum waren wir solche Narren, einer Aes Sedai zu folgen?* Rand warf ihm einen dankbaren Blick zu, und Perrin grinste ihn an. Es war nicht der alte Rand — er schien mittlerweile in diesen prächtigen Mantel hineingewachsen zu sein; jetzt wirkte er an ihm passend — aber er war doch immer noch der Junge, mit dem Perrin aufgewachsen war. *Schattentöter. Ein Mann, vor dem die Wölfe Ehrfurcht haben. Ein Mann, der die Macht benützt.* »Ich habe nichts dagegen, jetzt ein wenig zu berichten«, sagte Rand und begann einfach drauflos zu erzählen.

Perrin lauschte mit offenem Mund. Portalsteine. Andere Welten, wo das Land sich ständig zu verändern schien. Hurin, der einer Spur folgte, wo die Schattenfreunde einmal sein würden! Und eine schöne Frau in Not, wie in der Erzählung eines Gauklers.

Mat pfiff leise und staunend durch die Zähne. »Und sie hat euch zurückgebracht? Mit Hilfe eines dieser — Steine?«

Rand zögerte einen Moment lang. »Das muß sie wohl«, sagte er. »Und deshalb sind wir so lange vor euch hier angekommen. Als Fain ankam, haben Loial und ich in der Nacht das Horn von Valere zurückgestohlen und sind weiter nach Cairhien geritten, weil ich nicht glaubte, daß wir an ihnen vorbeikommen konnten, wenn sie erst richtig wach waren, und weil ich wußte, daß Ingtar sie weiter nach Süden verfolgen und schließlich auch in Cairhien ankommen würde.«

Schattentöter. Rand sah ihn an, und seine Augen zogen sich zusammen. Perrin wurde klar, daß er die Bezeichnung laut ausgesprochen hatte. Allerdings wohl nicht laut genug, daß ihn sonst noch jemand im Raum gehört hatte. Niemand sonst sah ihn an. Er hätte so gern Rand von den Wölfen erzählt. *Ich habe über dich Bescheid gewußt. Es ist nur gerecht, wenn ich dir auch von meinem Geheimnis erzähle.* Aber Verin war dabei. Er konnte es nicht vor ihr sagen.

»Interessant«, sagte die Aes Sedai mit nachdenklichem Gesichtsausdruck. »Ich würde dieses Mädchen sehr gern kennenlernen. Wenn sie Portalsteine benützen kann ... Selbst diese Bezeichnung kennen nicht viele.« Sie schüttelte sich kurz. »Na ja, ein andermal. In den Häusern Cairhiens sollte ein hochgewachsenes Mädchen unschwer zu finden sein. Aaah, da ist unser Essen.«

Perrin roch das Lammfleisch bereits, bevor Frau Tiedra eine Prozession mit Schüsseln voll Essen hereinführte. Ihm lief bei dem Fleischgeruch das Wasser im Mund zusammen. Erbsen und Kürbis, Karotten und Weißkohl oder die heißen, knusprigen Brötchen reizten ihn weniger. Ihm schmeckte Gemüse wohl durchaus noch, aber in letzter Zeit träumte er häufiger von rohem Fleisch. Es verwirrte ihn, als er sich dabei ertappte, daß er die schönen rosa Scheiben Lammfleisch, die ihm die Wirtin herunterschnitt, für zu stark durchgebraten hielt. Entschlossen packte er sich mehr Beilagen auf den Teller. Und noch mal zwei Scheiben Lammbraten.

Sie aßen schweigend; jeder konzentrierte sich auf die eigenen Gedanken. Perrin tat es weh, Mat beim Essen zuzusehen. Mats Appetit war so gesund wie immer, obwohl sein Gesicht fiebrig gerötet war, und so, wie er spachtelte, wirkte es, als esse er seine Henkersmahlzeit. Perrin sah so oft wie möglich auf seinen Teller und wünschte sich, sie hätten Emondsfeld niemals verlassen.

Nachdem die Bedienungen den Tisch abgeräumt hatten und wieder weg waren, bestand Verin darauf, daß sie zusammenblieben, bis Hurin wiederkäme. »Es könnte sein, daß er etwas weiß und wir sofort aufbrechen müssen.«

Mat nahm sein Jonglieren wieder auf, und Loial widmete sich wieder seiner Lektüre. Rand fragte die Wirtin, ob sie Bücher da hätte, und sie brachte ihm *Die Reisen des Jain Fernstreicher.* Das gefiel auch Perrin, mit all den Geschichten über Abenteuer beim Meervolk und Reisen in Länder jenseits der Aielwüste, dorthin, wo die Seide herkam. Aber dann stand ihm der Sinn doch nicht nach Lesen, und so holte er ein Brettspiel und baute es zwischen sich und Ingtar auf dem Tisch auf. Der Schienarer spielte verwegen und fast leichtsinnig. Perrin hatte immer defensiv gespielt, doch nun ertappte er sich dabei, wie er genauso verwegen zu spielen begann wie Ingtar. Die meisten Partien endeten unentschieden, aber er schaffte es immerhin, genauso oft wie Ingtar zu gewinnen. Am frühen Abend betrachtete ihn der Schienarer mit neuem Respekt. Dann kehrte der Schnüffler zurück.

Hurins Grinsen wirkte gleichzeitig triumphierend und verblüfft. »Ich habe sie gefunden, Lord Ingtar. Lord Rand. Ich habe sie bis zu ihrem Unterschlupf verfolgt.«

»Unterschlupf?« fragte Ingtar scharf. »Soll das heißen, daß sie sich irgendwo in der Nähe verbergen?«

»Ja, Lord Ingtar! Diejenigen, die das Horn stahlen. Ich bin ihnen geradewegs dorthin gefolgt. Überall der Gestank von Trollocs! Und trotzdem haben sie sich hingeschlichen, als ob sie es nicht wagten, sich sehen zu lassen. Kein Wunder!« Der Schnüffler holte tief Luft. »Sie sind in dem großen Herrenhaus, das Lord Barthanes gerade fertigstellen ließ.«

»Lord Barthanes!« rief Ingtar. »Aber er ... er ist ... er ist doch ...«

»Es gibt Schattenfreunde unter den Hochgestellten wie unter den Gemeinen«, sagte Verin verbindlich. »Die

Mächtigen verschrieben ihre Seele genauso oft dem Schatten wie die Armen.« Ingtar runzelte die Stirn, als gefalle ihm dieser Gedanke absolut nicht.

»Es gibt Wachen«, fuhr Hurin fort. »Wir können nicht mit zwanzig Mann hineingehen, wenn wir wieder herauskommen wollen. Hundert könnten es vielleicht schaffen, aber zwei wären besser. Das ist meine Auffassung, Lords.«

»Was ist mit dem König?« wollte Mat wissen. »Wenn Barthanes ein Schattenfreund ist, wird uns der König doch helfen!«

»Ich bin ganz sicher«, sagte Verin trocken, »daß Galldrian Riatin gegen Barthanes Damodred vorgehen würde, wenn er nur das Gerücht hörte, Barthanes sei ein Schattenfreund. Er wäre glücklich, einen solchen Vorwand zu haben. Aber ich bin auch sicher, daß Galldrian niemals mehr das Horn von Valere herausrücken würde, hätte er es einmal in Besitz. Er würde es an Feiertagen den Leuten zeigen und ihnen vormachen, wie groß und mächtig Cairhien sei, und ansonsten würde es niemand zu Gesicht bekommen.«

Perrin riß vor Schreck die Augen weit auf. »Aber das Horn von Valere muß doch an dem Ort sein, wo die Letzte Schlacht ausgetragen wird! Er kann es nicht einfach behalten!«

»Ich weiß wenig über Cairhien«, sagte Ingtar zu ihm, »aber ich habe genug über Galldrian gehört. Er würde uns zu einem Festmahl laden und uns für den Ruhm danken, den wir Cairhien eingebracht haben. Er würde uns die Taschen voll Gold stopfen und uns unendlich ehren. Und falls wir versuchten, mit dem Horn zu fliehen, würde er uns genauso selbstverständlich die geehrten Köpfe abschlagen lassen.«

Perrin fuhr sich mit der Hand durchs Haar. Je mehr er über Könige erfuhr, desto weniger gefielen sie ihm.

»Was ist mit dem Dolch?« fragte Mat in beiläufigem Tonfall. »Den würde er doch wohl nicht wollen, oder?«

Ingtar funkelte ihn an, und er rutschte nervös auf seinem Stuhl hin und her. »Ich weiß, wie wichtig das Horn ist, aber ich werde nicht in der Letzten Schlacht kämpfen. Dieser Dolch dagegen ...«

Verin legte ihre Hände auf die Armlehnen des Stuhls. »Galldrian soll auch ihn nicht bekommen. Was wir brauchen, ist ein Weg in Barthanes Herrenhaus hinein. Wenn wir das Horn finden können, finden wir auch eine Möglichkeit, es wieder herauszuholen. Ja, Mat, und auch den Dolch. Wenn es einmal in der Stadt bekannt ist, daß sich eine Aes Sedai hier befindet — na ja, normalerweise vermeide ich so etwas, aber wenn ich Tiedra sagen würde, ich wolle gern Barthanes neues Herrenhaus sehen, werde ich wohl innerhalb von ein oder zwei Tagen eine Einladung haben. Es sollte auch nicht zu schwierig sein, ein paar von euch mitzubringen. Was gibt es, Hurin?«

Der Schnüffler war ganz unruhig von einem Fuß auf den anderen gehüpft, seit sie eine Einladung erwähnte. »Lord Rand hat doch schon eine. Von Lord Barthanes.«

Perrin sah Rand mit großen Augen an, und er war nicht der einzige.

Rand zog die beiden versiegelten Briefe aus der Manteltasche und gab sie kommentarlos der Aes Sedai.

Ingtar trat heran und blickte über ihre Schulter. Er betrachtete die Siegel. »Barthanes und ... Und Galldrian! Rand, wie seid Ihr an diese Einladungen gekommen? Was habt Ihr gemacht?«

»Nichts«, sagte Rand. »Ich habe gar nichts gemacht. Sie haben sie mir eben geschickt.« Ingtar atmete langgezogen aus. Mats Mund stand weit offen. »Sie haben sie wirklich nur einfach geschickt«, sagte Rand ruhig. Es war eine Würde an ihm, die Perrin früher nicht bemerkt hatte. Rand stand als Gleicher unter Gleichen neben der Aes Sedai und dem schienarischen Lord.

Perrin schüttelte den Kopf. *Du paßt in diesen Mantel.*

Wir ändern uns wirklich alle. »Lord Rand hat den ganzen Rest verbrannt«, sagte Hurin. »Jeden Tag sind welche gekommen, und jeden Tag hat er sie verbrannt. Bis auf diese natürlich. Jeden Tag und von den höchsten Häusern.« Es klang stolz, wie er das sagte.

»Das Rad der Zeit webt uns alle in das Muster, wie es will«, sagte Verin, während sie die Briefe betrachtete. »Manchmal gibt es uns, was wir brauchen, bevor wir überhaupt wissen, daß wir es brauchen.«

Nebensächlich zerknüllte sie die Einladung des Königs und warf sie in den Kamin, wo sie wie ein weißer Fleck auf den kalten Scheiten lag. Sie erbrach das andere Siegel mit dem Daumen und las. »Ja. Ja, das paßt genau.«

»Wie kann ich dahin gehen?« fragte Rand. »Sie werden gleich merken, daß ich kein Lord bin. Ich bin schließlich Schäfer und Bauer.« Ingtar blickte skeptisch drein. »Bin ich wirklich, Ingtar. Ich habe es Euch doch gesagt.« Ingtar zuckte die Achseln; er wirkte keineswegs überzeugt. Hurin sah Rand ungläubig an.

Perrin dachte: *Seng mich, würde ich ihn nicht kennen, dann würde ich das auch nicht glauben.* Mat beobachtete Rand mit leicht geneigtem Kopf und sah ihn mit gerunzelter Stirn an, als habe er ihn noch nie zuvor gesehen. *Er bemerkt es jetzt auch.* »Du schaffst das schon, Rand«, sagte Perrin. »Ganz bestimmt.«

»Es wird hilfreich sein«, meinte Verin, »wenn Ihr nicht gleich jedem erzählt, was Ihr nicht seid. Die Leute sehen, was sie zu sehen erwarten. Darüber hinaus seht ihnen in die Augen, und sprecht mit fester Stimme. So, wie Ihr mit mir gesprochen habt«, fügte sie trocken hinzu. Rands Wangen röteten sich, aber er senkte den Blick nicht. »Es ist nicht wichtig, was Ihr sagt. Sie werden alles Ungereimte sowieso der Tatsache zuschreiben, daß Ihr Ausländer seid. Es wird Euch auch helfen, wenn Ihr Euch daran erinnert, wie Ihr Euch vor dem Amyrlin verhalten habt. Wenn Ihr so arrogant seid, nehmen sie

151

Euch den Lord auch noch ab, wenn Ihr in Lumpen herumlauft.« Mat kicherte.

Rand nahm die Hände abwehrend hoch. »In Ordnung. Ich mache mit. Aber ich glaube trotzdem noch immer, daß sie mich durchschauen — fünf Minuten nachdem ich den Mund aufgemacht habe. Wann gehen wir?«

»Barthanes hat Euch zu fünf verschiedenen Gelegenheiten eingeladen, und eine davon ist morgen abend.«

»Morgen!« tobte Ingtar los. »Morgen abend kann das Horn schon hundert Meilen flußabwärts sein, oder ...«

Verin schnitt ihm das Wort ab. »Uno und Eure Soldaten können das Herrenhaus beobachten. Falls sie versuchen, das Horn wegzubringen, können wir ihnen leicht folgen und es vielleicht sogar eher zurückgewinnen als innerhalb von Barthanes Mauern.«

»Möglich«, gab Ingtar knurrig zu. »Ich kann einfach die Warterei nicht ertragen, jetzt, wo sich das Horn schon beinahe in meinen Händen befindet. Ich werde es zurückgewinnen! Ich muß! Ich muß!«

Hurin sah ihn mit großen Augen an. »Aber, Lord Ingtar, so geht das doch nicht. Was geschieht, geschieht eben, und was sein soll, das wird ...« Ingtars grimmiger Blick ließ seine Worte ersterben, aber er murmelte trotzdem noch vor sich hin: »So geht das nicht, von ›muß‹ zu sprechen.«

Ingtar wandte sich steif Verin zu: »Verin Sedai, die Leute aus Cairhien halten sehr viel von einem starren Protokoll. Wenn Rand keine Antwort schickt, ist Barthanes möglicherweise so beleidigt, daß er uns nicht einläßt, auch wenn wir die Einladung vorzeigen. Aber falls Rand antwortet ... also, zumindest Fain kennt ihn. Es könnte für sie eine Vorwarnung sein, so daß sie uns eine Falle stellen.«

»Wir werden sie überraschen.« Ihr kurzes Lächeln war nicht von der angenehmen Sorte. »Aber ich glaube, Barthanes wird Rand auf jeden Fall sehen wollen.

Schattenfreund oder nicht, er hat bestimmt seine Pläne in bezug auf den Thron nicht aufgegeben. Rand, er schreibt, du hättest an einem der Projekte des Königs Interesse gezeigt, aber er schreibt nicht, an welchem. Was soll das heißen?«

»Ich weiß es nicht«, antwortete Rand nachdenklich. »Ich habe überhaupt nichts getan, seit ich hier ankam. Wartet. Vielleicht meint er die Statue. Wir kamen durch ein Dorf, bei dem sie eine riesige Statue ausgruben. Aus dem Zeitalter der Legenden, sagte man uns. Der König will sie nach Cairhien bringen lassen, obwohl mir nicht klar ist, wie er etwas so Großes transportieren will. Aber ich habe lediglich gefragt, was das sei.«

»Wir sind bei Tag daran vorbeigekommen und haben nicht angehalten, um Fragen zu stellen.« Verin ließ die Einladung in ihren Schoß fallen. »Keine kluge Entscheidung Galldrians, das ausgraben zu lassen. Nicht, daß irgendeine Gefahr bestünde, aber es ist nie gut für Leute, die nicht wissen, was sie tun, sich mit Dingen aus dem Zeitalter der Legenden zu befassen.«

»Was ist es nun eigentlich?« fragte Rand.

»Ein *Sa'Angreal*.« Es klang, als sei es wirklich nicht besonders wichtig, aber Perrin hatte plötzlich das Gefühl, die beiden hätten eine ganz private Unterhaltung begonnen und sagten sich Dinge, die für niemanden anders bestimmt waren. »Die eine Hälfte eines Paares — die beiden größten, die je angefertigt wurden, soweit wir jedenfalls wissen. Es ist auch ein eigenartiges Paar. Die eine Statue ist immer noch auf Tremalking vergraben und kann nur von einer Frau benützt werden. Diese hier kann wiederum nur von einem Mann benützt werden. Sie wurden als Waffe während des Kriegs um die Macht gebaut, aber wenn man für etwas dankbar sein muß am Ende dieses Zeitalters oder gar, was die Zerstörung der Welt betrifft, dann dafür, daß alles zu Ende war, bevor man sie benützen konnte. Zusammen sind sie möglicherweise mächtig genug, um die Welt erneut zu zerstören, vielleicht noch schlimmer als beim ersten Mal.«

Perrins Hände verkrampften sich ineinander. Er vermied es, Rand direkt anzusehen, aber selbst aus dem Augenwinkel konnte er erkennen, wie weiß Rands Mundpartie geworden war. Er glaubte, Rand habe Angst, und er konnte es ihm nicht verdenken.

Ingtar wirkte auch erschüttert, was ja wohl kein Wunder war. »Das Ding sollte wieder begraben werden, und zwar so tief, wie es nur geht. Was wäre geschehen, wenn Logain das gefunden hätte? Oder irgendein anderer armer Mann, der die Macht gebrauchen kann, geschweige denn einer, der behauptet, der Wiedergeborene Drache zu sein? Verin Sedai, Ihr müßt Galldrian davor warnen, was er da tut!«

»Was? Ach, das ist nicht nötig, denke ich. Die beiden müssen ja gemeinsam benützt werden, um genügend von der Macht zu beherrschen und damit die Welt zu zerstören. So war es im Zeitalter der Legenden. Wenn ein Mann und eine Frau zusammenarbeiteten, waren sie immer zehnmal so stark wie einzeln. Aber welche Aes Sedai heute würde einem Mann beim Lenken der Macht helfen? Eine allein ist schon mächtig genug, aber ich kann mir nur wenige Frauen vorstellen, die stark genug wären, um den Strom der Macht durch die Statue auf Tremalking zu überleben. Die Amyrlin natürlich. Moiraine und Elaida. Vielleicht noch ein oder zwei andere. Und drei, die sich noch in der Ausbildung befinden. Was Logain betrifft, würde es ihn bereits alle Kraft gekostet haben, sich nicht zu Asche verbrennen zu lassen. Er hätte keine Kraft für etwas anderes übrig gehabt. Nein Ingtar, ich glaube nicht, daß Ihr Euch Sorgen machen müßt. Jedenfalls nicht solange, bis der wirkliche Wiedergeborene Drache sich erklärt, und dann haben wir alle Hände voll zu tun, um erstmal damit fertigzuwerden. Jetzt überlegen wir besser, was wir tun sollen, wenn wir uns in Barthanes Herrenhaus befinden.«

In Wirklichkeit hatte sie die ganze Zeit über mit Rand gesprochen. Perrin war das klar, und dem gequälten Blick Mats nach zu schließen, wußte auch er es. Selbst Loial rutschte unruhig auf seinem Stuhl umher. *O Licht, Rand*, dachte Perrin. *Licht, laß dich nicht von ihr benützen.* Rand drückte die Hände so fest auf die Tischfläche, daß seine Knöchel ganz weiß vor Anstrengung waren. Seine Stimme aber war fest. Sein Blick hing stetig an der Aes Sedai. »Zuerst müssen wir das Horn und den Dolch zurückgewinnen. Und dann ist es geschafft, Verin. Dann ist es geschafft.«

Perrin beobachtete Verins leichtes, geheimnisvolles Lächeln und ein Schauder überlief ihn. Er glaubte nicht, daß Rand auch nur die Hälfte von dem wußte, was er zu wissen annahm. Nicht einmal die Hälfte.

KAPITEL 9

Gefährliche Worte

L ord Barthanes Herrenhaus kauerte wie eine riesige Kröte vor ihnen im Dunkeln. Mit seinen Mauern und abgetrennten Dienstgebäuden nahm es genausoviel Platz ein wie eine ganze Festung. Allerdings konnte man gleich sehen, daß es keine Festung war. Überall befanden sich hohe, hell erleuchtete Fenster, und die Klänge von Musik und Gelächter drangen nach außen. Doch Rand bemerkte auch die Wachen auf den Türmen und den Wehrgängen der Dächer. Außerdem befanden sich die Fenster alle weit über Bodenhöhe. Er stieg aus dem Sattel seines Braunen, glättete seinen Mantel und rückte den Schwertgürtel zurecht. Die anderen neben ihm stiegen ebenfalls am Fuß der breiten, weißen Steintreppe ab, die hinauf zu dem mächtigen, reich mit Schnitzereien verzierten Tor des Herrenhauses führte.

Zehn Schienarer unter Unos Kommando bildeten die Eskorte. Der Einäugige und Ingtar nickten sich kurz zu, bevor Uno seine Männer zu den Mitgliedern anderer Eskorten brachte, denen man Bier vorgesetzt hatte und für die ein ganzer Ochse am Spieß über einem großen Feuer garte.

Die anderen zehn Schienarer hatten sie zurückgelassen, zusammen mit Perrin. Jeder von ihnen, der heute abend dabei war, mußte einem bestimmten Zweck dienen, und Perrin wäre diesmal nicht von Nutzen gewesen. Eine Eskorte brauchte man, um in den Augen der Bewohner Cairhiens die Würde zu bewahren, aber mehr als zehn Mann würden allen verdächtig erscheinen. Rand war dabei, weil ihm die Einladung gegolten hatte. Ingtar war dabei, um ihnen das zusätzliche Prestige seines Titels zu verleihen. Und Loial schließlich war ja ein Ogier und somit ein begehrter Gast beim Hochadel Cairhiens. Hurin gab vor, Ingtars Leibdiener zu sein. Seine wirkliche Aufgabe war, die Schattenfreunde und Trollocs aufzuspüren, falls es möglich war. Das Horn von Valere sollte sich nicht weit von ihnen befinden. Mat, der immer noch wegen seiner Rolle murrte, mußte Rands Diener spielen, da er den Dolch fühlen konnte, wenn er sich ihm näherte. Falls Hurin keinen Erfolg hatte, konnte vielleicht er die Schattenfreunde finden.

Als Rand Verin gefragt hatte, warum sie dabei sei, hatte sie nur gelächelt und gesagt: »Um den Rest von euch vor Schwierigkeiten zu bewahren.«

Als sie die Treppe hinaufstiegen, murmelte Mat: »Ich sehe immer noch keinen Grund, warum ich einen Diener spielen muß.« Er und Hurin schritten hinter den anderen her. »Seng mich, aber wenn Rand den Lord heraushängen kann, kann ich mir auch einen feinen Mantel anziehen.«

»Ein Diener«, sagte Verin, ohne zu ihm zurückzuschauen, »kann an viele Orte gehen, an denen sich ein Lord nicht aufhält, und viele Adlige werden ihn dort überhaupt nicht bemerken. Ihr und Hurin habt Eure Aufgaben.«

»Schweigt jetzt, Mat«, warf Ingtar ein, »bevor Ihr uns alle verratet.«

Sie näherten sich dem Tor, an dem ein halbes Dutzend Wachen mit dem Baum und der Krone des Hauses Damodred auf der Brust stand und dazu noch einmal die gleiche Anzahl von Männern in dunkelgrüner Livree mit Baum und Krone auf den Ärmeln.

Rand atmete tief durch und hielt seine Einladung hin. »Ich bin Lord Rand aus dem Hause al'Thor«, sagte er hastig, um es hinter sich zu bringen. »Und das ist meine Begleitung: Verin Aes Sedai von den Braunen Ajah,

Lord Ingtar aus dem Hause Schinowa in Schienar, und Loial, Sohn des Arent, Sohn des Halan, aus dem Stedding Schangtai.« Loial hatte darum gebeten, sein *Stedding* nicht zu nennen, aber Verin bestand darauf, daß sie jedes bißchen Prestige brauchten, zu dem ihnen solche Namen verhalfen.

Der Diener, der mit einer knappen Verbeugung nach der hingehaltenen Einladung gegriffen hatte, zuckte bei jedem zusätzlichen Namen zusammen. Bei der Erwähnung Verins fielen ihm fast die Augen aus dem Kopf. Mit erstickter Stimme sagte er: »Seid willkommen im Hause Damodred, Lords. Seid willkommen, Aes Sedai. Seid willkommen, Freund Ogier.« Er gab den anderen Dienern mit einem Wink zu verstehen, sie sollten das Tor weit öffnen, und dann dienerte er Rand und die anderen hinein, wo er hastig die Einladung einem anderen livrierten Mann übergab und ihm etwas ins Ohr flüsterte.

Dieser Mann trug Baum und Krone groß auf der Brust seines grünen Mantels. »Aes Sedai«, sagte er und benützte seinen langen Stab, um sich bei seiner tiefen Verbeugung abzustützen. Sein Kopf erreichte beinahe Kniehöhe. So begrüßte er jeden von ihnen. »Meine Herren. Freund Ogier. Ich heiße Aschin. Bitte mir zu folgen.«

Im Foyer befanden sich nur Diener, aber Aschin führte sie in einen großen Saal voller Adliger. Ein Jongleur zeigte an einem Ende seine Künste, und auf der anderen Seite überschlugen sich Akrobaten. Stimmen und Musik von anderswoher deuteten an, daß diese hier nicht die einzigen Gäste waren oder daß hier nicht die einzige Unterhaltung geboten wurde. Die Adligen standen in Paaren oder zu dritt oder viert herum, manchmal Männer und Frauen gemischt, manchmal nur die Angehörigen eines Geschlechts, aber von Gruppe zu Gruppe war immer ein größerer Abstand, so daß keiner hören konnte, was bei den anderen gesprochen wurde. Die Gäste trugen die dunklen, in Cairhien üblichen Farben und auf der Brust bunte Streifen, die meist am Brustbein endeten, bei manchen aber auch erst an der Hüfte. Die Frauen trugen die Haare zu kunstvollen Hochfrisuren aufgesteckt, jede anders, und ihre dunklen Röcke waren so weit, daß sie sich bei einer weniger breiten Tür seitwärts hätten drehen müssen, um überhaupt durchzukommen. Keiner der Männer hatte sich wie ein Soldat den Kopf rasiert. Statt dessen trugen sie dunkle Samthüte auf langen Haaren. Manche der Hüte waren glockenförmig, andere wieder flach. Wie bei den Frauen verbargen die langen Spitzenmanschetten beinahe ihre Hände.

Aschin klopfte mit dem Stab auf den Boden und stellte sie mit lauter Stimme vor — Verin zuerst.

Alle Blicke ruhten auf ihnen. Verin trug ihre mit braunen Fransen versehene und mit Reben bestickte Stola. Die Anwesenheit einer Aes Sedai löste allgemeines Geraune unter den Lords und Ladies aus. Der Jongleur ließ einen seiner Reifen fallen, aber es sah ihm sowieso niemand mehr zu. Loial erregte fast genausoviel Aufsehen, noch bevor Aschin seinen Namen ausgesprochen hatte. Trotz der Silberstickereien an Kragen und Ärmeln ließ das ansonsten durch nichts gebrochene Schwarz seines Mantels Rand neben den Cairhienianern beinahe düster wirken, und sein und Ingtars Schwerter zogen manchen Blick auf sich. Keiner der Lords hier schien bewaffnet zu sein. Rand hörte mehr als einmal die Bezeichnung ›Reiherschwert‹. Einige der Blicke, die ihm galten, wirkten auf ihn finster. Er glaubte, sie kämen vielleicht von Männern, deren Einladungen er verbrannt hatte.

Ein schlanker, gutaussehender Mann trat an sie heran. Er hatte langes, leicht ergrautes Haar und mehrere vielfarbige Streifen zogen sich über seinen Mantel vom Kragen bis zum Saum knapp über den Knien hinunter. Für jemanden aus Cairhien war er extrem groß, kaum einen halben Kopf kleiner als Rand, und er hatte eine

Art dazustehen, die ihn sogar noch größer wirken ließ. Sein Kinn war so hoch erhoben, daß er auf alle anderen hinunterzublicken schien. Seine Augen waren schwarze Kiesel. Er sah Verin mit wachsamem Blick an.

»Eure Anwesenheit ehrt mich, Aes Sedai.« Barthanes Damodreds Stimme klang tief und selbstsicher. Sein Blick erfaßte die anderen. »Ich hatte keine so erlesene Gesellschaft erwartet. Lord Ingtar. Freund Ogier.« Seine Verbeugung vor den beiden war nur wenig mehr als ein Kopfnicken. Barthanes wußte genau, wie mächtig er selbst war. »Und Ihr, mein junger Lord Rand. Ihr erregt viel Aufsehen in der Stadt und in den Häusern. Vielleicht werden wir eine Möglichkeit finden, uns heute abend ausführlicher zu unterhalten.« Sein Tonfall schien anzudeuten, daß es nicht wichtig sei, ob dieses Gespräch auch wirklich stattfinde, es sei nicht der Rede wert, doch einen Moment lang entglitt ihm ein nervöser Seitenblick auf Ingtar, Loial und Verin. »Seid willkommen.« Er ließ sich von einer hübschen Frau wegziehen, die eine reichberingte Hand in seine Spitzenmanschetten steckte, aber im Weggehen wanderte sein Blick noch einmal zu Rand herüber.

Das Raunen der Unterhaltung regte sich wieder, und der Jongleur ließ wieder seine Reifen in einer engen Schleife hochwirbeln, so daß sie fast die stuckverzierte, vierzig Spannen hohe Gipsdecke streiften. Die Akrobaten hatten ihre Vorführung gar nicht unterbrochen. Eine Frau federte aus den zusammengelegten Händen eines ihrer Landsleute hoch. Ihre eingeölte Haut glänzte im Lichtschein von hundert Lampen. Sie überschlug sich und landete auf den Füßen, aufgefangen von den Händen eines Mannes, der bereits auf den Schultern eines anderen stand. Er hob sie mit gestreckten Armen weiter empor, und sein Untermann tat das gleiche mit ihm. Sie breitete die Arme aus, als warte sie auf Applaus. Keiner der Leute aus Cairhien schien es auch nur zu bemerken.

Verin und Ingtar verschwanden in der Menge. Dem

Schienarer galten einige wachsame Blicke. Manche musterten Verin mit weit aufgerissenen Augen, andere mit der besorgten Miene von Menschen, die feststellen, daß sie neben einem tollwütigen Wolf stehen. Letzteres war eher bei Männern als bei Frauen der Fall, und einige der Frauen sprachen sie sogar an.

Rand wurde klar, daß Mat und Hurin bereits in Richtung Küche verschwunden waren, wo sich alle mitgekommenen Diener versammelten und warteten, bis sie gebraucht wurden. Er hoffte, sie würden sich problemlos wegschleichen können.

Loial beugte sich herunter, damit er ihm etwas ins Ohr sagen konnte: »Rand, in der Nähe befindet sich ein Wegetor. Ich kann es fühlen.«

»Soll das heißen, daß sich hier ein Ogierhain befand?« fragte Rand leise, und Loial nickte.

»Das Stedding Tsofu wurde nie wiedergefunden, sonst hätten die Ogier, die beim Bau von Al'cair'rahienallen halfen, keinen neuen Hain benötigt, der sie an das *Stedding* erinnern sollte. Als ich zum erstenmal durch Cairhien kam, stand hier nur Wald, und der gehörte dem König.«

»Barthanes hat es ihm vielleicht durch irgendeine Intrige abgewonnen.« Rand sah sich nervös im Saal um. Alle unterhielten sich nach wie vor, aber eine ganze Reihe schienen ihn und den Ogier zu beobachten. Er konnte Ingtar nicht mehr sehen. Verin stand im Mittelpunkt einer Gruppe Frauen. »Ich wünschte, wir könnten zusammenbleiben.«

»Verin sagt, das sei nicht gut, Rand. Sie meint, die anderen würden dann mißtrauisch und ärgerlich, wenn wir uns von ihnen fernhielten. Wir müssen alles Mißtrauen abbauen, bis Mat und Hurin finden, was auch immer sie finden mögen.«

»Das habe ich genausogut gehört wie du, Loial. Aber ich glaube immer noch, wenn Barthanes ein Schattenfreund ist, dann weiß er, warum wir hier sind. Wenn wir uns fortschleichen, fordern wir nur einen Schlag über den Schädel heraus.«

»Verin behauptet, er werde auf keinen Fall etwas gegen uns unternehmen, solange er nicht weiß, ob er uns nicht irgendwie benützen kann. Mach doch einfach, was sie uns gesagt hat, Rand. Die Aes Sedai wissen schon, was sie tun.« Loial schritt in die Menge hinein, und bevor er zehn Schritte getan hatte, war er bereits von Lords und Ladies umringt.

Andere bewegten sich auf Rand zu, jetzt, da er allein war, aber er wandte sich in die Gegenrichtung und eilte fort. *Aes Sedai wissen vielleicht, was sie tun, aber ich nicht. Mir gefällt das alles nicht. Licht, wenn ich nur sicher sein könnte, daß sie die Wahrheit sagt. Aes Sedai lügen wohl nicht, aber die Wahrheit, die sie aussprechen, ist vielleicht nicht das, was du glaubst.* Er blieb immer in Bewegung, um nicht mit all den Adligen sprechen zu müssen. Es gab noch viele weitere Säle, alle voll mit Lords und Ladies, und in allen wurde irgendeine Form der Unterhaltung geboten: drei verschiedene Gaukler in ihren schillernden Umhängen, weitere Jongleure und Akrobaten, Musiker, die Flöte und Zither, Laute und Oboe spielten sowie fünf verschiedene Arten von Fiedeln, sechs unterschiedliche Arten von Hörnern, gerade oder gekrümmt oder verwunden, und zehn Größen von Trommeln — vom Tambourin bis zur Kesselpauke. Er musterte einige der Hörner etwas genauer, doch sie bestanden alle nur aus Messing.

Narr, hier werden sie das Horn von Valere wohl kaum zur Schau stellen, dachte er. *Außer Barthanes plant, tote Helden als Teil seines Unterhaltungsprogrammes heraufzubeschwören.* Es war sogar ein Barde da. Er trug silberverzierte Taren-Stiefel und einen gelben Mantel. Beim Herumgehen zupfte er seine Harfe, und von Zeit zu Zeit blieb er stehen und deklamierte irgend etwas in Hochgesang. Die Gaukler bedachte er mit verächtlichen Blicken, und er hielt sich nicht in den gleichen Sälen auf wie sie, aber außer der Kleidung konnte Rand kaum einen Unterschied zwischen ihnen und ihm feststellen.

Plötzlich befand sich Barthanes an Rands Seite. Sofort bot ihnen ein livrierter Diener mit einer Verbeugung ein Silbertablett dar. Barthanes nahm sich einen gläsernen Pokal mit Wein. Der Diener verbeugte sich immer noch, als er vor ihnen her rückwärts lief, und hielt Rand das Tablett hin, bis der den Kopf schüttelte. Dann verschmolz er mit der Menge.

»Ihr seid ruhelos«, sagte Barthanes und nippte an seinem Glas.

»Ich laufe gern herum.« Rand fragte sich, wie er wohl Verins Rat befolgen könne, und als er sich daran erinnerte, was sie über seine Audienz bei der Amyrlin gesagt hatte, nahm er die Haltung ›Die Katze läuft über den Hof‹ ein. Er kannte keine arrogantere Gangart. Barthanes Mundpartie spannte sich, und Rand glaubte, der Herr fände ihn vielleicht schon zu arrogant, doch er hatte nur Verins Rat, an den er sich halten konnte, und so gab er diese Haltung nicht auf. Um ihr etwas die Spitze zu nehmen, sagte er freundlich: »Das ist wirklich ein gelungenes Fest. Ihr habt viele Freunde, und ich habe noch nie so viel Unterhaltung auf einmal erlebt.«

»Viele Freunde«, stimmte Barthanes zu. »Ihr könnt Galldrian erzählen, wie viele es waren und wer. Ein paar der Namen überraschen ihn vielleicht.«

»Ich habe den König noch nicht kennengelernt, Lord Barthanes, und ich glaube auch nicht, daß ich das werde.«

»Natürlich. Ihr wart nur zufällig in diesem kleinen Nest! Ihr habt den Fortschritt der Ausgrabungen an der Statue rein zufällig überwacht! Ein großartiges Unternehmen ist das.«

»Ja.« Er mußte wieder an Verin denken. Sie hatte ihm nicht gesagt, wie man mit einem Mann reden mußte, der einen für einen Lügner hielt. So fügte er gedankenlos hinzu: »Es ist gefährlich, sich mit Dingen aus dem

Zeitalter der Legenden abzugeben, wenn man nicht weiß, was man tut.«

Barthanes blickte in seinen Wein hinunter und schien darüber nachzudenken, als habe Rand eine tiefschürfende Wahrheit ausgesprochen. »Wollt Ihr damit sagen, daß Ihr Galldrian nicht bei dieser Sache unterstützt?« fragte er schließlich.

»Ich habe Euch ja gesagt, daß ich den König noch nie getroffen habe.«

»Ja, natürlich. Ich wußte nicht, daß Leute aus Andor das Spiel so gut beherrschen. Hier in Cairhien lassen sich nicht viele sehen.«

Rand holte tief Luft, um sich davon abzuhalten, dem Mann wütend mitzuteilen, daß er ihr Spiel nicht spiele. »Es sind viele Getreidefrachter aus Andor auf dem Fluß zu sehen.«

»Kaufleute und Händler. Wer bemerkt die schon? Da kann man ja gleich auf die Käfer an den Blättern achten.« In Barthanes Stimme lag die gleiche Verachtung für die Käfer wie auch für die Händler, aber dann verfinsterte sich seine Miene erneut, als habe Rand irgendeine Andeutung gemacht. »Nicht viele Männer reisen in Begleitung einer Aes Sedai. Ihr scheint mir zu jung, um Behüter zu sein. Ich schätze, Lord Ingtar ist Verin Sedais Behüter.«

»Wir sind, was wir sagten«, antwortete Rand und verzog das Gesicht. *Außer mir.* Barthanes musterte nun fast unverhohlen Rands Gesicht. »Jung. Sehr jung für ein Reiherschwert.«

»Ich bin weniger als ein Jahr alt«, sagte Rand automatisch. Sofort bereute er seine Antwort. Sie klang unsinnig, doch Verin hatte gesagt, er solle sich so wie bei der Amyrlin verhalten, und Lan hatte ihm diese Antwort eingeimpft. Ein Grenzwärter betrachtete den Tag, an dem er sein Schwert bekam, als seinen Geburtstag.

»Tatsächlich. Ein Andormann, aber in den Grenzlanden ausgebildet. Oder von einem Behüter?« Barthanes

Augen zogen sich zu schmalen Schlitzen zusammen, als er Rand so betrachtete. »Soviel ich weiß, hat Morgase nur einen Sohn. Wie ich hörte, heißt er Gawyn. Ihr müßt fast gleichaltrig sein.«

»Ich habe ihn kennengelernt«, sagte Rand vorsichtig.

»Diese Augen. Dieses Haar. Ich habe gehört, daß in der königlichen Familie von Andor diese Aielfarbe bei Haaren und Augen verbreitet sei.«

Rand stolperte, obwohl der Boden aus glattem Marmor bestand. »Ich bin kein Aiel, Lord Barthanes, und ich gehöre auch nicht der königlichen Familie an.«

»Wie Ihr meint. Ihr habt mir viel Stoff zum Nachdenken geliefert. Ich glaube, wenn wir uns wieder unterhalten, tun wir es möglicherweise auf der gleichen Ebene.« Barthanes nickte ihm zu und hob sein Glas. Dann wandte er sich um und sprach mit einem grauhaarigen Mann, der viele bunte Streifen auf seinem Mantel trug.

Rand schüttelte den Kopf und ging weiter — weg von allen Unterhaltungen. Es war schon schlimm genug gewesen, mit einem Lord aus Cairhien zu sprechen. Ein zweites solches Gespräch wollte er nicht riskieren. Barthanes hatte anscheinend in den trivialsten Kommentaren noch eine tiefe Bedeutung gesehen. Rand war klar geworden, daß er soeben genug über *Daes Dae'mar* erfahren hatte, um genau zu wissen, daß er keine Ahnung hatte, wie man es spielte. *Mat, Hurin, findet bitte schnell etwas heraus, damit wir von hier verschwinden können! Diese Leute spinnen!* Und dann betrat er wieder einen neuen Saal, und der Gaukler, der am anderen Ende seine Harfe zupfte und eine Erzählung aus *Die Wilde Jagd nach dem Horn* vortrug, war Thom Merrilin. Rand blieb wie angewurzelt stehen. Thom schien ihn nicht zu bemerken, obwohl ihn der Blick des Gauklers zweimal streifte. Thom schien es wirklich ernst damit zu sein, ihre Beziehung endgültig abzubrechen.

Rand wandte sich zum Gehen, doch eine Frau trat geschmeidig vor ihn hin und legte ihm eine Hand auf die

Brust. Die nach hinten fallende Spitzenmanschette entblößte ein zierliches Handgelenk. Sie reichte ihm nicht ganz bis zur Schulter, aber der hohe Turm ihrer Locken kam ihm auf Augenhöhe entgegen. Die Spitzen ihrer Halskrause ragten unter ihrem Kinn hervor, und unter ihrem Busen war ihr dunkelblaues Kleid mit Farbstreifen geschmückt. »Ich heiße Alaine Chuliandred, und Ihr seid der berühmte Rand al'Thor. In seinem eigenen Haus hat Barthanes wohl das Recht, als erster mit Euch zu sprechen, aber wir sind alle fasziniert von dem, was man Euch nachsagt. Ich habe sogar gehört, daß Ihr Flöte spielt. Kann das wahr sein?«

»Ich spiele Flöte.« *Wie konnte sie …? Caldevwin. Licht, jeder scheint in Cairhien alles zu erfahren.* »Entschuldigt mich bitte …«

»Ich habe gehört, daß im Ausland einige Herren selbst Musik machen, habe das aber bisher nie geglaubt. Ich würde Euch so gern spielen hören. Vielleicht unterhaltet Ihr Euch auch ein wenig mit mir über dies und das. Barthanes schien die Unterhaltung mit Euch zu genießen. Mein Mann verbringt seine Tage damit, seinen Weinkeller durchzuprobieren, und er läßt mich ziemlich allein. Er ist nie da, um sich mit mir zu unterhalten.«

»Ihr müßt ihn vermissen«, sagte Rand, der sich krampfhaft bemühte, sich um sie und ihren weiten Rock herumzuschieben. Sie lachte hell auf, als habe er etwas außerordentlich Lustiges gesagt.

Eine weitere Frau trat an ihre Seite, und noch eine Hand legte sich auf seine Brust. Sie trug genauso viele Streifen wie Alaine, und sie waren auch etwa gleichaltrig — gute zehn Jahre älter als er. »Willst du ihn für dich behalten, Alaine?« Die beiden Frauen lächelten sich mit Dolchen in den Augen an. Die zweite lächelte Rand nun an. »Ich bin Belevaere Osiellin. Sind alle Männer in Andor so groß? Und so gutaussehend?«

Er räusperte sich. »Äh … ein paar sind genauso groß. Verzeiht mir, aber wenn ich jetzt …«

»Ich sah Euch mit Barthanes sprechen. Man behauptet, Ihr kennt auch Galldrian. Ihr müßt mich besuchen kommen, damit wir uns unterhalten können. Mein Mann besucht gerade unsere Güter im Süden.«

»Ihr seid so feinfühlig wie eine Dirne«, zischte Alaine ihr zu, aber im nächsten Moment lächelte sie Rand wieder an. »Sie hat einfach keine Bildung. Welcher Mann könnte sich wohl für eine Frau mit so schlechten Manieren interessieren? Bringt Eure Flöte in mein Haus, und wir werden uns unterhalten. Vielleicht bringt Ihr mir auch das Flötenspiel bei?«

»Was Alaine für Feinfühligkeit hält«, sagte Belevaere in süßlichem Tonfall, »ist lediglich ein Mangel an Mut. Ein Mann, der ein Reiherschwert trägt, muß tapfer sein. Das ist doch eine echte Reiherklinge, nicht wahr?«

Rand versuchte, sich nach hinten zu entfernen. »Wenn Ihr mich nun entschuldigen würdet ... ich ...« Sie folgten ihm Schritt für Schritt, bis er mit dem Rücken zur Wand stand. Ihre weiten Röcke bildeten eine zweite Wand vor ihm.

Er fuhr zusammen, als sich eine dritte Frau neben die beiden anderen schob. Ihr Rock reichte nun vollends bis an die Wand und versperrte ihm endgültig den Fluchtweg. Sie war älter als die beiden, aber genauso hübsch. Ihr amüsiertes Lächeln konnte die Schärfe ihres Blickes nicht verbergen. Sie trug noch mal um die Hälfte mehr Streifen als Alaine und Belevaere. Diese beiden knicksten vor ihr und sahen sie mürrisch an.

»Versuchen diese beiden Spinnen, Euch in ihr Netz zu locken?« Die ältere Frau lachte. »Die meiste Zeit über verwickeln sie sich selbst mehr darin als ihre Opfer. Kommt mit mir, mein feiner, junger Andoraner, und ich erzähle Euch ein wenig, in welche Schwierigkeiten sie Euch bringen würden. Zum einen habe ich keinen Ehemann, dessentwegen Ihr Euch Gedanken machen müßt. Ehemänner sind so lästig.«

Über Alaines Kopf hinweg konnte er Thom sehen,

der sich gerade von einer Verbeugung aufrichtete, obwohl keinerlei Applaus oder Aufsehen zu bemerken war. Mit einer Grimasse schnappte sich der Gaukler einen gefüllten Pokal vom Tablett eines überraschten Dieners.

»Ich sehe da jemanden, mit dem ich sprechen muß«, sagte Rand zu den Frauen, und er quetschte sich aus dem Käfig, den sie um ihn gebildet hatten, gerade als die zuletzt erschienene Frau nach seinem Arm faßte. Alle drei blickten ihm nach, als er zu dem Gaukler eilte.

Thom beäugte ihn über den Rand des Pokals hinweg und nahm dann einen großen Schluck.

»Thom, ich weiß, Ihr habt gesagt, wir trennen uns, aber ich mußte vor diesen Frauen fliehen. Alles, was sie mir sagten, war, daß ihre Ehemänner fort seien, aber sie deuteten noch ganz anderes an.« Thom erstickte fast an seinem Wein, und Rand klopfte ihm auf den Rücken. »Ihr trinkt zu schnell, und etwas kommt einem dabei immer in die falsche Kehle. Thom, sie glauben, daß ich mit Barthanes paktiere oder vielleicht auch mit Galldrian, und ich glaube nicht, daß sie es mir abnehmen werden, wenn ich ihnen sage, daß das nicht stimmt. Ich brauchte einfach eine Ausrede, um von ihnen wegzukommen.«

Thom strich sich über den langen Schnurrbart und blickte hinüber zu den drei Frauen. Sie standen immer noch nebeneinander und beobachteten ihn und Rand. »Ich kenne die drei, Junge. Breane Taborwin allein könnte dich so vieles lehren, wie jeder Mann einmal im Leben lernen sollte, falls er die Erfahrung überlebt. Macht sich Gedanken über ihre Ehemänner. Das gefällt mir, Junge.« Mit einem Mal wurde sein Blick stechend. »Du hattest mir erzählt, du hättest nichts mehr mit den Aes Sedai zu tun. Die Hälfte aller Unterhaltungen heute abend beschäftigt sich damit, daß ohne Vorwarnung ein *Lord* aus Andor erschienen ist, mit einer Aes Sedai zur

Seite. Barthanes und Galldrian. Diesmal hast du dich von der Weißen Burg ganz schön hineinreiten lassen.«

»Sie ist erst gestern gekommen, Thom. Und sobald das Horn in Sicherheit ist, bin ich sie wieder los. Dafür werde ich sorgen.«

»Du sagst das, als sei es gerade jetzt nicht in Sicherheit«, sagte Thom bedächtig. »So hast du dich vorher nicht angehört.«

»Schattenfreunde haben es gestohlen, Thom. Sie haben es hierher gebracht. Barthanes ist einer davon.«

Thom schien seinen Wein zu erforschen, aber sein Blick schweifte umher, um sicherzugehen, daß niemand nahe genug zum Lauschen war. Mehr als nur die drei Frauen beobachteten sie aus den Augenwinkeln, während sie vorgaben, tief in eine Unterhaltung versunken zu sein, aber trotzdem hielt sich jedes Grüppchen von den anderen fern. Thom sagte leise: »Eine gefährliche Sache, selbst wenn es nicht stimmt, und noch gefährlicher, wenn du recht hast. Eine solche Anklage, und dann noch gegen den mächtigsten Mann im Königreich ... Du meinst, er habe das Horn? Ich schätze, du willst, daß ich dir wieder helfe, jetzt, wo du wieder an den Fäden der Weißen Burg hängst?«

»Nein.« Er hatte entschieden, daß Thom recht hatte, auch wenn der Gaukler nicht wußte, warum. Er konnte niemanden in seine Probleme verwickeln. »Ich wollte nur diesen Frauen entkommen.«

Der Gaukler pustete erstaunt in seinen Schnurrbart. »Also, na ja. Das ist gut. Beim letzten Mal, als ich dir half, trug ich eine Beinverletzung davon und muß seither humpeln. Mittlerweile scheinst du ja wieder in den Fängen von Tar Valon zu zappeln. Diesmal mußt du aus eigener Kraft entkommen.« Es klang, als wolle er sich das selbst einreden.

»Das werde ich, Thom. Bestimmt.« *Sobald das Horn in Sicherheit ist und Mat diesen blutigen Dolch zurückhat. Mat, Hurin, wo seid ihr bloß?* Als habe er ihn verstanden, tauchte Hurin im Saal auf. Seine Blicke suchten zwischen den Lords und Ladies. Sie sahen durch ihn hindurch; Diener existierten für sie nicht, außer sie brauchten sie gerade. Als er Rand und Thom erspähte, wand er sich zwischen den Grüppchen der Adeligen hindurch und verbeugte sich vor Rand. »Lord Rand, man hat mich geschickt, um es Euch mitzuteilen. Euer Leibdiener ist gestürzt und hat sich das Knie verdreht. Ich weiß nicht, wie schlimm es ist, Herr.«

Einen Augenblick lang blickte Rand verständnislos drein, bevor er begriff. Er war sich der Blicke bewußt, die auf ihm ruhten, und deshalb sprach er laut genug, damit ihn die am nächsten Stehenden hören konnten: »Ungeschickter Narr. Was nützt er mir, wenn er nicht laufen kann? Ich schätze, ich sollte mich wohl darum kümmern, wie schwer er sich verletzt hat.«

Es schien genau das Richtige zu sein. Hurin klang erleichtert, als er nach einer weiteren Verbeugung sagte: »Wie mein Herr wünschen. Bitte mir zu folgen.«

»Du spielst den Lord sehr überzeugend«, sagte Thom leise. »Aber denk daran: Die Leute aus Cairhien spielen *Daes Dae'mar*, doch es war die Weiße Burg, in der das Spiel erfunden wurde. Paß auf dich auf, Junge!« Mit einem bösen Blick zu den Adeligen hinüber stellte er den leeren Pokal auf das Tablett eines vorbeieilenden Dieners und schlenderte weg, wobei er seine Harfe wieder zupfte. Er begann, *Frau Mili und der Seidenhändler* vorzutragen.

»Geh voran, Mann!« befahl Rand Hurin. Er fühlte sich nicht wohl dabei. Als er dem Schnüffler aus dem Saal folgte, fühlte er die Blicke in seinem Rücken.

KAPITEL 10

Botschaft aus
dem Dunkel

Hast du es gefunden?« fragte Rand, während er Hurin eine enge Treppe hinunter nachlief. Die Küche befand sich in einem der unteren Stockwerke, und man hatte sämtliche Diener dorthin geschickt, die mit den Gästen zusammen angekommen waren. »Oder ist Mat wirklich etwas passiert?« »Ach, Mat geht es gut, Lord Rand.« Der Schnüffler zog die Stirn kraus. »Zumindest scheint es so, und er schimpft wie ein gesunder Mann. Ich wollte Euch nicht beunruhigen, aber ich brauchte eine Ausrede, um Euch hier herunter zu holen. Ich hatte keine Schwierigkeiten, die Spur wiederzufinden. Die Männer, die Cuales Schenke ansteckten, sind alle in einen ummauerten Garten hinter dem Haus gegangen. Die Trollocs haben sich ihnen angeschlossen — sie sind auch da drinnen. Das muß wohl irgendwann gestern gewesen sein, schätze ich. Vielleicht auch schon vorgestern nacht.« Er zögerte. »Lord Rand, sie sind nicht wieder herausgekommen. Sie müssen einfach immer noch drin sein.«

Am Fuß der Treppe konnten sie hören, wie die Diener ein Stück weiter den Flur entlang feierten. Gelächter und Gesang erklangen von dort her. Jemand hatte eine Zither dabei und spielte eine schnelle, einfache Melodie, zu der die anderen im Rhythmus klatschten. Man hörte das Stampfen tanzender Füße. Hier gab es weder stuckverzierte Decken noch schöne Tapeten — nur blanken Stein oder Holz. Der Lichtschein im Gang rührte von Binsenfackeln her, deren Qualm die Decke schwärzte.

Sie befanden sich so weit voneinander entfernt, daß es dazwischen fast dunkel war.

»Ich bin froh, daß du wieder normal mit mir sprichst«, sagte Rand. »So, wie du dich ständig verbeugt und Kratzfüße gemacht hast, glaubte ich schon, du wolltest die Leute aus Cairhien noch übertreffen.«

Hurins Gesicht lief rot an. »Also, was das betrifft ...« Er blickte den Flur hinunter in Richtung des Lärms und spitzte die Lippen, als wolle er ausspucken. »Sie tun alle so wohlerzogen und korrekt, aber ... Lord Rand, jeder von ihnen behauptet, seinem Herrn oder seiner Herrin gegenüber treu zu sein, aber alle deuten an, daß sie bereit sind, ihr Wissen oder ihre Kenntnisse weiterzuverkaufen. Und wenn sie ein paar Glas getrunken haben, dann flüstern sie einem Sachen über ihre Lords und Ladies ins Ohr, daß einem die Haare zu Berge stehen. Ich weiß, sie sind nun mal aus Cairhien, aber so was habe ich denn doch noch nie erlebt.«

»Wir gehen ja bald von hier weg, Hurin.« Rand drückte eher seine Hoffnung aus als eine Gewißheit. »Wo ist dieser Garten?« Hurin bog in einen Seitengang ein, der zur Rückseite des Hauses führte. »Hast du Ingtar und die anderen schon runtergebracht?«

Der Schnüffler schüttelte den Kopf. »Lord Ingtar ließ sich von sechs oder sieben dieser sogenannten Damen in die Enge treiben. Ich konnte nicht nahe genug herankommen, um mit ihm zu sprechen. Und Verin Sedai war bei Barthanes. Sie sah mich derart eigenartig an, als ich mich näherte, daß ich nicht einmal versucht habe, ihr etwas zu sagen.«

Sie bogen um eine weitere Ecke, und da standen Loial und Mat. Loial konnte wegen der niedrigen Decke nur gebückt stehen.

Loials Grinsen war fast so breit wie sein ganzes Gesicht. »Da bist du ja, Rand. Ich war noch niemals so froh, jemandem entkommen zu können, wie bei diesen Leuten dort droben! Sie fragten mich immer wieder, ob die Ogier zurückkehrten und ob Galldrian sich mit uns über die noch ausstehende Bezahlung geeinigt habe. Es scheint, als hätten all die Ogier-Steinwerker nur deshalb Cairhien verlassen, weil Galldrian sie nicht mehr bezahlte, außer mit Versprechungen. Ich mußte ihnen immer wieder erklären, daß ich davon nichts wisse, aber die Hälfte glaubte wohl, ich löge, und die andere Hälfte dachte, ich spiele auf irgend etwas an.«

»Wir hauen bald ab«, versicherte ihm Rand. »Mat, geht es dir gut?« Das Gesicht seines Freundes wirkte hohlwangiger, als er es zuletzt in Erinnerung hatte, hagerer sogar als in der Schenke, und seine Backenknochen standen deutlich hervor.

»Mir geht's gut«, erwiderte Mat mürrisch. »Es machte mir gewiß nichts aus, die *anderen* Diener zu verlassen. Diejenigen, die nicht daran glaubten, du würdest mich verhungern lassen, dachten wohl, ich sei krank, und wollten mir nicht zu nahe kommen.«

»Hast du den Dolch gefühlt?« fragte Rand.

Mat schüttelte betrübt den Kopf. »Das einzige, was ich gefühlt habe, war, daß mich jemand die meiste Zeit über beobachtet. Diese Leute sind genauso schlimm wie Blasse, was das Herumschleichen betrifft. Seng mich, ich bin vor Schreck fast aus der Haut gefahren, als mir Hurin sagte, er habe die Spur der Schattenfreunde aufgespürt. Rand, ich kann ihn überhaupt nicht spüren, und ich habe dieses verdammte Gebäude vom Dachstuhl bis zum Keller hin abgesucht.«

»Das muß nicht heißen, daß er sich nicht hier befindet, Mat. Ich habe ihn zum Horn in die Truhe gesteckt, denk daran. Vielleicht kannst du ihn deshalb nicht fühlen. Ich glaube nicht, daß Fain weiß, wie man sie öffnet, sonst hätte er sie nicht die ganze Zeit schleppen lassen, als er aus Fal Dara floh. Selbst das viele Gold ist unwichtig, wenn man es mit dem Horn von Valere vergleicht. Wenn wir das Horn finden, finden wir auch den Dolch. Du wirst ja sehen.«

»Solange ich nicht mehr so tun muß, als sei ich dein Diener«, knurrte Mat. »Solange du nicht verrückt wirst und ...« Die Worte erstarben, und sein Mund verzog sich.

»Rand ist nicht verrückt, Mat«, sagte Loial. »Die Leute aus Cairhien hätten ihn niemals hier eingelassen, wenn er kein Lord wäre. Sie sind es, die spinnen.«

»Ich bin nicht wahnsinnig«, sagte Rand grob. »Noch nicht. Hurin, zeig mir diesen Garten!«

»Hier herüber, Lord Rand.«

Sie gingen durch eine niedrige Tür — Rand mußte sich ducken — in die Nacht hinaus. Loial mußte sich richtig vornüberbeugen und die Schultern einziehen, um durchzukommen. Aus den Fenstern über ihnen drang genug gelber Lichtschein, daß Rand zwischen quadratischen Blumenbeeten eine Backsteinmauer erkennen konnte. Zu beiden Seiten warfen Ställe und andere außenliegende Gebäude wuchtige Schatten. Gelegentlich drangen Fetzen von Musik aus dem Hauptgebäude, entweder von der Feier der Diener her oder aus den Sälen mit ihren Herrschaften oben.

Hurin führte sie auf Gartenwegen entlang, bis selbst der trübe Lichtschein verblaßte und sie sich ihren Weg im Mondschein suchen mußten. Ihre Stiefel knirschten leise auf den Kieseln. Büsche, die im Tageslicht vor Blüten gestrahlt hätten, drohten nun wie düstere Gestalten im Dunkel. Rand faßte nach seinem Schwert, und sein Blick schweifte andauernd hin und her. Hundert Trollocs konnten ungesehen um sie herum lauern. Er wußte, Hurin hätte die Trollocs gerochen, wenn sie wirklich da wären, aber das half auch nicht sehr. Wenn Barthanes ein Schattenfreund war, dann mußten auch zumindest einige seiner Diener und Wächter ebenfalls welche sein. Hurin konnte einen Schattenfreund nicht immer am Geruch identifizieren. Schattenfreunde, die aus der Nacht hervorsprangen, waren auch nicht viel besser als Trollocs.

»Dort, Lord Rand«, flüsterte Hurin, und er deutete nach vorn.

Vor ihnen umschloß eine Steinmauer, die nicht viel über Loials Kopf hinausragte, eine quadratische Fläche von etwa fünfzig Schritt Seitenlänge. Rand war sich der Schatten wegen nicht sicher, aber es sah danach aus, als setze sich der Garten dahinter fort. Er fragte sich, warum Barthanes mitten in seinem Garten diese Fläche ausgespart und ummauert hatte. Über der Mauer war kein Dach zu sehen. *Warum gingen sie da hinein und blieben drin?* Loial beugte sich herunter und brachte seinen Mund dicht an Rands Ohr: »Ich habe dir doch gesagt, daß hier einst ein Ogierhain stand. Rand, das Wegetor befindet sich innerhalb dieser Mauer. Ich kann es fühlen.«

Rand hörte, wie Mat resignierend seufzte. »Wir geben nicht auf, Mat«, sagte er. »Ich gebe nicht auf. Ich habe aber genug Verstand, um nicht noch einmal durch die Kurzen Wege gehen zu wollen.«

»Das müssen wir aber vielleicht«, sagte Rand darauf. »Geh und suche Ingtar und Verin. Zieh sie irgendwie auf die Seite — es ist mir gleich, wie du das anstellst —, und sage ihnen, daß ich glaube, Fain habe das Horn durch ein Wegetor gebracht. Laß es aber niemand anders hören. Und denke daran, daß du hinkst; man glaubt, daß du gestürzt seist.« Es schien ihm erstaunlich, wenn selbst jemand wie Fain es riskierte, die Wege zu benützen, aber es war wohl die einzig mögliche Antwort. *Sie verbringen doch keine Nacht und keinen Tag da drinnen, ohne Dach über dem Kopf.*

Mat verbeugte sich tief, und seine Stimme triefte vor Ironie: »Sofort, Lord Rand. Wie der Lord wünschen. Soll ich Eure Flagge tragen, Herr?« Er ging in Richtung Herrenhaus los, und sein Gemurre verklang. »Jetzt muß ich hinken. Beim nächsten Mal habe ich mir dann wohl den Hals gebrochen oder ...«

»Er hat lediglich Angst wegen des Dolches, Rand«, sagte Loial.

»Ich weiß«, gab Rand zurück. *Aber wie lange noch, bis er irgend jemandem erzählt, was ich bin, auch wenn er das nicht bewußt vorhat?* Er konnte nicht glauben, daß ihn Mat jemals absichtlich verraten würde — zumindest soviel war von der alten Freundschaft noch übrig. »Loial, heb mich bitte hoch, damit ich über die Mauer schauen kann.«

»Rand, falls die Schattenfreunde immer noch ...«

»Sind sie nicht. Heb mich hoch, Loial!«

Alle drei traten ganz nahe an die Mauer heran, und Loial machte mit den Händen einen Steigbügel für Rand. Der Ogier richtete sich anschließend trotz Rands Gewicht problemlos auf, und damit befand sich Rands Kopf gerade in der richtigen Höhe, um über den Rand der Mauer hinwegblicken zu können.

Die dünne Sichel des abnehmenden Mondes warf nur spärliches Licht auf den Garten, und der größte Teil der Innenfläche lag sowieso im Schatten, doch auf jeden Fall schien es dort drinnen weder Blumen noch Sträucher zu geben. Nur eine einsame Bank aus blassem Marmor stach ins Auge. Sie war so plaziert, daß man von ihr aus das anblicken konnte, was sich wie ein riesiger, aufrecht stehender Grabstein in der Mitte der Fläche erhob.

Rand klammerte sich an der Mauerkrone fest und zog sich hinauf. Loial zischte leise und griff nach seinem Fuß, aber er riß sich los und ließ sich auf der anderen Mauerseite hinunterfallen. Unter seinen Füßen befand sich eine kurzgeschnittene Grasdecke. Es kam ihm der flüchtige Gedanke, daß Barthanes wohl Schafe hereinließ. Er sah so angestrengt zu der Steinplatte — dem Wegetor — hinüber, daß er zusammenfuhr, als neben ihm schwere Stiefel auf dem Boden aufschlugen.

Hurin stand auf und klopfte sich den Staub von der Kleidung. »Ihr solltet vorsichtig mit solchen Manövern sein, Lord Rand. Hier könnte sich jeder versteckt halten — oder alles.« Er spähte in die Dunkelheit der ummauerten Zone hinein und faßte sich dabei unwillkürlich an den Gürtel. Doch das Kurzschwert und der Schwertbrecher waren in der Schenke zurückgeblieben. In Cairhien liefen Diener nicht bewaffnet herum. »Springt in ein Loch hinein, ohne Euch zu vergewissern, und es ist bestimmt eine Schlange darin.«

»Du würdest sie riechen«, sagte Rand.

»Vielleicht.« Der Schnüffler atmete tief ein. »Aber ich kann nur das riechen, was sie getan haben, und nicht, was sie vorhaben.«

Über Rands Kopf erklang ein Schaben, und dann ließ sich Loial langsam an der Mauer herunterrutschen. Der Ogier mußte nicht einmal die Arme ganz durchstrecken, da standen seine Stiefel bereits auf dem Boden. »Voreilig«, knurrte er. »Ihr Menschen handelt immer so voreilig und überhastet. Und nun mache ich es euch auch schon nach. Der Älteste Haman würde mich ganz schön ins Gebet nehmen und meine Mutter ...« Die Dunkelheit verbarg sein Gesicht, aber Rand war sicher, daß seine Ohren dabei lebhaft zuckten. »Rand, wenn du nicht ein bißchen vorsichtiger vorgehst, dann wirst du mich noch in Schwierigkeiten bringen.«

Rand ging zum Wegetor hinüber und dann außen herum. Selbst aus der Nähe wirkte es lediglich wie eine dicke Steinplatte, die ihn ein gutes Stück überragte. Die Rückseite war glatt geschliffen und fühlte sich kühl an — er strich nur kurz mit der Hand darüber —, aber die Vorderseite hatte ein Künstler geschaffen. Ranken, Blätter und Blüten bedeckten sie, alles so fein herausgearbeitet, daß es im trüben Mondschein beinahe echt wirkte. Er tastete über den Boden davor. Das Gras war in zwei weiten Bögen weggeschabt, wie es beim Öffnen von Torflügeln geschah.

»Ist das ein Wegetor?« fragte Hurin unsicher. »Ich habe natürlich davon gehört, aber ...« Er schnüffelte, wie um eine Witterung aufzunehmen. »Die Spur führt geradewegs darauf zu und endet hier, Lord Rand. Wie sollen wir ihnen jetzt folgen? Ich habe gehört, wenn man durch ein Wegetor geht, kommt man als Wahnsinniger wieder heraus, falls man überhaupt wieder herauskommt.«

»Es geht durchaus, Hurin. Ich habe es selbst schon gemacht und Loial, Mat und Perrin auch.« Rand wandte den Blick nicht von dem Gewirr der Blätter auf dem Stein. Eines war dabei, das war anders als die anderen in diesem Blattrelief; soviel wußte er: das dreiteilige Blatt des legendären *Avendesora,* des Lebensbaumes. Er legte die Hand darauf. »Ich wette, du kannst auch in den Kurzen Wegen ihre Spur wittern. Wir können ihnen überallhin folgen, welchen Weg sie auch immer zur Flucht benützen.« Es wäre nicht schlecht, auch sich selbst zu beweisen, daß er den Mut hatte, durch ein Wegetor zu gehen. »Ich werde es dir beweisen.« Er hörte, wie Hurin aufstöhnte. Das Blatt war genauso wie die anderen in das Relief eingearbeitet, doch es löste sich nun und er hielt es in der Hand. Loial stöhnte ebenfalls.

In diesem Augenblick wurde die Illusion lebendiger Pflanzen zur Wirklichkeit. Steinblätter schienen im leichten Wind zu flattern, Blumen erstrahlten selbst in der Dunkelheit in ihren natürlichen Farben. Unten in der Mitte des Ganzen wurde eine Trennlinie sichtbar, und die beiden Hälften der Platte schwangen langsam auseinander — eine davon auf Rand zu. Er trat zurück. Es bot sich ihm nun allerdings weder der Anblick der anderen Seite der ummauerten Zone noch das matt-silberne Leuchten, wie er es in Erinnerung hatte. Der Raum zwischen den sich öffnenden Torflügeln war von einem so dunklen Schwarz, daß es die sie umgebende Nacht heller erscheinen ließ. Diese Pechschwärze quoll zwischen den immer noch aufschwingenden Torflügeln hervor.

Rand sprang mit einem Schrei zurück und ließ in der Eile das *Avendesorablatt* fallen. Loial rief: »*Machin Shin.* Der Schwarze Wind!«

Das Rauschen des Windes übertönte alles andere. Das Gras raschelte und bewegte sich wellenförmig in Richtung der Mauer. Staub wirbelte durch die Luft. Und im Wind riefen tausend Stimmen Wahnsinniger, zehntausend, überschlugen sich und übertönten einander. Rand konnte einige davon verstehen, obwohl er sich bemühte, nicht darauf zu hören.

... *so süßes Blut, so süß, das Blut zu trinken, das tropfende Blut, es tropft so rot; hübsche Augen, gute Augen, ich habe keine Augen, ich pflücke dir die Augen aus dem Kopf; zermalme deine Knochen, spalte dir die Knochen im Fleisch, sauge dein Mark aus, während du schreist; schrei, schrei, sing deine Schreie aus, sing und schrei ...* Und das Schlimmste von allem war ein Flüstern, das sich durch alles hindurchzog: *Al'thor. Al'thor. Al'thor.* Rand entkam in das Nichts, das sich um ihn herum aufbaute, und diesmal störte ihn nicht einmal das lockende, kränkliche Glühen von *Saidin* gerade außerhalb seines Gesichtsfeldes. Die größte aller Gefahren in den Kurzen Wegen war der Schwarze Wind, der die Seelen derer raubte, die er tötete, und die zum Wahnsinn trieb, die er am Leben ließ. Doch *Machin Shin* war ein Teil der Wege und konnte sie nicht verlassen. Nur, daß er jetzt in die Nacht hinauswallte, und der Schwarze Wind rief ihn beim Namen.

Das Wegetor stand noch nicht ganz offen. Wenn sie das *Avendesorablatt* an den richtigen Fleck zurückstecken konnten ... Er sah, wie Loial auf den Knien herumkroch und in der Dunkelheit über das Gras tastete.

Saidin erfüllte ihn. Es war ein Gefühl, als vibrierten seine Knochen. Er spürte den rotglühenden, eiskalten Fluß der Einen Macht, fühlte sich lebendiger als jemals sonst, fühlte den öligen Schmutz ... *Nein!* Und lautlos schrie er sich selbst von jenseits der Leere her an: *Es will dich holen! Es wird uns alle töten!* Er wuchtete alles in Richtung der wallenden Schwärze, die nun schon zehn Spannen weit über das Wegetor hinausreichte. Er wußte nicht, was er dahin schleuderte oder wie, aber im Herzen jener Dunkelheit blühte ein funkelnder Lichtbrunnen auf.

Der Schwarze Wind kreischte — zehntausend wortlose Schmerzensschreie. Langsam, einen Fingerbreit nach dem anderen, wich das schwarze Wallen zurück, schrumpfte, kroch zurück durch das immer noch offenstehende Wegetor.

Ein Strom der Macht durchlief Rand. Er konnte die Verbindung mit *Saidin* richtig fühlen. Es war wie ein über die Ufer tretender Fluß, der sich in einem tobenden Wasserfall zwischen ihn und das Feuer im Herzen des Schwarzen Windes schob. Die Hitze in seinem Inneren wurde noch brennender, wurde so stark, daß sie Stein schmelzen und Stahl verdampfen konnte und daß die Luft durch sie entzündet wurde. Die Kälte breitete sich aus, bis der Atem in seiner Lunge gefroren und hart wie Metall erschien. Er fühlte, wie es ihn überwältigte, wie sein Leben abschmolz, als sei es das lehmige Ufer eines starken Flusses. Sein Selbst wurde langsam abgetragen.

Kann nicht aufhören! Wenn es herauskommt ... Muß es töten! Ich — kann — nicht — aufhören! Verzweifelt klammerte er sich an die Reste seiner Persönlichkeit. Die Eine Macht durchtobte ihn. Er schwamm auf ihr wie ein Stück Holz in den Stromschnellen. Das Nichts begann zu schmelzen und abzufließen; die Leere dampfte vor Kälte.

Die Bewegung der Torflügel hielt inne und kehrte sich dann um.

Rand war sich auf verschwommene Art sicher, daß er nur sah, was er zu sehen wünschte.

Die Torflügel näherten sich einander und schoben dabei *Machin Shin* zurück, als handele es sich um eine feste Masse. Das Inferno tobte weiter in der Brust des Schwarzen Windes.

Verschwommen und mit einem entfernt-fragenden Blick sah Rand, wie Loial sich — immer noch auf allen vieren — von dem zuschwingenden Tor zurückzog.

Der Spalt wurde enger und verschwand. Die Blätter und Ranken verschmolzen mit dem festen Steinhintergrund und wurden zu Stein.

Rand fühlte, wie die Verbindung zwischen ihm und dem Feuer abriß und der Strom der Macht, der durch seinen Körper floß, versiegte. Einen Augenblick später, und er hätte sich darin vollständig verloren gehabt. Zitternd fiel er auf die Knie. Es befand sich immer noch in seinem Inneren: *Saidin*. Es durchfloß ihn nicht mehr, sondern lag still wie ein See in ihm. Er selbst war ein See, gefüllt mit der Einen Macht. Er zitterte bei diesem Gedanken. Er roch das Gras, die Erde unter sich und die Steine der Mauer. Selbst in der Dunkelheit konnte er jeden Grashalm sehen, einzeln und alle zusammen, die gesamte Menge des Grases. Er fühlte jeden noch so schwachen Luftzug an seinem Gesicht. Seine Zunge floh vor dem Geschmack der Verderbnis zu seinem Gaumen; sein Magen verkrampfte sich.

Verzweifelt suchte er sich einen Weg aus dem Nichts heraus, krallte sich in dessen Wänden fest. Bewegungslos, noch immer auf den Knien, kämpfte er sich frei. Und dann blieben nur noch der faulige Geschmack auf seiner Zunge, einige Magenkrämpfe und seine Erinnerung. *So — lebendig.* »Ihr habt uns gerettet, Erbauer.« Hurin stand mit dem Rücken an die Mauer gelehnt und sprach mit heiserer Stimme. »Dieses — Ding — war das der Schwarze Wind? Das war schlimmer als ... wollte es dieses Feuer auf uns schleudern? Lord Rand! Hat es Euch berührt? Ist Euch etwas zustoßen?« Er rannte zu ihm hin, als Rand aufstand, und war ihm behilflich. Auch Loial stand auf und klopfte sich den Schmutz von Händen und Knien.

»Auf diesem Weg werden wir Fain niemals folgen können.« Rand berührte Loials Arm. »Danke. Du hast uns wirklich gerettet.« *Mich zumindest hast du gerettet. Es wollte mich töten. Mich töten, und das war ein — wunderbares Gefühl.* Er schluckte; ein schwacher, fauliger Nachgeschmack war noch in seinem Mund. »Ich brauche etwas zum Trinken.«

»Ich habe nur das Blatt gefunden und wieder an seinen Platz zurückgesteckt«, sagte Loial achselzuckend. »Es schien, daß wir sterben müßten, wenn wir das Tor nicht wieder hätten schließen können. Ich fürchte, ich bin kein großer Held, Rand. Ich hatte solche Angst und konnte kaum noch klar denken.«

»Wir hatten beide Angst«, sagte Rand. »Wir sind vielleicht alles andere als Helden, aber so ist das eben. Ich bin jedenfalls froh, Ingtar bei uns zu haben.«

»Lord Rand«, sagte Hurin zögernd, »könnten wir vielleicht jetzt — wieder zurückgehen?«

Der Schnüffler wollte absolut nicht, daß Rand als erster über die Mauer kletterte, weil sie ja nicht wußten, was mittlerweile draußen auf sie wartete, aber dann machte Rand ihm klar, daß er als einziger von ihnen bewaffnet sei. Selbst dann paßte es Hurin offensichtlich nicht, Rand von Loial hochheben zu lassen, damit er sich über die Mauerkrone ziehen konnte.

Rand landete aufrecht mit einem dumpfen Aufprall und blieb erst einmal stehen, wobei er in die Nacht hinein lauschte und spähte. Einen Augenblick lang bildete er sich ein, er habe eine Bewegung gesehen, einen Stiefel auf dem gepflasterten Weg scharren gehört, aber nichts davon wiederholte sich, und er schob es auf seine Nervosität. Er hatte ja auch wohl ein Recht darauf, nervös zu sein. Er wandte sich Hurin zu, um ihm herunterzuhelfen.

»Lord Rand«, sagte der Schnüffler, kaum daß seine Füße den Boden berührten, »wie werden wir ihnen nun folgen? Nach allem, was ich von diesen Wegen gehört habe, könnten sie sich bereits um die halbe Welt in jeder Richtung von uns entfernt haben.«

»Verin wird schon etwas einfallen.« Rand hätte am liebsten gelacht: Um Horn und Dolch zu finden — falls er sie jetzt überhaupt noch finden konnte —, mußte er sich wieder an die Aes Sedai wenden. Sie hatten ihn von der Leine gelassen, und nun mußte er zurückkehren. »Ich lasse Mat nicht sterben, ohne alles in meiner Macht Stehende zu unternehmen.«

Loial schloß sich ihnen an, und sie gingen zurück zum Herrenhaus, wo Mat sie an einer kleinen Seitentür erwartete. Er öffnete sie gerade in dem Moment, als Rand nach der Klinke fassen wollte. »Verin sagt, ihr sollt nichts unternehmen. Falls Hurin herausfand, wo man das Horn aufbewahrt, dann können wir im Moment nicht mehr tun, meint sie. Sie sagt, wir gehen, sobald ihr zurück seid, und dann werden wir einen Schlachtplan entwerfen. Aber das ist das letzte Mal, daß ich den Botenjungen spielen werde. Wenn ihr irgend jemandem etwas mitteilen wollt, dann sagt es ihm gefälligst selbst.« Mat blickte an ihnen vorbei in die Dunkelheit hinaus. »Befindet sich das Horn irgendwo dort draußen? In einem der äußeren Gebäude? Habt ihr den Dolch gesehen?«

Rand drehte ihn einfach um und zog ihn nach innen. »Es ist in keinem Außengebäude, Mat. Ich hoffe, Verin weiß, was jetzt zu tun ist; ich habe nämlich keine Ahnung.«

Mat wirkte, als wolle er ihn mit Fragen überschütten, ließ sich aber doch durch den trüb beleuchteten Korridor ziehen. Er dachte sogar daran, daß er humpeln mußte, als sie die Treppe hochgingen.

Als Rand mit den anderen wieder in die Säle zurückkehrte, in denen die Adeligen herumstanden, zogen sie einige Blicke auf sich. Rand fragte sich, ob irgend jemand etwas von dem ahnte, was draußen vorgefallen war, oder ob er besser Mat und Hurin ins Foyer geschickt hätte, um dort zu warten, aber dann wurde ihm klar, daß sich die Blicke in nichts von denen unterschieden, die ihnen vorher schon gegolten hatten — sie waren neugierig und berechnend. Was hatten der Lord und der Ogier wohl gemacht? Diener waren für diese Leute einfach unsichtbar. Keiner versuchte, sich ihnen zu nähern, da sie zusammen waren. Es schien, für die Intrigen des Großen Spiels gab es gewisse Vorschriften. Jeder konnte eine private Unterhaltung belauschen, aber man drängte sich nicht direkt hinein.

Verin und Ingtar standen beieinander und waren demzufolge auch allein. Ingtar wirkte ein wenig benommen. Verin blickte Rand und die anderen kurz an, runzelte ob ihrer Mienen die Stirn und zupfte dann ihre Stola zurecht, bevor sie sich auf den Weg zum Foyer begab.

Als sie dort ankamen, erschien Barthanes, als habe ihm jemand gesagt, sie verließen das Fest. »Ihr geht schon? Verin Sedai, kann ich Euch nicht dazu überreden, länger zu bleiben?«

Verin schüttelte den Kopf. »Wir müssen gehen, Lord Barthanes. Ich bin schon ein paar Jahre nicht mehr in Cairhien gewesen. Ich war froh, daß Ihr den jungen Rand eingeladen habt. Es war wirklich ... interessant.«

»Dann soll Euch die Gnade des Lichts sicher zu Eurer Schenke zurückführen. Ihr wohnt im ›Großen Baum‹, nicht wahr? Vielleicht gebt Ihr Euch wieder die Ehre, mich zu besuchen? Es wäre mir wirklich eine Ehre, Verin Sedai, Lord Rand, Lord Ingtar und auch Euch nicht zu vergessen, Loial, Sohn des Arent, Sohn des Halam.« Sein Gruß der Aes Sedai gegenüber war ein wenig ehrfürchtiger als bei den anderen, bestand aber auch nur in einem leichten Kopfneigen.

Verin nickte zurück. »Vielleicht. Das Licht erleuchte Euch, Lord Barthanes.« Sie wandte sich dem Tor zu.

Als Rand den anderen folgen wollte, zupfte ihn Barthanes mit zwei Fingern am Ärmel und hielt ihn zurück. Mat wollte schon ebenfalls zurückbleiben, aber Hurin zog ihn mit sich und den anderen fort.

»Ihr seid tiefer in das Spiel verwickelt, als ich glaubte«, sagte Barthanes leise. »Als ich Euren Namen hörte, konnte ich das nicht glauben, und doch seid Ihr gekommen, und die Beschreibung paßt auf Euch und … ich denke, daß die Botschaft Euch galt, die man mir gab. Also werde ich sie wohl doch an Euch weitergeben.«

Rand war es bei Barthanes Worten kalt den Rücken hinuntergelaufen, aber nun schaute er verblüfft drein. »Eine Botschaft? Von wem? Lady Selene?«

»Von einem Mann. Nicht die Art von Mann, dessen Botschaften ich sonst überbringen würde, aber er hat gewisse … Ansprüche auf meine Hilfe, die ich nicht mißachten kann. Er hat keinen Namen genannt, doch er kam aus Lugard. Aaah! Ihr kennt ihn.«

»Ich kenne ihn.« *Fain ließ eine Botschaft zurück?* Rand sah sich in dem geräumigen Foyer um. Mat und Verin und die anderen warteten am Ausgang auf ihn. Livrierte Diener standen steif an der Wand und warteten auf Aufträge. Ansonsten sahen oder hörten sie nichts. Der Lärm der festlichen Menge erklang von drinnen heraus. Es wirkte nicht wie ein Ort, an dem ein Angriff von Schattenfreunden zu befürchten war. »Wie lautet die Botschaft?«

»Er sagte, er werde auf der Toman-Halbinsel auf Euch warten. Er hat das, was Ihr sucht, und wenn Ihr es wollt, dann müßt Ihr ihm folgen. Falls Ihr es vorzieht, ihm nicht zu folgen, wird er Eure Familie und Euer Volk und alle, die Ihr liebt, vernichten, bis Ihr Euch ihm stellt. Natürlich hört sich das verrückt an, wenn ein Mann einen Lord so herausfordert, aber er hatte so etwas an sich … Ich glaube, er ist wirklich verrückt — er hat ja auch offensichtlich verleugnet, daß Ihr ein Lord seid — aber es dürfte schon etwas dran sein. Was hat er bei sich, das er von Trollocs bewachen läßt? Was sucht Ihr?« Barthanes schien ob der eigenen direkten Fragen zu erschrecken.

»Das Licht erleuchte Euch, Lord Barthanes.« Rand brachte eine Verbeugung fertig, aber seine Knie zitterten, als er wieder bei Verin und den anderen war. *Er will, daß ich ihm folge? Und wenn nicht, wird er Emondsfeld und Tam angreifen.* Er hatte keinen Zweifel daran: Falls Fain die nötigen Mittel hatte, würde er das tun. *Wenigstens ist Egwene in der Weißen Burg in Sicherheit.* Er stellte sich mit flauem Gefühl im Magen vor, wie Trolloc-Horden Emondsfeld überschwemmten, wie augenlose Blasse Egwene auflauerten. *Aber wie kann ich ihm denn folgen? Wie?* Dann war er draußen in der Nacht und bestieg den Braunen. Verin und Ingtar und die anderen saßen bereits auf ihren Pferden, und die Eskorte von Schienarern schloß sich um sie.

»Was habt Ihr herausgefunden?« wollte Verin wissen. »Wo bewahrt er es auf?« Hurin räusperte sich vernehmlich, und Loial rutschte im Sattel umher. Die Aes Sedai blickte sie scharf an.

»Fain hat das Horn durch ein Wegetor zur Toman-Halbinsel mitgenommen«, sagte Rand niedergeschlagen. »In diesem Augenblick wartet er vielleicht schon dort auf mich.«

»Wir sprechen später über alles«, sagte Verin so bestimmt, daß während des Rests des Weges zur Stadt und zum ›Großen Baum‹ niemand mehr ein Wort sagte.

Dort verließ Uno die anderen, nachdem er leise mit Ingtar gesprochen hatte. Er nahm die Soldaten mit zu ihrer Schenke in Vortor. Hurin warf im Licht des Schankraums nur einen Blick auf Verins entschlossenes Gesicht, murmelte etwas von Bier und ging allein zu einem Ecktisch. Die Aes Sedai wischte die Bemerkung der Wirtin, sie hätten sich hoffentlich amüsiert, mit einer Handbewegung beiseite und führte Rand und die anderen schweigend in das private Speisezimmer.

Perrin blickte von seinem Exemplar der *Reisen des Jain Fernstreicher* auf, als sie eintraten. Er runzelte beim Anblick ihrer Mienen die Stirn. »Es ging nicht gut, oder?« sagte er und schloß den Lederband. Lampen und Wachskerzen überall im Raum ergaben ein helles Licht. Frau Tiedra vermietete zu einem hohen Preis, aber sie geizte dafür auch nicht.

Verin faltete sorgfältig ihre Stola und legte sie über eine Stuhllehne. »Erzählt mir alles noch mal. Die Schattenfreunde haben das Horn durch ein *Wegetor* mitgenommen? Bei Barthanes Haus?«

»Der Boden, auf dem das Herrenhaus steht, gehörte einst zu einem Ogierhain«, erklärte Loial. »Als wir noch bauten...« Seine Stimme brach ab, und seine Ohren welkten unter ihrem Blick.

»Hurin ist ihnen bis vor das Tor gefolgt.« Rand ließ sich erschöpft auf einen Stuhl fallen. *Jetzt muß ich erst recht hinterher. Aber wie?* »Ich öffnete es, um ihm zu zeigen, daß er der Spur immer noch folgen könne, wohin sie auch gingen, doch der Schwarze Wind lauerte dahinter. Er versuchte, uns zu erreichen, aber Loial schaffte es, das Tor zu schließen, bevor er ganz herauskommen konnte.« Er errötete ein wenig, als er das sagte, aber Loial hatte schließlich das Tor geschlossen, und ohne sein Bemühen hätte *Machin Shin* vielleicht wirklich herauskommen können. »Er hat das Tor bewacht.«

»Der Schwarze Wind«, hauchte Mat und erstarrte beinahe vor seinem Stuhl. Auch Perrin starrte nun Rand an, genau wie Verin und Ingtar. Mat ließ sich mit einem lauten Plumpsen auf den Stuhl fallen. »Ihr müßt Euch irren«, sagte Verin schließlich. »*Machin Shin* kann man nicht als Wächter benutzen. Niemand bringt den Schwarzen Wind dazu, irgend etwas zu tun.«

»Es ist ein Geschöpf des Dunklen Königs«, sagte Mat benommen. »Sie sind Schattenfreunde. Vielleicht wußten sie, wie man ihn um Hilfe bittet oder ihn dazu bringt.«

»Keiner weiß genau, was *Machin Shin* eigentlich ist«, sagte Verin. »Gut, vielleicht ist es das Wesen reines Wahnsinns und reiner Grausamkeit, das sich hier manifestiert. Man kann nicht mit ihm streiten oder verhandeln oder mit ihm sprechen, Mat. Er kann auch nicht zu etwas gezwungen werden, jedenfalls von keiner jetzt lebenden Aes Sedai und vielleicht von niemandem, der jemals gelebt hat. Glaubt ihr wirklich, Padan Fain könnte gelingen, was zehn Aes Sedai nicht schaffen?« Mat schüttelte den Kopf.

Im Raum verbreitete sich eine Atmosphäre der Verzweiflung, ein Gefühl von Ziellosigkeit und verlorener Hoffnung. Ihr Ziel war ihnen entschwunden, und selbst Verins Gesicht wirkte enttäuscht. »Ich hätte nie gedacht, daß Fain den Mut aufbringt, die Kurzen Wege zu benützen.« Ingtars Stimme klang beinahe mild, aber plötzlich schlug er mit der Faust gegen die Wand. »Es ist mir gleich, ob oder wie *Machin Shin* Fain unterstützt. Sie haben das Horn von Valere in die Kurzen Wege gebracht, Aes Sedai. Mittlerweile könnten sie sich in der Fäule befinden oder unterwegs nach Tear oder Tanchico oder auf der anderen Seite der Aielwüste. Das Horn ist verloren. Ich bin verloren.« Seine Hände fielen schlaff herunter, und seine Schultern sackten nach vorn. »Ich bin verloren.«

»Fain bringt es zur Toman-Halbinsel«, sagte Rand, und sofort sahen ihn alle wieder an. Verin musterte ihn eindringlich. »Das habt Ihr schon einmal behauptet. Woher wollt Ihr das wissen?«

»Er hinterließ eine Botschaft bei Barthanes«, sagte Rand.

»Eine Finte«, höhnte Ingtar. »Er wird uns wohl kaum sagen, wohin wir ihm folgen müssen.«

»Ich weiß nicht, was ihr anderen unternehmen werdet«, meinte Rand, »aber ich gehe zur Toman-Halbinsel. Ich kann nicht anders. Ich werde beim ersten Morgengrauen aufbrechen.«

»Aber, Rand«, unterbrach ihn Loial, »wir werden Monate bis zur Toman-Halbinsel brauchen. Glaubst du, daß Fain so lange auf uns warten wird?«

»Er wird warten.« *Aber wie lange, bis er schließlich doch glaubt, ich käme nicht? Warum hat er einen solchen Wächter hinterlassen, wenn er will, daß ich ihm folge?* »Loial, ich werde so schnell reiten, wie es nur geht, und wenn ich

189

den Braunen zuschande reite. Dann kaufe ich mir ein neues Pferd oder stehle eines, wenn es sein muß. Bist du sicher, daß du mitkommen willst?«

»Ich bin nun schon so lange bei dir, Rand. Warum sollte ich jetzt zurückbleiben?« Loial zog seine Pfeife und den Tabaksbeutel heraus und stopfte gemütlich Tabak in den Pfeifenkopf. »Siehst du, ich mag dich einfach. Ich hätte dich auch gern, wärst du nicht Ta'veren. Vielleicht mag ich dich trotzdem. Du scheinst mich allerdings immer wieder bis zum Hals in Schwierigkeiten zu bringen. Na ja, jedenfalls gehe ich mit.« Er saugte probeweise an der Pfeife, ob sie auch zog, nahm dann einen Holzsplitter aus dem Kamin und entzündete ihn an einer Kerze. »Und ich glaube nicht, daß du mich aufhalten kannst.«

»Also, ich gehe auch mit«, sagte Mat. »Fain hat den Dolch immer noch; deshalb muß ich mitkommen. Aber der ganze Dienerquatsch ist hiermit beendet.«

Perrin seufzte. Seine gelben Augen schienen nach innen zu blicken. »Ich schätze, ich komme auch mit.« Einen Augenblick später grinste er. »Irgend jemand muß doch auf Mat aufpassen.«

»Nicht einmal eine sehr schlaue Finte«, murmelte Ingtar. »Irgendwie erwische ich Barthanes alleine, und dann bekomme ich die Wahrheit heraus. Ich werde das Horn von Valere bekommen und nicht hinter Geistern herjagen.«

»Es ist vielleicht keine Finte«, meinte Verin vorsichtig. Dabei unterzog sie anscheinend den Boden unter ihren Füßen einer genauen Betrachtung. »Im Kerker von Fal Dara wurden gewisse Dinge gefunden, schriftliche Berichte, die eine Verbindung zwischen dem, was in jener Nacht geschah« — sie warf Rand einen kurzen Blick unter halb geschlossenen Lidern zu — »und der Toman-Halbinsel herstellen. Ich verstehe noch nicht alles, doch ich glaube auch, daß wir zur Toman-Halbinsel müssen. Und ich glaube, wir werden dort das Horn finden.«

»Auch wenn sie zur Toman-Halbinsel gehen«, sagte Ingtar, »könnten Fain oder einer der anderen Schattenfreunde das Horn schon hundertmal geblasen haben, bis wir dort ankommen. Dann streiten die Helden aus den Gräbern für den Schatten.«

»Ach, Fain hätte doch das Horn schon hundertmal blasen können, seit wir in Fal Dara aufbrachen«, erwiderte ihm Verin. »Und ich denke, das hätte er auch getan, falls er die Truhe öffnen könnte. Wir müssen uns vielmehr den Kopf darüber zerbrechen, was geschieht, wenn er jemanden findet, der sie öffnen kann. Wir müssen ihm durch die Kurzen Wege folgen.«

Perrin riß den Kopf hoch, und Mat rutschte auf seinem Stuhl umher. Loial stöhnte leise auf.

»Wenn wir auch irgendwie an Barthanes Wächtern vorbeikämen«, sagte Rand, »würden wir wahrscheinlich *Machin Shin* noch immer dort vorfinden. Wir können die Wege nicht benützen.«

»Wie viele von uns könnten sich schon auf Barthanes Land schleichen?« Verin schien sich mit der Aussichtslosigkeit eines solchen Unternehmens abgefunden zu haben. »Es gibt andere Wegetore. Das Stedding Tsofu liegt im Südosten nicht weit von der Stadt entfernt. Es ist ein junges *Stedding*, vor nur etwa sechshundert Jahren wiederentdeckt, aber zu der Zeit züchteten die Ältesten der Ogier immer noch weitere Wege. Stedding Tsofu hat bestimmt ein Wegetor. Es ist vorhanden, und wir brechen im ersten Tageslicht dorthin auf.«

Loial gab einen etwas lauteren Ton von sich, von dem Rand nicht wußte, ob er dem Wegetor oder dem *Stedding* galt.

Ingtar schien immer noch nicht überzeugt, aber Verin war so sicher und eindeutig in ihrer Haltung wie Schnee, der in einer Lawine abwärtstobt. »Haltet Eure Soldaten bereit zum Aufbruch, Ingtar. Schickt Hurin hin, damit er es Uno sagt, bevor der im Bett ist. Ich denke, wir sollten alle so schnell wie möglich schlafen gehen. Diese Schattenfreunde haben bereits mindestens einen Tag Vorsprung, und morgen werden wir soviel wie möglich davon aufholen müssen.« Das Gebaren der molligen Aes Sedai war derart klar und bestimmt, daß Ingtar schon auf dem Weg zur Tür war, bevor sie noch ausgesprochen hatte.

Rand ging hinter den anderen hinaus, aber an der Tür blieb er neben der Aes Sedai stehen und beobachtete erst einmal, wie Mat den durch Kerzen erleuchteten Flur hinunterschritt. »Wieso sieht er so schlecht aus?« fragte er sie. »Ich glaubte, Ihr hättet ihn soweit geheilt, so daß er wieder einigermaßen bei Kräften ist.«

Sie wartete mit ihrer Antwort, bis Mat und die anderen die Treppe hinauf verschwunden waren. »Offensichtlich war die Heilung nicht so wirkungsvoll, wie wir glaubten. Die Krankheit hat bei ihm eine interessante Wende genommen. Seine Kraft bleibt erhalten, und das wahrscheinlich bis zum Ende. Aber sein Körper verfällt. Noch ein paar Wochen vielleicht, mehr gebe ich ihm nicht. Seht Ihr, es gibt Gründe genug, um uns zu beeilen.«

»Man braucht mir nicht noch die Sporen zu geben, Aes Sedai«, sagte Rand, und dabei stieß er die Bezeichnung betont hart hervor. *Mat. Das Horn. Fains Drohung. Licht, Egwene! Seng mich, mir braucht man wirklich nicht die Sporen zu geben.* »Und wie steht es mit Euch, Rand al'Thor? Fühlt Ihr Euch wohl? Kämpft Ihr immer noch dagegen an, oder habt Ihr Euch dem Rad ergeben?«

»Ich reite mit Euch, um das Horn zu finden«, antwortete er. »Darüber hinaus gibt es nichts zwischen mir und irgendeiner Aes Sedai. Versteht Ihr mich? Nichts!«

Sie sagte nichts, und er ging weg, aber als er sich vor der Treppe kurz umwandte, beobachtete sie ihn immer noch. Ihre dunklen Augen blickten scharf und berechnend.

KAPITEL 11

Das Rad webt

Das erste Licht des nahenden Morgens überzog den Himmel grau, als Thom Merrilin wieder auf dem Weg zurück zur Traube war. Sogar dort, wo sich die Schenken und Festhallen aneinanderreihten, gab es eine kurze Strecke der Ruhe, wo ganz Vortor Luft zu holen schien. Doch in seiner augenblicklichen Stimmung hätte Thom noch nicht einmal bemerkt, wenn die leere Straße in Flammen gestanden hätte.

Einige von Barthanes Gästen hatten ihn noch lange aufgehalten, nachdem die meisten bereits aufgebrochen waren, und lange, nachdem Barthanes selbst sich zu Bett begeben hatte. Er war natürlich selbst schuld daran gewesen. Er hätte nicht von der *Wilden Jagd nach dem Horn* abkommen und die anderen Lieder und Geschichten vortragen sollen, die er sonst in den Dörfern vortrug: ›Mara und die drei närrischen Könige‹ und ›Wie Susa Jain Fernstreicher zähmte‹ und die Geschichten von Anla, der Weisen Ratgeberin. Er hatte sich das als privaten Kommentar zu ihrer Dummheit nicht verkneifen können und gar nicht damit gerechnet, daß jemand zuhören und gar Interesse daran zeigen würde. Jedenfalls waren sie auf ihre Art wirklich daran interessiert gewesen. Sie hatten mehr davon hören wollen, aber an den falschen Stellen und über die falschen Dinge gelacht. Sie hatten auch ihn ausgelacht und offensichtlich geglaubt, er werde es nicht bemerken oder aber ein voller Geldbeutel in der Tasche werde alle Wunden heilen. Er hatte ihn aber schon zweimal beinahe weggeworfen.

Der schwere Geldbeutel, der ihm in der Tasche und auf der Seele lastete, war nicht der einzige Grund für seine schlechte Laune, genausowenig wie die Verachtung des Adels. Sie hatten ihn über Rand ausgefragt und glaubten, einem bloßen Gaukler gegenüber noch nicht einmal sehr feinfühlig vorgehen zu müssen. Warum Rand sich in Cairhien befinde? Warum hatte ein Lord aus Andor ihn, einen Gaukler, auf die Seite gezogen, um mit ihm zu sprechen? Zu viele Fragen. Er war sich nicht sicher, ob seine Antworten klug gewesen waren. Seine Reaktionen in bezug auf das Große Spiel waren ein wenig rostig geworden.

Bevor er seine Schritte der Traube zuwandte, war er zum Großen Baum gegangen. Es war nicht schwer herauszufinden, wo sich jemand in Cairhien aufhielt, falls man Silber in ein oder zwei Hände drückte. Er war sich immer noch nicht sicher, was er eigentlich hatte sagen wollen. Rand war weg, und mit ihm seine Freunde und die Aes Sedai. Zurückgeblieben war ein Gefühl, als habe er eine Aufgabe noch nicht erfüllt. *Der Junge ist jetzt selbständig. Seng mich, ich habe nichts mehr damit zu tun!* Er schritt durch den Schankraum, der nun so leer war, wie selten zuvor, und nahm immer zwei Treppenstufen auf einmal. Zumindest versuchte er das, doch sein rechtes Bein war ziemlich steif, und so stürzte er beinahe. Er knurrte ärgerlich in sich hinein und ging den Rest der Treppe vorsichtiger hinauf. Er öffnete leise die Tür zu seinem Zimmer, damit er Dena nicht weckte.

Unwillkürlich lächelte er, als er sah, daß sie voll angezogen mit dem Gesicht zur Wand auf dem Bett lag. *Sie ist eingeschlafen, während sie auf mich wartete. Verrücktes Mädchen.* Es waren freundliche Gedanken; er glaubte nicht, daß sie irgend etwas tun könne, das er ihr nicht vergab oder wofür er kein Verständnis aufbrachte. Er entschloß sich spontan, daß heute abend der Tag gekommen sei, an dem er sie zum erstenmal auftreten ließ. So stellte er den Kasten mit der Harfe auf den Boden und legte ihr eine Hand auf die Schulter, um sie zu wecken und ihr die freudige Mitteilung zu machen.

Sie rollte schlaff auf den Rücken und starrte ihn mit weit aufgerissenen Augen an. Quer über ihre Kehle verlief eine klaffende Wunde. Die vorher von ihrem Körper verdeckte Bettseite war dunkel und feucht.

Thom drehte sich der Magen um. Wäre seine Kehle nicht so wie zugeschnürt gewesen, er hätte sich übergeben oder geschrien oder beides auf einmal.

Nur das Knarren des Kleiderschranks warnte ihn. Er wirbelte herum. Messer glitten aus seinen Ärmeln und mit einer gleichzeitigen Bewegung warf er sie. Die erste Klinge bohrte sich in die Kehle eines fetten, fast glatzköpfigen Mannes, der einen Dolch in der Hand trug. Der Mann taumelte nach hinten, und Blut quoll zwischen den seinen Hals umklammernden Fingern heraus, als er zu schreien versuchte.

Da er sich auf seinem verletzten Bein drehen mußte, ging Thoms anderer Wurf fehl, doch das Messer blieb in der rechten Schulter eines schweren, muskulösen Mannes mit einem Narbengesicht stecken, der aus dem anderen Schrank kletterte. Das Messer des wuchtigen Mannes entfiel einer Hand, die plötzlich ihrem Eigentümer nicht mehr gehorchte, und dieser lief schwerfällig auf die Tür zu.

Bevor er einen weiteren Schritt tun konnte, hatte Thom ein neues Messer in der Hand und schlitzte dem anderen die Rückseite des Beines auf. Der große Kerl schrie auf und stolperte. Thom packte eine Handvoll schmierigen Haares, knallte ihn mit dem Gesicht an die Wand neben der Tür, und der Mann schrie erneut, als das in seiner Schulter steckende Messer an die Tür stieß.

Thom hielt dem Mann sein Messer direkt vor die dunklen Augen. Die Narben auf dem Gesicht des kräftigen Mannes gaben ihm ein finsteres Aussehen, aber jetzt sah er unverwandt die Schneide des Messers an, zuckte nicht mit der Wimper und rührte keinen Muskel. Der fette Mann, der halb innerhalb des Kleiderschranks lag, zuckte ein letztes Mal mit dem Bein und rührte sich dann nicht mehr.

»Bevor ich dich töte«, sagte Thom, »will ich wissen, warum.« Seine Stimme klang ruhig und wie betäubt. Innerlich fühlte er sich tot. »Das Große Spiel«, sagte der Mann schnell. Seine Aussprache klang nach der Gasse, entsprechend dem Aussehen seiner Kleider, allerdings waren diese ein klein wenig zu gut und zu neu. Er hatte wohl mehr Geld als der übliche Bewohner Vortors. »Es ist nicht persönlich gemeint, müßt Ihr wissen. Es ist halt nur das Spiel.«

»Das Spiel? Ich habe nichts mit *Daes Dae'mar* zu tun! Wer würde mich des Großen Spiels wegen töten wollen?«

Der Mann zögerte. Thom drückte ihm die Klinge noch näher vors Gesicht. Falls der Kerl die Wimpern bewegte, würden sie die Schneide berühren. »Wer?«

»Barthanes«, erklang die heisere Antwort. »Lord Barthanes. Wir hätten Euch nicht getötet. Barthanes geht es um Informationen. Wir wollten nur herausfinden, was Ihr wißt. Für Euch kann da noch einiges Gold drin sein. Eine nette, dicke Goldkrone für Euer Wissen. Vielleicht auch zwei.«

»Lügner! Ich war letzten Abend im Haus von Barthanes und stand genauso nahe bei ihm wie jetzt bei dir. Falls er etwas von mir wollte, wäre ich nicht lebendig zurückgekommen!«

»Ich sage Euch, wir haben schon tagelang nach Euch oder jemand anderem gesucht, der etwas über diesen andoranischen Lord weiß. Euren Namen habe ich erst gestern abend gehört — unten im Schankraum. Lord Barthanes ist großzügig. Es könnten auch fünf Kronen werden.«

Der Mann bemühte sich, den Kopf von dem Messer in Thoms Hand wegzudrehen, doch Thom drückte ihn noch fester gegen die Wand. »Welcher andoranische Lord?« Aber er wußte es schon. Licht hilf, er wußte Bescheid.

»Rand. Aus dem Haus al'Thor. Groß. Jung. Ein Schwertmeister, oder zumindest trägt er das Schwert eines Meisters. Ich weiß, daß er Euch besucht hat. Er und ein Ogier, und Ihr habt miteinander gesprochen. Sagt mir, was Ihr wißt. Ich lege vielleicht noch selbst ein oder zwei Kronen drauf.«

»Du Narr«, hauchte Thom. *Dafür ist Dena gestorben? O Licht, sie ist tot.* Er hätte am liebsten losgeheult. »Der Junge ist bloß ein Schäfer.« *Ein Schäfer mit einem tollen Mantel und mit Aes Sedai, die ihn umschwärmen wie die Bienen eine Honigrose.* »Nur Schäfer.« Er griff dem Mann noch fester ins Haar.

»Wartet! Wartet! Ihr könnt mehr als fünf Kronen verdienen, sogar mehr als zehn! Eher schon hundert! Jedes Haus will etwas von diesem Rand al'Thor wissen. Zwei oder drei haben sich an mich gewandt. Mit Eurem Wissen und durch die Leute, von denen ich weiß, daß sie es wissen wollen, können wir beide uns die Taschen füllen. Und da war auch noch eine Frau, eine Lady. Die habe ich mehr als einmal gesehen, als ich nach ihm suchte. Falls wir herausfinden können, wer sie ist ... also, das könnten wir auch noch verkaufen.«

»Du hast bei allem nur einen wirklichen Fehler begangen«, sagte Thom.

»Fehler?« Die entferntere Hand des Mannes begann, sich seinem Gürtel zu nähern. Zweifellos hatte er dort einen weiteren Dolch stecken. Thom schenkte ihr keine Beachtung.

»Du hättest das Mädchen nicht anrühren sollen.«

Die Hand des Mannes fuhr zum Gürtel, und dann zuckte die große Gestalt krampfartig zusammen, denn Thoms Messer hatte gnadenlos sein Ziel gefunden.

Thom ließ ihn von der Tür wegfallen und stand einen Augenblick lang bloß da, bevor er sich müde bückte und seine Messer herauszog. Die Tür schlug auf, und er wirbelte mit wildem Gesichtsausdruck herum.

Zera zuckte zurück, eine Hand an der Kehle, und blickte ihn mit großen Augen an. »Diese idiotische Ella hat mir gerade erzählt«, sagte sie unsicher, »daß zwei von Barthanes Männern gestern abend nach dir gefragt haben, und nachdem, was ich heute morgen schon gehört habe ... Ich dachte, du hättest mir gesagt, du spielst das Spiel nicht mehr.«

»Sie haben mich gefunden«, sagte er erschöpft.

Ihr Blick wandte sich von seinem Gesicht ab, und dann machte sie große Augen, als sie die Leichen der beiden Männer entdeckte. Schnell trat sie in das Zimmer und schloß die Tür hinter sich. »Das ist schlimm, Thom. Du wirst Cairhien verlassen müssen.« Ihr Blick fiel auf das Bett, und ihr stockte der Atem. »O nein! Nein. O Thom, es tut mir so leid.«

»Ich kann noch nicht weg, Zera.« Er zögerte, und dann zog er sanft eine Decke über Dena, damit ihr Gesicht bedeckt war. »Ich muß zuerst noch einen anderen Mann töten.«

Die Wirtin schüttelte sich und wandte sich vom Bett ab. Ihre Stimme klang ziemlich atemlos. »Wenn du damit Barthanes meinst, kommst du zu spät. Darüber spricht doch schon jeder. Er ist tot. Seine Diener fanden ihn heute morgen. Er ist in seinem Schlafzimmer in Stücke gerissen worden. Sie konnten nur erkennen, daß er es war, weil man seinen Kopf auf einen Spieß gesteckt und über dem Kamin zur Schau gestellt hatte.« Sie legte ihm eine Hand auf den Arm. »Thom, du kannst nicht verleugnen, daß du letzte Nacht dort warst, jedenfalls nicht vor einem, der das in Erfahrung zu bringen versucht. Nimm noch diese beiden dazu, und keiner in Cairhien wird glauben, du hättest nichts damit zu tun.« In ihren letzten Worten schwang ein wenig von einer Frage mit, als sei auch sie selbst nicht sicher.

»Es spielt wohl keine Rolle«, sagte er stumpf. Er konnte nicht aufhören, die mit der Decke bedeckte Gestalt auf dem Bett zu betrachten. »Vielleicht gehe ich zurück nach Andor. Nach Caemlyn.«

Sie nahm ihn bei den Schultern und drehte ihn vom Bett weg. »Ihr Männer«, seufzte sie. »Ihr denkt nur immer entweder mit den Muskeln oder den Herzen, aber euren Kopf benützt ihr nicht. Caemlyn ist für dich genauso schlecht wie Cairhien. An jedem dieser Orte wirst du entweder sterben oder im Gefängnis enden. Glaubst du, das hätte sie gewollt? Wenn du ihr Andenken in Ehre halten willst, dann mußt du leben.«

»Kümmerst du dich um ...« Er konnte es nicht aussprechen. *Ich werde alt*, dachte er. *Gefühlsduselig.* Er zog den schweren Geldbeutel aus der Tasche und drückte ihn ihr in die Hand. »Das sollte reichen für ... alles. Und hilf bitte auch, wenn sie nach mir fragen.«

»Ich kümmere mich um alles«, sagte sie sanft. »Du mußt fort, Thom. Jetzt gleich.«

Er nickte zögernd und begann, langsam einige Sachen in zwei Satteltaschen zu stopfen. Während er arbeitete, betrachtete Zera zum ersten Mal den fetten Mann, der halb innerhalb und halb außerhalb ihres Kleiderschranks lag, und sie schnappte hörbar nach Luft. Er blickte sie fragend an. Solange er sie kannte, war sie nicht die Frau gewesen, die wegen ein bißchen Blut in Ohnmacht fiel.

»Das sind nicht Barthanes Männer, Thom. Zumindest der hier ist keiner.« Sie nickte in Richtung des fetten Mannes. »Es ist das wohl am schlechtesten gehütete Geheimnis in Cairhien, daß er für das Haus Riatin arbeitet. Für Galldrian.«

»Galldrian«, wiederholte er mit tonloser Stimme. *Worin hat mich dieser blutige Schafhirte verwickelt? Was haben die Aes Sedai uns beiden ungetan? Aber Galldrians Männer haben sie ermordet.* Etwas von seinen Gedanken mußte sich auch auf seinem Gesicht gezeigt haben. Zera sagte in scharfem Ton: »Dena will, daß du lebst, du Narr! Versuche, den König zu töten, und du bist schon tot, bevor du dich ihm auf hundert Spannen genähert hast, falls du überhaupt so nahe herankommst!«

Von der Stadtmauer her erklang ein Geschrei, als beteilige sich die halbe Einwohnerschaft Cairhiens daran. Mit gerunzelter Stirn sah Thom aus dem Fenster. Jenseits der grauen Mauer, weit über den Dächern von Vortor, erhob sich eine dichte Rauchwolke in den Himmel. Weit hinter der Mauer. Neben der ersten, schwarzen Rauchsäule formte sich bald aus grauen Rauchfahnen eine zweite, und weiter hinten erschienen noch mehr Wölkchen. Er schätzte die Entfernung und holte tief Luft.

»Vielleicht solltest du auch daran denken, von hier zu verschwinden. Es sieht aus, als habe jemand die Getreidesilos angezündet.«

»Ich habe schon einige Male einen Aufruhr heil überstanden. Geh jetzt, Thom.« Nach einem letzten Blick auf Denas verhüllte Gestalt nahm er seine Sachen auf, doch als er gerade gehen wollte, sagte Zera noch: »Du hast einen gefährlichen Ausdruck im Blick, Thom Merrilin. Stelle dir vor, Dena säße gesund und munter hier. Überlege, was sie wohl sagen würde. Würde sie dich in einen sinnlosen Tod ziehen lassen?«

»Ich bin nur ein alter Gaukler«, sagte er von der Tür her. *Und Rand al'Thor ist nur ein Schafhirte, aber wir tun beide, was wir tun müssen.* »Für wen könnte ich denn schon gefährlich sein?«

Als er die Tür hinter sich zuzog und sie und Dena vor seinen Blicken verborgen waren, überzog ein freudloses, wölfisches Grinsen sein Gesicht. Sein Bein schmerzte, aber er fühlte es kaum, als er zielbewußt die Treppe hinuntereilte und aus der Schenke ging.

Padan Fain ließ sein Pferd auf einem Hügelkamm über Falme inmitten eines der wenigen Dickichte, die im Bereich der Hügel außerhalb der Stadt noch übrig waren, anhalten. Das Packpferd, das seine wertvolle Fracht geduldig trug, stieß gegen sein Bein, und er trat ihm, ohne überhaupt hinzusehen, in die Rippen. Das Tier schnaubte und ruckte zurück bis ans Ende der Leine, die er an seinem Sattel befestigt hatte. Die Frau hatte ihm ihr Pferd nicht geben wollen — alle Schattenfreunde hatten sich davor gefürchtet, im Hügelland allein mit den Trollocs zurückzubleiben, ohne daß Fain sie durch seine Gegenwart beschützte. Er hatte beide Probleme ohne Schwierigkeiten gelöst. Fleisch im Kochtopf eines Trollocs benötigte kein Pferd zum Reiten mehr. Die Begleiter der Frau waren schon erschüttert von ihrem Ritt durch die Kurzen Wege bis zu einem Wegetor bei einem lang verlassenen *Stedding* auf der Toman-Halbinsel, und der Anblick, wie die Trollocs ihr Mahl bereiteten, hatte die übrigen Schattenfreunde äußerst gefügig gemacht.

Von der Bewuchsgrenze her musterte Fain die ohne Mauer daliegende Stadt und verzog verächtlich das Gesicht. Ein kurzer Wagenzug rumpelte gerade zwischen die Ställe und Pferdekoppeln und Abstellplätze am Stadtrand hinein, während ein anderer herausrollte. Auf der in vielen Jahren von den Wagen ausgefahrenen Straße erhob sich kaum noch eine Staubfahne. Der Kleidung nach waren die Fahrer und die wenigen berittenen Wächter Einheimische, aber die Berittenen hatten sich wenigstens Schwerter umgehängt, und ein paar besaßen sogar Speere und Bogen. Die Soldaten, die er erkennen konnte — es waren nur wenige —, schienen diese Bewaffneten kaum zu beachten, die sie ja wohl erst vor kurzer Zeit besiegt hatten.

An dem einen Tag und während seiner einzigen Nacht auf der Toman-Halbinsel hatte er einiges über dieses Volk, die Seanchan erfahren. Oder zumindest soviel, wie die unterlegenen Einheimischen eben wußten. Es war nicht schwer, jemanden allein zu erwischen, und wenn man die Fragen richtig stellte, bekam man auch eine Antwort. Die Männer versuchten ohnehin, mehr über die Invasoren in Erfahrung zu bringen, als glaubten sie tatsächlich, sie könnten mit diesem Wissen eines Tages etwas ausrichten. Nur manchmal hielten sie etwas zurück. Die Frauen schienen im allgemeinen nur daran interessiert zu sein, ihr Leben im gleichen Trott fortzusetzen, gleich, wer gerade herrschte, aber sie bemerkten Dinge, die den Männern entgangen waren. Sie plapperten auch eher los, wenn sie einmal mit Schreien aufgehört hatten. Kinder plauderten am schnellsten alles aus, aber sie sagten nur selten etwas wirklich Stichhaltiges.

Er hatte drei Viertel des Gehörten als Unsinn und Gerüchte abgetan, die sich bereits zu Fabeln auswuchsen, aber nun mußte er einige seiner Vorurteile zurücknehmen. Es schien, daß jedermann ungehindert nach Falme kommen konnte. Überrascht beobachtete er etwas anderes, was er als ›Unsinn‹ abgetan hatte, als eine Gruppe von zwanzig Soldaten Falme verließ. Er konnte ihre Reittiere nicht ganz genau sehen, aber es waren auf jeden Fall keine Pferde. Sie rannten mit einer fließenden Eleganz, und ihre dunklen Häute schienen wie Schuppen in der Morgensonne zu glitzern. Er verdrehte den Hals, um sie zu beobachten, bis sie landeinwärts verschwunden waren, und dann gab er seinem Pferd die Stiefel zu spüren und ritt in Richtung auf die Stadt los.

Die Einheimischen, die zwischen den Ställen und abgestellten Wagen und Koppeln herumliefen, beachteten ihn kaum. Er kümmerte sich auch nicht um sie, sondern ritt weiter in die Stadt hinein. Kopfsteingepflasterte Straßen neigten sich nach unten dem Hafen zu. Er konnte den ganzen Hafen überblicken und sah die großen, eigenartig eckig geformten Schiffe der Seanchan, die dort ankerten. Niemand belästigte ihn, als er suchend durch schwach belebte Straßen ritt. Hier befanden sich nun doch mehr Soldaten der Seanchan. Die

Menschen eilten mit zu Boden gesenktem Blick ihren Geschäften nach und verbeugten sich, wenn sie an Soldaten vorbeikamen, doch die Seanchan würdigten sie keines Blickes. An der Oberfläche erschien alles sehr friedlich — trotz der gerüsteten Seanchan auf den Straßen und ihrer Schiffe im Hafen —, doch Fain spürte die Anspannung, die über allem lag. Er war immer dort besonders erfolgreich, wo Menschen nervös und verängstigt waren.

Er erreichte ein großes Haus, vor dem mehr als ein Dutzend Soldaten Wache hielt. Fain hielt an und stieg ab. Außer einem klar erkennbaren Offizier trugen alle ganz schwarze Rüstungen, und ihre Helme erinnerten ihn an Heuschreckenköpfe. An jeder Seite des Haupteingangs stand eine Kreatur mit lederiger Haut, drei Augen und gekrümmtem Schnabel anstelle eines Mundes. Sie hockten da wie Frösche. Die Soldaten, die neben den Kreaturen standen, hatten jeweils drei Augen auf ihren Brustpanzer gemalt. Fain musterte die blau geränderte Flagge, die über dem Dach flatterte: ein Falke mit ausgebreiteten Schwingen, der in den Klauen Blitze trug. Er schnaubte verächtlich.

Auf der anderen Straßenseite gingen Frauen in einem Haus ein und aus, Frauen, die durch silberne Leinen miteinander verbunden waren, doch er schenkte ihnen keine weitere Beachtung. Er kannte die *Damane* aus den Erzählungen der Dorfbewohner. Später könnten sie einmal nützlich werden, doch nicht jetzt.

Die Soldaten musterten ihn, besonders der Offizier. Seine Rüstung war golden und rot und grün bemalt.

Fain zwang seine Gesichtszüge zu einem unterwürfigen Lächeln und verbeugte sich tief. »Meine Herren, ich habe hier etwas, das Euren Hochlord interessieren wird. Ich versichere Euch, er wird es und auch mich persönlich sehen wollen.« Er deutete auf den eckigen Gegenstand auf seinem Packpferd, der immer noch in die riesige, gestreifte Decke gehüllt war, in der ihn seine Leute vorgefunden hatten. Der Offizier musterte ihn von oben bis unten. »Ihr klingt, als wärt Ihr hier fremd. Habt Ihr die Eide abgelegt?«

»Ich gehorche, warte ab und werde dienen«, antwortete Fain unterwürfig. Jeder, den er befragt hatte, hatte die Eide erwähnt, obwohl keiner verstand, was sie bedeuten sollten. Wenn diese Leute das Ablegen von Eiden verlangten, dann würde er schwören, was man von ihm wollte. Er konnte die Eide schon lange nicht mehr zählen, die er alle geschworen hatte.

Der Offizier bedeutete zweien seiner Männer, nachzusehen, was sich unter der Decke verbarg. Ihr überraschtes Ächzen ob des Gewichts, als sie die Ladung aus dem Packsattel hoben, wich einem Nach-Luft-Schnappen, als sie die Decke entfernten. Der Offizier blickte mit ausdruckslosem Gesicht die mit Silber verzierte Goldtruhe an, die auf den Pflastersteinen stand, und dann sah er Fain wieder an. »Ein Geschenk, das selbst der Kaiserin würdig wäre. Ihr kommt mit mir.«

Einer der Soldaten durchsuchte Fain grob, aber er ertrug das schweigend und bemerkte dabei noch, daß der Offizier und die beiden Soldaten, die die Truhe aufhoben, ihre Schwerter und Dolche ablieferten, bevor sie hineingingen. Alles, was er über diese Leute in Erfahrung bringen konnte, ob wichtig oder unbedeutend, könnte einmal hilfreich sein, obwohl er am Gelingen seines Planes keinen Zweifel hegte. Er besaß ein großes Selbstvertrauen, aber dort war es am größten, wo Lords das Messer eines Attentäters aus den eigenen Reihen fürchteten.

Als sie das Tor durchschritten, sah ihn der Offizier mit finsterem Erstaunen an. Einen Augenblick lang fragte sich Fain, warum. *Ach, natürlich. Diese Kreaturen neben dem Tor.* Was sie auch waren, sie waren sicher nicht schlimmer als Trollocs und gar nichts, verglichen mit einem Myrddraal, und er hatte sie nicht weiter beachtet. Jetzt war es zu spät, um noch Furcht vor ihnen zu heu-

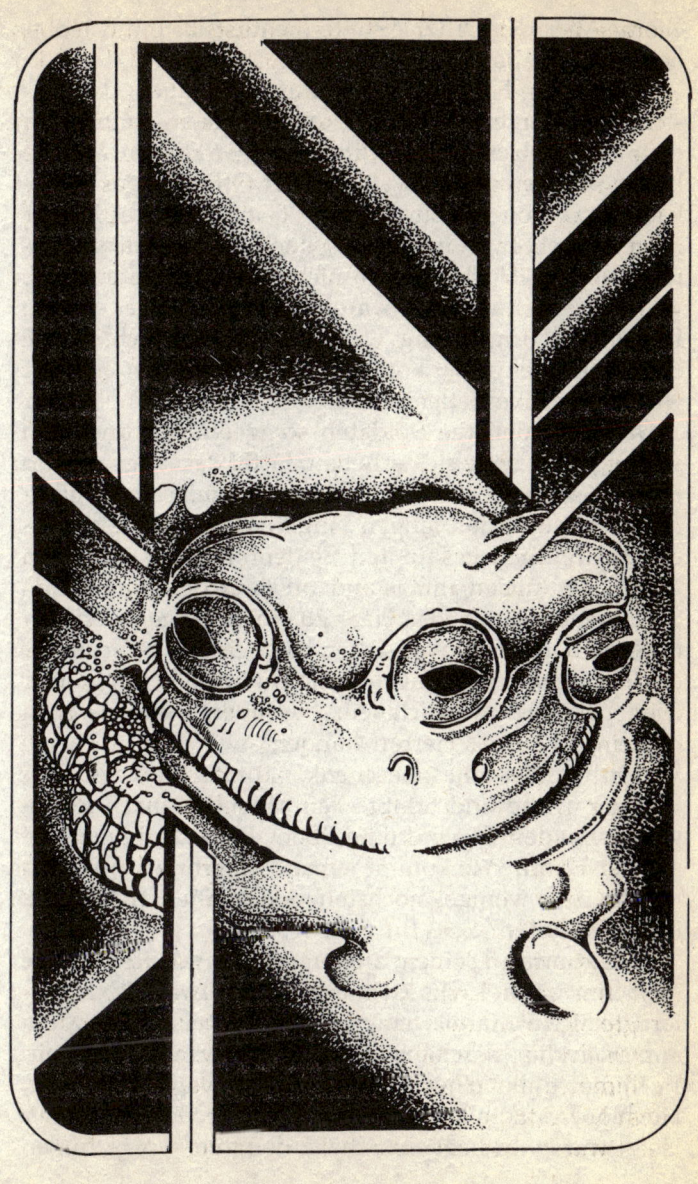

cheln. Aber der Offizier sagte nichts, führte ihn lediglich weiter in das Haus hinein.

Und so lag Fain schließlich auf dem Bauch, das Gesicht nach unten, in einem unmöblierten Zimmer, in dem nur hölzerne Stellwände die wirklichen Wände hinter sich verbargen, während der Offizier dem Hochlord Turak von ihm und seiner Gabe erzählte. Diener trugen einen Tisch herein, auf den man die Truhe stellte, damit der Hochlord sich nicht bücken mußte. Alles, was Fain von ihnen sah, waren flink hin und her eilende Pantoffeln. Ungeduldig wartete er. Schließlich würde einmal der Zeitpunkt kommen, an dem nicht er es mehr war, der sich verbeugen mußte.

Dann wurden die Soldaten weggeschickt, und man sagte Fain, er solle sich erheben. Er tat das langsam und musterte derweil sowohl den Hochlord mit seinem glattrasierten Kopf, den langen Fingernägeln und der blauen, mit Blumen gesäumten Seidenrobe, wie auch den Mann, der neben ihm stand und auf der unrasierten Seite seines Kopfes das Haar zu einem langen Zopf geflochten hatte. Fain war sicher, daß der Kerl in Grün nur ein Diener war, wenn auch vielleicht hoch im Rang, aber Diener konnten nützlich sein, besonders wenn sie hoch in der Gunst ihres Herren standen.

»Ein wundervolles Geschenk.« Turaks Blick hob sich von der Truhe und erfaßte Fain. Ein Duft nach Rosen wehte von dem Hochlord herüber. »Doch die Frage liegt auf der Hand: Wie kommt jemand wie Ihr an eine Truhe, die viele weniger hochstehende Adlige sich niemals leisten könnten? Seid Ihr ein Dieb?«

Fain zupfte an seinem abgetragenen und nicht gerade sauberen Mantel. »Es ist manchmal notwendig, Hochlord, daß ein Mann weniger erscheint, als er ist. Mein augenblickliches schäbiges Aussehen ermöglichte mir, Euch dies unbehelligt zu überbringen. Die Truhe ist alt, Hochlord — so alt, wie das Zeitalter der Legenden her ist — und in ihr liegt ein Schatz, den nur wenige Augen jemals erblickt haben. Bald — sehr bald, Hochlord — werde ich fähig sein, sie zu öffnen und Euch das zu übergeben, was Euch ermöglichen wird, dieses Land zu erobern, soweit Ihr nur wollt, bis zum Rückgrat der Welt, zur Aielwüste, zu den Ländern dahinter. Nichts wird sich Euch in den Weg stellen, Hochlord, sobald ich ...« Er brach ab, als Turak mit seinen langen Fingernägeln über die Truhe strich.

»Ich habe solche Truhen schon gesehen, Truhen aus dem Zeitalter der Legenden«, sagte der Hochlord, »allerdings noch keine so prächtige. Man hat sie so konstruiert, daß nur der sie öffnen kann, der das Muster kennt, aber ich — ah!« Er drückte an den Schnörkeln und Knöpfen herum, man hörte ein scharfes Klicken, und er hob den Deckel hoch. Ein Aufflackern von — vielleicht war es Enttäuschung — huschte über sein Gesicht.

Fain biß sich in die Wangen, daß das Blut herausquoll, damit er nicht vor Wut fauchte. Es verschlechterte seine Lage bei der zu erwartenden Feilscherei erheblich, daß nicht er es gewesen war, der die Truhe öffnete. Trotzdem konnte alles andere so ablaufen, wie er es geplant hatte, wenn er sich nur zur Geduld zwang. Aber er hatte schon so lange geduldig sein müssen.

»Das soll ein Schatz aus dem Zeitalter der Legenden sein?« fragte Turak, und er hob das gekrümmte Horn mit der einen und den geschweiften Dolch mit dem Rubin im Griff mit der anderen Hand heraus. Fain ballte die Hände zu Fäusten, damit er nicht nach dem Dolch griff. »Das Zeitalter der Legenden«, wiederholte Turak leise, und er fuhr die silbern eingelegte Schrift um die goldene Öffnung des Horns herum mit der Spitze des Dolches nach. Seine Augenbrauen hoben sich erstaunt. Das war das erste Mal, daß Fain eine Regung in seinem Gesicht erkennen konnte. Aber im nächsten Moment war Turaks Gesicht so ausdruckslos wie vorher. »Habt Ihr eine Ahnung, was das ist?«

»Das Horn von Valere, Hochlord«, sagte Fain aalglatt, und es bereitete ihm Vergnügen zu beobachten, wie der Mann mit dem Zopf mit offenem Mund dastand. Turak nickte nur in sich hinein.

Der Hochlord wandte sich ab. Fain blinzelte und öffnete den Mund, aber nach einer gebieterischen Geste des gelbhaarigen Mannes folgte er den beiden wortlos.

Sie betraten ein weiteres Zimmer, aus dem man das gesamte Mobiliar entfernt und durch Stellwände ersetzt hatte. Es gab nur einen einzigen Stuhl, der vor einer hohen, geschwungenen Kommode stand. Turak, der immer noch Dolch und Horn trug, sah die Kommode an und blickte dann wieder weg. Er sagte kein Wort, aber der andere Seanchan bellte kurz einige Befehle, und Augenblicke später erschienen Männer in einfachen Wollgewändern aus einer Tür hinter den Stellwänden und trugen einen kleinen Tisch herein. Eine junge Frau mit so blassem Haar, daß es beinahe weiß erschien, kam hinterher. Sie trug beide Arme voll mit kleinen Untersetzern in allen möglichen Formen und Größen, alle aus lackiertem Holz. Ihr Kleid war aus weißer Seide und so dünn, daß Fain ihren Körper ganz deutlich sehen konnte, aber er hatte nur Augen für den Dolch. Das Horn war ein Mittel zum Zweck, doch der Dolch war ein Teil seiner selbst.

Turak berührte kurz einen der hölzernen Untersetzer, die das Mädchen trug, und sie stellte ihn in die Mitte der Tischfläche. Nach den Anweisungen des Mannes mit dem Zopf drehten die anderen Männer den Stuhl so, daß er auf den Tisch hin zeigte. Das Haar dieser niedrigeren Diener reichte bis auf die Schultern. Sie hasteten hinaus, wobei sie sich so tief verbeugten, daß ihre Gesichter beinahe die Knie berührten.

Turak stellte das Horn senkrecht auf den Untersetzer, und den Dolch gleich davor. Dann setzte er sich auf den Stuhl.

Fain konnte es nicht mehr ertragen. Er griff nach dem Dolch.

Der gelbhaarige Mann packte sein Handgelenk mit mörderisch festem Griff. »Unrasierter Hund! Wißt, daß die Hand, die ungebeten das Eigentum des Hochlords berührt, abgehackt wird.«

»Er gehört mir«, murrte Fain. *Geduld! So lange schon ...*

Turak lehnte sich entspannt zurück und hob einen blaulackierten Fingernagel. Fain wurde zurückgerissen, damit der Hochlord ungestört das Horn betrachten konnte.

»Euch?« fragte Turak. »In einer Truhe, die Ihr nicht öffnen konntet? Falls Ihr mein Interesse in genügendem Maße weckt, gebe ich Euch vielleicht den Dolch. Auch wenn er aus dem Zeitalter der Legenden stammt, habe ich an so etwas kein Interesse. Aber vor allem anderen werdet Ihr mir eine Frage beantworten: Warum habt Ihr mir das Horn von Valere gebracht?«

Fain sah den Dolch noch einen Augenblick lang sehnsüchtig an, riß dann sein Handgelenk aus dem Griff des Mannes mit dem Zopf und rieb es, während er sich verbeugte. »Damit Ihr es blast, Hochlord. Dann könnt Ihr dieses ganze Land einnehmen, falls Ihr das wünscht. Die ganze Welt. Ihr könnt die Weiße Burg schleifen und die Aes Sedai zu Staub zermalmen, denn nicht einmal ihre Macht kann Helden aufhalten, die von den Toten auferstanden sind.«

»Ich soll es blasen?« Turaks Stimme klang ausdruckslos. »Und die Weiße Burg schleifen? Nochmals, warum? Ihr behauptet, Ihr würdet gehorchen, warten und dienen, doch dies ist ein Land von Eidbrechern. Warum gebt Ihr mir Euer Land? Habt Ihr irgendeinen privaten Streit mit diesen ... Frauen?«

Fain bemühte sich, in überzeugendem Ton zu sprechen. *Geduld wie ein Wurm, der von innen her bohrt.* »Hochlord, in meiner Familie gibt es eine Tradition, die von Generation zu Generation weitergegeben wurde. Wir dienten dem Hochkönig Artur Paendrag Tanreall, und als er von den Hexen von Tar Valon ermordet wurde, haben wir unseren Eid nicht gebrochen. Während andere Kriege führten und das zerrissen, was Artur Falkenflügel aufgebaut hatte, hielten wir uns an unseren Eid und litten darunter. Doch wir zerbrachen nicht. Das ist unsere Tradition, Hochlord, vom Vater auf den Sohn weitergegeben und von Mutter zu Tochter, all die Jahre hindurch, seit der Hochkönig ermordet wurde: Daß wir die Rückkehr des Heeres erwarten, das Artur Falkenflügel über das Aryth-Meer gesandt hat, daß wir die Rückkehr des Blutes von Artur Falkenflügel erwarten, um die Weiße Burg zu zerstören und zurückzugewinnen, was dem Hochkönig gehörte. Und wenn das Blut Falkenflügels zurückkehrt, werden wir dienen und beraten, wie wir dem Hochkönig dienten. Hochlord, von dem Saum abgesehen ist die Flagge, die über diesem Haus weht, das Banner von Luthair, dem Sohn, den Artur Paendrag Tanreall mit seinem Heer über das Meer aussandte.« Fain fiel auf die Knie und brachte eine gute Darstellung eines völlig überwältigten Mannes zustande. »Hochlord, ich wünsche nur zu dienen und dem Blute des Hochkönigs als Berater zur Seite zu stehen.«

Turak schwieg so lange, daß Fain sich schon fragte, ob er noch immer nicht überzeugt sei. Er hatte mehr zu bieten, alles, was notwendig war. Aber schließlich sprach der Hochlord: »Ihr scheint zu wissen, was niemand — weder hochstehend noch gemein — ausgesprochen hat, seit dieses Land in Sicht kam. Die Menschen hier betrachten es als eines von vielen Gerüchten, aber Ihr wißt Bescheid. Ich kann es in Euren Augen sehen und in Eurer Stimme hören. Ich könnte beinahe auf die Idee kommen, Ihr seid ausgesandt worden, um mich in eine Falle zu locken. Aber wer, der sich im Besitz des Horns von Valere befindet, würde das Horn so mißbrauchen? Keiner von denen aus dem Blute, der mit den

Hailene hier ankam, kann das Horn gehabt haben, denn die Legende sagt, es sei in diesem Land verborgen worden. Und sicherlich würde jeder Lord dieses Landes, der es besäße, das Horn gegen mich verwenden, anstatt es in meine Hände zu legen. Wie kam es dazu, daß Ihr das Horn von Valere besitzt? Behauptet Ihr, ein Held wie in einer der Legenden zu sein? Habt Ihr große Taten vollbracht?«

»Ich bin kein Held, Hochlord.« Fain brachte ein bescheidenes Lächeln fertig, doch Turaks Gesichtsausdruck änderte sich nicht, und so ließ er es bleiben. »Einer meiner Vorfahren fand das Horn während des Aufruhrs nach dem Tod des Hochkönigs. Er wußte, wie man die Truhe öffnet, aber mit ihm starb auch dieses Wissen im Hundertjährigen Krieg, der das Reich Artur Falkenflügels zersplitterte. Alles, was wir, seine Nachfolger, wußten, war, daß das Horn drinnen lag und wir es sicher aufbewahren mußten, bis das Blut des Hochkönigs zurückkehrte.«

»Ich könnte Euch beinahe Glauben schenken.«

»Glaubt mir, Hochlord. Sobald Ihr das Horn blast ...«

»Verderbt nicht alles, was Ihr vorher an Überzeugungsarbeit geleistet habt. Ich werde das Horn von Valere nicht blasen. Wenn ich nach Seanchan zurückkehre, werde ich es der Kaiserin als den größten meiner erworbenen Schätze präsentieren. Vielleicht wird die Kaiserin selbst das Horn blasen.«

»Aber, Hochlord«, protestierte Fain, »Ihr müßt ...« Er lag plötzlich auf der Seite, und sein Kopf schmerzte fürchterlich. Erst als er wieder klar sehen konnte, sah er, wie sich der Mann mit dem Zopf die Hände rieb, und ihm wurde klar, was geschehen war.

»Es gibt Worte«, sagte der Kerl leise, »die benützt man dem Hochlord gegenüber nicht.«

Fain beschloß in diesem Moment, auf welche Art der Mann sterben würde.

Turak blickte von Fain zurück zum Horn, und zwar so

gelassen, als habe er nichts bemerkt. »Vielleicht schenke ich Euch ebenfalls der Kaiserin, zusammen mit dem Horn von Valere. Ihr amüsiert sie vielleicht — ein Mann, der behauptet, seine Familie sei treu geblieben, obwohl alle anderen ihre Eide brachen oder sie vergaßen.«

Fain verbarg seine neu erwachende Hochstimmung, als er langsam wieder aufstand. Er hatte noch nicht einmal gewußt, daß es eine Kaiserin gab, bevor Turak sie erwähnte, aber wieder Zugang zu einem Herrscher zu haben … das eröffnete neue Möglichkeiten, neue Pläne. Zugang zu einer Herrscherin mit der ganzen Macht Seanchans im Rücken und dem Horn von Valere in Händen. Viel besser, als aus diesem Turak einen König zu machen. Er konnte mit einigen Einzelheiten seines Planes durchaus noch warten. *Vorsichtig. Er soll nicht wissen, wie sehr ich ihn brauche. Nach so langer Zeit wird ein bißchen mehr Geduld nicht wehtun.* »Wie Hochlord wünschen«, sagte er und bemühte sich, wie ein Mann zu klingen, der nur dienen will.

»Ihr scheint übereifrig«, sagte Turak, und Fain wäre beinahe zusammengezuckt, konnte es aber gerade noch verhindern. »Ich werde Euch sagen, warum ich das Horn von Valere nicht blasen und es noch nicht einmal behalten werde, und vielleicht wird das Euren Übereifer dämpfen. Ich will nicht, daß eines meiner Geschenke die Kaiserin durch seine Taten abstößt. Wenn Euer Übereifer nicht gedämpft werden kann, wird er niemals befriedigt werden, denn dann verlaßt Ihr diese Küste nicht. Wißt Ihr, daß derjenige, der das Horn von Valere bläst, für immer daran gebunden ist? Solange er oder sie lebt, ist das Horn für jeden anderen nur ein Musikinstrument.« Er machte nicht den Eindruck, als erwarte er eine Antwort, und er hielt auch nicht inne, um auf eine zu warten. »Ich stehe an zwölfter Stelle in der Rangfolge der Thronfolger. Wenn ich das Horn von Valere für mich behielte, würden alle zwischen mir und der Kaiserin glauben, ich wolle mich damit zum ersten Anwärter auf den Kristallthron machen. Die Kaiserin wünscht natürlich, daß wir im Wettbewerb miteinander danach streben, damit der stärkste und schlaueste von uns ihr Nachfolger wird, aber sie zieht selbst im Moment ihre zweite Tochter vor, und sie würde eine Bedrohung Tuons nicht auf die leichte Schulter nehmen. Wenn ich es bliese und ihr dann meinetwegen dieses Land zu Füßen legte und jede Frau in der Weißen Burg zur *Damane* machte, würde die Kaiserin — möge sie ewig leben — glauben, ich wolle mehr als nur ihr Erbe werden.«

Fain hielt sich gerade noch zurück, bevor er herausplatzte, wie gut die Chancen dafür mit Hilfe des Horns stünden. Aber irgend etwas an der Stimme des Hochlords sagte ihm — auch wenn Fain das kaum glauben konnte —, daß sein Wunsch des ewigen Lebens für die Kaiserin ernst gemeint sei. *Ich muß Geduld haben — wie ein Wurm an der Wurzel.*

»Die Lauscher der Kaiserin könnten überall ihre Ohren haben«, fuhr Turak fort. »Jeder könnte zu ihnen gehören. Huan wurde im Hause Aladon geboren und großgezogen wie seine Familie schon elf Generationen lang vor ihm, und doch könnte sogar er ein Lauscher sein.« Der Mann mit dem Zopf gestikulierte protestierend, riß sich aber sofort wieder zusammen und stand reglos da. »Selbst ein Hochlord oder eine Hochlady findet manchmal heraus, daß seine oder ihre bestgehüteten Geheimnisse den Lauschern bekannt sind, und eines Tages wachen sie auf und befinden sich bereits in den Händen der Sucher nach der Wahrheit. Es ist immer schwer, die Wahrheit herauszufinden, aber die Sucher geizen nicht mit Schmerzen bei ihrer Suche, und sie suchen, solange sie glauben, es sei notwendig. Natürlich geben sie sich große Mühe, daß unter ihrer Obhut kein Hochlord und keine Hochlady stirbt, denn es ist keinem Menschen erlaubt, jemanden zu töten, in dessen Adern das Blut Artur Falkenflügels fließt. Falls die Kaiserin einen solchen Tod befehlen muß, wird der

Unglückliche in einen Sack aus Seide gesteckt, und diesen Sack hängt man über die Brüstung des Turms der Raben und läßt ihn dort hängen, bis er verfault ist. Solche Mühe würde man sich mit jemandem wie Euch nicht geben. Am Hof der Neun Monde in Seandar würde man Euch den Suchern schon übergeben, wenn Ihr nur in die falsche Richtung blickt oder ein falsches Wort sagt — einfach so. Wie steht es nun mit Eurem Eifer?«

Fain brachte seine Knie zum Zittern. »Ich wünsche nur, zu dienen und zu beraten, Hochlord. Ich weiß vieles, was nützlich sein könnte.« Dieser Hof in Seandar schien genau der Ort zu sein, an dem seine Fähigkeiten und seine Pläne auf fruchtbaren Boden fallen würden.

»Bis ich nach Seanchan zurücksegle, werdet Ihr mich mit Berichten von Eurer Familie und ihren Traditionen unterhalten. Es ist eine Erleichterung, in diesem lichtverlassenen Land noch einen zweiten Mann zu finden, der mich unterhalten kann, auch wenn Ihr beide mir Lügen erzählt, wie ich stark vermute. Ihr dürft mich jetzt verlassen.« Es wurde kein weiteres Wort gesprochen, aber das Mädchen mit dem beinahe weißen Haar und dem fast durchscheinenden Kleid kam leichtfüßig hereingeeilt, kniete sich mit gesenktem Kopf neben dem Hochlord nieder und bot ihm eine einzelne dampfende Tasse auf einem lackierten Tablett dar.

»Hochlord«, sagte Fain. Der Mann mit dem Zopf — Huan — nahm ihn beim Arm, doch er riß sich los. Huans Mund verzog sich wütend, als Fain zu seiner bisher tiefsten Verbeugung ansetzte. *Ja, ich werde ihn ganz langsam töten.* »Hochlord, da sind andere, die mich verfolgen. Sie wollen das Horn von Valere rauben. Schattenfreunde und noch schlimmere, Hochlord, und sie können sich kaum mehr als einen oder zwei Tage hinter mir befinden.«

Turak balancierte die dünne Tasse trotz der langen Nägel auf seinen Fingerspitzen und nippte an der schwarzen Flüssigkeit. »In Seanchan sind nicht viele

Schattenfreunde übrig. Diejenigen, die die Arbeit der Sucher nach der Wahrheit überstehen, werden von der Axt des Henkers getroffen. Es könnte ganz amüsant sein, einen Schattenfreund kennenzulernen.«

»Hochlord, sie sind gefährlich. Sie haben Trollocs dabei. Sie werden von jemand angeführt, der sich Rand al'Thor nennt. Ein junger Mann, der jedoch unter dem Schatten so böse geworden ist, daß man es kaum glauben kann. Er hat eine trügerische, verlogene Zunge. An den verschiedensten Orten hat er ganz unterschiedliche Angaben über seine Person gemacht, aber es kommen immer Trollocs nach, wo er sich auch befindet, Hochlord. Immer kommen die Trollocs ... und morden.«

»Trollocs«, meinte Turak nachdenklich. »In Seanchan gab es keine Trollocs. Aber die Heere der Nacht hatten andere Verbündete. Andere — Dinge. Ich habe mich oft gefragt, ob ein *Grolm* es mit einem Trolloc aufnehmen kann. Ich werde Leute ausschicken, um sich nach Euren Trollocs und Schattenfreunden umzusehen, falls nicht auch die erlogen sind. Dieses Land läßt mich noch vor Langeweile ersticken.« Er seufzte und sog die Dämpfe über seiner Tasse ein.

Fain ließ sich von dem grimassenschneidenden Huan aus dem Raum zerren. Er hörte kaum noch hin, als Huan ihm einen Vortrag darüber hielt, was geschehe, wenn er Lord Turak nicht sofort verlasse, nachdem der ihm die Erlaubnis dazu erteilt hatte. Er bemerkte auch kaum, daß er auf die Straße befördert wurde und man ihm eine Münze in die Hand drückte, mit der Anweisung, sich am nächsten Morgen wieder dort einzufinden. Jetzt gehörte Rand al'Thor ihm allein. *Ich werde endlich für das sorgen, daß er stirbt. Und dann wird die Welt dafür bezahlen, was man mir angetan hat.*

Leise kichernd führte er seine Pferde auf der Suche nach einer Schenke in den Ort hinunter.

KAPITEL 12

Stedding Tsofu

Die Hügelkette, die sich vom Fluß herzog, machte nach einem halben Tagesritt einer ebeneren Landschaft mit vereinzelten Wäldern Platz. Die Schienarer hatten ihre Rüstungen immer noch auf den Packpferden. Es gab auf ihrem Weg keine Straßen, nur gelegentliche Fahrspuren von Bauernwagen und ein paar vereinzelte Höfe und Dörfer. Verin verlangte von ihnen, daß sie schneller ritten, und Ingtar gab nach. Er unkte allerdings andauernd, daß sie bestimmt auf eine Finte hereinfielen und daß Fain ihnen niemals gesagt hätte, wohin er wirklich reite, und dann paßte es ihm aber auch wieder nicht, daß sie in entgegengesetzter Richtung zur Toman-Halbinsel ritten. Es war, als glaube ein Teil von ihm die Geschichte, während der andere Teil meinte, die Toman-Halbinsel sei keineswegs einen monatelangen Ritt weit entfernt, außer ausgerechnet auf dem Weg, den sie nun eingeschlagen hatten. Die Flagge mit der Grauen Eule flatterte im Wind über ihnen.

Rand ritt grimmig entschlossen voran. Er vermied jede Unterhaltung mit Verin. Er mußte diese eine Sache hinter sich bringen — Ingtar hätte es seine Pflicht genannt —, und dann wollte er die Aes Sedai ein für allemal loswerden. Perrin schien ähnlicher Laune zu sein. Er starrte beim Reiten stur geradeaus. Als sie schließlich bei schon beinahe völliger Dunkelheit anhielten und ihr Nachtlager an einem Waldrand aufschlugen, fragte Perrin Loial über das *Stedding* aus. Trollocs betraten ein *Stedding* nicht, aber wie stand es mit Wölfen? Loial erwiderte kurz angebunden, daß sich nur Kreaturen des Schattens davor scheuten, ein *Stedding* zu betreten. Und natürlich die Aes Sedai, denn innerhalb konnten sie die Wahre Quelle nicht berühren oder die Eine Macht benützen. Der Ogier selbst schien Stedding Tsofu am liebsten meiden zu wollen. Mat dagegen war der einzige, der darauf schon beinahe verzweifelt versessen war. Seine Haut wirkte, als habe sie ein Jahr lang kein Sonnenlicht mehr abbekommen, und seine Wangen waren eingefallen. Er behauptete aber, er fühle sich danach, auch einen Wettlauf zu bestehen. Verin legte ihm die Hände auf und wandte all ihre Heilkunst an, bevor er sich in seine Decken rollte und dann wieder am Morgen, bevor sie wieder die Pferde bestiegen, aber an seinem Aussehen änderte das nichts. Selbst Hurin zog die Stirn kraus, wenn er Mat ansah.

Die Sonne stand am zweiten Tag hoch am Himmel, als Verin sich plötzlich im Sattel aufrichtete und sich umblickte. Neben ihr fuhr Ingtar zusammen.

Rand konnte an dem Wald, der sie nun umgab, nichts Ungewöhnliches entdecken. Das Unterholz war nicht zu dicht. Sie hatten sich einen bequemen Weg unter dem Blätterdach der Eichen und Hickorybäume, der Schwarzwurzeln und Buchen gesucht. Hier und da stachen eine hohe Kiefer oder ein Lederblattbaum hervor oder auch der weiße Stamm einer Birke. Doch als er ihnen folgte, überlief es ihn mit einem Mal kalt, als sei er mitten im Winter in einen Teich im Wasserwald gesprungen. Es durchfuhr ihn und war wieder weg — nur ein erfrischendes Gefühl blieb zurück. Und auch das stumpfe und entfernte Gefühl, etwas verloren zu haben, obwohl er sich nicht vorstellen konnte, was das sein konnte.

Jeder Reiter zuckte an diesem Fleck zusammen oder gab irgendeinen Laut der Überraschung von sich. Hurin stand der Mund offen, und Uno flüsterte: »Blutige, flammende ...« Dann schüttelte er den Kopf, als wisse er nicht weiter. In Perrins gelben Augen schimmerte eine Erkenntnis.

Loial atmete tief durch. »Es ist ein so … gutes … Gefühl, wieder in einem *Stedding* zu sein.«

Mit gerunzelter Stirn sah sich Rand um. Er hatte erwartet, daß es in einem *Stedding* irgendwie anders aussah, aber abgesehen von diesem kurzen Schauer war der Wald genau der gleiche, durch den sie den ganzen Tag geritten waren. Sicher, da war auch das unvermittelte Gefühl von Frische. Dann trat hinter einer Eiche ein Ogiermädchen hervor.

Sie war kleiner als Loial, aber immer noch einen Kopf größer als Rand. Ansonsten hatte sie die gleiche breite Nase, die großen Augen, den breiten Mund und die behaarten Ohren wie Loial. Ihre Augenbrauen waren allerdings nicht so lang, und neben Loials Gesicht erschienen ihre Züge fein und zierlich und die Haarbüschel auf ihren Ohren dünner. Sie trug ein langes, grünes Kleid und einen grünen, mit Blumen gesäumten Umhang, und in der Hand hielt sie einen Strauß von Silberglöckchen, den sie anscheinend gerade gepflückt hatte. Sie betrachtete sie ruhig und abwartend.

Loial kletterte von seinem großen Pferd und verbeugte sich atemlos. Rand und die anderen taten es ihm nach, wenn auch nicht so überhastet. Selbst Verin neigte den Kopf. Loial nannte ganz förmlich ihre Namen, aber er erwähnte nicht, aus welchem *Stedding* er kam.

Rand war sicher, daß das Ogiermädchen nicht älter als Loial war. Sie musterte sie noch einen Augenblick lang und lächelte dann. »Seid willkommen im Stedding Tsofu.« Ihre Stimme klang wie eine hellere Ausgabe der Loials — das leisere Summen einer etwas kleineren Hummel. »Ich heiße Erith, Tochter der Iva, Tochter der Alar. Seid willkommen. Wir konnten hier so wenige menschliche Besucher begrüßen, seid die Steinwerker Cairhien verließen, und nun kommen gleich so viele auf einmal. Es waren sogar einmal einige vom Fahrenden Volk hier, aber sie gingen natürlich wieder, als … Ach, ich rede zuviel. Ich werde Euch zu den Ältesten bringen.

Nur ...« Sie suchte offensichtlich herauszufinden, wer bei ihnen das Sagen hatte, und schließlich wählte sie Verin aus. »Aes Sedai, Ihr habt so viele Männer dabei und auch noch alle bewaffnet. Könntet Ihr bitte ein paar davon draußen lassen? Vergebt mir, aber es ist immer beunruhigend für uns, wenn sich so viele bewaffnete Menschen auf einmal im *Stedding* aufhalten.«

»Natürlich, Erith«, sagte Verin. »Ingtar, sorgt Ihr bitte dafür?«

Ingtar gab Uno Anweisungen, und so kam es, daß er und Hurin als einzige der Schienarer Erith tiefer ins *Stedding* hinein folgten.

Rand, der wie die anderen sein Pferd am Zügel führte, blickte auf, als Loial sich ihm näherte. Loial sah immer wieder nach vorn, wo Erith und Verin gingen. Hurin schritt zwischen den beiden Gruppen einher und sah sich ständig erstaunt um. Rand war allerdings nicht klar, was er da zu sehen glaubte. Loial bückte sich und sagte leise: »Ist sie nicht schön, Rand? Und ihre Stimme singt.«

Mat schnaubte, aber als Loial ihn fragend anblickte, sagte er: »Sehr hübsch, Loial. Ein bißchen zu groß für meinen Geschmack, weißt du, aber sehr hübsch, da bin ich sicher.«

Loial runzelte unsicher die Stirn, nickte aber dann. »Ja, nicht wahr?« Seine Miene hellte sich auf. »Es ist schon ein richtig gutes Gefühl, sich wieder in einem *Stedding* zu befinden. Nicht, daß mich das Sehnen gepackt hätte, aber trotzdem.«

»Das Sehnen?« fragte Perrin. »Das verstehe ich nicht, Loial.«

»Wir Ogier sind an das *Stedding* gebunden, Perrin. Man sagt, vor der Zerstörung der Welt konnten wir gehen, wohin wir wollten und solange wir wollten, genau wie ihr Menschen, aber nach der Zerstörung hat sich das alles geändert. Die Ogier wurden wie so viele andere Völker in alle Winde zerstreut, und sie konnten kein einziges *Stedding* mehr finden. Alles war anders, verschoben — Berge, Flüsse, sogar die Meere.«

»Das mit der Zerstörung weiß doch jedes Kind«, sagte Mat ungeduldig. »Was hat das mit diesem — Sehnen zu tun?«

»Während des Exils, als wir verloren herumwanderten, überkam uns zum erstenmal dieses Sehnen. Der Wunsch, endlich wieder ein *Stedding* zu finden, wieder in die Heimat zurückzukehren. Viele sind daran zerbrochen und gestorben.« Loial schüttelte traurig den Kopf. »Es sind mehr gestorben, als schließlich überlebten. Als wir endlich die *Stedding* allmählich wiederfanden, eines nach dem anderen, während der Zeit des Paktes der Zehn Nationen, schien es, als hätten wir das Sehnen am Ende doch besiegt, aber es hatte uns verändert, einen Samen in uns gesät. Jetzt ist es so: Wenn ein Ogier sich zu lange draußen aufhält, überkommt ihn das Sehnen wieder. Er wird schwächer, und wenn er nicht zurückkehrt, dann stirbt er.«

»Mußt du eine Weile hier bleiben?« fragte Rand nervös. »Du mußt dich nicht umbringen, nur um mit uns zu kommen.«

»Ich merke schon, wenn es mich überkommt«, lachte Loial. »Es wird lange dauern, bis es so stark ist, daß es mir schaden kann. Na, Dalar zum Beispiel hat zehn Jahre lang bei den Meerleuten gelebt und kein *Stedding* gesehen, und sie ist doch heil zurückgekommen.«

Eine Ogierfrau tauchte aus dem Wald auf, blieb kurze Zeit stehen und unterhielt sich mit Erith und Verin. Sie musterte Ingtar von oben bis unten und schien ihn dann als unwichtig abzutun. Das traf ihn offensichtlich hart. Ihr Blick schweifte über Loial, Hurin und die Emondsfelder, und dann ging sie wieder in den Wald zurück.

Loial schien sich hinter seinem Pferd zu verstecken. »Außerdem«, sagte er, während er ihr vorsichtig über den Sattel hinweg nachspähte, »ist das Leben im *Sted-*

ding langweilig, verglichen mit einer Reise mit drei *Ta'veren*.«

»Mußt du schon wieder damit anfangen?« murmelte Mat. Loial fügte schnell hinzu: »Mit drei Freunden also. Ich hoffe doch, daß ihr meine Freunde seid.«

»Bin ich«, sagte Rand einfach, und Perrin nickte.

Mat lachte. »Jemand, der so schlecht beim Würfelspiel ist, muß doch einfach mein Freund sein.« Er hob entschuldigend die Hände, als Rand und Perrin ihn verständnislos anblickten. »Ist schon in Ordnung. Ich mag dich, Loial. Du bist mein Freund. Fang nur nicht immer mit … Ach, manchmal bist du schon genauso schlimm wie Rand.« Seine Stimme wurde leiser. »Wenigstens sind wir hier in einem *Stedding* in Sicherheit.«

Rand verzog das Gesicht. Er wußte, was Mat damit sagen wollte. *Hier in einem Stedding, wo ich die Macht nicht benützen kann.* Perrin schlug Mat mit der Faust gegen die Schulter, sah aber gleich ganz zerknirscht aus, als Mat ihm mit hohlwangigem Gesicht eine Grimasse schnitt.

Rand bemerkte von allem zuerst die Musik. Unsichtbare Flöten und Fiedeln spielten irgendwo ein fröhliches Lied, und tiefe Stimmen sangen und lachten.

> *Macht das Feld frei bis zum Rain.*
> *Keine Stoppel darf mehr stehn.*
> *Lang könnt ihr uns plagen sehn.*
> *Hier wächst bald ein stolzer Hain!«*

Beinahe im gleichen Moment wurde ihm klar, daß die riesige Gestalt hinter all den Bäumen selbst ein Baum war. Der zerklüftete, mit Balken abgestützte Stamm maß mindestens zwanzig Schritt im Durchmesser. Mit offenem Mund verfolgte er den Verlauf des Stammes nach oben durch das Blätterdach hindurch bis zu ausladenden Ästen, die sich gut hundert Schritt über dem Boden wie ein riesiges Pilzdach ausbreiteten. Und jenseits dieses Baumes standen noch größere.

»Seng mich«, hauchte Mat. »Aus einem von denen kann man bestimmt zehn Häuser machen. Ach, was sage ich: fünfzig.«

»Einen Großen Baum fällen?« Loial war entsetzt und ganz schön wütend. Seine Ohren standen steif und bewegungslos heraus, und die langen Augenbrauen hingen ihm auf die Wangen herunter. »Wir fällen niemals einen der Großen Bäume, außer er stirbt ab, und das geschieht fast nie. Nur wenige haben die Zerstörung überstanden, aber einige der größten waren während des Zeitalters der Legenden bereits kleine Schößlinge.«

»Es tut mir leid«, sagte Mat. »Ich wollte damit nur ausdrücken, wie groß sie sind. Ich werde deine Bäume nicht anrühren.« Loial nickte und schien beruhigt.

Nun erschienen unter den Bäumen weitere Ogier. Die meisten schienen sich auf ihre augenblicklichen Beschäftigungen zu konzentrieren. Obwohl alle die Neuankömmlinge musterten und ihnen freundlich zunickten oder sich sogar verbeugten, blieb keiner stehen und unterhielt sich mit ihnen. Ihre Bewegungen stellten eine eigenartige Mischung von zielbewußter Sachlichkeit mit beinahe kindlicher Verspieltheit dar. Es gefiel ihnen, zu sein, was sie eben waren und wo sie waren, und sie schienen mit sich und ihrer gesamten Umgebung im Einklang zu stehen. Rand ertappte sich dabei, daß er sie beneidete.

Nur wenige der männlichen Ogier waren größer als Loial, aber es war leicht, die älteren Männer zu erkennen: Allesamt hatten sie Schnurrbärte, die auf beiden Seiten genauso lang waren wie die herunterhängenden Augenbrauen und sie trugen dazu noch Spitzbärte. Alle jüngeren Männer waren wie Loial glattrasiert. Viele Männer liefen in Hemdsärmeln umher und trugen Schaufeln und Hacken oder Sägen und Eimer voll Pech. Die anderen trugen einfache hochgeschlossene Mäntel, die über Kniehöhe herausstanden wie ein Kilt. Die Frauen schienen aufgestickte Blumen zu bevorzugen, und

viele trugen auch Blumen im Haar. Allerdings sah man die bestickten Mäntel nur bei jungen Frauen, während bei den älteren auch die Kleider so verziert waren. Ein paar grauhaarige Frauen trugen Kleider, die vom Hals bis zum Rocksaum mit Blumen und Ranken bestickt waren. Eine Handvoll der Ogier — meist Frauen und Mädchen — schenkten Loial besondere Aufmerksamkeit. Er lief stur geradeaus, doch je weiter sie kamen, desto lebhafter zuckten seine Ohren.

Rand schreckte auf, als er einen Ogier anscheinend direkt aus dem Boden auftauchen sah. Er kam aus einer dieser mit Gras und Wildblumen bewachsenen Erhebungen heraus, die überall zwischen den Bäumen zu sehen waren. Dann bemerkte er Fenster in diesen Erhebungen, und an einem davon stand eine Ogierfrau, die offensichtlich gerade Teig ausrollte. Erst jetzt wurde ihm klar, daß er Ogierhäuser vor sich hatte. Die Fenster waren aus blankem Stein herausgehauen, aber sie wirkten ganz natürlich, als seien sie generationenlang durch Wind und Wasser geformt worden.

Die Großen Bäume mit ihren mächtigen Stämmen und Wurzeln, so dick wie Pferde, brauchten einen ziemlichen Abstand zueinander, um sich nicht gegenseitig Licht und Luft zu nehmen. Trotzdem wuchsen gleich mehrere davon in dieser Ogierstadt. Aus Erde aufgeschüttete Rampen führten über die Wurzeln. Von den Wegen abgesehen ließ nur ein Merkmal darauf schließen, daß man sich hier in einer Stadt befand und nicht mehr bloß im Wald: In der Mitte des Ortes befand sich eine weite Lichtung um den Stumpf eines der großen Bäume herum. Dieser Stumpf hatte einen Durchmesser von beinahe hundert Schritt. Seine Oberfläche war glatt wie ein Tanzboden, und an mehreren Stellen führten Stufen hinauf. Rand stellte sich vor, wie hoch dieser Baum gewesen sein mußte. Dann sagte Erith so laut, daß alle es verstehen konnten: »Da sind unsere anderen Gäste.«

Drei menschliche Frauen kamen um den riesigen Baumstumpf herum auf sie zu. Die jüngste von ihnen trug eine Holzschüssel.

»Aiel«, sagte Ingtar. »Töchter des Speers. Gut, daß ich Masema mit den anderen zurückgelassen habe.« Doch er trat ein Stück von Erith und Verin weg und griff über die Schulter nach hinten, um das Schwert in der Scheide zu lockern.

Rand musterte die Aiel nervös, aber neugierig. Sie waren, was viele Leute ihm zugeschrieben hatten. Zwei der Frauen waren erwachsen, die dritte kaum mehr als ein Mädchen. Aber alle drei waren ziemlich groß für eine Frau. Der Farbton ihrer Haare war unterschiedlich — von Rotbraun bis Blond —, und sie trugen die Haare kurz geschnitten mit einem dünnen, schulterlangen Pferdeschwanz hinten. Ihre weiten Hosen hatten sie in weiche Stiefelschäfte geschoben, und ihre Kleidung war entweder braun oder grau oder grün, auf jeden Fall so, meinte Rand, daß sie sich von Felsen oder Bäumen kaum mehr abhob als der Umhang eines Behüters. Über ihre Schultern standen die Spitzen kurzer Bogen hervor. An ihren Gürteln hingen Köcher und lange Messer und jede trug einen kleinen, runden Lederschild und ein Bündel Wurfspeere mit kurzen Schäften und langen Spitzen. Selbst die jüngste unter ihnen bewegte sich mit einer Geschmeidigkeit, die darauf hindeutete, daß sie mit ihren Waffen gut umgehen konnte.

Mit einem Mal entdeckten die Frauen die anderen Menschen. Die Tatsache, daß sie überrascht wurden, schien sie wohl am meisten zu beeindrucken, aber sie bewegten sich blitzschnell. Die jüngste rief: »Schienarer!« und drehte sich um, damit sie die Schüssel vorsichtig hinter sich abstellen konnte. Die anderen beiden nahmen schnell braune Tücher von ihren Schultern und wickelten sie sich statt dessen um die Köpfe. Die älteren Frauen zogen dann schwarze Schleier über ihre Gesichter, die alles bis auf die Augen verbargen, während die jüngste sich aufrichtete, um es ihnen anschließend gleichzutun. Geduckt näherten sie sich ihnen mit kurzen, gleichmäßigen Schritten, die Schilde und die Speerbündel vor sich haltend. Jede hielt einen Speer wurfbereit in der freien Hand.

Ingtar zog sein Schwert. »Haltet Abstand! Aes Sedai. Ihr auch, Erith.« Hurin schnappte sich den Schwertbrecher und konnte sich nicht entschließen, was er in die andere Hand nehmen sollte: Keule oder Schwert. Nach einem Blick auf die Speere der Aiel wählte er schließlich das Schwert.

»Das dürft Ihr nicht!« protestierte das Ogiermädchen. Sie rang die Hände und wandte sich erst Ingtar zu, dann den Aiel und dann wieder Ingtar. »Tut das nicht!«

Rand wurde erst jetzt klar, daß er das Reiherschwert in der Hand hielt. Perrin hatte seine Axt halb aus der Gürtelschlaufe gezogen, zögerte aber und schüttelte den Kopf.

»Seid ihr zwei verrückt geworden?« wollte Mat wissen. Sein Bogen hing nach wie vor auf seinem Rücken. »Es ist mir gleich, ob es Aiel sind — aber es sind Frauen!«

»Hört auf!« Verin griff in das Geschehen ein. »Hört sofort mit diesem Unsinn auf!« Die Aiel kamen der Aufforderung nicht nach, und die Aes Sedai ballte wütend die Fäuste.

Mat schob sich nach hinten weg und stellte einen Fuß in den Steigbügel. »Ich verlasse euch«, verkündete er. »Hört ihr mich? Ich bleibe nicht solange, daß sie mich mit diesen Dingern aufspießen können, und ich werde nicht auf eine Frau schießen!«

»Der Pakt!« schrie Loial. »Denkt an den Pakt!« Das zeitigte auch nicht mehr Wirkung als Verins und Eriths wiederholte Aufforderungen.

Rand bemerkte, daß sich sowohl die Aes Sedai als auch das Ogiermädchen aus der Schußlinie der Aiel heraushielten. Er fragte sich, ob Mats Einfall der richtige gewesen war. Er war sich nicht sicher, ob er einer Frau weh tun konnte, auch wenn sie versuchte, ihn zu töten. Den Ausschlag gab aber schließlich die Feststellung, daß sich die Aiel nur noch etwa dreißig Schritt vor ihm befanden und er wohl kaum noch die Zeit hatte, den Braunen zu erreichen und aufzusteigen. Er vermutete, daß diese kurzen Speere durchaus über dreißig Schritt hinweg ihr Ziel treffen konnten. Als sich die Frauen immer noch geduckt und kampfbereit weiter näherten, machte er sich bald keine Gedanken mehr darüber, ihnen nicht weh zu tun, sondern eher, wie er sie davon abhalten konnte, ihm weh zu tun.

Nervös suchte er nach dem Nichts und fand es schnell. Außerhalb driftete der entfernte Gedanke, daß es tatsächlich nur das Nichts war. Das Glühen von *Saidar* fehlte. Die Leere war leerer als je zuvor, größer, wie ein Hunger, der gewaltig genug war, ihn zu verzehren. Ein Hunger nach mehr; da *mußte* doch noch etwas anderes kommen.

Plötzlich trat ein Ogier mit bebendem Spitzbart zwischen die beiden Gruppen. »Was hat das zu bedeuten? Legt die Waffen beiseite!« rief er betroffen. »Ihr« — sein Blick erfaßte Ingtar und Hurin, Rand und Perrin und trotz seiner leeren Hände auch Mat — »habt ja noch eine Entschuldigung, aber ihr —« und damit trat er auf die Aielfrauen zu, die ihren Vormarsch beendet hatten, »habt ihr etwa den Pakt vergessen?«

Die Frauen zogen so hastig die Schleier und Tücher von Gesichtern und Köpfen, daß man glauben konnte, sie wollten vergessen machen, wie sie diese vorher bedeckt hatten. Das Gesicht des Mädchens glühte, und die anderen Frauen blickten zerknirscht drein. Eine der beiden älteren Frauen, die mit dem rötlichen Haar, sagte: »Vergebt uns, Baumbruder. Wir würdigen den Pakt, und wir hätten auch nicht blankgezogen, befänden wir uns nicht im Lande der Baumtöter, wo sich jede Hand gegen uns erhebt, und wenn wir nicht bewaffnete Männer ge-

227

sehen hätten.« Rand sah, daß ihre Augen genauso grau waren wie seine.

»Ihr befindet euch in einem *Stedding*, Rhian«, sagte der Ogier sanft. »Jeder ist in einem *Stedding* sicher und geborgen, kleine Schwester. Hier gibt es keinen Kampf und es wird keine Hand gegen einen anderen erhoben.« Sie nickte verschämt, und der Ogier wandte sich Ingtar und den anderen zu.

Ingtar steckte sein Schwert zurück, und Rand folgte seinem Beispiel, wenn auch nicht so schnell wie Hurin, der beinahe genauso verlegen wirkte wie die Aiel. Perrin hatte seine Axt sowieso nicht ganz herausgezogen. Als er die Hand vom Schwertgriff nahm, ließ Rand das Nichts fahren, und er schauderte. Das Nichts verflog, doch es hinterließ ein schwaches Echo von Leere in seinem Inneren und die Sehnsucht, sie durch irgend etwas auszufüllen.

Der Ogier wandte sich zu Verin und verbeugte sich. »Aes Sedai, ich heiße Juin, Sohn des Lacel, Sohn des Laud. Ich bin gekommen, um Euch zu den Ältesten zu führen. Sie wollen wissen, warum sich eine Aes Sedai zu uns begibt, noch dazu mit Bewaffneten und einem unserer eigenen Jünglinge.« Loial zog die Schultern ein, als wolle er am liebsten verschwinden.

Verin warf den Aiel einen bedauernden Blick zu, als hätte sie sich gern mit ihnen unterhalten, bedeutete dann aber doch Juin, er solle vorangehen. Er führte sie ohne weiteren Kommentar und auch ohne Loial anzublicken fort.

Eine Moment lang standen Rand und die anderen den drei Aielfrauen nervös gegenüber. Zumindest fühlte sich Rand nervös. Ingtar erschien ihm dagegen unbeweglich wie ein Fels in der Brandung und genauso ausdruckslos. Die Aiel hatten wohl die Schleier von den Gesichtern genommen, aber die Speere trugen sie immer noch in der Hand, und sie musterten die vier Männer, als wollten sie in ihr Inneres blicken. Besonders

Rand war das Ziel immer zornigerer Blicke. Er hörte, wie die jüngste der drei murmelte: »Er trägt ein Schwert«, und es klang wie ein Gemisch von Grauen und Verachtung. Dann gingen die drei wieder. Eine bückte sich, um die Holzschüssel wieder aufzuheben, und beim Weggehen sahen sie sich nach hinten um, bis sie schließlich unter den Bäumen verschwunden waren.

»Töchter des Speers«, knurrte Ingtar. »Ich habe nicht geglaubt, daß sie noch aufzuhalten sind, nachdem sie die Schleier angelegt hatten. Jedenfalls nicht einiger Worte wegen.« Er sah Rand und seine beiden Freunde an. »Ihr solltet einmal einen Angriff der Roten Schilde oder der Steinsoldaten erleben. Den hält man genauso leicht auf wie eine Lawine.«

»Sie konnten doch den Pakt nicht brechen, nachdem sie an ihn erinnert wurden«, sagte Erith lächelnd. »Sie kamen, um Besungenes Holz zu erwerben.« In ihrer Stimme klang nun Stolz mit. »Wir haben im Stedding Tsofu zwei Baumsänger! Und die sind heutzutage selten. Ich habe wohl gehört, daß Stedding Schangtai einen jungen, hochtalentierten Baumsänger haben soll, aber bei uns gibt es gleich zwei davon.« Loial lief rot an, aber sie schien es nicht zu bemerken. »Wenn Ihr nun mit mir kommt, zeige ich Euch, wo Ihr warten könnt, bis die Ältesten alles ausdiskutiert haben.«

Während sie hinter ihr herliefen, murmelte Perrin: »Besungenes Holz, ha! Diese Aiel suchen nach Dem, Der Mit Der Morgendämmerung Kommt.«

Und Mat fügte lakonisch hinzu: »Sie suchen nach dir, Rand!«

»Nach mir? Das ist doch verrückt. Wieso glaubst du ...«

Er schwieg, denn nun führte sie Erith die Stufen zu einem mit Wildblumen bewachsenen Haus hinunter, das offensichtlich für menschliche Gäste reserviert war. Die Zimmer maßen zwanzig Schritt von Wand zu Wand. Die bemalte Decke befand sich gute zwanzig

Spannen über dem Boden. Trotzdem hatten die Ogier sich alle Mühe gegeben, daß sich Menschen darinnen wohlfühlen konnten. Die Möbel waren vielleicht ein wenig zu groß, die Stühle ein wenig zu hoch, so daß die Füße in der Luft baumelten, und die Tischfläche befand sich über Rands Hüfthöhe. Hurin hätte tatsächlich, ohne sich bücken zu müssen, in den gemauerten Kamin hineinlaufen können. Der Kamin machte irgendwie den Eindruck, er sei von Wasser ausgewaschen worden und nicht von Maurern zusammengefügt. Erith sah Loial zweifelnd an, doch der winkte nur ab und zog einen der Stühle in die Ecke hinüber, die man von der Tür aus am schlechtesten überblicken konnte.

Sobald das Ogiermädchen weg war, zog Rand Mat und Perrin auf die Seite. »Was meint ihr damit, daß sie nach mir suchen? Weswegen? Sie haben mich sehr wohl gesehen und sind dann fortgegangen.«

»Sie haben dich angeschaut«, sagte Mat grinsend, »als hättest du einen Monat lang nicht mehr gebadet und dich außerdem mit Schafspisse eingerieben.« Sein Grinsen verflog. »Aber sie könnten wirklich nach dir suchen. Wir haben da einen anderen Aiel kennengelernt.«

Rand lauschte mit wachsendem Erstaunen ihrer Erzählung über die Begegnung an Brudermörders Dolch. Mat führte das Wort, und Perrin warf gelegentlich etwas ein, dämpfte den Freund, wenn der etwas zu übertrieben ausschmückte. Mat trug dick auf, wie gefährlich der Aielkrieger gewesen sei und wie es beinahe zum Kampf gekommen wäre.

»Und da du der einzige Aiel bist, den wir kennen«, endete er, »na ja, du könntest es durchaus sein. Ingtar meint, die Aiel leben alle im Gebiet ihrer Wüste, also bist du ja wohl der einzige, der in Frage kommt.«

»Ich finde das gar nicht lustig, Mat«, grollte Rand. »Ich bin kein Aiel.« *Die Amyrlin hat gesagt, du wärst einer. Ingtar glaubt das auch. Tam sagte ... Aber er war krank, hatte Fieber.* Sie hatten ihm seine eingebildeten Wurzeln abgesägt, die Aes Sedai und Tam, obwohl Tam zu krank gewesen war, um zu wissen, was er sagte. Seither wurde er wie ein Blatt im Wind umhergewirbelt. Dann hatten sie ihm einen neuen Halt geboten. Falscher Drache. Aiel. So was konnte er nicht als Wurzeln seines Lebens akzeptieren. So was nicht. »Vielleicht gehöre ich eben zu niemandem. Aber die Zwei Flüsse sind meine einzige Heimat.«

»Ich habe doch gar nichts andeuten wollen«, protestierte Mat. »Es ist einfach ... Seng mich, Ingtar behauptet, du seist ein Aiel. Masema ist der gleichen Meinung. Urien könnte dein Vetter gewesen sein, und wenn man Rhian in ein Kleid steckt und sagt, sie sei deine Tante, dann würdest du das selber glauben. Ach, ist schon gut. Schau mich nicht so an, Perrin. Wenn er darauf bestehen will, daß er keiner ist, na gut. Was macht das schon aus?« Perrin schüttelte den Kopf.

Ogiermädchen brachten Wasser und Waschlappen und Handtücher, damit sie sich Hände und Gesichter waschen konnten, und dann Käse und Obst und Wein in Zinnkrügen, die ein wenig zu groß waren, um sie bequem in der Hand halten zu können. Auch andere Ogierfrauen kamen. Ihre Kleidung war vollständig und reich bestickt. Eine nach der anderen erschien, ein Dutzend insgesamt, und sie fragten, ob sich die Menschen wohlfühlten und ob sie etwas brauchten. Jede wandte sich kurz vor dem Gehen Loial zu. Er antwortete respektvoll, doch kürzer angebunden, als ihn Rand je erlebt hatte. Er stand da und hatte ein holzgebundenes Buch von Ogierformat wie einen Schild an die Brust gedrückt. Wenn sie weg waren, kauerte er sich auf seinen Stuhl und hielt sich das Buch vors Gesicht. Die Bücher in diesem Haus waren als einziges nicht für Menschenhände gemacht.

»Schnuppert mal diese Luft, Lord Rand«, sagte Hurin und er atmete lächelnd tief ein. Seine Füße baumelten ein Stück über dem Boden, und er schwang sie hoch und runter wie ein Lausejunge. »Ich habe ja nicht geglaubt, daß es *überall* stinkt, aber hier ... Lord Rand, ich glaube nicht, daß hier schon *jemals* jemand getötet worden ist. Noch nicht einmal verletzt, außer bei einem Unfall.«

»Man sagt ja, die *Stedding* seien ein sicherer Hort für jedermann«, sagte Rand. Er beobachtete Loial. »Jedenfalls wird das in den Geschichten so erzählt.« Er schluckte noch einen letzten Brocken Quark hinunter und ging zu dem Ogier hinüber. Mat folgte ihm mit einem Krug in der Hand. »Was ist los, Loial?« fragte Rand. »Du bist so nervös wie eine Katze im Hundezwinger, seit wir hier ankamen.«

»Es ist nicht wichtig«, meinte Loial und beäugte mißtrauisch die Tür.

»Fürchtest du, sie könnten herausbekommen, daß du das Stedding Schangtai ohne offizielle Erlaubnis der Ältesten verlassen hast?«

Loial blickte sich ängstlich um. Die Haarbüschel auf seinen Ohren vibrierten. »Sag so was nicht«, zischte er. »Nicht hier, wo jemand zuhören könnte. Wenn sie das herausfinden ...« Mit einem schweren Seufzer sackte er in sich zusammen und sah erst Rand und dann Mat an. »Ich weiß nicht, wie das bei euch Menschen ist, aber bei uns Ogiern ... Wenn ein Mädchen einen Jungen sieht, der ihr gefällt, geht sie zu ihrer Mutter. Manchmal sieht auch die Mutter jemanden, den sie für geeignet hält. Auf jeden Fall: Sollten sie sich einig sein, dann geht die Mutter zu der Mutter des Jungen, und bevor sich der Bursche umsehen kann, ist bereits seine Hochzeit arrangiert.«

»Hat der Junge dabei gar nichts zu melden?« fragte Mat ungläubig.

»Nichts. Die Frauen behaupten immer, wenn man es uns überließe, würden wir vermutlich die Bäume heiraten.« Loial rutschte auf seinem Stuhl hin und her und verzog das Gesicht dabei. »Die Hälfte unserer Hochzeiten finden zwischen Mitgliedern verschiedener *Stedding* statt. Gruppen junger Ogier besuchen ein *Stedding* nach dem anderen, um die Mädchen zu sehen und um gesehen zu werden. Wenn sie herausbekommen, daß ich mich ohne Erlaubnis draußen befinde, werden die Ältesten wahrscheinlich beschließen, daß ich eine Frau brauche, um zur Ruhe zu kommen. Bevor ich mich umdrehen kann, schicken sie dann eine Botschaft zum Stedding Schangtai an meine Mutter, und die kommt her und sorgt dafür, daß ich verheiratet bin, bevor sie sich noch den Reisestaub abwäscht. Sie hat schon immer gesagt, ich sei zu vorschnell und brauche eine Frau. Ich glaube, sie hat Ausschau gehalten, als ich mich verzog. Welche Frau sie auch für mich auswählt ... na ja, überhaupt jede Frau wird mich anbinden, damit ich nicht mehr nach draußen gehe, bevor mein Bart grau ist. Ehefrauen meinen immer, man solle keinen Mann nach draußen lassen, bevor er nicht reif genug ist, sein Temparament zu zügeln.«

Mat lachte so schallend los, daß alle ihn anschauten, aber auf Loials verzweifeltes Gestikulieren hin sagte er leise: »Bei uns wählen die Männer selbst aus, und keine Frau kann einen Mann davon abhalten zu tun, was er tun will.«

Rand runzelte die Stirn. Er erinnerte sich daran, wie ihm Egwene immer gefolgt war, als sie beide noch klein waren. Als sie das bemerkte, hatte Frau al'Vere besonderes Interesse für ihn entwickelt und die anderen Jungen nicht mehr so beachtet. Später dann tanzten bei Festen einige Mädchen mit ihm und andere nicht. Eigenartig daran war nur, daß Egwenes Freundinnen mit ihm tanzten, doch die Mädchen, die sie nicht leiden konnte, wollten nicht. Er erinnerte sich auch schwach daran, wie Frau al'Vere Tam auf die Seite gezogen und mit ihm gesprochen hatte — *Und sie nörgelte darüber, daß Tam keine Frau hatte, an die sie sich wenden könne!* —, und danach hatten Tam und alle anderen so getan, als seien er und

Egwene einander versprochen, obwohl sie ja nicht vor dem Frauenzirkel gekniet und die entsprechenden Worte gesagt hatten. Er hatte die Dinge früher auch nie von dieser Warte aus betrachtet; zwischen ihm und Egwene war alles eigentlich ganz selbstverständlich abgelaufen. Es war eben so.

»Ich glaube, bei uns geschieht es auf die gleiche Weise«, knurrte er, und als Mat lachte, fügte er hinzu: »Erinnerst du dich an irgend etwas, was dein Vater getan hat, obwohl deine Mutter etwas dagegen hatte?« Mat öffnete grinsend den Mund, zog jedoch dann die Augenbrauen hoch und schloß ihn wieder.

Juin kam die Treppe von draußen herunter. »Würdet Ihr bitte alle mitkommen? Die Ältesten möchten Euch sehen.« Er sah Loial nicht direkt an, doch der ließ vor Schreck trotzdem beinahe sein Buch fallen.

»Falls die Ältesten versuchen, dich zum Bleiben zu zwingen«, sagte Rand, »werden wir sagen, daß wir dich unbedingt zum Weiterkommen brauchen.«

»Ich wette, es hat überhaupt nichts mit dir zu tun«, sagte Mat. »Ich schätze, sie wollen uns nur mitteilen, daß wir das Wegetor benützen können.« Er schüttelte sich, und seine Stimme wurde noch leiser: »Wir müssen doch, oder?« Es war nicht als Frage gemeint.

»Entweder bleiben und heiraten oder durch die Kurzen Wege reisen.« Loial verzog resignierend das Gesicht. »Wenn man *Ta'veren* zum Freund hat, ist das Leben ziemlich riskant.«

KAPITEL 13

Der Ältestenrat

Als sie in Juins Schlepptau durch die Ogierstadt schritten, bemerkte Rand, daß Loial immer nervöser wurde. Loials Ohren waren genauso steif wie sein Rücken. Er machte große Augen, sobald er nur sah, daß ihn ein anderer Ogier musterte. Besonders die Frauen und Mädchen schienen ihn nervös zu machen, und eine ganze Menge von denen nahm durchaus Notiz von ihm. Er wirkte, als schritte er zu seiner Hinrichtung.

Der bärtige Ogier deutete auf eine breite Treppe, die hinunter in eine grasbewachsene Erhebung führte. Sie war viel größer als alle anderen. Man konnte sie ohne weiteres als Hügel bezeichnen. Direkt dahinter stand einer der Großen Bäume.

»Warum wartest du nicht hier draußen, Loial?« fragte Rand. »Die Ältesten —« begann Juin.

»— wollen wahrscheinlich nur uns Menschen sehen«, beendete Rand den angefangenen Satz.

»Warum lassen sie ihn nicht in Ruhe?« warf Mat ein.

Loial nickte lebhaft. »Ja. Ja. Ich glaube ...« Eine größere Gruppe von Ogierfrauen beobachtete ihn — von weißhaarigen Großmüttern bis zu Töchtern in Eriths Alter. Die ganze Gruppe unterhielt sich, aber ihre Blicke ruhten auf ihm. Seine Ohren zuckten. Er betrachtete die breite Tür, zu der die Stufen hinunterführten, und dann nickte er wieder. »Ja, ich werde mich hier draußen hinsetzen und lesen. Genau. Ich werde lesen.« Er griff in seine Manteltasche und zog ein Buch hervor. Er setzte sich auf den Abhang neben die Treppe, schlug das bei ihm zierlich wirkende Buch auf und begann, scheinbar konzentriert zu lesen. »Ich werde hier sitzen bleiben, bis ihr wieder herauskommt.« Seine Ohren zuckten wieder, als könne er die Blicke der Frauen fühlen.

Juin schüttelte den Kopf, doch dann zuckte er die Achseln und deutete nochmals auf die Treppe. »Bitte schön. Die Ältesten warten.«

Der enorm große, fensterlose Raum im Inneren des Hügels wies Ogiermaße auf. Die Decke mit ihren mächtigen Holzbalken befand sich wenigstens dreißig Spannen über dem Boden. Dieser Raum hätte — zumindest, was die Größe betraf — in jeden Palast gepaßt. Die sieben Ogier, die auf dem Podest direkt vor der Tür saßen, ließen ihn durch ihre eigene Größe etwas kleiner erscheinen, doch Rand hatte immer noch das Gefühl, er stünde in einer Höhle. Der dunkle Fußboden war aus glatt ausgetretenen, unregelmäßig geformten und verschieden großen Steinen zusammengesetzt. Die grauen Wände hätten ohne weiteres auch zu einer unbehauenen Felswand gehören können. Und die Deckenbalken, obwohl bearbeitet, sahen wie große Wurzelstöcke aus.

Verin saß auf einem Stuhl mit gerader, hoher Lehne vor dem Podest. Ansonsten waren die schweren, in Rankenform geschnitzten Stühle der Ältesten die einzigen Möbelstücke. In der Mitte des Podestes thronte eine Ogierfrau auf einem etwas höheren Stuhl; zu ihrer Linken saßen drei bärtige Männer in langen, weiten Mänteln, und zu ihrer Rechten drei Frauen, die genauso gekleidet waren wie sie und deren Kleider ebenfalls vom Kragen bis zum Saum mit Ranken und Blumen bestickt waren. Die Gesichter aller waren alt, die Haare rein weiß bis zu den Büscheln auf den Ohren hin, und sie waren von einer Aura erhabener Würde umgeben.

Hurin bestaunte sie ganz offen, und auch Rand hatte das Gefühl, sie anstarren zu müssen. Nicht einmal Verin war die Weisheit so deutlich anzusehen wie den riesigen Augen dieser Ältesten, und Morgase wäre ihnen an Autorität trotz ihrer Krone unterlegen gewesen, genau wie Moiraine ihrer Ruhe und Ausgeglichenheit nichts entgegenzusetzen gehabt hätte. Ingtar verbeugte sich als erster, und zwar so feierlich, wie es Rand bei ihm noch nicht erlebt hatte, während die anderen noch wie angewurzelt dastanden.

Als sie schließlich dann doch neben Verin bereitstanden, stellte sich die Ogierfrau auf dem höchsten Stuhl vor: »Ich heiße Alar, Älteste der Ältesten des Steddings Tsofu. Verin hat uns gesagt, daß Ihr das Wegetor bei uns benützen müßt. Schattenfreunden das Horn von Valere abzujagen ist freilich eine wichtige Aufgabe, aber wir haben mehr als hundert Jahre lang niemandem mehr gestattet, die Kurzen Wege zu betreten. Weder wir noch die Ältesten eines anderen *Steddings*.«

»Ich werde das Horn aufspüren«, sagte Ingtar trotzig. »Ich muß. Falls Ihr uns nicht gestattet, das Wegetor zu benützen ...« Er schwieg, als Verin ihn anblickte, doch der Trotz stand weiterhin auf seinem Gesicht geschrieben.

Alar lächelte. »Seid nicht so voreilig, Schienarer. Ihr Menschen nehmt Euch nie die Zeit zum Nachdenken. Nur Beschlüsse, die man in Ruhe fällt, treffen den Kern einer Sache.« Ihr Lächeln verflog, und sie blickte ernst drein. Ihre Stimme klang genauso ruhig und getragen wie vorher. »Man kann den Gefahren in den Kurzen Wegen nicht mit dem Schwert in der Hand gegenübertreten, so wie man sich gegen angreifende Aiel oder wütende Trollocs zur Wehr setzen würde. Ich muß Euch darauf aufmerksam machen, daß Ihr mit dem Betreten der Wege nicht nur Tod und Wahnsinn riskiert, sondern vielleicht sogar Eure Seelen aufs Spiel setzt.«

»Wir haben *Machin Shin* bereits erlebt«, sagte Rand, und Mat und Perrin stimmten ihm zu. Sie brachten es allerdings nicht fertig, so zu wirken, als seien sie erpicht auf eine neue Begegnung.

»Ich werde dem Horn auch bis zum Shayol Ghul selbst folgen, wenn es sein muß«, sagte Ingtar entschlossen. Hurin nickte nur, als fühle er sich in Ingtars Schwur mit eingeschlossen.

»Bringt Trayal«, befahl Alar, und Juin, der an der Tür stehengeblieben war, verbeugte sich und ging. »Es ist nicht genug, nur zu hören, was geschehen kann«, sagte sie zu Verin. »Ihr müßt es sehen und im Innersten fühlen.«

Es herrschte nervöses Schweigen, bis Juin zurückkehrte, und die Nervosität stieg noch, als hinter ihm zwei Ogierfrauen hereinkamen, die einen Ogiermann mittleren Alters mit dunklem Bart hereinführten. Er schlurfte zwischen ihnen einher, als wisse er nicht genau, wie seine Beine zu bewegen seien. Sein Gesicht war schlaff und absolut ausdruckslos und seine großen Augen wirkten leer. Sie blickten durch alles hindurch und schienen nichts wahrzunehmen. Eine der Frauen wischte ihm sanft Speichel aus dem Mundwinkel. Sie nahmen ihn bei den Armen, damit er stehenblieb. Sein Fuß bewegte sich noch vorwärts, zögerte und fiel dann deutlich hörbar auf den Boden. Er schien es genauso zufrieden zu sein, einfach nur dazustehen, wie zu gehen. Zumindest war es ihm gleichgültig.

»Trayal war einer der letzten von uns, die durch das Wegetor gingen«, sagte Alar leise. »Er kam so zurück, wie Ihr ihn hier seht. Berührt Ihr ihn einmal, Verin?«

Verin sah sie lange an, dann stand sie auf und ging zu Trayal hinüber. Er rührte sich nicht, als sie ihm die Hände auf die breite Brust legte. Nicht einmal ein Blick von ihm zeigte, daß er ihre Berührung überhaupt bemerkte. Mit einem Zischen zuckte sie zurück, blickte zu ihm auf und wirbelte herum. Sie sah die Ältesten an. »Er ist ... leer. Sein Körper lebt, doch in ihm ist nichts. Gar nichts.« Alle Ältesten blickten unendlich traurig drein.

»Nichts«, sagte eine der Ältesten zu Alars Rechten leise. Aus ihren Augen sprach all der Schmerz, den Trayal nicht mehr empfinden konnte. »Kein Verstand. Keine Seele. Es blieb nichts von Trayal als sein Körper.«

238

»Er war ein guter Baumsänger«, seufzte einer der Männer.

Alar gab ein Handzeichen, und die beiden Frauen drehten Trayal um. Sie mußten ihn erst wieder in Bewegung setzen, damit er zur Tür ging.

»Wir kennen die Risiken«, sagte Verin. »Aber wie gefährlich es auch immer sein mag — wir müssen dem Horn von Valere folgen.«

Die Älteste nickte. »Das Horn von Valere. Ich weiß nicht, was schlimmer ist: daß es sich in der Hand von Schattenfreunden befindet oder daß es überhaupt aufgetaucht ist.« Sie blickte die Reihe der Ältesten an, und alle nickten zustimmend, auch wenn einer der Männer zuerst zweifelnd an seinem Bart zupfte. »Also gut. Verin sagte mir, daß die Zeit drängt. Ich werde Euch selbst zum Wegetor begleiten.« Rand fühlte sich teils erleichtert, teils fürchtete er sich auch, da fügte sie hinzu: »Ihr habt einen jungen Ogier dabei. Loial, Sohn des Arent, Sohn des Halan, aus dem Stedding Schangtai. Er ist weit weg von seiner Heimat.«

»Wir brauchen ihn«, sagte Rand schnell. Er sprach langsamer, als ihn die Ältesten und Verin erstaunt ansahen, aber trotzig fuhr er fort: »Wir brauchen ihn bei uns, und er will auch bei uns bleiben.«

»Loial ist unser Freund«, sagte Perrin, und zur gleichen Zeit erklärte Mat: »Er ist uns nicht im Weg, und er sorgt schon für sich selbst.« Die beiden fühlten sich unter der plötzlichen Aufmerksamkeit der Ältesten sichtlich unwohl, aber sie machten keinen Rückzieher.

»Gibt es einen Grund, warum er nicht mit uns kommen kann?« fragte Ingtar. »Wie Mat schon sagte, hält er sich gut. Ich weiß nicht, wozu wir ihn brauchen, aber wenn er mitkommen will, warum ...«

»Wir brauchen ihn«, unterbrach ihn Verin in verbindlichem Tonfall. »Nur noch wenige kennen die Kurzen Wege, aber Loial hat sich lange mit ihnen beschäftigt. Er kann auch die Wegweiser entziffern.«

Alar sah einen nach dem anderen an. Dann kehrte ihr Blick zu Rand zurück. Lange musterte sie ihn. Sie wirkte, als wisse sie über alles Bescheid. Auch die anderen erweckten diesen Eindruck, jedoch nicht in demselben Maße. »Verin sagt, Ihr seid *Ta'veren*«, sagte sie schließlich, »und ich spüre das auch in Euch. Die Tatsache, daß sogar ich das spüren kann, bedeutet, daß Ihr bis zu einem hohen Grad *Ta'veren* seid, denn wenn überhaupt, dann ist dieses Talent in uns nur sehr schwach ausgeprägt. Habt Ihr Loial, den Sohn des Arent, Sohn des Halan, in das *Ta'maral'ailen* hineingezogen — in das Gewebe, das vom Großen Muster um Euch gewebt wird?«

»Ich ... ich will nur das Horn finden und ...« Rand beendete den Satz nicht. Alar hatte nichts von Mats Dolch erwähnt. Er wußte nicht, ob Verin den Ältesten etwas davon erzählt oder aus irgendeinem Grund geschwiegen hatte. »Er ist mein Freund, Älteste.«

»So, Euer Freund«, sagte Alar. »Nach unserer Anschauung ist er noch sehr jung. Auch Ihr seid jung, doch Ihr seid auch *Ta'veren.* Ihr werdet auf ihn aufpassen, und wenn das Weben beendet ist, dann sorgt Ihr dafür, daß er sicher wieder ins Stedding Schangtai zurückkehrt.«

»Das werde ich«, bestätigte er. Er hatte ein Gefühl, als werde ihm damit eine wichtige Aufgabe auferlegt, als leiste er einen Eid.

»Dann gehen wir also zum Wegetor.«

Draußen stand Loial hastig auf, als sie im Schlepptau von Alar und Verin erschienen. Ingtar schickte Hurin im Laufschritt los, damit er Uno und die anderen Soldaten holte. Loial sah die Älteste mißtrauisch an und reihte sich dann neben Rand ganz hinten in die Prozession ein. Die Ogierfrauen, die ihn vorher beobachtet hatten, waren verschwunden. »Haben die Ältesten etwas von mir erwähnt? Hat sie ...?« Er betrachtete Alars breiten Rücken, während sie Juin bat, ihre Pferde bringen zu lassen. Sie ging mit Verin weiter, obwohl Juin gerade noch dienerte, und beugte sich zu der Aes Sedai hinunter, um leise mit ihr zu flüstern.

»Sie befahl Rand, er solle auf dich aufpassen«, sagte Mat zu Loial. Sie schritten den Frauen hinterher. »Er soll dich sicher wie ein Baby nach Hause geleiten. Ich sehe nicht ein, warum du nicht hierbleiben und heiraten kannst.«

»Sie meinte, du könntest mitkommen.« Rand funkelte Mat an, der leise vor sich hin lachte. Es klang eigenartig bei diesem eingefallenen Gesicht. Loial zwirbelte den Stiel eines Vergißmeinnichts zwischen den breiten Fingern. »Hast du Blumen gepflückt?« fragte Rand.

»Erith hat sie mir gegeben.« Loial betrachtete die sich wegdrehenden Blütenblätter. »Sie ist wirklich sehr hübsch, auch wenn Mat das nicht sieht.«

»Soll das heißen, daß du nun doch nicht mitkommen willst?«

Loial fuhr auf. »Was? O nein! Ich meine — ja. Ich will mitkommen. Sie hat mir doch nur eine Blume gegeben. Nur eine Blume.« Aber er nahm nun ein Buch aus der Tasche und legte die Blume hinein. Während er das Buch zurücksteckte, murmelte er so leise, damit nur Rand ihn verstehen konnte: »Und sie fand mich auch gutaussehend.« Mat ächzte, krümmte sich und hielt sich die Seiten. Loials Wangen liefen rot an. »Also ... das hat *sie* gesagt, nicht ich.«

Perrin versetzte Mat mahnend eine Kopfnuß. »Keine hat jemals gesagt, daß Mat gut aussähe. Er ist einfach eifersüchtig.«

»Das stimmt nicht«, protestierte Mat, und er richtete sich stolz auf. »Neysa Ayellin hält mich für gutaussehend. Das hat sie mir mehr als einmal versichert.«

»Ist Neysa hübsch?« fragte Loial.

»Sie hat ein Gesicht wie eine Ziege«, sagte Perrin trocken. Mat erstickte fast an seinem Protest.

Rand mußte unwillkürlich grinsen. Neysa Ayellin war beinahe so hübsch wie Egwene. Und das war jetzt auch beinahe ein Gefühl wie in alten Zeiten, zu Hause, die freundschaftlichen Kabbeleien, und nichts auf der Welt war wichtiger, als den anderen zu zwicken und sich vor Lachen auszuschütten.

Als sie so durch die Stadt gingen, grüßten die Ogier ihre Ältesten mit Verbeugungen und Knicksen und musterten interessiert die menschlichen Besucher. Doch Alars entschlossene Miene hielt alle davon ab, stehenzubleiben und eine Unterhaltung anzufangen. Das einzige Merkmal, an dem sie sehen konnten, daß sie die Stadt verließen, war das Fehlen der Erhebungen. Ogier gab es auch hier noch genug. Einige untersuchten Bäume oder bearbeiteten sie mit Pech und Axt und Säge, wo abgestorbene Äste vorhanden waren oder einem Baum das Sonnenlicht fehlte. Sie taten alles sehr sanft und rücksichtsvoll.

Juin stieß wieder zu ihnen. Er führte ihre Pferde am Zügel. Hurin ritt mit Uno und den anderen Soldaten und den Packpferden herbei, und im nächsten Moment deutete Alar auf etwas und sagte: »Dort drüben ist es.« Das freundschaftliche Geplänkel erstarb.

Rand war einen Augenblick lang überrascht. Das Wegetor mußte sich ja außerhalb des *Stedding* befinden. Die Wege waren mit Hilfe der Einen Macht angelegt worden, also konnten die Tore nicht innerhalb liegen. Es wies jedoch nichts darauf hin, daß sie die Grenzlinie überschritten hatten. Dann merkte er den Unterschied: Das Gefühl eines Verlustes, das er seit dem Betreten des *Stedding* nicht mehr losgeworden war, war wie weggeblasen. Das ließ ihn nun auch wieder schaudern. *Saidin* war wieder da und wartete.

Alar führte sie an einer mächtigen Eiche vorbei, und da, in einer kleinen Lichtung, stand die große Steinplatte des Wegetors. Ihre Vorderseite war wieder in Form von Blättern und Ranken hundert verschiedener Pflanzen bearbeitet. Um die Lichtung herum hatten die Ogier eine niedrige Steinumrandung gefertigt, die wirkte, als wäre sie dort gewachsen, und die einen Ring von Wurzeln andeutete. Der Anblick machte Rand nervös. Er brauchte einen Moment, um festzustellen, daß es die Wurzeln von Brombeersträuchern und Heckenrosen, von Brennblattbäumchen und Juckeiche waren. Nicht gerade die Art von Gestrüpp, in das man gern hineinfiel.

Die Älteste blieb kurz vor der Umrandung stehen. »Die Mauer soll alle abschrecken, die hierher kommen. Von uns kommen nicht viele an diesen Ort. Ich werde die Grenze nicht überschreiten. Aber Ihr dürft es tun.« Juin ging nicht so nahe heran wie sie. Er wischte sich immer wieder die Hände an den Revers seines Mantels ab und sah das Wegetor nicht direkt an.

»Ich danke Euch«, sagte Verin zu ihr. »Die Not ist groß, sonst hätte ich Euch nicht darum gebeten.«

Rand verkrampfte sich, als die Aes Sedai über die Umrandung stieg und sich dem Wegetor näherte. Loial atmete tief durch und führte wieder Selbstgespräche. Uno und die anderen Soldaten rutschten in ihren Sätteln hin und her und lockerten die Schwerter in den Scheiden. Es gab in den Wegen nichts, wogegen ein Schwert geholfen hätte, aber mit dieser Geste überzeugten sie sich selbst von ihrer Kampfbereitschaft. Nur Ingtar und die Aes Sedai erschienen ruhig. Selbst Alar krallte die Hände in den Stoff ihres Rocks.

Verin pflückte das *Avendesorablatt*, und Rand beugte sich aufmerksam nach vorn. Es drängte ihn, das Nichts um sich herum aufzubauen, damit er *Saidin* ganz schnell erreichen konnte, falls es notwendig war.

Die in das Wegetor eingemeißelten Pflanzen flatterten in einem nicht vorhandenen Wind, während sich im Mittelpunkt ein senkrechter Spalt öffnete und die beiden Hälften des Tores langsam aufschwangen. Rand betrachtete den Spalt. Da zeigte sich keine mattsilberne Reflektion, nur eine Schwärze, schwärzer noch als Pech. »Schließt es!« schrie er. »Der Schwarze Wind! Schließt das Tor!«

Verin warf einen überraschten Blick hinein und steckte augenblicklich das dreiteilige Blatt wieder an seinen Platz unter all den verschiedenen Blättern zurück. Es hing fest, als sie die Hand wegnahm und sich zur Umrandung zurückzog. Sobald das *Avendesorablatt* wieder dort hing, begann sich das Tor zu schließen. Der Spalt verschwand, Ranken und Blätter zu beiden Seiten verschmolzen miteinander und verbargen die Schwärze des *Machin Shin.* Das Wegetor bestand wieder nur noch aus Stein, wenn auch Stein, den man so lebensähnlich wie möglich bearbeitet hatte.

Alar atmete zittrig aus. »*Machin Shin.* So nahe.«

»Es versuchte wenigstens nicht, herauszukommen«, sagte Rand. Juin gab einen erstickten Laut von sich.

»Ich habe Euch doch gesagt«, stellte Verin fest, »daß der Schwarze Wind ein Geschöpf der Wege ist. Es kann sie nicht verlassen.« Sie hörte sich ruhig an, wischte sich aber doch die Hände am Rock ab. Rand öffnete den Mund, gab jedoch gleich wieder auf. »Und doch«, fuhr sie fort, »frage ich mich, wie es hierher kommt. Zuerst in Cairhien und nun hier. Sehr eigenartig.« Sie warf Rand einen solchen Seitenblick zu, daß er zusammenfuhr. Es geschah so schnell — er glaubte nicht, daß es einer der anderen bemerkt hatte —, aber Rand schien es so, als habe sie ihn mit dem Schwarzen Wind in Verbindung gebracht.

»Ich habe so etwas noch nie gehört«, sagte Alar bedächtig. »Ich meine, daß *Machin Shin* wartet, wenn man ein Wegetor öffnet. Es hat sonst immer die Wege durchstreift. Aber natürlich ist eine lange Zeit vergangen, und vielleicht ist der Schwarze Wind hungrig und hofft, unversehens jemanden zu erwischen, der durch ein Tor tritt. Verin, es ist klar, daß Ihr dieses Wegetor nicht benützen könnt. Und wie eilig es auch sein mag, kann ich doch nicht sagen, es täte mir leid. Heutzutage gehören die Kurzen Wege dem Schatten.«

Rand blickte das Wegetor finster an. *Könnte es mir*

wirklich folgen? Es gab zu viele offene Fragen. Hatte Fain irgendwie den Schwarzen Wind auf ihn angesetzt? Verin behauptete, das sei nicht möglich. Und warum sollte Fain von ihm verlangen, daß er ihm folgte, und ihn dann doch schon auf dem Weg aufhalten wollen? Er wußte nur, daß er der Botschaft Glauben schenkte. Er mußte zur Toman-Halbinsel gelangen. Und wenn sie morgen das Horn von Valere und Mats Dolch unter einem Busch fanden, mußte er doch dorthin.

Verin stand gedankenverloren da und starrte vor sich hin. Mat saß auf der Umrandung, den Kopf in beide Hände gestützt, und Perrin betrachtete ihn besorgt. Loial schien erleichtert darüber, daß sie das Wegetor nicht benützen konnten, und gleichzeitig schämte er sich offensichtlich dieser Erleichterung.

»Wir können hier nichts mehr tun«, stellte Ingtar fest. »Verin Sedai, ich bin Euch wider besseres Wissen hierher gefolgt, aber das kann ich nun nicht länger. Ich werde nach Cairhien zurückkehren. Barthanes kann mir sagen, wohin die Schattenfreunde gingen. Irgendwie werde ich ihn dazu zwingen.«

»Fain ging zur Toman-Halbinsel«, sagte Rand, der Diskussionen müde. »Und wo er sich aufhält, da befinden sich auch das Horn und der Dolch.«

»Ich denke ...« Perrin zuckte zögernd die Achseln. »Ich denke, wir könnten es mit einem anderen Wegetor versuchen. In einem anderen *Stedding?*«

Loial strich sich über das Kinn und sprach dann schnell, als wolle er seine Erleichterung über das Fehlschlagen hier gutmachen: »Stedding Cantoine liegt gleich hinter dem Iralellfluß, und Stedding Taijing liegt östlich vom Rückgrat der Welt. Aber das Wegetor von Caemlyn, wo einst der Hain lag, ist näher, und am nächsten überhaupt liegt das Tor im Hain von Tar Valon.«

»Welches Wegetor wir auch zu benützen versuchen«, sagte Verin abwesend, »ich fürchte, wir werden dort *Machin Shin* vorfinden.« Alar sah sie fragend an, aber die Aes Sedai sagte nichts weiter. Sie murmelte wohl etwas in sich hinein, schüttelte aber gleich den Kopf, als trage sie einen inneren Konflikt aus.

»Was wir brauchen«, sagte Hurin, »ist einer dieser Portalsteine.« Er sah Alar an und dann Verin, und da keine von beiden ihm Einhalt gebot, fuhr er mit gesteigertem Selbstbewußtsein fort: »Lady Selene sagte, die alten Aes Sedai hätten diese Welten erforscht und dabei gelernt, wie man die Kurzen Wege macht. Und diese ... Welt, in der wir uns befanden ... na ja, wir haben dadurch zwei Tage weniger gebraucht, um dreihundert Meilen zurückzulegen. Wenn wir einen Portalstein benützen könnten, um wieder auf diese Welt zu gelangen, oder auf eine ähnliche, dann würden wir nicht mehr als ein oder zwei Wochen brauchen, um das Arythmeer zu erreichen, und könnten dann von dort aus zur Toman-Halbinsel kommen. Das geht vielleicht nicht so schnell wie durch die Kurzen Wege, aber es ist immer noch viel schneller, als einfach nach Westen zu reiten. Was meint Ihr, Lord Ingtar? Lord Rand?«

Verin antwortete ihm. »Was Ihr da vorschlagt, mag durchaus möglich sein, Schnüffler, aber wir könnten genausogut darauf hoffen, dieses Wegetor noch einmal zu öffnen und herauszufinden, daß *Machin Shin* wieder verschwunden ist, wie ausgerechnet jetzt einen Portalstein zu finden. Ich kenne keinen, der näher läge als die Aielwüste. Obwohl wir natürlich zu Brudermörders Dolch zurückkehren könnten, falls Ihr, Rand, oder Loial glaubt, Ihr könntet den Portalstein wiederfinden.«

Rand blickte Mat an. Sein Freund hatte hoffnungsvoll den Kopf gehoben, als er das von diesen Steinen vernommen hatte. Ein paar Wochen, hatte Verin gesagt. Falls sie einfach nach Westen ritten, würde Mat ihre Ankunft auf der Toman-Halbinsel nicht mehr erleben.

»Ich kann ihn schon finden«, sagte Rand zögernd. Er schämte sich. *Mat wird sterben, die Schattenfreunde haben das Horn von Valere, Fain wird etwas mit Emondsfeld anstel-*

len, wenn du ihm nicht folgst, und du hast Angst, die Eine
Macht zu benützen. Einmal hin und zurück. Das wird dich
auch noch nicht in den Wahnsinn treiben. Was ihm aber
wirklich Angst einjagte, war der Eifer, den er im Inneren
empfand, wenn er daran dachte, die Macht wieder zu
benützen, oder an das Gefühl, das die Macht in ihm
auslöste. Sich wieder wirklich lebendig zu fühlen ...

»Ich verstehe das nicht«, sagte Alar bedächtig. »Die
Portalsteine sind doch seit dem Zeitalter der Legenden
nicht mehr benützt worden. Ich hatte nicht gedacht, daß
es noch jemanden gibt, der weiß, wie man sie benützt.«

»Die Braunen Ajah wissen eine ganze Menge«, sagte
Verin trocken, »und ich weiß, wie man die Steine benützen kann.«

Die Älteste nickte. »Es gibt in der Weißen Burg wirklich Dinge, von denen wir nur träumen können. Aber
wenn Ihr einen Portalstein benützen könnt, müßt Ihr
nicht erst zu Brudermörders Dolch reiten. Es gibt einen
Stein gleich hier in der Nähe.«

»Das Rad webt, wie das Rad es wünscht, und das
Große Muster schafft, was notwendig ist.« Verin wirkte
auf einmal überhaupt nicht mehr abwesend. »Bringt
uns hin«, sagte sie kurz. »Wir haben schon mehr als genug Zeit verloren.«

KAPITEL 14

Scheinwelt

Alar führte sie mit würdig-verhaltenen Schritten vom Wegetor fort. Juin allerdings schien froh darüber zu sein. Mats Blick war nur nach vorn gerichtet, und Hurin schritt voller Vertrauen nebenher. Loial allerdings machte einen besorgten Eindruck. Er fürchtete wohl, Alar könne ihre Ansicht ändern und ihn doch nicht mitgehen lassen. Rand beeilte sich nicht. Er zog den Braunen an den Zügeln hinter sich her. Sein Zögern rührte daher, daß er nicht glaubte, Verin wolle selbst das Portal öffnen.

Die graue Steinsäule stand aufrecht neben einer beinahe hundert Fuß hohen und vier Fuß starken Buche. Rand hätte sie wohl für einen wirklich großen Baum gehalten — bevor er die Großen Bäume gesehen hatte. Hier gab es keine Vorwarnung durch eine Umrandung wie bei dem Wegetor; nur ein paar Blumen schoben ihre Köpfchen durch den von Blättern übersäten Humus des Waldbodens. Der Portalstein war verwittert, doch die Schriftzeichen darauf waren immer noch eindeutig zu entziffern.

Die berittenen schienarischen Soldaten schwärmten im Kreis um den Stein und die zu Fuß Einherschreitenden aus. »Wir haben ihn aufgestellt«, sagte Alar, »als wir ihn vor vielen Jahren fanden. Doch wir haben ihn nicht von seinem ursprünglichen Standort entfernt. Er ... schien sich ... einem Transport zu ... widersetzen.« Sie ging zu dem Stein hin und legte eine große Hand darauf. »Ich habe ihn immer als Symbol des Verlorengegangenen betrachtet, des Vergessenen. Im Zeitalter der Legenden hätte man ihn untersucht und auch ein wenig davon verstanden. Für uns ist es nur ein Stein.«

»Ich hoffe, er ist mehr als nur das.« Verins Stimme klang nun energischer. »Älteste, ich danke Euch für Eure Hilfe. Vergebt uns die unhöflich kurz angebundene Weise, auf die wir Euch verlassen müssen, aber das Rad wartet nicht auf irgendeine Frau. Wenigstens werden wir nun den Frieden in Eurem *Stedding* nicht mehr stören.«

»Wir haben wohl die Steinwerker aus Cairhien zurückgeholt«, sagte Alar, »doch wir hören immer noch, was draußen in der Welt geschieht. Falsche Drachen. Die Wilde Jagd nach dem Horn. Wir vernehmen es, und es geht an uns vorbei. Ich glaube jedoch nicht, daß uns Tarmon Gai'don unberührt lassen oder gar an uns vorbeigehen wird. Lebt nun wohl, Verin Aes Sedai. Lebt wohl, Ihr alle, und mögt Ihr Zuflucht in der Hand des Schöpfers finden. Juin.« Sie sah Loial kurz an und warf Rand einen mahnenden Blick zu, und dann waren die Ogier unter den Bäumen verschwunden.

Man hörte das Knarren der Sättel, als sich die Soldaten unruhig bewegten. Ingtar blickte sich in ihrem Kreis um. »Ist dies denn notwendig, Verin Sedai? Selbst wenn es möglich ist ... Wir wissen noch nicht einmal, ob die Schattenfreunde wirklich das Horn zur Toman-Halbinsel mitgenommen haben. Ich glaube immer noch, daß ich Barthanes dazu bringen ...«

»Wenn wir das nicht mit letzter Sicherheit wissen«, unterbrach ihn Verin in sanftem Tonfall, »dann ist die Toman-Halbinsel ein genauso gutes Ziel wie jedes andere. Mehr als einmal habe ich gehört, wie Ihr sagtet, des Hornes wegen würdet Ihr sogar zum Shayol Ghul selbst reiten. Schreckt Ihr nun davor zurück?« Sie deutete auf den Stein unter der mächtigen Buche.

Ingtar versteifte sich entrüstet. »Ich schrecke vor nichts zurück. Bringt uns zur Toman-Halbinsel oder auch zum Shayol Ghul. Falls am Ende das Horn von Valere auf uns wartet, werde ich Euch folgen.«

»Das ist gut, Ingtar. Also, Rand, Ihr seid in jüngerer Zeit als ich mit Hilfe eines Portalsteins gereist. Kommt.« Sie gab ihm einen Wink, und er führte den Braunen zu ihr hinüber an den Stein.

»Ihr habt bereits einen Portalstein benützt?« Er sah sich nach hinten um, ob sich jemand anders in Hörweite befand. »Dann verlangt Ihr also nicht von mir, daß ich es versuche.« Er zuckte erleichtert die Achseln.

Verin blickte ihn ausdruckslos an. »Ich habe noch nie einen Stein benützt — aufgrund solcher Hilfe seid Ihr also in jüngerer Zeit weiter gekommen als ich. Ich kenne die Grenzen meiner Fähigkeiten. Ich wäre tot, bevor ich die Macht auch nur in annäherndem Maße lenken könnte, um den Portalstein benützen zu können. Aber wenigstens weiß ich darüber Bescheid. Genug, um Euch ein bißchen behilflich zu sein.«

»Aber ich weiß doch überhaupt nichts!« Er führte sein Pferd um den Stein herum und betrachtete ihn von oben bis unten. »Das einzige, woran ich mich erinnere, ist das Zeichen für unsere Welt. Selene hat es mir gezeigt, aber hier kann ich es nicht finden.«

»Natürlich nicht. Nicht auf einem Stein in *unserer* Welt. Die Schriftzeichen sind Hilfen dazu, *auf* eine Welt zu gelangen.« Sie schüttelte den Kopf. »Was würde ich nicht darum geben, mit diesem Mädchen zu sprechen, von dem Ihr mir erzählt habt! Oder noch besser — ihr Buch in die Hände zu bekommen. Man glaubt allgemein, daß kein Exemplar von *SPIEGEL DES RADS* die Zerstörung heil überstanden habe. Serafelle sagt immer, daß es viel mehr verlorengeglaubte Bücher gebe, als wir jemals wiederfinden können. Na ja, es hat keinen Zweck, sich über etwas Gedanken zu machen, was wir nicht wissen. Ich weiß doch wenigstens ein paar Dinge. Die Zeichen auf der oberen Hälfte des Steins stehen für bestimmte Welten. Nicht für alle Welten des Möglichen natürlich. Offensichtlich ist nicht jeder Stein mit allen Welten verbunden, und die Aes Sedai im Zeitalter der Legenden glaubten sogar, es gebe mögliche Welten, die von keinem der Steine berührt werden. Könnt Ihr nichts entdecken, das in Euch eine Erinnerung auslöst?«

»Nichts.« Wenn er nur das richtige Zeichen fände, könnte er es benützen, um Fain und das Horn aufzuspüren, um Mat zu retten, um Fain davon abzuhalten, Emondsfeld zu schaden. Wenn er das Zeichen fand, mußte er *Saidin* wieder gebrauchen. Er wollte Mat retten und Fain aufhalten, doch er wollte ganz bestimmt *Saidin* nicht mehr berühren. Er fürchtete sich davor, wieder die Macht einzusetzen, und gleichzeitig gierte er danach wie ein Verhungernder nach Nahrung. »Ich kann mich einfach an nichts erinnern.«

Verin seufzte. »Die Zeichen auf dem unteren Teil stehen für Steine an anderen Orten. Wenn Ihr den Bogen heraushabt, könnt Ihr uns nicht nur zum gleichen Stein in einer anderen Welt bringen, sondern zu einem von diesen Steinen, ja vielleicht sogar direkt zu einem anderen Stein auf unserer eigenen Welt. Das ist so ähnlich wie beim Reisen durch die Kurzen Wege, glaube ich. Aber da niemand mehr weiß, wie man das anstellt ... Ohne dieses Wissen könnten wir bei einem Versuch alle getötet werden.« Sie deutete auf zwei wellenartige, parallel verlaufende Linien weit unten auf dem Stein, die von einem eigenartigen Schnörkel geschnitten wurden. »Das steht für den Stein auf der Toman-Halbinsel. Das ist einer der drei Steine, deren Symbole ich kenne, und der einzige von ihnen, bei dem ich schon war. Und was ich bei dieser Gelegenheit herausfand — nachdem mich in den Verschleierten Bergen beinahe der Schnee noch erwischt hätte und ich auf der Ebene von Almoth fast erfroren wäre —, war absolut nichts. Spielt Ihr manchmal mit Würfeln oder Karten, Rand al'Thor?«

»Mat ist unser Spieler. Warum?«

»Ja. Na ja, den werden wir besser aus dem Spiel lassen, denke ich. Ich kenne dann auch noch diese anderen Symbole.«

Mit einem Finger fuhr sie die Umrisse eines Vierecks nach, innerhalb dessen acht sehr ähnliche Zeichen eingeritzt waren: alles Kreise und Pfeile, doch in der einen Hälfte befand sich der Pfeil in dem Kreis, während er ihn in der anderen Hälfte von außen her durchbohrte. Die Pfeile zeigten nach links, rechts, oben und unten, und jeder Kreis wurde von etwas umgeben, das Rand für Schriftzeichen hielt, wenn auch in keiner ihm bekannten Sprache. Das waren fließende Wellenlinien, die plötzlich in scharfe Zacken ausliefen, dann aber wieder wie vorher weiterflossen.

Verin fuhr fort: »Zumindest weiß ich folgendes: Jedes steht für eine Welt, deren Erforschung schließlich dazu führte, daß man die Kurzen Wege erschuf. Das sind nicht alle erforschten Welten, aber die einzigen, deren Symbole ich kenne. An dieser Stelle wird es zum Glücksspiel. Ich weiß nicht, wie es auf diesen Welten aussieht. Man glaubt allgemein, es gäbe darunter Welten, auf denen ein Jahr ablaufen kann, obwohl derweil bei uns nur ein Tag vergeht, aber auch andere, wo ein Tag bei uns ein Jahr bedeuten würde. Es gibt angeblich Welten mit giftiger Luft, auf denen ein Atemzug bereits den sicheren Tod für uns bedeuten würde, und Welten, die so weit von der Wirklichkeit entfernt sind, daß sie kaum noch zusammenhalten. Ich will erst gar nicht daran denken, was geschähe, fänden wir uns auf einer von denen wieder. Ihr müßt wählen. Wie mein Vater es ausgedrückt hätte: Es ist an der Zeit, die Würfel entscheiden zu lassen.«

Rand sah zu Boden und schüttelte den Kopf. »Ich könnte uns alle umbringen, wofür ich mich auch entscheide.«

»Wollt Ihr dieses Risiko nicht auf Euch nehmen? Für das Horn von Valere? Für Mat?«

»Warum seid Ihr denn so erpicht darauf? Ich weiß

noch nicht einmal, ob ich es überhaupt schaffe. Es — es geht nicht jedesmal, wenn ich es versuche.« Er wußte, daß sich keiner der anderen ihnen genähert hatte, aber trotzdem sah er sich nun um. Alle standen im Kreis um den Stein herum und beobachteten sie, aber so weit entfernt, daß keiner ihre Worte verstehen konnte. »Manchmal ist *Saidin* einfach nur in der Nähe. Ich kann es fühlen, aber nicht berühren. Es könnte genausogut auf dem Mond sein, so weit ist jede Berührungsmöglichkeit entfernt.

Und auch wenn es gelingt — was geschieht, wenn ich uns auf eine Welt bringe, wo wir nicht atmen können? Was hat Mat dann davon? Oder das Horn?«

»Ihr seid der Wiedergeborene Drache«, sagte sie ruhig. »O ja, Ihr könnt auch sterben, aber ich glaube nicht, daß Euch das Muster sterben läßt, bevor Eure Aufgabe erfüllt ist. Aber natürlich liegt heutzutage das Große Muster unter dem Schatten, und wer weiß, wie dies das Weben beeinflußt? Ihr könnt eben nur Eurem Schicksal folgen.«

»Ich bin Rand al'Thor«, grollte er. »Ich bin nicht der Wiedergeborene Drache. Ich werde auch nicht zu einem falschen Drachen.«

»Ihr seid, was Ihr seid. Wählt Ihr nun oder bleibt Ihr hier stehen, bis Euer Freund stirbt?«

Rand merkte, daß er mit den Zähnen knirschte, und er zwang sich, seine Kiefer zu entspannen. Die Bildzeichen hätten auch alle gleich sein können — er verstand sie sowieso nicht. Die Schrift sah aus, als hätten hier Hühner gescharrt. Schließlich entschied er sich für ein Symbol mit einem nach links zeigenden Pfeil, der nach der Toman-Halbinsel wies, und außerdem durchbrach der Pfeil den Kreis von innen her, als wolle er sich befreien, so wie er. Beinahe hätte er aufgelacht. Auf solche Kleinigkeiten verwettete er ihre Köpfe!

»Kommt näher!« befahl Verin den anderen. »Es ist am besten, wenn Ihr ganz nahe seid.« Sie gehorchten fast ohne zu zögern. »Es ist Zeit. Laßt uns beginnen«, sagte sie, nachdem sie sich zu ihnen gesellt hatten.

Sie warf ihren Umhang schwungvoll nach hinten und legte die Hände auf den Stein. Rand bemerkte, daß sie ihn aus den Augenwinkeln beobachtete. Er hörte nervöses Husten und Räuspern von den Männern, die den Stein umstanden. Uno fluchte über einen Mann, der weiter hinten stand, Mat riß einen schwächlichen Witz, und Loial schluckte vernehmlich. Er suchte das Nichts.

Es war mittlerweile so leicht. Die Flamme verschlang Angst und Leidenschaft und war schon weg, kaum daß er sie herbeigerufen hatte. Weg, nur noch Leere, und dahinter leuchtete *Saidin*, schwindelerregend, quälend, drehte ihm beinahe den Magen um, verführte ihn. Er ... griff danach ... und es erfüllte ihn, ließ ihn aufleben. Er zuckte mit keinem Muskel, doch er hatte das Gefühl, daß er unter dem Ansturm der Einen Macht erzitterte. Das Zeichen entstand vor ihm, ein Pfeil, der von innen her einen Kreis durchbohrte. Es schwebte gleich außerhalb des Nichts und schien genauso hart wie der Stoff, in den es eingemeißelt war. Er ließ die Eine Macht durch sich hindurch in das Zeichen strömen. Das Zeichen schimmerte, flackerte.

»Etwas geschieht«, sagte Verin. »Etwas ...«

Die Welt flackerte.

Das eiserne Schloß rutschte über den Fußboden des Bauernhauses, und Rand ließ den heißen Teekessel fallen, als eine riesige Gestalt mit Hammelhörnern auf dem Kopf in der Tür aufragte. Dahinter lag nur die Dunkelheit der Winternacht.

»Renn!« schrie Tam. Sein Schwert blitzte, und der Trolloc stürzte zu Boden. Doch im Fallen noch packte er Tam und riß ihn mit sich.

Weitere drängten sich an der Tür — in schwarze Rüstungen gehüllte Gestalten mit menschlichen Gesichtern, die durch Schnauzen und Schnäbel und Hörner

entstellt wurden. Gekrümmte Schwerter hieben auf
Tam ein, der sich bemühte, wieder auf die Beine zu
kommen. Dornenäxte wurden geschwungen. An den
Stahlschneiden leuchtete rotes Blut.

»Vater!« schrie Rand. Er riß sein Messer aus der
Scheide und warf sich über den Tisch hinweg, um seinem Vater zu helfen, und dann schrie er noch einmal
auf, denn das erste Schwert durchbohrte seine Brust.

Blut wallte in seinem Mund auf, und eine Stimme in
seinem Kopf flüsterte: *Ich habe wieder gewonnen, Lews
Therin.*

Flackern.

Rand bemühte sich, das Symbol im Blick zu behalten,
und Verins Stimme drang ihm nur schwach ins Bewußt-
sein: »... ist nicht ...«

Der Strom der Macht ergoß sich über ihn.

Flackern.

Rand war glücklich, nachdem er Egwene geheiratet hatte. Er ließ sich auch nicht von der düsteren Stimmung
überwältigen, die manchmal in ihm aufkam, wenn er
daran dachte, daß es da noch etwas anderes geben müsse, etwas ganz anderes. Die Händler brachten Neuigkeiten aus der Welt außerhalb der Zwei Flüsse, und es kamen Kaufleute, um Wolle und Tabak zu erwerben. Immer kamen mit ihnen die Nachrichten von neuen Auseinandersetzungen, von Kriegen und falschen Drachen.
Es kam ein Jahr ganz ohne Händler und Kaufleute, und
als sie im nächsten zurückkehrten, erzählten sie, daß
Artur Falkenflügels Heer zurückgekehrt sei, oder zumindest die Nachkommen seiner Soldaten. Die alten
Länder waren zerschlagen, behaupteten sie, und die
neuen Herrscher der Welt, die in der Schlacht angekettete Aes Sedai einsetzten, hatten die Weiße Burg ge-
schleift und den Boden versalzen, wo Tar Valon gestanden hatte. Es gab keine Aes Sedai mehr.

Im Gebiet der zwei Flüsse war kein Unterschied zu spüren. Immer noch mußten die Felder bestellt, die Schafe geschoren und die Lämmer versorgt werden. Tam schaukelte Enkel auf den Knien, bevor er schließlich neben seiner Frau zur letzten Ruhe gebettet wurde. An das alte Bauernhaus wurden neue Räume angebaut. Egwene wurde zur Seherin gewählt, und die meisten waren davon überzeugt, daß sie besser sei als die vorherige Seherin, Nynaeve al'Meara. Das war auch gut so, denn ihre Heilmittel, die bei anderen so wunderbar wirkten, konnten Rand nur gerade eben am Leben halten. Eine geheimnisvolle Krankheit bedrohte ihn ohne Unterlaß. Seine Launen wurden schlimmer, düsterer, und er wütete oft, dieses Leben sei nicht das, was ihm vorherbestimmt gewesen sei. Wenn diese Launen ihn überkamen, fürchtete Egwene sich vor ihm, denn wenn es am schlimmsten war, geschahen manchmal eigenartige Dinge. Gewitter zogen auf, die sie nicht vorhergesehen hatte, Waldbrände flammten plötzlich auf ... Aber sie liebte ihn und sorgte für ihn und erhielt seine geistige Gesundheit, obwohl manch einer grollte, daß Rand al'Thor wahnsinnig sei und gefährlich dazu.

Als sie starb, saß er allein lange Zeit an ihrem Grab. Tränen flossen in seinen graumelierten Bart. Seine Krankheit kehrte zurück, und er siechte dahin. Er verlor die letzten beiden Finger seiner rechten Hand und einen an der linken. Seine Ohren wirkten wie Narben, und die Männer erzählten sich, er rieche faulig. Er wurde zu einer immer düstereren Gestalt.

Doch als der furchtbare Ruf erschallte, weigerte sich niemand, ihn an seiner Seite zu dulden. Aus der Großen Fäule waren Trollocs und Blasse und andere Alptraumgestalten hervorgebrochen, und die neuen Herrscher der Welt wurden zurückgeworfen, trotz all ihrer Macht. Also nahm Rand den Bogen auf, den er mit seinen übriggebliebenen Fingern gerade noch benützen konnte, und er humpelte mit denen mit, die nach Norden zum Taren marschierten; es waren Männer aus jedem Dorf, von jedem Hof und aus jedem Winkel der Zwei Flüsse, Männer mit Bogen und Axt und Spieß und mit Schwertern, die schon lange in den Speichern vor sich hingerostet waren. Auch Rand trug ein Schwert mit einem Reiher auf der Klinge. Er hatte es gefunden, nachdem Tam gestorben war, doch er wußte es nicht zu gebrauchen. Es kamen auch Frauen mit, die Waffen, die sie irgendwo gefunden hatten, über die Schultern gelegt, und sie marschierten neben den Männern her. Einige lachten und meinten, sie hätten das seltsame Gefühl, all dies schon einmal erlebt zu haben. Und am Taren trafen die Menschen von den Zwei Flüssen auf die Invasoren: endlose Reihen von Trollocs, die unter einer toten, schwarzen Flagge, die das Licht zu fressen schien, von alptraumhaften Blassen angeführt wurden. Rand sah diese Flagge und glaubte, der Wahnsinn habe ihn gepackt, denn ihm schien es, daß er dazu bestimmt gewesen war, dieses Banner zu bekämpfen. Er schoß jeden seiner Pfeile auf die Flagge, so gerade, wie es sein Geschick und das Nichts erlaubten, und er machte sich keine Gedanken über die Trollocs, die sich ihren Weg über den Fluß hinweg bahnten, oder über die Männer und Frauen, die an seiner Seite starben. Einer dieser Trollocs schließlich durchbohrte ihn, bevor er vor Kampfeswut heulend weiter in das Gebiet der Zwei Flüsse hineinhetzte. Und als er so am Ufer des Taren lag und sah, wie der Mittagshimmel sich verdunkelte, und als sein Atem immer schwächer wurde, da hörte er eine Stimme sagen: *Ich habe wieder gewonnen, Lews Therin.* *Flackern.*

Das Pfeil-und-Kreissymbol verzerrte sich zu parallel verlaufenden Wellenlinien, und er zwang sie nur mühsam in ihre alte Form zurück.

Verins Stimme: »... richtig. Etwas ...«

Die Macht wütete.

Flackern. Tam bemühte sich, Rand zu trösten, als Egwene gerade eine Woche vor ihrer Hochzeit krank wurde und starb. Auch Nynaeve bemühte sich, aber sie war selbst völlig durcheinander, denn trotz all ihrer Fähigkeiten hatte sie keine Ahnung, woran das Mädchen gestorben war. Rand hatte draußen vor ihrem Haus gesessen, als Egwene starb, und es schien in Emondsfeld keinen Fleck zu geben, an dem ihm nicht immer noch ihre Schreie in den Ohren klangen. Ihm war klar, daß er nicht hierbleiben konnte. Tam gab ihm ein Schwert mit einer durch einen Reiher gekennzeichneten Klinge mit. Er erklärte Rand nicht, wie ein Schäfer von den Zwei Flüssen an eine solche Waffe gekommen war, doch er brachte Rand bei, wie man damit umging. Am Tage von Rands Abreise gab er ihm einen Brief und sagte, mit dessen Hilfe könne Rand in die Armee von Illian aufgenommen werden. Dann umarmte er ihn und sagte noch: »Ich hatte nie einen anderen Sohn und wollte auch keinen. Komm zurück und bringe dir eine Frau mit, so wie ich damals, Junge, aber komm auf jeden Fall zurück.«

Rand wurde aber in Baerlon sein ganzes Geld gestohlen und auch noch der Brief und beinahe das Schwert. Er traf dort eine Frau namens Min, die ihm so verrückte Sachen erzählte, daß er schließlich die Stadt verließ, um ihr zu entkommen. Irgendwann führte ihn seine Wanderung nach Caemlyn, und dort brachte ihm sein geschickter Umgang mit dem Schwert einen Platz in der königlichen Garde ein. Manchmal sah er die Tochter-Erbin, Elayne, an, und dabei dachte er so ungereimtes Zeug wie: dies sei alles nicht so, wie es in Wirklichkeit sein sollte und es müßte eigentlich in seinem Leben vieles anders laufen. Doch Elayne bemerkte ihn natürlich überhaupt nicht. Sie heiratete einen Prinzen aus dem Tarengebiet, schien aber in der Ehe nicht glücklich zu sein. Rand war nur ein Soldat, der einst Schafhirte gewesen war und aus einem kleinen Dorf so weit weg an der westlichen Grenze stammte, daß nur die Striche auf einer Landkarte es noch mit Andor verbanden. Außerdem hatte er den Ruf eines düsteren Mannes, der schnell aufbrauste.

Manche behaupteten sogar, er sei verrückt, und zu normalen Zeiten hätte wahrscheinlich nicht einmal sein Geschick mit dem Schwert ausgereicht, um ihm den Platz in der Garde zu erhalten, aber dies waren eben keine normalen Zeiten. Falsche Drachen schossen wie Unkraut aus dem Boden. Jedesmal, wenn einer besiegt war, tauchten zwei oder gar drei neue auf, bis alle Nationen schließlich von Kriegen geschüttelt wurden. Und Rands Stern war im Aufgehen, denn er hatte das Geheimnis seiner scheinbaren Verrücktheit gelöst — ein Geheimnis, das er allerdings anderen gegenüber sorgfältig wahrte. Er konnte die Macht lenken. Es gab immer Zeitpunkte und Orte, wo ihm ein klein wenig der Macht — nicht genug, um in all dem Durcheinander aufzufallen — Glück brachte. Manchmal klappte es damit; manchmal auch nicht, aber eben oft genug. Er wußte, daß er wahnsinnig sein mußte, aber es war ihm gleich. Eine Krankheit zehrte ihn allmählich aus, aber auch das war ihm gleich und allen anderen auch, denn man hatte erfahren, daß Artur Falkenflügels Heer zurückgekehrt war und das Land für sich beanspruchte.

Rand führte tausend Gardesoldaten der Königin über die Verschleierten Berge. Er dachte nicht daran, einen Umweg zu machen und die Zwei Flüsse zu besuchen; er dachte überhaupt nur noch selten an die Heimat. Er war Kommandant der Garde, als ihre zerschlagenen Reste den Rückzug über die Berge antraten. Überall in ganz Andor kämpfte er und zog sich inmitten der Massen von Flüchtlingen zurück, bis er schließlich nach Caemlyn kam. Viele Bewohner der Stadt waren bereits geflohen, und man riet dem Heer, noch weiter zurückzuweichen, doch nun war Elayne Königin, und sie wollte Caemlyn nicht verlassen. Sie sah sein von der Krankheit zernarbtes Gesicht nicht an, aber er konnte sie trotzdem nicht verlassen, und so bereiteten sich die Reste der königlichen Garde darauf vor, die Königin zu beschützen, während ihre Untertanen flohen.

Während der Schlacht um Caemlyn kam die Macht über ihn, und er schleuderte Blitze und Feuer auf die Eindringlinge, spaltete die Erde unter ihren Füßen und hatte doch das Gefühl, er sei zu etwas anderem berufen. Trotz seiner Taten waren es zu viele Feinde, und auch unter ihnen waren einige, die die Macht lenken konnten. Schließlich traf ein Blitz Rand und schleuderte ihn von der Palastmauer. Zerbrochen, blutend und verbrannt lag er da, und während der letzte Atemzug in seiner Kehle rasselte, hörte er eine Stimme flüstern: *Ich habe wieder gewonnen, Lews Therin. Flackern.*

Rand kämpfte darum, das Nichts zu erhalten, denn es erzitterte unter den Hammerschlägen des Flackerns der ganzen Welt. Er mußte das eine Symbol im Geist festhalten, auch wenn tausend davon über die Oberfläche des Nichts schrammten. Er hielt es mit aller Kraft fest.

»... ist falsch!« schrie Verin.

Die Macht war überall und alles.

Flackern. Flackern. Flackern. Flackern. Flackern. Flackern. Er war Soldat. Er war Schafhirte. Er war Bettler, und er war König. Er war Bauer, Gaukler, Seilmacher, Zimmermann. Er wurde geboren, lebte und starb als Aiel. Er starb, dem Wahnsinn verfallen, verfaulend, er starb an einer Krankheit, bei einem Unfall oder im hohen Alter. Er wurde hingerichtet, und die Massen bejubelten seinen Tod. Er erklärte sich zum Wiedergeborenen Drachen, und seine Flagge bedeckte den Himmel. Er lief vor der Macht weg und versteckte sich und starb, ohne jemals etwas über sich selbst zu erfahren. Er kämpfte jahrelang gegen den Wahnsinn und die Krankheit an, und er unterlag ihnen binnen zweier Winter. Manchmal kam Moiraine und holte ihn von den Zwei Flüssen weg, entweder allein oder mit denjenigen seiner Freunde, die die

Winternacht überlebt hatten. Manchmal kam sie nicht. Gelegentlich waren es andere Aes Sedai, die ihn holten. Manchmal auch Rote Ajah. Egwene heiratete ihn. Egwene saß mit ernstem Gesicht in die Stola der Amyrlin eingehüllt vor ihm und ließ ihn von den anderen Aes Sedai einer Dämpfung unterziehen. Egwene stieß ihm mit Tränen in den Augen einen Dolch ins Herz, und er dankte ihr dafür, als er starb. Er liebte andere Frauen, heiratete andere Frauen. Elayne und Min und eine blonde Bauerntochter, die er auf dem Weg nach Caemlyn kennenlernte, und Frauen, die er noch nie gesehen hatte, bevor er all diese Leben lebte. Hundert Leben. Mehr. So viele, daß er sie nicht mehr zählen konnte. Und am Ende jedes Lebens, als er im Sterben lag, als er den letzten Atemzug tat, flüsterte ihm eine Stimme ins Ohr: *Ich habe wieder gewonnen, Lews Therin. Flackern. Flackern. Flackern. Flackern. Flackern. Flackern. Flackern. Flackern. Flackern. Flackern. Flackern. Flackern.*

Das Nichts löste sich auf, die Verbindung zu *Saidin* verschwand, und Rand stürzte mit einem dumpfen Schlag, der ihm den Atem geraubt hätte, wäre er nicht sowieso schon halb betäubt gewesen. Unter seiner Wange und seinen Händen fühlte er rauhen Stein. Es war kalt.

Er war sich Verins Gegenwart bewußt, die versuchte, aus der Rückenlage auf die Knie zu kommen. Er hörte, wie sich jemand laut übergab und hob den Kopf. Uno kniete am Boden und rieb sich den Mund mit dem Handrücken. Alle waren am Boden, und die Pferde standen mit steifen Beinen und wild rollenden Augen da. Ingtar hatte sein Schwert gezogen und den Griff so hart gepackt, daß die Klinge zitterte. Sein Blick ging ins Leere. Loial saß breitbeinig da. Er hatte die Augen aufgerissen und wirkte wie betäubt. Mat hatte sich beinahe zu einer Kugel zusammengerollt und dabei die Arme um den Kopf geschlungen. Perrins Finger gruben sich in sein Gesicht ein, als wolle er das herausreißen, was er gesehen hatte, oder vielleicht auch die Augen, die es gesehen hatten. Keinem der Soldaten ging es besser. Masema weinte unverhohlen. Tränen liefen ihm übers Gesicht. Hurin sah sich um, als suche er nach einer Zuflucht.

»Was ...?« Rand hielt inne und schluckte schwer. Er lag auf einem rauhen, verwitterten Felsen, der halb im Boden vergraben war. »Was ist geschehen?«

»Ein Schwall der Einen Macht.« Die Aes Sedai taumelte hoch und zog schaudernd ihren Umhang um sich zusammen. »Es war, als zwänge man uns ... schob ... Es schien aus dem Nichts zu kommen. Ihr müßt lernen, das besser zu beherrschen. Unbedingt! Soviel der Einen Macht könnte Euch einmal wie Zunder verbrennen.«

»Verin, ich ... Ich lebte ... Ich war ...« Ihm wurde bewußt, daß der Fels unter ihm abgerundet war. Der Portalstein. Hastig und zittrig raffte er sich hoch. »Verin, ich lebte und starb — ach, ich weiß nicht, wie oft. Jedesmal war es anders, aber ich war es trotzdem. Jedesmal ich.«

»Die Verbindungslinien zwischen den Welten des Möglichen, von jenen angelegt, die die Zahl des Tieres kannten.« Verin schauderte und schien eher mit sich selbst zu sprechen. »Ich habe niemals Genaueres darüber gehört, doch es gibt keinen Grund, warum wir nicht auf diesen Welten geboren werden könnten. Aber die dort ablaufenden Leben wären dann ganz anders als unseres hier. Ganz klar. Verschiedene Leben wegen der verschiedenen Möglichkeiten, wie die Dinge abgelaufen sein könnten.«

»Das ist es also? Ich ... wir ... sahen, wie unser Leben hätte verlaufen können?« *Ich habe wieder gewonnen, Lews Therin. Nein! Ich bin Rand al'Thor!* Verin schüttelte sich und sah ihn an. »Überrascht es Euch, daß Euer Leben anders ablaufen würde, wenn Ihr Euch anders entscheidet oder wenn andere Ereignisse Euch beeinflussen? Obwohl, ich habe auch niemals geglaubt, daß ich —

ach! Das Wichtigste ist, daß wir hier sind. Wenn auch nicht auf die erhoffte Weise.«

»Wo sind wir hier?« wollte er wissen. Die Wälder des Steddings Tsofu waren verschwunden und von einer Ebene abgelöst worden. Unweit von ihnen, im Westen, gab es Wälder und ein paar Hügel. Als sie sich im *Stedding* um den Stein versammelt hatten, hatte die Sonne hoch am Himmel gestanden, doch hier stand sie tief an einem grauen Nachmittagshimmel. Die wenigen Bäume in ihrer Nähe waren kahl oder wiesen gerade noch ein paar leuchtend bunte Blätter auf. Ein kalter Wind wehte böig vom Osten her und wirbelte Blätter vom Boden auf.

»Auf der Toman-Halbinsel«, sagte Verin. »Das ist der Stein, den ich schon einmal besuchte. Ihr hättet nicht versuchen sollen, uns direkt hierher zu bringen. Ich weiß nicht, was schief gegangen ist; das werde ich wohl auch nie erfahren, aber den Bäumen nach zu schließen würde ich sagen, daß es bereits Herbst ist. Rand, wir haben keine Zeit gewonnen, sondern verloren. Ich denke, wir haben bestimmt vier Monate gebraucht, um hierher zu gelangen.«

»Aber ich habe nicht ...«

»Ihr müßt Euch in solchen Fragen von mir beraten lassen. Es ist wahr, ich kann Euch nicht unterrichten, aber vielleicht kann ich Euch wenigstens davon abhalten, Euch selbst umzubringen — und dazu noch uns andere —, indem Ihr zuviel der Macht auf einmal anwendet. Und selbst wenn Ihr Euch nicht umbringt, der Wiedergeborene Drache jedoch ausbrennt wie eine heruntergebrannte Kerze, na, wer wird dann dem Dunklen König gegenüberstehen?« Sie wartete nicht darauf, daß er protestierte, sondern ging statt dessen zu Ingtar hinüber.

Der Schienarer fuhr zusammen, als sie seinen Arm berührte. Er sah sie mit Verzweiflung im Blick an. »Ich wandle im Licht«, sagte er heiser. »Ich werde das Horn von Valere finden und die Macht von Shayol Ghul stürzen. Das werde ich!«

»Sicher werdet Ihr das«, sagte sie in beruhigendem Ton. Sie nahm sein Gesicht in die Hände, und er atmete schwer auf. Offensichtlich erholte er sich nun von dem, was ihn gelähmt hatte. Nur die Erinnerung daran lag immer noch in seinem Blick. »So«, sagte sie. »Das wird für Euch genügen. Ich muß sehen, wie ich den anderen helfe. Wir können das Horn noch immer zurückgewinnen, aber der Weg dahin ist nicht einfacher geworden.«

Während sie sich um die anderen kümmerte und bei jedem kurz innehielt, ging Rand zu seinen Freunden. Als er versuchte, Mat aufzurichten, zuckte dieser und starrte ihn an. Dann packte er Rands Mantel mit beiden Händen. »Rand, ich würde niemals jemandem davon erzählen — von dir, meine ich. Ich würde dich nicht verraten. Das mußt du mir glauben!« Er sah schlechter aus als je zuvor, aber Rand schrieb das vor allem seiner offensichtlichen Furcht zu.

»Das glaube ich ja auch«, sagte Rand. Er fragte sich, welche Leben Mat gelebt und was er dabei getan hatte. *Er muß es jemandem gesagt haben, sonst hätte er jetzt nicht soviel Angst.* Er konnte es ihm nicht übelnehmen. Das waren andere Mats gewesen und nicht er selber. Außerdem, wenn er nach einigen der Alternativen ging, die er selbst erlebt hatte ... »Ich glaube dir. Perrin?«

Der Jüngling mit dem lockigen Haar ließ mit einem Seufzer die Hände sinken. Rote Stellen an Stirn und Wangen zeigten, wo sich seine Fingernägel in die Haut gebohrt hatten. Seine gelben Augen verschleierten seine Gedanken. »Wir haben wirklich fast keine Wahl, Rand, stimmt's? Was auch geschieht, was wir auch tun, manche Dinge bleiben doch immer gleich.« Er atmete langgezogen aus. »Wo sind wir? Ist das eine der Welten, von denen ihr gesprochen habt, Hurin und du?«

»Wir sind auf der Toman-Halbinsel«, teilte ihm Rand

mit. »Auf unserer Welt. Das behauptet jedenfalls Verin. Und es ist Herbst.«

Mat sah bekümmert aus. »Wie konnten ...? Nein, ich will gar nicht wissen, wie das geschah. Aber wie sollen wir nun Fain und den Dolch finden? Nach so langer Zeit kann er doch überall sein.«

»Er ist hier«, versicherte ihm Rand. Er konnte nur hoffen, recht zu behalten. Fain hatte Zeit gehabt, sich zu jedem beliebigen Ort hin einzuschiffen. Zeit genug, um nach Emondsfeld zu reiten. Oder nach Tar Valon. *Bitte, Licht, laß ihn nicht des Wartens müde geworden sein. Falls er Egwene etwas angetan hat oder jemandem in Emondsfeld, dann werde ich ... Licht noch mal, ich habe mich doch bemüht, zur rechten Zeit anzukommen.* »Die größeren Städte der Toman-Halbinsel befinden sich alle westlich von hier«, verkündete Verin so laut, daß alle es hören konnten. Alle waren wieder auf den Beinen, bis auf Rand und seine beiden Freunde. Sie kam her und legte Mat die Hände auf. Dabei sagte sie: »Nicht, daß es hier viele Dörfer gibt, die groß genug sind, um sich Stadt zu nennen. Aber wenn wir irgendeine Spur der Schattenfreunde finden wollen, müssen wir mit der Suche im Westen beginnen. Und ich glaube, wir sollten kein weiteres Tageslicht verschwenden, indem wir hier herumsitzen.«

Als Mat dann blinzelte und aufstand — er wirkte wohl noch krank, seine Bewegungen waren aber energisch —, legte sie Perrin die Hände auf. Rand wich zurück, als sie anschließend nach ihm faßte.

»Seid kein Narr«, schalt sie ihn.

»Ich wünsche Eure Hilfe nicht«, sagte er ruhig. »Oder die Hilfe irgendeiner Aes Sedai.«

Ihre Lippen verzogen sich. »Wie Ihr wünscht.«

Sie saßen nun sofort auf und ritten nach Westen. Der Portalstein blieb hinter ihnen zurück. Keiner protestierte; am allerwenigsten Rand. *Licht, laß es nicht zu spät sein!*

KAPITEL 15

Schulung

Egwene saß mit übergeschlagenen Beinen in ihrem weißen Kleid auf dem Bett und ließ drei winzige Lichtkugeln über ihren Händen tanzen. Sie sollte so etwas eigentlich nicht tun, ohne daß wenigstens eine der Aufgenommenen zugegen war, aber schließlich trug Nynaeve, die wütend vor dem kleinen Kamin hin und her marschierte, den Schlangenring, den man den Aufgenommenen verlieh, und am Saum ihres weißen Kleids befanden sich die entsprechenden Farbkreise. Natürlich — ausbilden durfte sie trotzdem noch niemanden. Egwene hatte während dieser vergangenen dreizehn Wochen feststellen müssen, daß sie einfach nicht widerstehen konnte. Sie wußte ja, wie einfach es nun war, *Saidar* zu berühren. Sie fühlte es ständig, wie es auf sie wartete und sie wie der Duft eines Parfums oder das Gefühl von Seide an ihren Fingerspitzen anzog, lockte. Und wenn sie es einmal berührte, konnte sie sich kaum noch zurückhalten. Sie mußte die Macht lenken oder es zumindest versuchen. Das gelang ihr genauso oft, wie es eben nicht ging, doch auch dies spornte sie wiederum an.

Oft ängstigte es sie aber auch. Es jagte ihr Angst ein, wie oft sie die Macht zu verwenden suchte und wie ausgebrannt und trübselig sie sich fühlte, wenn sie den Strom der Macht nicht in sich spürte. Sie hätte am liebsten alles auf einmal in sich aufgenommen, trotz der Warnung, es könne sie ausbrennen, und diese Lust an der Macht erschreckte sie am meisten. Manchmal wünschte sie sich, sie wäre nie nach Tar Valon gekommen. Aber die Angst hielt sie nicht lange auf, genausowenig wie die Furcht, von einer Aes Sedai oder einer anderen Aufgenommenen als Nynaeve dabei erwischt zu werden.

Aber hier in ihrem eigenen Zimmer fühlte sie sich sicher genug. Min war auch da und saß auf dem dreibeinigen Hocker. Sie beobachtete Egwene, aber die kannte Min so gut, daß sie gewiß war, von ihr nicht verraten zu werden. Sie schätzte sich glücklich, seit ihrer Ankunft in Tar Valon zwei gute Freundinnen gewonnen zu haben.

Es war ein kleines, fensterloses Zimmer, wie alle Räume bei den Novizinnen. Nynaeve durchquerte es mit drei kurzen Schritten von einer weißgekalkten Wand zur anderen. Nynaeves eigenes Zimmer war viel größer, aber da sie unter den anderen Aufgenommenen keine Freundinnen gefunden hatte, kam sie in Egwenes Zimmer, wenn sie jemanden zum Reden brauchte — sogar jetzt, obwohl sie kein Wort sagte. Das kleine Feuer in dem engen Kamin hielt die erste Kühle des sich ankündigenden Herbstes im Schach. Egwene war allerdings sicher, daß er im Winter kaum ausreichen würde. Ein kleiner Arbeitstisch war praktisch das einzige richtige Möbelstück im Zimmer. Ihre Habseligkeiten hingen ordentlich an einer Reihe von Haken an der Wand oder lagen auf dem kurzen Regal über dem Tisch. Novizinnen beschäftigte man für gewöhnlich derart, daß sie kaum Zeit in ihren Zimmern verbringen konnten, aber heute hatten sie frei; erst das dritte Mal, seit sie und Nynaeve zur Weißen Burg gekommen waren.

»Else hat heute Galad schöne Augen gemacht, als er mit den Behütern übte«, sagte Min und schaukelte auf zwei Beinen ihres Hockers.

Die kleinen Kugeln flackerten einen Augenblick über Egwenes Händen. »Sie kann anschauen, wen sie will«, sagte Egwene leichthin. »Ich kann mir nicht vorstellen, warum mich das interessieren sollte.«

»Es läßt dich vermutlich völlig kalt. Er sieht schon wahnsinnig gut aus, wenn man ihm seine steifen Umgangsformen nachsieht. Da kann man schon mal hinsehen, besonders, wenn er kein Hemd anhat.«

Die Kugeln wirbelten erregt durch die Luft. »Ich habe gewiß keine Lust, Galad anzusehen, ob mit oder ohne Hemd.«

»Ich sollte dich nicht aufziehen«, sagte Min zerknirscht. »Tut mir leid. Aber du siehst ihn wohl ziemlich gern — verzieh dein Gesicht nicht so —, genau wie beinahe jede andere Frau in der Weißen Burg außer den Roten. Ich habe gesehen, wie Aes Sedai hinunter auf das Übungsgelände schielten, wenn er mit dem Schwert Paraden einübte; vor allem Grüne. Sie behaupten, sie schauen sich nur nach ihren Behütern um, aber wenn Galad nicht da ist, stehen erheblich weniger herum. Selbst die Köchinnen und Mägde kommen heraus, um ihn zu beobachten.«

Die Kugeln blieben mit einem Mal in der Luft stehen, und Egwene sah sie einen Augenblick lang konzentriert an. Sie verschwanden. Plötzlich kicherte sie. »Er sieht aber auch wirklich gut aus, findest du nicht? Selbst beim Laufen wirkt es, als ob er tanze.« Das Rot ihrer Wangen wurde noch dunkler. »Ich weiß, daß ich ihn nicht so anstarren sollte, aber ich kann mir nicht helfen.«

»Ich auch nicht«, sagte Min, »und ich kann schließlich sehen, wie er wirklich ist.«

»Aber wenn er gut ist …?«

»Egwene, Galad ist zum Haareausraufen gut. Er würde jederzeit jemandem weh tun, wenn er damit einem höheren Zweck dient. Er würde nicht einmal bemerken, wen er verletzt hat, weil er sich nur auf diesen höheren Zweck konzentriert, aber wenn, dann würde er erwarten, daß man ihn versteht und seine Handlungen billigt.«

»Na, du wirst es wohl wissen«, sagte Egwene. Sie hatte Mins Fähigkeit, andere Menschen nur anzusehen und alle möglichen Sachen über sie zu wissen, bereits erlebt. Min erzählte nicht alles, was sie gesehen hatte, und sie sah auch nicht immer etwas, aber es war häufig genug vorgekommen, um Egwene zu überzeugen. Sie blickte zu Nynaeve hinüber. Die tigerte immer noch im Zimmer herum und führte Selbstgespräche. Dann griff sie wieder nach *Saidar* und nahm ihr Jonglieren wieder auf, wenn auch offensichtlich unkonzentriert.

Min zuckte die Achseln. »Ich denke, ich kann es dir durchaus sagen. Er hat noch nicht einmal bemerkt, daß Else zusah. Er fragte sie, ob wie wisse, ob du nach dem Abendessen vielleicht in den Südgarten kommst, da heute ja ein freier Tag war. Ich habe sie bedauert.«

»Arme Else«, murmelte Egwene, und die Lichtkugeln über ihren Händen tanzten noch lebhafter. Min lachte.

Die Tür schlug vom Wind getrieben auf. Egwene quiekte und ließ die Kugeln verschwinden, bevor sie sah, daß es nur Elayne war.

Die goldenhaarige Tochter-Erbin von Andor schob die Tür zu und hängte ihren Umhang an einen Haken. »Ich habe es gerade erfahren«, sagte sie: »Die Gerüchte stimmen. König Galldrian ist tot. Dann wird es einen Krieg um seine Nachfolge geben.«

Min schnaubte. »Bürgerkrieg. Krieg um die Nachfolge. Dumme Bezeichnungen für die gleiche Sache. Hast du was dagegen, wenn wir nicht darüber sprechen? Wir hören doch nichts anderes. Krieg in Cairhien. Krieg auf der Toman-Halbinsel. Sie haben vielleicht in Saldaea den falschen Drachen geschnappt, aber in Tear herrscht immer noch Krieg. Das meiste sind sowieso nur Gerüchte. Gestern hörte ich, wie eine der Köchinnen behauptete, sie habe gehört, daß Artur Falkenflügel auf Tanchico zu marschiere. Artur Falkenflügel!«

»Ich dachte, du wolltest nicht darüber reden«, sagte Egwene.

»Ich sah Logain«, warf Elayne ein. »Er saß auf einer Bank im Innenhof und weinte. Er rannte weg, als er mich sah. Ich kann mir nicht helfen, er tut mir einfach leid.«

»Besser, *er* weint, als wir anderen alle, Elayne«, sagte Min.

»Ich weiß, was er ist«, meinte Elayne ruhig. »Oder genauer, was er war. Er ist es nicht mehr, und ich kann ihn nun durchaus bedauern.«

Egwene ließ sich gegen die Wand sacken. *Rand.* Logain erinnerte sie immer an Rand. Sie hatte nun einige Monate keinen Traum mehr von ihm gehabt, jedenfalls nicht die Art von Träumen wie damals auf der *Flußkönigin.* Anaiya ließ sie immer noch all ihre Träume aufschreiben, und die Aes Sedai überprüfte sie auf Hinweise oder Verbindungen zu irgendwelchen Ereignissen, aber es war nichts von Rand dabei außer ein paar Träumen, die Anaiyas Meinung nach nur aussagten, daß sie ihn vermisse. Seltsamerweise hatte sie ein Gefühl, als gebe es ihn nicht mehr, als habe er zu existieren aufgehört, genau wie ihre Träume, und zwar ein paar Wochen, nachdem sie die Weiße Burg erreicht hatten. *Und ich sitze da und denke darüber nach, wie elegant Galad läuft,* dachte sie bitter. *Rand muß es einfach gutgehen. Falls man ihn gefangen und einer Dämpfung unterzogen hätte, dann hätte ich doch etwas davon gehört.* Das jagte ihr einen kalten Schauder über den Rücken — wie immer, wenn ihr dieser Gedanke kam: eine Dämpfung bei Rand, Rand, wie er weinte und sterben wollte, so wie Logain ...

Elayne setzte sich neben sie aufs Bett und zog die Beine an, so daß sie auf ihren Füßen hockte. »Falls du in Galad verknallt bist, Egwene, wirst du für mich keine Sympathie empfinden. Ich werde dich von Nynaeve mit einem dieser schrecklichen Kräutertees, von denen sie immer erzählt, betäuben lassen.« Sie zog die Augenbrauen in Richtung Nynaeve hoch. Die hatte noch nicht einmal von ihrem Eintreten Notiz genommen. »Was ist mit ihr los? Sagt ja nicht, sie sei jetzt auch noch hinter Galad her!«

»Wir lassen sie besser in Ruhe.« Min beugte sich zu den beiden hinüber und senkte die Stimme. »Diese magere Aufgenommene Irella hat ihr gesagt, sie sei eine unbeholfene Kuh und habe nur halb soviel Talent wie sie, und da hat ihr Nynaeve eins aufs Ohr gegeben.« Elayne zog den Kopf ein. »Genau«, murmelte Min. »Sie schleppten sie im Handumdrehen in Sheriams Büro, und seither kann man nichts mehr mit ihr anfangen.«

Offensichtlich hatte Min nicht leise genug gesprochen, denn von Nynaeve her erklang ein Grollen. Plötzlich schlug die Tür ein zweites Mal auf, und ein Sturmwind fuhr in das Zimmer. Er bewegte die Decken auf Egwenes Bett nicht im geringsten, doch Min und der Hocker kippten und purzelten an die Wand hinüber. Sofort erstarb der Wind wieder, und Nynaeve stand mit verlegenem Gesicht da.

Egwene eilte zur Tür und spähte hinaus. Die Mittagssonne ließ die letzten Überreste der gestrigen Regengüsse verdunsten. Der immer noch feuchte Balkon, der sich um den Innenhof der Novizinnenquartiere zog, war leer, und alle Türen in der langen Reihe waren geschlossen. Die Novizinnen, die den freien Tag in den Gartenanlagen verbracht hatten, holten nun zweifellos den versäumten Schlaf nach. Sie konnten nicht beobachtet worden sein. Sie schloß die Tür und nahm ihren Platz neben Elayne ein. Nynaeve half Min wieder auf die Beine.

»Tut mir leid, Min«, sagte Nynaeve mit gepreßter Stimme. »Manchmal geht mein Temparament ... Ich kann nicht erwarten, daß du mir verzeihst, nach dem, was ich angerichtet habe.« Sie holte tief Luft. »Wenn du mich Sheriam melden willst, verstehe ich dich durchaus. Ich hab es verdient.«

Egwene wäre es lieber gewesen, sie hätte dieses Eingeständnis nicht gehört. Nynaeve konnte später wegen solcher Dinge ganz schön giftig werden. Sie suchte nach etwas, worauf sie sich konzentrieren konnte, damit Nynaeve glaubte, sie habe gar nicht hingehört. Unwillkürlich berührte sie erneut *Saidar* und fing wieder an, mit den Lichtkugeln zu jonglieren. Elayne machte schnell mit. Egwene bemerkte, wie sich das Glühen um die Tochter-Erbin herum aufbaute, noch bevor drei winzige Kugeln über ihren Handflächen erschienen. Sie warfen die kleinen, glühenden Bälle einander zu und ließen sie immer kompliziertere Figuren umeinander herum beschreiben. Manchmal erlosch einer davon, wenn eines der Mädchen es nicht rechtzeitig schaffte, ihn bei der Annäherung zu übernehmen, doch dann flammte er wieder mit leicht veränderter Farbe oder Größe auf.

Die Eine Macht erfüllte Egwene mit Leben. Sie roch den schwachen Rosenduft von Elaynes Seife, die sie beim morgendlichen Bad benutzt hatte. Sie konnte den rauhen Verputz der Wände fühlen, die glattgetretenen Steinplatten des Fußbodens, und zwar genauso deutlich wie das Bett, auf dem sie saß. Sie hörte Min und Nynaeve atmen und verstand ihre leisen Worte.

»Wenn es ums Vergeben geht«, sagte Min, »dann solltest du vielleicht eher mir verzeihen. Du hast dein Temparament, und ich bin ein Großmaul. Ich vergebe dir, wenn du mir vergibst.« Unter Entschuldigungen, die sogar ernst klangen, umarmten sich die beiden Frauen. »Aber wenn du das noch mal machst«, lachte Min, »werde ich *dir* eins aufs Ohr geben.«

»Das nächste Mal werfe ich etwas nach dir«, antwortete Nynaeve. Auch sie lachte dabei, doch ihr Lachen brach unvermittelt ab, als ihr Blick auf Egwene und Elayne fiel. »Ihr hört sofort damit auf, oder jemand wird tatsächlich zur Rektorin gehen! Zwei Jemands!«

»Nynaeve, das würdest du doch nicht machen!« protestierte Egwene. Als sie aber Nynaeves Blick bemerkte, unterbrach sie geschwind ihren Kontakt zu *Saidar*. »Schon gut, ich glaube dir ja. Du mußt es mir nicht beweisen.«

»Wir müssen üben«, sagte Elayne. »Sie verlangen immer mehr von uns. Wenn wir nicht noch für uns allein übten, würden wir nicht mehr mitkommen.« Ihr Gesicht wirkte ruhig und gesammelt, aber sie hatte genauso eilig wie Egwene *Saidar* fahren lassen.

»Und was geschieht, wenn ihr zuviel der Macht an euch zieht und keiner da ist, der euch aufhalten kann?« fragte Nynaeve. »Ich wünschte, ihr hättet ein bißchen mehr Angst. Ich habe Angst. Glaubt ihr vielleicht, ich wüßte nicht, wie ihr euch fühlt? Sie ist immer da, und ihr möchtet euch vollsaugen damit. Manchmal kann ich mich auch kaum zurückhalten; ich will alles auf einmal. Ich weiß, daß ich verbrennen würde, und trotzdem will ich es tun.« Sie schauderte. »Ich wünschte wirklich, ihr hättet etwas mehr Angst davor.«

»Ich fürchte mich schon«, sagte Egwene seufzend. »Ich habe sogar schreckliche Angst. Aber das hilft überhaupt nicht. Wie ist es bei dir, Elayne?«

»Das einzige, wovor ich mich fürchte«, meinte Elayne schnippisch, »ist Geschirrspülen. Mir scheint, ich muß jeden Tag abspülen.« Egwene warf ihr Kissen nach Elayne. Elayne fing es vor ihrem Kopf ab und warf es zurück. Dann ließ sie jedoch die Schultern hängen. »Ach, ja, stimmt schon. Ich habe solche Angst, daß ich nicht weiß, warum meine Zähne nicht die ganze Zeit klappern. Elaida hat mir gesagt, ich würde mich derart ängstigen, daß ich am liebsten mit dem Fahrenden Volk wegrennen wollte, aber damals habe ich das nicht verstanden. Ein Mann, der einen Ochsen so antreibt wie man uns antreibt, wäre überall deswegen verschrien. Ich bin die ganze Zeit über müde. Ich wache müde auf und gehe erschöpft schlafen. Manchmal habe ich solche Angst davor, ich könnte mehr Macht an mich reißen und lenken, als ich beherrsche, daß ich …« Sie blickte auf ihren Schoß herab und beendete den Satz nicht.

Egwene wußte, was sie unausgesprochen gelassen hatte. Ihre Zimmer lagen direkt nebeneinander, und wie in vielen dieser Novizinnenzimmer hatten irgendwelche

Vorbewohnerinnen vor langer Zeit schon ein kleines Loch durch die Zwischenwand gebohrt. Es war zu klein, um bemerkt zu werden, wenn man nicht gerade genau wußte, wo es sich befand, aber sehr nützlich, wenn man sich nach dem Löschen der Lampen noch unterhalten wollte. Zu der Zeit durften die Mädchen ihre Zimmer nicht mehr verlassen. Egwene hatte mehr als einmal gehört, wie Elayne sich in den Schlaf geweint hatte, und sie bezweifelte nicht, daß Elayne ihr eigenes Weinen gehört hatte.

»Die Idee mit dem Fahrenden Volk ist verlockend«, stimmte Nynaeve zu, »aber wohin du auch immer gehst, es ändert nichts an deinen Fähigkeiten. Vor *Saidar* kannst du nicht wegrennen.« Es klang nicht so, als gefiele ihr das, was sie gesagt hatte.

»Was siehst du, Min?« fragte Elayne. »Werden wir alle mächtige Aes Sedai oder müssen wir den Rest unseres Lebens damit verbringen, als Novizinnen Geschirr abzuspülen, oder werden wir ...« Sie zuckte unangenehm berührt die Achseln, als wolle sie die dritte Alternative, die ihr eingefallen war, lieber nicht aussprechen. Heimgeschickt. Aus der Burg geworfen. Seit Egwene angekommen war, hatte man bereits zwei Novizinnen weggeschickt, und jede sprach von ihnen nur im Flüsterton, als seien sie tot.

Min rutschte auf ihrem Hocker umher. »Ich lese nicht gern Freundinnen die Zukunft«, knurrte sie. »Die Freundschaft ist dabei meist im Weg. Ich versuche dann, aus allem nur das Beste herauszulesen. Deshalb tue ich das nicht mehr für euch. Außerdem hat sich bei euch auch nichts geändert, seit ...« Sie blinzelte sie an, und plötzlich runzelte sie die Stirn. »Das ist neu«, hauchte sie.

»Was?« fragte Nynaeve in scharfem Ton.

Min zögerte, bevor sie antwortete: »Gefahr. Ihr befindet euch alle in irgendeiner Gefahr. Oder ihr werdet euch sehr bald in einer Gefahr befinden. Ich kann nichts

Genaues erkennen, aber die Gefahr ist deutlich sichtbar.«

»Seht ihr?« sagte Nynaeve zu den beiden Mädchen, die auf dem Bett saßen. »Ihr müßt vorsichtig sein. Wir alle müssen uns in acht nehmen. Ihr müßt mir beide versprechen, daß ihr nicht mehr allein die Macht benützt, ohne jemanden, der euch anleitet.«

»Ich will gar nicht mehr darüber sprechen«, sagte Egwene.

Elayne nickte eifrig. »Ja. Sprechen wir über etwas anderes. Min, wenn du ein Kleid anziehst, möchte ich darauf wetten, daß Gawyn dich bittet, mit ihm spazierenzugehen. Du weißt ja, daß er dir schöne Augen macht, aber ich glaube, die Hosen und der Männermantel schrecken ihn ab.«

»Ich ziehe mich so an, wie es mir paßt, und das ändere ich auch nicht für einen Lord, selbst wenn er dein Bruder ist.« Min sagte das beinahe abwesend. Sie sah sie immer noch schief an und hatte die Stirn gerunzelt. Dieses Thema hatten sie schon ein paar Mal angeschnitten. »Manchmal ist es nützlich, für einen Jungen gehalten zu werden.«

»Keiner, der dich zweimal ansieht, glaubt dir, daß du ein Junge bist.« Elayne lächelte.

Egwene war nervös. Elayne brachte eine gezwungene Fröhlichkeit in die Unterhaltung, doch Min achtete kaum darauf, und Nynaeve wirkte, als wolle sie die anderen erneut warnen.

Als sich die Tür wieder öffnete, schoß Egwene sofort hoch, um sie zu schließen. Sie war für jede Tätigkeit dankbar, die sie von ihren trüben Gedanken ablenkte. Bevor sie jedoch die Tür erreichte, trat eine dunkeläugige Aes Sedai ein, deren blondes Haar zu einer Unzahl von Zöpfen geflochten war. Egwene schnappte überrascht nach Luft, nicht nur, weil es eine Aes Sedai war, sondern vor allem, da es sich ausgerechnet um Liandrin handelte. Sie hatte gar nicht gewußt, daß Liandrin in die Weiße Burg zurückgekehrt war, aber davon einmal ganz abgesehen schickte man üblicherweise nach einer Novizin, wenn eine Aes Sedai sie zu sprechen wünschte. Wenn eine der Schwestern selbst herkam, konnte dies nichts Gutes bedeuten.

Im Zimmer war es — mit fünf Frauen — jetzt ziemlich eng. Liandrin blieb stehen, rückte ihre Stola mit den roten Fransen zurecht und musterte sie. Min rührte sich nicht, doch Elayne erhob sich, und die drei, die nun standen, knicksten vor Liandrin. Nynaeve allerdings bewegte kaum das Knie dabei. Egwene glaubte nicht, daß Nynaeve sich je daran gewöhnen würde, andere im Rang über sich zu haben.

Liandrins Blick ruhte schließlich auf Nynaeve. »Und warum befindest du dich hier im Quartier der Novizinnen, Kind?« Ihre Stimme klang eisig.

»Ich besuche Freundinnen«, sagte Nynaeve mit gepreßter Stimme. Einen Augenblick später fügte sie widerwillig hinzu:

»Liandrin Sedai.«

»Die Aufgenommenen können unter den Novizinnen keine Freundinnen haben. Das solltest du mittlerweile gelernt haben, Kind. Aber es ist gut, daß ich euch hier vorfinde. Ihr beide« — ihr Finger fuhr dolchartig auf Elayne und Min zu — »werdet gehen.«

»Ich komme später wieder.« Min erhob sich gelassen und zeigte deutlich, daß sie es nicht eilig hatte. Sie schlenderte grinsend an Liandrin vorbei, die jedoch keine Notiz von ihr nahm. Elayne warf Egwene und Nynaeve einen besorgten Blick zu, bevor sie erneut knickste und ging.

Nachdem Elayne die Tür hinter sich geschlossen hatte, musterte Liandrin Egwene und Nynaeve eingehend. Egwene wurde unter ihrem Blick sichtlich nervös, doch Nynaeve hielt sich aufrecht. Nur ihre Wangen wurden ein klein wenig roter.

»Ihr beiden stammt aus dem gleichen Dorf wie die

Jungen, die mit Moiraine kamen. Stimmt das?« fragte Liandrin plötzlich.

»Habt Ihr etwas von Rand erfahren?« fragte Egwene übereifrig. Liandrin zog eine Augenbraue hoch. »Verzeiht mir, Aes Sedai. Ich habe mich vergessen.«

»Habt Ihr etwas von ihnen gehört?« fragte Nynaeve beinahe fordernd. Bei den Aufgenommenen gab es keine Vorschrift, daß sie eine Aes Sedai nur ansprechen durften, wenn sie dazu aufgefordert worden waren.

»Ihr seid um sie besorgt. Das ist gut. Sie sind in Gefahr, und ihr seid vielleicht in der Lage, ihnen zu helfen.«

»Woher wißt Ihr, daß sie in Gefahr sind?« Diesmal lag eine eindeutige Forderung in Nynaeves Worten.

Liandrins Knospenmund verzog sich, doch ihre Stimme klang genauso wie vorher. »Auch wenn du dessen nicht gewahr wurdest, hat Moiraine euretwegen Briefe an die Weiße Burg gerichtet. Moiraine Sedai sorgt sich um euch und eure jungen ... Freunde. Diese Jungen, sie sind in Gefahr. Wollt ihr ihnen helfen oder sie ihrem Schicksal überlassen?«

»Ja«, sagte Egwene, und gleichzeitig fragte Nynaeve: »Welche Art von Schwierigkeiten? Wieso interessiert *Ihr* euch dafür?« Nynaeve betrachtete die roten Fransen an Liandrins Stola. »Und ich dachte, Ihr könntet Moiraine nicht ausstehen!«

»Setze nicht zuviel voraus, Kind«, sagte Liandrin in scharfem Ton. »Aufgenommen zu sein bedeutet noch nicht, daß du das Recht hast, dich als Schwester zu fühlen. Aufgenommene wie Novizinnen haben einer Schwester zuzuhören und zu tun, was man ihnen aufträgt.« Sie atmete tief durch und fuhr dann fort. Ihre Stimme klang wieder kalt und überlegen, doch auf ihren Wangen waren weiße Flecken zu sehen, so sehr ärgerte sie sich. »Eines Tages, da bin ich sicher, werdet auch ihr einer guten Sache dienen und lernen, daß ihr dazu selbst mit denen zusammenarbeiten müßt, die ihr nicht leiden könnt. Ich sage euch: Ich habe mit vielen zusammengearbeitet, mit denen ich bestimmt kein Zimmer teilen würde, wenn es an mir läge. Würdet ihr nicht auch mit jemandem gemeinsame Sache machen, den ihr am meisten haßt, wenn es eure Freunde retten könnte?«

Nynaeve nickte zögernd. »Aber Ihr habt uns immer noch nicht gesagt, in welcher Gefahr sie sich befinden, Liandrin Sedai.«

»Die Gefahr droht von Shayol Ghul her. Sie werden gejagt, und wie ich hörte, nicht zum ersten Mal. Wenn ihr mit mir kommt, könnten wenigstens ein paar dieser Gefahren ausgeschaltet werden. Fragt mich nicht wie, denn ich kann es euch nicht sagen, aber ich sage euch ganz eindeutig, daß es so ist und nicht anders.«

»Wir kommen mit, Liandrin Sedai«, sagte Egwene. »Wohin mitkommen?« fragte Nynaeve. Egwene warf ihr einen resignierenden Blick zu.

»Zur Toman-Halbinsel.«

Egwenes Mund klappte auf, und Nynaeve murmelte: »Es herrscht Krieg auf der Toman-Halbinsel. Hat diese Gefahr etwas mit dem Heer Artur Falkenflügels zu tun?«

»Schenkst du Gerüchten Glauben, Kind? Aber selbst, wenn sie sich bewahrheiten, kann euch das dann aufhalten? Ich glaubte, diese Männer seien eure Freunde.« An Liandrins Worten war etwas, das ihnen sagte, ihr könne das nicht passieren.

»Wir kommen mit«, sagte Egwene. Nynaeve öffnete den Mund noch mal, doch Egwene fuhr fort: »Wir gehen, Nynaeve. Wenn Rand unsere Hilfe braucht — und Mat und Perrin —, dann helfen wir auch.«

»Das ist klar«, meinte Nynaeve, »aber ich möchte wissen: warum gerade wir? Was können wir schon tun, das Moiraine oder Ihr, Liandrin, nicht fertigbringt?«

Die weißen Flecken auf Liandrins Wangen verstärkten sich. Egwene wurde bewußt, daß Nynaeve die Ehrenbezeichnung vergessen hatte, als sie Liandrin ansprach. Aber diese sagte nur: »Ihr beiden kommt aus dem gleichen Dorf. Auf irgendeine Art und Weise, die ich selbst nicht verstehe, besteht eine Verbindung zwischen euch. Darüber hinaus kann ich nichts sagen. Und ich werde keine weiteren dummen Fragen mehr beantworten. Kommt ihr nun ihretwegen mit mir?« Sie wartete auf ihre Zustimmung. Als sie nickten, entspannte sie sich sichtlich. »Gut. Ihr werdet mich eine Stunde vor Sonnenuntergang an der nördlichsten Ecke des Ogierhains treffen. Bringt eure Pferde mit und alles, was ihr für die Reise benötigt. Erzählt niemandem etwas davon.«

»Wir dürfen die Umgebung der Burg nicht ohne Erlaubnis verlassen«, sagte Nynaeve bedächtig.

»Ihr habt meine Erlaubnis. Sagt es niemandem. Absolut niemandem. In den Sälen der Weißen Burg wandeln Schwarze Ajah.«

Egwene schnappte nach Luft und hörte, wie Nynaeve genauso überrascht keuchte, doch Nynaeve erholte sich schneller. »Ich glaubte, alle Aes Sedai verleugneten deren Existenz.«

Liandrins Mund verzog sich spöttisch. »Viele verleugnen sie, aber Tarmon Gai'don kommt näher, und die Zeit zum Verleugnen ist verronnen. Die Schwarzen Ajah, das ist das Gegenteil von all dem, wofür die Weiße Burg steht, aber sie existieren, Kind. Sie sind überall. Jede Frau könnte ihnen angehören und dem Dunklen König dienen. Falls eure Freunde vom Schatten verfolgt werden, glaubt ihr dann, die Schwarzen Ajah würden euch in Freiheit und am Leben lassen, um ihnen zu helfen? Erzählt niemandem von unserem Plan — absolut niemandem! —, oder ihr erlebt vielleicht die Ankunft auf der Toman-Halbinsel nicht mehr. Eine Stunde vor Sonnenuntergang. Laßt mich nicht im Stich.« Damit war sie weg und schloß energisch die Tür hinter sich.

Egwene ließ sich auf das Bett fallen und umschlang ihre Knie. »Nynaeve, sie gehört zu den Roten Ajah. Sie kann doch gar nichts von Rand wissen. Wenn sie etwas ...«

»Sie kann es nicht wissen«, stimmte Nynaeve ihr zu. »Ich möchte nur gern wissen, wieso eine Rote ihre Hilfe anbietet. Oder warum sie mit Moiraine zusammenarbeiten will. Ich hätte schwören können, daß keine der beiden der anderen Wasser gäbe, wenn sie am Verdursten wäre.«

»Glaubst du, sie lügt?«

»Sie ist eine Aes Sedai«, entgegnete Nynaeve trocken. »Ich verwette meine beste Silberspange gegen eine Heidelbeere, daß jedes Wort wahr ist, was sie gesagt hat. Aber ich frage mich, ob wir wirklich hörten, was wir zu hören glaubten.«

»Die Schwarzen Ajah.« Egwene schauderte. »Was sie darüber sagte, war völlig unmißverständlich, Licht, steh uns bei.«

»Eindeutig«, sagte Nynaeve. »Und damit hat sie auch verhindert, daß wir irgend jemanden um Rat fragen, denn wem können wir unter diesen Umständen noch vertrauen? Licht, steh uns wirklich bei!«

Min und Elayne kamen hereingestürzt und schlugen laut die Tür hinter sich zu. »Geht ihr wirklich mit?« fragte Min, und Elayne deutete auf das winzige Loch in der Wand über Egwenes Bett und sagte: »Wir haben von meinem Zimmer aus mitgehört. Wir haben alles gehört.«

Egwene und Nynaeve sahen einander an, und Egwene fragte sich, wieviel sie wirklich gehört hatten. An Nynaeves Gesicht konnte sie dieselbe Frage ablesen. *Wenn sie etwas über Rand ausplaudern ...* »Ihr müßt das für euch behalten«, warnte Nynaeve. »Ich denke, daß Liandrin bei Sheriam die Erlaubnis eingeholt hat, uns mitzunehmen, aber falls das nicht der Fall ist und sie wegen uns morgen die ganze Burg auf den Kopf stellen, dürft ihr kein Wort verraten.«

»Es für uns behalten?« fragte Min. »Keine Angst. Ich komme sowieso mit euch. Den ganzen Tag muß ich der einen oder anderen Braunen Schwester etwas zu erklären versuchen, was ich selbst nicht verstehe. Ich kann noch nicht einmal spazierengehen, ohne daß die Amyrlin auftaucht und mich bittet, die Zukunft von jeder, die wir gerade sehen, zu lesen. Wenn diese Frau dich um etwas bittet, dann führt kein Weg daran vorbei. Ich muß für sie etwas über das Schicksal der halben Burg herausfinden, und dann will sie immer noch mehr wissen. Alles, was ich brauchte, war einen Vorwand, um abzuhauen, und den habe ich nun.« In ihrem Gesicht stand eine Entschlossenheit, die keinen Widerspruch duldete.

Egwene fragte sich, warum Min so scharf darauf war, mit ihnen zu kommen. Sie hätte ja auch auf eigene Faust verschwinden können. Aber bevor sie länger darüber nachdenken konnte, sagte Elayne: »Ich komme auch mit.«

»Elayne«, meinte Nynaeve sanft, »Egwene und ich sind durch unsere gemeinsame Heimat Emondsfeld mit den Jungen verbunden. Du bist die Tochter-Erbin von Andor. Wenn du aus der Weißen Burg verschwindest, könnte das sogar einen Krieg auslösen.«

»Mutter würde keinen Krieg gegen Tar Valon anfangen, und wenn sie mich teerten und federten, was durchaus geschehen könnte. Wenn ihr drei wegrennen und auf Abenteuer ausziehen könnt, dann glaubt ja nicht, daß ich hierbleibe und Geschirr abwasche und den Boden schrubbe und mich von irgendeiner Aufgenommenen schlagen lasse, weil ich das Feuer nicht genauso eingelegt habe, wie sie es wollte. Gawyn wird vor Neid erblassen, wenn er das hört.« Elayne grinste und faßte hinüber, um mit Egwenes Haar zu spielen. »Außerdem, falls ihr Rand lange genug frei herumlaufen laßt, habe ich vielleicht eine Chance, ihn mir zu greifen.«

»Ich glaube nicht, daß eine von uns Rand bekommt«, sagte Egwene traurig.

»Dann müssen wir feststellen, wen er haben will, und ihr das Leben zur Hölle machen. Aber so blöd ist er nicht, daß er sich eine andere aussucht, wenn er eine von uns haben kann. Ach, lächle doch mal wieder, Egwene. Ich weiß, daß er dir gehört. Ich fühle mich nur« — sie zögerte und suchte nach dem passenden Ausdruck — »frei. Ich habe noch nie ein Abenteuer erlebt. Ich wette, keine von uns wird sich in den Schlaf weinen, wenn wir etwas Tolles erleben. Und falls doch, werden wir sichergehen, daß die Geschichtenerzähler diesen Teil auslassen.«

»Das ist doch alles Quatsch«, sagte Nynaeve. »Wir reiten zur Toman-Halbinsel. Du hast die Neuigkeiten und die Gerüchte gehört. Es wird gefährlich. Du mußt hierbleiben.«

»Ich habe auch gehört, was Liandrin Sedai über die — die Schwarzen Ajah gesagt hat.« Elayne flüsterte beinahe, als sie diese Bezeichnung aussprach. »Wie sicher werde ich hier sein, wenn *die* sich hier befinden? Wenn Mutter auch nur ahnte, daß es wirklich Schwarze Ajah gibt, würde sie mich lieber mitten in eine Schlacht hineinschicken, nur um mich von hier wegzubringen.«

»Aber Elayne ...«

»Es gibt nur eines, um mich davon abzuhalten, daß ich mitkomme. Ihr müßt es eben Sheriam erzählen. Wir werden ein schönes Bild abgeben, wenn wir in ihrem Büro in einer Reihe stehen. Wir vier. Ich glaube nicht, daß Min sich da noch ausschließen könnte. Aber da ihr es Sheriam nicht erzählen werdet, komme ich auch mit.«

Nynaeve hob abwehrend die Hände. »Vielleicht fällt dir etwas ein, um sie noch zur Vernunft zu bringen«, wandte sie sich an Min.

Min hatte sich an die Tür gelehnt und Elayne angeblinzelt, und nun schüttelte sie den Kopf. »Ich glaube, sie muß genauso mitkommen wie ihr beiden. Wie wir alle. Ich kann jetzt die Gefahr um euch alle herum deutlicher erkennen. Nicht deutlich genug, um festzustellen, was es ist, aber ich denke, es hat etwas mit eurer Entscheidung zu tun, hier wegzugehen. Deshalb ist sie jetzt klarer umrissen und eindeutiger.«

»Das ist noch kein Grund dafür, daß sie mitkommen muß«, sagte Nynaeve, aber Min schüttelte erneut den Kopf.

»Sie ist mit — mit diesen Jungen genauso verbunden wie du oder Egwene oder ich. Sie gehört dazu, Nynaeve, gleich, was es ist. Ein Teil des Musters, würde eine Aes Sedai vermutlich dazu sagen.«

Elayne schien von ihren Worten überrascht, aber auch interessiert. »Tatsächlich? Welcher Teil, Min?«

»Ich kann es nicht klar erkennen.« Min blickte zu Boden. »Manchmal wünsche ich mir, ich könnte überhaupt nichts erkennen. Den meisten Leuten gefällt das, was ich sehe, sowieso nicht.«

»Wenn wir schon alle gehen«, sagte Nynaeve, »dann sollten wir uns jetzt ans Planen machen.« Wie viele Einwände sie auch vorher gemacht haben sollte: Wenn die Entscheidung gefallen war, wandte sich Nynaeve sofort den praktischen Problemen zu — was sie mitnehmen mußten und wie kalt es sein würde, wenn sie die Toman-Halbinsel erreichten, und wie sie ihre Pferde aus den Ställen holen konnten, ohne aufgehalten zu werden.

Während sie ihr lauschte, fragte Egwene sich doch immer noch, welche Gefahr Min auf sie lauern sah und was Rand bedrohte. Ihr fiel nur eines ein, was Rand bedrohen konnte, und bei dem Gedanken überlief es sie kalt. *Halt aus, Rand. Halt aus, du wollköpfiger Idiot. Irgendwie werde ich dir helfen.*

KAPITEL 16

Flucht aus der
Weißen Burg

Egwene und Elayne nickten jeweils kurz den Gruppen von Frauen zu, die sie unterwegs zum Ausgang der Burg trafen. Es war schon gut, daß sich gerade heute so viele Frauen von außerhalb in der Burg befanden, dachte Egwene. Es waren zu viele, als daß sie alle eine Aes Sedai zur Begleitung dabeihaben konnten. Allein oder in kleinen Gruppen zusammenstehend, reich oder ärmlich nach der Mode eines halben Dutzends Länder gekleidet, manche noch staubig von ihrer Reise nach Tar Valon: So standen sie ein wenig verloren herum und warteten darauf, bis sie an der Reihe waren, eine der Aes Sedai zu befragen oder ihre Petitionen abzugeben. Ein paar der Frauen — Ladies oder Kauffrauen oder die Ehefrauen von Kaufleuten — hatten Dienerinnen dabei. Sogar einige Männer waren mit Petitionen erschienen, standen abseits und wirkten nervös. Es war schon etwas Besonderes, sich in der Weißen Burg zu befinden. Sie beäugten sich gegenseitig mißtrauisch.

Vornweg marschierte Nynaeve mit flatterndem Umhang und stur geradeaus gerichtetem Blick. Sie schritt einher, als wisse sie genau, wohin sie wolle — was ja auch stimmte, jedenfalls, solange sie nicht angehalten wurden —, und als habe sie jedes Recht, sich hier zu befinden. Doch das war natürlich eine ganz andere Sache. Sie hatten die Kleidung angelegt, in der sie nach Tar Valon gekommen waren, und wirkten darin nicht wie Bewohnerinnen der Burg. Jede hatte ihr bestes Kleid angezogen, sofern der Rock zum Reiten geeignet war, und dazu trugen sie reich bestickte Wollumhänge. Solange sie sich von allen fernhielten, die sie vielleicht erkennen konnten — einigen hatten sie bereits ausweichen müssen —, glaubte Egwene, daß sie es schaffen konnten. »Das wäre wohl besser für einen Ausritt im Park irgendeines Lords geeignet als für den harten Ritt zur Toman-Halbinsel«, hatte Nynaeve trocken bemerkt, als Egwene ihr half, die Knöpfe des grauseidenen Kleides mit den Goldstickereien und den perlenbesetzten Blumen auf Busen und Ärmeln zu schließen, »aber damit können wir vielleicht unbemerkt entkommen.«

Jetzt schob Egwene ihren Umhang nach hinten und glättete ihr goldverziertes, grünes Seidenkleid. Sie sah Elayne kurz an, die in Blau mit beigefarbenen Streifen gekleidet war. Sie konnte nur hoffen, daß Nynaeve recht behielt. Bisher hatte man sie für adlige oder zumindest reiche Frauen gehalten, die hier Petitionen abgeben wollten.

Eine kleine Ansammlung von Bauersfrauen in dicken, dunklen Wollkleidern knickste, als sie vorbeischritten. Egwene blickte zu Min zurück, sobald sie weit genug entfernt waren. Min hatte wieder ihre Hosen und das bauschige Männerhemd an, und darüber den braunen Mantel und Umhang eines Jungen. Über ihr kurzes Haar hatte sie einen alten breitkrempigen Hut gestülpt. »Eine von uns muß den Diener spielen«, hatte sie lachend erklärt. »Frauen, die so angezogen sind wie ihr, haben immer mindestens einen dabei. Ihr werdet euch noch wünschen, meine Hosen zu tragen, wenn wir wegrennen müssen.« Sie schleppte vier Satteltaschen, die vor warmer Kleidung überquollen. Bevor sie zurückkehrten, würde es auf jeden Fall Winter. Auch Proviant hatten sie eingepackt, den sie aus der Küche entwendet hatten. Er würde reichen, bis sie sich wieder etwas kaufen konnten.

»Bist du sicher, daß du mir nicht einen Teil des Gepäcks zum Tragen geben willst, Min?« fragte Egwene leise.

»Sie sind nur sperrig«, sagte Min grinsend, »aber nicht schwer.« Sie schien alles für ein Spiel zu halten oder tat zumindest so. »Und die Leute würden sich garantiert wundern, warum eine so feine Lady ihre eigenen Satteltaschen schleppen muß. Du kannst deine und meinetwegen auch meine dann tragen, wenn wir ...« Ihr Grinsen verging, und sie flüsterte eindringlich: »Aes Sedai!«

Egwene blickte rasch nach vorn. Eine Aes Sedai mit langem, glattem, schwarzem Haar und zu Elfenbein gealterter Haut kam durch den Korridor auf sie zu, wobei sie den Ausführungen einer Frau in grober Bauernkleidung und einem geflickten Umhang lauschte. Die Aes Sedai hatte sie noch nicht erspäht, aber Egwene erkannte sie. Es war Takima, eine der Braunen Ajah, die ansonsten Geschichte der Weißen Burg und der Aes Sedai lehrte. Sie würde auf hundert Schritt Entfernung eine ihrer Schülerinnen erkennen.

Nynaeve bog in einen Seitengang ein, ohne ihre Schritte zu verlangsamen, aber dort kam eine der Aufgenommenen an ihnen vorbei, eine schlacksige Frau mit ewig finsterem Gesicht, die eine Novizin mit rot angelaufenem Gesicht am Ohr hinter sich herzog.

Egwene mußte schlucken, bevor sie etwas sagen konnte: »Das waren Irella und Else. Haben sie uns bemerkt?« Sie brachte es nicht fertig, sich noch einmal umzublicken.

»Nein«, sagte Min nach einem Moment. »Sie haben nur unsere Kleider bemerkt.« Egwene atmete vor Erleichterung tief durch. Auch von Nynaeve war ein Seufzer der Erleichterung zu hören.

»Bevor wir die Ställe erreichen, bekomme ich noch einen Herzschlag«, murmelte Elayne. »Fühlt man sich bei einem Abenteuer die ganze Zeit so, Egwene? Das Herz in der Hose und der Magen in den Kniekehlen?«

»Ich denke schon«, meinte Egwene bedächtig. Es war schwer zu verstehen, daß sie noch vor einiger Zeit ganz wild auf Abenteuer gewesen war und etwas Gefährliches und Aufregendes anstellen wollte, so wie die Menschen in den Legenden. Jetzt war ihr klar, daß alles Erregende darin bestand, woran man sich erinnerte, und daß die Geschichten eine Menge unangenehmer Dinge nicht erwähnten. Das sagte sie auch Elayne.

»Trotzdem«, meinte die Tochter-Erbin entschieden, »ich habe so etwas Aufregendes noch nie erlebt und hätte auch keine Gelegenheit dazu, wenn es nach Mutter ginge. Und die hat mich am Gängelband, bis ich selbst einmal den Thron besteige.«

»Seid jetzt ruhig, ihr beiden«, sagte Nynaeve. Zur Abwechslung einmal waren sie allein im Korridor. Nach beiden Seiten hin war niemand zu sehen. Sie zeigte auf eine enge Wendeltreppe, die nach unten führte. »Das ist genau das, was wir jetzt brauchen. Ich hoffe, ich habe bei den vielen Wendungen und Kurven, die wir beschrieben haben, nicht die Richtung verloren.«

Sie begab sich sicheren Schrittes zur Treppe, und die anderen folgten ihr. Und tatsächlich, die kleine Tür am Fuß der Treppe führte hinaus auf den staubigen Hof des Südstalles, wo die Pferde der Novizinnen eingestellt waren, soweit sie welche hatten. Gewöhnlich blieben sie dort, bis sie wieder gebraucht wurden, also bis sie zu Aufgenommenen gemacht oder heimgeschickt wurden. Die schimmernde Masse der Burg erhob sich hinter ihnen. Das Gelände der Burg bedeckte eine große Fläche, und ihre Mauer war höher als die der sie umgebenden Stadt.

Nynaeve ging in den Stall hinein, als gehöre er ihr. Es roch drinnen nach sauberem Heu und Pferden. Zwei lange Boxenreihen zogen sich nach hinten in die Schatten hinein, die von Lichtbalken aus den Dachluken durchbrochen wurden. Endlich einmal standen die zerzauste Bela und Nynaeves graue Stute in Boxen nahe dem Tor. Bela schob ihre Nase über die Boxentür und wieherte leise, als Egwene zu ihr ging. Es war nur ein

Stallbursche in der Nähe, ein netter älterer Mann mit Grau im Bart, der auf einem Strohhalm herumkaute.

»Du wirst unsere Pferde satteln«, sagte Nynaeve im Kommandoton zu ihm. »Diese beiden. Min, suche dein und Elaynes Pferd.« Min ließ die Satteltaschen fallen und zog Elayne tiefer in den Stall hinein.

Der Stallbursche runzelte die Stirn und nahm bedächtig den Strohhalm aus dem Mund. »Da muß irgendein Fehler vorliegen, Lady. Diese Tiere ...«

»... sind unsere«, sagte Nynaeve mit fester Stimme. Sie verschränkte die Arme über der Brust, so daß ihr Schlangenring deutlich sichtbar war. »Du sattelst sie jetzt bitte.«

Egwene hielt die Luft an. Es war ihr letzter Ausweg gewesen, daß Nynaeve sich als Aes Sedai ausgeben würde, falls sie Schwierigkeiten mit jemand hatten, der sie möglicherweise unter diesen Umständen als solche akzeptieren würde. Natürlich konnte das einer Aufgenommenen oder gar einer Aes Sedai nicht passieren, aber bei einem Stallburschen ...

Der Mann sah erst Nynaeves Ring an und dann sie selbst. »Man hat mir gesagt, zwei«, sagte er schließlich unbeeindruckt. »Eine der Aufgenommenen und eine Novizin. Es war nicht von vieren die Rede.«

Egwene hätte am liebsten laut losgelacht. Ganz klar — Liandrin hatte sie nicht für fähig gehalten, ihre Pferde selbst zu holen.

Nynaeve blickte enttäuscht drein, sagte dann aber in schärferem Tonfall:

»Du holst jetzt die Pferde heraus und sattelst sie, oder du wirst Liandrin als Heilerin benötigen, falls sie so was für dich tut.«

Der Stallbursche flüsterte Liandrins Namen, aber nach einem Blick auf Nynaeves Miene kümmerte er sich um die Pferde. Er knurrte höchstens ein oder zweimal etwas in sich hinein, aber so leise, daß nur er selbst es hören konnte. Min und Elayne kehrten mit ihren eigenen Reittieren zurück, als er gerade den zweiten Sattelgurt festzurrte. Mins Pferd war ein hoher, staubfarbener Wallach, und Elayne führte eine braune Stute mit edel gekrümmtem Hals am Zügel.

Nach dem Aufsitzen wandte sich Nynaeve noch einmal dem Stallburschen zu: »Zweifellos hat man dir befohlen, den Mund zu halten, und daran ändert sich nichts, ob wir nun zwei sind oder zweihundert. Falls du anders denkst, solltest du auch bedenken, was Liandrin mit dir macht, wenn sie erfährt, daß du etwas ausgeplaudert hast, worüber du schweigen solltest.«

Beim Wegreiten warf ihm Elayne eine Münze zu und murmelte: »Für deine Mühe, guter Mann. Du hast es gut gemacht.« Draußen lächelte sie Egwene an und meinte: »Mutter sagt, Zuckerbrot und Peitsche wirken immer besser als die Peitsche allein.«

»Ich hoffe, bei den Wachen werden wir beides nicht benötigen«, sagte Egwene. »Ich hoffe, daß Liandrin auch mit denen gesprochen hat.«

Am Tarlomen-Tor jedoch, das die Südmauer der Burgumfriedung durchbrach, war nicht festzustellen, ob jemand mit den Wachsoldaten gesprochen hatte oder nicht. Sie winkten die vier Frauen nach einem kurzen Blick und einer höflichen Verbeugung einfach durch. Die Wachen waren dazu da, jene zurückzuweisen, die gefährlich wirkten, hatten aber wohl keine Anweisung, irgend jemanden drinnen festzuhalten.

Eine kühle Brise vom Fluß her erlaubte ihnen, die Kapuzen über die Köpfe zu ziehen, während sie langsam durch die Stadt ritten. Das Klappern ihrer Pferdehufe auf den Pflastersteinen ging im Lärm der Menge unter, die die Straßen füllte. Aus einigen der Gebäude, an denen sie vorbeiritten, erklang Musik. Die Menge teilte sich vor ihren Pferden wie ein Fluß vor einem Felsen, und sie konnten sich nur langsam vorwärtsbewegen. Kleidung aus aller Herren Länder war da zu sehen; von der nüchternen, dunklen Mode Cairhiens bis zu den leuchtenden Farben des Fahrenden Volks über jeden möglichen Stil dazwischen.

Egwene beachtete die sagenhaften Türme mit ihren schwindelerregenden Verbindungsbrücken nicht, genausowenig wie die Gebäude, die aussahen wie sich brechende Wogen oder vom Wind zerklüftete Klippen oder phantasievolle Muscheln und gar nicht wie etwas, das man aus Stein gebaut hat. Oft kamen Aes Sedai in die Stadt, und inmitten dieser Menge konnten sie einer plötzlich gegenüberstehen, ohne es rechtzeitig zu bemerken. Nach einer Weile wurde ihr bewußt, daß die anderen Frauen genauso scharf danach Ausschau hielten wie sie, aber der Anblick des Ogierhains war dann doch mehr als nur eine Erleichterung für sie.

Über den Dächern kamen die Großen Bäume in Sicht. Ihre weit ausladenden Kronen befanden sich mehr als hundert Spannen weit oben. Hochaufragende Eichen und Ulmen, Lederblattbäume und Tannen wirkten im Vergleich dazu winzig. Eine Art von Mauer umgab den Hain, der etwa je zwei Meilen lang und breit war, aber sie bestand lediglich aus einer endlosen Reihe von verschlungenen Steinbögen — jeder fünfzig Spannen hoch und fast doppelt so breit. An der Außenseite dieser Mauer wuselte der Verkehr entlang — Kutschen, Karren, Fußgänger —, während sich innerhalb eine Art von Wildnis erstreckte. Der Hain wirkte weder wie ein künstlich angelegter Park noch wie ein zufällig entstandener Urwald. Er erschien statt dessen wie ein natürlicher Idealzustand, wie der absolut perfekte Wald, der schönste, den man sich vorstellen konnte. Einige Blätter hatten sich schon zu verfärben begonnen, und sogar der kleinste orangefarbene oder gelbe oder rote Fleck inmitten des Grüns schien für Egwene ein Idealbild des Herbstlaubs abzugeben.

Vereinzelt schlenderten Menschen innerhalb des von der Mauer umgebenen Gebiets umher, doch niemand nahm von den Frauen Notiz, als sie unter die Bäume ritten. Die Stadt geriet schnell außer Sicht. Selbst ihr Lärm wurde gedämpft und schließlich vom Wald verschluckt.

»Am Nordrand des Hains, sagte sie«, murmelte Nynaeve und spähte umher. »Das ist doch wohl schon der nördlichste Punkt ...« Sie unterbrach sich, als zwei Pferde aus einem schwarzen Holundergesträuch hervorbrachen; eine dunkle, glänzende Stute mit einer Reiterin und ein leicht beladenes Packpferd.

Die dunkle Stute bäumte sich auf. Ihre Hufe traten ins Leere, als Liandrin die Zügel hart zu sich her riß. Das Gesicht der Aes Sedai war eine Maske der Wut. »Ich habe euch gesagt, ihr solltet niemandem davon erzählen! Niemandem!« Egwene bemerkte auf dem Packpferd einige Laternen an Stangen und wunderte sich darüber. »Sie sind Freundinnen«, begann Nynaeve. Ihr Rücken versteifte sich, aber Elayne unterbrach sie gleich.

»Vergebt uns, Liandrin Sedai. Sie haben es uns nicht gesagt; wir haben Euch belauscht. Wir wollten gar nicht hören, was wir nicht wissen sollten, aber wir haben es nun mal gehört. Und wir wollen auch Rand al'Thor helfen. Und natürlich auch den anderen Jungen«, fügte sie hastig hinzu.

Liandrin blickte Elayne und Min durchdringend an. Die Spätnachmittagssonne sandte Lichtbalken zwischen den Zweigen hindurch und warf Schatten auf ihre von den Kapuzen teilweise verdeckten Gesichter. »Also«, sagte sie schließlich, beobachtete aber dabei immer noch die beiden. »Ich hatte zwar bereits arrangiert, daß man sich um euch kümmert, aber da ihr nun einmal hier seid, seid ihr eben hier. Vier können diese Reise ebensogut antreten wie zwei.«

»Um uns kümmert, Liandrin Sedai?« fragte Elayne. »Das verstehe ich nicht.«

»Kind, du und diese andere seid als Freundinnen dieser beiden bekannt. Glaubst du nicht, daß man euch verhören würde, wenn man ihr Fehlen feststellt?

Glaubst du, die Schwarzen Ajah würden euch sanft behandeln, nur weil eine von euch einen Thron erben soll? Wenn ihr in der Weißen Burg geblieben wärt, hättet ihr diese Nacht wohl kaum überlebt.« Das brachte sie einen Moment lang zum Schweigen, doch dann ließ Liandrin ihr Pferd wenden und rief: »Folgt mir!«

Die Aes Sedai führte sie tiefer in den Hain hinein, bis sie an ein hohes Eisengitter mit rasiermesserscharfen Spitzen kamen. Leicht gekrümmt, als umspanne es eine größere Fläche, verlief das Gitter nach rechts und nach links, bis es unter den Bäumen nicht mehr sichtbar war. Im Gitter befand sich ein Tor mit einem großen Schloß. Liandrin schloß es mit einem mächtigen Schlüssel auf, den sie aus ihrem Umhang zog. Sie ließ sie hineinreiten und schloß dann hinter ihnen wieder ab. Sofort danach ritt sie weiter hinein. Von einem Ast über ihnen keckerte ein Eichhörnchen auf sie herab, und von irgendwoher erklang das harte Trommeln eines Spechts.

»Wohin reiten wir?« wollte Nynaeve wissen. Liandrin antwortete nicht, und Nynaeve blickte sich zornig nach den anderen um. »Warum reiten wir immer tiefer in diesen Wald hinein? Wir müssen eine Brücke überqueren oder ein Schiff nehmen, wenn wir Tar Valon verlassen wollen, und hier drinnen gibt es weder Brücke noch . . .«

»Aber dafür das hier«, verkündete Liandrin. »Der Zaun soll nur jene abhalten, die hier zu Schaden kommen könnten, doch wir mußten heute hierher kommen.« Worauf sie deutete, war eine hohe, dicke, hochkant stehende Platte, anscheinend aus Stein gehauen, deren eine Seite mit einem komplizierten Fries aus Blättern und Ranken verziert war.

Egwenes Kehle zog sich zusammen. Mit einem Mal wußte sie, warum Liandrin Laternen mitgenommen hatte. Der Grund gefiel ihr überhaupt nicht. Sie hörte Nynaeve flüstern: »Ein Wegetor.« Sie erinnerten sich beide nur zu gut an die Kurzen Wege.

»Wir haben es einmal überstanden«, sagte sie genauso zu sich selbst wie zu Nynaeve. »Also werden wir es auch beim zweiten Mal überstehen.« *Wenn Rand und die anderen uns brauchen, dann müssen wir ihnen helfen. Das reicht ja wohl.* »Ist das wirklich …?« begann Min mit erstickender Stimme und konnte dann den Satz nicht beenden.

»Ein Wegetor«, hauchte Elayne. »Ich habe nicht geglaubt, daß man die Kurzen Wege noch benutzen kann. Zumindest dachte ich, es sei verboten.«

Liandrin war bereits abgestiegen und pflückte das *Avendesora*-Blatt aus dem Fries. Wie zwei riesige, aus lebenden Ranken bestehende Torflügel öffnete sich der Eingang und gab den Blick auf etwas frei, das wie ein matter, silbriger Spiegel wirkte, in dem sie sich schwach widerspiegelten. »Ihr müßt nicht mitkommen«, sagte Liandrin. »Ihr könnt hier auf mich warten in der Sicherheit des umzäunten Gebietes, bis ich euch abhole. Aber vielleicht finden euch die Schwarzen Ajah eher als ich.« Ihr Lächeln wirkte nicht gerade angenehm. Hinter ihr öffnete sich das Wegetor vollends und blieb offen stehen.

»Ich habe nicht gesagt, daß ich nicht mitkomme«, sagte Elayne, doch dabei warf sie einen sehnsüchtigen Blick auf den schattigen Wald. »Wenn wir schon da hineingehen«, sagte Min heiser, »dann los.« Sie starrte das Wegetor an, und Egwene glaubte, sie murmeln zu hören: »Das Licht soll dich versengen, Rand al'Thor.«

»Ich muß als letzte gehen«, sagte Liandrin. »Hinein, ihr alle. Ich folge euch.« Sie blickte nun in Richtung des Waldes, als fürchte sie, jemand könne ihnen gefolgt sein. »Schnell! Schnell!«

Egwene wußte nicht, was Liandrin zu sehen erwartete, aber falls irgend jemand kam, könnte man denjenigen daran hindern, das Wegetor zu benutzen. *Rand, du wollköpfiger Idiot*, dachte sie, *warum kannst du nicht zur Abwechslung einmal in Schwierigkeiten hineinstolpern, bei denen ich nicht gezwungen bin, die Heldin aus dem Märchen zu spielen?* Sie hieb Bela die Fersen in die Flanken, und die zerzauste Stute, sowieso nervös vom langen Stehen im Stall, sprang mit einem Satz los. »Langsam!« rief ihr Nynaeve hinterher, doch es war zu spät. Egwene und Bela jagten auf ihre matten Spiegelbilder los; zwei zerzauste Pferde berührten sich an den Nasen und schienen ineinander zu verschmelzen. Dann verschmolz auch Egwene unter einem eisigen Schock mit ihrem Spiegelbild. Die Zeit schien sich zu strecken, als kröche die Kälte Haar für Haar über ihren Körper, und bei jedem Haar dauerte es minutenlang.

Plötzlich stolperte Bela durch pechschwarze Nacht. Sie bewegte sich so schnell, daß sie sich beinahe überschlagen hätte. Sie fing sich jedoch und stand zitternd da, während Egwene schnell herunterkletterte und an den Beinen der Stute entlangfühlte, ob sie sich verletzt habe. Sie war beinahe froh über die Dunkelheit, die ihr hochrotes Gesicht verbarg. Sie wußte, daß sowohl die Zeit als auch die Entfernungen auf der anderen Seite eines Wegetores ganz anders verliefen. Sie hatte sich gedankenlos verhalten.

In jeder Richtung erstreckte sich nur die Dunkelheit, außer dort, wo das Rechteck des geöffneten Tores wie ein von hinten beleuchtetes Rauchglasfenster schimmerte. Es ließ in Wirklichkeit kein Licht nach innen durch — die Schwärze schien sich direkt dagegenzupressen —, aber Egwene konnte die anderen sehen, die sich stark verlangsamt bewegten: Gestalten in einem Alptraum. Nynaeve bestand darauf, den anderen die Laternen zu geben und sie zu entzünden. Liandrin stimmte mürrisch zu und bestand offensichtlich auf Eile.

Als Nynaeve durch das Tor kam und langsam, ganz langsam ihre graue Stute hinter sich herführte, rannte Egwene beinahe zu ihr, um sie zu umarmen. Allerdings wollte sie damit auch ins Licht der Laterne gelangen, die Nynaeve trug. Der Lichtkreis der Laterne war kleiner als gewohnt. Die Dunkelheit drückte gegen das Licht und versuchte, es in die Laterne zurückzudrängen. Aber Egwene hatte den wachsenden Druck der Dunkelheit auf ihren Körper gespürt, als besitze sie ein Gewicht. Nun begnügte sie sich damit, zu sagen: »Bela ist in Ordnung, und ich habe mir auch nicht den Hals gebrochen, obwohl ich es verdient hätte.«

Einst hatte es in den Wegen Licht gegeben, bevor die Verderbnis der Macht, mit deren Hilfe sie erschaffen worden waren, die Verderbnis des Dunklen Königs, die auf *Saidin* lastete, begonnen hatte, auch sie zu verderben.

Nynaeve reichte ihr die Laternenstange und wandte sich um, damit sie noch eine unter ihrem Sattelgurt hervorziehen konnte. »Solange du dir darüber im klaren bist, daß du es verdient hast«, murmelte sie, »hast du es nicht verdient.« Plötzlich schmunzelte sie. »Manchmal glaube ich, daß es solche Sprüche waren und nicht alles andere, was uns den Titel ›Seherin‹ oder ›Weise Frau‹ eingebracht hat. Hier ist noch einer von der Sorte: Du brichst dir den Hals, und ich heile ihn wieder, damit ich ihn dir selbst brechen kann.«

Sie sagte das so leichthin, und Egwene lachte auch darüber — bis sie sich darauf besann, wo sie sich befanden. Auch Nynaeves Heiterkeit hielt nicht lange an.

Min und Elayne kamen zögernd durch das Wegetor, führten ihre Pferde und hielten die Laternen, als befürchteten sie, daß hier Monster auf sie warteten. Zuerst machten sie ob der Dunkelheit einen erleichterten Eindruck, aber sie war so erdrückend, daß sie bald nervös von einem Fuß auf den anderen traten. Liandrin drückte das *Avendesora*-Blatt an seinen Platz zurück und ritt mit dem Packpferd im Schlepptau durch das sich schließende Wegetor.

Liandrin wartete nicht, bis sich das Tor völlig geschlossen hatte. Sie warf Min die Führleine des Packpferdes wortlos zu und ritt entlang einer weißen Linie weiter, die im Licht der Laternen nur trübe zu sehen war und in die Wege hineinführte. Der Boden schien aus Stein zu bestehen, der durch die Einwirkung von Säure zerfressen war. Egwene kletterte hastig auf Belas Rücken, aber sie folgte der Aes Sedai nicht schneller als die anderen. Es schien nichts weiter auf der Welt zu existieren als der rauhe Boden unter den Hufen der Pferde.

Die weiße Linie führte pfeilgerade durch die Dunkelheit zu einer großen Steinplatte, die mit in Silber eingelegter Ogierschrift bedeckt war. An einzelnen Stellen wurde die Schrift von den gleichen Pockennarben unterbrochen, wie sie auf dem Boden zu sehen waren.

»Ein Wegweiser«, murmelte Elayne; sie drehte sich im Sattel um und starrte nervös nach hinten. »Elaida hat mir ein wenig von den Wegen erzählt. Sie hat aber nicht viel gesagt. Nicht genug«, fügte sie trübsinnig hinzu. »Oder vielleicht schon zuviel.«

Gelassen verglich Liandrin den Wegweiser mit einem Pergament, das sie dann wieder in einer Tasche ihres Umhangs verstaute, bevor Egwene einen Blick darauf werfen konnte. Der Schein ihrer Laternen endete schlagartig, ohne die üblichen verschwommenen Ränder, doch es reichte für Egwene, eine breite, an einzelnen Stellen zerfallene Steinbalustrade zu erkennen, als die Aes Sedai sie von dem Wegweiser aus weiterführte. Elayne hatte das eine Insel genannt. In der Dunkelheit ließ sich die Größe der Insel schlecht schätzen, doch Egwene glaubte, sie müsse etwa hundert Schritt Durchmesser haben. Steinbrücken und Rampen unterbrachen die Balustrade. Neben jeder stand ein Steinpfosten mit einer einzigen Linie in der Ogierschrift darauf. Die Brückenbögen schienen sich ins Nichts zu erstrecken. Die Rampen führten entweder nach oben oder nach unten. Es war unmöglich, mehr als ihren Anfang zu überblicken, während sie an ihnen vorbeiritten.

Liandrin blieb immer wieder stehen, um die Steinpfosten zu mustern. Dann wählte sie eine nach unten führende Rampe und bald existierte nichts mehr als diese Rampe, und die Dunkelheit. Eine geräuschdämpfende Stille hing über allem. Egwene hatte das Gefühl, daß selbst das laute Klappern der Pferdehufe auf den rauhen Steinen nicht weit über den Lichtschein hinaus trug.

Immer tiefer hinunter führte die Rampe. Sie beschrieb eine enge Windung und dann befanden sie sich auf einer neuen Insel mit ihrer halb zerfallenen Balustrade zwischen Brücken und Rampen und mit ihrem Wegweiser, dessen Aufschrift Liandrin mit ihrem Pergament verglich. Die Insel bestand aus festem Gestein, genau wie die erste. Egwene hatte das beunruhigende Gefühl, daß sich die erste Insel genau über ihren Köpfen befand.

Plötzlich sprach Nynaeve Egwenes Gedanken laut aus. Ihre Stimme klang fest, doch mittendrin unterbrach sie sich und schluckte.

»Es — es könnte doch sein«, sagte Elayne mit schwacher Stimme. Ihr Blick ging ganz kurz nach oben. »Elaida sagt, in den Wegen gelten die Naturgesetze nicht. Zumindest nicht so, wie draußen.«

»Licht!« knurrte Min und erhob dann ihre Stimme: »Wie lange sollen wir hier drinnen verbleiben?«

Die honigfarbenen Zöpfe der Aes Sedai schwangen herum, als sie sich zu ihnen umwandte. »Bis ich euch hinausbringe«, sagte sie kurz angebunden. »Je mehr ihr mich stört, desto länger wird es dauern.« Damit beugte sie sich wieder über ihr Pergament und verglich es weiter mit dem Wegweiser.

Egwene und die anderen schwiegen.

So ritt Liandrin mit ihnen von Wegweiser zu Wegweiser, über Rampen und Brücken, die sich ohne Stützen durch die endlose Dunkelheit schwangen. Die Aes Sedai achtete kaum auf die anderen, und Egwene fragte sich, ob sie zurückreiten und suchen würde, falls eine von ihnen zurückbleiben sollte. Den anderen ging möglicherweise der gleiche Gedanken durch den Kopf, denn sie hielten sich alle dicht beieinander, gleich hinter der dunklen Stute.

Egwene war überrascht, als sie an sich bemerkte, daß *Saidar* sie immer noch und auch hier lockte. Sie fühlte sowohl die Gegenwart der weiblichen Hälfte der Wahren Quelle als auch den Wunsch, sie zu berühren und den Fluß der Macht zu lenken. Irgendwie hatte sie sich eingebildet, daß der verderbliche Einfluß des Schattens auf die Wege *Saidar* vor ihr verbergen werde. Sie konnte auf gewisse Weise diese Verderbtheit spüren. Es war ein schwaches Gefühl und hatte nichts mit *Saidar* zu tun, aber sie war sicher, wenn sie hier versuchen würde, die Wahre Quelle zu berühren, wäre das, als strecke sie ihren nackten Arm durch übelriechenden, schmierigen Qualm, um eine saubere Tasse zu ergreifen. Was auch immer sie tat, würde etwas von dieser Verderbnis berühren. Zum ersten Mal seit Wochen hatte sie überhaupt keine Schwierigkeiten, der Verlockung von *Saidar* zu widerstehen.

Es mußte draußen, auf der Welt außerhalb der Kurzen Wege, schon längst Nacht sein, als Liandrin auf einer Insel plötzlich vom Pferd stieg und verkündete, daß sie hier ihr Essen einnehmen und schlafen würden und daß sich unter den Lasten auf dem Packpferd auch Lebensmittel fänden.

»Teilt es euch auf«, sagte sie, ohne jemanden Bestimmtes damit zu beauftragen. »Wir werden gute zwei Tage bis zur Toman-Halbinsel benötigen. Ich will nicht, daß ihr hungrig ankommt, falls ihr selbst nicht an Essen gedacht haben solltet.« Mit sparsamen Bewegungen nahm sie ihrer Stute den Sattel ab und legte ihr Beinfesseln an. Dann setzte sie sich auf ihren Sattel und wartete darauf, daß ihr jemand etwas zu essen brachte.

Elayne brachte ihr Fladenbrot und Käse. An der Haltung der Aes Sedai war klar zu erkennen, daß sie keinen

Wert auf ihre Gegenwart legte, also aßen die anderen ihr Brot und ihren Käse ein Stück weiter weg. Sie hatten ihre Sättel zusammengeschoben und sich ebenfalls draufgesetzt. Die Dunkelheit jenseits der Lichtkreise ihrer Laternen hob ihre Stimmung auch nicht gerade.

Nach einer Weile sagte Egwene: »Liandrin Sedai, was passiert, wenn wir dem Schwarzen Wind begegnen?« Min formte fragend das Wort mit dem Mund, aber Elayne quiekte erschreckt. »Moiraine Sedai hat gesagt, man könne ihn nicht töten und ihm nicht einmal besonders weh tun, und ich spüre hier deutlich die Verderbnis dieses Orts, die nur darauf wartet, alles zu verdrehen, was wir mit Hilfe der Macht tun.«

»Du wirst noch nicht einmal an die Wahre Quelle denken, bis ich es dir befehle«, sagte Liandrin in scharfem Ton. »Ach, wenn eine wie du hier die Macht zu lenken versuchte, könnte sie genau wie ein Mann dem Wahnsinn verfallen. Du hast noch nicht die nötige Übung, um der Verderbnis dieser Männer zu widerstehen, die dies angelegt haben. Falls der Schwarze Wind auftaucht, werde ich mich mit ihm befassen.« Sie spitzte die Lippen und betrachtete einen Brocken Käse. »Moiraine weiß nicht soviel, wie sie sich einbildet.« Lächelnd schob sie den Käse in den Mund.

»Ich kann sie nicht leiden«, murmelte Egwene so leise, daß die Aes Sedai es nicht hören konnte. »Wenn Moiraine mit ihr zusammenarbeiten kann, können wir es auch«, sagte Nynaeve ruhig. »Nicht, daß mir Moiraine lieber wäre als Liandrin, aber wenn sie sich wieder in die Angelegenheiten Rands und der anderen einmischen ...« Sie schwieg und zog ihren Umhang hoch. Die Dunkelheit strömte keine Kälte aus, doch irgendwie erschien es ihnen kalt.

»Was ist der Schwarze Wind?« fragte Min. Als Elayne es ihr unter vielen Versicherungen, Elaida habe das behauptet und ihre Mutter hätte dies gesagt, erklärt hatte, seufzte Min. »Das Muster ist uns eine ganze Menge schuldig. Ich weiß nicht, ob irgendein Mann das Risiko wert ist.«

»Du hättest ja nicht mitzukommen brauchen«, machte ihr Egwene klar. »Du hättest zu jeder Zeit gehen können. Keiner hätte dich aufgehalten, wenn du die Burg verlassen hättest.«

»Ja, ich hätte durchaus weglaufen können«, sagte Min trocken. »Genauso einfach wie du oder Elayne. Das Muster kümmert sich nicht um unsere Wünsche. Egwene, was ist, wenn Rand dich trotz allem, was du seinetwegen durchmachst, nicht heiratet? Was, wenn er eine Frau heiratet, die du noch gar nicht kennst, oder Elayne, oder mich? Was dann?«

Elayne schnaubte: »Mutter hätte etwas dagegen.«

Egwene schwieg eine Weile. Rand lebte vielleicht nicht lange genug, um irgend jemanden zu heiraten. Und falls doch ... Sie konnte sich nicht vorstellen, daß Rand jemandem weh tun würde. *Nicht einmal, wenn er wahnsinnig wird?* Es mußte einen Weg geben, das aufzuhalten oder zu ändern; Aes Sedai wußten so viel und konnten so viel tun. *Wenn sie es verhindern könnten, warum tun sie es dann nicht?* Die einzige Antwort war, daß sie es nicht konnten, und *die* Antwort wollte sie nicht hören.

Sie bemühte sich, heiter zu klingen: »Ich glaube nicht, daß ich ihn heiraten werde. Aes Sedai heiraten nur selten, das wißt ihr doch. Aber ich würde mich an eurer Stelle auch nicht auf ihn versteifen. Auch du nicht, Elayne. Ich glaube nicht ...« Ihre Stimme brach, und sie hustete schnell, damit es die anderen nicht merkten. »Ich glaube nicht, daß er jemals heiraten wird. Aber wenn doch, dann wünsche ich derjenigen viel Glück, auch wenn es eine von euch sein sollte.« Sie glaubte, daß es überzeugend geklungen hatte. »Er ist stur wie ein Maulesel und hat so manchen Fehler, aber er ist auch lieb.« Ihre Stimme schwankte, doch sie brachte es gerade noch fertig, das Schwanken in ein Auflachen zu verwandeln.

»Du magst ja behaupten, daß es dich nicht interessiert«, sagte Elayne, »aber du hättest noch mehr dagegen als Mutter. Er ist wirklich interessant, Egwene. Interessanter als jeder andere Mann, den ich je kennengelernt habe, auch wenn er nur Schafhirte ist. Wenn du dumm genug bist, ihn dir durch die Lappen gehen zu lassen, hast du es dir selbst zuzuschreiben, wenn ich ihn dir und Mutter zum Trotz heirate. Es wäre nicht das erste Mal, daß ein Prinz von Andor vor seiner Heirat keinen Titel besitzt. Aber so dumm bist du nicht, also höre auf, dich dumm zu stellen. Zweifellos wirst du eine der Grünen Ajah und machst einen deiner Behüter aus ihm. Die einzigen Grünen, von denen ich weiß, daß sie nur einen Behüter haben, sind auch mit ihm verheiratet.«

Egwene zwang sich zum Mitspielen und meinte, wenn sie zu den Grünen gehöre, werde sie zehn Behüter haben.

Min beobachtete sie mit gerunzelter Stirn, und Nynaeve wiederum beobachtete Min nachdenklich. Als sie dann bequemere Reisekleider aus ihren Satteltaschen holten und anlegten, breitete sich Schweigen aus. Es war schwer, sich in dieser Umgebung gute Laune zu erhalten.

Egwene schlief erst spät ein, und dann war es ein unruhiger Schlaf mit vielen Alpträumen. Sie träumte nicht von Rand, sondern von dem Mann mit den Augen aus Feuer. Diesmal war sein Gesicht nicht maskiert, und es sah mit seinen kaum verheilten Verbrennungen furchtbar aus. Er sah sie nur an und lachte, aber das war schlimmer als die folgenden Träume, in denen sie sich in den Kurzen Wegen verirrte und vom Schwarzen Wind verfolgt wurde. Sie war dankbar, als Liandrins Stiefelspitze sich in ihre Rippen bohrte, um sie aufzuwecken. Sie fühlte sich, als habe sie kein Auge zugemacht.

Liandrin trieb sie den ganzen nächsten Tag hart an — oder was man hier als Tag bezeichnen mochte. Ihre Laternen mußten die Sonne ersetzen. Sie ließ sie nicht rasten, bis sie müde im Sattel schwankten. Der Steinboden war ein hartes Bett, doch nach nur wenigen Stunden trieb Liandrin sie bereits wieder hoch. Sie wartete kaum, bis sie aufgesessen waren. Rampen und Brücken, Inseln und Wegweiser. Egwene sah so viele in dieser Pechschwärze, daß sie sie nicht mehr zählen konnte. Auch die Stunden und Tage konnte sie nicht mehr zählen — ihr Zeitgefühl funktionierte hier einfach nicht mehr. Liandrin gestattete ihnen nur kurze Pausen zum Essen und um die Pferde ausruhen zu lassen, und die Dunkelheit drückte auf ihre Schultern. Sie hingen alle außer Liandrin wie Mehlsäcke in ihren Sätteln. Die Aes Sedai schien von der Anstrengung und der Dunkelheit unbeeindruckt. Sie wirkte so frisch wie in der Weißen Burg und genauso kalt. Sie ließ niemanden einen Blick auf das Pergament erhaschen, das sie immer mit den Wegweisern verglich, und steckte es jedesmal mit einem kurzen »Ihr versteht das sowieso nicht« weg, wenn Nynaeve sie danach fragte.

Und dann, während Egwene noch müde in die Dunkelheit blinzelte, ritt Liandrin von einem Wegweiser weg — nicht eine weitere Rampe hinunter oder auf eine Brücke, sondern entlang einer zerfransten weißen Linie, die in die Dunkelheit hineinführte. Egwene blickte sich nach ihren Freundinnen um, und dann beeilten sich alle, Liandrin zu folgen. Vor ihnen entfernte die Aes Sedai bereits im Lichtschein ihrer Laternen das *Avendesora*-Blatt aus dem Fries eines Wegetors.

»Wir sind da«, erklärte Liandrin lächelnd. »Ich habe euch nun endlich an euren Bestimmungsort gebracht.«

KAPITEL 17

Damane

E gwene stieg vom Pferd, als sich das Wegetor öffnete, und als Liandrin ihnen bedeutete, durchzuge-
hen, da führte sie die zerzauste Stute vorsichtig hinaus.
Trotzdem stolperten sowohl sie als auch Bela über das
von dem sich öffnenden Tor niedergedrückte Gestrüpp,
als sie sich mit einem Mal viel langsamer bewegten.
Dichtes Gestrüpp hatte das Wegetor umgeben und verborgen. Nur ein paar Bäume standen in der Nähe, und
das Laub, das im Morgenwind flatterte, war ein wenig
bunter als das in Tar Valon.

Sie beobachtete ihre Freundinnen beim Herauskommen so konzentriert, daß sie mehr als eine Minute dort
gestanden hatte, bevor ihr bewußt wurde, daß sich noch
andere hier befanden, lediglich außer Sicht an der Rückseite des Tores. Als sie die anderen schließlich bemerkt
hatte, blickte sie nervös hinüber: Es war die eigenartig-
ste Ansammlung von Menschen, die sie je gesehen hatte, und außerdem hatte sie schon zu viele Gerüchte über
den Krieg auf der Toman-Halbinsel gehört.

Es waren mindestens fünfzig schwer gerüstete Männer mit Schuppenpanzern und matten schwarzen Helmen in der Form von Insektenköpfen, die da in ihren
Sätteln saßen oder neben ihren Pferden standen und sie
und die anderen gerade auftauchenden Frauen und das
Wegetor anstarrten. Sie unterhielten sich offensichtlich
über das, was sie sahen. Der einzige, der seinen vergol-
deten und bemalten Helm nicht auf dem Kopf, sondern
an der Hüfte trug, ein hochgewachsener, dunkelhäutiger Bursche mit einer Hakennase, staunte unverhohlen.

Neben den Soldaten standen auch Frauen. Zwei davon trugen einfache dunkelgraue Kleider und breite silberne Halsbänder. Sie musterten die Neuankömmlinge besonders intensiv. Direkt hinter jeder stand eine weitere Frau, so, als wolle sie ihr etwas ins Ohr flüstern. Zwei weitere Frauen, die ein kleines Stückchen weiter weg standen, trugen weite, geschlitzte, nicht einmal knöchellange Röcke und auf dem Busen und am Rock jeweils ein Abzeichen mit einem gespaltenen Blitz. Am eigenartigsten jedoch wirkte eine letzte Frau, die auf einer von acht muskulösen Männern mit nackten Oberkörpern und weiten schwarzen Hosen getragenen Sänfte ruhte. Ihr Kopf war auf beiden Seiten kahlrasiert, so daß nur ein einziger Strang schwarzen Haares in der Mitte auf ihre Schultern fiel. Ihre lange, beigefarbene Robe mit Blumen und Vögeln auf blauen Ovalen war so drapiert, daß ihr schimmernd weißer Rock gut sichtbar war. Ihre Fingernägel waren alle enorm lang und die beiden ersten an jeder Hand hatte sie blau gefärbt.

»Liandrin Sedai«, fragte Egwene nervös, »wißt Ihr, wer diese Leute sind?« Ihre Freundinnen hielten die Zügel so verkrampft, als dächten sie daran, auf die Pferde zu springen und wegzugaloppieren. Doch Liandrin steckte nur das *Avendesora*-Blatt an seinen Platz zurück und trat selbstbewußt vor, während sich das Wegetor langsam schloß. »Hohe Dame Suroth?« sagte Liandrin. Es klang wie ein Mittelding zwischen einer Frage und einer Feststellung.

Die Frau auf der Sänfte neigte den Kopf ein wenig. »Ihr seid Liandrin.« Ihre Aussprache war undeutlich, und Egwene brauchte einen Moment, bis sie die Worte verstand. »Aes Sedai«, fügte Suroth mit spöttisch verzogenem Mund hinzu, und unter den Soldaten machte sich Unruhe breit. »Wir müssen diesen Ort schnell wieder verlassen, Liandrin. Es sind Patrouillen unterwegs, und es wäre nicht gut, wenn wir von ihnen entdeckt würden. Euch würde die liebevolle Behandlung der

Wahrheitsfinder genausowenig schmecken wie mir. Ich will wieder in Falme sein, bevor Turak merkt, daß ich weg bin.«

»Wovon sprecht Ihr da?« wollte Nynaeve wissen. »Wovon redet sie, Liandrin?«

Liandrin legte eine Hand auf Nynaeves und eine auf Egwenes Schulter. »Das sind die beiden, von denen Euch berichtet wurde. Und hier ist noch eine.« Sie nickte in Richtung Elayne. »Das ist die Tochter-Erbin von Andor.«

Die beiden Frauen mit den Blitzen am Kleid kamen auf die Gesellschaft vor dem Wegetor zu. Egwene bemerkte, daß sie Leinen aus irgendeinem silbrigen Metall in den Händen hielten. Der barhäuptige Soldat kam auch mit. Seine Hand näherte sich aber nicht dem Schwertgriff, der über seine Schulter hinausragte, und er lächelte dabei unverbindlich. Trotzdem beobachtete Egwene ihn mißtrauisch. Liandrin gab kein Anzeichen der Erregung von sich, sonst wäre Egwene in diesem Augenblick ohne Zögern auf Belas Rücken gesprungen.

»Liandrin Sedai«, sagte sie eindringlich, »wer sind diese Leute? Sind sie auch hier, um Rand und den anderen zu helfen?«

Der Mann mit der Hakennase packte plötzlich Min und Elayne am Hals, und im nächsten Augenblick überstürzten sich die Ereignisse. Der Mann schrie auf und fluchte; eine oder vielleicht auch mehrere Frauen kreischten — Egwene war sich nicht sicher. Plötzlich wurde ein Sturmwind aus der Morgenbrise, und er peitschte Liandrins wütenden Aufschrei in einer Wolke aus Dreck und Laub hinweg, und die Bäume neigten sich ächzend. Pferde bäumten sich auf und wieherten schrill. Und eine von den Frauen streckte die Hand aus und befestigte etwas an Egwenes Hals.

Mit einem Umhang, der wie ein Segel flatterte, stemmte sich Egwene gegen den Wind und riß an etwas, das sich wie ein Kragen aus glattem Metall anfühlte. Es gab nicht nach. Ihre Finger zitterten. Es war wie aus einem Stück, obwohl sie wußte, daß es doch irgendwo einen Verschluß aufweisen mußte. Die silbrige Leine der Frau hing nun Egwene über die Schulter. Ihr anderes Ende war an einem schimmernden Armband am linken Handgelenk der Frau befestigt. Egwene ballte eine Faust so fest sie konnte und schlug sie der Frau aufs Auge — und dann taumelte sie selbst und fiel auf die Knie. Ihr Kopf schmerzte wie von einem Schlag, so, als sei sie von einem kräftigen Mann ins Gesicht geschlagen worden.

Als sie wieder klar sehen konnte, war der Wind eingeschlafen. Einige Pferde wanderten ziellos herum, darunter auch Bela und Elaynes Stute, und ein paar der Soldaten fluchten und standen mühsam wieder auf. Liandrin wischte sich gelassen Staub und Herbstlaub vom Kleid. Min kniete am Boden, auf die Hände gestützt, und versuchte benommen, sich hochzurappeln. Der Mann mit der Hakennase stand über ihr. Von seiner Hand tropfte Blut. Mins Messer lag ein Stück außerhalb ihrer Reichweite. An der einen Seite war die Klinge blutverschmiert. Nynaeve und Elayne waren nirgendwo zu sehen, und auch Nynaeves Stute war verschwunden, genauso wie einige Soldaten und zwei der Frauen. Die anderen beiden standen noch da, und Egwene konnte nun erkennen, daß auch sie durch eine silberne Leine miteinander verbunden waren, so wie sie mit der Frau, die sich über sie beugte.

Die Frau kauerte nun neben Egwene nieder und rieb sich die Wange. Um ihr linkes Auge herum verfärbte sich bereits die Haut blauschwarz. Sie hatte langes, dunkles Haar und große braune Augen, war hübsch und vielleicht zehn Jahre älter als Nynaeve. »Deine erste Lektion«, sagte sie nachdrücklich. In ihrer Stimme lag keine Feindseligkeit. Sie klang sogar eher freundlich. »Diesmal werde ich dich nicht weiter bestrafen, da ich bei einer gerade gefangenen *Damane* vorsichtiger hätte sein müssen. Wisse soviel: Du bist eine *Damane*, eine Gefesselte, und ich bin eine *Sul'dam*, eine Fesselträgerin. Wenn eine *Damane* und ihre *Sul'dam* durch die Fessel vereint sind, dann fühlt die *Damane* jeden Schmerz, den die *Sul'dam* empfindet, doppelt so stark. Das geht bis zum Tod. Also wirst du daran denken müssen, daß du niemals eine *Sul'dam* in irgendeiner Form schlagen darfst und daß du deine *Sul'dam* noch besser beschützen mußt als dich selbst. Ich heiße Renna. Wie wirst du genannt?«

»Ich bin nicht . . . nicht, was Ihr sagt«, ächzte Egwene. Sie zog wieder an dem Kragen, doch er gab genausowenig nach wie zuvor. Sie überlegte, ob sie die Frau niederschlagen und versuchen sollte, ihr das Armband vom Handgelenk zu ziehen, doch sie verwarf es wieder. Selbst wenn die Soldaten nichts dagegen unternähmen — im Moment schenkten sie Renna und ihr keinerlei Beachtung —, hatte sie doch das unangenehme Gefühl, die Frau habe die Wahrheit gesagt. Wenn sie ihr linkes Auge berührte, durchfuhr sie der Schmerz, aber es fühlte sich nicht geschwollen an. Also bekam sie wohl nicht solch ein blaues Auge wie Renna. Aber es tat weh. Ihr linkes Auge und Rennas linkes Auge. Sie erhob die Stimme: »Liandrin Sedai? Warum laßt Ihr das zu?« Liandrin klopfte sich den Staub von den Händen und blickte nicht einmal in ihre Richtung.

»Das allererste, was du lernen mußt«, sagte Renna, »ist, genau das zu tun, was man dir sagt, und zwar ohne zu zögern.«

Egwene schnappte nach Luft. Plötzlich brannte und prickelte ihre Haut, als hätte sie sich in Brennesseln gewälzt — von den Fußsohlen bis hinauf zur Kopfhaut. Sie drehte den Kopf hin und her, als sich das Brennen noch verstärkte.

»Viele *Sul'dam*«, fuhr Renna in diesem beinahe freundlichen Ton fort, »sind nicht der Meinung, daß man einer *Damane* ihren eigenen Namen lassen sollte;

sie wollen ihnen einen neuen Namen geben. Aber da ich es war, die dich gefangen hat, leite ich auch deine Ausbildung, und ich werde dir gestatten, deinen Namen beizubehalten. Wenn du mich nicht zu sehr enttäuscht. Ich ärgere mich gerade ein bißchen über dich. Willst du so weitermachen, bis ich wirklich zornig bin?«

Bebend knirschte Egwene mit den Zähnen. Sie grub die Fingernägel in die Handflächen und mußte sich zurückhalten, damit sie sich nicht auch noch wild kratzte. *Idiotin! Es geht doch nur um deinen Namen!* »Egwene«, brachte sie schließlich heraus. »Ich heiße Egwene al'Vere.« Sofort war das Brennen und Jucken vorbei. Sie machte einen tiefen, zittrigen Atemzug.

»Egwene«, sagte Renna. »Das ist ein guter Name.« Und zu Egwenes Entsetzen tätschelte sie ihr den Kopf, wie man es bei einem Hund macht.

Und das war es auch gewesen, erkannte sie in diesem Moment, was sie an dem Tonfall der Frau festgestellt hatte: die Freundlichkeit, wie man sie einem Hund gegenüber bei der Dressur aufbringt, aber nicht die Art von Freundlichkeit, die man einem anderen Menschen gegenüber zeigt.

Renna schmunzelte. »Nun bist du noch wütender. Wenn du vorhast, mich noch einmal zu schlagen, dann mach es nur leicht, denn für dich wird es ja der doppelte Schmerz. Versuche nicht, die Macht zu benützen; das wirst du ohne meinen ausdrücklichen Befehl niemals tun!«

Egwenes Auge pulsierte. Sie rappelte sich hoch und bemühte sich, Renna zu ignorieren, jedenfalls, soweit es möglich war, jemanden zu ignorieren, der einen an einer an einem Halsband befestigten Leine hielt. Ihre Wangen glühten, als die Frau wieder leise lachte. Sie wollte hinüber zu Min gehen, doch die von Renna gehaltene Leine ließ das nicht zu — sie war einfach zu kurz. So rief sie leise: »Min, geht es dir besser?«

Min nickte, während sie sich zu einer hockenden Stellung aufrichtete. Dann faßte sie sich an die Stirn, als bereue sie, den Kopf bewegt zu haben.

Ein greller Blitz zuckte über den klaren Himmel und schlug zwischen den Bäumen in einiger Entfernung ein. Egwene fuhr zusammen und lächelte dann plötzlich. Nynaeve und Elayne waren immer noch frei. Wenn irgend jemand sie und Min befreien konnte, dann war es Nynaeve. Ihr Lächeln verflog, und sie blickte Liandrin haßerfüllt an. Was für einen Grund die Aes Sedai auch immer gehabt haben mochte, sie zu verraten, sie würde dafür bezahlen. *Eines Tages. Irgendwie.* Der Blick bewirkte nichts; Liandrin sah nur die Sänfte an.

Die Männer mit nacktem Oberkörper knieten nieder und senkten die Sänfte langsam zu Boden. Suroth trat heraus, zupfte sorgfältig ihre Robe zurecht und ging auf leisen, von weichen Pantoffeln bedeckten Sohlen zu Liandrin. Die beiden Frauen waren fast gleich groß. Braune Augen blickten gelassen in schwarze. »Ihr hättet mir zwei bringen sollen«, sagte Suroth. »Statt dessen habe ich nur eine, und zwei weitere laufen frei herum. Eine davon ist auch noch viel stärker, als man mich hatte glauben lassen. Sie wird jede unserer Patrouillen im Umkreis von zwei Wegstunden auf sich aufmerksam machen.«

»Ich habe drei mitgebracht«, sagte Liandrin ruhig. »Wenn Ihr es nicht fertigbringt, sie festzuhalten, sollte sich unser Herr vielleicht jemand anderen suchen, um ihm zu dienen. Ihr ängstigt Euch wegen jeder Kleinigkeit. Falls Patrouillen kommen, tötet sie einfach.«

Wieder zuckte ein Blitz in einiger Entfernung auf, und Augenblicke später donnerte es in der Nähe des Einschlagortes. Eine Staubwolke erhob sich in die Luft. Weder Liandrin noch Suroth achteten darauf.

»Ich könnte immer noch mit zwei neuen *Damane* nach Falme zurückkehren«, sagte Suroth. »Ich lasse nicht gern eine ... eine Aes Sedai« — sie spie die Worte wie einen Fluch aus — »frei herumlaufen.«

Liandrins Gesichtsausdruck änderte sich nicht, doch Egwene sah, wie sich um sie herum eine schwach leuchtende Aura aufbaute.

»Nehmt Euch in acht, Hohe Dame«, rief Renna. »Sie ist kampfbereit!«

Die Soldaten rührten sich, griffen nach Schwertern und Lanzen, doch Suroth legte nur die Hände aneinander und lächelte über ihre langen Fingernägel hinweg Liandrin an. »Ihr werdet nichts gegen mich unternehmen, Liandrin. Es würde unserem Herrn nicht gefallen, da ich hier ganz sicher mehr gebraucht werde als Ihr, und außerdem fürchtet Ihr ihn mehr, als zur *Damane* gemacht zu werden.«

Liandrin lächelte, obwohl auf ihren Wangen weiße Flecke zu sehen waren. »Und Ihr, Suroth, fürchtet ihn mehr, als von mir hier an Ort und Stelle zu Asche verbrannt zu werden.«

»Genau. Wir fürchten ihn beide. Und doch wird sich mit der Zeit auch das ändern, was unser Herr benötigt. Schließlich werden einmal alle *Marath'Damane* an die Leine genommen. Vielleicht werde gerade ich den Kragen um Euren lieblichen Hals legen.«

»Wie Ihr meint, Suroth. Die Bedürfnisse unseres Herrn werden sich ändern. Ich werde Euch daran erinnern, wenn Ihr eines Tages vor mir kniet.«

Ungefähr eine Meile entfernt verwandelte sich ein hoher Lederblattbaum plötzlich in eine hohe Flammensäule.

»Das wird allmählich langweilig«, sagte Suroth. »Elbar, rufe sie zurück!« Der Mann mit der Hakennase zog ein Horn hervor, das kaum so groß war wie seine Faust. Sein Klang war heiser und durchdringend.

»Ihr müßt die Frau Nynaeve aufspüren«, sagte Liandrin in scharfem Ton. »Elayne ist unbedeutend, aber sowohl die Frau als auch dieses Mädchen hier müssen auf Euren Schiffen dabei sein, wenn Ihr zurücksegelt.«

»Ich weiß sehr genau, wie unsere Befehle lauten, *Ma-*

rath'Damane, obwohl ich viel dafür gäbe zu wissen, was das alles soll.«

»Wieviel man Euch sagte, Kind«, höhnte Liandrin, »ist genug. Mehr zu wissen, wäre nicht gut für Euch. Denkt daran, Ihr dient und gehorcht. Die beiden müssen zur anderen Seite des Aryth-Meeres gebracht und dort verwahrt werden.«

Suroth schniefte. »Ich werde nicht hierbleiben, um nach dieser Nynaeve zu suchen. Meine Nützlichkeit für unseren Herrn wäre beendet, wenn mich Turak den Wahrheitsfindern zur Folter übergibt.« Liandrin öffnete wütend den Mund, aber Suroth ließ sie gar nicht zu Wort kommen. »Die Frau wird nicht lange auf freiem Fuß bleiben. Keine von ihnen. Wenn wir zurücksegeln, werden wir jede Frau aus diesem armseligen Landzipfel mitnehmen, die auch nur ein wenig mit der Macht umgehen kann, und zwar mit Kragen und an der Leine. Falls Ihr hierbleiben und nach ihr suchen wollt, bitte. Bald werden die Patrouillen hier sein und glauben, sie müßten dieses Pack bekämpfen, das sich noch in den Hügeln verbirgt. Manche Patrouillen nehmen *Damane* mit, und es wird ihnen gleich sein, welchem Herrn Ihr dient. Solltet Ihr dieses Zusammentreffen überleben, wird Euch mit Hilfe von Halsband und Leine ein neues Leben eröffnet, und ich glaube nicht, daß unser Herr einer in dieser Lage hilft, die sich aus Dummheit fangen lassen hat.«

»Wenn es jemandem gestattet ist, hierzubleiben«, sagte Liandrin mit angespannter Stimme, »dann wird unser Herr Euch erwählen, Suroth. Fangt sie beide oder zahlt den Preis für Eure Nachlässigkeit.« Sie schritt zum Wegetor hinüber, wobei sie ihre Stute am Zügel mitzog. Bald schloß sich das Tor hinter ihr.

Die Soldaten, die Nynaeve und Elayne verfolgt hatten, kamen nun zusammen mit den beiden Frauen zurückgaloppiert, der *Damane* und der *Sul'dam*, die, durch Armband, Leine und Halsband verbunden, nebeneinander reiten mußten. Drei Männer führten Pferde am Zügel, über deren Sättel man Leichen gelegt hatte. In Egwene keimte wieder mehr Hoffnung auf, als sie erkannte, daß all diese Leichen Rüstungen trugen. Sie hatten also weder Nynaeve noch Elayne gefangen.

Min richtete sich nun endgültig auf, doch der Mann mit der Hakennase trat ihr mit dem Stiefel in den Rücken, so daß sie wieder zu Boden gedrückt wurde. Nach Luft schnappend zuckte sie dort schwach. »Ich bitte um Erlaubnis, zu sprechen, Hohe Dame«, sagte er. Suroth machte eine leichte Handbewegung, und er fuhr fort: »Diese Bäuerin hat mich verletzt, Hohe Dame. Falls die Hohe Dame sie nicht brauchen sollte ...?« Wieder machte Suroth eine leichte Handbewegung und wandte sich ab. Er griff über seine Schulter nach dem Schwert.

»Nein!« schrie Egwene. Sie hörte Renna leise fluchen, und plötzlich war das Brennen und Jucken ihrer Haut wieder da, schlimmer als zuvor. Doch diesmal hörte sie nicht auf. »Bitte! Hohe Dame, bitte! Sie ist meine Freundin!« Schmerzen, wie sie sie noch nie erlebt hatte, schüttelten sie selbst durch das Brennen hindurch. Jeder Muskel in ihrem Körper verkrampfte und verknotete sich. Sie fiel aufs Gesicht und lag winselnd im Staub, aber sie konnte trotzdem noch beobachten, wie Elbars schweres, gekrümmtes Schwert aus der Scheide fuhr und wie er es mit beiden Händen hob. »Bitte! O Min!«

Mit einem Schlag war der Schmerz verschwunden, als habe es ihn nie gegeben — nur die Erinnerung daran blieb. Suroths blaue Samtpantoffeln, die jetzt mit Schmutz bedeckt waren, erschienen vor ihrem Gesicht, aber sie blickte unverwandt auf Elbar. Er stand da, hatte mit dem Schwert zum Schlag ausgeholt und immer noch einen Fuß auf Mins Rücken ... und er rührte sich nicht.

»Ist diese Bäuerin deine Freundin?« fragte Suroth.

Egwene wollte aufstehen, doch nachdem Suroth überrascht eine Augenbraue hochgezogen hatte, blieb sie liegen, wo sie war, und hob nur den Kopf. Sie mußte Min retten. *Und wenn ich dafür auch kriechen muß...* Sie verzog die Lippen und hoffte, daß ihre Grimasse als Lächeln erkennbar sei. »Ja, Hohe Dame.«

»Und wenn ich sie verschone und ihr gelegentlich erlaube, dich zu besuchen, wirst du hart arbeiten und alles lernen, was man dir beibringt?«

»Das werde ich, Hohe Dame.« Sie hätte noch viel mehr versprochen, um dieses Schwert davon abzuhalten, Mins Schädel zu spalten. *Ich werde mein Versprechen sogar halten,* dachte sie betrübt, *solange ich muß.* »Lege das Mädchen über ihr Pferd, Elbar«, sagte Suroth. »Binde sie fest, wenn sie nicht im Sattel sitzen kann. Falls diese *Damane* uns enttäuscht, schenke ich dir vielleicht doch noch ihren Kopf.« Sie ging bereits wieder zu ihrer Sänfte hinüber.

Renna zog Egwene grob hoch und schob sie in Richtung Bela, doch Egwene hatte nur Augen für Min. Elbar behandelte Min nicht sanfter, als sie von Renna behandelt wurde, aber sie glaubte doch, daß es Min wieder besser ging. Jedenfalls entzog sich Min Elbars Versuch, sie festzubinden, und kletterte statt dessen ohne viel Hilfe auf ihren Wallach.

Die zusammengewürfelte Gesellschaft brach gen Westen auf. Suroth befand sich an der Spitze, und Elbar ritt ein Stückchen hinter ihrer Sänfte, aber nahe genug, um jedem Wunsch sofort Folge leisten zu können. Renna und Egwene, Min und die andere *Sul'dam* mit ihrer *Damane* ritten am Ende, noch hinter den Soldaten. Die Frau, die offensichtlich Nynaeve hatte einfangen wollen, nestelte an ihrer eingerollten Silberleine herum und wirkte ziemlich wütend. Das hügelige Land war von dünnem Waldwuchs bedeckt. Bald war die Rauchwolke von dem brennenden Lederblattbaum nur noch ein entfernter Schmierer am Himmel hinter ihnen.

»Du hast die Ehre empfangen«, sagte Renna nach einer Weile, »von der Hohen Dame angesprochen zu werden. Zu einem anderen Zeitpunkt hätte ich dich ein Band tragen lassen, um diese Ehre zu feiern. Aber da du es warst, die ihre Aufmerksamkeit auf dich lenkte ...«

Egwene schrie auf, als ein Rutenschlag ihren Rücken traf, dann ihr Bein und ihren Arm. Aus allen Richtungen kamen die Schläge. Sie wußte, daß es kein Mittel dagegen gab, und doch streckte sie die Arme aus, als ob sie die Schläge abfangen könne. Sie biß sich auf die Lippe, um ihr Stöhnen zu unterdrücken, aber ihr rollten dabei Tränen über die Wangen. Bela wieherte und tänzelte, doch Renna hielt die Silberleine fest und verhinderte, daß sie Egwene forttragen konnte. Keiner der Soldaten blickte sich um.

»Was macht Ihr mit ihr?« schrie Min. »Egwene? Hört auf!«

»Du schuldest dein Leben ... Min, so heißt du doch?« sagte Renna sanft. »Laß dies auch dir eine Lehre sein. Solange du dich einzumischen versuchst, wird es nicht aufhören.«

Min hob die Faust, ließ sie aber wieder fallen. »Ich werde mich nicht einmischen. Nur hört bitte auf! Egwene, es tut mir so leid.«

Die unsichtbaren Schläge gingen noch ein paar Augenblicke weiter, als sollte das Min zeigen, daß ihr Eingreifen nichts bewirkt hatte, und dann hörten sie auf. Doch Egwene konnte ihr Zittern nicht beherrschen. Der Schmerz verflog diesmal nicht so einfach. Sie schob ihren Ärmel zurück, um nachzusehen, ob sich Striemen zeigten, doch da war nichts außer dem Gefühl. Sie schluckte. »Es war nicht deine Schuld, Min.« Bela warf den Kopf hoch und rollte die Augen. Egwene streichelte den Hals der zerzausten Stute. »Deine Schuld war es auch nicht.«

»Es war allein deine Schuld, Egwene«, sagte Renna. Es klang so geduldig, als spreche sie freundlich mit jemandem, der zu dumm war, um die Wahrheit zu erkennen. Egwene hätte am liebsten geschrien. »Wenn eine

Damane bestraft wird, ist es immer ihre Schuld, auch wenn sie nicht weiß, warum. Eine *Damane* muß voraussehen, was ihre *Sul'dam* wünscht. Aber diesmal kennst du den Grund. *Damane* sind wie Möbelstücke oder Werkzeuge, immer da, um benutzt zu werden, aber sie schieben sich nie in den Vordergrund, um Aufmerksamkeit zu erregen. Besonders nicht, um die Aufmerksamkeit einer von adligem Blut zu erregen.«

Egwene biß sich auf die Lippe, bis sie Blut schmeckte. *Das ist ein Alptraum. Es kann doch nicht wahr sein. Warum hat Liandrin das angerichtet? Warum das alles?* »Darf ... darf ich eine Frage stellen?«

»Mir darfst du Fragen stellen.« Renna lächelte. »Im Laufe der Jahre werden viele *Sul'dam* dein Armband tragen — es gibt immer viel mehr *Sul'dam* als *Damane* —, und manche würden dir das Fell über die Ohren ziehen, sobald du auch nur den Blick vom Boden hebst oder deinen Mund ohne Erlaubnis öffnest, aber ich sehe keine Notwendigkeit, dir das Sprechen zu untersagen, solange du dich in acht nimmst, was du sagst.« Eine der anderen *Sul'dam* schnaubte laut. Sie war mit einer hübschen, dunkelhaarigen Frau von mittleren Jahren verbunden, die immer nur auf ihre Hände blickte.

»Liandrin« — Egwene würde nie wieder die Ehrenbezeichnung für sie benutzen — »und die Hohe Dame sprachen von einem Herrn, dem sie beide dienten.« In ihr keimte die Erinnerung an einen Mann mit kaum verheilten Brandwunden im Gesicht auf, dessen Augen und Mund manchmal zu Feueröfen wurden, doch selbst wenn er nur eine Traumgestalt war, wollte sie doch nicht an ihn denken, so schrecklich war er. »Wer ist das? Was will er von mir und — und Min?« Sie wußte, es war überflüssig, Nynaeves Namen zu verschweigen. Keiner von diesen Leuten würde sie vergessen, nur weil ihr Name nicht erwähnt wurde. Besonders diese blauäugige *Sul'dam*, die ihre unbefestigte Leine streichelte, würde sich an sie erinnern. Aber es war für sie im Moment die einzige Möglichkeit, ihren Kampfgeist unter Beweis zu stellen.

»Die Angelegenheiten derer von adligem Blut«, sagte Renna, »gehen mich nichts an, und dich schon gar nicht. Die Hohe Dame wird mir sagen, was ich wissen soll, und ich werde dir wiederum sagen, was du wissen mußt. Alles andere, was du hörst oder siehst, muß für dich sein, als habe es nie stattgefunden, als sei es ungesagt geblieben. So ist man sicherer, ganz besonders als *Damane*. *Damane* sind zu wertvoll, um sie so einfach zu töten, aber du könntest nicht nur streng bestraft werden, sondern möglicherweise auch deine Zunge oder deine Hände einbüßen. *Damane* können auch ohne diese Dinge arbeiten.«

Egwene schauderte, obwohl es nicht sehr kalt war. Sie zog ihren Umhang höher hinauf und berührte dabei die Leine. Sie zog ein wenig daran. »Das ist ein furchtbares Ding. Wie könnt Ihr jemandem so etwas antun? Welcher kranke Geist hat das erfunden?«

Die blauäugige *Sul'dam* mit der losen Leine grollte: »Die könnte bereits wohl ohne Zunge auskommen, Renna.«

Renna lächelte nur geduldig. »Warum ist das furchtbar? Wie könnten wir jemanden in Freiheit herumlaufen lassen, der fertigbringt, was eine *Damane* alles kann? Manchmal werden auch Männer geboren, die eine *Marath'Damane* wären, falls sie als Frauen geboren wären — ich habe gehört, daß das hier auch der Fall ist —, und sie müssen natürlich getötet werden. Aber die Frauen verfallen nicht dem Wahnsinn. Es ist besser für sie, zur *Damane* gemacht zu werden, als ständig Schwierigkeiten zu bereiten, wenn sie in Machtkämpfe verwickelt werden. Und was den Geist betrifft, der sich zuerst die *A'dam* einfallen ließ, so war das der Geist einer Frau, die sich Aes Sedai nannte.«

Egwene wußte, daß ihr Gesicht von Ungläubigkeit gekennzeichnet sein mußte, denn Renna lachte nun offen. »Als Luthair Paedrag Mondwin, der Sohn Falkenflügels, zum ersten Mal dem Heer der Nacht gegenüberstand, fand er unter seinen Gegnern viele, die sich Aes Sedai nannten. Sie stritten untereinander um die Macht und benützten die Eine Macht auf dem Schlachtfeld. Eine davon, eine Frau namens Deain, die glaubte, sie sei besser dran, wenn sie dem Kaiser diente — damals war er natürlich noch nicht Kaiser —, kam, da er in seinem Heer keine Aes Sedai hatte, mit einer von ihr angefertigten Vorrichtung zu ihm, dem ersten *A'dam*, den sie am Hals einer ihrer Schwestern befestigt hatte. Obwohl diese Frau Luthair nicht dienen wollte, zwang der *A'dam* sie doch dazu. Also fertigte Deain weitere *A'dam* an, die ersten *Sul'dam* wurden auserwählt, und gefangene Frauen, die sich Aes Sedai nannten, erfuhren, daß sie in Wirklichkeit nur *Marath'Damane* waren, Jene, die Gekoppelt Werden Mußten. Man erzählt, als Deain selbst an die Leine gelegt wurde, hätten ihre Schreie die Mitternachtstürme erschüttert. Aber natürlich war auch sie eine *Marath'Damane*, und denen kann man nicht gestatten, frei herumzulaufen. Vielleicht wirst du einmal zu jenen gehören, die die Fähigkeit besitzen, *A'dam* anzufertigen. Sollte das der Fall sein, wird man dich verwöhnen, da kannst du sicher sein.«

Egwene blickte sehnsüchtig in das Land hinaus, durch das sie ritten. Niedrige Hügel erhoben sich um sie, und die dünne Bewaldung war jetzt vereinzelten Sträuchern gewichen, doch sie war sicher, sich darin verstecken zu können. »Erwartet man von mir, daß ich mich darauf freue, wie ein Schoßhund verwöhnt zu werden?« fragte sie bitter. »Ein Leben lang an Frauen und Männer gefesselt sein, die mich für eine Art von Haustier halten?«

»Keine Männer«, schmunzelte Renna. »Alle *Sul'dam* sind Frauen. Falls ein Mann ein solches Armband anlegt, könnte es genausogut die meiste Zeit über an einem Haken an der Wand hängen.«

»Und manchmal«, fügte die blauäugige *Sul'dam* gefühllos hinzu, »würdet ihr beide gemeinsam schreiend sterben.« Die Frau hatte harte Züge und dünne Lippen, und Egwene wurde klar, daß sie ihren zornigen Gesichtsausdruck wohl ständig trug. »Von Zeit zu Zeit spielt die Kaiserin mit Lords, indem sie sie mit einer *Damane* zusammenkoppelt. Die Lords kommen ins Schwitzen, und der Hof der Neun Monde wird gut unterhalten. Bis zum Ende weiß der betreffende Lord nicht, ob er es überleben wird oder nicht, und die *Damane* weiß es natürlich genausowenig.« Ihr Lachen klang boshaft.

»Nur die Kaiserin kann es sich erlauben, auf diese Art und Weise *Damane* zu verschwenden, Alwhin«, fauchte Renna, »und ich werde diese *Damane* nicht schulen, nur damit sie hinterher so weggeworfen wird.«

»Ich habe bisher nichts von einer Schulung bemerkt, Renna. Nur einen Haufen Geschwätz, als ob Ihr und diese *Damane* Schulfreundinnen wärt.«

»Vielleicht wird es Zeit festzustellen, was sie alles kann«, sagte Renna, wobei sie Egwene musterte. »Beherrschst du die Macht schon gut genug, um über diese Entfernung hinweg zu arbeiten?« Sie deutete auf eine hohe Eiche, die einsam auf einer Hügelspitze stand.

Egwene betrachtete den Baum stirnrunzelnd. Er stand vielleicht eine halbe Meile von dem Weg entfernt, den die Soldaten mit Suroths Sänfte eingeschlagen hatten. Sie hatte noch nie etwas zu bewirken versucht, was über ihre Armlänge hinausgereicht hätte. Aber sie hielt es nicht für unmöglich. »Ich weiß nicht«, sagte sie.

»Versuch es«, meinte Renna. »Fühle den Baum. Fühle den Saft im Baum. Ich will, daß du ihn erhitzt, und zwar derart stark, daß jeder Tropfen Saft in jedem Ast innerhalb eines Augenblicks verdampft. Tu es!«

Egwene war entsetzt über sich selbst, denn sie fühlte den Drang, Rennas Befehl auszuführen. Sie hatte zwei Tage lang nicht mehr die Macht gelenkt, nicht einmal *Saidar* berührt. Der Wunsch, sich mit der Einen Macht vollzusaugen, ließ sie beben. »Ich« — nach einem halben Herzschlag hatte sie die Worte »werde das nicht« beiseitegeschoben; die unsichtbaren Striemen brannten noch zu sehr, um eine solche Idiotie zuzulassen — »kann nicht«, beendete sie ihren Satz deshalb. »Er ist zu weit weg, und ich habe so etwas noch nie gemacht.«

Eine der *Sul'dam* lachte ungläubig, und Alwhin sagte: »Sie hat es noch nicht einmal versucht.«

Renna schüttelte beinahe traurig den Kopf. »Wenn eine lange genug *Sul'dam* gewesen ist, kann sie vieles an ihrer *Damane* selbst ohne das Armband feststellen, aber mit dem Armband kann sie unfehlbar feststellen, ob die *Damane* versucht hat, die Macht zu benützen. Du darfst mich niemals anlügen, oder auch eine andere *Sul'dam*; noch nicht einmal ein bißchen.«

Plötzlich waren die unsichtbaren Hiebe wieder da und trafen sie am ganzen Körper. Schreiend schlug sie nach Renna, aber die *Sul'dam* wischte problemlos ihre Faust zur Seite, während Egwene das Gefühl hatte, Renna hätte ihr mit einem Stock über den Arm geschlagen. Sie grub die Fersen in Belas Flanken, aber die *Sul'dam* hatte die Leine so fest in der Hand, daß es sie beinahe aus dem Sattel gezogen hätte. Verzweifelt suchte sie nach *Saidar*, um Renna so weh zu tun, daß sie aufhörte. Sie wollte ihr genauso weh tun, wie Renna ihr. Die *Sul'dam* schüttelte unbeeindruckt den Kopf, und Egwene heulte auf, als ihre Haut plötzlich verbrüht wurde. Das Brennen milderte sich erst, als sie *Saidar* ganz fahren ließ, doch die unsichtbaren Schläge hörten nicht auf und wurden auch nicht schwächer. Sie versuchte, Renna zuzurufen, daß sie sich bemühen werde, wenn sie nur aufhörte, aber sie brachte nur ein Gurgeln heraus und wand sich vor Schmerzen.

Dumpf wurde ihr bewußt, daß Min zornig schrie und an ihre Seite reiten wollte, daß Alwhin Min die Zügel aus der Hand riß und daß eine andere *Sul'dam* ihrer *Damane* etwas befahl. Diese blickte Min an. Und dann schrie auch Min vor Schmerz auf und schlug um sich, als wolle sie Schläge abwehren oder stechende Insekten von sich fernhalten. Ihr eigener Schmerz ließ den Mins sehr fern erscheinen.

Ihre vereinten Schreie machten nun sogar einige der Soldaten aufmerksam. Doch nach einem Blick lachten sie und wandten sich wieder ab. Wie *Sul'dam* mit ihren *Damane* umgingen, ging sie nichts an.

Egwene erschien es wie eine Ewigkeit, doch schließlich war die Qual zu Ende. Sie hing erschöpft an der Rücklehne ihres Sattels, hatte Tränen auf den Wangen und schluchzte in Belas Mähne hinein. Die Stute wieherte nervös.

»Es ist gut, daß du Kampfgeist hast«, sagte Renna gelassen. »Die besten *Damane* sind aus diesem Holz geschnitzt. Diesen Kampfgeist kann man formen und in die richtigen Bahnen lenken.«

Egwene schloß die Augen. Sie wünschte, sie hätte auch die Ohren schließen und Rennas Stimme vergessen können. *Ich muß entkommen. Ich muß, aber wie? Nynaeve, hilf mir! Licht, jemand muß mir helfen.*

»Du wirst eine der besten«, sagte Renna in zufriedenem Tonfall. Sie streichelte Egwene über das Haar — ganz das Frauchen, das ihren Hund beruhigend streichelt.

Nynaeve beugte sich aus dem Sattel und spähte vorsichtig um das schützende Gesträuch herum. Sie sah vereinzelte Bäume, von denen sich einige bereits bunt färbten. Die ausgedehnten gras- oder kräuterbewachsenen Flächen dazwischen schienen ihr leer. Sie entdeckte keine Bewegung außer der immer dünner werdenden Rauchwolke von dem Lederblattbaum, die vom Wind verweht wurde. Dieser Baum war ihr Werk gewesen, genauso wie Blitze aus heiterem Himmel und ein paar weitere Sachen, die sie noch nie ausprobiert hatte, bevor diese beiden Frauen sie dazu zwangen. Sie glaubte, daß die beiden auf irgendeine Weise zusammenarbeiteten, aber sie durchschaute ihre Verbindung nicht ganz. Offensichtlich waren sie durch eine Leine miteinander verbunden. Die eine trug ein Halsband, aber die andere war genauso sicher angekettet wie diese. Über etwas war sich Nynaeve allerdings klar: Eine oder beide waren Aes Sedai. Sie hatte sie nie genau genug sehen können, um das Glühen beim Lenken der Macht zu bemerken, aber es mußte einfach so sein.

Es wird mir richtig Spaß machen, Sheriam von ihnen zu berichten, dachte sie trocken. *Aes Sedai benützen die Macht nicht als Waffe, oder?* Sie hatte das aber getan. Mit diesem Blitzschlag hatte sie die beiden Frauen zumindest zu Boden geschleudert, und sie hatte gesehen, wie einer der Soldaten von dem Feuerball, den sie geschleudert hatte, lichterloh brannte. Aber nun hatte sie schon eine Weile lang keinen der Fremden mehr gesehen.

Schweißtropfen standen auf ihrer Stirn, und das rührte nicht nur von der Anstrengung her. Ihr Kontakt zu *Saidar* war abgerissen, und sie konnte ihn nicht wieder herstellen. In der ersten Wut über Liandrins Verrat war *Saidar* ihr zugeflogen, bevor es ihr überhaupt bewußt wurde, und sie wurde von der Einen Macht durchströmt. Es war ein Gefühl gewesen, als könne sie schlechthin alles bewältigen. Und solange sie verfolgt worden war, hatte der Zorn darüber, wie ein Tier gejagt zu werden, den nötigen Antrieb geliefert. Doch nun war von einer Jagd nichts mehr zu spüren. Je länger sie weitergeritten war, ohne einen Gegner zu entdecken, auf den sie mit Hilfe von *Saidar* einschlagen konnte, desto größer war ihre Furcht geworden, sie könnten sich heimlich anschleichen, und außerdem hatte sie zuviel Zeit gehabt, darüber nachzugrübeln, was wohl mit Egwene und Elayne und Min geschehen sein könne. Nun mußte sie sich selbst eingestehen, daß sie vor allem Angst hatte. Angst um die anderen, Angst um ihrer selbst willen. Sie brauchte aber den Zorn.

Etwas rührte sich hinter einem Baum.

Ihr stockte der Atem, und sie suchte automatisch nach *Saidar*, doch all die Übungen unter der Leitung Sheriams und der anderen, all die Blüten, die sich in ihrem Geist öffneten, die Vorstellung all der Ströme halfen nichts. Sie konnte die Quelle fühlen, wußte, daß sie da war, aber berühren konnte sie sie nicht.

Elayne trat vorsichtig geduckt hinter dem Baum vor, und Nynaeve sackte vor Erleichterung in sich zusammen. Das Kleid der Tochter-Erbin war schmutzig und zerrissen, ihr goldenes Haar war mit Kletten und Blättern verfilzt, und ihre suchenden Augen wirkten wie die eines erschreckten Rehs, aber sie hielt ihren Kurzdolch fest in der Hand. Nynaeve nahm die Zügel auf und ritt aus der Deckung.

Elayne fuhr erschrocken zusammen, doch dann faßte sie sich an die Kehle und atmete tief durch. Nynaeve stieg ab und die beiden Frauen umarmten sich. Sie waren glücklich, sich gefunden zu haben.

»Einen Augenblick lang«, sagte Elayne, als sie sich wieder losließen, »habe ich geglaubt, du wärst ... Weißt du, wo sie sind? Zwei Männer haben mich verfolgt. Noch ein paar Minuten, und sie hätten mich gehabt, aber dann erklang ein Horn, und sie wendeten ihre Pferde und galoppierten fort. Sie konnten mich bereits sehen, Nynaeve, aber sie ritten einfach weg.«

»Ich habe es auch gehört und seither nichts mehr von ihnen gesehen. Hast du Egwene oder Min gesehen?«

Elayne schüttelte den Kopf. Sie ließ sich auf den Boden plumpsen und saß erschöpft da. »Nicht mehr, seit ... Dieser Mann hat Min niedergeschlagen. Und eine dieser Frauen versuchte, Egwene etwas um den Hals zu legen. Soviel habe ich gesehen, und dann bin ich geflohen. Ich glaube nicht, daß sie entkommen konnten, Nynaeve. Ich hätte etwas unternehmen sollen. Min hat die Hand geschnitten, die mich festhielt, und Egwene ... Ich bin einfach nur geflohen, Nynaeve. Mir wurde klar, daß ich einen Moment lang frei war, und schon bin ich losgerannt. Mutter sollte am besten Gareth Bryne heiraten und noch eine Tochter haben, sobald sie nur kann. Ich bin nicht wert, den Thron zu erhalten.«

»Benimm dich nicht wie eine dumme Gans«, sagte Nynaeve in scharfem Ton. »Denk daran, daß ich im Gepäck ein Päckchen Schafszungenwurzeln habe.« Elayne hielt den Kopf in beiden Händen. Nynaeves Schimpfen rief keine Reaktion hervor. »Hör mal, Mädchen! Hast du gesehen, daß ich dort geblieben bin und zwanzig oder dreißig Männer auf einmal bekämpft habe, ganz zu schweigen von den Aes Sedai? Hättest du gewartet, wärst du jetzt höchstwahrscheinlich auch eine Gefangene. Wenn sie dich nicht sogar umgebracht hätten. Aus irgendeinem Grund hatten sie nur an mir und Egwene Interesse. Vielleicht wäre es ihnen gleich gewesen, ob du am Leben bleibst oder nicht.« *Warum wollten sie gerade Egwene und mich? Warum gerade uns? Warum hat Liandrin so etwas getan? Warum?* Sie konnte diese Fragen auch jetzt noch nicht beantworten.

»Wenn ich bei dem Versuch, ihnen zu helfen, gestorben wäre ...«, begann Elayne.

»... dann wärst du tot. Dann könntest du auch niemandem mehr helfen, weder dir noch anderen. Jetzt steh endlich auf und klopf dir den Dreck vom Kleid.« Nynaeve kramte in ihrer Satteltasche nach einer Haarbürste. »Und bring dein Haar in Ordnung.«

Elayne stand langsam auf und nahm die Bürste mit einem kleinen Lächeln entgegen. »Du hörst dich an wie Lini, meine alte Kinderfrau.« Sie begann, ihr Haar auszubürsten, wobei sie das Gesicht der verfilzten Stellen und der Kletten wegen schmerzhaft verzog. »Aber wie können wir ihnen helfen, Nynaeve? Wenn du zornig bist, dann bist du vielleicht genauso stark wie eine der ausgebildeten Schwestern, aber die haben eben auch Frauen, die die Macht einsetzen können. Ich kann nicht glauben, daß es Aes Sedai sind, doch sie könnten es sehr wohl sein. Wir wissen nicht einmal, in welche Richtung sie abgezogen sind.«

»Nach Westen«, sagte Nynaeve. »Dieses Biest Suroth hat Falme erwähnt, und das ist der westlichste Punkt der Toman-Halbinsel. Wir reiten also nach Falme. Ich hoffe, Liandrin ist auch dort. Ich werde sie den Tag verfluchen lassen, an dem ihre Mutter ein Auge auf ihren Vater warf. Aber zuerst müssen wir uns wohl einheimische Kleidung besorgen. Ich habe Frauen aus Tarabon und Doman in der Burg gesehen, und was sie tragen, sieht ganz anders aus als unsere Mode. In Falme würden wir sofort als Fremde auffallen.«

»Ich hätte nichts gegen ein Domanikleid einzuwenden. Klar, Mutter würde einen Wutanfall bekommen, wenn sie wüßte, daß ich eines getragen habe, und Lini würde mich schon vorher in die Mangel nehmen. Aber selbst wenn wir ein Dorf erreichen: Wie könnten wir uns neue Kleider leisten? Ich habe keine Ahnung, wieviel Geld du dabei hast, aber ich habe nur zehn Goldmark und vielleicht das Doppelte in Silber. Das reicht für zwei oder drei Wochen, aber was danach kommt, weiß ich nicht.«

»Auch nach ein paar Monaten als Novizin in Tar Valon hast du noch nicht aufgehört, wie die Erbin eines Thrones zu denken«, lachte Nynaeve. »Ich habe nicht den zehnten Teil von dem, was du hast, aber zusammen kommen wir damit zwei oder drei *Monate* lang bequem aus. Wenn wir sparsam sind, reicht es länger. Ich habe nicht die Absicht, Kleider für uns zu kaufen, und schon gar keine neuen. Mein graues Seidenkleid wird uns behilflich sein — bei all den aufgestickten Perlen und den Goldfäden. Wenn ich keine Frau finden kann, die uns dafür zwei oder drei gute, haltbare Kleider gibt, dann schenke ich dir diesen Ring und spiele künftig die Novizin.« Sie schwang sich in den Sattel und streckte die Hand aus, um Elayne hinter sich auf das Pferd zu ziehen.

»Was machen wir, wenn wir in Falme sind?« fragte Elayne, als sie sich hinter Nynaeve zurechtsetzte.

»Das weiß ich erst, wenn wir dort sind.« Nynaeve hielt ihr Pferd kurz an. »Bist du sicher, daß du mitkommen willst? Es wird gefährlich.«

»Gefährlicher als für Egwene und Min? Sie würden unter den umgekehrten Umständen auf jeden Fall kommen, um uns zu helfen — das weiß ich. Sollen wir hier den ganzen Tag lang rumstehen?« Elayne hieb die Fersen dem Pferd in die Flanken, und die Stute trottete los.

Nynaeve ließ das Pferd so laufen, daß sie die Vormittagssonne im Rücken hatten. »Wir müssen vorsichtig sein. Die Aes Sedai, die wir kennen, wissen genau, wenn eine Frau in ihrer Nähe ist, die die Macht benützen kann. Diese Aes Sedai können uns auch in einer Menschenmenge finden, falls sie nach uns suchen, und das nehmen wir wohl besser einmal an.« *Sie haben auf jeden Fall nach Egwene und mir gesucht. Aber warum nur?*

»Ja, wir müssen auf der Hut sein. Du hattest auch vorhin recht. Wir nützen ihnen nichts, wenn wir uns selbst einfangen lassen.« Elayne schwieg einen Augenblick lang. »Glaubst du, es war alles gelogen, was uns Liandrin über Rand und irgendeine Gefahr erzählt hat, Nynaeve? Und über die anderen? Aes Sedai lügen nicht.«

Nun war es an Nynaeve, zu schweigen. Sie dachte an Sheriam und die Eide, die jede Frau leisten mußte, bevor sie zur Schwester erhoben wurde, Eide, die man innerhalb eines *Ter'Angreal* schwören mußte und die absolut bindend waren. *Kein unwahres Wort auszusprechen.* Das gehörte dazu, doch jedermann wußte, daß die Wahrheit, von einer Aes Sedai ausgesprochen, nicht unbedingt der Wahrheit entsprach, die man zu hören glaubte. »Ich schätze, daß sich Rand wohl gerade die Füße an Lord Agelmars Kamin in Fal Dara wärmt«, sagte sie. *Ich kann mir jetzt nicht auch noch um ihn Sorgen machen. Ich muß an Egwene und Min denken.* »Na ja, wahrscheinlich«, seufzte Elayne. Sie rutschte hinter dem Sattel herum. »Nach Falme ist es sehr weit, Nynaeve. Ich möchte wenigstens die Hälfte der Zeit im Sattel reiten. Hier hinten ist es nicht gerade bequem. Und wir werden Falme überhaupt nicht erreichen, wenn du das Pferd die ganze Zeit so gemütlich einherschreiten läßt.«

Nynaeve spornte das Pferd zu einer schnelleren Gangart an, und Elayne quiekte und griff nach Nynaeves Umhang. Nynaeve sagte sich, sie werde sich mit Elayne im Sattel abwechseln und sich auch nicht beklagen, falls Elayne das Pferd galoppieren ließ, und ansonsten achtete sie nicht auf das Keuchen der Frau, die hinter ihr auf und ab hüpfte. Sie hoffte nur, daß sie bis zu ihrem Eintreffen in Falme die Angst los sein würde und wieder die Energie ihres Zornes benützen könnte.

Der Wind frischte auf. Er war kühl und ließ die nahe Herbstkälte ahnen.

KAPITEL 18

Meinungsverschiedenheiten

Donner grollte über den schiefergrauen Nachmittagshimmel. Rand zog die Kapuze seines Umhangs
ein Stückchen weiter nach vorn und hoffte, so den kalten Regen besser von seinem Gesicht abzuhalten. Sein
Brauner stapfte geduldig durch schlammige Pfützen.
Die Kapuze hing feucht und klamm auf Rands Kopf, genau wie der übrige Umhang auf seinen Schultern, und
sein guter schwarzer Mantel war genauso naß und kalt.
Es mußte nicht mehr viel kälter werden, und dann würde statt des Regens Hagel oder Schnee fallen. Es würde
auf jeden Fall bald schneien; die Bewohner des letzten
Dorfes, durch das sie gekommen waren, hatten ihnen
erzählt, es habe dieses Jahr schon zweimal kurz ge-
schneit. Zitternd wünschte sich Rand beinahe schon
den Schnee herbei. Dann wäre er wenigstens nicht naß
bis auf die Haut.

Die Kolonne bewegte sich langsam vorwärts. Sie be-
hielten mißtrauisch das wellige Land in ihrer Umgebung im Auge. Ingtars Graue Eule hing schlapp und
schwer herunter, selbst wenn der Wind böig wurde.
Hurin zog manchmal seine Kapuze herunter und hob
die Nase in den Wind. Er behauptete, weder Regen
noch Kälte hätten irgendeinen Einfluß auf eine Spur, jedenfalls nicht auf eine, wie er sie zu suchen verstand,
doch bisher hatte der Schnüffler nichts gefunden. Rand
hörte, wie der dahinter reitende Uno fluchte. Loial überprüfte immer wieder seine Satteltaschen. Ihm machte es
wohl nichts aus, naß zu werden, aber er sorgte sich
ständig um seine Bücher. Allen ging es schlecht, bis auf

Verin, die so gedankenverloren schien, daß sie nicht einmal bemerkte, daß ihre Kapuze nach hinten gerutscht war und ihr Gesicht dem Regen preisgab.

»Kannst du nicht etwas gegen dieses Wetter unternehmen?« wollte Rand von ihr wissen. Eine kleine Stimme in seinem Hinterkopf sagte ihm, das könne er selbst tun. Alles, was er zu tun hatte, war, *Saidin* zu gebrauchen. So süß, der Lockruf von *Saidin*. Sich von der Einen Macht füllen zu lassen, eins mit dem Sturm zu werden. Bring den Sonnenschein an den Himmel zurück, oder reite den wütenden Sturm, peitsche ihn zu immer größerer Wut auf und reinige die Toman-Halbinsel vom Meer bis zu großen Ebene! Gebrauche *Saidin*. Er unterdrückte entschlossen die Sehnsucht danach.

Die Aes Sedai fuhr hoch. »Was? Ach, ja. Ich denke schon. Ein wenig. Ich kann keinen so starken Sturm unterdrücken, nicht allein jedenfalls, dazu ist er zu ausgedehnt, aber ich könnte ihn schon etwas mildern. Wenigstens dort, wo wir uns aufhalten.« Sie wischte sich die Regentropfen vom Gesicht und schien erst jetzt zu bemerken, daß ihre Kapuze hinuntergerutscht war. Abwesend zog sie sie wieder hoch.

»Warum fängst du nicht damit an?« fragte Mat. Das verfrorene Gesicht, das unter seiner Kapuze hervorlugte, wirkte vom Tod gezeichnet, doch seine Stimme klang lebhaft. »Wenn ich soviel der Einen Macht einsetze, weiß jede Aes Sedai im Umkreis von zehn Meilen, daß hier jemand die Macht gebraucht hat. Wir wollen doch diese Seanchan mit ihren *Damane* nicht auf uns aufmerksam machen.« Ihr Mund verzog sich zornig.

Sie hatten etwas über die Invasoren in diesem Dorf, das sich Atuansmühle nannte, in Erfahrung gebracht. Allerdings führten die meisten dieser Informationen nur zu immer neuen Fragen. Die Leute hatten zuerst willig geplaudert, aber dann doch wieder den Mund zugemacht und sich zitternd umgeschaut. Alle hatten furchtbare Angst, die Seanchan mit ihren Monstern und ihren *Damane* könnten zurückkehren. Daß Frauen, die eigentlich Aes Sedai sein sollten, statt dessen wie Tiere an die Leine gelegt wurden, ängstigte die Dorfbewohner mehr als die seltsamen Kreaturen, die den Seanchan zur Verfügung standen und die die Menschen in Atuansmühle nur flüsternd beschreiben konnten, als seien sie ihren Alpträumen entsprungen. Und was am schlimmsten war: Die Exempel, die die Seanchan vor ihrer Abreise noch statuiert hatten, waren den Menschen zutiefst in die Knochen gefahren. Sie hatten ihre Toten anschließend begraben, doch sie wagten nicht, den verbrannten Fleck auf dem Dorfplatz zu säubern. Keiner von ihnen erzählte, was vorgefallen war, doch Hurin hatte sich übergeben müssen, als sie das Dorf betraten. Er weigerte sich, sich dem geschwärzten Fleck am Boden zu nähern.

Atuansmühle war zur Hälfte verlassen, als sie dort eintrafen. Einige waren nach Falme geflohen, weil sie hofften, die Seanchan würden in einer so sicher beherrschten Stadt nicht ganz so hart regieren. Andere waren nach Osten gegangen. Weitere erzählten, daß auch sie daran dächten. Auf der Ebene von Almoth fanden Kampfhandlungen statt. Man behauptete, die Taraboner kämpften gegen die Domani, aber wenigstens kamen die Fackeln, mit denen die Häuser entzündet wurden, aus den Händen von Menschen. Selbst ein Krieg war leichter zu ertragen als das, was die Seanchan angerichtet hatten und noch anrichten könnten.

»Warum hat Fain das Horn nur hierher gebracht?« murmelte Perrin. Jeder von ihnen hatte sich das von Zeit zu Zeit gefragt, aber keiner hatte die Frage beantwortet. »Hier herrscht Krieg, und dann sind diese Seanchan da mit ihren Monstern. Warum also gerade hierher?«

Ingtar drehte sich im Sattel um und sah sie an. Sein Gesicht wirkte beinahe so hager wie das Mats. »Es gibt immer Männer, die in den Wirren des Krieges ihren eigenen Vorteil sehen. Fain ist einer davon. Zweifellos will er das Horn erneut stehlen, und wenn es diesmal vom Dunklen König selbst ist, und es dann zum eigenen Vorteil nützen.«

»Die Pläne des Vaters der Lügen sind niemals einfach und durchschaubar«, sagte Verin. »Es kann sein, daß er Fain das Horn hierher bringen lassen will, und der Grund ist eben nur im Shayol Ghul bekannt.«

»Monster«, schnaubte Mat. Seine Wangen waren eingefallen; die Augen saßen in tiefen Höhlen. Daß er sich so gesund *anhörte*, machte die Sache nur noch schlimmer. »Sie haben ein paar Trollocs gesehen oder einen Blassen, wenn ihr mich fragt. Und warum auch nicht? Wenn Aes Sedai für die Seanchan kämpfen, warum dann nicht auch Blasse und Trollocs?« Er bemerkte, wie ihn Verin anblickte, und zuckte ein wenig zusammen. »Na ja, es sind wirklich welche, an der Leine oder nicht. Sie können die Macht benützen, und das macht sie zu Aes Sedai.« Er sah Rand an und lachte heiser. »Das macht auch dich zu einem Aes Sedai. Licht, hilf uns allen!«

Masema kam von vorn durch Matsch und Regen angaloppiert. »Vor uns liegt ein weiteres Dorf, Lord Ingtar«, sagte er, als er sein Pferd neben Ingtar zum Stehen brachte. Sein Blick streifte Rand kaum, wurde aber trotzdem sichtlich härter. Danach sah er ihn nicht mehr an. »Es ist verlassen, Lord Ingtar. Keine Dorfbewohner, keine Seanchan, überhaupt niemand. Die Häuser wirken aber alle unbeschädigt, außer, was zwei oder drei betrifft, die ... na ja, die einfach nicht mehr da sind, Herr.«

Ingtar hob die Hand und befahl einen schnellen Trab.

Das Dorf, das Masema gefunden hatte, lag am Abhang eines Hügels. Obenauf lag ein gepflasterter Dorfplatz, in dessen Innerem sich eine ringförmige Mauer befand. Die Häuser waren aus Stein gebaut, hatten flache Dächer und meist nur ein Stockwerk. Drei davon, die wohl größer gewesen und an einer Seite des Platzes errichtet worden waren, lagen nun in Trümmern. Über den Platz verstreut lagen rußgeschwärzte Mauerbruchstücke und Dachsparren. Ein paar Fensterläden knallten auf und zu, wenn der Wind böig wurde. Ingtar stieg vor dem einzigen großen Gebäude ab, das noch stand. Das knarrende Schild über dem Eingang zeigte eine Frau, die mit Sternen jonglierte. Es stand aber kein Name drauf. Der Regen spritzte in zwei dünnen Fäden von den Ecken des Schilds herunter. Verin eilte hinein, während Ingtar sagte: »Uno, durchsuche alle Häuser. Wenn noch jemand da ist, kann er uns vielleicht sagen, was hier passiert ist, und wir erfahren etwas mehr über die Seanchan. Und wenn du etwas zum Essen findest, bringe es auch mit. Und Decken.« Uno nickte und ließ seine Männer abzählen. Ingtar wandte sich Hurin zu. »Was riechst du? Ist Fain hier durchgekommen?«

Hurin rieb sich die Nase und schüttelte den Kopf. »Er nicht, Lord Ingtar, und auch keine Trollocs. Aber wer auch immer das angerichtet hat, hat einen schlimmen Gestank hinterlassen.« Er deutete auf die Trümmer der Häuser. »Es war Mord, Herr. Dort drinnen befanden sich Menschen.«

»Seanchan«, grollte Ingtar. »Gehen wir rein. Ragan, suche uns einen Stall für die Pferde.«

Verin hatte bereits in den beiden großen Kaminen, die sich an den Kopfseiten des Schankraumes befanden, Feuer gemacht, und nun wärmte sie sich die Hände. Ihren durchnäßten Umhang hatte sie auf einem der Tische ausgebreitet, die auf dem gefliesten Boden standen. Sie hatte auch ein paar Kerzen entdeckt, die auf einem der Tische leuchteten. Sie hatte sie einfach in ihr eigenes Wachs gesteckt, damit sie stehenblieben. Leere und Stille — nur durch ein gelegentliches Donnern von draußen her unterbrochen — und dazu die flackernden Schatten: das alles ließ den Raum wie eine Höhle wirken. Rand warf seinen genauso nassen Umhang und den Mantel ebenfalls auf einen Tisch und gesellte sich zu ihr. Nur Loial fand es wichtiger, nach seinen Büchern zu sehen, als sich aufzuwärmen.

»Auf diese Art finden wir das Horn von Valere nie«, sagte Ingtar. »Drei Tage, seit wir ... seit wir hier angekommen sind« — er schauderte und fuhr sich mit der Hand durchs Haar; Rand fragte sich, was der Schienarer wohl in seinen anderen Leben erlebt hatte — »und noch mindestens zwei weitere bis Falme, und wir haben nicht die geringste Spur von Fain oder den Schattenfreunden entdeckt. Es gibt an der Küste unzählige Dörfer. Er könnte in jedem davon stecken oder sich mittlerweile irgendwohin eingeschifft haben. Falls er überhaupt jemals hier war.«

»Er war hier«, sagte Verin ruhig, »und er ist nach Falme gegangen.«

»Und da ist er immer noch«, fügte Rand hinzu. *Er wartet auf mich. Bitte, Licht, laß ihn immer noch warten.*

»Hurin hat nach wie vor keine Spur von ihm gefunden«, sagte Ingtar. Der Schnüffler zuckte die Achseln schuldbewußt, als habe es an ihm gelegen. »Warum sollte er ausgerechnet nach Falme gehen? Wenn man diesen Dorfbewohnern Glauben schenkt, befindet sich Falme in der Hand der Seanchan. Ich würde meinen besten Jagdhund opfern, wenn ich erführe, wer sie sind und woher sie kamen.«

»Wer sie sind, ist für uns nicht wichtig«, sagte Verin, die am Boden kniete, ihre Satteltaschen geöffnet hatte und nun trockene Kleidung daraus hervorholte. »Wenigstens haben wir jetzt Zimmer, wo wir uns umziehen können, obwohl uns das nicht viel hilft, wenn sich das Wetter nicht ändert. Ingtar, es könnte sehr wohl stimmen, was uns die Dorfbewohner sagten, daß sie nämlich die Nachkommen des Heeres von Artur Falkenflügel sind, die zurückkehrten. Wichtig ist nur, daß Padan Fain in Falme ist. Die Inschrift im Kerker von Fal Dara ...«

»... hat Fain nicht erwähnt. Vergebt mir, Aes Sedai, aber das kann genausogut eine Finte gewesen sein wie eine düstere Prophezeihung. Ich kann nicht glauben, daß selbst Trollocs so dumm sind, uns alles, was sie tun werden, genau aufzuschreiben, noch bevor sie es getan haben.«

Sie drehte sich, um zu ihm hochblicken zu können. »Und was hast du vor, wenn du meinem Rat nicht folgen willst?«

»Ich will das Horn von Valere finden«, sagte Ingtar mit fester Stimme. »Vergib mir, aber ich muß meinen fünf Sinnen trauen und nicht ein paar Worten, die von Trollocs hingeschmiert wurden ...«

»Eher von einem Myrddraal«, murmelte Verin, aber er ließ sich nicht unterbrechen.

»... oder von einem Schattenfreund, der sich selbst zu verraten schien. Ich werde weiter suchen, bis Hurin eine Spur findet oder wir Fain persönlich treffen. Ich muß das Horn haben, Verin Sedai. Ich muß!«

»Das ist nicht richtig«, sagte Hurin leise. »Nicht: Ich muß. Was geschieht, geschieht.« Niemand achtete auf ihn.

»Wir alle müssen das«, murmelte Verin und spähte dabei in ihre Satteltaschen. »Aber es gibt vielleicht noch wichtigere Dinge als das.«

Sie sagte nicht mehr, doch Rand verzog das Gesicht. Er wäre ihr und ihren Sticheleien und Andeutungen so gern entkommen. *Ich bin nicht der Wiedergeborene Drache. Licht, könnte ich nur sämtlichen Aes Sedai endgültig entkommen!* »Ingtar, ich denke, ich werde nach Falme weiterreiten. Fain ist dort, da bin ich sicher, und wenn ich nicht bald komme, dann wird er — er wird Emondsfeld etwas antun.« Das hatte er zuvor noch nie erwähnt.

Sie sahen ihn alle an. Mat und Perrin hatten die Stirn besorgt gerunzelt und überlegten angestrengt. Verin wirkte, als habe sie gerade ein neues Teil eines Puzzles entdeckt. Loial blickte erstaunt drein, und Hurin schien verwirrt. Ingtars Miene zeigte deutlich, daß er ihm nicht glaubte.

»Warum sollte er wohl?« fragte der Schienarer.

»Ich weiß nicht«, log Rand, »aber das war ein Teil seiner Botschaft, die mir Barthanes übermittelte.«

»Und hat Barthanes gesagt, daß Fain nach Falme geht?« wollte Ingtar wissen. »Nein. Es hätte ohnehin keine Rolle gespielt.« Er lachte bitter. »Schattenfreunde lügen mit jedem Atemzug.«

»Rand«, sagte Mat, »wenn ich wüßte, wie ich Fain davon abhalten könnte, Emondsfeld zu schaden, würde ich es tun. Wenn ich ganz sicher wäre, daß er das vorhat. Aber ich brauche diesen Dolch, Rand, und mit Hurins Hilfe haben wir die besten Möglichkeiten, ihn zu finden.«

»Ich gehe auf jeden Fall mit dir, Rand«, sagte Loial. Er hatte seine Bücher durchgesehen und sich vergewissert, daß keine Feuchtigkeit eingedrungen war, und nun zog er seinen nassen Mantel aus. »Aber ich weiß nicht, ob ein paar Tage mehr oder weniger viel ausmachen. Versuche doch, ein bißchen weniger voreilig zu handeln.«

»Mir ist es völlig egal, ob wir jetzt oder später oder niemals nach Falme reiten«, sagte Perrin achselzuckend, »aber wenn Fain wirklich Emondsfeld bedroht ... na ja, Mat hat recht. Hurin ist unsere größte Chance, ihn zu finden.«

»Ich kann ihn aufspüren, Rand«, warf Hurin ein. »Laßt mich einmal seine Spur riechen, und ich bringe euch geradewegs zu ihm. Niemals hat jemand eine so typische Spur hinterlassen wie er.«

»Du mußt deine eigene Wahl treffen, Rand«, sagte Verin zurückhaltend. »Aber denk daran, daß Falme eine Stadt in der Hand von Invasoren ist, über die wir immer noch fast nichts wissen. Wenn du allein nach Falme gehst, wirst du vielleicht gefangengenommen oder noch Schlimmeres, und das hilft dann niemandem. Ich bin aber sicher, du wirst die richtige Wahl treffen.«

336

»*Ta'veren*«, grollte Loial.

Rand hob abwehrend beide Hände.

Uno kam vom Dorfplatz herein und schüttelte das Regenwasser aus seinem Umhang. »Keine einzige flammende Seele zu finden, Ingtar. Auf mich wirkt das, als seien sie alle gleichzeitig weggerannt. Das Vieh fehlt ebenfalls, und es ist auch kein verdammter Karren oder Wagen mehr da. Die Hälfte der Häuser ist total ausgeräumt und leer. Ich wette meinen nächsten Monatslohn darauf, daß man ihnen folgen kann, wenn man den verfluchten Möbelstücken folgt, die sie in den Straßengraben geworfen haben, weil sie verdammt noch mal merkten, daß sie damit nicht vorwärtskamen.«

»Wie steht es denn mit Kleidungsstücken?« fragte Ingtar.

Uno blinzelte überrascht mit seinem einen Auge. »Sie haben nur ein paar einzelne Stücke dagelassen. Vor allem, was sie nicht für wert hielten, mitgenommen zu werden.«

»Das muß ausreichen. Hurin, ich will, daß du dich zusammen mit ein paar anderen Männern als Einheimische verkleidest; so gut wie möglich, damit ihr nicht auffallt. Dann reitet ihr in weiten Schleifen nach Norden und nach Süden los, bis ihr die Spur kreuzt.« Weitere Soldaten traten ein und versammelten sich um Ingtar und Hurin, um zuzuhören.

Rand legte die Hände auf den Sims über dem Kamin und starrte in die Flammen. Sie erinnerten ihn an Ba'alzamons Augen. »Es ist nicht mehr viel Zeit«, sagte er »Ich fühle, wie mich … etwas … nach Falme zieht, und es bleibt nicht mehr viel Zeit.« Er bemerkte, daß Verin ihn beobachtete, und fügte heiser hinzu: »Nicht das, was du meinst. Ich muß Fain finden. Es hat nichts mit … dem anderen zu tun.«

Verin nickte. »Das Rad webt, wie es will, und wir werden alle in das Muster eingewoben. Fain ist bereits Wochen, vielleicht sogar Monate vor uns hier angekommen. Ein paar Tage mehr werden wohl kaum einen Unterschied machen, was auch geschehen könnte.«

»Ich werde eine Runde schlafen«, murmelte er und hob seine Satteltaschen auf. »Sie können ja wohl nicht sämtliche Betten mitgeschleppt haben.«

Oben fand er Betten, aber nur in wenigen lagen noch die Matratzen, und die waren in einem Zustand, daß er sich überlegte, doch lieber auf dem Fußboden zu schlafen. Schließlich entschied er sich aber doch für ein Bett, bei dem die Matratze lediglich in der Mitte durchhing. Im Zimmer befand sich außer einem Holzstuhl und einem Tisch mit einem wackligen Bein nichts weiter.

Er zog die nassen Sachen aus und ein trockenes Hemd und trockene Hosen an, bevor er sich hinlegte. Es gab keine Laken und Decken hier. Sein Schwert lehnte er an das Kopfteil des Bettes. Schmunzelnd dachte er daran, daß die einzige trockene Decke, die er benützen konnte, die Flagge des Drachen war. Er ließ sie aber sicher verpackt in der Satteltasche stecken.

Der Regen trommelte auf das Dach, und der Donner grollte. Von Zeit zu Zeit erhellte ein Blitz die Fenster. Vor Kälte zitternd wälzte er sich auf der Matratze hin und her, versuchte, eine bequemere Stellung zu finden, und fragte sich, ob er nicht doch lieber die Flagge zum Zudecken benützen sollte. Vor allem aber überlegte er, ob er wirklich nach Falme reiten sollte.

Er wälzte sich wieder herum, und da stand Ba'alzamon mit der reinweißen Stoffbahn des Drachenbanners in der Hand neben dem Stuhl. Dort erschien ihm das Zimmer dunkler, als stünde Ba'alzamon am Rand einer Wolke ölig-schwarzen Qualms. Beinahe verheilte Brandnarben überzogen sein Gesicht, und während Rand ihn beobachtete, verschwanden einen Augenblick lang seine Augen. Sie wurden durch endlose Feuerhöhlen ersetzt. Rands Satteltaschen lagen am Fußende des Bettes, die Schnallen geöffnet und die Laschen aufgeklappt, wo das Banner verborgen gewesen war.

»Der Zeitpunkt nähert sich, Lews Therin. Tausend Fäden spannen sich, und bald bist du gebunden und dazu verurteilt, einen Weg zu gehen, den du nicht ändern kannst. Wahnsinn. Tod. Wirst du noch einmal, bevor du stirbst, alles töten, was du liebst?«

Rand blickte zur Tür, aber dann setzte er sich lediglich im Bett auf. Was würde es schon bringen, vor dem Dunklen König wegzulaufen? Seine Kehle war rauh wie Sandpapier. »Ich bin nicht der Drache, Vater der Lügen!« sagte er heiser.

Die Dunkelheit hinter Ba'alzamon quoll hoch, und Feueröfen tosten auf, als Ba'alzamon lachte. »Du ehrst mich. Und spielst dich selbst in meinen Augen herunter. Ich habe dir tausend Mal gegenübergestanden. Tausend mal tausend Mal. Ich kenne dich bis auf den tiefsten Grund deiner erbärmlichen Seele, Lews Therin Brudermörder.« Er lachte wieder. Rand hielt sich eine Hand vor das Gesicht, um von der Hitze aus diesem feurigen Mund nicht versengt zu werden.

»Was willst du? Ich werde dir nicht dienen. Ich werde nichts tun, was du willst. Ich würde lieber vorher sterben!«

»Du *wirst* sterben, Wurm! Wie viele Male bist du im Laufe der Zeitalter gestorben, Narr, und was hat dir das gebracht? Das Grab ist kalt und einsam, bis auf die Würmer. Das Grab gehört mir. Diesmal wird es für dich keine Wiedergeburt geben. Diesmal wird das Rad der Zeit zerbrochen und die Welt im Schatten neu geschaffen. Diesmal stirbst du für immer! Was wählst du? Den ewigen Tod? Oder das ewige Leben — und die Macht?«

Rand bemerkte kaum, daß er aufgesprungen war. Das Nichts hatte sich um ihn gehüllt, *Saidin* war da, und die Eine Macht durchströmte ihn. Diese Tatsache ließ die Leere beinahe wieder zerplatzen. War das alles wirklich? War es ein Traum? Konnte er im Traum die Macht benützen? Aber der Strom, der ihn durchfloß, schwemmte seine Zweifel hinweg. Er schleuderte sie

Ba'alzamon entgegen, die reine, unverwässerte Eine Macht, die Kraft, von der das Rad der Zeit angetrieben wurde, eine Kraft, die den Ozean dazu bringen konnte, zu verbrennen und die Berge dabei zu verschlingen.

Ba'alzamon trat einen halben Schritt zurück und hielt die Flagge schützend vor sich. Flammen sprangen in seine weit aufgerissenen Augen und seinen Mund, und die Dunkelheit schien ihn in Schatten zu hüllen. In den einen Schatten. Die Macht sank in diesen schwarzen Dunst ein und versickerte wie Wasser in ausgetrocknetem Sand.

Rand saugte *Saidin* auf, zog mehr Macht an sich und immer noch mehr. Sein Fleisch schien so kalt, daß es bei einer Berührung zersplittern mußte, und es brannte, als wolle es verkochen. Seine Knochen mußten jeden Moment zu klirrend kalter Kristallasche zerfallen. Es war ihm gleich; er fühlte sich, als trinke er das Leben selbst.

»Narr!« brüllte Ba'alzamon. »Du wirst dich selbst zerstören!«

Mat. Der Gedanke schwamm irgendwo jenseits der alles verschlingenden Flut herum. *Der Dolch. Das Horn. Fain. Emondsfeld. Ich kann noch nicht sterben.* Er war sich nicht sicher, wie er es schaffte, doch plötzlich war die Macht verschwunden, ebenso wie *Saidin* und das Nichts. Er zitterte heftig und fiel neben dem Bett auf die Knie. Er umschlang sich mit den Armen, um das Zukken zu unterdrücken. Umsonst.

»So ist es besser, Lews Therin.« Ba'alzamon warf die Flagge zu Boden und packte die Stuhllehne mit beiden Händen. Zwischen seinen Fingern quollen Rauchfäden empor. Der Schatten schien ihn nicht mehr zu umgeben. »Hier ist dein Banner, Brudermörder. Es wird dir nicht helfen. Tausend Fäden, durch tausend Jahre hindurch ausgelegt, haben dich hierher gezogen. Zehntausend, die im Laufe der Zeitalter gewoben wurden, binden dich wie ein Schaf, das geschlachtet werden soll. Das Rad selbst hält dich Zeitalter auf Zeitalter in deinem

Schicksal gefangen. Aber ich kann dich befreien. Du kriechende Kreatur, ich allein auf der ganzen Welt kann dich lehren, die Macht richtig anzuwenden. Nur ich kann sie davon abhalten, dich zu töten, noch bevor du dem Wahnsinn verfällst. Nur ich kann den Wahnsinn aufhalten. Du hast mir früher schon gedient. Diene mir wieder, Lews Therin, oder du wirst für immer vernichtet!«

»Ich heiße«, brachte Rand mit klappernden Zähnen mühsam heraus, »Rand al'Thor.« Sein Zittern war so stark, daß er die Augen schloß, und als er sie wieder öffnete, war er allein.

Ba'alzamon war weg. Der Schatten hatte sich aufgelöst. Seine Satteltaschen lehnten mit geschlossenen Schnallen am Stuhl, und eine beulte sich aus, wo das Drachenbanner steckte, genauso, wie er alles zurückgelassen hatte. Nur von der Lehne des Stuhls erhob sich noch immer Rauch, und auf dem Holz waren die Spuren eingebrannter Finger zu sehen.

KAPITEL 19

Falme

Nynaeve drückte Elayne in die enge Gasse zwischen einem Tuchhändler und der Werkstatt eines Töpfers zurück, als ein durch eine silberne Leine verbundenes Frauenpaar vorbeikam, das die mit Kopfstein gepflasterte Straße zum Hafen von Falme hinunterschritt. Sie wagten nicht, dieses Paar zu nahe an sich herankommen zu lassen. Die Menschen auf der Straße machten diesen beiden noch bereitwilliger Platz als den Soldaten der Seanchan oder den gelegentlich vorbeikommenden Sänften der Adligen, die nun, da die Tage kalt geworden waren, durch dicke Vorhänge ihre Insassen verbargen. Selbst die Pflastermaler boten den beiden Frauen ihre Dienste nicht an, obwohl sie ansonsten alle mit ihren Kreiden belästigten. Nynaeve verzog zornig den Mund, während sie die *Sul'dam* und die *Damane* auf ihrem Weg durch die Menge beobachtete. Obwohl sie sich bereits seit ein paar Wochen in dieser Stadt aufhielten, machte sie dieser Anblick krank, jetzt womöglich noch mehr als vorher. Sie konnte sich nicht vorstellen, so etwas irgendeiner Frau antun zu können, noch nicht einmal Moiraine oder Liandrin.

Na ja, Liandrin vielleicht schon, gab sie widerwillig zu. Manchmal, tief in der Nacht in dem kleinen muffigen Zimmer über einem Fischhändler, das sie gemietet hatten, stellte sie sich vor, was sie alles mit Liandrin anstellen würde, bekäme sie sie in die Hände. Mit Liandrin mehr als mit Suroth. Mehr als einmal war sie über ihre eigene Grausamkeit erschrocken, obwohl sie sich an ihrem Erfindungsreichtum erfreute.

Während sie sich noch bemühte, das Frauenpaar weiter zu beobachten, fiel ihr Blick auf einen knochigen Mann, der weit unten die Straße hinabschritt und schnell wieder in der Menge untertauchte. Sie sah nur einen Augenblick lang eine große Nase in einem schmalen Gesicht. Er trug über seiner Kleidung ein reich verziertes bronzefarbenes Gewand nach typischer Seanchan-Mode, aber sie glaubte nicht, daß er ein Seanchan war. Der Diener, der ihm folgte, war allerdings einer, und sogar einer von hohem Rang, da er die Haare an einer Schläfe abrasiert hatte. Die Einwohner Falmes hatte die Mode der Seanchan nicht angenommen und diese spezielle schon gar nicht. *Der sah aus wie Padan Fain*, dachte sie ungläubig. *Das kann ja wohl nicht sein. Nicht hier.* »Nynaeve«, fragte Elayne leise, »können wir weitergehen? Dieser Bursche hier, der die Äpfel verkauft, schaut schon ganz mißtrauisch, und wenn er nachzählt, möchte ich nicht, daß er sich fragt, was ich wohl in den Taschen habe.«

Sie trugen beide lange Mäntel aus Schafsleder mit dem Fell nach innen, und jede hatte auf der Brust leuchtendrote Spiralen aufgemalt bekommen. Das war typisch ländliche Kleidung, die in Falme nicht weiter auffiel, wo ja sehr viele Leute aus den Bauernhöfen und Dörfern der Umgebung herumliefen. Unter so vielen Fremden hatten sie sich unbemerkt einnisten können. Sie hatte ihren Zopf entflochten und ausgekämmt, und der goldene Ring, der Ring mit der Schlange, die ihren eigenen Schwanz fraß, hing jetzt neben Lans schwerem Ring an einer Lederschnur wie ein Medaillon unter ihrem Kleid.

Die großen Taschen auf Elaynes Mantel beulten sich verdächtig aus. »Du hast ihm die Äpfel gestohlen?« zischte Nynaeve leise. Sie zog Elayne sofort hinaus auf die belebte Straße. »Elayne, wir müssen doch nicht stehlen. Jedenfalls noch nicht.«

»Nein? Wieviel Geld haben wir noch übrig? Du hast

in letzter Zeit beim Essen verdächtig oft ›keinen Hunger‹ gehabt.«

»Weil ich einfach keinen Hunger hatte«, fauchte Nynaeve. Sie versuchte, den Hohlraum in ihrem Magen nicht zu beachten. Alles kostete hier viel mehr, als sie erwartet hatte. Sie hatte gehört, wie sich die Einheimischen darüber beschwerten, daß die Preise seit der Ankunft der Seanchan so stark gestiegen waren. »Gib mir einen davon.« Der Apfel, den Elayne aus ihrer Tasche hervorkramte, war klein und hart, aber er schmeckte ausgesprochen süß, als Nynaeve hineinbiß. Sie leckte sich die Lippen. »Wie hast du das fertigge ...« Sie zerrte Elayne herum und sah ihr in die Augen. »Hast du ...? Hast du ...?« Sie kam nicht darauf, wie sie ihre Frage formulieren sollte, ohne daß die vielen vorbeiströmenden Menschen etwas mitbekamen. Doch Elayne verstand sie auch so.

»Nur ein bißchen. Ich habe es so angestellt, daß der Stapel alter Melonen, die schon Druckflecken hatten, umfiel, und als er sie wieder aufstapelte ...« Sie bringt nicht einmal so viel Anstand auf, zu erröten oder verlegen zu wirken, dachte Nynaeve. Statt dessen aß sie gelassen einen der Äpfel und zuckte die Achseln. »Es ist gar nicht notwendig, daß du mich so finster ansiehst. Ich habe mich schon genau vergewissert, daß keine *Damane* in der Nähe war.« Sie schniefte. »Wenn ich eine Gefangene wäre, würde ich denen nicht helfen, weitere Frauen zu Sklavinnen zu machen. Wenn man allerdings diese Leute aus Falme betrachtet, könnte man denken, sie hätten ihr Leben lang nichts anderes getan, als denen zu dienen, die eigentlich ihre größten Feinde sind.« Sie sah sich mit verächtlich verzogener Miene um. Man konnte deutlich den Kurs eines jeden Seanchan durch die Menge verfolgen, selbst den einfacher Soldaten, denn die Verbeugungen pflanzten sich wie eine Welle fort. »Sie sollten Widerstand leisten und kämpfen.«

»Wie denn? Gegen ... das?«

Sie mußten wie alle anderen zur Seite treten, als sich eine Patrouille der Seanchan näherte, die vom Hafen heraufkam. Nynaeve brachte es fertig, sich — Hände auf den Knien — mit völlig unbeteiligtem Gesicht zu verbeugen. Elayne war langsamer und begleitete ihre Verbeugung mit immer noch verächtlich verzogenem Mund.

Die Patrouille bestand aus zwanzig gerüsteten Männern und Frauen. Sie ritten auf normalen Pferden, was Nynaeve dankbar zur Kenntnis nahm. Sie konnte sich nicht daran gewöhnen, Leute auf Kreaturen reiten zu sehen, die wie schwanzlose Katzen mit Bronzeschuppen aussahen, und ein Reiter auf einem dieser fliegenden Wesen verursachte ihr gar Schwindelgefühle. Sie war heilfroh, daß es so wenige davon gab. Aber auch bei dieser Patrouille liefen zwei angekettete Kreaturen nebenher, die wie flügellose Vögel mit ledriger Haut und scharfen spitzen Schnäbeln aussahen. Ihre Köpfe ragten noch über die Helme der berittenen Soldaten hinaus. Mit ihren langen sehnigen Beinen rannten sie sicherlich schneller als jedes Pferd.

Sie richtete sich langsam wieder auf, nachdem die Seanchan verschwunden waren. Einige Leute, die sich ebenfalls tief verbeugt hatten, machten den Eindruck, als wären sie am liebsten weggelaufen, denn außer den Seanchan selbst fühlte sich niemand in der Gegenwart dieser Kreaturen wohl. »Elayne«, sagte sie leise, als sie weitergingen, »ich schwöre dir: Wenn sie uns fangen, werde ich vor meinem Tod auf Knien darum bitten, daß ich dich zuvor noch von Kopf bis Fuß mit der stärksten Rute verhauen darf, die ich finden kann. Wenn du immer noch keine Vorsicht gelernt hast, ist es vielleicht besser, dich nach Tar Valon zurückzuschicken oder heim nach Caemlyn oder jedenfalls irgendwo anders hin.«

»Ich bin doch vorsichtig. Ich habe mich umgesehen, um sicher zu sein, daß keine *Damane* in der Nähe war. Wie steht es denn mit dir? Ich habe gesehen, wie du die Macht benützt hast, obwohl eine *Damane* in Sicht war.«

»Ich habe mich vergewissert, daß sie nicht in meine Richtung schauten«, knurrte Nynaeve. Sie hatte ihren ganzen Zorn auf Frauen in die Waagschale werfen müssen, die andere Frauen wie Tiere an die Leine legten, um überhaupt etwas zustande zu bringen. »Und es war nur ein einziges Mal und sowieso nur ein ganz schwacher Versuch.«

»Ein ganz schwacher Versuch? Wir mußten uns drei Tage lang im Fischgestank unseres Zimmers verbergen, weil sie den ganzen Ort absuchten, um jene zu finden, die das angestellt hatte! Nennst du das Vorsicht?«

»Ich mußte herausbekommen, ob es möglich ist, diese Halsbänder zu öffnen.« Sie glaubte fest daran. Sie würde mindestens noch einmal eine Probe aufs Exempel machen müssen, um ganz sicher zu sein, und das erfüllte sie mit Unbehagen. Genau wie Elayne hatte sie geglaubt, die *Damane* seien als Gefangene daran interessiert, freizukommen, doch es war ausgerechnet die Frau mit dem Halsband gewesen, die Alarm geschlagen hatte.

Ein Mann mit einem zweirädrigen Karren schob sich an ihnen vorbei. Der Karren rumpelte laut über das Kopfsteinpflaster. Wie ein Marktschreier bot er seine Dienste als Scheren- und Messerschleifer an. »Irgendwie sollten sie Widerstand leisten«, grollte Elayne. »Sie tun immer so, als sähen sie überhaupt nichts, wenn ein Seanchan an etwas beteiligt ist.«

Nynaeve seufzte nur. Elayne hatte zumindest teilweise recht — aber das half auch nicht weiter. Zuerst hatte sie geglaubt, diese widerstandslose Ergebenheit der Einwohner von Falme sei lediglich vorgetäuscht, doch sie hatte noch immer kein Anzeichen für den geringsten Widerstand gefunden. Sie hatte sich wirklich danach umgeschaut, da sie hoffte, für die Befreiung Egwenes und Mins Helfer zu finden, aber jeder hatte schon bei der kleinsten Andeutung eines Widerstands gegen Seanchan entsetzt den Rückzug angetreten. So hatte sie es aufgegeben, bevor sie noch mehr Aufmerksamkeit auf sich lenkte. Sie konnte sich tatsächlich auch nicht vorstellen, wie diese Leute sich zur Wehr setzen sollten. *Monster und Aes Sedai. Wie kann man gleichzeitig gegen Monster und Aes Sedai kämpfen?* Vor ihnen standen nun fünf hohe Steinhäuser, die zu den größten in der Stadt gehörten und zusammen ein geschlossenes Viereck bildeten. Eine Straße davor entdeckte Nynaeve eine kleine Gasse neben einer Schneiderei, von der aus sie die meisten Eingänge zu diesem großen Häuserblock im Auge behalten konnten. Sie konnten nicht alle Eingänge gleichzeitig beobachten, und sie wollte auch nicht, daß Elayne allein einen anderen Posten bezog, aber näher heran wagten sie sich auch nicht. Über den Dächern dieser Häuser flatterte die Flagge mit dem goldenen Falken, dem Abzeichen des Hochlords Turak, im Wind.

Nur Frauen gingen in diese Häuer hinein oder traten heraus, und die meisten davon waren *Sul'dam*, allein oder in Begleitung von *Damane*. Die Gebäude waren von den Seanchan besetzt worden, um die *Damane* unterzubringen. Egwene mußte sich darin befinden und wahrscheinlich auch Min. Sie hatten Min bisher nicht entdeckt, doch es war möglich, daß sie sich genau wie sie in der Menge verbarg. Nynaeve hatte viel darüber gehört, daß Frauen und Mädchen von der Straße weg oder in den Dörfern gefangen und in diese Häuser gebracht worden waren. Falls sie je wiedergesehen wurden, trugen sie ein Halsband.

Sie setzte sich neben Elayne auf eine leere Kiste und holte sich aus Elaynes Manteltasche einen der kleinen Äpfel. Hier waren weniger Einheimische auf der Straße zu sehen. Jeder wußte über die Häuser Bescheid und mied sie, genau wie sie die Stallungen mieden, in denen die Seanchan ihre seltsamen Kreaturen untergebracht hatten. Es war nicht schwer, zwischen den Passanten hindurch die Eingänge zu beobachten. Nur zwei Frauen, die sich ausruhten und einen Bissen aßen; also wieder zwei Menschen, die sich das Essen in einer Schenke nicht leisten konnten. Sie zogen nicht mehr als flüchtige Blicke auf sich.

Nynaeve aß ganz mechanisch und versuchte dabei, Pläne zu schmieden. Wenn sie ein solches Halsband öffnen konnte — falls es wirklich gelänge —, half das gar nichts. Erst einmal mußten sie Egwene aufspüren. Die Äpfel schmeckten ihr plötzlich nicht mehr so süß.

Aus dem engen Fenster ihres winzigen Zimmers unter dem Dach, eines von mehreren, die man durch Holzverschläge voneinander abgetrennt hatte, schaute Egwene direkt in den Garten hinab, in dem die *Damane* von ihren *Sul'dam* spazieren geführt wurden. Es hatte ursprünglich mehrere Gärten gegeben, doch die Seanchan hatten die Trennmauern abgerissen, als sie die Häuser für ihre *Damane* besetzten. Die Bäume trugen keine Blätter mehr, aber man brachte die *Damane* trotzdem an die frische Luft, ob sie es wollten oder nicht. Egwene blickte in den Garten hinab, weil sich Renna dort aufhielt und mit einer anderen *Sul'dam* unterhielt. Solange sie Renna im Auge behielt, konnte sie nicht hereinkommen und sie überraschen.

Es konnte natürlich auch eine andere *Sul'dam* hereinkommen. Es gab viel mehr *Sul'dam* als *Damane*, und jede *Sul'dam* wollte auch einmal das Armband tragen — sie nannten es: ›vollständig sein‹. Doch Renna war nach wie vor für ihre Ausbildung zuständig, und in vier von fünf Fällen trug Renna ihr Armband. Falls jemand einzutreten wünschte, gab es keine Möglichkeit, ihn daran zu hindern. Es gab keine Schlösser an den Türen zu den Zimmern der *Damane*. In Egwenes Zimmer standen nur ein enges hartes Bett, ein Waschgestell mit einer angestoßenen Kanne und einer großen Waschschüssel, ein Stuhl und ein Tisch, und für mehr war auch kein Platz.

Damane brauchten keine Bequemlichkeit, keine Privatsphäre und kein Eigentum. *Damane* waren selbst Eigentum. Min hatte auch ein solches Zimmer in einem der anderen Häuser, doch sie konnte kommen und gehen, wie sie wollte — oder fast, wie sie wollte. Die Seanchan hatten eine Schwäche für Vorschriften, von denen es für jedermann mehr gab als in der Weißen Burg für die geplagten Novizinnen.

Egwene trat vom Fenster zurück. Sie wollte nicht riskieren, daß eine der Frauen von unten hochblickte und das leichte Glühen um sie herum bemerkte, das beim Benutzen der Einen Macht entstand. Sie tastete mit *Saidar* vorsichtig nach ihrem Halsband. Ihre Suche nach einer Schwachstelle aber war umsonst. Sie wußte noch nicht einmal, ob das Band gewebt oder aus Einzelgliedern zusammengesetzt war. Manchmal schien es so und dann wieder anders. Auf jeden Fall wirkte es wie ein einziges Stück. Sie benutzte nur ein winziges bißchen der Macht, die kleinste Einheit, die sie sich vorstellen konnte, und doch stand auf ihrer Stirn Schweiß, und ihr Magen krampfte sich zusammen. Es war eine der Eigenschaften des *A'dam*, daß es einer *Damane*, die in Abwesenheit ihrer *Sul'dam* die Macht benützte, schlecht wurde, und je mehr Macht sie lenkte, desto schlechter wurde ihr. Wenn sie nur eine Kerze entzündet hätte, die etwas weiter als eine Armlänge von ihr entfernt stand, hätte sie sich übergeben müssen. Renna hatte ihr einmal befohlen, die kleinen Lichtkugeln zu jonglieren, während das Armband auf dem Tisch lag. Wenn sie sich daran erinnerte, schüttelte sie sich immer noch.

Jetzt schlängelte sich die silberne Leine über den nackten Fußboden und an der ungetünchten Holzwand hinauf bis zu dem Haken, an dem das Armband hing. Bei diesem Anblick knirschte sie vor ohnmächtigem Zorn mit den Zähnen. Wenn man einen Hund so nachlässig alleinließ, konnte er wegrennen. Wenn jedoch eine *Damane* ihr Armband auch nur einen Fußbreit von

der Stelle entfernte, an die es die *Sul'dam* gelegt hatte ...
Renna hatte ihr auch aufgetragen, das zu tun. Sie mußte
ihr eigenes Armband durch das Zimmer tragen — oder
es zumindest versuchen. Sie war sicher, daß es nur Minuten dauerte, bis die *Sul'dam* sich das Armband selbst
mit heftiger Bewegung angelegt hatte, doch Egwenes
Schreien und die Krämpfe, unter denen sie sich auf dem
Fußboden wälzte, schienen sich über Stunden hinzuzie-
hen.

Jemand klopfte, und Egwene fuhr zusammen, bevor
ihr einfiel, daß es keine *Sul'dam* sein konnte. Von denen
würde keine anklopfen. Sie ließ *Saidar* fahren, da sie
sich sowieso schon mies fühlte. »Min?«

»Hier bin ich zu meinem wöchentlichen Besuch«, verkündete Min, als sie hereinschlüpfte und die Tür schloß.
Ihre Fröhlichkeit klang ein wenig gezwungen, doch sie
bemühte sich immer, so gut sie konnte, Egwenes Stimmung zu heben. »Wie gefällt es dir?« Sie drehte sich um
die eigene Achse und führte ihr dunkelgrünes Wollkleid
aus dem Seanchanschen Fundus vor. Einen schweren,
dazu passenden Umhang hatte sie sich über den Arm
gelegt. Und ihr dunkles Haar wurde noch von einem
grünen Band zusammengehalten, obwohl es noch kaum
lang genug dafür war. An ihrer Hüfte hing immer noch
das Messer in der Scheide. Egwene war überrascht gewesen, als Min es beim ersten Zusammentreffen trug,
aber die Seanchan vertrauten ihnen offenbar. So lange,
bis sie eine Vorschrift brachen.

»Es ist hübsch«, sagte Egwene vorsichtig. »Aber warum?«

»Ich bin nicht zum Feind übergelaufen, falls du das
denkst. Ich mußte mich entweder anpassen oder ein
Zimmer irgendwo draußen in der Stadt nehmen, von
wo aus ich dich vielleicht nicht mehr hätte besuchen
dürfen.« Sie wollte sich schon breitbeinig auf den Stuhl
setzen, als trüge sie Hosen, schüttelte dann aber den
Kopf und drehte den Stuhl um, damit sie sich richtig

hinsetzen konnte. »Jeder hat seinen Platz im Muster«, imitierte sie spöttisch, »und der Platz eines jeden muß deutlich sichtbar sein. Diese alte Hexe Mulaen hatte es wohl satt, nicht schon bei meinem Anblick zu wissen, welches mein Platz sei, und so entschloß sie sich, mir den Rang eines Küchenmädchens zu verleihen. Sie ließ mich wählen. Du solltest mal sehen, was manche von den Seanchan-Mädchen tragen — diejenigen, die den Lords dienen. Es könnte mir schon gefallen, aber nicht, wenn ich nicht wenigstens verlobt bin oder noch besser: verheiratet. Na ja, nun gibt es kein Zurück mehr. Noch nicht. Mulaen verbrannte meinen Mantel und meine Hosen.« Sie schnitt eine Grimasse, um zu unterstreichen, was sie davon hielt, und nahm dann einen Stein von einem kleinen Stapel auf dem Tisch. Sie ließ ihn von Hand zu Hand hüpfen. »Es ist nicht so schlimm«, sagte sie lachend, »aber ich habe so lange keinen Rock mehr getragen, daß ich ständig ins Stolpern komme.«

Auch Egwene hatte zusehen müssen, wie ihre Kleider verbrannt wurden, einschließlich dieses wunderschönen grünen Seidenkleids. Sie war froh gewesen, daß sie nicht noch mehr der Kleider mitgebracht hatte, die ihr Lady Amalisa gegeben hatte. Wahrscheinlich würde sie keines davon jemals wiedersehen, und auch die Weiße Burg nicht. Was sie jetzt trug, war von dem gleichen Dunkelgrau, das alle *Damane* anhatten. Damane *haben kein Eigentum*, hatte man ihr erklärt. *Das Kleid, das eine* Damane *trägt, das Essen, das sie zu sich nimmt, das Bett, in dem sie schläft, sind alles Geschenke von ihrer* Sul'dam. *Falls eine* Sul'dam *beschließt, daß eine* Damane *auf dem Fußboden anstatt in einem Bett oder in einer Box im Stall schläft, dann liegt die Entscheidung einzig und allein bei der* Sul'dam. Mulaen, die für die Quartiere der *Damane* zuständig war, hatte eine eintönige Stimme und sprach immer so durch die Nase. Aber sie bestrafte jede *Damane*, die nicht jedes Wort ihrer langweiligen Vorträge auswendig kannte.

»Ich glaube nicht, daß es für mich jemals ein Zurück gibt«, seufzte Egwene und ließ sich auf das Bett sinken. Sie deutete auf die Steine, die auf dem Tisch lagen. »Renna hat mich gestern geprüft. Ich habe das Stück Eisenerz und das Kupfererz herausgefunden, und zwar mit verbundenen Augen und jedesmal, wenn sie die Klumpen neu mischte. Sie ließ sie hier liegen, um mich an meinen Erfolg zu erinnern. Sie hielt es wohl für eine Art Belohnung.«

»Das scheint mir auch nicht schlimmer zu sein als alles andere — weit weniger schlimm, als wenn Feuerwerkskörper explodieren —, aber hättest du nicht schwindeln können? Ihr erzählen, du könntest die Stücke nicht unterscheiden?«

»Du weißt immer noch nicht, wie das wirklich ist.« Egwene zog an ihrem Halsband, aber das half auch nicht mehr als das Lenken der Macht vorher. »Wenn Renna dieses Armband trägt, weiß sie genau, was ich mit Hilfe der Macht anstelle und was nicht. Manchmal scheint sie es sogar zu wissen, wenn sie es nicht trägt. Sie sagt, daß *Sul'dam* mit der Zeit eine gewisse Affinität — so nennt sie es — zu ihrer *Damane* entwickelt.« Sie seufzte.

»Niemand hatte bisher auch nur daran gedacht, mich auf so etwas zu überprüfen. Die Erde ist eine der fünf Mächte, die bei den Männern am stärksten vertreten war. Als ich diese Steine auswählte, nahm sie mich mit zu einer Stelle außerhalb der Stadt, und ich war in der Lage, geradewegs auf ein verlassenes Eisenbergwerk zu deuten. Es war alles überwuchert, und keine Öffnung war zu sehen, aber sobald ich einmal Bescheid wußte, fühlte ich das Eisen, das sich noch im Boden befindet. Es war nicht genug da, als daß man es in den letzten hundert Jahren lohnend hätte abbauen können, aber ich wußte, es war vorhanden. Ich konnte sie nicht anlügen, Min. Sie wußte im gleichen Moment wie ich, daß ich das Bergwerk fühlte. Sie war so erregt, daß sie mir zum Abendessen einen Pudding versprach.« Sie spürte, wie ihre Wangen vor Ärger und Scham brannten. »Offensichtlich bin ich nunmehr so wertvoll«, sagte sie in bitterem Ton, »daß man meine Kräfte nicht mehr damit verschwendet, Sachen zum Explodieren zu bringen. Das kann jede *Damane*, aber kaum eine kann Erze im Boden aufspüren. Licht, ich hasse es, Sachen explodieren zu lassen, aber ich wünschte, das wäre alles, was ich fertigbringe.«

Ihre Wangen färbten sich noch dunkler. Sie haßte es wirklich, wenn sie Bäume zum Zerspringen und die Erde zum Aufbäumen brachte. Das war für den Kampf bestimmt, für das Töten, und damit wollte sie nichts zu tun haben. Aber alles, was sie für die Seanchan tat, bedeutete eine neue Gelegenheit, *Saidar* zu berühren und den Strom der Macht in ihrem Körper zu fühlen. Sie verabscheute die Dinge, die sie für Renna und die anderen *Sul'dam* tun mußte, doch sie war sicher, daß sie mittlerweile ein viel größeres Potential aufwies als zuvor in Tar Valon. Sie wußte, daß sie mit Hilfe der Macht Dinge tun konnte, an die keine Schwester in der Burg je auch nur gedacht hatte; sie dachten nie daran, die Erde aufzureißen, um Männer zu töten.

»Vielleicht mußt du dir über alles das bald keine Sorgen mehr machen«, sagte Min grinsend. »Ich habe ein Schiff für uns gefunden, Egwene. Der Kapitän ist hier von den Seanchan festgehalten worden, und jetzt ist er soweit, daß er segeln will, gleichgültig, ob er eine Erlaubnis hat oder nicht.«

»Wenn er dich mitnimmt, Min, dann segle mit ihm«, sagte Egwene ergeben. »Ich sagte dir ja, daß ich nun wertvoll bin. Renna sagt, daß man in ein paar Tagen ein Schiff hinüber nach Seanchan schicken wird. Und das nur, um mich dorthin zu bringen.«

Min verging das Grinsen, und sie blickten einander in die Augen. Plötzlich warf Min den Stein zurück auf den Stapel, und er flog auseinander. »Es muß einen Weg von hier fort geben. Es muß möglich sein, dieses verdammte Ding um deinen Hals zu lösen!«

Egwene lehnte den Kopf zurück an die Wand. »Du weißt doch, daß die Seanchan jede Frau eingefangen haben, die auch nur ein winziges bißchen der Macht beherrschen kann, alle, die sie finden konnten. Sie kommen von überallher, nicht nur aus Falme, sondern auch aus den Fischerdörfern und aus Bauerndörfern im Landesinneren. Taraboner und Domanifrauen, Passagiere der von ihnen gekaperten Schiffe. Es sind auch zwei Aes Sedai darunter.«

»Aes Sedai!« rief Min. Gewohnheitsmäßig sah sie sich um, ob auch keine Seanchan gehört hatte, welche Bezeichnung sie da aussprach. »Egwene, wenn sich hier Aes Sedai befinden, können sie uns helfen. Laß mich mit ihnen sprechen und ...«

»Sie können sich nicht einmal selbst helfen, Min. Ich habe nur mit einer gesprochen. Sie heißt Ryma. Die *Sul'dam* nennen sie nicht so, aber das ist ihr Name. Sie wollte, daß ich ihn kenne. Sie sagte mir, daß noch eine da sei. Das erzählte sie mir unter Tränen. Sie ist eine Aes Sedai, und sie weinte bitterlich, Min! Sie trägt ein Halsband, sie wird hier Pura genannt, und sie kann nichts dagegen tun, genausowenig wie ich. Sie haben sie bei der Kapitulation Falmes gefangengenommen. Sie weinte, weil sie den Widerstand langsam aufgab, weil sie es nicht mehr ertragen kann, bestraft zu werden. Sie weinte, weil sie Selbstmord begehen wollte und auch das nicht ohne Erlaubnis fertigbringt. Licht, ich weiß, wie sie sich fühlt!«

Min rutschte nervös umher und strich sich ständig das Kleid glatt. »Egwene, das willst du doch nicht ... Egwene, du darfst nicht daran denken, dir etwas anzutun. Ich kriege dich irgendwie hier heraus. Ganz bestimmt!«

»Ich werde mich nicht umbringen«, meinte Egwene trocken. »Nicht einmal, wenn ich könnte. Gib mir dein

Messer. Komm schon! Ich werde mich schon nicht verletzen. Gib's mir nur einfach.«

Min zögerte und zog dann langsam ihr Messer aus der Scheide. Sie hielt es ihr vorsichtig hin. Offensichtlich war sie sprungbereit, sollte Egwene irgend etwas versuchen.

Egwene atmete tief ein und griff nach dem Knauf. Ein leichtes Zittern durchlief ihre Armmuskulatur. Als ihre Hand sich dem Messer auf etwa ein Fuß Entfernung genähert hatte, krümmten sich plötzlich ihre Finger unter einem Krampf. Mit starr geradeaus gerichtetem Blick bemühte sie sich, ihre Hand noch näher heranzuzwingen. Der Krampf erfaßte ihren ganzen Arm und verknotete die Muskeln bis hinauf zur Schulter. Aufstöhnend sackte sie zusammen und konzentrierte sich in Gedanken darauf, das Messer *nicht* zu berühren. Langsam ließ der Schmerz nach.

Min sah sie ungläubig an. »Was ...? Ich verstehe nicht.«

»Einer *Damane* ist es nicht erlaubt, irgendeine Waffe zu berühren.« Sie massierte ihren Arm und fühlte, wie die Anspannung nachließ. »Man schneidet uns sogar das Fleisch vor. Ich will mich gar nicht verletzen, aber selbst wenn ich es wollte, könnte ich nicht. Man läßt auch keine *Damane* irgendwo allein, wo sie aus größerer Höhe hinabspringen könnte. Dieses Fenster hier hat man zugenagelt. Wir können auch nicht in einen Fluß springen.«

»Na, das ist doch gut. Ich meine ... Ach, ich weiß selbst nicht, was ich meine. Falls du in einen Fluß sprängst, könntest du entkommen.«

Egwene fuhr einfach fort, als habe Min nichts gesagt: »Sie schulen mich, Min. Die *Sul'dam* und ihre *A'dam* bilden mich aus. Ich kann nichts berühren, was ich selbst für eine Waffe halte. Vor ein paar Wochen wollte ich Renna diesen Krug über den Schädel hauen, und daraufhin konnte ich drei Tage lang kein Waschwasser mehr ausgießen. Ich mußte nicht nur den Gedanken aufgeben, sie damit zu schlagen, nein, ich mußte mich auch noch selbst überzeugen, daß ich sie niemals, unter gar keinen Umständen, damit schlagen würde. Erst dann konnte ich den Krug wieder berühren. Sie wußte, was geschehen war, und schrieb mir vor, was ich tun müsse. Ich durfte mich ausschließlich in gerade dieser Schüssel und diesem Krug waschen und nirgends sonst. Du hast Glück, daß es zwischen deinen Besuchstagen geschah. Renna ließ mich nämlich von früh bis spät schuften, und abends fiel ich völlig erschöpft ins Bett. Ich bemühe mich schon, Widerstand zu leisten, aber sie bilden mich genauso weiter aus wie Pura.« Sie schlug sich die Hand über den Mund und stöhnte auf. »Sie heißt Ryma. Ich *muß* an ihren richtigen Namen denken und nicht an den, den sie ihr gegeben haben. Sie heißt Ryma, gehört zu den Gelben Ajah und hat so lange und hart gegen sie gekämpft, wie sie nur konnte. Es ist nicht ihre Schuld, daß sie nun keine Kraft mehr hat, sich dagegen aufzulehnen. Ich möchte wissen, wer die andere Schwester ist, die Ryma erwähnte. Ich hätte gern ihren Namen gewußt. Erinnere dich an uns beide, Min, an Ryma von den Gelben Ajah und an Egwene al'Vere. Nicht Egwene, die *Damane*, sondern Egwene al'Vere aus Emondsfeld. Schaffst du das?«

»Hör auf!« fauchte Min. »Hör augenblicklich damit auf! Wenn du nach Seanchan gebracht wirst, bin ich dabei. Aber ich glaube nicht, daß es soweit kommt. Du weißt, daß ich in deiner Zukunft herumgestöbert habe, Egwene. Ich verstehe wohl das meiste nicht, und das ist fast immer so, aber ich sehe Dinge, die dich einwandfrei mit Rand verbinden und mit Perrin und Mat, ja, und sogar mit Galad, Licht hilf dir Närrin. Wie kann das alles geschehen, wenn die Seanchan dich übers Meer verfrachten?«

»Vielleicht werden sie die ganze Welt erobern, Min. Falls sie das schaffen, gibt es keinen Grund, warum

Rand und Galad und die anderen nicht auch in Seanchan landen sollten.«

»Du bist doch eine dumme Gans!«

»Ich bin nur realistisch«, sagte Egwene mit harter
Stimme. »Ich habe nicht vor, den Widerstand einzustel-
len, nicht, solange ich noch atmen kann, aber ich habe
keine Hoffnung, daß jemand die Seanchan aufhalten
kann und daß ich dieses *A'dam* jemals loswerde. Min,
wenn dieser Kapitän dich mitnehmen will, dann geh
mit. Dann ist wenigstens eine von uns frei.«

Die Tür öffnete sich, und Renna trat ein.

Egwene sprang auf und verbeugte sich tief, und Min
tat es ihr nach. Das winzige Zimmer war ziemlich eng,
aber die Seanchan bestanden darauf, daß Höflichkeits-
regeln vor Bequemlichkeit kamen.

»Dein Besuchstag heute, nicht wahr?« fragte Renna.
»Das hatte ich vergessen. Na ja, auch an Besuchstagen
geht die Ausbildung weiter.«

Egwene beobachtete sie genau. Die *Sul'dam* nahm das
Armband vom Haken, öffnete es und ließ es am Handgelenk wieder zuschnappen. Sie konnte aber einfach
nicht feststellen, wie es sich öffnete oder schloß. Sie hätte es herausbekommen, hätte sie die Eine Macht eingesetzt, doch das wäre Renna sofort aufgefallen. Als das
Armband zuschnappte, blickte die *Sul'dam* plötzlich
mißtrauisch drein. Egwenes Herz wurde schwer.

»Du hast die Macht gebraucht.« Rennas Stimme
klang täuschend mild, doch in ihren Augen stand der
Ärger geschrieben. »Du weißt, das ist verboten, wenn
wir nicht vollständig sind.« Egwene beleuchtete die Lippen. »Vielleicht war ich zu großzügig mit dir. Vielleicht
glaubst du auch, weil du jetzt wertvoll bist, ließe ich dir
freien Lauf. Ich glaube, es war ein Fehler, dir deinen alten Namen zu lassen. Ich hatte als Kind ein Kätzchen
namens Tuli. Von nun an heißt du Tuli. Min, du gehst
jetzt. Dein Besuchstag bei Tuli ist jetzt zu Ende.«

Min zögerte nur kurz und warf Egwene einen gequälten Blick zu. Dann ging sie. Nichts, was sie sagte oder tat, hätte geholfen. Im Gegenteil, sie hätte die Lage nur verschlimmern können. Egwene blickte sehnsuchtsvoll zur Tür, als die sich hinter ihrer Freundin schloß.

Renna holte sich den Stuhl heran und sah Egwene finster an. »Für diese Sache muß ich dich streng bestrafen. Wir werden beide vor den Hof der Neun Monde gerufen — du wegen deiner Fähigkeiten und ich als deine *Sul'dam* und Ausbilderin —, und ich werde dir nicht gestatten, mich in den Augen der Kaiserin lächerlich zu machen. Ich werde aufhören, wenn du mir sagst, wie sehr du es liebst, *Damane* sein zu dürfen, und wie folgsam du künftig sein wirst. Und, Tuli, du mußt mich Wort für Wort von deiner Ernsthaftigkeit überzeugen!«

KAPITEL 20

Ein Plan

Draußen in dem niedrigen Flur grub Min die Fingernägel in die Handflächen, als der erste durchdringende Schrei aus dem Zimmer ertönte. Sie tat einen Schritt auf die Tür zu, bevor sie sich zusammenriß. Dafür traten ihr die Tränen in die Augen. *Licht, hilf mir. Alles, was ich anstelle, macht die Lage nur noch schlimmer. Egwene, es tut mir so leid. Es tut mir so leid.*

Sie fühlte sich nutzloser als nutzlos. So hob sie den Rock hoch und rannte weg. Egwenes Schreie verfolgten sie. Sie brachte es nicht fertig zu bleiben, aber nun fühlte sie sich wie ein Feigling. Halb blind vor Tränen befand sie sich auf der Straße, bevor sie es bemerkte. Sie hatte in ihr eigenes Zimmer zurücklaufen wollen, aber das brachte sie jetzt auch nicht fertig. Sie konnte den Gedanken nicht ertragen, daß Egwene Schmerzen erlitt, während sie bequem und sicher unter dem nächsten Dach hockte. Sie rieb sich die Tränen aus den Augen, hängte sich den Umhang um und ging die Straße hinunter. Jedesmal, wenn ihre Augen wieder frei waren, kamen neue Tränen. Sie weinte sonst niemals in der Öffentlichkeit, aber sie hatte sich noch nie so hilflos und nutzlos gefühlt. Ihr war es gleich, wohin ihre Schritte sie führten, aber es mußte so weit wie möglich von Egwenes Schreien entfernt sein.

»Min!«

Als sie den leisen Ruf vernahm, blieb sie jäh stehen. Zuerst konnte sie die Ruferin nicht entdecken. So nahe bei den Behausungen der *Damane* hielten sich nur wenige Leute auf der Straße auf. Abgesehen von einem ein-

zelnen Mann, der sich bemühte, zwei Seanchan-Soldaten für den Kauf eines Bildes zu begeistern, das er mit
seinen Farbkreiden von ihnen malen wollte, schritten
hier alle Einheimischen schneller voran als sonst üblich.
Eine *Sul'dam* stolzierte vorbei. Ihre *Damane* trottete mit
gesenktem Blick hinter ihr her. Die beiden Seanchan-
Frauen unterhielten sich darüber, wie viele weitere *Marath'Damane* man wohl noch finden könne, bevor sie zu-
rücksegelten. Mins Blick wanderte uninteressiert über
die beiden Frauen in langen Schafsledermänteln und
kehrte staunend zu ihnen zurück. Die beiden kamen auf
sie zu. »Nynaeve? Elayne?«

»Wer denn sonst?« Nynaeve lächelte gequält, und
beide Frauen zeigten nervöse, angespannte Mienen.
Min war sicher, daß sie noch niemals etwas so Wundervolles erlebt hatte wie diesen plötzlichen Anblick. »Diese Farbe steht dir«, fuhr Nynaeve fort. »Du hättest
längst solche Kleider tragen sollen. Allerdings habe ich
mir auch manchmal gewünscht, Hosen zu tragen, nachdem ich sie bei dir gesehen hatte.« Ihre Stimme klang
schärfer, als sie nahe genug war, um Mins Gesicht ein-
gehender zu mustern. »Was ist los?«

»Du hast geweint«, stellte Elayne fest. »Ist Egwene etwas passiert?«

Min fuhr zusammen und blickte sich ängstlich um.
Eine *Sul'dam* und ihre *Damane* kamen die gleiche Treppe
herunter wie sie zuvor, wandten sich dann aber in die
Gegenrichtung, den Stallungen hin. Eine weitere Frau
mit den Blitzabzeichen auf dem Kleid stand oben auf
der Treppe und unterhielt sich mit jemandem. Min
packte ihre Freundinnen am Arm und zog sie eilig mit
sich die Straße hinunter in Richtung Hafen. »Es ist gefährlich hier für euch beide. Licht, es ist schon gefährlich, daß ihr euch hier in Falme aufhaltet. Überall laufen
Damane herum, und wenn sie euch finden ... Ihr wißt,
was *Damane* sind? Ach, ihr ahnt nicht, wie schön es ist,
euch zu sehen.«

»Wahrscheinlich nur halb so schön wie umgekehrt«, sagte Nynaeve. »Weißt du, wo Egwene ist? Befindet sie sich in einem dieser Gebäude? Geht es ihr gut?«

Min zögerte ein wenig und sagte dann: »Es geht ihr so wie unter diesen Umständen möglich.« Min ahnte schon, was geschähe, wenn sie ihnen alles erzählte, was Egwene gerade im Moment angetan wurde. Bei Nynaeve war die Wahrscheinlichkeit groß, daß sie sofort losstürmte, um Egwene zu helfen. *Licht, hoffentlich ist es jetzt vorbei. Licht, hoffentlich beugt sie ihren sturen Kopf, bevor sie ihn verliert.* »Aber ich weiß nicht, wie ich sie herausholen soll. Ich habe einen Kapitän ausfindig gemacht, der uns mitnimmt, wenn wir sie aufs Schiff bringen. Er hilft uns nicht, wenn wir es nicht selbst schaffen, und ich kann es ihm auch nicht verdenken. Doch ich weiß nicht, wie es uns gelingen soll.«

»Ein Schiff«, meinte Nynaeve nachdenklich. »Ich wollte einfach nach Osten reiten, war aber damit auch nicht gerade glücklich. Soweit ich feststellen konnte, müßten wir praktisch die Toman-Halbinsel verlassen, um vor den Patrouillen der Seanchan sicher zu sein. Na ja, und dann heißt es, daß es auf der Ebene von Almoth ebenfalls Auseinandersetzungen gibt. Ich habe gar nicht an ein Schiff gedacht. Wir haben Pferde, aber kein Geld, um die Passage zu bezahlen. Wieviel verlangt dieser Mann?«

Min zuckte die Achseln. »Soweit bin ich nicht gekommen. Wir haben auch kein Geld. Ich dachte, das könnten wir aufschieben, bis wir unterwegs sind. Hinterher ... Na ja, ich glaube nicht, daß er uns in einem Hafen absetzen würde, wo es Seanchan gibt. Wo er uns auch hinauswirft, es ist besser als hier. Schwierig ist es, ihn davon zu überzeugen, daß er überhaupt lossegelt. Er will ja, aber sie haben Patrouillenschiffe außerhalb des Hafens, und man weiß nie, ob nicht eine *Damane* an Bord eines der Schiffe gelangt, bevor es zu spät ist. ›Gebt mir eine *Damane* an Deck mit‹, sagt er, ›und ich segle sofort los‹. Dann fängt er an, über Strömungen und Untiefen und die Leeküste zu faseln. Davon verstehe ich nichts, aber solange ich lächle und von Zeit zu Zeit nikke, redet er weiter. Wenn ich ihn lange genug reden lasse, überredet er sich vielleicht selber, die Anker zu lichten.« Sie atmete schwer, und ihre Augen brannten schon wieder. »Nur glaube ich nicht, daß wir noch genug Zeit haben, um ihn dazu zu bringen. Nynaeve, sie werden Egwene nach Seanchan schicken, und zwar bald.«

Elayne schnappte nach Luft. »Aber warum denn?«

»Sie kann Erze aufspüren«, sagte Min kleinlaut. »Noch ein paar Tage, sagt sie, und ich weiß nicht, ob dieser Mann sich in ein paar Tagen entschließen kann, loszusegeln. Und wie nehmen wir ihr dieses vom Schatten erschaffene Halsband ab? Wie schaffen wir sie aus dem Haus?«

»Ich wünschte, Rand wäre hier«, seufzte Elayne, und als die beiden anderen sie ansahen, errötete sie und fügte hastig hinzu: »Na ja, er hat ... er hat doch ein Schwert. Ich wünschte, wir hätten jemanden mit einem Schwert. Zehn. Hundert.«

»Wir brauchen jetzt keine Schwerter oder Muskeln«, sagte Nynaeve, »sondern Hirn. Die Männer denken für gewöhnlich nur mit den Haaren auf der Brust.« Sie berührte geistesabwesend ihre eigene Brust, als fühle sie durch ihren Mantel hindurch nach etwas. »Die meisten jedenfalls.«

»Wir brauchen eine Armee«, sagte Min. »Eine große Armee. Wie ich hörte, haben die Seanchan einer Übermacht von Tarabonern und Domani gegenübergestanden, und trotzdem gewannen sie mühelos jede Schlacht.« Sie zog Nynaeve und Elayne hastig auf die andere Straßenseite, als eine *Damane* mit ihrer *Sul'dam* an ihnen vorbeischritt. Sie war erleichtert, daß sie die beiden nicht erst warnen mußte, und sie beobachteten die durch die Leine verbundenen Frauen genauso wachsam wie sie selbst. »Da wir keine Armee haben, müssen wir drei es schaffen. Ich hoffe, eine von euch hat einen Einfall, den ich noch nicht hatte. Ich habe mir das Hirn zermartert, bleibe aber immer stecken, wenn es um die *A'dam*, die Leine und das Halsband geht. Die *Sul'dam* mögen es nicht, wenn jemand ihnen zu nahe kommt, während sie ihr Armband öffnen. Ich denke, ich kann euch ins Haus schmuggeln, falls das hilft. Zumindest eine von euch. Sie halten mich für eine Dienerin, und die dürfen auch Besucher empfangen, solange diese in den Dienstbotenquartieren bleiben.«

Nynaeve runzelte die Stirn, doch dann klärte sich ihre Miene, und sie blickte zielbewußt drein. »Keine Sorge, Min. Ich habe da ein paar Ideen. Ich bin hier nicht untätig gewesen. Bring mich zu diesem Mann. Sollte mit ihm schwerer umzugehen sein als mit dem Gemeinderat, wenn die alten Männer sich stur zeigen, dann esse ich meinen Mantel.«

Elayne nickte grinsend, und Min empfand zum ersten Mal, seit sie in Falme angekommen waren, etwas wie Hoffnung. Einen Moment lang tastete sie in die Aura der beiden Frauen hinein, um ihre Zukunft zu lesen. Da war Gefahr, wie nicht anders zu erwarten, aber auch neue Dinge zeigten sich zwischen den Bildern, die sie bereits kannte. Manchmal gab es das. Über Nynaeves Kopf schwebte ein schwerer goldener Männerring, über Elaynes Kopf waren ein rotglühender Eisenstab und eine Axt zu sehen. Sie war sicher, daß dies Ärger bedeutete, aber es schien noch fern — irgendwann in der Zukunft. Es dauerte alles nur einen Augenblick, und dann sah sie nur noch Nynaeve und Elayne selbst, die sie erwartungsvoll ansahen.

»Es ist drunten in der Nähe des Hafens«, sagte sie.

Je weiter nach unten sie kamen, desto belebter wurde die steil abfallende Straße. Straßenhändler standen neben Kaufleuten, die ihre Wagen von den Dörfern im Landesinneren hereingebracht hatten und nun hier überwinterten. Hausierer mit ihren Bauchläden sprachen Passanten an. Einheimische in bestickten Umhängen schoben sich an Bauernfamilien in schweren Schafwollmänteln vorbei. Viele Menschen waren aus den Dörfern weiter oben an der Küste hierher geflohen. Min kam das sinnlos vor. Sie waren vor den Seanchan geflohen und ihnen hier erst recht in die Arme gelaufen. Aber sie hatte auch gehört, was die Seanchan taten, wenn sie ein Dorf zum erstenmal betraten, und so konnte sie die Leute doch wieder verstehen, wenn sie vor einem zweiten Zusammentreffen dieser Art flohen. Jeder verbeugte sich, wenn ein Seanchan vorbeikam oder wenn eine Sänfte mit zugezogenen Vorhängen die Straße hinaufgetragen wurde.

Min war froh, daß Elayne und Nynaeve offensichtlich wußten, wie man sich verbeugen mußte. Die Träger mit ihren nackten Oberkörpern beachteten die sich verbeugenden Menschen genausowenig, wie es die hochmütigen Soldaten in ihren Rüstungen taten, aber wenn man sich nicht verbeugte, fiele man unter Garantie auf.

Sie unterhielten sich ein wenig, während sie die Straße hinunterschritten, und Min war überrascht zu hören, daß die beiden nur wenige Tage nach Egwene und ihr hier eingetroffen waren. Dann sagte sie sich aber, es sei kein Wunder, daß sie sich nicht früher getroffen hatten — bei so vielen Menschen, die die Straßen ständig bevölkerten. Sie hatte gezögert, mehr Zeit als notwendig von Egwene entfernt zu verbringen. Sie hatte immer Angst, beim nächsten Besuch erfahren zu müssen, daß Egwene weg sei. *Und genau das wird geschehen, falls Nynaeve nicht einen wirklich guten Einfall hat.* Der Geruch nach Salz und Pech wurde stärker. Möwen kreischten und kreisten über ihnen. In der Menge tauchten immer mehr Seeleute auf — manche von ihnen trotz der Kälte immer noch barfuß.

Die Schenke hatte man eiligst auf *Die Drei Pflaumenblüten* umgetauft, doch unter der nachlässig hingeschmierten Farbschicht konnte man noch das Wort *Wächter* erkennen. Trotz der Menschenmenge draußen war der Schankraum etwa zur Hälfte voll. Die Preise waren zu hoch, und die Leute konnten es sich nicht mehr leisten, gemütlich bei ihrem Bier zu sitzen. Prasselnde Flammen in den Kaminen an beiden Seiten erwärmten den Raum, und der fette Wirt lief in Hemdsärmeln herum. Er musterte mit gerunzelter Stirn die drei Frauen, und Min glaubte, daß nur ihr Seanchan-Kleid ihn daran hinderte, sie hinauszuwerfen. Nynaeve und Elayne in ihrer Bauernkleidung sahen nicht so aus, als hätten sie Geld zum Ausgeben.

Der Mann, den sie suchte, saß allein an einem Tisch in der Ecke, auf seinem gewohnten Platz, und starrte in seinen Weinkrug. »Habt Ihr Zeit für ein Gespräch, Kapitän Domon?« fragte sie.

Er blickte auf und strich sich mit der Hand über den Bart, als er sah, daß sie nicht allein war. Sie hatte immer noch den Eindruck, daß seine Oberlippe mit Bart eigenartig aussah. »Also du bringen Freundinnen, um meine Münzen aufzutrinken, ja? Na ja, dieser Seanchan-Lord meine Ladung kaufen, also ich habe Münzen genug. Setzt.« Elayne schreckte zusammen, als er plötzlich brüllte: »Wirt! Glühwein her!«

»Es ist schon gut«, sagte Min und setzte sich ans Ende einer der Bänke am Tisch. »Er sieht nur so aus und klingt wie ein Bär.« Elayne setzte sich mit zweifelnder Miene ans andere Tischende.

»Ein Bär ich sein?« lachte Domon. »Vielleicht. Aber was sein mit dir, Mädchen? Hast du aufgegeben, mitzusegeln? Dieses Kleid mir ganz nach Seanchan aussehen.«

»Niemals!« sagte Min wild, doch sie schwieg sofort, als die Bedienung mit Krügen voll dampfendheißen Glühweins an ihren Tisch trat.

Auch Domon war vorsichtig. Er wartete, bis das Mädchen mit seinem Geld wieder verschwunden war, und dann sagte er: »Glück stich mich, Mädchen, ich es nicht meinen so. Die meisten Leute einfach nur weiterleben wollen, gleich, ob ihr Herr Seanchan oder anderer ist.«

Nynaeve legte die Unterarme auf den Tisch. »Wir wollen auch nur weiterleben, Kapitän, aber ohne die Seanchan. Wie ich hörte, wollt Ihr bald segeln.«

»Ich heute noch segeln würde, wenn ich können«, sagte Domon betrübt. »Jeden zweiten Tag oder dritten Turak nach mir schicken, und ich müssen ihm erzählen von den alten Sachen, die ich gesehen habe. Wirken ich wie ein Gaukler auf Euch? Ich denke, ich ihm erzählen können ein oder zwei Geschichten und dann wegsegeln, aber nun ich glaube, wenn ich ihn nicht mehr unterhalte, er entweder mich gehen läßt oder läßt meinen Kopf abhacken. Der Mann weich aussehen, aber er sein hart wie Eisen und genauso kalt.«

»Könnt Ihr mit Eurem Schiff den Seanchan entkommen?« fragte Nynaeve.

»Glück stich mich, wenn ich es schaffe aus dem Hafen hinaus, ohne eine *Damane* die *Gischt* zu Kleinholz machen, dann ich können. Wenn ich nicht ein Seanchan-Schiff mit eine *Damane* auf See zu nahe herankommen lasse. Es sein Untiefen an ganzer Küste entlang hier, und die *Gischt* haben wenig Tiefgang. Ich sie in Gewässer bringen kann, die solche schwerfälligen Rümpfe von Seanchan nicht riskieren. Sie sich hüten müssen vor Winden in Küstennähe zu dieser Jahreszeit, und wenn ich einmal haben die *Gischt*...«

Nynaeve schnitt ihm das Wort ab: »Dann werden wir uns mit Euch einschiffen, Kapitän. Wir werden zu viert sein, und ich erwarte, daß Ihr segelfertig seid, sobald wir an Bord sind.«

Domon rieb sich mit dem Finger über die Oberlippe und blickte in seinen Weinkrug. »Also, was das betreffen, da sein immer noch die Schwierigkeit, aus dem Hafen zu kommen. Diese *Damane*...«

»Was ist, wenn ich Euch sage, daß Ihr mit etwas Besserem als einer *Damane* segelt?« fragte Nynaeve leise. Min riß die Augen auf, als ihr klar wurde, was Nynaeve beabsichtigte.

Beinahe unhörbar murmelte Elayne: »Und du sagst mir, ich solle vorsichtiger sein.«

Domon hatte nur Augen für Nynaeve, und es waren mißtrauische Augen. »Was Ihr meinen?« flüsterte er.

Nynaeve öffnete ihren Mantel und griff sich darunter an den Hals. Sie zog eine Lederschnur heraus, die sie unter ihr Kleid gesteckt hatte. Min schnappte nach Luft, als sie den Gegenstand sah, der daran hing: den schweren Männerring, den sie in ihrer Trance über Nynaeve hatte schweben sehen. Doch sie wußte, es war der andere, etwas kleinere und für eine Frauenhand angefertigte Ring, der Domon fast die Augen aus dem Kopf trieb: eine Schlange, die den eigenen Schwanz verschlang.

»Ihr wißt, was das bedeutet?« fragte Nynaeve und wollte die Schnur schon aufknoten, um den Ring abzunehmen. Doch Domon schloß seine Hand um ihre. »Steckt ihn weg.« Er blickte sich nervös um. Soweit Min sehen konnte, sah niemand herüber, doch er verhielt sich, als starre jeder im Raum nur sie an. »Dieser Ring sein zu gefährlich. Wenn er gesehen wird ...«

»Wenn Ihr nur wißt, was er bedeutet«, sagte Nynaeve mit einer Gelassenheit, auf die Min nur neidisch sein konnte. Sie zog ihre Hand aus Domons Hand und hängte sich die Schnur wieder um den Hals.

»Ich weiß«, sagte er heiser. »Ich wirklich weiß, was er bedeuten. Vielleicht es geben eine Möglichkeit, wenn Ihr ... Vier, sagt Ihr? Dieses Mädchen, was gern zuhört, wenn ich Garn spinnen, sie eine der vier sein, ich nehmen an. Und Ihr, und ...« Er runzelte die Stirn, als er Elayne ansah. »Sicher dieses Kind nicht sein eine — eine wie Ihr?«

Elayne richtete sich beleidigt auf, aber Nynaeve legte eine Hand auf ihren Arm und lächelte Domon beruhi-

gend an. »Sie reist in meiner Begleitung, Kapitän. Ihr
wärt vielleicht überrascht, wenn Ihr wüßtet, was wir alles fertigbringen, auch bevor wir das Recht auf einen
solchen Ring erwerben. Wenn Ihr segelt, werden drei
auf Eurem Schiff sein, die, falls notwendig, jeder *Damane* die Stirn bieten können.«

»Drei«, keuchte er. »Das sein gute Möglichkeit. Vielleicht . . .« Sein Gesicht hellte sich für einen Augenblick
auf, doch als er sie wieder ansah, war es ernst. »Ich sollen Euch einfach jetzt auf *Gischt* bringen und ablegen,
aber Glück stich mich, ich Euch nicht sagen kann, was
Euch hier erwarten oder auch, was Euch erwarten,
wenn Ihr mit mir segeln. Ihr mir zuhören und merken
meine Worte.« Er sah sich wieder mißtrauisch um, senkte die Stimme noch mehr und wählte sorgfältig seine
Worte: »Ich haben gesehen eine — eine Frau, die tragen
einen Ring wie Ihr, und sie wurde gefangen von den Seanchan. Eine hübsche, schlanke kleine Frau mit einem
großen Krie . . . einem großen Mann dabei, der aussehen, als ob er wissen, wie sein Schwert zu benützen. Eines von ihnen unvorsichtig gewesen sein muß, denn sie
liefen in Falle der Seanchan. Der große Mann töten
sechs oder sieben Soldaten, bevor er selbst tot. Die —
die Frau . . . Sechs *Damane* sie umstellten, traten plötzlich aus den Gassen hervor. Ich denken, sie werde . . . etwas tun . . . Ihr wissen, was ich meine . . . aber . . . Ich
weiß nichts über solche Dinge. Einen Moment sie aussehen, als ob sie alle zerstören, dann Schreck treten auf ihr
Gesicht, und sie schreien.«

»Sie haben sie von der Wahren Quelle abgeschnit-
ten.« Elaynes Gesicht war totenblaß.

»Spielt keine Rolle«, sagte Nynaeve ruhig. »Wir werden nicht zulassen, daß mit uns dasselbe geschieht.«

»Ay, vielleicht es werden sein, wie Ihr sagt. Aber ich
mich werden daran erinnern, bis ich sterben. Ryma, hilf
mir! Das sie geschrien hat. Und eine der *Damane* stürzen
hin weinend, und dann sie legen eine von diesen Hals-

bändern an die ... Frau, und ich ... ich rennen weg.« Er zuckte die Achseln, rieb sich die Nase und spähte in seinen Wein hinein. »Ich haben gesehen drei Frauen, die gefangen wurden. Ich können nicht mehr mit ansehen. Ich würden meine alte Großmutter hier zurücklassen an Hafen, wenn ich dafür können wegsegeln, aber ich müssen Euch das sagen.«

»Egwene sagte, sie hätten zwei Gefangene«, sagte Min bedächtig. »Ryma, eine Gelbe, und sie wußte nicht, wer die andere ist.« Nynaeve sah sie scharf an, und sie hielt errötend ihren Mund. Domons Gesicht nach zu schließen, hatte es ihnen nicht gerade genützt, von zwei gefangenen Aes Sedai zu erzählen, anstatt von nur einer.

Doch dann blickte er plötzlich Nynaeve in die Augen und trank einen großen Schluck Wein. »Sein es das, weswegen Ihr da sein? Um diese zwei ... zu befreien? Ihr gesagt habt, es werden drei von Euch sein.«

»Ihr wißt alles, was Ihr wissen müßt«, sagte ihm Nynaeve kurz angebunden. »Ihr müßt darauf vorbereitet sein, innerhalb der nächsten zwei oder drei Tage sofort abzulegen. Macht Ihr mit, oder bleibt Ihr hier und wartet ab, ob man Euch nicht doch lieber den Kopf abhackt? Es gibt noch andere Schiffe, Kapitän, und ich habe vor, noch heute abzuklären, mit welchem wir segeln.«

Min hielt die Luft an und hielt unter dem Tisch die Daumen.

Schließlich nickte Domon. »Ich werden bereit sein.«

Als sie wieder auf die Straße traten, war Min überrascht, denn Nynaeve ließ sich völlig erschlagen an die Wand der Schenke sacken, kaum daß sich deren Tür geschlossen hatte. »Ist dir schlecht, Nynaeve?« fragte sie besorgt.

Nynaeve atmete tief durch und richtete sich wieder auf. Sie zupfte an ihrem Mantel. »Bei manchen Menschen«, sagte sie, »muß man sich ganz sicher geben. Zeigt man ihnen nur den geringsten Zweifel an sich selbst, dann führen sie euch in eine Richtung, in die ihr nicht gehen wollt. Licht, hatte ich Angst, daß er nein sagt. Kommt, wir müssen planen. Es gibt immer noch ein oder zwei kleinere Probleme, die wir zu lösen haben.«

»Ich hoffe, Fischgeruch macht dir nichts aus, Min«, sagte Elayne.

Ein oder zwei kleinere Probleme? dachte Min, als sie den beiden folgte. Sie hoffte, daß Nynaeve nicht nur wieder ganz sicher sein wollte.

KAPITEL 21

Fünf streiten
für das Licht

Perrin musterte die Dorfbewohner mißtrauisch. Er zupfte verlegen an seinem etwas zu kurz geratenen Umhang, der zwar auf der Brust bestickt war, aber ansonsten einige nicht gestopfte Löcher aufwies, doch keiner beachtete ihn besonders, trotz der bunt zusammengewürfelten Kleidung und der Axt an der Hüfte. Hurin trug unter seinem Umhang einen Mantel mit blauen Spiralen auf der Vorderseite, und Mat hatte Pluderhosen an, die dicke Wülste schlugen, wo er sie in die Stiefel gesteckt hatte. Das war alles, was sie in dem verlassenen Dorf hatten finden können und was ihnen einigermaßen paßte. Perrin fragte sich, ob die Einwohner bald auch dieses Dorf verlassen würden. Die Hälfte der Steinhäuser stand bereits leer, und vor der Schenke, ein Stückchen die ungepflasterte Straße hinauf, standen drei Ochsenkarren, die viel zu schwer beladen waren — hochaufgetürmt und mit Planen bedeckt und festgezurrt. Ein paar Familien hatten sich um die Karren versammelt.

Als er sie beobachtete, wie sie sich zusammendrückten und jenen Lebwohl sagten, die noch blieben, wurde Perrin klar, daß ihre Haltung ihnen gegenüber kein mangelndes Interesse ausdrückte: Sie vermieden es bewußt, ihn und die anderen direkt anzublicken. Diese Menschen hatten gelernt, Fremden gegenüber keine Neugier zu zeigen, selbst wenn es offensichtlich keine Seanchan waren. Heutzutage konnte jeder Fremde auf der Toman-Halbinsel gefährlich sein. Sie hatten diese verkrampfte Gleichgültigkeit auch schon in anderen Dörfern bemerkt. Es gab auch noch ein paar kleine Städte nur wenige Wegstunden von der Küste entfernt. Alle bemühten sich, ihre Unabhängigkeit zu wahren. Jedenfalls, bevor die Seanchan gekommen waren.

»Ich finde«, meinte Mat, »es ist an der Zeit, die Pferde zu holen, bevor sie Fragen stellen.«

Hurin starrte auf einen großen, geschwärzten, kreisförmigen Fleck am Boden, der inmitten des braunen Grases dieses Dorfgrüns zu sehen war. Er wirkte bereits verwittert, aber niemand hatte sich die Mühe gemacht, ihn zu beseitigen. »Vielleicht vor sechs oder acht Monaten«, murmelte er, »aber es stinkt immer noch. Der ganze Gemeinderat mit Familien. Warum tun sie so etwas?«

»Wer weiß schon, warum sie überhaupt etwas tun?« knurrte Mat. »Seanchan brauchen anscheinend keinen besonderen Grund, um Leute umzubringen. Jedenfalls keinen Grund, den ich begreife.«

Perrin blickte an dem verkohlten Fleck vorbei. »Hurin, bist du sicher in bezug auf Fain? Hurin?« Es war schwer gewesen, den Schnüffler von dem Fleck abzulenken, seit sie das Dorf betreten hatten. »Hurin!«

»Was? Oh, Fain? Ja.« Hurins Nasenflügel bebten, und er rümpfte die Nase. »Da ist jeder Irrtum ausgeschlossen, auch wenn die Spur alt ist. Dagegen duften sogar Myrddraal nach Rosen. Er ist tatsächlich hier durchgekommen, aber ich glaube, er war allein. Es waren auf keinen Fall Trollocs dabei, und falls er Schattenfreunde im Gefolge hatte, dann müßten die in letzter Zeit ziemlich harmlos gewesen sein.«

Oben an der Schenke entstand Unruhe. Menschen riefen und deuteten auf etwas. Nicht auf Perrin und die anderen beiden, sondern auf die niedrigen Hügel im Osten.

»Können wir jetzt die Pferde holen?« fragte Mat. »Das sind vielleicht Seanchan.«

Perrin nickte, und sie liefen hinüber, wo sie die Pferde

hinter einem verlassenen Haus angebunden hatten. Als Mat und Hurin um die Ecke des Hauses verschwanden, blickte Perrin zur Schenke zurück und blieb verblüfft stehen. Die Kinder des Lichts ritten in das Dorf ein — eine lange Kolonne.

Er rannte den anderen hinterher. »Weißmäntel!«

Die Freunde standen nur einen Moment lang stocksteif da und sahen ihn ungläubig an, dann sprangen sie in die Sättel. Sie ritten so aus dem Dorf hinaus, daß sich immer Häuser zwischen ihnen und der Hauptstraße befanden. Dann galoppierten sie in Richtung Westen, wobei sie sich ständig umsahen, ob sie verfolgt würden. Ingtar hatte ihnen befohlen, sich aus allem herauszuhalten, das sie aufhalten könnte, und von Weißmänteln verhört zu werden, würde sie ganz sicher aufhalten, selbst wenn sie befriedigende Antworten bereit hätten. Perrin sah sich noch öfter um als die anderen beiden. Er hatte seine eigenen Gründe, warum er nicht mit Weißmänteln zusammentreffen wollte. *Die Axt in meiner Hand. Licht, was gäbe ich nicht darum, das ungeschehen zu machen.* Das Dorf war bald zwischen den leicht bewaldeten Hügeln verschwunden, und Perrin kam langsam, aber sicher zu der Ansicht, daß sie nicht verfolgt wurden. So hielt er sein Pferd an und bedeutete den anderen beiden, ebenfalls anzuhalten. Sie folgten seiner Geste und sahen ihn fragend an. Seine Ohren waren besser, als sie je gewesen waren, doch auch er hörte keinen Hufschlag.

Zögernd sandte er seine Gedanken aus, um nach Wölfen zu suchen. Er fand beinahe sofort welche. Es war ein kleines Rudel, das den Tag über im Wald oberhalb des Dorfes Unterschlupf gesucht hatte. Er spürte zunächst so starkes Erstaunen, daß er es beinahe für sein eigenes Gefühl hielt. Diese Wölfe hatten Gerüchte über ihn gehört, aber nicht ernsthaft daran geglaubt, daß es Zweibeiner gab, die mit ihnen sprechen konnten. Er geriet ins Schwitzen, als er sich vorstellte. Widerwillig sandte er das Bild des Jungen Bullen aus und fügte seinen Geruch hinzu, so wie es bei den Wölfen üblich war. Die Wölfe zeigten beim ersten Zusammentreffen einen Hang zu Formalitäten. Doch schließlich brachte er seine Frage an. Sie hatten an sich keinerlei Interesse an Zweibeinern, die nicht mit ihnen sprechen konnten, aber schließlich schlüpften sie doch hinunter zum Waldrand, um nachzusehen — natürlich von den schlechten Augen der Zweibeiner unbemerkt.

Nach einer Weile erreichten ihn die Bilder dessen, was die Wölfe sahen: in weiße Mäntel gehüllte Männer auf Pferden um das ganze Dorf herum. Sie ritten außen herum und auch zwischen die Häuser, aber keiner ritt fort. Besonders nicht in Richtung Westen. Die Wölfe sagten, daß alles, was sie im Westen witterten, er selbst mit seinen beiden Begleitern sei, und dazu drei der Großen mit den harten Füßen.

Dankbar ließ Perrin den Kontakt mit den Wölfen abreißen. Er merkte, daß Mat und Perrin ihn anblickten.

»Sie folgen uns nicht«, sagte er.

»Wie kannst du so sicher sein?« wollte Mat wissen.

»Ich bin sicher«, fauchte er und fügte etwas sanfter hinzu: »Ganz sicher.«

Mat öffnete den Mund und schloß ihn wieder. Endlich sagte er: »Na ja, wenn sie uns nicht verfolgen, würde ich sagen, wir begeben uns zu Ingtar zurück und nehmen so schnell wie möglich Fains Spur auf. Der Dolch kommt uns nicht näher, wenn wir hier bloß herumstehen.«

»Wir können die Spur nicht so nahe bei diesem Dorf wieder aufnehmen«, sagte Hurin. »Sonst riskieren wir, mit den Weißmänteln zusammenzutreffen. Ich glaube nicht, daß Lord Ingtar das gefiele, und Verin Sedai vermutlich auch nicht.«

Perrin nickte. »Wir werden der Spur sowieso noch ein paar Meilen weit folgen. Aber seht euch vor. Wir befinden uns vermutlich nicht mehr weit von Falme. Es hilft uns nichts, den Weißmänteln zu entgehen und einer Patrouille der Seanchan in die Arme zu laufen.«

Als sie wieder losritten, fragte er sich, was die Weißmäntel eigentlich hier wollten.

Geofram Bornhald saß im Sattel und blickte die Dorfstraße hinauf und hinunter, während die Legion die kleine Stadt umstellte und besetzte. Dieser breitschultrige Mann, der so schnell verschwunden war, hatte ihn an jemanden erinnert. *Natürlich! Der Jüngling, der angab, Hufschmied zu sein. Wie hieß er doch gleich?* Byar hielt sein Pferd vor ihm an und legte die Hand aufs Herz: »Das Dorf ist abgesichert, Lordhauptmann.«

Dorfbewohner in Schafsledermänteln drängten sich nervös, als weißgekleidete Soldaten sie in der Nähe der überladenen Karren vor der Schenke zusammentrieben. Weinende Kinder klammerten sich an die Röcke der Mütter, aber niemand wirkte aufsässig. Die Blicke der Erwachsenen wirkten stumpf. Sie warteten untätig darauf, was man mit ihnen anfangen würde. Dafür war Bornhald dankbar. Er wollte wirklich an diesen Menschen kein Exempel statuieren oder noch mehr Zeit verschwenden.

Er stieg ab und warf einem der Kinder die Zügel zu. »Sorg dafür, daß die Männer zu essen bekommen, Byar. Steck die Gefangenen mit so viel Lebensmitteln und Wasser, wie sie tragen können, in die Schenke, und laß alle Fenster und Türen zunageln. Laß sie in dem Glauben, daß ich einige Männer als Wächter zurücklassen werde, ja?«

Byar berührte wieder seine Herzgegend, riß sein Pferd herum und schrie Befehle. Man trieb die Gefangenen in das niedrige Gebäude der Schenke, während andere von den Kindern in den umliegenden Häusern nach Hämmern und Nägeln suchten.

Als er die hoffnungslosen Gesichter an sich vorbeiziehen sah, dachte Bornhald, daß es bestimmt zwei oder drei Tage dauern werde, bis ein paar von ihnen den Mut aufbrächten, aus der Schenke auszubrechen und feststellten, daß gar keine Wächter da waren. Zwei oder drei Tage reichten ihm voll und ganz, aber jetzt im Augenblick wollte er die Seanchan nicht auf seine Anwesenheit aufmerksam machen.

Er hatte genug Männer zurückgelassen, um die Zweifler zu täuschen. Sie glaubten, seine ganze Legion sei noch über die Ebene von Almoth verteilt, während er, ohne Alarm auszulösen, wie er glaubte, mehr als tausend Soldaten der Kinder beinahe durch die ganze Toman-Halbinsel geführt hatte. Drei Scharmützel mit Patrouillen der Seanchan waren schnell beendet gewesen. Die Seanchan hatten sich daran gewöhnt, nur vereinzelt auf schnell kapitulierende Überreste der besiegten Armee zu treffen, und die Kinder des Lichts hatten für sie eine tödliche Überraschung dargestellt. Und doch kämpften die Seanchan wie die Teufel, und er würde sich immer an das eine Scharmützel erinnern, das ihn mehr als fünfzig Männer gekostet hatte. Er war noch nicht sicher, welche der mit Pfeilen gespickten Frauen, die er hinterher vor seinen Männern liegen sah, die Aes Sedai gewesen waren.

»Byar!« Einer von Bornhalds Männern reichte ihm eine Tonschale mit Wasser aus einem der Karren. Das Wasser floß ihm eiskalt durch die Kehle. Der Mann mit dem hageren Gesicht schwang sich aus dem Sattel. »Ja, Lordhauptmann?«

»Wenn ich mich dem Feind stelle, Byar«, sagte Bornhald bedächtig, »wirst du nicht am Kampf teilnehmen. Du wirst ihn aus der Entfernung beobachten und meinem Sohn die Kunde überbringen, was geschehen ist.«

»Aber, Lordhauptmann . . .!«

»Das ist ein Befehl, Kind Byar!« fauchte er. »Du hast zu gehorchen!«

Byar versteifte sich und blickte stur geradeaus. »Wie Ihr befehlt, Lordhauptmann.«

Bornhald musterte ihn einen Moment lang. Der Mann würde tun, was man ihm befahl, aber es wäre besser, ihm noch einen stichhaltigeren Grund zu liefern als den, Dain zu berichten, wie sein Vater gestorben war. Es war ja so, daß er durchaus wichtige Informationen besaß, die man in Amador dringend benötigte. Seit diesem Kampf gegen Aes Sedai ... (*War es nur eine von ihnen oder beide? Dreißig Soldaten der Seanchan, gute Kämpfer, und dazu zwei Frauen verlangten uns doppelt so viele Opfer ab.*) Seit diesem Kampf erwartete er nicht mehr, die Toman-Halbinsel lebendig zu verlassen. Falls die Seanchan wirklich nicht dafür sorgen sollten, daß er hier starb, würden wahrscheinlich anschließend die Zweifler dafür sorgen.

»Wenn du meinen Sohn gefunden hast — er wird sich bei Lordhauptmann Eamon Valda in der Nähe von Tar Valon aufhalten — und es ihm mitgeteilt hast, reitest du nach Amador und berichtest dem Kommandanten Pedron Niall persönlich, Kind Byar. Du wirst ihm berichten, was wir über die Seanchan herausgefunden haben. Ich werde es dir aufschreiben. Er soll von dir erfahren, daß die Hexen von Tar Valon sich nicht mehr damit begnügen, aus dem Dunklen heraus die Fäden zu ziehen. Wenn sie nun ganz offen für die Seanchan kämpfen, werden wir uns an allen Fronten auf den Kampf gegen sie vorbereiten müssen.« Er zögerte. Das letzte war am wichtigsten. Sie mußten unter der Kuppel der Wahrheit erfahren, daß die Aes Sedai trotz ihrer Eide in den Kampf gezogen waren. Es war ein bitteres Gefühl, in einer Welt zu leben, wo Aes Sedai die Macht zum Töten einsetzten. Er würde es nicht sehr bedauern, eine solche Welt zu verlassen. Doch es gab noch eine weitere Nachricht, die er nach Amador übermitteln wollte. »Und, Byar ... sag Pedron Niall, wie wir von den Zweiflern für ihre Zwecke benutzt wurden.«

»Wie Ihr befehlt, Lordhauptmann«, sagte Byar, aber Bornhald seufzte, als er seinen Gesichtsausdruck wahrnahm. Der Mann verstand nichts. Für Byar waren Befehle eben Befehle, gleichgültig, ob sie vom Lordhauptmann stammten oder von den Zweiflern, und gleichgültig, was sie bedeuteten.

»Ich werde dir auch das für Pedron Niall aufschreiben«, sagte er. Er war nicht sicher, ob das etwas nutzen würde. Ein Gedanke kam ihm, und er betrachtete gedankenverloren die Schenke. Ein paar seiner Männer hämmerten laut und nagelten Bretter vor Türen und Fenster. »Perrin«, murmelte er, »so hieß er. Perrin, und er kam von den Zwei Flüssen.«

»Der Schattenfreund, Lordhauptmann?«

»Vielleicht, Byar.« Er war sich da nicht so sicher, aber andererseits — was sollte ein Mann sonst sein, der Wölfe für sich kämpfen ließ? Und dieser Perrin hatte zwei der Kinder getötet. »Ich glaubte, ihn gesehen zu haben, als wir hier einritten, aber unter den Gefangenen war niemand, der wie ein Hufschmied aussah.«

»Ihr Schmied ist vor einem Monat weggezogen, Lordhauptmann. Einige von ihnen haben sich beschwert und gemeint, sie wären besser auch gleich weggezogen, wenn sie nun niemanden mehr hätten, der ihnen die Wagenräder repariert. Glaubt Ihr, es war dieser Perrin, Lordhauptmann?«

»Wer es auch gewesen sein mag, er ist jedenfalls verschwunden, oder? Und es kann sein, daß er den Seanchan von uns berichtet.«

»Das täte ein Schattenfreund gewiß, Lordhauptmann.«

Bornhald trank den letzten Schluck Wasser und warf die Schale weg. »Hier gibt es für die Männer nichts zu essen, Byar. Ich werde mich auch nicht von den Seanchan im Schlaf überraschen lassen, ob es nun dieser Perrin von den Zwei Füssen ist, der uns verrät, oder sonst jemand. Laß die Legion aufsitzen, Kind Byar!«

Hoch über ihren Köpfen kreiste unbemerkt ein riesiges geflügeltes Geschöpf.

In der Lichtung im Dickicht einer Hügelspitze, wo sie ihr Lager aufgeschlagen hatten, übte Rand mit dem Schwert. Er wollte sich selbst vom Grübeln ablenken. Er hatte wie alle anderen mit Hurin seine Runden gedreht, um Fains Spur zu suchen — immer zu zweit oder zu dritt, damit sie nicht auffielen —, aber gefunden hatten sie bisher nichts. Jetzt warteten sie darauf, daß Perrin und Mat mit dem Schnüffler zurückkehrten. Sie hätten schon seit Stunden da sein sollen.

Loial las wie üblich. Man konnte dem Zucken seiner Ohren nicht ansehen, ob es dem Gelesenen galt oder der Verspätung des Suchtrupps. Uno und die meisten anderen schienarischen Soldaten saßen angespannt herum, ölten ihre Schwerter oder hielten Wache, als erwarteten sie jeden Moment das Auftauchen der Seanchan. Nur Verin schien das alles nichts auszumachen. Die Aes Sedai saß auf einem Baumstamm neben ihrem kleinen Lagerfeuer und kritzelte mit einem Stock auf dem Boden herum. Manchmal schüttelte sie den Kopf und wischte alles mit dem Fuß weg, und dann fing sie von neuem an. Die Pferde waren gesattelt und aufbruchbereit. Jedes Tier war an eine im Boden steckende Lanze gebunden.

»Der Reiher watet durchs Schilf«, sagte Ingtar. Er saß an einen Baum gelehnt da, schärfte sein Schwert mit einem Wetzstein und beobachtete Rand. »Mit dem solltet Ihr Euch nicht abgeben. Da steht Ihr deckungslos da.«

Einen Moment lang stand Rand nur noch auf den Zehenspitzen eines Fußes, hielt das Schwert mit beiden Händen umgedreht über dem Kopf, dann verlagerte er das Gewicht geschmeidig auf den anderen Fuß. »Lan meint, das sei gut, um das Gleichgewichtsgefühl zu schulen.« Es war nicht leicht, die Balance zu halten. Im Nichts schien es ihm oft, als könne er sich sogar auf einem rollenden Felsblock halten, aber hier wagte er nicht, das Nichts heraufzubeschwören. Er wollte einfach auf seine eigenen Fähigkeiten vertrauen.

»Was man zu oft einübt, benutzt man, ohne weiter nachzudenken. Wenn Ihr schnell seid, könnt Ihr den anderen Mann auf diese Art mit dem Schwert durchbohren, aber Ihr habt dann todsicher seines in den Rippen. Ihr ladet ihn förmlich dazu ein. Ich glaube nicht, daß ich der Versuchung widerstehen könnte, ihn damit zu erwischen, obwohl ich wüßte, daß auch er mich dabei töten könnte.«

»Ich schule doch nur mein Gleichgewichtsgefühl, Ingtar.« Rand schwankte auf einem Bein und mußte schnell den anderen Fuß hinstellen, um nicht zu stürzen. Er rammte die Klinge in die Scheide und hob den grauen Umhang auf, der ihm als Verkleidung gedient hatte. Er war mottenzerfressen und ausgefranst, aber mit dickem Pelz besetzt, und der Wind frischte auf. Er kam kalt aus dem Westen herangefegt. »Ich wünschte, sie wären zurück.«

Als habe dieser Wunsch ein Signal gesetzt, sagte Uno ruhig und eindringlich: »Blutige Reiter kommen, Lord Ingtar.« Scheiden klapperten, als die Männer ihre Schwerter zogen, die sie vorher noch nicht entblößt hatten. Ein paar sprangen in die Sättel und zogen ihre Lanzen aus dem Boden.

Die Spannung löste sich jedoch schnell, denn Hurin führte die anderen im Trab auf die Lichtung. Doch dann durchfuhr es die Männer erneut, denn Hurin verkündete: »Wir haben die Spur gefunden, Lord Ingtar.«

»Wir sind ihr fast bis Falme gefolgt«, erzählte Mat beim Absteigen. Seine blassen Wangen schienen gerötet und täuschten Gesundheit vor, doch die Haut spannte sich straff über dem Schädel. Die Schienarer umringten ihn, denn er erzählte aufgeregt weiter: »Es ist nur Fain, aber er kann gar nicht anderswohin gezogen sein. Er muß den Dolch bei sich haben.«

»Wir haben auch Weißmäntel getroffen«, sagte Perrin, als er sich aus dem Sattel schwang. »Hunderte!«

»Weißmäntel?« rief Ingtar mit finsterem Blick. »Hier?

Na ja, wenn sie uns keine Schwierigkeiten bereiten, machen wir ihnen auch keine. Vielleicht lenken sie die Seanchan ab und helfen uns damit, das Horn aufzuspüren.« Sein Blick fiel auf Verin, die noch immer am Feuer kauerte. »Jetzt werdet Ihr mir sicherlich sagen, ich hätte gleich auf Euch hören sollen, Aes Sedai. Der Mann ist wirklich nach Falme geritten.«

»Das Rad webt, wie es will«, antwortete Verin gelassen. »Bei *Ta'veren* ist es vorbestimmt, was geschehen wird. Vielleicht hat das Muster diese beiden Tage Verzögerung verlangt. Das Muster ordnet alles ganz genau, und wenn wir versuchen, den Lauf der Dinge abzuändern und auch noch *Ta'veren* darin verwickelt sind, dann ändert sich die Webart und führt uns zurück in das ursprüngliche Muster.« Es herrschte gereiztes Schweigen, das sie nicht zu bemerken schien. Sie kritzelte wieder abwesend mit ihrem Stock auf dem Boden herum. »Jetzt, glaube ich allerdings, ist es an der Zeit, Pläne zu schmieden. Das Muster hat uns nun endlich nach Falme gebracht. Das Horn von Valere wurde ebenfalls dorthin gebracht.«

Ingtar hockte sich ihr gegenüber ans Feuer. »Wenn genügend Leute das gleiche behaupten, neige ich dazu, ihnen zu glauben. Die Leute hier sagen, daß sich die Seanchan nicht darum kümmern, wer nach Falme kommt oder von dort weggeht. Ich werde Hurin und ein paar andere in die Stadt bringen. Wenn er Fains Spur bis zum Horn folgt ... Nun, wir werden ja sehen.«

Mit dem Fuß entfernte Verin ein Rad, das sie in die lockere Erde gekratzt hatte. Statt dessen zeichnete sie nun zwei kurze Linien, die sich an einem Ende trafen. »Ingtar und Hurin. Und Mat, weil er den Dolch spürt, wenn er ihm nahe genug ist. Du willst doch mit, Mat, oder?«

Mat wirkte innerlich zerrissen, doch er nickte. Es war mehr ein Kopfzucken. »Ich muß wohl. Ich muß diesen Dolch finden.«

Eine dritte Linie machte aus dem Bild die Fußspur eines Vogels. Verin sah Rand von der Seite her an.

»Ich komme mit«, sagte er. »Deshalb bin ich schließlich hergekommen.« Die Aes Sedai blickte ihn auf ganz seltsame Art an. Ihr wissendes Lächeln machte ihn unruhig. »Ich will ja Mat helfen, den Dolch wiederzufinden«, sagte er in scharfem Ton, »und natürlich Ingtar, das Horn aufzuspüren.« *Und Fain*, fügte er im Inneren hinzu. *Ich muß Fain finden, falls es nicht schon zu spät ist.* Verin ritzte eine vierte Linie ein, was die Vogelspur in einen etwas schiefen Stern verwandelte. »Und wer noch?« fragte sie leise. Sie hielt den Stock immer noch bereit.

»Ich«, sagte Perrin einen Augenblick, bevor Loial sagen konnte: »Ich denke, ich käme auch gern mit.« Dann schlossen sich auch noch Uno und die anderen Soldaten an.

»Perrin war zuerst dran«, sagte Verin, als sei das entscheidend gewesen. Sie fügte eine fünfte Linie hinzu und zog einen Kreis um alle fünf. Rand sträubten sich die Nackenhaare. Es war das gleiche Rad, das sie vorher entfernt hatte. »Fünf kämpfen für das Licht«, murmelte sie.

»Ich sähe wirklich gern einmal Falme«, sagte Loial. »Ich habe auch noch nie das Aryth-Meer gesehen. Außerdem kann ich die Truhe tragen, falls das Horn noch drin liegt.«

»Ihr solltet aber wenigstens mich mitnehmen, Lord Ingtar«, sagte Uno. »Ihr und Lord Rand braucht noch ein Schwert zur Rückendeckung, wenn diese blutigen Seanchan versuchen, Euch aufzuhalten.« Die anderen Soldaten murmelten zustimmend.

»Seid doch keine Narren!« schimpfte Verin. Ihr Blick brachte sie alle zum Schweigen. »Ihr könnt nicht alle gehen. Auch wenn die Seanchan nicht auf Fremde achten, werden sie doch zwanzig Soldaten bemerken, und Ihr seht auch ohne Rüstungen wie Soldaten aus. Und nur ein oder zwei von Euch bringen nicht viel. Fünf — das sind zu wenige, um Aufsehen zu erregen, und es paßt, daß drei davon *Ta'veren* sind. Nein, Loial, Ihr müßt auch zurückbleiben. Auf der Toman-Halbinsel gibt es keine Ogier. Ihr würdet mehr Blicke auf Euch ziehen als der ganze Rest zusammen.«

»Wie steht es mit Euch?« fragte Rand.

Verin schüttelte den Kopf. »Ihr vergeßt die *Damane*.« Ihr Mund verzog sich dabei vor Ekel. »Ich könnte Euch nur helfen, indem ich die Macht gebrauche, und das wäre alles andere als eine Hilfe, denn ich würde sie nur auf Euch aufmerksam machen. Auch wenn uns keine beobachtet, so könnte doch eine von ihnen eine Frau oder auch einen Mann fühlen, wenn sie die Macht benützen. Man dürfte ohnehin nur ein winziges bißchen der Macht gebrauchen.« Sie sah Rand dabei nicht an. Sie schien ihn sowieso dauernd zu übersehen. Mat und Perrin waren plötzlich brennend an ihren Füßen interessiert.

»Ein Mann«, schnaubte Ingtar. »Verin Sedai, warum noch mehr Probleme schaffen? Wir haben doch schon genug davon, ohne auch noch Männer zu brauchen, die mit der Macht umgehen. Aber es wäre gut, Euch dabeizuhaben. Falls wir Euch brauchen ...«

»Nein, Ihr fünf müßt allein gehen.« Ihr Fuß schabte über das Rad, das sie in den Boden gekratzt hatte, und löschte es zum Teil aus. Sie musterte einen nach dem anderen mit gerunzelter Stirn. »Fünf reiten aus und kämpfen für das Licht.«

Einen Augenblick lang schien Ingtar sie trotzdem noch einmal fragen zu wollen, doch nach einem Blick in ihre Augen zuckte er die Achseln und wandte sich Hurin zu: »Wie lange brauchen wir nach Falme?«

Der Schnüffler kratzte sich am Kopf. »Wenn wir die ganze Nacht durchreiten, sind wir morgen bei Sonnenaufgang dort.«

»Dann tun wir genau das. Ich werde keine Zeit mehr

verschwenden. Auf Eure Pferde! Uno, du führst die anderen hinter uns her, aber außer Sichtbereich! Laßt euch von niemandem ...«

Rand betrachtete das in die Erde gekratzte Rad, während Ingtar seine Befehle ausgab. Jetzt war das Rad natürlich nur noch teilweise vorhanden — vier Speichen waren übrig. Aus irgendeinem Grund schauderte ihn. Er bemerkte, daß Verin ihn beobachtete. Der Blick aus ihren dunklen Augen wirkte so scharf und eindringlich wie der eines Raubvogels. Mit Mühe riß er den Blick los und begann, sein Gepäck aufzuladen.

Du siehst schon Gespenster, sagte er sich nervös. *Sie kann nichts tun, wenn sie nicht dabei ist.*

KAPITEL 22

Schwertmeister

Die aufgehende Sonne schob sich rot über den Horizont und schickte lange Schatten über die Pflasterstraßen von Falme bis zum Hafen hinab. Ein leichter Wind von der See her trieb den Rauch der Frühstücksfeuer aus den Schornsteinen ins Landesinnere. Nur die Frühaufsteher befanden sich bereits auf den Straßen. Ihr Atem dampfte in der morgendlichen Kälte. Wenn man das Treiben mit der Menschenmenge verglich, die in einer Stunde die Straßen bevölkern würde, kam einem die Stadt beinahe leer vor.

Nyaneve saß auf einem umgedrehten Faß vor einem zu dieser Zeit noch geschlossenen Eisenwarengeschäft, wärmte sich die Hände unter den Achseln und musterte ihre Armee. Min saß gegenüber auf einer Türschwelle, hatte sich in ihren Seanchan-Umhang gehüllt und aß eine verschrumpelte Pflaume. Egwene in ihrem Schafspelz kauerte am Eingang einer Gasse ein Stückchen weiter. Neben Min lag sauber gefaltet ein großer Sack, den sie im Hafen gestohlen hatten. *Meine Armee*, dachte Nynaeve ironisch. *Aber mehr sind es eben nicht.* Sie bemerkte eine *Sul'dam* und eine *Damane*, die näher kamen. Eine blonde Frau trug das Armband und eine dunkle das dazugehörige Halsband. Beide gähnten. Die wenigen Falmer, die die Straße mit ihnen teilten, wandten die Blicke ab und machten einen Bogen um sie. Soweit sie die Straße zum Hafen hinunter überblicken konnte, waren keine Seanchan in Sicht. Sie sah bewußt nicht in die andere Richtung. Statt dessen reckte sie sich und rollte die Schultern, als wolle sie sich durch die Bewe-

gung erwärmen, und dann ließ sie sich wieder nieder-
sinken.

Min warf ihre halbgegessene Pflaume beiseite, blickte
einmal kurz die Straße hinauf und lehnte sich gegen den
Türpfosten. Also war alles klar dort oben, denn sonst
hätte sie die Hände auf die Knie gelegt. Min rieb sich
nun die Hände nervös, und Nynaeve bemerkte, daß
Elayne aufgeregt von einem Fuß auf den anderen
hüpfte.

*Falls sie uns vor lauter Nervosität verraten, bekommt jede
eins auf den Schädel von mir.* Doch sie wußte, würden sie
entdeckt, dann würden die Seanchan darüber entscheiden, was mit ihnen geschehen solle. Sie war sich der
Tatsache nur zu bewußt, daß sie keine Ahnung hatte, ob
ihr Plan gelingen würde oder nicht. Es könnte auch ihr
Fehler sein, wenn sie entdeckt wurden. Noch einmal
entschloß sie sich, im Falle ihrer Entdeckung die ganze
Aufmerksamkeit auf sich zu lenken, damit Min und
Elayne entkommen konnten. Sie hatte ihnen einge-
schärft, falls etwas mißlänge, sollten sie sofort wegrennen, und hatte behauptet, daß auch sie wegrennen werde. Was sie in dem Fall tatsächlich tun würde, war ihr
auch nicht klar. *Aber ich werde mich nicht lebendig fangen
lassen. Bitte, Licht, nur das nicht!*

Die *Sul'dam* und die *Damane* kamen die Straße herauf
und befanden sich jetzt in der Mitte zwischen den drei
Frauen. Ein Dutzend Falmer machten wie immer einen
großen Bogen um das Paar und waren so nicht im Weg.

Nynaeve steigerte sich in Wut hinein. Frauen an der
Leine und Frauen, die andere an der Leine führten. Man
hatte ein schmutziges Band um Egwenes Hals gelegt,
und das würde man auch mit ihr und Elayne tun, wenn
sich die Gelegenheit dazu ergäbe. Sie hatte sich von
Min erzählen lassen, wie die *Sul'dam* den *Damane* ihren
Willen aufzwangen. Sie war sicher, daß ihr Min dabei
noch das Schlimmste erspart hatte; aber was sie erzählt
hatte, war genug, um Nynaeve in heißen Zorn zu ver-

setzen. Einen Augenblick später hatte sich eine weiße Blüte an einem schwarzen Dornenstrauch dem Licht, *Saidar*, geöffnet, und die Eine Macht erfüllte sie. Sie wußte, daß sie von einem Glühen umgeben wurde, jedenfalls für diejenigen, die es sehen konnten. Die blasse *Sul'dam* fuhr zusammen, und die dunkelhaarige *Damane* öffnete überrascht den Mund, aber Nynaeve ließ ihnen keine Atempause. Sie lenkte nur ein wenig der Macht, aber die knallte wie ein Peitschenhieb auf die beiden nieder.

Das silberne Halsband öffnete sich und klapperte auf die Pflastersteine. Nynaeve seufzte vor Erleichterung und sprang auf.

Die *Sul'dam* starrte das zu Boden gefallene Halsband an wie eine Giftschlange. Die *Damane* faßte sich zitternd an den Hals, aber bevor die Frau in dem Kleid mit dem Abzeichen der Blitze Gelegenheit hatte, sich nur zu bewegen, wandte sich die *Damane* ihr zu und schlug ihr voll ins Gesicht. Die Knie der *Sul'dam* gaben nach, und sie wäre beinahe gestürzt.

»Das hast du verdient!« schrie Elayne. Auch sie und Min rannten jetzt dorthin, wo die beiden standen.

Bevor allerdings eine von ihnen die beiden Frauen erreichte, sah sich die *Damane* ängstlich um und rannte weg, so schnell sie konnte.

»Wir tun dir nichts!« rief ihr Elayne nach. »Wir sind Freunde!«

»Sei ruhig!« zischte Nynaeve. Sie zog ein paar Lumpen aus der Tasche und stopfte sie rücksichtslos in den aufgerissenen Mund der immer noch taumelnden *Sul'dam*. Min schüttelte schnell den Sack aus, was eine Staubwolke erzeugte, und stülpte ihn der *Sul'dam* über den Kopf. Sie zog ihn ihr bis zur Hüfte hinunter. »Wir erregen schon zuviel Aufmerksamkeit.«

Das stimmte wohl, aber eben doch nicht in vollem Ausmaß. Die vier standen auf einer Straße, die sich rasch entvölkerte. Die Menschen hatten sich entschlos-

sen, daß es ihnen anderswo besser gefiel. Sie vermieden es, die Frauen anzusehen. Nynaeve hatte sich auf diese Wirkung verlassen und gehofft, auf diese Weise Zeit zu gewinnen. Die Menschen taten alles, um Dinge zu übersehen, die mit den Seanchan zu tun hatten. Sie würden schließlich doch darüber sprechen, aber nur insgeheim. Es konnte noch Stunden dauern, bis die Seanchan davon erfuhren, daß etwas geschehen war.

Die Frau unter dem Sack begann sich zu wehren. Knebelgedämpfte Schreie erklangen, so daß Nynaeve und Min den Sack mit seinem kämpfenden Inhalt umklammerten und in eine nahe Gasse zerrten. Leine und Halsband klapperten hinter ihnen her über die Pflastersteine.

»Heb es auf!« fauchte Nynaeve Elayne an. »Es beißt schon nicht.«

Elayne atmete tief durch und hob die silbrigen Metallutensilien widerwillig auf, als könnten sie wirklich beißen. Nynaeve empfand ein wenig Mitgefühl, doch es kam jetzt darauf an, daß jede ihre Aufgabe erfüllte, wie sie es geplant hatten.

Die *Sul'dam* trat nach ihnen und versuchte sich freizukämpfen, aber Nynaeve und Min schleiften sie gemeinsam weiter, aus der einen Gasse in eine andere etwas breitere hinter den Häusern und dann wieder durch eine neue bis hin zu einem alten Holzschuppen mit zwei Boxen, in denen wohl einst Pferde gestanden hatten. Seit die Seanchan gekommen waren, konnten sich nur wenige Menschen noch Pferde leisten. Nynaeve hatte einen Tag lang aufgepaßt, aber niemand hatte sich dem Schuppen genähert. Im Inneren lag dicker Staub, und es roch muffig, deutliche Anzeichen dafür, daß man den Schuppen aufgegeben hatte. Sobald sie drinnen waren, ließ Elayne die Silberleine fallen und wischte sich die Hände am Stroh ab.

Nynaeve benützte erneut ein klein wenig der Macht, und das Armband fiel auf den schmutzigen Boden. Die

Sul'dam kreischte und warf sich von einer Seite auf die andere.

»Fertig?« fragte Nynaeve. Die anderen beiden nickten, und dann rissen sie den Sack von der Gefangenen. Die *Sul'dam* keuchte. Ihre blauen Augen tränten vor Staub, und ihr Gesicht war rot angelaufen, sowohl des Sackes wegen wie auch vor Wut. Sie wollte sofort zur Tür rennen, doch sie fingen sie schon nach einem Schritt ab. Sie war nicht schwach, aber gegen die drei kam sie nicht an. Als sie mit ihr fertig waren, lag sie bis auf die Unterwäsche ausgezogen in einer Box, Arme und Beine waren mit einem festen Strick gebunden, und ein weiterer Strick hielt den Knebel in ihrem Mund fest. Min tupfte ihre geschwollene Lippe ab und betrachtete das Kleid mit den Blitzabzeichen und die Stiefel, die vor ihr lagen. »Das könnte dir passen, Nynaeve. Elayne oder mir paßt es sicher nicht.« Elayne pflückte sich Stroh aus dem Haar.

»Das sehe ich auch. Es war auch nie die Rede von dir. Dich kennen sie zu gut.« Nynaeve zog sich hastig aus. Sie warf ihre Kleidung beiseite und zog das Kleid der *Sul'dam* über. Min half ihr beim Zuknöpfen.

Nynaeve bewegte die Zehen in den Stiefeln. Sie waren ein wenig zu eng. Auch das Kleid saß über dem Busen etwas zu straff und anderswo war es zu weit. Der Saum schleifte beinahe am Boden, niedriger als bei der *Sul'dam*, aber bei den anderen hätte es noch auffälliger gewirkt. Sie hob das Armband auf, atmete tief ein und schloß es um den linken Unterarm. Die Enden verschmolzen miteinander, so daß es wie aus einem einzigen Stück gefertigt schien. Es fühlte sich nur wie ein Armband an — nicht mehr. Das hatte sie befürchtet.

»Hol dir das Kleid, Elayne.« Sie hatten zwei Kleider gefärbt — eines von ihren und eins von Elayne —, und zwar in dem Grau, wie es die *Damane* trugen. Diese Sachen hatten sie hier versteckt. Elayne rührte sich nicht, starrte nur das offene Halsband an und leckte sich die ausgetrockneten Lippen. »Elayne, du mußt es tragen! Zu viele hier kennen Min bereits, als daß sie es tragen könnte. Ich hätte es getragen, wenn dir dieses Kleid passen würde.« Sie befürchtete, sie wäre wohl verrückt geworden, hätte sie dieses Halsband tragen müssen. Deshalb blieb ihre Stimme sanft, als sie jetzt mit Elayne sprach.

»Ich weiß«, seufzte Elayne. »Doch wüßte ich nur mehr über seine Wirkungen!« Sie schob ihr rotgoldenes Haar weg, um dem Halsband Platz zu machen. »Min, hilf mir bitte.« Min knöpfte Elaynes Kleid hinten auf.

Nynaeve brachte es fertig, das silberne Halsband in die Hand zu nehmen, ohne es fallen zu lassen. »Es gibt eine Möglichkeit, mehr darüber herauszufinden.« Nach nur kurzem Zögern beugte sie sich vor und legte das Halsband um den Hals der *Sul'dam. Wenn irgend jemand es verdient, dann sie,* sagte sie sich entschlossen. »Sie kann uns vielleicht Nützliches verraten.« Die Frau mit den blauen Augen starrte die Leine an, die sich von ihrem Hals zu Nynaeves Arm schlängelte, und funkelte Nynaeve verächtlich an.

»So gelingt das nicht«, sagte Min, doch Nynaeve hörte kaum hin.

Sie war sich der anderen Frau ... bewußt, ihrer Gefühle bewußt. Sie spürte, wie ihr die Schnur in die Beine und Arme schnitt, wie die Lumpen in ihrem Mund nach ranzigem Fisch stanken und schmeckten, wie das Stroh sie durch die dünne Unterwäsche hindurch stach. Es war nicht so, als fühle sie selbst diese Dinge, aber in ihrem Kopf gab es ein Bündel von Gefühlen, die zu der *Sul'dam* gehörten.

Sie schluckte, versuchte, diese Gefühle beidseitig zu schieben, was ihr nicht gelang, und sagte zu der gefesselten Frau: »Ich werde dir nicht weh tun, wenn du meine Fragen wahrheitsgemäß beantwortest. Wir sind keine Scanchan. Aber solltest du mich anlügen ...« Sie hob drohend die Leine.

Die Schultern der Frau zuckten, und ihr Mund verzog sich trotz des Knebels höhnisch. Nynaeve brauchte einen Augenblick, bis ihr klar wurde, daß die *Sul'dam* lachte.

Sie straffte die Lippen, und ihr kam ein Gedanke. In diesem Bündel von Gefühlen, das sie spürte, war alles konzentriert, was diese Frau fühlte. Probeweise fügte sie dem Bündel etwas Eigenes hinzu.

Plötzlich quollen der *Sul'dam* beinahe die Augen aus dem Kopf, und sie schrie so laut auf, daß selbst der Knebel den Schrei kaum dämpfte. Sie spreizte die Hände, die hinter ihrem Rücken gefesselt waren, als wolle sie etwas abwehren, und wand sich in dem vergeblichen Versuch zu fliehen.

Nynaeve sah sie verblüfft an und ließ schnell die selbst hinzugefügten Gefühle verschwinden. Die *Sul'dam* sackte weinend ins Stroh.

»Was … Was hast du … ihr getan?« fragte Elayne schüchtern. Min starrte sie mit offenem Mund an.

Nynaeve antwortete mürrisch: »Das gleiche, was Sheriam mit dir getan hat, als du den Pokal nach Marith geworfen hast.« *Licht, das ist ein wahrlich schmutziges Ding.*

Elayne schluckte vernehmlich. »Oh.«

»Aber es heißt, daß ein *A'dam* so herum nicht glückt«, sagte Min. »Sie haben immer behauptet, es wirke nicht bei einer Frau, die die Macht nicht lenken kann.«

»Es ist mir gleich, was man darüber behauptet, solange es nur gelingt.« Nynaeve packte die silberne Leine dort, wo sie an dem Halsband befestigt war, und zog die Frau hoch, um ihr in die Augen zu sehen. Verängstigte Augen waren es nun. »Hör mich an, und hör gut hin. Ich verlange Antworten, und wenn ich die nicht bekomme, wirst du glauben, ich hätte dir die Haut bei lebendigem Leibe heruntergerissen.« Blankes Entsetzen überzog das Gesicht der Frau, und Nyaeve drehte sich beinahe der Magen um, als ihr klar wurde, daß die *Sul'dam* sie wörtlich genommen hatte. *Wenn sie glaubt, ich könne das, dann nur deshalb, weil sie Bescheid weiß. Dazu sind die Leinen da.* Sie riß sich entschlossen zusammen, um sich nicht rasch das Armband abzureißen. Statt dessen machte sie eine unnachgiebige Miene. »Bist du soweit, daß du mir Antworten gibst? Oder muß ich dich noch überzeugen?«

Das verzweifelte Kopfschütteln reichte aus. Als Nynaeve den Knebel herausnahm, schwieg die Frau nur einen Moment lang, um Luft zu holen und zu schlucken. Dann plapperte sie los: »Ich werde Euch nicht verraten, das schwöre ich. Nehmt nur bitte das Ding von meinem Hals! Ich habe Gold. Nehmt es. Ich schwöre, ich werde Euch nie verraten!«

»Sei ruhig!« fauchte Nynaeve, und die Frau schloß den Mund augenblicklich. »Wie heißt du?«

»Seta. Bitte. Ich antworte ja, aber bitte, nehmt — es — weg! Wenn mich jemand damit sieht ...« Setas Blick fiel hinunter zu der Leine, und sie schloß die Augen. »Bitte!« flüsterte sie.

Etwas wurde Nynaeve in dem Augenblick klar: Sie konnte Elayne dieses Halsband nicht anlegen.

»Es ist das beste, wenn wir jetzt wie vorgesehen weitermachen«, sagte Elayne mit fester Stimme. Sie stand jetzt ebenfalls in Unterwäsche da. »Gib mir einen Augenblick Zeit, um dieses andere Kleid anzuziehen und ...«

»Zieh wieder dein eigenes Kleid an«, sagte Nynaeve.

»Jemand muß doch die *Damane* spielen«, sagte Elayne, »sonst kommen wir nie bis zu Egwene. Das andere Kleid paßt nur dir, und Min kommt nicht in Frage. Also bleibe nur ich.«

»Ich sagte, du ziehst dich wieder an! Wir haben jemand anders, die unsere *Angekoppelte* sein wird.« Nynaeve zupfte an der Leine, und Seta schnappte entsetzt nach Luft.

»Nein! Bitte nicht! Falls mich jemand sieht ...« Unter

Nynaeves kaltem Blick erstarben ihr die Worte auf den Lippen.

»Was mich betrifft, bist du schlimmer als eine Mörderin, schlimmer als jeder Schattenfreund. Ich kann mir nichts Schlimmeres vorstellen als dich. Die Tatsache, daß ich dieses Ding am Arm tragen muß, selbst wenn es nur für eine Stunde ist, macht mich krank. Wenn du glaubst, es gäbe etwas, das ich dir nicht antun könnte, dann irrst du dich gewaltig. Du willst nicht gesehen werden? Gut. Wir auch nicht. Aber es schaut sowieso keiner eine *Damane* an. Solange du zu Boden schaust, wie man das von einer Gekoppelten erwartet, wird dich niemand erkennen. Aber du solltest dein Bestes geben, daß auch wir nicht bemerkt werden. Werden wir bemerkt, dann bist auch du fällig, und wenn das als Grund nicht ausreicht, werde ich dafür sorgen, daß du den ersten Kuß verfluchst, den deine Mutter deinem Vater gab. Verstehen wir uns?«

»Ja«, seufzte Seta geschlagen. »Ich schwöre es.«

Nynaeve mußte das Armband entfernen, damit sie Elaynes grau eingefärbtes Kleid die Leine entlang über Setas Kopf streifen konnten. Es paßte der Frau nicht gerade gut. Am Busen saß es zu locker und an den Hüften zu stramm. Aber Nynaeves Kleid hätte noch schlechter gepaßt und wäre außerdem zu kurz gewesen. Nynaeve hoffte, daß die Leute eine *Damane* wirklich nicht genau musterten. Zögernd legte sie das Armband wieder an.

Elayne hob Nynaeves Kleider auf, wickelte das andere gefärbte Kleid darum und machte ein Bündel daraus, wie es eine Frau in Bauernkleidung sehr wohl einer *Sul'dam* und ihrer *Damane* hinterhertragen durfte. »Gawyn wird sich grämen, wenn er davon hört«, lachte sie. Es klang gekünstelt.

Nynaeve musterte sie und Min genau. Es wurde Zeit für den wirklich gefährlichen Teil ihres Unternehmens. »Seid ihr bereit?«

394

Elaynes Lächeln verschwand aus ihren Zügen. »Ich bin bereit.«

»Fertig«, sagte Min knapp.

»Wo wollt ihr … wir … wohin gehen wir?« fragte Seta schnell und fügte hinzu: »Wenn ich fragen darf.«

»In die Höhle des Löwen«, antwortete Elayne.

»Um mit dem Dunklen König zu tanzen«, sagte Min.

Nynaeve seufzte und schüttelte den Kopf. »Sie wollen damit einfach sagen, daß wir dorthin gehen, wo man die *Damane* untergebracht hat, und dann werden wir eine von ihnen befreien.«

Seta brachte vor Verblüffung den Mund nicht mehr zu, während sie sie aus dem Schuppen beförderten.

Bayle Domon beobachtete vom Deck seines Schiffes aus die aufgehende Sonne. Der Hafen war bereits sehr belebt, obwohl die Straßen, die von hier aufwärtsführten, noch beinahe leer waren. Eine Möwe hatte sich auf einem Bündel niedergelassen und blickte ihn an. Mövenaugen zeigen kein Mitleid.

»Seid Ihr sicher, daß nichts schiefgeht, Kapitän?« fragte Yarin. »Falls sich die Seanchan fragen, warum wir alle an Bord gehen …«

»Du müssen nur sichergehen, daß neben jedem Haltetau eine Axt liegen«, sagte Domon kurz angebunden. »Und, Yarin, tut irgendein Mann Tau kappen, bevor die Frauen sind an Bord, ich werden spalten seinen Schädel.«

»Was ist, wenn sie nicht kommen, Kapitän? Wenn statt dessen Soldaten der Seanchan auftauchen?«

»Nicht dir machen in Hose, Mann! Wenn Soldaten kommen, ich werden zur Hafenausfahrt segeln, und Licht, schenk uns deine Gnade. Aber bis Soldaten kommen, ich werden warten auf diese Frauen. Jetzt geh und tu so, als ob du nichts zu tun haben.«

Domon wandte sich wieder um und betrachtete die Stadt. Dort oben hielt man die *Damane* gefangen. Seine

Finger trommelten einen nervösen Rhythmus auf die Reling.

Die morgendliche Brise von See her wehte den Geruch der Küchenfeuer bis vor Rands Nase und brachte seinen mottenzerfressenen Umhang zum Flattern. Er hielt ihn mit einer Hand zu, während sich der Braune der Stadt näherte. Unter den aufgefundenen Kleidungsstücken war kein Mantel gewesen, der ihm paßte, und er hatte es für richtig gehalten, die silbernen Stickereien auf den Ärmeln und die Reiher am Kragen seines eigenen Mantels unter diesem Umhang zu verbergen. Die Nachlässigkeit der Seanchan bewaffneten Reisenden gegenüber erstreckte sich möglicherweise doch nicht auf die Träger von Reiherschwertern.

Die ersten Schatten des frühen Morgens fielen über ihn. Er konnte gerade Hurin erkennen, der zwischen den Stellplätzen der Wagen und den Stallungen hindurchritt. Nur ein oder zwei Männer befanden sich bei der langen Wagenreihe der Kaufleute von außerhalb, und diese Männer trugen die langen Schürzen der Wagner und Hufschmiede. Ingtar, der vorangeritten war, war bereits nicht mehr zu sehen. Perrin und Mat folgten Rand in größerem Abstand. Er sah sich nicht nach ihnen um. Es sollte nicht so aussehen, als kannten sie sich. Sie waren einfach fünf Männer, die zu früher Stunde, aber getrennt voneinander, nach Falme kamen.

Er befand sich jetzt zwischen den Pferdekoppeln. Die Pferde standen bereits an den Zäunen und warteten auf ihr Futter. Hurin streckte den Kopf aus der Lücke zwischen zwei Ställen hervor, die noch geschlossen und verrammelt waren, sah Rand und bedeutete ihm, herzukommen. Dann schlich er vorsichtig zurück. Rand lenkte seinen Hengst in diese Richtung.

Hurin stand da und hielt sein Pferd am Zügel. Er trug statt seines Mantels nur eine lange Weste unter dem schweren Umhang, der sein Schwert und den Schwertbrecher verbarg, und er zitterte vor Kälte. »Lord Ingtar ist dort hinten«, sagte er und deutete mit einer Kopfbewegung in den engen Durchgang hinein. »Er sagt, wir lassen die Pferde jetzt hier und gehen zu Fuß weiter.« Rand stieg ab, und der Schnüffler fügte hinzu: »Fain ist diese Straße hinuntergegangen, Lord Rand. Ich rieche es fast von hier aus.«

Rand führte den Braunen hinter den Stall, wo auch Ingtar schon sein Pferd angebunden hatte. Der Schienarer wirkte in seinem schmutzigen Schafsledermantel, der an mehreren Stellen Löcher aufwies, nicht gerade wie ein Lord. Sein Schwert hatte er über den Mantel geschnallt, was ebenfalls eigenartig wirkte. In seinem Blick lag eine fieberhafte Eindringlichkeit.

Rand band den Braunen neben Ingtars Hengst an. Er zögerte der Satteltaschen wegen. Er hatte die Flagge nicht zurücklassen wollen. Er glaubte nicht, daß einer der Soldaten darin herumstöbern würde, aber bei Verin war er da nicht so sicher und konnte auch nicht vorhersagen, was sie täte, wenn sie die Flagge fände. Aber es machte ihn auch nervös, sie dabei zu haben. Er entschloß sich, die Satteltaschen auf dem Pferd zu belassen.

Mat schloß sich ihnen an, und ein paar Augenblicke später kam auch Hurin zusammen mit Perrin. Mat trug Pumphosen, die er sich in die Stiefelschäfte gestopft hatte, und Perrin trug seinen viel zu kurzen Umhang. Rand fand, daß sie alle wie schurkische Bettler wirken mußten, doch in den Dörfern waren sie so weitgehend unbemerkt geblieben.

»Also«, meinte Ingtar, »dann gehen wir mal los.«

Sie schlenderten hinaus auf die ungepflasterte Straße. Es wirkte ziellos; sie unterhielten sich ein wenig und ließen bald die Wagenstellplätze hinter sich. Dann erreichten sie die gepflasterten Straßen der Stadt selbst. Rand registrierte gar nicht, was er so alles sagte oder was die anderen sagten. Ingtar hatte geplant, sie wie jede andere Gruppe von Männern aussehen zu lassen, die zum Hafen hinunterging, doch es befanden sich einfach noch zu wenige Menschen außerhalb der Häuser. Der Morgen war kalt, und die fünf Männer wirkten wie eine Menschenmenge.

Sie gingen zusammen, aber angeführt von Hurin, der die Nase in die Luft streckte und manchmal diese Straße wählte, manchmal jene. Die anderen hielten sich an seinen Kurs, als sei das alles so beabsichtigt gewesen. »Er ist im Zickzack durch diese Stadt gewandert«, murmelte Hurin und verzog das Gesicht dabei. »Überall liegt sein Geruch, und es stinkt so schlimm, daß ich kaum die älteren Spuren von den neueren unterscheiden kann. Zumindest wissen wir aber, daß er sich noch hier aufhält. Einige Spuren können nicht älter als ein oder zwei Tage sein. Da bin ich sicher, ganz sicher«, fügte er mit fester Stimme hinzu.

Nun erschienen langsam immer mehr Leute auf der Straße. Hier legte ein Obsthändler seine Ware auf dem Tisch aus, dort eilte ein Bursche mit einem großen Bündel Schriftrollen unter dem Arm und einem Schreibbrett auf dem Rücken dahin. Anderswo wieder ölte ein Scherenschleifer die Achse seines Schleifsteins auf dem kleinen Karren. Zwei Frauen schritten in der anderen Richtung vorbei, die eine mit gesenktem Blick und einem silbernen Halsband, während die andere — in einem Kleid, das mit Blitzen gekennzeichnet war — eine zusammengerollte Silberleine in der Hand hielt.

Rand stockte der Atem. Es kostete ihn Mühe, die beiden nicht anzustarren.

»Waren das ...?« Mat hatte die Augen aufgerissen. Sie lagen tief in den dunklen Augenhöhlen. »War das eine *Damane?*«

»So hat man sie beschrieben«, sagte Ingtar knapp. »Hurin, müssen wir jede Straße in dieser vom Schatten verfluchten Stadt durchschreiten?«

»Er war einfach überall, Lord Ingtar«, sagte Hurin.

»Sein Gestank ist überall.« Sie waren in einen Stadtbezirk gekommen, wo die Steinhäuser drei oder vier Stockwerke hoch waren, so wie große Schenken.

Sie bogen um eine Ecke, und Rand schreckte auf, als er der Gruppe von Seanchan-Soldaten ansichtig wurde, die vor einem großen Gebäude Wache stand. Und gegenüber standen zwei Frauen in Kleidern mit Blitzabzeichen am Eingang eines Nebengebäudes und unterhielten sich. Über dem von den Soldaten bewachten Haus flatterte eine Flagge im Wind. Sie zeigte einen goldenen Falken, der Blitze in den Krallen trug. Das Haus, vor dem die beiden Frauen klatschten, war nicht weiter gekennzeichnet. Die Rüstung des Offiziers sah prachtvoll aus. Sie war in Rot, Schwarz und Gold gehalten; dazu war der Helm vergoldet und sah aus wie der Kopf einer Spinne. Und dann bemerkte Rand die beiden Gestalten mit ledriger Haut, die zwischen den Soldaten kauerten. Er wäre beinahe gestolpert.

Grolm. Diese keilförmigen Köpfe mit den drei Augen waren unverwechselbar. *Das kann doch nicht wahr sein!* Vielleicht schlief er noch und hatte einen Alptraum? *Vielleicht sind wir noch nicht nach Falme aufgebrochen?* Die anderen betrachteten die Kreaturen, während sie an dem bewachten Gebäude vorbeigingen.

»Was im Namen des Lichts ist denn das?« fragte Mat.

Hurin hatte die Augen weit aufgerissen. »Lord Rand, das sind ... Das sind ...«

»Es spielt keine Rolle«, sagte Rand. Einen Augenblick später nickte Hurin verständnisvoll.

»Wir sind des Hornes wegen hier«, sagte Ingtar, »und nicht um irgendwelche Monster der Seanchan anzugaffen. Beschränk dich darauf, Fain aufzuspüren, Hurin.«

Von den Soldaten wurden sie kaum beachtet. Die Straße führte direkt hinunter zu dem kreisförmig angelegten Hafen. Rand erkannte dort unten Schiffe, die vor Anker lagen: große, eckig wirkende Schiffe mit hohen

Masten, die auf diese Entfernung wie Spielzeuge wirkten.

»Er war oft hier.« Hurin rieb sich mit dem Handrükken über die Nase. »Die Straße stinkt — da liegt eine Schicht von Gestank über der anderen. Es kann sein, daß er gestern hier war, Lord Ingtar. Vielleicht sogar gestern abend.«

Plötzlich verkrampfte Mat die Hände in das Vorderteil seines Mantels. »Er ist dort drinnen«, flüsterte er. Er wandte sich um und lief ein paar Schritte zurück. Es war das große Gebäude mit der Flagge. »Dort drinnen ist der Dolch. Ich habe ihn zuvor nicht bemerkt — wegen dieser — dieser Biester, aber ich spüre ihn.«

Perrin stieß ihn mit dem Finger in die Rippen. »Hör auf, sonst fragen die sich noch, warum du sie wie ein Blöder anstarrst.«

Rand sah sich um. Der Offizier blickte zu ihnen herüber. Mat wandte sich mürrisch wieder den Gefährten zu. »Sollen wir einfach weitermarschieren? Er ist dort drinnen, sage ich euch!«

»Wir sind hinter dem Horn her«, grollte Ingtar. »Ich muß Fain finden und ihn zwingen, mir zu verraten, wo es ist.« Er verlangsamte seinen Schritt nicht.

Mat sagte nichts darauf, aber sein Gesicht war eine einzige Bitte.

Ich muß Fain auch finden, dachte Rand. *Ich muß.* Aber nach einem Blick auf Mats Gesicht sagte er: »Ingtar, wenn sich der Dolch dort drinnen befindet, ist wahrscheinlich auch Fain dort. Ich kann mir nicht vorstellen, daß er sich weit entfernt von Dolch und Horn aufhält.«

Ingtar blieb stehen. Einen Augenblick später sagte er: »Kann sein, aber von hier draußen können wir das nicht feststellen.«

»Wir sollten das Haus beobachten, um zu sehen, ob er herauskommt«, sagte Rand. »Falls er heute früh noch herauskommt, hat er auch dort geschlafen. Und ich wette, dort, wo er schläft, befindet sich auch das Horn. Falls er kommt, können wir um die Mittagszeit wieder bei Verin sein und vor Einbruch der Dunkelheit einen Plan vorbereitet haben.«

»Ich warte nicht auf Verin«, meinte Ingtar. »Und ich warte auch nicht auf die Nacht. Ich will das Horn in Händen halten, bevor die Sonne sinkt.«

»Aber wir wissen doch nichts Genaues, Ingtar.«

»Ich weiß, daß der Dolch hier ist«, sagte Mat.

»Und Hurin sagt, daß Fain gestern abend hier war.« Ingtar winkte Hurins Versuche beiseite, noch etwas dazu zu sagen. »Dies ist das erste Mal, daß du bereit warst, einen näheren Zeitpunkt zu nennen als nur ein oder zwei Tage. Wir werden uns das Horn augenblicklich holen. Jetzt gleich!«

»Wie denn?« fragte Rand. Der Offizier beobachtete sie nicht mehr, aber es standen mindestens zwanzig Soldaten vor dem Gebäude. Und ein *Grolm*-Paar. *Das ist Wahnsinn. Es kann doch hier keine* Grolme *geben.* Aber der Gedanke allein ließ die Biester nicht verschwinden.

»Hinter diesen Häusern scheint es Gärten zu geben«, sagte Ingtar. Er sah sich nachdenklich um. »Falls eine dieser Gassen an einer Gartenmauer entlang verläuft ... Manchmal sind die Leute so damit beschäftigt, den Vordereingang zu bewachen, daß sie die Rückseite vernachlässigen. Kommt!« Er ging geradewegs auf die nächste enge Gasse zwischen zwei Häusern zu. Hurin und Mat liefen hinter ihm her.

Rand und Perrin sahen sich in die Augen. Rands breitschultriger Freund zuckte die Achseln, und so folgten sie ebenfalls.

Die Gasse war nicht viel breiter als ihre Schultern, aber sie verlief tatsächlich zwischen hohen Gartenmauern, bis sie eine weitere Gasse kreuzte, die breit genug für eine Schubkarre oder einen Handwagen war. Auch sie war gepflastert, doch ihre Seiten wurden lediglich von den Rückseiten einiger Gebäude gebildet — hohe Steinwände mit lädenverschlossenen Fenstern. Wo sich noch Gartenmauern zeigten, ragten sie hoch auf und wurden nur durch kahle Bäume überragt. Ingtar führte sie durch diese Gasse, bis sie sich der flatternden Fahne gegenüber befanden. Er holte unter seinem Mantel die stahlbewehrten Handschuhe hervor, zog sie an und sprang hinauf. Er konnte sich gerade noch an der Mauerkrone festklammern und zog sich dann hoch, um darüber hinweg zu spähen. Er berichtete mit leiser gleichförmiger Stimme: »Bäume. Blumenbeete. Pfade. Keine Menschenseele zu ... Halt! Ein Wächter. Nur ein Mann. Er trägt nicht einmal seinen Helm. Zählt bis fünfzig, und folgt mir dann.« Er schob einen Stiefel über die Mauerkrone und rollte sich hinüber. Er verschwand, bevor Rand nur ein Wort sagen konnte.

Mat zählte langsam. Rand hielt die Luft an. Perrin fühlte nach seiner Axt, und Hurin packte die Griffe seiner Waffen.

»... fünfzig.« Hurin kletterte die Mauer hinauf und verschwand, bevor Mat ausgesprochen hatte. Perrin folgte fast gleichzeitig.

Rand glaubte, daß Mat möglicherweise Hilfe benötigen werde, da er so blaß und angespannt wirkte, doch er zeigte keine Schwäche beim Hinaufklettern. Die Mauer bot genügend Vorsprünge und Grifflöcher, so daß Rand nur wenige Augenblicke später neben Mat, Perrin und Hurin im Garten kauerte.

Der Herbst hatte den Garten fest im Griff. Die Blumenbeete waren bis auf ein paar immergrüne Sträucher leer und die Bäume beinahe kahl. Der Wind, in dem die Fahne flatterte, wirbelte Staub über die geplätteten Gartenwege. Erst konnte Rand Ingtar nicht entdecken. Dann sah er den Schienarer, der sich an die Rückwand des Hauses drückte und ihnen mit dem Schwert in der Hand zuwinkte.

Rand rannte gebückt hinüber. Er nahm eher die Fenster wahr, die ihn vom Haus herunter mit leeren Augen anzustarren schienen, als die Freunde, die neben ihm herrannten. Er war erleichtert, als er sich neben Ingtar an die Hauswand drücken konnte. Mat murmelte in sich hinein: »Er ist da drinnen. Ich fühle ihn.«

»Wo ist der Wächter?« flüsterte Rand. »Tot«, antwortete Ingtar. »Der Mann fühlte sich zu sicher. Er versuchte nicht einmal, um Hilfe zu schreien. Ich habe seine Leiche unter den Büschen versteckt.«

Rand sah ihn mit großen Augen an. *Der* Seanchan *fühlte sich zu sicher?* Das einzige, was ihn in diesem Moment vom Zurücklaufen abhielt, war Mats Not.

»Wir sind fast da.« Auch bei Ingtar klang es, als führe er Selbstgespräche. »Beinahe da. Kommt!«

Rand zog sein Schwert, als sie die Hintertreppe hinaufschlichen. Er spürte mehr, als er sah, wie Hurin sein Kurzschwert und den eingedellten Schwertbrecher herauszog und wie Perrin zögernd die Axt aus der Schlinge am Gürtel holte.

Der Flur drinnen war eng. Aus einer halbgeöffneten Tür rechts roch es nach Küche. Mehrere Leute rührten sich dort. Man hörte Stimmengewirr und gelegentlich das leise Klappern eines Deckels. Ingtar bedeutete Mat, die Führung zu übernehmen, und sie schlichen an dieser Tür vorbei. Rand behielt die enge Öffnung im Auge, bis sie um die nächste Ecke waren.

Eine schlanke junge Frau mit dunklem Haar trat aus einer Tür vor ihnen. Sie trug ein Tablett mit einer Tasse. Sie erstarrten alle. Die Frau wandte sich in die andere Richtung, ohne nach hinten zu blicken. Rand riß die Augen auf. Ihr langes weißes Gewand war fast durchsichtig. Sie verschwand um die nächste Ecke.

»Habt ihr das gesehen?« fragte Mat heiser. »Man konnte richtig durch . . .«

Ingtar legte Mat eine Hand über den Mund und flüsterte: »Haltet Eure Gedanken im Zaum und vergeßt nicht, weswegen wir hier sind. Jetzt sucht es. Sucht das Horn für mich.«

Mat deutete auf eine enge Wendeltreppe. Sie stiegen

bis zum nächsten Absatz hinauf, und dann führte er sie in den vorderen Teil des Hauses. In den Fluren standen nur wenige Möbel, und die waren alle abgerundet. Hier und da hing ein Gobelin an der Wand, oder eine Stellwand stand davor, beides meist mit Vögeln auf Ästen oder mit Blumen bemalt. Über eine Stellwand floß ein Strom, aber abgesehen von dem leicht gekräuselten Wasser und engen Uferstreifen war der Hintergrund leer.

In allen Zimmern hörte Rand die Geräusche, die Menschen machen, wenn sie aufwachen, wenn sie auf Hausschuhen durch den Raum schlurfen und leise miteinander sprechen. Er sah niemanden, konnte sich aber alles gut vorstellen. Wenn jemand auf den Flur hinaustrat und fünf schleichende Männer mit Waffen in der Hand entdeckte und Alarm gab ...

»Hier drinnen«, flüsterte Mat. Er deutete auf eine große Schiebetür vor ihnen. Geschnitzte Handgriffe waren ihre einzige Zier. »Zumindest ist der Dolch dort.«

Ingtar sah Hurin an. Der Schnüffler schob die Tür auf, und Ingtar sprang mit blankem Schwert hinein. Es war niemand drinnen. Rand und die anderen eilten hinein, und Hurin schloß schnell die Tür hinter ihnen.

Bemalte Stellwände verbargen sämtliche Wände des Raumes und eventuell vorhandene weitere Türen. Sie dämpften auch das Licht, das durch Fenster fiel, die sich wohl zur Straße hin öffneten. An einer Wand stand eine hohe runde Kommode. An einer anderen standen ein kleiner Tisch und ein einzelner Stuhl, der zum Tisch hin gerückt war. Rand hörte, wie Ingtar überrascht keuchte, aber er selbst seufzte lediglich erleichtert. Das gekrümmte goldene Horn von Valere lag in einem Ständer auf dem Tisch. Darunter funkelte der Rubin am Griff des verzierten Dolches im Licht.

Mat eilte zum Tisch und hob Dolch und Horn auf. »Wir haben ihn«, krächzte er und schüttelte die Faust mit dem Dolch. »Wir haben beides.«

»Nicht so laut!« mahnte Perrin und verzog das Gesicht in übertriebenem Schmerz. »Wir haben sie noch nicht nach draußen gebracht.« Seine Hände fingerten unablässig am Griff seiner Axt herum, als hielten sie viel lieber etwas anderes.

»Das Horn von Valere.« Ehrfurcht lag in Ingtars Stimme. Er berührte zögernd das Horn und fuhr mit einem Finger die silberne Schrift um die Öffnung des Horns nach, wobei er lautlos den Text nachsprach. Dann zog er seine vor Erregung zitternde Hand zurück. »Es ist wahr. Beim Licht, endlich! Ich bin gerettet!«

Hurin schob die Stellwände beiseite, die vor den Fenstern standen. Nach einem letzten Ruck spähte er endlich hinunter auf die Straße. »Diese Soldaten sind noch alle da, als hätten sie Wurzeln geschlagen.« Er schauderte. »Diese ... Dinger auch.«

Rand trat zu ihm hinüber. Die beiden Kreaturen waren *Grolme*, daran gab es keinen Zweifel. »Wie haben sie bloß ...«

Als er den Blick von der Straße hob, erstarben ihm die Worte im Mund. Er sah geradewegs über die Gartenmauer des großen Gebäudes gegenüber hinweg. Man hatte weitere Mauern abgerissen und so den Garten erweitert. Dort saßen Frauen auf Bänken oder schlenderten die Gartenwege entlang, und zwar immer paarweise. Frauen, die durch silberne Leinen verbunden waren — vom Handgelenk der einen zum Hals der anderen. Eine der Frauen mit einem Halsband blickte auf. Er war zu weit weg, um ihr Gesicht klar erkennen zu können, doch einen Augenblick lang trafen sich ihre Blicke, und er wußte, wer sie war. Er wurde leichenblaß. »Egwene«, hauchte er.

»Was redest du da?« fragte Mat. »Egwene ist in Sicherheit in Tar Valon. Ich wünschte, wir wären auch dort.«

»Sie ist hier«, sagte Rand. Die beiden Frauen drehten sich um und gingen zu einem Gebäude am hinteren Ende der Gärten. »Sie ist hier, gleich gegenüber. O Licht, sie trägt eines dieser Halsbänder!«

»Bist du sicher?« fragte Perrin. Er kam nach vorn und spähte ebenfalls durch das Fenster. »Ich sehe sie nicht, Rand. Und — ich könnte sie erkennen, wenn sie da wäre, selbst auf diese Entfernung.«

»Ich bin sicher«, sagte Rand. Die beiden Frauen verschwanden in einem Haus auf der anderen Straßenseite. Sein Magen verkrampfte sich. *Sie müßte doch in Sicherheit sein. Sie müßte in der Weißen Burg sein.* »Ich muß sie herausholen. Ihr anderen ...«

»Aha!« Die näselnde Stimme war genauso leise wie das Geräusch der zur Seite geschobenen Tür. »Euch habe ich nicht erwartet.«

Für einen kurzen Moment stand Rand wie erstarrt da. Der hochgewachsene Mann mit dem rasierten Schädel, der in den Raum getreten war, trug ein langes blaues Gewand, das auf dem Boden schleifte, und seine Fingernägel waren so lang, daß Rand sich fragte, ob er überhaupt irgend etwas ergreifen könne. Die beiden Männer, die unauffällig hinter ihm standen, hatten nur die Hälfte des Schädels rasiert. Auf der anderen Seite hing das dunkle Haar in einem Zopf jeweils auf die rechte Wange herunter. Einer von ihnen trug ein Schwert in der Scheide auf den Armen.

Er hatte nur einen Moment Zeit, und dann fielen die Stellwände an beiden Enden des Raumes um und enthüllten jeweils eine Tür, in der sich vier oder fünf Soldaten der Seanchan drängten, zwar ohne Helm, doch gerüstet und mit Schwertern in den Händen.

»Ihr befindet Euch in der Gegenwart des Hochlords Turak«, begann der Mann, der das Schwert trug. Er sah Rand und die anderen wütend an, doch eine knappe Bewegung eines Fingers mit blaulackiertem Nagel brachte ihn zum Schweigen. Der andere Diener trat vor, verbeugte sich und knöpfte Turaks Gewand auf.

»Als einer meiner Wächter tot aufgefunden wurde«,

sagte der Mann mit dem kahlen Schädel gelassen, »hatte ich den Mann in Verdacht, der sich Fain nennt. Ich mißtraue ihm schon, seit Huon auf so geheimnisvolle Weise starb, und diesen Dolch wollte er immer schon haben.« Er streckte die Arme vor, damit der Diener ihm das Gewand ausziehen konnte. Trotz seiner sanften, näselnden Stimme waren seine Arme und sein Oberkörper mit Muskeln bepackt. Der Oberkörper war nackt. Darunter trug er eine blaue Schärpe und eine weite weiße Hose, die aus Hunderten von Pailletten bestand. Sein Tonfall wirkte gelangweilt, und er beachtete die Schwerter in den Händen der Freunde kaum. »Und nun finde ich Fremde vor, die nicht nur den Dolch, sondern auch das Horn stehlen. Es wird mir eine Freude sein, einen oder zwei von Euch zu töten, weil Ihr meine morgendliche Ruhe gestört habt. Die Überlebenden sagen mir dann, wer Ihr seid und warum Ihr kamt.« Er streckte eine Hand aus, ohne hinzusehen, der Mann mit dem in der Scheide steckenden Schwert legte ihm den Griff in die Hand, und dann zog er die schwere gekrümmte Klinge heraus. »Ich will nicht, daß das Horn beschädigt wird.«

Turak gab keinen Befehl, doch einer der Soldaten stolzierte in den Raum und faßte nach dem Horn. Rand wußte nicht, ob er lachen sollte oder nicht. Der Mann trug eine Rüstung, aber mit seinem hochmütigen Gesicht sah er wie Turak einfach über ihre Waffen hinweg.

Mat machte dem ein Ende. Als der Seanchan die Hand ausstreckte, schlitzte Mat sie mit dem Rubindolch auf. Fluchend sprang der Soldat zurück. Er wirkte völlig überrascht. Dann schrie er auf. Der Schrei ließ den Raum in Eiseskälte erstarren. Alle blieben wie angewurzelt stehen. Die bebende Hand, die der Mann sich vor das Gesicht hielt, färbte sich schwarz. Die Dunkelheit verbreitete sich langsam von dem blutenden Schnitt auf seiner Handfläche nach außen. Er öffnete den Mund und heulte laut, wobei er nach seinem Arm und seiner

Schulter griff. Mit zuckenden Armen und Beinen stürzte er zu Boden, wand sich auf dem Seidenteppich, kreischte, als sich sein Gesicht schwarz verfärbte und seine dunklen Augen wie überreife Pflaumen herausquollen, bis die Schreie von der angeschwollenen dunklen Zunge erstickt wurden. Er zuckte noch einmal, röchelte schwer, seine Fersen trommelten auf den Boden, dann lag er still. Wo immer seine Haut zu sehen war, war sie schwarz wie von der Pest und schien bei der geringsten Berührung aufbrechen zu wollen.

Mat leckte sich die Lippen und schluckte. Seine Hand am Dolchgriff bewegte sich unruhig. Selbst Turak starrte den Toten mit offenem Mund an.

»Wie Ihr seht«, sagte Ingtar leise, »sind wir keine leichte Beute.« Plötzlich sprang er über die Leiche hinweg auf die Soldaten zu, die noch immer erschrocken auf die Reste blickten, die noch vor Augenblicken ihr Kamerad gewesen waren. »Schinowa!« schrie er. »Folgt mir!« Hurin sprang ihm nach, und die Soldaten wichen vor ihnen zurück. Das Geräusch von Stahl auf Stahl erhob sich.

Die Seanchan am anderen Ende des Raumes rannten schon los, als sich Ingtar bewegte, doch dann wichen sie ebenfalls wieder zurück, mehr noch vor dem Dolch in Mats ausgestreckter Hand als vor Perrins in wortlosem Knurren geschwungener Axt. Innerhalb weniger Herzschläge stand Rand allein Turak gegenüber, der sein Schwert senkrecht vor sich hielt. Sein momentaner Schreck war verflogen. Sein scharfer Blick ruhte auf Rands Gesicht; der aufgequollene schwarze Körper eines seiner Soldaten schien nicht für ihn zu existieren. Für die beiden Diener schien er genausowenig vorhanden zu sein. Sie beachteten auch Rand und sein Schwert nicht, ebensowenig wie die Kampfgeräusche, die sich langsam ins Innere des Hauses entfernten. Die Diener hatten seelenruhig begonnen, Turaks Gewand zu falten, nachdem dieser das Schwert in die Hand genommen hatte. Sie hatten nicht einmal bei den Todesschreien des Soldaten aufgeblickt. Nun knieten sie neben der Tür und beobachteten Rand und Turak mit teilnahmslosen Blicken.

»Ich dachte mir, daß es auf uns beide hinausläuft.« Turak wirbelte seine Klinge mit Leichtigkeit herum, einen Kreis in der einen Richtung, dann in der anderen. Seine Finger hielten trotz der langen Nägel sicher den Knauf. Die Nägel schienen ihn nicht zu behindern. »Ihr seid jung. Laßt uns sehen, was auf dieser Seite des Ozeans verlangt wird, wenn man sich den Reiher verdienen will.«

Plötzlich bemerkte Rand, daß auf Turaks Schwert ein großer Reiher eingraviert war. Nach den wenigen Lektionen, die er erhalten hatte, stand er nun einem echten Schwertmeister gegenüber. Hastig warf er den schafsledernen Umhang beiseite, damit er ihn nicht belastete und behinderte. Turak wartete.

Rand suchte verzweifelt nach dem Nichts. Es war klar, daß er jedes bißchen seiner Fähigkeiten aktivieren mußte, und selbst dann waren seine Aussichten gering, den Raum lebend zu verlassen. Aber er mußte. Egwene war beinahe nur auf Rufweite von ihm entfernt, und er mußte sie irgendwie befreien. Doch im Nichts wartete *Saidin*. Bei dem Gedanken daran tat sein Herz einen Sprung vor Freude, während sich ihm der Magen umdrehte. Aber genauso nahe wie Egwene waren diese anderen Frauen: *Damane*. Wenn er *Saidin* berührte, wenn er sich nicht zurückhalten konnte und die Macht benützte, würden sie es wissen. Das hatte Verin gesagt. Wissen und sich fragen, was da los sei. So viele von ihnen und so nahe. Vielleicht überlebte er Turaks Fechtkunst und würde dann von diesen *Damane* getötet. Doch er konnte nicht sterben, bevor er nicht Egwene befreit hatte. Rand hob sein Schwert.

Turak glitt auf leisen Sohlen auf ihn zu. Klinge schlug gegen Klinge wie der Hammer auf den Amboß.

Gleich zu Beginn wurde Rand klar, daß ihn der Mann auslotete, daß er nur gerade so weit forcierte, damit er sah, was Rand konnte. Danach würde er wieder ein wenig forcieren und dann wieder. Seine starken Gelenke und seine Leichtfüßigkeit hielten Rand genauso am Leben wie sein Können. Ohne das Nichts war er immer einen halben Herzschlag zu langsam. Die Spitze von Turaks schwerem Schwert ritzte ihn unter dem linken Auge. Der Schmerz biß. Ein Fetzen des Mantelärmels hing ihm von der Schulter, dunkel und naß. Aus einem sauberen Schnitt, mit der Genauigkeit eines Schneiders angebracht, fühlte er warme Feuchtigkeit über den Brustkorb rinnen. Auf dem Gesicht des Hochlords stand Enttäuschung geschrieben. Er trat mit einer verächtlichen Geste zurück. »Wo hast du diese Klinge gefunden, Junge? Oder verleihen sie hier etwa jemandem den Reiher, der nicht mehr kann als du? Spielt keine Rolle. Schließ mit dem Leben ab. Es ist Zeit zu sterben.« Er griff wieder an.

Das Nichts hüllte Rand ein. *Saidin* strömte auf ihn zu und erglühte mit dem Versprechen der Einen Macht, doch er achtete nicht darauf. Es war auch nicht schwieriger, als eine Pfeilspitze mit Widerhaken zu übersehen, die sich in sein Fleisch bohrte. Er weigerte sich, die Macht durch seinen Körper strömen zu lassen, eins zu werden mit der männlichen Hälfte der Wahren Quelle. Er war eins mit dem Schwert in seiner Hand, eins mit dem Boden unter seinen Füßen, eins mit den Wänden. Eins mit Turak.

Er erkannte die Fechtfiguren, die der Hochlord anwandte. Sie unterschieden sich ein wenig von denen, die er gelernt hatte, aber es reichte. *Die Schwalbe fliegt auf* traf auf *Die Seide zur Seite schieben. Mond auf den Wassern* traf auf *Das Moorhuhn tanzt. Das Band flattert im Wind* traf auf *Steine fallen von der Klippe.* Sie bewegten sich wie im Tanz durch den Raum, und ihre Musik war der Klang von Stahl auf Stahl.

Enttäuschung und Verachtung verschwanden aus Turaks Blick, wurden von Überraschung abgelöst — und dann durch Konzentration. Schweiß rann dem Hochlord über das Gesicht, als er Rand noch entschlossener angriff. *Der dreizackige Blitz* traf auf *Blatt im Wind.*

Rands Gedanken schwebten außerhalb des Nichts, von ihm losgelöst und kaum bemerkt. Es reichte nicht. Er stand einem Schwertmeister gegenüber, und trotz des Nichts und aller seiner Fähigkeiten brachte er es kaum fertig, sich der Angriffe Turaks zu erwehren. Kaum. Er mußte den Kampf beenden, bevor Turak es tat. *Saidin? Nein! Manchmal ist es notwendig, das Schwert im eigenen Fleisch zu bergen.* Aber das half Egwene auch nicht. Er mußte dem ein Ende bereiten. Jetzt.

Turaks Augen weiteten sich, als nun Rand seinerseits vorwärtsglitt. Bisher hatte er sich nur verteidigt; jetzt griff er mit aller Kraft an. *Der Keiler stürmt bergab.* Jede Bewegung der Klinge war ein Versuch, den Körper des Hochlords zu erreichen. Nun konnte sich Turak nur noch zurückziehen und parieren, durch den ganzen Raum, fast bis zur Tür.

In einem winzigen Sekundenbruchteil, als Turak noch den *Keiler* parierte, wechselte Rand zu einer anderen Figur. *Der Fluß unterspült das Ufer.* Er fiel auf ein Knie nieder, und die Klinge schnitt quer von unten her. Er mußte Turaks Keuchen nicht hören oder den Widerstand an der Klinge spüren, um es zu wissen. Er hörte zwei dumpfe Schläge und wandte den Kopf, wohl wissend, was er sehen würde. Er blickte an seiner Klinge entlang, die rot und feucht vor ihm erglänzte, dorthin, wo der Hochlord lag. Das Schwert war ihm aus der schlaffen Hand gefallen, und dunkelrote Feuchtigkeit befleckte die gewebten Vögel auf dem Teppich unter seinem Körper. Turaks Augen waren noch offen, doch bereits vom milchigen Schimmer des Todes überzogen.

Das Nichts bebte. Er hatte zuvor schon Trollocs gegenübergestanden und die Abkömmlinge des Schattens besiegt. Doch noch nie hatte er gegen einen Mann mit einem Schwert kämpfen müssen, außer beim Üben oder im Scheinkampf. *Ich habe soeben einen Mann getötet.* Das Nichts bebte, und *Saidin* versuchte, ihn zu erfüllen.

Verzweifelt riß er sich los und atmete schwer. Er sah sich um. Überrascht bemerkte er, daß die beiden Diener immer noch neben der Tür knieten. Er hatte sie vergessen, und nun wußte er nicht, was er mit ihnen anfangen sollte. Beide schienen unbewaffnet, und doch brauchten sie nur zu schreien ...

Sie sahen ihn nicht an und sich auch nicht gegenseitig. Statt dessen betrachteten sie still den Körper des Hochlords. Dann zogen sie aus ihrer Kleidung Dolche hervor, und er packte den Schwertgriff fester, doch jeder Mann richtete die Spitze seines Dolches gegen sich selbst. »Von Geburt bis zum Tod«, zitierten sie gemeinsam, »diene ich dem Blute.« Damit stießen sie sich die Dolche ins eigene Herz. Beinahe friedlich vereint fielen sie nach vorn. Die Köpfe lagen am Boden, wie in einer letzten Verbeugung ihrem Lord gegenüber.

Rand sah sie ungläubig an. *Wahnsinnig,* dachte er. *Ich werde vielleicht wahnsinnig, aber sie waren es schon.* Er stand etwas zittrig auf, als Ingtar und die anderen zurückgerannt kamen. Sie wiesen alle Kratzer und Schnittwunden auf. Das Leder von Ingtars Mantel war an mehreren Stellen befleckt. Mat hielt immer noch Horn und Dolch in den Händen. Die Klinge des Dolchs war mittlerweile dunkler als der Rubin an seinem Griff. Auch Perrins Axt war rot, und er sah aus, als wolle er sich jeden Moment übergeben.

»Ihr habt sie erledigt?« fragte Ingtar nach einem Blick auf die Leichen. »Dann sind wir hier fertig, falls kein Alarm ausgelöst wurde. Diese Narren haben nicht einmal um Hilfe gerufen — keiner von ihnen.«

»Ich sehe nach, ob die Wächter etwas gehört haben«, sagte Hurin. Er eilte ans Fenster.

Mat schüttelte den Kopf. »Rand, diese Leute spinnen.

412

Ich weiß, das habe ich früher schon gesagt, aber bei denen hier stimmt es tatsächlich. Diese Diener ...« Rand hielt die Luft an und fragte sich, ob sie wohl alle Selbstmord begangen hatten. Mat fuhr fort: »Als sie uns kämpfen sahen, fielen sie auf die Knie nieder, die Gesichter am Boden und die Arme um die Köpfe gelegt. Sie bewegten sich nicht und schrien nicht, sie versuchten nicht, den Soldaten zu helfen oder Alarm auszulösen. Soweit ich weiß, liegen sie vielleicht immer noch so da.«

»Ich würde nicht damit rechnen, daß sie auf den Knien liegenbleiben«, bemerkte Ingtar trocken. »Wir machen uns jetzt aus dem Staub, so schnell wir können.«

»Geht nur«, sagte Rand. »Egwene ...«

»Ihr Narr!« schimpfte Ingtar. »Wir haben erbeutet, weswegen wir gekommen sind. Das Horn von Valere. Die Hoffnung auf eine Rettung. Welche Rolle spielt dagegen ein Mädchen, selbst wenn Ihr sie liebt? Gegen das Horn und alles, wofür es steht?«

»Es ist mir gleich, und wenn der Dunkle König das Horn bekommt! Was zählt das alles, wenn ich Egwene in dieser Lage im Stich lasse? Wenn ich das fertigbringe, kann mich auch das Horn nicht mehr retten. Der Schöpfer selbst könnte mich nicht retten. Ich würde mich selbst verdammen.«

Ingtar sah ihn mit undurchschaubarer Miene an. »Das meint Ihr wirklich so, nicht wahr?«

»Irgend etwas ist da draußen los«, sagte Hurin eindringlich. »Ein Mann ist gerade hergerannt gekommen, und sie drängen sich alle herum wie die Fische im Eimer. Wartet. Der Offizier kommt ins Haus herein!«

»Geht!« befahl Ingtar. Er versuchte, nach dem Horn zu greifen, doch Mat rannte bereits los. Rand zögerte, aber Ingtar packte ihn am Arm und zog ihn in den Flur. Die anderen rannten Mat hinterher. Perrin warf Rand nur einen kurzen schmerzerfüllten Blick zu, bevor auch er wegrannte. »Ihr könnt das Mädchen auch nicht retten, wenn Ihr hier wie angewurzelt steht und Euch umbringen laßt!«

Also rannte er mit. Er verachtete sich selbst, weil er wegrannte, aber in ihm flüsterte es: *Ich komme zurück. Irgendwie befreie ich sie.* Als sie den untersten Absatz der engen Wendeltreppe erreicht hatten, hörten sie die tiefe Stimme eines Mannes im Vorderteil des Hauses, die verlangte, daß jemand aufstehe und sage, was los sei. Ein Mädchen in beinahe durchsichtigem Kleid und eine grauhaarige Frau in weißem Wollkleid mit einer langen mehlbestaubten Schürze knieten am Fuß der Treppe neben der Küchentür. Sie lagen genauso da, wie Mat es beschrieben hatte: die Gesichter zu Boden gewandt und die Arme schützend um den Kopf gelegt, und sie rührten sich nicht, als Rand und die anderen vorbeihasteten. Er war erleichtert, als er ihre Atembewegungen wahrnahm.

Sie durchquerten den Garten, so schnell sie nur rennen konnten, und kletterten dann eilends über die rückwärtige Mauer. Ingtar fluchte, als Mat das Horn von Valere zuerst hinüberwarf, und er versuchte, es aufzuheben, als es draußen lag, doch Mat schnappte es sich wieder mit einem schnell hingeworfenen: »Es hat keinen Kratzer abbekommen«, und hastete die Gasse hinauf.

Weitere Rufe erklangen aus dem Haus, das sie gerade verlassen hatten. Eine Frau schrie, und jemand schlug einen Gong.

Ich komme zurück und hole sie. Irgendwie. Rand eilte den anderen nach, so schnell er konnte.

414

Die aus dem
Schatten treten

Nynaeve und die anderen hörten entferntes Rufen, als sie sich den Gebäuden näherten, in denen die *Damane* wohnten. Die Menschenmenge auf der Straße nahm ständig zu, und über allem lag eine gewisse Unruhe. Die Leute schritten schneller als sonst voran, blickten mißtrauischer als üblich an Nynaeve mit ihrem durch Blitzabzeichen gekennzeichneten Kleid und an der Frau vorbei, die sie an der silbernen Leine hielt.

Elayne nahm nervös ihr Bündel in die andere Hand und blickte in Richtung der Quelle dieses Lärms, eine Straße weiter, wo der goldene Falke mit den Blitzen in den Klauen im Wind flatterte. »Was geschieht dort?«

»Hat nichts mit uns zu tun«, sagte Nynaeve mit fester Stimme.

»Das hoffst du jedenfalls«, fügte Min hinzu. »Ich auch.« Sie beschleunigte den Schritt, eilte vor den anderen her die Treppe hinauf und verschwand in dem großen Steingebäude.

Nynaeve nahm die Gefangene enger an die Leine. »Denk daran, Seta, es ist genauso in deinem Interesse, daß wir hier sicher wieder herauskommen, wie in meinem.«

»Das vergesse ich nicht«, sagte die Seanchan-Frau mit Nachdruck. Sie hielt das Kinn auf die Brust gesenkt, um ihr Gesicht zu verbergen. »Ich schwöre, ich werde Euch keine Schwierigkeiten machen.«

Als sie die grauen Steinstufen hinaufschritten, erschienen oben am Kopf der Treppe eine *Sul'dam* und ei-

415

ne *Damane*. Sie kamen ihnen entgegen. Nach einem kurzen Blick, um sicherzugehen, daß die Frau mit dem Halsband nicht Egwene war, sah Nynaeve die beiden nicht mehr an. Sie benützte den *A'dam*, um Seta ganz nahe an ihrer Seite zu halten. Wenn die vorbeikommende *Damane* die Fähigkeit an einer von ihnen bemerkte, die Macht benutzen zu können, sollte sie denken, es handle sich um Seta. Sie spürte trotzdem, wie ihr der Schweiß den Rücken hinunterlief, doch dann merkte sie, daß die beiden ihnen nicht mehr Aufmerksamkeit schenkten als umgekehrt. Alles, was sie sahen, waren ein Kleid mit Blitzabzeichen und ein graues Kleid und die Tatsache, daß die Frauen, die sie trugen, durch die silberne Leine eines *A'dam* miteinander verbunden waren. Nur eine weitere *Sul'dam* mit einer Gekoppelten, und dahinter eilte ein Mädchen aus der Stadt her und trug der *Sul'dam* ein Bündel nach.

Nynaeve schob die Tür auf und trat ein.

Was sich auch unter Turaks Flagge Aufregendes ereignete, hier war es nicht zu spüren, noch nicht. Nur Frauen bewegten sich durch die Eingangshalle, und man erkannte sie leicht an ihrer Kleidung. Drei graugekleidete *Damane* mit *Sul'dam*. Zwei Frauen in Kleidern mit Blitzabzeichen unterhielten sich weiter hinten, und drei schritten allein durch den Raum. Vier, die wie Min in einfache dunkle Wollkleider gekleidet waren, eilten mit Tabletts dahin.

Min stand wartend hinten in der Eingangshalle, als sie eintraten. Sie blickte einmal kurz in ihre Richtung und ging dann weiter ins Haus hinein. Nynaeve führte Seta in einigem Abstand hinter Min her, und Elayne wuselte eifrig in ihrem Kielwasser einher. Keine warf ihnen auch nur einen zweiten Blick zu, soweit Nynaeve das beurteilen konnte, doch der Schweiß, der ihr Rückgrat hinunterrann, schien zum Strom zu werden. Sie ließ Seta schnell weiterschreiten, damit niemand sie genauer mustern oder ihr gar eine Frage stellen konnte.

Seta ließ sich mit niedergeschlagenem Blick nicht lange drängen. Nynaeve nahm an, sie wäre am liebsten gerannt, wenn die Leine sie nicht zurückgehalten hätte.

Im hinteren Teil des Hauses nahm Min eine enge Wendeltreppe nach oben. Nynaeve schob Seta vor sich her, und sie stiegen ganz hinauf bis zum vierten Stock. Die Decken hier waren niedrig, und der Flur lag still und leer. Man hörte nur leises Weinen von irgendwoher. Weinen schien der gedrückten Stimmung in der Enge hier oben zu entsprechen.

»Hier oben ...«, begann Elayne, doch dann schüttelte sie den Kopf. »Es ist ein Gefühl ...«

»Ja, stimmt«, sagte Nynaeve grimmig. Sie funkelte Seta an, die ihren Blick aber nicht vom Boden hob. Die Haut der Seanchan-Frau war vor Angst noch blasser als zuvor.

Wortlos öffnete Min eine Tür und trat ein. Die anderen folgten ihr. Der Raum dahinter war durch rohe Holzverschläge in mehrere kleine Kabinen unterteilt worden. Ein enger Gang führte zu einem Fenster. Nynaeve drängte sich nach, als Min zur letzten Tür auf der rechten Seite eilte und sie öffnete.

Ein schlankes dunkelhaariges Mädchen in Grau saß an einem kleinen Tisch und hatte den Kopf vor sich auf den verschränkten Armen liegen. Noch ehe sie aufblickte, wußte Nynaeve, daß es Egwene war. Ein Band glitzernden Metalls zog sich von dem Silberhalsband, das Egwene trug, zu einem Armband, das an einem Haken an der Wand hing. Sie riß bei ihrem Anblick die Augen auf, und ihr Mund bewegte sich, ohne Worte hervorzubringen. Als Elayne die Tür schloß, kicherte Egwene plötzlich und drückte die Hand vor den Mund, um den Laut zu unterdrücken. Das winzige Zimmer war überfüllt.

»Ich weiß, daß ich nicht träume«, sagte sie mit bebender Stimme, »denn wenn ich träumte, kämen jetzt Rand und Galad auf stolzen Pferden hereingeritten. Ich habe geträumt. Ich glaubte, Rand sei hier. Ich konnte ihn nicht sehen, aber ich glaubte ...« Ihre Stimme erstarb.

»Wenn du lieber auf ihn warten willst ...«, sagte Min trocken.

»O nein. Nein, ihr seid alle wunderschön, das Schönste, was ich jemals gesehen habe. Woher seid ihr gekommen? Wie habt ihr das geschafft? Diese Kleid, Nynaeve, und der *A'dam,* und wer ist ...« Plötzlich quiekte sie erschreckt. »Das ist Seta! Wie ...?« Ihre Stimme verhärtete sich so, daß Nynaeve sie kaum noch erkannte. »Ich würde *sie* gern in einen Kessel mit kochendem Wasser stecken.« Seta quetschte die Augen zu und verkrampfte die Hände im Rock. Sie zitterte.

»Was haben sie mit dir gemacht?« rief Elayne. »Was haben sie gemacht, daß du jemandem so etwas wünschst?«

Egwene wandte den Blick nicht von der Seanchan-Frau. »Ich möchte, daß sie es fühlt. Das hat sie mir angetan, hat mir das Gefühl aufgezwungen, ich stecke bis zum Hals in ...« Sie schauderte. »Du weißt nicht, wie es ist, eins von diesen ... Dingern ... zu tragen, Elayne. Du weißt nicht, was sie dir damit antun können. Ich kann nicht entscheiden, welche schlimmer ist, Seta oder Renna, aber sie sind mir alle verhaßt.«

»Ich glaube, ich weiß, wie das ist«, sagte Nynaeve ruhig. Sie spürte den Schweiß auf Setas Haut und die kalten Schauder, die sie überliefen. Die blonde Seanchan hatte furchtbare Angst. Sie konnte sich gerade noch zurückhalten, Setas Ängste nicht auf der Stelle in Wirklichkeit zu verwandeln.

»Könnt ihr mir das abnehmen?« fragte Egwene. Sie berührte ihr Halsband. »Es muß doch möglich sein, nachdem ihr Seta das angelegt habt ...«

Nynaeve lenkte wieder nur ein ganz klein wenig der Macht gezielt auf Egwenes Halsband. Allein die Tatsache, daß Egwene so etwas tragen mußte, machte sie bereits wütend genug, und dazu kamen Setas Angst, die deutlich bewies, daß sie eine Bestrafung verdient hatte, und ihr eigenes Verlangen, dieser Frau etwas anzutun. Das Halsband öffnete sich und fiel von Egwene ab. Staunend berührte Egwene ihren Hals.

»Zieh mein Kleid und meinen Mantel an«, befahl ihr Nynaeve. Elayne entfaltete bereits das Kleiderbündel auf dem Bett. »Wir verlassen das Haus, ohne daß dich jemand bemerkt.« Sie überlegte, ob sie den Kontakt mit *Saidar* halten sollte. Sie war wütend genug, und es war ein so schönes Gefühl. Doch zögernd unterbrach sie den Kontakt. Dies war wohl der einzige Ort in Falme, wo sich keine *Sul'dam* und keine *Damane* darum kümmern würden, wenn jemand die Macht benützte, aber es wäre trotzdem gefährlich, wenn sie das Glühen der Macht an einer Frau bemerkten, die sie für eine *Sul'dam* hielten. »Ich weiß gar nicht, warum du nicht längst weg bist. Allein hier oben kannst du doch das Ding einfach aufheben und wegrennen, selbst wenn du es nicht öffnen kannst.«

Während Min und Elayne ihr halfen, sich rasch umzuziehen und Nynaeves altes Kleid anzulegen, erklärte Egwene, daß es unmöglich sei, das Armband von dem Fleck zu entfernen, wo es die *Sul'dam* hingelegt oder -gehängt hatte und wie ihr schlecht wurde, wenn sie die Macht gebrauchte, obwohl keine *Sul'dam* das Armband trug. Erst an diesem Morgen hatte sie herausgefunden, wie man das Halsband ohne die Hilfe der Macht öffnen konnte, aber es nützte ihr nichts, denn das Berühren des Verschlusses mit der Absicht, ihn zu öffnen, verkrampfte ihre Hand zu einem nutzlosen Knoten. Sie konnte den Verschluß berühren, solange sie wollte, durfte dabei aber nicht daran denken, ihn zu öffnen; die leiseste Andeutung dieser Absicht, und …

Nynaeve war es auch schlecht. Das Armband an ihrem Unterarm machte sie krank. Es war einfach zu furchtbar. Sie wollte es loswerden, bevor sie noch mehr über den *A'dam* erfuhr, bevor ihr vielleicht etwas klar wurde und sie sich daraufhin für immer und ewig beschmutzt vorkäme.

Sie löste den silbernen Reif, nahm ihn ab und schloß ihn energisch wieder. Dann hängte sie ihn an einen Haken.

»Glaub nicht, daß du deshalb jetzt um Hilfe rufen kannst.« Sie hielt Seta die Faust unter die Nase. »Ich kann dir immer noch den Wunsch vermitteln, am liebsten niemals geboren zu sein, und dazu brauche ich dieses blutige ... Ding ... nicht.«

»Ihr ... Ihr wollt mich doch nicht damit zurücklassen«, sagte Seta im Flüsterton. »Das könnt Ihr nicht. Fesselt mich. Knebelt mich, damit ich keinen Alarm auslösen kann. Bitte!«

Egwene lachte humorlos. »Laßt es ihr. Sie wird auch ohne Knebel nicht um Hilfe rufen. Du solltest besser hoffen, daß diejenige, die dich findet, den *A'dam* entfernt und dir dein kleines Geheimnis läßt, Seta. Dein schmutziges Geheimnis, nicht wahr?«

»Wovon sprichst du?« fragte Elayne.

»Ich habe lange darüber nachgedacht«, sagte Egwene. »Ich konnte ja sowieso nichts anderes tun, wenn sie mich hier oben allein — ließen. Die *Sul'dam* behaupten, sie entwickelten nach ein paar Jahren eine gewisse Fähigkeit. Die meisten von ihnen wissen, wenn eine Frau die Macht gebraucht, ob sie an sie gekoppelt sind oder nicht. Ich war mir nicht sicher, aber Seta ist der lebende Beweis.«

»Beweis wofür?« wollte Elayne wissen, und dann riß sie die Augen auf, als es ihr selbst klar wurde, doch Egwene fuhr fort: »Nynaeve, ein *A'dam* funktioniert nur bei Frauen, die die Macht lenken können. Ist dir das nicht klar? Die *Sul'dam* können genauso die Macht gebrauchen wie die *Damane*.« Seta knirschte mit den Zähnen und schüttelte entschieden verneinend den Kopf. »Eine *Sul'dam* stürbe lieber, als das zuzugeben, wenn sie es überhaupt weiß, und da sie ihre Fähigkeiten nie ausbilden, können sie nicht viel damit anfangen. Doch sie können die Macht lenken!«

»Ich habe es dir doch gesagt«, meinte Min. »Dieses Halsband hätte bei ihr nicht wirken sollen.« Sie knöpfte Egwenes Kleid fertig zu. »Jede Frau, die die Macht nicht gebrauchen kann, hätte dich grün und blau geschlagen, während du dich noch abmühtest, sie damit zu beherrschen.«

»Wie kann das sein?« fragte Nynaeve. »Ich glaubte, die Seanchan legten jede Frau an die Leine, die das kann.«

»Alle, die sie aufspüren können«, antwortete Egwene. »Aber diejenigen, die sie finden, sind gewöhnlich Menschen wie du und ich und Elayne. Wir wurden mit diesen Fähigkeiten geboren und benützten sie, ob uns das jemand beibrachte oder nicht. Doch wie steht es mit den Seanchan-Mädchen, die nicht mit dieser Fähigkeit geboren wurden, es aber später lernen könnten? Nicht jede Frau kann eine *Sul'dam* werden. Renna glaubte, es sei lieb von ihr, mir davon zu erzählen. Offensichtlich ist es dort ein Festtag in jeder Gemeinde, wenn die *Sul'dam* kommen, um die Mädchen zu prüfen. Sie wollen natürlich solche wie dich und mich finden und an die Leine legen, aber alle anderen legen probeweise das Armband an, um festzustellen, ob sie fühlen, was die Frau mit dem Halsband empfindet. Die das können, werden weggebracht und zur *Sul'dam* ausgebildet. Das sind die Frauen, die eigentlich auch lernen können, mit der Macht umzugehen.«

Seta stöhnte leise: »Nein. Nein. Nein.« Das wiederholte sie ständig.

»Ich weiß, sie ist furchtbar«, sagte Elayne, »aber irgendwie habe ich das Gefühl, ich sollte ihr helfen. Sie könnte eine unserer Schwestern sein, doch die Seanchan haben alles schrecklich verdreht.«

Nynaeve öffnete den Mund und wollte ihr sagen, sie solle sich lieber Gedanken darüber machen, wie sie sich selbst helfen konnten, da öffnete sich die Tür.

»Was ist denn hier los?« wollte Renna wissen. Sie trat ein. »Eine Audienz?« Sie sah Nynaeve an und hatte dabei die Hände in die Hüften gestützt. »Ich habe niemandem anders die Erlaubnis erteilt, sich mit meiner zahmen Tuli zu koppeln. Ich weiß noch nicht einmal, wer Ihr ...« Ihr Blick fiel auf Egwene, die Nynaeves Kleid trug statt des grauen Kleides einer *Damane*. Egwene ohne das Halsband: Renna riß völlig überrascht die Augen auf. Sie hatte nicht einmal die geringste Möglichkeit zu schreien.

Bevor sich noch jemand rühren konnte, schnappte sich Egwene den Waschkrug vom Tischchen und knallte ihn Renna in den Bauch. Der Krug zerbrach, und der *Sul'dam* blieb die Luft weg. Sie gurgelte und krümmte sich vor Schmerz. Als sie vornüberfiel, sprang Egwene fauchend auf sie zu, bis die ältere Frau platt am Boden lag, und legte ihr das Halsband um, das sie selbst vorher getragen hatte. Es hatte noch am Boden gelegen. Dann zerrte Egwene an der Silberleine, bis das Armband vom Haken fiel, und das legte sie um den eigenen Unterarm. Sie hatte die Zähne gefletscht und blickte Renna voll grimmiger Entschlossenheit an. Sie kniete auf den Schultern der *Sul'dam* und drückte ihr beide Hände auf den Mund. Renna wand sich in Todesangst. Ihre Augen quollen heraus; aus ihrer Kehle drang ein heiseres Krächzen. Egwenes Hände hielten alle Schreie zurück. Renna trommelte mit den Fersen auf den Boden.

»Hör auf, Egwene!« Nynaeve packte Egwene an den Schultern und zog sie von der anderen Frau weg. »Egwene, laß das! Das willst du doch gar nicht.« Renna lag mit grauem Gesicht am Boden, atmete schwer und starrte wild zur Decke.

Plötzlich warf sich Egwene in Nynaeves Arme und schluchzte herzerweichend an ihrer Brust. »Sie hat mich verletzt, Nynaeve. Sie hat mir so weh getan. Alle haben das getan. Sie verletzten mich und taten mir weh, bis ich tat, was sie wollten. Ich hasse sie. Ich hasse sie, weil sie mir Schmerzen zugefügt haben, und ich hasse sie, weil ich tun mußte, was sie wollten.«

»Ich weiß«, sagte Nynaeve sanft. Sie strich Egwene über das Haar. »Es ist in Ordnung, daß du sie haßt, Egwene. Jeder versteht das. Sie verdienen es. Aber du darfst deshalb nicht genauso werden, wie sie sind.«

Seta hatte die Hände vors Gesicht geschlagen. Renna berührte ungläubig das Halsband, das sie jetzt trug. Ihre Hand zitterte.

Egwene richtete sich auf und wischte sich schnell die Tränen ab. »Das bin ich nicht. Ich werde nie so werden wie die.« Sie riß das Armband beinahe ab und warf es zu Boden. »Ich werde nicht so. Aber ich könnte sie umbringen.«

»Sie verdienten es.« Min sah die beiden *Sul'dam* finster an.

»Rand brächte jemanden um, wenn er so etwas täte«, sagte Elayne. Sie riß sich sichtlich zusammen. »Bestimmt täte er das.«

»Vielleicht verdienen sie es«, sagte Nynaeve, »und vielleicht täte er es. Aber die Menschen verwechseln oft Rache und Töten mit Gerechtigkeit. Selten nur ertragen sie wirkliche Gerechtigkeit.« Sie hatte oft mit dem Frauenzirkel zusammen Recht sprechen müssen. Manchmal kamen Männer zu ihnen, die glaubten, bei Frauen eine bessere Möglichkeit zu haben als beim Gemeinderat, aber diese Männer wollten immer durch große Reden oder Flehen um Gnade erreichen, daß ihr Urteil günstig ausfiel. Der Frauenzirkel ließ Gnade walten, wo sie verdient schien, aber immer hatte die Gerechtigkeit Vorrang, und die Seherin verkündete das Urteil. Sie hob das von Egwene weggeworfene Armband auf und schloß es. »Wenn ich könnte, würde ich jede der Frauen hier befreien und alle diese *Sul'dam* vernichten. Aber da ich dazu nicht in der Lage bin ...« Sie hängte das Armband an den gleichen Haken wie das andere und sagte dann zu den *Sul'dam*, die nun niemand mehr an der Leine führten:

»Wenn Ihr Euch sehr ruhig verhaltet, bleibt Ihr vielleicht lange genug unentdeckt, um die Halsbänder öffnen zu können. Das Rad webt, wie es will, und vielleicht habt Ihr genug Gutes ermöglicht, um das Schlechte aufzuwiegen, das Ihr angerichtet habt, so daß Euch das Rad gestattet, die Halsbänder abzulegen. Falls nicht, wird man Euch schließlich finden. Und ich glaube, wer immer Euch auch findet, wird Euch eine Menge Fragen stellen, bevor man die Halsbänder entfernt. Möglicherweise werdet Ihr auch aus erster Hand erleben, was Ihr allen jenen Frauen angetan habt. Das wäre gerecht«, fügte sie für die anderen hinzu.

Rennas Gesicht war vor Angst erstarrt. Setas Schultern zuckten, als sie in die vors Gesicht geschlagenen Hände schluchzte. Nynaeve verhärtete ihr Herz. *Das ist Gerechtigkeit*, sagte sie sich. Dann schob sie die anderen aus dem Zimmer.

Beim Hinausgehen erregten sie nicht mehr Aufsehen als bei ihrem Kommen. Nynaeve glaubte, das sei ihrem *Sul'dam*-Kleid zu verdanken, aber sie konnte es trotzdem kaum erwarten, sich endlich wieder umzuziehen. Gleichgültig, was sie zum Anziehen fände. Der schmutzigste Fetzen würde sich auf ihrer Haut noch besser anfühlen als dieses Kleid.

Die Mädchen waren sehr still und schritten ganz nahe hinter ihr her. Sie wußte nicht, ob das Schweigen darauf zurückzuführen war, was sie getan hatte, oder auf die Angst, von jemandem aufgehalten zu werden. Sie blickte finster drein. Hätten sie sich wohler gefühlt, wenn sie es zugelassen hätte, daß sie aus Wut den Frauen die Kehlen durchgeschnitten hätten? Dann traten sie wieder auf die Straße hinaus. »Pferde«, sagte Egwene. »Wir brauchen Pferde. Ich weiß, in welchen Stall sie Bela gesteckt haben, aber ich glaube nicht, daß wir sie dort herausholen können.«

»Wir müssen Bela hierlassen«, sagte Nynaeve zu ihr. »Wir fahren mit dem Schiff.«

»Wo sind alle Leute?« fragte Min, und plötzlich bemerkte auch Nynaeve, daß die Straßen leer waren.

Die Menschenmengen waren verschwunden; es war überhaupt kein Lebenszeichen mehr zu entdecken. Jeder Laden und jedes Fenster an der Straße waren verrammelt. Die Straße vom Hafen herauf marschierte eine Hundertschaft Seanchan-Soldaten in geordneten Reihen. An ihrer Spitze schritt ein Offizier in buntbemalter Rüstung. Sie befanden sich noch recht weit von den Frauen entfernt, aber sie marschierten mit grimmig-entschlossenen Schritten, und Nynaeve schien es, als seien alle Augen nur auf sie gerichtet. *Das ist doch lächerlich. Ich kann ihre Augen in den Helmen gar nicht erkennen, und falls jemand Alarm gegeben hat, dann doch hinter uns!* Trotzdem blieb sie stehen.

»Hinter uns kommen noch mehr«, sagte Min leise. Auch Nynaeve vernahm nun das Trampeln ihrer Stiefel. »Ich weiß nicht, welche uns eher erreichen werden.«

Nynaeve holte tief Luft. »Die haben mit uns nichts zu tun.« Sie blickte an den sich nähernden Soldaten vorbei zum Hafen hinunter, in dem die schachtelförmigen großen Schiffe der Seanchan lagen. Sie sah die *Gischt* von hier aus nicht, aber sie stieß im Inneren ein Stoßgebet aus, daß sie noch dort liegen möge. »Wir gehen einfach an ihnen vorbei.« *Licht, hoffentlich geht das gut.*

»Was tun wir, wenn sie verlangen, daß wir mit ihnen gehen, Nynaeve?« fragte Elayne. »Du trägst dieses Kleid. Falls sie Fragen stellen ...«

»Ich kehre nicht zurück«, sagte Egwene grimmig entschlossen. »Ich sterbe lieber. Ich werde ihnen schon zeigen, was sie mir beigebracht haben.« Nynaeve schien es, als bilde sich um Egwene herum eine goldene Aura.

»Nein!« sagte sie, aber es war zu spät.

Unter einem donnerähnlichen Grollen bäumte sich

die Straße auf und explodierte. Erdbrocken, Pflastersteine und gerüstete Soldaten wurde beiseite geschleudert. Immer noch von diesem Glühen umgeben, fuhr Egwene herum und blickte die Straße hinauf. Donner und Explosion wiederholten sich. Erdbrocken und Steinchen regneten auf die Frauen herab. Schreiende Soldaten brachten sich mehr oder weniger geordnet in Seitenstraßen und Gassen und unter Vorbauten in Sicherheit. Augenblicke später sah man keinen mehr, außer denjenigen, die um die zwei großen Krater in der Straße herum verstreut dalagen. Einige davon rührten sich schwach, und ihr Stöhnen war bis zu den Frauen herüber zu hören.

Nynaeve hob abwehrend die Hände und bemühte sich, in beide Richtungen gleichzeitig zu blicken. »Du Närrin! Wir wollen *keine* Aufmerksamkeit erregen!« Das nützte jetzt natürlich nichts mehr. Sie hoffte nur, daß sie an den Soldaten vorbei durch die Gassen den Hafen erreichen konnten. *Die Damane wissen jetzt bestimmt auch Bescheid. Das können sie nicht überhört haben.*

»Ich gehe nicht zurück und trage dieses Halsband«, sagte Egwene wildentschlossen. »Niemals!«

»Paß auf!« schrie Min.

Unter schrillem Heulen erhob sich ein pferdegroßer Feuerball über den Dächern und fiel herab. Geradewegs auf sie zu.

»Rennt!« rief Nynaeve, warf sich in die nächste Gasse und landete zwischen zwei dicht verrammelten Läden.

Als sie auf dem Bauch landete, blieb ihr erst einmal die Luft weg. Dann schlug der Feuerball ein. Heißer Wind fegte über sie hinweg durch die Gasse. Sie schnappte nach Luft, rollte sich herum und blickte auf die Straße hinaus.

Die Pflastersteine an der Stelle, wo sie gestanden hatten, waren auf mindestens zehn Schritt im Umkreis gesprungen und geschwärzt. Elayne kauerte in einer Gasse gegenüber. Von Min und Egwene war nichts zu sehen. Nynaeve schlug vor Schreck die Hand vor den Mund.

Elayne glaubte zu verstehen. Die Tochter-Erbin schüttelte heftig den Kopf und deutete die Straße hinunter. Sie waren dorthin gelaufen.

Nynaeve atmete erleichtert auf. Im nächsten Moment jedoch stieg der Zorn in ihr hoch. *Diese Närrin! Wir hätten einfach an ihnen vorbeigehen können!* Aber für Reue war jetzt keine Zeit. Sie eilte gebückt vor zur Ecke und spähte vorsichtig hinaus. Ein kopfgroßer Feuerball schoß die Straße herunter auf sie zu. Sie sprang zurück. Er explodierte genau an der Stelle, wo sich ihr Kopf befunden hatte. Ein Regen von abgesplitterten Steinchen ergoß sich über sie.

Der Zorn ließ die Eine Macht in ihr Inneres, und sie erfüllte sie, bevor sie es merkte. Ein Blitz zuckte aus dem Himmel herab und schlug krachend weiter oben an der Straße ein, ungefähr dort, woher der Feuerball gekommen war. Ein weiterer Blitzschlag spaltete den Himmel, und dann rannte sie die Gasse hinunter. Hinter ihr hob der Blitz die Konturen der Häuser am Eingang der Gasse deutlich hervor.

Wenn Domon nicht mit seinem Schiff wartet, dann... *Licht, hoffentlich schaffen wir es alle.*

Bayle Domon fuhr kerzengerade hoch, als ein Blitz über den schiefergrauen Himmel zuckte und irgendwo in der Stadt einschlug. Dann noch einmal. *Es nicht geben genug Wolken dafür!* Etwas grollte laut oben in der Stadt, und ein Feuerball schlug in einem Dach beim Hafen ein. In weitem Bogen wurden Dachziegel umhergeschleudert. Die Hafenanlagen waren schon seit einer Weile menschenleer. Nur ein paar Seanchan standen herum, und die rannten nun und hatten die Schwerter gezogen und schrien wild durcheinander. Aus einem Lagerhaus kam ein Mann mit einem *Grolm* heraus. Er mußte gewaltig rennen, um mit den langen Sprüngen der Bestie mithalten zu können. Sie verschwanden in einer der Straßen, die vom Hafen aufwärtsführten.

Einer von Domons Männern griff nach einer Axt und schwang sie über einem Haltetau hoch.

Mit zwei Schritten war Domon bei ihm und packte mit der einen Hand die erhobene Axt und mit der anderen die Kehle des Mannes. »Die *Gischt* segeln erst, wenn *ich* sagen, sie segelt, Aedwin Cole!«

»Jetzt schnappen sie endgültig über, Kapitän!« schrie Yarin. Eine Explosion sandte Echos über den Hafen hinweg. Die Möwen flogen kreischend auf, und wieder blitzte es, und der Blitz schlug in Falme ein. »Die *Damane* werden uns alle töten! Brechen wir auf, während sie sich noch gegenseitig umbringen. Sie werden uns gar nicht bemerken, bis wir längst weg sind!«

»Ich haben gegeben mein Wort«, sagte Domon. Er riß Cole die Axt aus der Hand und warf sie auf das Deck. »Ich wirklich haben gegeben mein Wort.« *Machen schnell, Frau*, dachte er, *Aes Sedai oder was du sein. Schnell!*

Geofram Bornhald beobachtete die Blitze, die nach Falme hineinzuckten und wandte seine Aufmerksamkeit wieder anderen Dingen zu. Ein riesiges fliegendes Geschöpf, zweifellos eines der Monster der Seanchan, wand sich in der Luft wild umher, um den Blitzen zu entgehen. Falls da ein Gewitter tobte, würde es die Seanchan genauso behindern wie ihn. Nahezu kahle Hügel mit wenig Unterholz verbargen die Stadt noch vor ihm.

Seine tausend Männer waren auf beiden Seiten ausgeschwärmt: eine lange Reihe von Reitern, die sich durch die Senken zwischen den Hügeln vorwärtsschob. Der kalte Wind spielte mit ihren weißen Umhängen und ließ die Flagge an Bornhalds Seite flattern, die Flagge mit der strahlenden goldenen Sonne der Kinder des Lichts.

»Geh nun, Byar!« befahl er. Der Mann mit dem hageren Gesicht zögerte, und Bornhald sagte in schärferem Ton: »Ich sagte, geh, Kind Byar!«

Byar berührte mit der Hand die Herzgegend und verbeugte sich. »Wie Ihr befehlt, Lordhauptmann.« Er wandte sein Pferd. Seine gesamte Gestalt drückte Zögern aus.

Bornhald verbannte Byar aus seinem Gehirn. Er hatte in dieser Hinsicht alles getan, was möglich war. Er erhob die Stimme: »Die Legion wird im Schritt vorrükken!«

Mit leise quietschenden Sätteln rückte die lange Reihe weißgekleideter Männer langsam in Richtung Falme vor.

Rand blickte vorsichtig um die Ecke zu den heranmarschierenden Seanchan hinüber. Dann schlich er gebückt zurück in die enge Gasse zwischen zwei Ställen. Er verzog das Gesicht. Bald würden sie hier ankommen. Auf seiner Wange klebte verkrustetes Blut. Die Schnittwunden brannten, die er im Kampf gegen Turak davongetragen hatte, aber er konnte im Moment nichts dagegen tun. Wieder durchzuckte ein Blitz den Himmel. Er fühlte die Erschütterung des begleitenden Donnerschlags durch die Stiefel hindurch. *Was im Namen des Lichts geschieht da?* »Kommen sie?« fragte Ingtar. »Rand, das Horn von Valere muß unbedingt gerettet werden.« Trotz der Seanchan, der Blitze und Explosionen unten in der Stadt schien er in seinen eigenen Gedanken gefangen. Mat, Perrin und Hurin befanden sich am anderen Ende der Gasse und hielten Ausschau nach einer weiteren Patrouille der Seanchan. Der Ort, an dem sie die Pferde zurückgelassen hatten, lag ganz in der Nähe. Wenn sie sie nur erreichen könnten!

»Sie ist in Schwierigkeiten«, murmelte Rand. Egwene. Er hatte so ein eigenartiges Gefühl im Kopf, als seien Teile seines Lebens in Gefahr. Egwene war ein Teil davon, ein Faden in der Schnur seines Lebens, aber da waren auch noch andere, und er fühlte, daß auch sie sich in Gefahr befanden. Hier in Falme. Falls auch nur einer dieser Fäden riß, würde sein Leben niemals mehr vollständig sein, erfüllt, so wie es ihm vorbestimmt war. Er verstand es zwar nicht, aber das Gefühl war eindeutig und klar.

»Hier kann ein einzelner Mann fünfzig Soldaten aufhalten«, sagte Ingtar. Die beiden Ställe waren sich so nahe, daß kaum noch Platz für sie beide blieb, nebeneinander zu stehen. »Ein Mann, der in einer engen Gasse fünfzig Gegner aufhält. Keine schlechte Art zu sterben. Es wurden schon für weit weniger Lieder gedichtet.«

»Das wird nicht nötig sein«, sagte Rand. »Ich hoffe es wenigstens.« Ein Dach unten in der Stadt explodierte. *Wie komme ich wieder dort hinein? Ich muß zu ihr. Zu ihnen?* Er schüttelte den Kopf und spähte erneut um die Ecke. Die Seanchan kamen näher.

»Ich wußte nicht, was er tun würde«, sagte Ingtar leise, mehr zu sich selbst. Er hatte sein Schwert gezogen und überprüfte mit dem Daumen die Schärfe. »Ein blasser kleiner Mann, den man kaum bemerkte, selbst wenn man ihn direkt anschaute. Bring ihn nach Fal Dara, sagte man mir, in die Festung! Ich wollte nicht, aber ich mußte. Versteht Ihr das? Ich mußte. Ich wußte nicht, was er vorhatte, bis er diesen Pfeil abschoß. Ich weiß immer noch nicht, ob er auf die Amyrlin zielte oder auf Euch.«

Rand überlief es kalt. Er sah Ingtar an. »Was sagt Ihr da?« flüsterte er.

Ingtar schien so mit seinem Schwert beschäftigt, daß er es nicht hörte. »Überall wird die Menschheit weggeschwemmt. Nationen gehen unter und verschwinden. Überall sind Schattenfreunde, und keiner von diesen Südländern scheint es zu bemerken oder sich darum zu kümmern. Wir kämpfen um den Erhalt der Grenzlande, um ihre Sicherheit, und trotz alledem breitet sich Jahr um Jahr die Fäule weiter aus. Und diese Südländer halten Trollocs für eine Sage und Myrddraal für Ungeheuer aus den Geschichten der Gaukler.« Er zog die Augenbrauen hoch und schüttelte den Kopf. »Es schien nur einen Weg zu geben. Wir ließen uns für nichts und wieder nichts vernichten. Wir verteidigten Menschen, die nicht einmal von uns wußten und denen wir gleichgültig waren. Es schien so logisch. Warum sollten wir uns für sie töten lassen, wenn wir unseren Frieden haben konnten? Besser der Schatten, glaubte ich, als sinnloser Untergang, so wie Carallain oder Hardan oder ... Es erschien damals alles so logisch.«

Rand packte Ingtar an den Aufschlägen seines Mantels. »Ihr sprecht in Rätseln.« *Das kann er doch nicht ernst meinen. Niemals!* »Sprecht deutlich aus, was Ihr sagen wollt! Das ist doch alles nur Unsinn!«

Zum erstenmal sah Ingtar Rand in die Augen. Seine Augen glitzerten feucht. »Ihr seid ein besserer Mann als ich. Schafhirte oder Lord — ein besserer Mann. Die Prophezeihung sagt: ›Laß den, der mich erklingen läßt, nicht an Ruhm denken, sondern an die Rettung.‹ Ich dachte nur an meine Rettung. Ich würde das Horn blasen und die Helden der vergangenen Zeitalter gen Shayol Ghul führen. Das würde sicher ausreichen, um mich zu retten. Kein Mann kann so lange im Schatten wandeln, daß kein Weg mehr zurück ins Licht führt. So sagt man doch. Das hätte mich von dem reingewaschen, was ich war und getan habe.«

»O Licht, Ingtar!« Rand ließ den Mann los und sackte schlaff an die Stallwand. »Ich glaube ... ich glaube, es genügt, wenn man es nur will. Ich glaube, Ihr müßt einfach aufhören ... einer von ihnen zu sein.« Ingtar zuckte zusammen, als habe Rand das Wort ausgesprochen: Schattenfreund.

»Rand, als Verin uns durch den Portalstein hierherbrachte, habe ich — andere Leben gelebt. Manchmal bekam ich das Horn, doch ich blies es niemals. Ich versuchte, dem zu entkommen, was aus mir wird, doch niemals entkam ich. Immer wurde etwas anderes von mir verlangt, immer etwas Schlimmeres als zuvor, bis ich ... Ihr wart bereit, darauf zu verzichten, um einen Freund zu retten. Denkt nicht an den Ruhm. O Licht, hilf mir!«

Rand wußte nicht, was er sagen sollte. Es war, als hätte ihm Egwene erklärt, sie habe Kinder ermordet. Zu schrecklich, um es zu glauben. Zu schrecklich, als daß jemand so etwas zugäbe, wenn er es nicht war. Zu schrecklich.

Nach einer Weile sprach Ingtar weiter, diesmal mit festerer Stimme: »Es muß ein Preis dafür bezahlt werden, Rand. Es muß immer für alles bezahlt werden. Vielleicht kann ich ihn hier bezahlen.«

»Ingtar, ich ...«

»Rand, es ist das Recht jeden Mannes, den Tod durch das Schwert zu erwählen, wann er will. Selbst einer wie ich hat dieses Recht.«

Bevor Rand etwas entgegnen konnte, kam Hurin die Gasse heruntergerannt. »Die Patrouille ist abmarschiert«, schnaufte er, »hinunter in die Stadt. Sie scheinen sich dort unten zu sammeln. Mat und Perrin sind weitergegangen.« Er blickte kurz die Straße hinunter und zog den Kopf wieder zurück. »Wir sollten auch schnell schauen, daß wir weiterkommen, Lord Ingtar, Lord Rand. Diese insektenköpfigen Seanchan werden gleich da sein.«

»Geht, Rand!« sagte Ingtar. Rand atmete tief durch. »Das Licht leuchte Euch, Lord Ingtar aus dem Hause Schinowa, und helfe Euch, in der Hand des Schöpfers Schutz zu finden.« Er berührte Ingtars Schulter. »Die letzte Umarmung der Mutter wird Euch willkommen heißen.« Hurin schnappte nach Luft.

»Ich danke Euch«, sagte Ingtar leise. Alle Anspannung schien aus ihm gewichen. Zum erstenmal seit der Nacht des Trollocüberfalls auf Fal Dara stand er so da, wie ihn Rand in Erinnerung hatte: stolz, selbstbewußt und entspannt. Zufrieden.

Rand drehte sich um und bemerkte, daß Hurin ihn ansah, sie beide ansah. »Es ist Zeit, zu gehen.«

»Aber Lord Ingtar ...«

»... tut, was er tun muß«, sagte Rand in scharfem Ton. »Doch wir gehen.« Hurin nickte, und Rand schritt hinterher. Rand hörte nun den stetigen Tritt der Stiefel der Seanchan-Soldaten. Er drehte sich nicht um.

KAPITEL 24

Das Grab ist
keine Grenze ...

Mat und Perrin waren schon aufgesessen, als Rand und Hurin zu ihnen stießen. Weit hinter ihnen hörte Rand Ingtars Stimme: »Für das Licht und Schinowa!« Das Klirren von Schwertern mischte sich in das Durcheinander anderer Stimmen.

»Wo ist Ingtar?« rief Mat. »Was ist da los?« Er hatte das Horn von Valere vor sich an das Sattelhorn gehängt, als wäre es ein ganz normales Instrument, aber der Dolch hing an seinem Gürtel. Den Griff mit dem Rubin hielt er schützend in einer blassen Hand, die nur aus Sehnen und Knochen zu bestehen schien.

»Er stirbt«, sagte Rand hart, als er sich auf den Braunen schwang.

»Dann müssen wir ihm helfen«, sagte Perrin. »Mat kann das Horn und den Dolch zu ...«

»Er tut es für uns, damit wir entkommen können«, sagte Rand. *Auch für uns jedenfalls.* »Wir bringen dieses Horn zu Verin und dann könnt ihr helfen, daß es dorthin gelangt, wohin sie es wünscht.«

»Was willst du damit sagen?« fragte Perrin. Rand hieb dem Braunen die Fersen in die Flanken, und er galoppierte los auf die Hügel jenseits der Stadt zu.

»Für das Licht und Schinowa!« ertönte Ingtars Kampfschrei hinter ihm. Es klang triumphierend, und wie zur Antwort peitschte ein Blitz über den Himmel.

Rand schlug den Braunen mit den Zügeln und legte sich ganz auf den Hals des Hengstes. Der galoppierte, so schnell er nur konnte, mit wehender Mähne und flatterndem Schweif dahin. Er hoffte, das Gefühl loszuwerden, daß er vor Ingtars Schrei weglief und vor dem, was er für sie tat. *Ingtar, ein Schattenfreund! Es kümmert mich nicht. Er war trotzdem mein Freund.* Die Galoppsprünge des Braunen konnten ihm nicht helfen, vor den eigenen Gedanken zu fliehen. *Der Tod ist leichter als eine Feder, aber die Pflicht ist schwerer als ein Berg. So viele Pflichten. Egwene. Das Horn. Fain. Mat und sein Dolch. Warum nicht nur eines und dann das nächste? Ich muß mich um alles gleichzeitig kümmern. O Licht, Egwene!*

Er riß so plötzlich an den Zügeln, daß der Braune zum Stand schlitterte und beinahe auf den Hinterbakken saß. Sie befanden sich in einem Wäldchen auf der Kuppe eines Hügels, von wo aus sie Falme überblicken konnten. Die anderen galoppierten ebenfalls heran.

»Was hast du damit gemeint?« wollte Perrin wissen. »*Wir* könnten Verin helfen, das Horn an seinen Bestimmungsort zu bringen? Wo wirst *du* denn dann sein?«

»Vielleicht wird er bereits verrückt«, meinte Mat. »Wenn er dem Wahnsinn verfällt, will er sicher nicht bei uns bleiben, oder, Rand?«

»Ihr drei bringt Verin das Horn«, sagte Rand. *Egwene. So viele Fäden, die in so großer Gefahr sind. So viele Aufgaben.* »Ihr braucht mich nicht dazu.«

Mat streichelte den Griff des Dolches. »Alles schön und gut, aber was ist mit dir? Seng mich, aber du kannst doch wohl noch nicht verrückt werden. Das kannst du uns nicht antun!« Hurin starrte sie mit offenem Mund an und verstand nur die Hälfte.

»Ich kehre zurück«, sagte Rand. »Ich hätte Falme nicht verlassen dürfen.« Irgendwie klang das noch nicht ganz richtig; es ergab noch keinen wirklichen Sinn für ihn. »Ich muß zurück. Jetzt gleich.« Das klang besser. »Egwene ist noch dort drinnen, habt ihr das vergessen? Mit einem dieser Halsbänder gefangen gehalten.«

»Bist du sicher?« fragte Mat. »Ich habe sie nicht gesehen. Aaaah! Wenn du sagst, sie ist dort, dann ist sie auch dort. Wir bringen das Horn zu Verin, und dann reiten wir alle zusammen zurück, um ihr zu helfen. Du glaubst doch nicht im Ernst, daß ich sie im Stich lasse.«

Rand schüttelt den Kopf. *Fäden, Pflichten.* Er hatte das Gefühl, als müsse er gleich wie ein Feuerwerkskörper explodieren. *Licht, was geht mit mir vor?* »Mat, Verin muß dich und den Dolch nach Tar Valon bringen, damit du endlich von deiner Abhängigkeit befreit wirst. Du kannst keine Zeit mehr verschwenden.«

»Egwene zu retten, ist keine Zeitverschwendung!« Doch Mats Hand verkrampfte sich so um den Dolchgriff, daß sie zitterte.

»Keiner von uns kehrt nach Falme zurück«, sagte Perrin. »Jedenfalls jetzt noch nicht. Seht!« Er deutete in Richtung Falme.

Die Stellplätze der Wagen und die Pferdekoppeln färbten sich schwarz mit Seanchan-Soldaten. Tausende von ihnen marschierten dort auf, Reihe auf Reihe, mit Berittenen auf schuppenbewehrten Kreaturen oder Pferden zur Seite. Farbflecke zeigten an, wo sich Offiziere befanden. *Grolme* und andere fremdartige Geschöpfe durchsetzten die Reihen, beinahe und doch nicht ganz wie ungeheure Vögel und Eidechsen, und dann noch riesige Kreaturen, die völlig unbeschreiblich waren, mit gerunzelter grauer Haut und riesigen Stoßzähnen. In regelmäßigen Abständen waren Gruppen von *Sul'dam* und *Damane* verteilt. Rand fragte sich, ob sich Egwene auch darunter befand. In der Stadt hinter den Truppen explodierte immer noch von Zeit zu Zeit ein Dach, und immer wieder zuckten Blitze über den Himmel. Zwei fliegende Geschöpfe mit ledrigen Schwingen, die bestimmt von Spitze zu Spitze zwanzig Spannen maßen, schwangen sich über allen durch die Luft. Sie hielten sich in vorsichtigem Abstand zu den tanzenden Blitzen.

»Alles wegen uns?« fragte Mat ungläubig. »Wer sind wir denn nach deren Meinung?«

Rand hatte die Antwort darauf, doch er schob sie ganz schnell beiseite, bevor sie ihm zu deutlich vor Augen trat.

»Wir können auch nicht nach der anderen Seite reiten, Lord Rand«, sagte Hurin. »Weißmäntel. Hunderte von ihnen.«

Rand drehte sein Pferd, bis er sah, worauf der Schnüffler deutete. Eine lange, in weiße Umhänge gehüllte Reihe kam wellenförmig über die Hügel auf sie zu.

»Lord Rand«, sagte Hurin leise, »wenn die das Horn von Valere sehen, werden wir es niemals bis zu einer Aes Sedai bringen. Wir werden uns nicht einmal selbst mehr dem Horn nähern können.«

»Vielleicht sammeln sich die Seanchan deshalb«, sagte Mat hoffnungsvoll. »Wegen der Weißmäntel. Vielleicht hat doch alles nichts mit uns zu tun.«

»Ganz gleich, aber auf jeden Fall wird in ein paar Minuten hier eine Schlacht beginnen«, bemerkte Perrin trocken.

»Jede Seite könnte unser Ende bedeuten«, meinte Hurin, »auch wenn sie das Horn nicht entdecken. Wenn sie es aber sehen ...«

Rand brachte es nicht fertig, über die Weißmäntel und die Seanchan nachzudenken. *Ich muß zurück. Ich muß.* Ihm wurde klar, daß er das Horn von Valere anblickte. Sie alle sahen es an. Das gekrümmte goldene Horn hing an Mats Sattelhorn, und alle Augen waren darauf gerichtet.

»Es muß bei der Letzten Schlacht zugegen sein«, sagte Mat und leckte sich nervös die Lippen. »Nichts spricht dagegen, daß es schon vorher benützt wird.« Er zog das Horn aus seiner Lederschlaufe und sah die anderen bittend an. »Es spricht doch nichts dagegen?«

Keiner sagte etwas. Rand brachte kein Wort heraus. Seine Gedanken waren zu drängend, als daß er hätte sprechen können. *Muß zurückreiten. Muß zurückreiten.* Je länger er das Horn anblickte, desto drängender wurde die Stimme in seinem Inneren. *Muß. Muß.* Mats Hände zitterten, als er das Horn von Valere an die Lippen hob.

Es war ein klarer Ton, so golden wie das Horn selbst. Die Bäume um sie herum schienen mitzuvibrieren, genau wie der Boden unter ihnen und der Himmel über ihnen. Dieser eine lange Ton erfaßte einfach alles.

Aus dem Nichts bildete sich Nebel. Zuerst hingen nur feine Nebelfäden in der Luft, dann größere Schwaden und immer größere, bis das Land wie mit Wolken bedeckt war.

Geofram Bornhald versteifte sich im Sattel, als ein Ton die Luft erfüllte, so süß, daß er lachen wollte, und so traurig, daß er fast geweint hätte. Er schien aus allen Richtungen gleichzeitig zu kommen. Ein feiner Dunst erhob sich und schwoll vor seinen Augen an.

Die Seanchan. Sie versuchen irgend etwas. Sie wissen, daß wir hier sind. Es war zu früh, die Stadt lag noch zu weit entfernt, aber er zog sein Schwert. Ein Klappern erklang die lange Reihe der Soldaten entlang, als die Schwerter aus den Scheiden fuhren. Er rief: »Die Legion rückt im Trab vor!«

Nun deckte der Nebel alles zu, doch er wußte, daß Falme immer noch vor ihm lag. Die Pferde trabten schneller. Er sah sie zwar nicht, dafür hörte er sie.

Plötzlich bäumte sich der Boden vor ihm donnernd auf und überschüttete ihn mit Erdbrocken und Steinchen. Aus der weißen Blindheit zu seiner Rechten erklang ein weiteres Donnern. Pferde wieherten wild, und Männer schrien. Dann dasselbe zu seiner Linken, dann erneut. Und noch einmal. Donner und Schreie, alles im Nebel verborgen.

»Die Legion greift an!« Sein Pferd sprang unter dem Druck seiner Fersen vorwärts, und er hörte den Aufschrei seiner Legion. Alles, was noch lebte, folgte ihm.

Donner und Schreie, in Weiß gehüllt.

Sein letzter bewußter Gedanke drückte Bedauern aus. Byar würde seinem Sohn Dain nicht berichten können, wie er gestorben war.

Rand erkannte nicht einmal mehr die Bäume auf dem Hügel. Mat hatte das Horn mit ehrfürchtigem Blick abgesetzt, doch Rand hatte den Klang immer noch im Ohr. Der Nebel verbarg alles in wehenden Schwaden, so weiß wie die feinste gebleichte Wolle, aber trotzdem sah Rand. Er sah, doch was er sah, war heller Wahnsinn. Falme schwebte irgendwo unter ihm. Am Stadtrand zum Landinneren zu war alles schwarz von Soldaten der Seanchan. Blitze durchzuckten Falmes Straßen. Falme hing über seinem Kopf. Dort griffen Weißmäntel an und starben, als sich die Erde feuerspeiend unter den Hufen ihrer Pferde auftat. Männer rannten über die Decks großer eckiger Schiffe im Hafen, und auf einem Schiff, das ihm sehr bekannt vorkam, warteten verängstigte Männer. Er erkannte sogar das Gesicht des Kapitäns. Bayle Domon. Er schlug die Hände vor das Gesicht. Die Bäume lagen im Verborgenen, aber die anderen erkannte er trotzdem ganz klar. Hurin: nervös. Mat: in Selbstgespräche vertieft, verängstigt. Perrin, der wirkte, als habe er alles das vorausgesehen. Der Nebel wallte um sie herum.

Hurin keuchte: »Lord Rand!« Er hätte nicht erst mit dem Finger deuten müssen.

Über die Nebelschwaden hinweg, als seien sie der Abhang eines Berges, ritten dunkle Gestalten. Zuerst verbarg der dichte Nebel die Einzelheiten, aber sie kamen langsam näher, und nun war es an Rand, nach Luft zu schnappen. Er erkannte sie. Männer, nicht alle von ihnen gerüstet, und Frauen. Ihre Kleidung und ihre Waffen stammten aus allen Zeitaltern, aber er kannte sie alle.

Rogosch Adlerauge, ein väterlich wirkender Mann

mit weißem Haar und so scharfem Blick, daß sein Name noch weit untertrieben schien. Gaidal Cain, ein dunkelhäutiger Mann, über dessen breite Schultern die Griffe zweier Schwerter ragten. Die goldhaarige Birgitte mit ihrem schimmernden Silberbogen und dem Köcher, der vor silbernen Pfeilen überquoll. Weitere. Er kannte ihre Gesichter, kannte ihre Namen. Doch als er einen nach dem anderen anblickte, hörte er hundert Namen bei jedem, einige davon so fremdartig, daß er sie nicht mehr als Namen erkannte. Aber er wußte, wer sie waren. Michael statt Mikel. Patrick statt Paedrig. Oscar statt Otarin.

Er kannte auch den Mann, der an ihrer Spitze ritt: hochgewachsen, mit einer Hakennase, dunklen tiefliegenden Augen und mit dem großen Schwert namens Gerechtigkeit an der Seite: Artur Falkenflügel.

Mat starrte sie mit offenem Mund an, als sie ihre Pferde vor ihm und den anderen anhielten. »Sind das ...? Seid Ihr alle?« Es waren wenig mehr als hundert, wie Rand sah, und es wurde ihm bewußt, daß er auch nicht mehr erwartet hatte. Hurin stand der Mund ebenfalls offen, und die Augen fielen ihm fast aus dem Kopf.

»Es ist mehr als nur Mut nötig, um einen Mann an das Horn zu binden.« Artur Falkenflügels Stimme war tief und hallend, eine Stimme, die es gewohnt war, Befehle zu erteilen.

»Oder eine Frau«, sagte Birgitte in scharfem Ton.

»Oder eine Frau«, stimmte Falkenflügel zu. »Nur wenige sind an das Rad gebunden und werden von ihm immer wieder hinausgewirbelt, um den Willen des Rads im Muster der Zeitalter zu erfüllen. Du könntest es ihm sagen, Lews Therin, könntest du dich nur daran erinnern.« Er blickte Rand an.

Rand schüttelte den Kopf, wollte aber keine Zeit verschwenden: »Es hat eine Invasion stattgefunden von Leuten, die sich Seanchan nennen und die im Kampf gefangene Aes Sedai einsetzen. Sie müssen ins Meer zurückgetrieben werden. Und — da ist noch ein Mädchen. Egwene al'Vere. Eine Novizin aus der Weißen Burg. Sie ist ebenfalls eine Gefangene der Seanchan. Ihr müßt mir helfen, sie zu befreien.«

Zu seiner Überraschung löste das bei einigen in Artur Falkenflügels Truppe Schmunzeln aus, und Birgitte, die an ihrer Bogensehne zupfte, lachte geradeheraus: »Du hast doch immer etwas mit Frauen, die dich in Schwierigkeiten bringen, Lews Therin.« Es klang neckend, so wie zwischen alten Freunden.

»Ich heiße Rand al'Thor«, fauchte er. »Ihr müßt schnell machen. Es bleibt nicht viel Zeit.«

»Zeit?« sagte Birgitte lächelnd. »Wir haben alle Zeit der Welt.« Gaidal Cain ließ die Zügel fallen, lenkte das Pferd durch Schenkeldruck und zog mit jeder Hand ein Schwert. Die kleine Gruppe von Helden entblößte jetzt die Waffen, nahm die Bogen zur Hand und hob Speere und Äxte.

Gerechtigkeit schimmerte wie ein Spiegel in der im Kampfhandschuh steckenden Faust Falkenflügels. »Ich habe in zahllosen Schlachten Seite an Seite mit dir gekämpft, Lews Therin, und ebensooft gegen dich. Das Rad wirft uns zur Erfüllung seines eigenen Zwecks in das Muster hinaus, nicht um uns selbst zu dienen. Ich kenne dich, auch wenn du selbst dich nicht kennen magst. Wir werden« diese Invasoren für dich vertreiben.« Sein Streitroß bäumte sich auf, und er sah sich mit gerunzelter Stirn um. »Etwas stimmt hier nicht. Irgend etwas hält mich fest.« Plötzlich traf sein scharfer Blick Rand. »Du bist hier. Ist auch das Banner hier?« Die hinter ihm murmelten zustimmend.

»Ja.« Rand riß die Schnallen an seinen Satteltaschen auf und zog die Drachenflagge hervor. Sie füllte seine Hände und hing beinahe bis zu den Knien seines Hengstes hinunter. Das Gemurmel unter den Helden wurde lauter.

»Das Muster webt sich um unsere Hälse wie eine Schlinge«, sagte Artur Falkenflügel. »Du bist hier. Das Banner ist hier. Das Muster dieses Augenblicks ist fertiggestellt. Wir sind dem Ruf des Horns gefolgt, aber es ist das Banner, dem wir folgen müssen. Und der Drache.« Hurin stieß einen erstickten Laut aus.

»Seng mich«, hauchte Mat. »Es ist also wahr. Seng mich!«

Perrin zögerte nur einen Moment, bevor er sich von seinem Pferd schwang und in den Nebel hineinschritt. Bald hörte man ein Hacken, und als er zurückkehrte, trug er einen frisch geschnittenen dünnen Baumstamm in der Hand, den er von kleinen Ästen befreit hatte. »Gib sie mir, Rand«, sagte er ernst. »Wenn sie sie brauchen ... Gib sie mir.«

Schnell half ihm Rand, die Flagge an den Stab zu binden. Als Perrin sie in der Hand hielt und wieder aufs Pferd stieg, flatterte das Tuch der ganzen Länge nach im Wind. Es wirkte, als bewege sich der schlangenähnliche Drache, als lebe er. Der Wind berührte den Nebel überhaupt nicht, nur die Flagge.

»Du bleibst hier«, sagte Rand zu Hurin. »Wenn es vorbei ist ... Hier bist du in Sicherheit.«

Hurin zog sein Kurzschwert und hielt es so, als könne er damit vom Pferderücken aus kämpfen. »Verzeiht mir, Lord Rand, aber lieber nicht. Ich verstehe nicht den zehnten Teil dessen, was ich gehört habe ... oder dessen, was ich vor mir sehe« Er wurde ganz leise und schüchtern, erhob aber dann doch wieder die Stimme. »Aber ich bin soweit gekommen, und nun will ich auch den ganzen Weg gehen.«

Artur Falkenflügel schlug dem Schnüffler auf die Schulter. »Manchmal bringt uns das Rad neue Kameraden, mein Freund. Vielleicht bist du wirklich eines Tages einer von uns.« Hurin saß stolz im Sattel, als hätte man ihm eine Krone angeboten. Falkenflügel verbeugte sich förmlich im Sattel vor Rand. »Mit Eurer Genehmigung ... Lord Rand. Bläser, spielst du uns auf dem Horn auf? Es paßt doch, sich vom Horn von Valere in die Schlacht singen zu lassen. Bannerträger, gebt Ihr den Schritt vor?«

Mat stieß wieder in das Horn. Es gab einen langen und hohen Ton von sich, der den Nebel vibrieren ließ. Perrin spornte sein Pferd an und ritt neben Mat dahin. Rand zog sein Reiherschwert und drängte sich zwischen seine beiden Freunde.

Er sah nichts außer dicken weißen Schwaden, und trotzdem nahm er gleichzeitig alles wahr, das er zuvor gesehen hatte. Falme, wo jemand auf der Straße gerade die Macht gebrauchte, und den Hafen, das Heer der Seanchan, die sterbenden Weißmäntel, alles unter ihm, alles über ihm, alles so, wie es gewesen war. Es schien ihm, daß überhaupt keine Zeit vergangen, seit das Horn ertönt war, als hätte die Zeit stillgestanden, während die Helden dem Ruf Folge leisteten. Jetzt aber begann die Zeit wieder zu laufen.

Die wilden Aufschreie, die Mat nun dem Horn entlockte, fanden im Nebel ein Echo, und das Trommeln der Hufe wurde schneller. Rand galoppierte in den Nebel hinein und fragte sich, wohin er wohl ritt. Die Wolken verdichteten sich und verbargen die Reihe von Helden, die zu beiden Seiten galoppierten, vor seinen Blikken. Immer mehr wurde vor ihm verborgen, bis er nur noch Mat, Perrin und Hurin klar erkannte. Hurin duckte sich im Sattel und trieb mit weit aufgerissenen Augen sein Pferd an. Mat stieß ins Horn und lachte zwischendurch. Perrins gelbe Augen glühten, und das Banner des Drachen flatterte hinter ihm her. Dann waren auch sie verschwunden, und Rand ritt, wie es schien, allein weiter.

Auf gewisse Weise nahm er sie ja immer noch wahr, aber nur auf die gleiche Weise, wie er auch Falme und die Seanchan wahrnahm. Er wußte nicht, wo sie sich befanden oder wo er war. Er packte sein Schwert fester und spähte in die Nebelschwaden hinaus. Ganz allein ritt er durch den Nebel und wußte, daß es so vorbestimmt war.

Plötzlich stand Ba'alzamon vor ihm im Nebel und breitete die Arme aus.

Der Braune bäumte sich wild auf und warf Rand aus dem Sattel. Rand klammerte sich beim Sturz verzweifelt an sein Schwert. Es folgte aber keine harte Landung. Er staunte nicht schlecht, denn er landete — auf nichts. Im einen Augenblick flog er durch den Nebel und im nächsten nicht mehr. Das war alles.

Als er wieder auf den Beinen stand, war sein Pferd weg, aber Ba'alzamon war noch da. Er schritt mit einem langen schwarz-angekohlten Stab in der Hand auf ihn zu. Sie waren allein miteinander und dem wallenden Nebel. Hinter Ba'alzamon lag nur Schatten. Der Nebel hinter ihm war nicht dunkel. Nein, diese Schwärze schloß den weißen Nebel vollkommen aus.

Rand nahm auch noch andere Dinge wahr: Artur Falkenflügel und die anderen Helden trafen im dichten Nebel auf die Seanchan. Perrin mit dem Banner in der Hand handhabte seine Axt, um Angreifer zurückzuschlagen, die ihn zu erreichen suchten. Mat blies immer noch eine wilde Musik auf dem Horn von Valere. Hurin kämpfte am Boden mit Kurzschwert und Schwertbrecher, wie er es gewohnt war. Es schien, als würden sie in einer einzigen Welle von den Seanchan überrannt, doch es waren die Seanchan in ihren schwarzen Rüstungen, die zurückwichen.

Rand trat vor, um sich Ba'alzamon zu stellen. Zögernd bildete er das Nichts um sich herum, griff nach der Wahren Quelle und ließ sich von der Einen Macht erfüllen. Es gab keinen anderen Weg. Vielleicht hatte er keine Aussicht auf Sieg gegen den Dunklen König, es sei denn mit Hilfe der Einen Macht. Sie durchdrang seine Glieder und schien alles in sich aufzunehmen, sogar seine Kleider und sein Schwert. Er fühlte sich wie eine glühende Sonne. Er genoß es, und gleichzeitig hätte er sich am liebsten übergeben.

»Geh mir aus dem Weg!« rief er. »Ich bin nicht deinetwegen hier!«

»Das Mädchen?« Ba'alzamon lachte. Sein Mund wandelte sich zu einem Feuerofen. Seine Verbrennungen waren beinahe verheilt und hatten nur ein paar rötliche Narben zurückgelassen, die auch schon verblaßten. Er wirkte wie ein gutaussehender Mann von mittleren Jahren. Abgesehen natürlich von seinem Mund und seinen Augen. »Welche davon, Lews Therin? Diesmal kann dir niemand helfen. Du gehörst mir, oder du bist tot. In diesem Fall gehörst du mir sowieso.«

»Lügner!« fauchte Rand. Er schlug nach Ba'alzamon, doch an dem Stab aus angekohltem Holz rief sein Schwert lediglich einen Funkenschauer hervor. »Vater der Lügen!«

»Narr! Haben dir die anderen, die du heraufbeschworen hast, nicht gesagt, wer du wirklich bist?« Die Feuer in Ba'alzamons Gesicht brüllten auf vor Lachen.

Selbst im Nichts, in dem er schwebte, lief es Rand kalt den Rücken hinunter. *Hatten sie gelogen? Ich will nicht der Wiedergeborene Drache sein!* Er griff sein Schwert noch fester. *Die Seide zur Seite schieben*, doch Ba'alzamon schlug sein Schwert jedesmal weg. Funken flogen wie in der Werkstatt eines Schmieds. »Ich habe in Falme zu tun und nicht mit dir. Mit dir niemals«, sagte Rand. *Ich muß seine Aufmerksamkeit auf mich lenken, bis sie Egwene befreien.* Auf diese eigenartige Weise nahm er wahr, wie die Schlacht nun um die nebelverhullten Stellplätze der Wagen und die Koppeln herum tobte.

»Du bemitleidenswerter Krüppel. Du hast das Horn von Valere benützt. Jetzt bist du daran gebunden. Glaubst du, daß diese Würmer von der Weißen Burg dich jemals wieder freilassen werden? Sie werden dir Ketten um den Hals legen, die so schwer sind, daß du sie niemals sprengen kannst.«

Rand war so überrascht, daß er dieses Gefühl sogar im Nichts noch empfand. *Er weiß nicht alles! Er weiß es nicht!* Er war sicher, daß sich die Freude darüber auf seinem Gesicht zeigte. Um sie zu verbergen, griff er Ba'alzamon erneut an. *Die Hummel küßt eine Rose. Mond auf den Wassern. Der Flug der Schwalbe.* Blitze zuckten zwischen Schwert und Stab auf. Aufsprühende Funken stoben in den Nebel. Ba'alzamon wich zurück. Seine Augen glühten wie tosende Hochöfen.

Am Rand seines Bewußtseins nahm Rand wahr, wie sich die Seanchan in Falme weiter zurückzogen und verzweifelt ums Überleben kämpften. *Damane* zerfetzten die Erde mit Hilfe der Einen Macht, doch das half nicht gegen Artur Falkenflügel und die anderen Helden des Horns.

»Willst du für immer ein Wurm unter einem Felsbrokken bleiben?« knurrte Ba'alzamon. Die Dunkelheit hinter ihm brodelte und kochte. »Während wir noch hier stehen, tötest du dich selbst. Die Macht wütet in deinem Inneren. Sie verbrennt dich. Sie tötet dich. Nur ich allein auf der Welt kann dir beibringen, wie man sie beherrscht. Dien mir und bleib am Leben. Dien mir oder stirb!«

»Niemals!« *Ich muß ihn lang genug aufhalten. Beeil dich, Falkenflügel! Mach schnell!* Er warf sich erneut auf Ba'alzamon. *Die Schwalbe fliegt auf. Blatt im Wind.* Diesmal war er es, der zurückgetrieben wurde. Verschwommen nahm er wahr, daß die Seanchan einen Gegenangriff begannen und wieder bis zu den Ställen vorstießen. Er verdoppelte seine Anstrengungen. *Der Eisvogel fängt eine Forelle.* Die Seanchan wichen vor einem Angriff zurück. Artur Falkenflügel und Perrin ritten Seite an Seite in der Vorhut. *Stroh zusammenbinden.* Ba'alzamon fing seinen Schlag in einem Springbrunnen roter Glühwürmchen ab und er mußte zurückspringen, damit ihm der Stab nicht den Schädel spaltete. Der Luftzug strich ihm über das Haar. Die Seanchan rückten vor. *Funken schlagen.*

Funken sprühten wie Hagelkörner, Ba'alzamon sprang vor seinem Schlag weg, und die Seanchan wurden in der Bereich der Pflasterstraßen zurückgetrieben.

Rand hätte am liebsten laut aufgeheult. Plötzlich war ihm klar, daß zwischen den beiden Kämpfen eine Verbindung bestand. Wenn er angriff, dann trieben die vom Horn herbeigerufenen Helden die Seanchan zurück. Wich er aber zurück, dann erhoben sich die Seanchan wieder.

»Sie werden dich nicht retten«, sagte Ba'alzamon. »Diejenigen, die dich vielleicht retten könnten, werden weit über das Aryth-Meer gebracht. Falls du sie jemals wiedersiehst, sind sie Sklavinnen an der Leine und werden dich im Namen ihrer neuen Herren vernichten.«

Egwene. Ich kann nicht zulassen, daß man ihr so etwas antut. Ba'alzamons Stimme drang durch seine Gedanken. »Es gibt für dich nur eine Rettung, Rand al'Thor. Lews Therin Brudermörder. *Ich* bin deine Rettung. Diene mir, und ich schenke dir die Welt. Widerstehe, und ich werde dich vernichten wie so viele Male zuvor. Doch diesmal werde ich dich bis auf den Grund deiner Seele vernichten, ganz und gar und auf ewig!«

Ich habe wieder gewonnen, Lews Therin. Der Gedanke trieb an der Blase des Nichts vorbei, aber es war schwer, ihn nicht zu beachten, nicht an alle die anderen Leben zu denken, nachdem er ihn gehört hatte. Er hob sein Schwert, und Ba'alzamon hielt seinen Stab bereit.

Zum erstenmal wurde Rand klar, daß sich Ba'alzamon so verhielt, als könne ihn das Reiherschwert wirklich verletzen. *Stahl kann doch dem Dunklen König nicht schaden.* Doch Ba'alzamon beobachtete vorsichtig jede Bewegung des Schwerts. Rand war eins mit dem Schwert. Er spürte jedes Metallteilchen, aus dem es zusammengesetzt war, winzige Teilchen, die tausendmal zu klein waren, um für das Auge sichtbar zu sein. Und er fühlte, wie die ihn durchdringende Macht auch in das Schwert eindrang und das komplizierte Muster in sich aufnahm, das die Aes Sedai während der Trolloc-Kriege geschaffen hatten.

Dann hörte er eine andere Stimme — die Stimme Lans. *Es wird eine Zeit kommen, da willst du etwas, das dir wichtiger ist als dein Leben.* Ingtars Stimme. *Es ist das Recht jedes Mannes zu wählen, wann er durch das Schwert sterben will.* Ein Bild von Egwene formte sich in seinen Gedanken, mit einem Halsband, als *Damane* ihr Leben fristend. *Fäden meines Lebens sind in Gefahr. Egwene.* Bevor es ihm bewußt wurde, hatte er bereits die Grundstellung für *Der Reiher watet durchs Schilf* eingenommen, stand nur auf einem Fuß, das Schwert hoch erhoben, offen und ohne Abwehrmöglichkeit. *Der Tod ist leichter als eine Feder, die Pflicht schwerer als ein Berg.* Ba'alzamon sah ihn groß an. »Warum grinst du wie ein Tor, du Narr? Weißt du nicht, daß ich dich gänzlich vernichten kann?«

Rand war ruhig, und diese Ruhe kam nicht aus dem Nichts. »Ich werde dir niemals dienen, Vater der Lügen. In tausend Leben habe ich dir nicht gedient. Das weiß ich. Da bin ich sicher. Komm! Es ist Zeit zu sterben.«

Ba'alzamons Augen wurden groß. Einen Moment lang waren sie Öfen, die Rand den Schweiß ins Gesicht trieben. Die Schwärze hinter Ba'alzamon wallte auf und um ihn herum, und sein Gesicht verhärtete sich. »Dann stirb, Wurm!« Er stieß mit dem Stab wie mit einem Speer zu.

Rand schrie auf, als er spürte, wie er ihm die Seite durchbohrte und es brannte wie ein weißglühendes Brenneisen. Das Nichts erzitterte, aber mit letzter Kraft erhielt er es und stieß das Reiherschwert tief in Ba'alzamons Herz. Ba'alzamon schrie, und die Dunkelheit hinter ihm schrie. Die Welt explodierte in einem Feuerschlag.

KAPITEL 25

Die Frauen
des Drachen

Min schob sich durch die Menschenmenge auf der gepflasterten Straße hinauf. Die meisten Leute standen bleich und verstört herum; einige weinten haltlos. Manche rannten umher, aber offensichtlich ohne zu wissen, wohin. Alle machten den Eindruck, als seien sie Marionetten, deren Fäden von niemandem mehr geführt wurden und die mehr Angst davor hatten zu gehen als zu bleiben. Sie suchte die Menge nach den Gesichtern von Egwene, Elayne oder Nynaeve ab, doch sie fand nur Falmer. Irgend etwas zog sie jedoch unwiderstehlich weiter voran.

Einmal drehte sie sich kurz um. Im Hafen brannten Schiffe der Seanchan, und weiter hinten in der Hafenausfahrt sah sie ein Flammenmeer. Viele der kantigen Schiffe segelten wie Spielzeugschiffchen dem Horizont und der untergehenden Sonne entgegen. Sie segelten so schnell nach Westen, wie die *Damane* mit dem von ihnen herbeigerufenen Wind es eben noch schafften. Ein kleines Schiff entfernte sich langsam hart am Wind der Küste entlang vom Hafen. Die *Gischt*. Sie nahm es Bayle Domon nicht übel, daß er nicht mehr gewartet hatte. Nach allem, was sich in Falme abgespielt hatte, war es schon ein Wunder, daß er es solange ausgehalten hatte.

Ein Seanchan-Schiff lag noch im Hafen, das nicht brannte, obwohl die Aufbauten von bereits gelöschten Bränden schwarz verkohlt waren. Als sich dieses Schiff langsam auf die Hafenausfahrt zu bewegte, erschien auf den Klippen über dem hinteren Rand des Hafens ein

Reiter. Die Gestalt ritt geradewegs über das Wasser. Min riß Augen und Mund auf. Silber glänzte auf, als die Gestalt einen Bogen erhob. Ein silberner Blitz fuhr auf das kantige Schiff zu. Für einen Moment wurden Bogen und Schiff durch eine glänzend-silberne Linie verbunden. Tosend, so daß sie es auf diese Entfernung noch hörte, schlugen wieder Flammen auf dem Vorderdeck hoch, und Seeleute huschten über das Deck.

Min blinzelte, und als sie wieder hinsah, war die Gestalt auf dem Pferd verschwunden. Das Schiff kroch immer noch der Hafenausfahrt entgegen, und die Besatzung bekämpfte das Feuer.

Sie schüttelte sich und schritt weiter nach oben. Sie hatte an diesem Tag so viel gesehen, daß sie ein Reiter, der auf seinem Pferd über das Wasser ritt, nicht mehr als ein paar Augenblicke lang ablenken konnte. *Auch wenn es wirklich Birgitte mit ihrem Bogen gewesen sein sollte. Und Artur Falkenflügel. Ich habe ihn gesehen. Da bin ich ganz sicher.* Vor einem der großen Steingebäude blieb sie unsicher stehen. Sie übersah die Menschen, die wie betäubt an ihr vorbeistolperten. Irgendwo dort drinnen wartete etwas auf sie. Sie eilte die Treppe hinauf und öffnete die Tür.

Niemand versuchte, sie aufzuhalten. Soweit sie sagen konnte, befand sich niemand in dem Gebäude. Die meisten Falmer waren draußen auf der Straße und versuchten sich darüber klar zu werden, ob sie alle gemeinsam verrückt geworden waren oder was sonst. Sie ging durch das Haus in den Garten dahinter, und da war er.

Rand lag auf dem Rücken unter einer Eiche. Sein Gesicht war bleich, die Augen hatte er geschlossen, und die linke Hand hielt noch einen Schwertgriff mit einer Klinge, die nur noch etwa einen Fuß lang war. Der Rest schien abgeschmolzen zu sein. Seine Brust hob und senkte sich langsam, aber nicht im regelmäßigen Rhythmus gesunden Schlafs.

Sie atmete tief ein, um sich etwas zu beruhigen, und dann überlegte sie, was sie für ihn tun konnte. Zuerst mußte sie diese verstümmelte Klinge loswerden. Falls er um sich schlug, könnte er sich damit verletzen. Also öffnete sie mühsam seine Faust und zuckte zusammen, als sie merkte, daß der Schwertgriff an seiner Handfläche festklebte. Dann hatte sie es geschafft und warf den Stummel angewidert zur Seite. Der Reiher vom Griff hatte sich in seine Handfläche eingebrannt. Doch das war offensichtlich nicht der Grund dafür, daß er bewußtlos hier lag. *Wie ist das nur passiert? Nynaeve muß später Salbe daraufstreichen.* Eine oberflächliche Untersuchung zeigte ihr, daß die meisten seiner Schnitte und Abschürfungen nicht neu waren. Zumindest war Zeit gewesen, daß das Blut eine Kruste gebildet hatte, und die blauen Flecken färbten sich am Rande schon gelblich. Auf der linken Seite war ein Loch in den Mantel gebrannt. Sie öffnete den Mantel und zog sein Hemd hoch. Dann pfiff sie scharf durch die Zähne. Tief in sein Fleisch hinein war eine Wunde gebrannt, die sich allerdings offensichtlich von selbst desinfiziert hatte. Was sie erschütterte, war die Temperatur seiner Haut. Sie fühlte sich an wie Eis, und die kalte Luft dieses Tages wirkte warm dagegen.

Sie packte ihn an den Schultern und schleifte ihn zum Haus. Er war schlaff — tote Masse. »Großer Klotz«, schimpfte sie. »Warum kannst du nicht klein und leicht sein? Nein, du mußt solche Beine und Schultern haben! Ich sollte dich hier draußen liegenlassen.«

Sie plagte sich die Treppe hinauf und gab acht, daß er nicht häufiger anstieß als notwendig. Dann schleifte sie ihn ins Haus. Drinnen ließ sie ihn liegen, richtete sich auf und rieb sich erst einmal den Rücken. Sie knurrte etwas über das Muster in sich hinein und suchte hastig herum. Es gab hinten im Haus ein kleines Schlafzimmer. Vielleicht gehörte es einem Diener. Jedenfalls enthielt es ein Bett mit genügend Decken, und im Kamin lagen fertige Scheite. Nach einigen Augenblicken hatte sie das Feuer entfacht, die Decken zurückgeschlagen und eine Lampe auf dem Nachttisch angezündet. Dann lief sie zurück, um Rand zu holen.

Es war keine leichte Aufgabe, ihn in das Zimmer und auf das Bett zu befördern, aber sie brachte es dann doch schweratmend fertig und deckte ihn zu. Einen Moment später steckte sie die Hand unter seine Decken, verzog das Gesicht und schüttelte den Kopf. Die Decken waren bereits eiskalt. Er besaß keine Körperwärme, um sie aufzuwärmen. Mit einem leicht übertriebenen Seufzer schlüpfte sie zu ihm unter die Decken. Dann legte sie seinen Kopf an ihre Schulter. Seine Augen waren nach wie vor geschlossen, und sein Atem ging unregelmäßig. Sie glaubte, wenn sie erst zu Nynaeve rannte, könne er in der Zwischenzeit gestorben sein. *Er braucht eine Aes Sedai*, dachte sie. *Ich kann ihn lediglich ein wenig wärmen.* Eine Weile musterte sie sein Gesicht. Sie sah dabei wirklich nur sein Gesicht, denn wenn jemand bewußtlos war, konnte sie nicht in seine Zukunft sehen. »Ich mag ältere Männer«, erzählte sie ihm. »Ich mag gebildete Männer mit Geist. Ich interessiere mich nicht für Bauernhöfe, Schafe und Schafhirten. Noch dazu für so junge Schafhirten.« Seufzend wischte sie ihm eine Haarsträhne aus dem Gesicht. Er hatte seidenweiches Haar. »Aber du bist ja eigentlich auch kein Schäfer, oder? Nicht mehr jedenfalls. Licht, warum mußte mich das Muster nur ausgerechnet mit dir zusammenwerfen? Warum nicht irgendein sicheres und unkompliziertes Schicksal, wie zum Beispiel schiffbrüchig auf einer Insel ohne Lebensmittel und zusammen mit einem Dutzend hungriger Aielmänner leben?«

Aus dem Flur hörte sie kein Geräusch, und doch öffnete sich die Tür. Sie hob den Kopf. Egwene stand im Zimmer und betrachtete die Szene mit großen Augen. »Oh«, war aber alles, was sie sagte.

Mins Wangen liefen rot an. *Warum muß ich mich so ver-*

halten, als hätte ich etwas angestellt? Närrin! »Ich … ich halte ihn warm. Er ist bewußtlos und eiskalt.«

Egwene kam nicht weiter in das Zimmer herein. »Ich — ich fühlte, wie er mich anzog, mich brauchte. Elayne fühlte dasselbe. Ich denke, es hat etwas damit zu tun, wer — wer er ist, aber Nynaeve hat nichts gespürt.« Sie atmete tief und erregt ein. »Elayne und Nynaeve holen die Pferde. Wir haben Bela gefunden. Die Seanchan haben die meisten ihrer Pferde zurückgelassen. Nynaeve meint, wir sollten so schnell wie möglich losreiten, und — und … Min, du weißt doch jetzt, wer er ist, oder?«

»Ich weiß es.« Min wollte ihren Arm unter Rands Kopf wegziehen, aber sie fühlte sich wie gelähmt. »Jedenfalls vermute ich es. Was immer er sein mag, jetzt ist er jedenfalls verwundet. Ich kann nichts für ihn tun, außer ihn warm halten. Vielleicht kann Nynaeve etwas für ihn tun.«

»Min, du weißt … du weißt doch, daß er nicht heiraten kann. Er bringt … uns alle in Gefahr, Min.«

»Das mußt du mit dir selbst ausmachen«, sagte Min. Sie zog Rands Kopf an ihre Brust. »Elayne hatte schon recht. Du hast ihn zugunsten der Weißen Burg verlassen. Was kann es dich interessieren, wenn ich ihn mir schnappe?«

Egwene blickte sie, wie es schien, lange Zeit an. Nicht Rand, überhaupt nicht, sondern nur sie. Sie merkte, wie ihr Gesicht immer mehr anlief, und wollte wegsehen, konnte es aber nicht.

»Ich werde Nynaeve holen«, sagte Egwene schließlich und lief mit geradem Rücken und hocherhobenem Kopf aus dem Zimmer.

Min wollte sie zurückrufen, ihr hinterherlaufen, aber sie lag wie gelähmt da. Tränen der Enttäuschung rollten ihr die Wangen hinunter. *Es mußte sein. Ich weiß es. Ich habe das in ihrer Zukunft gelesen. Licht, ich will nicht darin verwickelt sein.* »Es ist alles deine Schuld«, sagte sie zu Rands schlaffer Gestalt. »Nein, das ist es nicht. Aber ich glaube, du mußt dafür bezahlen. Wir hängen alle wie die Fliegen in einem Spinnennetz. Was ist, wenn ich ihr sage, daß es noch eine weitere Frau gibt, die erst kommen wird und die sie noch nicht einmal kennt? Und was würdest du selbst davon halten, mein feiner Lord Schafhirte? Du siehst nicht gerade schlecht aus, aber ... Licht, ich weiß noch nicht einmal, ob du wirklich mich erwählen wirst. Ich weiß auch nicht, ob ich überhaupt von dir erwählt werden will. Oder wirst du uns alle drei auf dem Knie jonglieren? Es ist vielleicht nicht deine Schuld, Rand al'Thor, aber anständig ist es auch nicht.«

»Nicht Rand al'Thor«, sagte eine wohltönende Stimme von der Tür her. »Lews Therin Telamon. Der Wiedergeborene Drache.«

Min riß die Augen auf. Sie war die schönste Frau, die Min jemals gesehen hatte, mit blasser glatter Haut, langem schwarzen Haar und Augen, so dunkel wie die Nacht. Ihr Kleid war so weiß, daß frischgefallener Schnee dagegen schmutzig gewirkt hätte. Ihr Gürtel war aus Silber. Ihr Schmuck war ebenfalls aus Silber. Min war ganz auf Abwehr eingestellt. »Was meint Ihr damit? Wer seid Ihr?«

Die Frau stand nun am Bett und strich Rand die Haare glatt, als sei Min nicht vorhanden. Ihre Bewegungen waren so elegant, daß Min Neid empfand, obwohl sie noch nie zuvor eine Frau um etwas beneidet hatte. »Er glaubt es immer noch nicht, denke ich. Er weiß es, glaubt es aber nicht. Ich habe seine Schritte geleitet, habe ihn herumgeschoben und gezogen und ihn angelockt. Er war schon immer stur, aber diesmal werde ich ihn erziehen. Ishamael glaubt, er beherrschte den Ablauf der Dinge, aber in Wirklichkeit bin ich es, die alle Fäden spinnt.« Ihre Finger streiften über Rands Stirn, als wolle sie ein Zeichen hinterlassen. Min fand, daß es wie ein Drachenzahn aussah. Rand rührte sich und murmelte etwas. Es waren die ersten Laute, die er von sich gab, seit sie ihn gefunden hatte.

»Wer seid Ihr?« wollte Min wissen. Die Frau blickte sie an. Sie sah Min nur einfach an, doch Min drückte sich nach hinten in die Kissen und klammerte sich verzweifelt an Rand fest.

»Man nennt mich Lanfear, Kind.«

Mins Mund war plötzlich so ausgetrocknet, daß sie kein Wort herausbrachte, selbst wenn es um ihr Leben gegangen wäre. *Eine der Verlorenen! Nein! Licht, nein!* Sie konnte nur den Kopf schütteln. Diese Ablehnung brachte Lanfear zum Lächeln.

»Lews Therin gehörte und gehört mir, Mädchen. Pfleg ihn für mich, bis ich zurückkomme und ihn hole.« Damit war sie weg.

Min starrte ihr mit offenem Mund nach. In einem Augenblick war sie noch da und im nächsten weg. Min wurde erst jetzt klar, daß sie Rands bewußtlosen Körper ganz fest in die Arme geschlossen hatte. Sie hatte das Gefühl, seinen Schutz zu benötigen.

Das hagere Gesicht zeigte einen entschlossenen Ausdruck, und so ritt Byar mit der sinkenden Sonne im Rücken dahin und warf keinen Blick zurück. Er hatte alles gesehen, was nötig war, alles, was er bei diesem verfluchten Nebel sehen konnte. Die Legion war tot, Lordhauptmann Geofram Bornhald war tot, und es gab nur eine Erkärung dafür: Schattenfreunde hatten sie verraten, Schattenfreunde wie dieser Perrin von den Zwei Flüssen. Diese Nachricht brachte er Dain Bornhald, dem Sohn des Lordhauptmanns, der zusammen mit den Kindern Tar Valon überwachte. Aber er hatte noch Schlimmeres zu berichten und niemand Geringerem als Pedron Niall selbst. Er mußte berichten, was er am Himmel über Falme beobachtet hatte. Er schlug sein Pferd mit dem Zügel und blickte nicht zurück.

KAPITEL 26

Wie es vorbestimmt war

Rand öffnete die Augen und blickte direkt in das durch das grüne Blätterdach eines Lederblattbaums einfallende Sonnenlicht. Die widerstandsfähigen breiten Blätter des Baums waren trotz des fortgeschrittenen Herbstes noch immer grün. Im Wind, der die Blätter flattern ließ, lag eine Andeutung von Schnee. Vielleicht würde es noch vor Anbruch der Nacht schneien. Er lag auf dem Rücken und fühlte mit den Händen nach den Decken, die ihn wärmten. Mantel und Hemd waren zwar verschwunden, aber um seine Brust schien sich ein Verband zu ziehen, und die linke Seite schmerzte. Er drehte den Kopf, und da saß Min auf dem Boden und beobachtete ihn. Er erkannte sie kaum wieder, weil sie einen Rock trug. Sie lächelte unsicher.

»Min, bist du es? Woher kommst du? Wo sind wir?« Sein Erinnerungsvermögen war nur undeutlich. An frühere Dinge konnte er sich erinnern, aber die letzten Tage erschienen ihm wie die Scherben eines Spiegels, die durch seinen Verstand wirbelten und ihm nur kurze Ausblicke gewährten, bevor sie wieder wegflogen. »Wir kommen aus Falme«, sagte sie. »Wir sind jetzt fünf Tagesreisen östlich davon, und du hast die ganze Zeit geschlafen.«

»Falme.« Weitere Erinnerungsfetzen. Mat hatte das Horn von Valere geblasen. »Egwene! Ist sie ...? Haben sie sie befreit?« Er hielt die Luft an.

»Ich weiß nicht, wen du mit ›sie‹ meinst, aber sie ist frei. Wir haben sie selbst befreit.«

»Wir? Ich verstehe nicht.« *Sie ist frei. Wenigstens ist sie ...* »Nynaeve, Elayne und ich.«

»Nynaeve? Elayne? Wie denn das? Wart ihr *alle* in Falme?« Er versuchte, sich aufzusetzen, aber sie drückte ihn mit sanfter Gewalt zurück und verharrte so, die Hände auf seinen Schultern und den Blick aufmerksam auf sein Gesicht gerichtet. »Wo ist sie?«

»Weg.« Mins Gesicht lief rot an. »Sie sind alle weg. Egwene und Nynaeve, Mat, Hurin und Verin. Hurin wollte eigentlich nicht weg. Aber jetzt sind sie alle auf dem Weg nach Tar Valon. Egwene und Nynaeve müssen zu ihrer Ausbildung in die Burg zurück, und Mat muß zu den Aes Sedai, damit sie irgend etwas wegen des Dolchs unternehmen. Sie haben das Horn von Valere mitgenommen. Ich kann nicht glauben, daß ich es wirklich gesehen habe.«

»Weg«, murmelte er. »Sie hat nicht einmal gewartet, bis ich aufwache.« Das Rot von Mins Wangen wurde kräftiger, und sie setzte sich ein Stück nach hinten und betrachtete eingehend ihren Schoß.

Er hob die Hände und fuhr sich über das Gesicht. Dann hielt er mitten in der Bewegung inne und betrachtete erschrocken seine Handflächen. Auch auf seine linken Handfläche war jetzt ein Reiher eingebrannt, der genau dem auf der rechten Hand glich; eine Linie war wie die andere. *Einmal der Reiher, um ihn auf den rechten Weg zu bringen; zum zweitenmal der Reiher, um ihm seinen wahren Namen zu verleihen.* »Nein!«

»Sie sind weg«, sagte sie. »Das Neinsagen hilft jetzt auch nichts.«

Er schüttelte den Kopf. Irgend etwas sagte ihm, daß der Schmerz in seiner Seite wichtig war. Er konnte sich nicht daran erinnern, verwundet worden zu sein, aber es war wichtig. Er wollte seine Decken hochschlagen und nachsehen, doch sie zog seine Hände weg.

»Mit denen solltest du jetzt nichts anfangen. Sie sind noch nicht abgeheilt. Verin versuchte, sie auf ihre Art zu heilen, doch das gelang bei dir nicht.« Sie zögerte und nagte an der Unterlippe. »Moiraine meint, Nynaeve muß irgend etwas getan haben, oder du hättest die Zeit nicht überlebt, bis wir dich zu Verin brachten. Nynaeve aber sagt, sie habe viel zuviel Angst gehabt, um irgend etwas auszuprobieren. Es ... stimmt etwas mit deiner Wunde nicht. Du wirst warten müssen, bis sie auf natürlichem Weg abheilt.« Sie machte sich offensichtlich Sorgen.

»Moiraine ist hier?« Er lachte bitter. »Als du sagtest, Verin sei weg, glaubte ich schon, ich wäre endlich alle Aes Sedai los.«

»Ich bin hier«, sagte Moiraine. Sie erschien ganz in Blau gekleidet und genauso würdevoll wie in der Weißen Burg. Sie trat an sein Lager und stand direkt über ihm.

Min sah die Aes Sedai finster an. Rand hatte das eigenartige Gefühl, daß sie ihn vor Moiraine beschützen wolle.

»Ich wünschte, Ihr wärt nicht hier«, sagte er zu der Aes Sedai. »Soweit es mich betrifft, könnt Ihr wieder in Euer Versteck zurückgehen und dort bleiben.«

»Ich habe mich nicht versteckt«, sagte Moiraine gelassen. »Ich habe getan, was ich konnte, hier auf der To-man-Halbinsel und in Falme. Es war wenig, doch ich habe viel dabei erfahren. Ich habe es nicht geschafft, zwei meiner Schwestern zu retten, bevor die Seanchan sie mit den Gekoppelten auf die Schiffe trieben, aber ich habe getan, was in meinen Möglichkeiten lag.«

»Was Ihr konntet, so. Ihr habt mir Verin hinterhergeschickt, um mich zu bewachen, aber ich bin kein Schaf, das man treiben kann, Moiraine. Ihr habt gesagt, ich könne gehen, wohin ich wolle, und ich will dorthin, wo Ihr nicht seid.«

»Ich habe Verin nicht geschickt.« Moiraine runzelte die Stirn. »Sie muß von allein nachgekommen sein. Viele Leute interessieren sich für Euch, Rand. Hat Fain Euch gefunden oder Ihr ihn?«

Der plötzliche Themenwechsel überraschte ihn. »Fain?

Nein. Ich bin schon ein toller Held. Ich habe versucht, Egwene zu befreien, und Min ist mir zuvorgekommen. Fain sagte, er werde in Emondsfeld etwas anstellen, falls ich ihm nicht gegenübertrete, und ich habe ihn nicht einmal gesehen. Ist er auch mit den Seanchan abgesegelt?«

Moiraine schüttelte den Kopf. »Ich weiß es nicht. Ich wünschte, ich wüßte Bescheid. Aber es ist gut, daß Ihr ihn nicht aufgespürt habt, jedenfalls solange Ihr nicht wißt, wer er ist.«

»Er ist ein Schattenfreund.«

»Mehr als nur das. Schlimmer. Padan Fain war bis auf den Grund seiner Seele eine Kreatur des Dunklen Königs, aber ich glaube, daß er in Shadar Logoth Mordeth zum Opfer fiel, der den Schatten mit genauso bösartigen Mitteln bekämpfte wie der Schatten ihn. Mordeth versuchte, Fains Seele zu verschlingen, um wieder einen menschlichen Körper zu besitzen, aber er fand eine Seele vor, die unmittelbar vom Dunklen König berührt worden war. Das Ergebnis ... Das Ergebnis war weder Padan Fain noch Mordeth, sondern etwas noch viel Böseres: ein aus beiden verschmolzenes Wesen. Fain, nennen wir ihn einfach einmal so, ist gefährlicher, als Ihr glaubt. Ihr hättet ein solches Zusammentreffen möglicherweise nicht überlebt, und falls doch, wärt Ihr vielleicht schlimmer dran gewesen als ein Diener des Schattens.«

»Wenn er noch lebt und nicht mit den Seanchan gesegelt ist, dann muß ich ...« Er brach ab, als sie sein Reiherschwert unter ihrem Umhang hervorzog. Die Klinge war einen Fuß vom Griff entfernt zu Ende, als sei sie abgeschmolzen worden. Die Erinnerungen stürmten auf ihn ein. »Ich habe ihn getötet«, sagte er leise. »Diesmal habe ich ihn getötet.«

Moiraine legte das zerstörte Schwert zur Seite wie ein nutzloses Ding, was ja nun auch stimmte. Sie wischte sich die Hände ab. »Den Dunklen König tötet man nicht so leicht. Die bloße Tatsache, daß er am Himmel über Falme erschien, ist schon mehr als beunruhigend. Er sollte das eigentlich nicht fertigbringen, wenn er noch so sicher gefangen ist, wie wir glaubten. Und wenn nicht, warum hat er uns dann nicht alle vernichtet?« Min rutschte nervös umher.

»Am Himmel?« fragte Rand erstaunt.

»Ihr beide«, sagte Moiraine. »Euer Kampf hat am Himmel stattgefunden, und jede Menschenseele in Falme konnte zusehen. Vielleicht sogar auf der ganzen Toman-Halbinsel, wenn man dem Glauben schenkt, was ich gehört habe.«

»Wir — wir haben alle zugesehen«, sagte Min mit leiser Stimme. Sie legte beruhigend eine Hand auf Rands Hand.

Moiraine faßte erneut unter ihren Umhang und zog ein zusammengerolltes Dokument hervor, einen der großen Bogen, wie sie die Straßenmaler in Falme verwendeten. Die Kreiden waren ein wenig verwischt, aber das Bild war klar und deutlich genug. Ein Mann mit einem Flammengesicht kämpfte mit einem Stab gegen einen Mann mit einem Schwert. Sie kämpften zwischen blitzerhellten Wolken, und hinter dem Mann mit dem Schwert flatterte das Drachenbanner. Rands Gesicht war gut zu erkennen.

»Wer hat das alles gesehen?« wollte er wissen. »Zerreißt es! Verbrennt es!«

Die Aes Sedai rollte den Bogen wieder zusammen. »Das hülfe auch nicht, Rand. Ich habe es vor zwei Tagen gekauft in einem Dorf, durch das wir kamen. Es gibt Hunderte davon, vielleicht Tausende, und überall wird die Geschichte vom Kampf des Drachen gegen den Dunklen König am Himmel über Falme erzählt.«

Rand sah Min an. Sie nickte zögernd und drückte seine Hand. Sie wirkte verängstigt, zuckte aber nicht zurück. *Ich frage mich, ob Egwene deshalb wegging. Sie hatte recht damit, mich zu verlassen.* »Das Muster verfestigt sich noch mehr um Euch«, sagte Moiraine. »Ihr braucht mich jetzt mehr denn je.«

»Ich brauche Euch nicht«, sagte er grob, »und ich will Euch nicht bei mir haben. Ich will mit alledem nichts zu tun haben.« Er erinnerte sich daran, daß man ihn Lews Therin genannt hatte; nicht nur Ba'alzamon, sondern auch Artur Falkenflügel hatte das getan. »Ich will das nicht. Licht, man glaubt, daß der Drache die Welt erneut zerstören wird, alles vernichten. Ich werde nicht zu diesem Drachen!«

»Ihr seid, der Ihr seid«, sagte Moiraine. »Ihr bringt bereits Unruhe in die Welt. Die Schwarze Ajah hat sich zum erstenmal seit zweitausend Jahren wieder gezeigt. Arad Doman und Tarabon befanden sich am Rande eines Krieges, und wenn die Neuigkeiten aus Falme sie erreichen, wird es noch kritischer. In Cairhien herrscht Bürgerkrieg.«

»Ich habe doch in Cairhien nichts angestellt!« protestierte er. »Das könnt Ihr mir nicht auch noch zuschieben.«

»Nichts anzustellen, war schon immer ein Zug im Großen Spiel«, sagte sie seufzend, »und vor allem so, wie sie es jetzt spielen. Ihr wart der zündende Funke, und Cairhien ist wie ein Feuerwerkskörper explodiert. Was, glaubt Ihr, wird geschehen, wenn die Neuigkeiten aus Falme sich in Arad Doman und Tarabon herumsprechen? Dort hat es schon immer Männer gegeben, die bereit waren, sich dem Drachen anzuschließen, jedem, der sich als Drache bezeichnete, und nie zuvor hat es solch gewaltige Zeichen am Himmel gegeben. Aber es gibt noch mehr Neues. Hier.« Sie warf ihm einen Beutel auf die Brust.

Er zögerte und öffnete ihn dann. Er enthielt Scherben von etwas, das wie schwarz und weiß glasierte Keramik aussah. Er hatte so etwas schon einmal gesehen. »Ein weiteres Siegel vom Gefängnis des Dunklen Königs«, brachte er leise hervor. Min schnappte nach Luft. Ihre

Hand suchte nun Hilfe in seiner und nicht mehr umgekehrt. »Zwei«, sagte Moiraine. »Drei der sieben sind nun gebrochen. Das eine, das ich schon hatte, und zwei, die ich im Haus des Hochlords in Falme fand. Wenn alle sieben Siegel gebrochen sind, vielleicht auch schon vorher, wird der Verschluß zerbrechen, mit dem die Menschen jene Öffnung verschlossen, die in das vom Schöpfer geschaffene Gefängnis gebohrt worden war. Dann kann der Dunkle König wieder die Hand durch die Öffnung stecken und die Welt berühren. Und die einzige Hoffnung der Welt liegt darin, daß in diesem Augenblick der Wiedergeborene Drache da ist und ihm gegenübertritt.«

Min versuchte Rand davon abzuhalten, seine Decken zurückzuschlagen, doch er schob ihre Hände sanft beiseite. »Ich muß jetzt laufen.« Sie half ihm auf, seufzte und klagte jedoch dabei, daß er sich selbst keinen Gefallen damit tue und seine Wunde sicherlich noch schlimmer werde. Er sah nun, daß sein Brustkorb ganz in Bandagen steckte. Min legte ihm eine der Decken wie einen Umhang um die Schultern.

Einen Augenblick lang stand er über das Reiherschwert gebeugt da. Es lag verstümmelt auf dem Boden. *Tams Schwert. Das Schwert meines Vaters.* Zögernd, noch widerwilliger, als er jemals etwas getan oder gedacht hatte, ließ er die Hoffnung fahren, daß Tam wirklich sein echter Vater gewesen war. Es war ein Gefühl, als risse er sich das Herz aus dem Körper. Aber das änderte nichts an seinen Gefühlen für Tam, und Emondsfeld war die einzige Heimat, die er je kennengelernt hatte. *Fain ist das Wichtigste. Ich habe da noch eine Pflicht zu erfüllen. Ihn muß ich aufhalten.* Die beiden Frauen mußten ihn stützen, jede an einem Arm, damit er hinuntergelangte, wo schon die Lagerfeuer brannten, unweit von einer einfachen Landstraße. Loial saß da und las in einem Buch: *Jenseits des Sonnenuntergangs.* Perrin saß ein Stück entfernt und blickte in die Flammen. Die Schienarer bereiteten ihr Abendbrot vor. Lan saß unter einem Baum und schliff sein Schwert. Der Behüter musterte Rand besorgt und nickte ihm zu.

Noch etwas fiel ihm auf. In der Mitte des Lagers flatterte die Flagge des Drachen im Wind. Irgendwo hatten sie einen richtigen Flaggenstock gefunden, um Perrins Stab zu ersetzen.

Rand wollte wissen: »Was tun die hier draußen, wo jeder, der vorbeikommt sie sehen kann?«

»Es ist zu spät, sich zu verstecken, Rand«, sagte Moiraine. »Es war schon immer zu spät für Euch.«

»Ich muß trotzdem nicht gerade ein Schild aufstellen, das allen sagt: Ich bin hier. Ich werde Fain niemals finden, falls mich jemand dieser Flagge wegen umbringt.« Er wandte sich Loial und Perrin zu. »Ich bin froh, daß ihr geblieben seid. Ich hätte aber auch Verständnis gehabt, wenn ihr gegangen wärt.«

»Warum sollte ich nicht bleiben?« fragte Loial. »Klar, du bist noch mehr *ta'veren* als ich glaubte, aber du bist auch mein Freund. Ich hoffe, daß du noch mein Freund bist.« Seine Ohren zuckten nervös.

»Das bin ich«, sagte Rand. »Solange es für dich ungefährlich ist, dich in meiner Nähe aufzuhalten, und sogar noch danach.« Der Ogier grinste breit.

»Ich werde auch bleiben«, sagte Perrin. In seiner Stimme lag ein Unterton von Schicksalsergebenheit. »Das Rad webt uns fest in sein Muster hinein, Rand. Wer hätte damals in Emondsfeld daran geglaubt?«

Die Schienarer versammelten sich um sie. Zu Rands Überraschung fielen sie auf die Knie nieder. Alle sahen ihn an.

»Wir wollen Euch Treue schwören«, sagte Uno. Die anderen, die neben ihm knieten, nickten dazu.

»Euer Treueeid gilt Ingtar und Lord Agelmar«, protestierte Rand. »Ingtar ist einen tapferen Tod gestorben, Uno. Er starb, damit wir anderen mit dem Horn entkommen konnten.« Er mußte es ihnen nicht mehr erzählen — jeder wußte, was danach geschehen war. Er hoffte, daß Ingtar wieder zum Licht gefunden hatte. »Berichtet das Lord Agelmar, wenn ihr nach Fal Dara zurückkehrt.«

»Man behauptet«, sagte der Einäugige vorsichtig, »wenn der Drache wiedergeboren ist, dann zerschmettert er alle Eide und alle Bindungen. Nichts kann uns jetzt mehr halten. Wir wollen Euch Treue schwören.« Er zog sein Schwert und legte es mit dem Griff auf Rand zu vor ihn hin. Die anderen Schienarer taten es ihm nach.

»Ihr habt mit dem Dunklen König gekämpft«, sagte Masema. Masema, der ihn haßte. Masema sah ihn jetzt an, als habe er das pure Licht vor sich. »Ich sah Euch, Lord Drache. Ich sah Euch. Ich bin Euer Mann bis zum Tod.« Seine dunklen Augen leuchteten vor Begeisterung.

»Ihr müßt wählen, Rand«, sagte Moiraine. »Die Welt wird zerstört, ob Ihr es nun verursacht oder nicht. Tarmon Gai'don wird kommen, und das allein wird die Welt zerreißen. Werdet Ihr weiter versuchen, Euch vor Eurem Schicksal zu verbergen und es der Welt überlassen, ohne Beschützer in die Letzte Schlacht zu gehen? Wählt!«

Alle beobachteten ihn und warteten. *Der Tod ist leichter als eine Feder, die Pflicht schwerer als ein Berg.* Er traf seine Entscheidung.

KAPITEL 27

Danach

Schiffe und Pferde, Planwagen und Wanderer trugen die Geschichte in die Welt hinaus. Sie wurde erzählt und wiedererzählt und verändert, doch im Herzen blieb sie gleich. In Arad Doman und Tarabon und überall erzählte man sich von den gewaltigen Vorzeichen am Himmel über Falme. Und Männer erklärten sich für den Drachen und wurden von anderen Männern deshalb niedergestreckt, bis auch diese wieder niedergestreckt wurden.

Andere Gerüchte verbreiteten sich. Man sprach von einer Kolonne, die aus der untergehenden Sonne heraus über die Ebene von Almoth ritt. Hundert Männer aus den Grenzlanden, sagte man. Nein, tausend. Nein, tausend Helden, die von jenseits des Grabes wiedergekehrt waren, um dem Ruf des Horns von Valere Folge zu leisten. Zehntausend. Sie hatten eine ganze Legion der Kinder des Lichts vernichtet. Sie hatten das zurückgekehrte Heer Artur Falkenflügels besiegt und über das Meer heimgeschickt. Sie waren das Heer Artur Falkenflügels, das endlich heimgekehrt war. Sie ritten auf die Berge zu und den Sonnenaufgang.

Und doch gab es eines, was all diese Gerüchte und Erzählungen gemeinsam hatten: An ihrer Spitze ritt ein Mann, dessen Gesicht man am Himmel über Falme gesehen hatte, und sie ritten unter dem Banner des Wiedergeborenen Drachen.

Und die Menschen beteten zum Schöpfer und sagten: O Licht des Himmels, Licht der Welt, laß den Verkündeten am Berge geboren werden, so, wie es prophezeiht wurde, so wie es in vergangenen Zeitaltern geschah und in künftigen Zeitaltern geschehen wird. Laß den Prinz des Morgens zum Land singen, so daß wieder Grünes wächst und die Täler wieder Lämmer hervorbringen. Laß den Arm des Herren des Sonnenaufgangs zu unserem Schutz werden und uns vor der Dunkelheit verbergen und uns mit dem großen Schwert der Gerechtigkeit verteidigen. Laß den Drachen wieder auf dem Wind der Zeit reiten.

(aus *Charal Drianaan te Calamon*, dem *Zyklus des Drachen*. Autor unbekannt, Viertes Zeitalter)

Der *Tomanische Kalender* (von Toma dur Ahmid entworfen) wurde ungefähr zwei Jahrhunderte nach dem Tod des letzten männlichen Aes Sedai eingeführt. Er zählte die Jahre *Nach der Zerstörung der Welt* (NZ). Während der Trolloc-Kriege wurden viele Aufzeichnungen zerstört, so daß man sich nach dem Ende dieser Kriege nicht mehr sicher war, in welchem Jahr der alten Zeitrechnung der neue Kalender einsetzte. Tiam von Gazar schlug die Einführung eines neuen Kalenders vor, der die damals angenommene Befreiung von der Bedrohung durch die Trollocs feierte und jedes Jahr als ein *Freies Jahr* (FJ) zählte. Innerhalb der zwanzig auf das Kriegsende folgenden Jahre fand der *Gazarenische Kalender* weitgehende Anerkennung. Artur Falkenflügel bemühte sich, einen neuen Kalender durchzusetzen, der auf seiner Reichsgründung basierte (VG, *Von der Gründung an*), aber dieser Versuch ist heute nur noch den Historikern bekannt. Nach weitreichender Zerstörung, Tod und Aufruhr während des Hundertjährigen Kriegs wurde ein vierter Kalender von Uren din Jubai Fliegende Möwe entworfen, einem Gelehrten der Meerleute, und von dem Panarch Farede von Tarabon weiterverbreitet. Der *Farede-Kalender*, der von dem willkürlich angenommenen Ende des Hundertjährigen Kriegs an rechnet und die Jahre seither als *Neue Ära* (NÄ) führt, ist momentan in Gebrauch.

A'dam (Eidam): eine Vorrichtung — sie besteht aus einem Halsring und einem Armreif, die durch eine silberfarbene Metallkette verbunden sind —, die benützt werden kann, um gegen ihren Willen jede Frau zu kontrollieren, die die Eine Macht lenken kann. Der Halsring wird von der *Damane* getragen, der Armreif von der *Sul'dam* (*siehe auch:* Damane, Sul'dam).

Aes Sedai (Aies Sehdai): Träger der Einen Macht. Seit der Zeit des Wahnsinns sind alle überlebenden Aes Sedai Frauen. Man mißtraut ihnen und fürchtet, ja, man haßt sie. Viele geben ihnen die Schuld an der Zerstörung der Welt, und allgemein glaubt man, sie mischten sich in die Angelegenheiten ganzer Staaten ein. Gleichzeitig aber findet man nur wenige Herrscher ohne Aes Sedai-Berater, selbst in Ländern, wo schon die Existenz einer solchen Verbindung geheimgehalten werden muß. Als Anrede wird benützt: Sheriam Sedai; und als Ehrentitel: Sheriam Aes Sedai (*siehe auch:* Ajah; Ainyrlin-Sitz).

Agelmar; Lord Agelmar (Eigelmar) aus dem Hause Jagad: Herr von Fal Dara. Im Wappen führt er drei rennende Rotfüchse.

Aiel (Aiiehl): die Bewohner der Aiel-Wüste; gelten als wild und zäh. Man nennt sie auch Aielmänner. Vor dem Töten verschleiern sie ihre Gesichter. Das führte zu der Redensart: ›Er benimmt sich wie ein Aiel mit schwarzem Schleier‹, um einen gewalttätigen Menschen zu beschreiben. Sie nehmen kein Schwert in die Hand, sind aber tödliche Krieger, ob mit Waffen oder nur mit bloßen Händen. Während sie in die Schlacht ziehen, spielen ihre Spielleute Tanzmelodien auf. Die Aielmänner benützen für die Schlacht das Wort ›der Tanz‹.

Aiel-Kriegergemeinschaften: Alle Aiel-Krieger sind Mitglieder einer der Kriegergemeinschaften. Es gibt z. B. die Steinsoldaten, die Roten Schilde oder die Töchter des Speers. Jede Gemeinschaft hat eigene Gebräuche und manchmal auch ganz bestimmte Pflichten. Zum Beispiel fungieren die Roten Schilde als Polizei. Steinsoldaten schwören oftmals, sich nicht zurückzuziehen, wenn einmal eine Schlacht begonnen hat. Um diesen Eid zu erfüllen, sterben sie, wenn nötig, bis auf den letzten Mann. Die Clans der Aiel bekämpfen sich auch gelegentlich untereinander, aber Mitglieder der gleichen Gemeinschaft kämpfen nicht gegeneinander, selbst wenn ihre Clans im Krieg miteinander liegen. So gibt es jederzeit, sogar während einer offenen kriegerischen Auseinandersetzung, Kontakt zwischen den Clans (*siehe auch:* Aiel-Wüste, Far Dareis Mai).

Aiel-Wüste: das rauhe, zerrissene und fast wasserlose Gebiet östlich des Rückgrats der Welt. Nur wenige Außenseiter wagen sich dorthin, weil es für jemanden, der nicht dort geboren wurde, fast unmöglich ist, Wasser zu finden, und weil die Aiel sich im ständigen Kriegszustand mit allen anderen Völkern befinden und keine Fremden mögen.

Ajah: Gesellschaftsgruppen unter den Aes Sedai. Jede Aes Sedai gehört einer solchen Gruppe an. Sie unterscheiden sich durch ihre Farben: Blaue Ajah, Rote Ajah, Weiße Ajah, Grüne Ajah, Braune Ajah, Gelbe Ajah und Graue Ajah. Jede Gruppe folgt ihrer eigenen Auslegung in bezug auf die Anwendung der Einen Macht und die Existenz der Aes Sedai. Zum Beispiel setzen die Roten Ajah ihre ganze Kraft dazu ein, Männer zu finden und zu beeinflussen, die versuchen, die Macht auszuüben. Eine Braune Ajah andererseits leugnet alle Verbindungen zur Außenwelt und verschreibt sich ganz der Suche nach Wissen. Es gibt Gerüchte (heftig verneint und niemals vor einer Aes Sedai zu erwähnen) über eine Schwarze Ajah, die dem Dunklen König dient.

Alanna Mosvani: eine Aes Sedai der Grünen Ajah.

Alantin: in der Alten Sprache ›Bruder‹, Kurzform für *tia avende alantin,* ›Bruder der Bäume‹; ›Baumbruder‹.

Alar: der Älteste der Ältesten des Stedding Tsofu.

Aldieb: in der Alten Sprache ›Westwind‹, der Wind, der den Frühlingsregen bringt.

al'Meara, Nynaeve (Almehra, Nainiev): eine Frau aus Emondsfeld im Distrikt der Zwei Flüsse in Andor.

al'Thor, Rand: ein junger Mann aus Emondsfeld, der einst Schäfer war.

al'Vere, Egwene (Alwier, Egwain): eine junge Frau aus Emondsfeld.

Amalisa, Lady: eine Schienarerin aus dem Hause Jagad; Lord Agelmars Schwester.

Amyrlin, die: (1.) Titel der Anführerin der Aes Sedai. Auf Lebenszeit vom Turmrat gewählt, dem höchsten Gremium der Aes Sedai; dieser besteht aus je drei Abgeordneten der sieben Ajahs. Die Amyrlin hat, jedenfalls theoretisch, unter den Aes Sedai beinahe uneingeschränkte Macht. Sie hat in etwa den Rang einer Königin.

(2.) Thron der Anführerin der Aes Sedai.

Anaiya: eine Aes Sedai der Blauen Ajah.

Angreal: ein sehr seltenes Objekt. Es erlaubt einer Person, die die Eine Macht lenken kann, einen stärkeren Energiefluß zu meistern, als das sonst ohne Hilfe und ohne Lebensgefahr möglich ist. Relikt des Zeitalters der Legenden. Es ist heute nicht mehr bekannt, wie die Gegenstände angefertigt wurden. Es existieren nur noch sehr wenige (*siehe auch:* sa'Angreal, ter'Angreal).

Arad Doman: eine Nation am Aryth-Meer.

Arafel: eines der Grenzlande. Im Wappen führt Arafel drei weiße Rosen auf rotem Feld und diagonal gegenüber drei rote Rosen auf weißem Feld.

Avendesora: in der alten Sprache der Baum des Lebens; wird in vielen Geschichten und Legenden erwähnt.

Aybara, Perrin: ein junger Mann aus Emondsfeld, der früher Gehilfe eines Hufschmieds war.

Ba'alzamon: in der Trolloc-Sprache ›Herz der Dunkelheit‹. Es wird angenommen, dies sei der Trolloc-Name für den Dunklen König (*siehe auch:* Dunkler König; Trollocs).

Barthanes, Lord, aus dem Hause Damodred: Lord aus Cairhien, der an Einfluß gleich nach dem König kommt. Sein persönliches Wappen ist der Angreifende Keiler. Das Wappen des Hauses Damodred sind Krone und Baum.

Baum: *siehe* Avendesora.

Baumlied: *siehe* Baumsänger.

Baummörder: Aiel-Bezeichnung für Bewohner Cairhiens, die immer im Tonfall der Entrüstung und des Schreckens verwendet wird.

Baumsänger: ein Ogier, der die Fähigkeit besitzt, zu den Bäumen zu singen (›Baumlied‹ genannt), und sie damit heilt oder ihnen hilft, zu wachsen und zu blühen, oder der Gegenstände aus ihrem Holz anzufertigen hilft, durch die der Baum nicht beschädigt wird. Auf diese Art hergestellte Objekte werden als ›besungenes Holz‹ bezeichnet und sind sehr gesucht. Es existieren nicht mehr viele Ogier, die Baumsänger sind; das Talent scheint auszusterben.

Behüter: ein Krieger, der einer Aes Sedai zugeschworen ist. Das geschieht mit Hilfe der Einen Macht, und er gewinnt dadurch Fähigkeiten wie schnelles Heilen von Wunden, er kann lange Zeiträume ohne Wasser, Nahrung und Schlaf auskommen und den Einfluß des Dunklen Königs auf größere Entfernung spüren. Solange er am Leben ist, weiß die mit ihm verbundene Aes Sedai, daß er lebt, auch wenn er noch so weit entfernt ist, und sollte er sterben, dann weiß sie den genauen Zeitpunkt und auch den Grund seines Todes. Allerdings weiß sie nicht, wie weit von ihr entfernt er sich befindet oder in welcher Richtung. Die meisten Ajahs gestatten einer Aes Sedai den Bund mit nur einem Behüter. Die Roten Ajah allerdings lehnen die Behüter für sich selbst ganz ab, während die Grünen Ajah eine Verbindung mit so vielen Behütern gestatten, wie die Aes Sedai es wünscht. An sich muß der Behüter der Verbindung freiwillig zur Verfügung stehen, es gab jedoch auch Fälle, in denen der Krieger dazu gezwungen wurde. Welche Vorteile die Aes Sedai aus der Verbindung ziehen, wird von ihnen als streng behütetes Geheimnis behandelt (*siehe auch:* Aes Sedai).

Bel Tine (Behltein): Frühlingsfest im Gebiet der Zwei Flüsse, bei dem das Ende des Winters, die erste aufgehende Saat und die Geburt der ersten Lämmer gefeiert werden.

besungenes Holz: *siehe* Baumsänger.

Birgitte: die goldhaarige Heldin der Legende und Hunderter von Erzählungen der Gaukler. Sie trägt Silberbogen und silberne Pfeile, mit denen sie ihr Ziel nie verfehlte.

Bittern: ein Musikinstrument mit wahlweise sechs, neun oder zwölf Saiten. Es wird auf die Knie gelegt und gezupft oder mit einem Plektum angeschlagen.

blocken: der Akt — durchgeführt von einer Aes Sedai —, in dem eine Frau, die sie lenken kann, von der Einen Macht abgenabelt wird. Eine Frau, die geblockt wurde, kann die Wahre Quelle noch fühlen, sie aber nicht mehr berühren.

Bornhald, Geofram: ein Oberkommandierender Hauptmann der Kinder des Lichts.

Byar, Jaret: ein Offizier der Kinder des Lichts.

Caemlyn: die Hauptstadt von Andor.

Cairhien: sowohl eine Nation am Rückgrat der Welt wie auch die Hauptstadt dieser Nation. Die Stadt wurde im Aielkrieg (976 — 978 NÄ) niedergebrannt und geplündert. Im Wappen führt Cairhien eine goldene Sonne mit vielen Strahlen, die sich vom unteren Rand eines himmelblauen Feldes erhebt.

Carallain: eine der Nationen, die nach dem Hundertjährigen Krieg aus dem Imperium Artur Falkenflügels hervorgingen. Sie verfiel danach, und ihre letzten Spuren verloren sich etwa gegen 500 NÄ.

Cauthon, Matrim (Mat): ein junger Mann von den Zwei Flüssen.

Chronik, Behüter der: Unter den Aes Sedai ist dies die Stellvertreterin des Amyrlin-Sitzes. Sie fungiert auch als deren Sekretärin. Sie wird von der Vollversammlung auf Lebenszeit gewählt und kommt gewöhnlich aus der gleichen Ajah wie der Amyrlin (*siehe auch:* Amyrlin-Sitz; Ajah).

Corenne: in der Alten Sprache: ›Wiederkehr‹ oder ›die Wiederkehr‹.

Cuendillar: auch als Herzstein bekannt (*siehe:* Herzstein).

dämpfen, Dämpfung: Wenn ein Mann die Anlage zeigt, die Eine Macht zu beherrschen, müssen die Aes Sedai seine Kräfte ›dämpfen‹, also vollständig unterdrükken, da er sonst wahnsinnig wird, vom Verderben der *Saidin* getroffen und möglicherweise schreckliches Unheil mit seinen Kräften anrichten wird. Ein Mann, der eine Dämpfung erfuhr, kann die Eine Macht immer noch spüren, sie aber nicht mehr benützen. Wenn vor der Dämpfung der beginnende Wahnsinn eingesetzt hat, kann er durch den Akt der Dämpfung aufgehalten, jedoch nicht geheilt werden. Hat die Dämpfung früh genug stattgefunden, kann das Leben des Mannes gerettet werden.

Daes Dae'mar: das Große Spiel, auch bekannt als das Spiel der Häuser. Dieser Name wurde den Plänen, Intrigen und Machenschaften der großen Adelshäuser untereinander verliehen. Man legt großen Wert darauf, verdeckt zu arbeiten, auf ein Ziel hinzuarbeiten, während man ein ganz anderes vortäuscht, um ein Ziel mit geringstmöglicher Anstrengung zu erreichen.

Dai Shan (Dai Schan): Titel in den Grenzlanden. Er bedeutet: mit dem Diadem ausgezeichneter Schlachtenlord (*siehe auch:* Grenzlande).

Damane: in der Alten Sprache: die Gefesselten. Frauen, die die Eine Macht lenken können, werden mit Hilfe des *A'dam* unter Kontrolle gehalten und von den Seanchanern zu verschiedenen Zwecken benutzt, vor allem als Wunderwaffen im Krieg (*siehe auch:* Seanchan; *A'dam; Sul'dam*).

Damodred, Lord Galadedrid: der einzige Sohn von Taringail Damodred und Tigraine; Halbbruder von Elayne und Gawyn. Im Wappen führt er ein geflügeltes silbernes Schwert, das nach unten zeigt.

Do Miere A'vron: *siehe* Wächter der Wogen.

Domon, Bayle (Beil): Kapitän der *Gischt*, der alte Dinge sammelt.

Drache: Ehrenbezeichnung für Lews Therin Telamon während des Schattenkriegs. Als der Wahnsinn alle männlichen Aes Sedai befiel, tötete Lews Therin alle, die etwas von seinem Blut in sich trugen, und jeden, den er liebte. So bezeichnete man ihn anschließend als Brudermörder (*siehe auch:* Wiedergeborener Drache, Prophezeiungen des Drachen).

Drache, falscher: Manchmal behaupten Männer, der Wiedergeborene Drache zu sein, und manch einer davon gewinnt so viele Anhänger, daß eine Streitmacht nötig ist, um ihn zu besiegen. Einige davon haben schon Kriege begonnen, in die viele Nationen verwikkelt wurden. In den letzten Jahrhunderten waren die meisten falschen Drachen nicht in der Lage, die Eine Macht richtig anzuwenden, aber es gab doch ein paar, die es beherrschten. Alle jedoch verschwanden entweder, wurden gefangen oder getötet, ohne eine der Prophezeiungen erfüllen zu können, die sich um die Wiedergeburt des Drachen ranken. Diese Männer nennt man falsche Drachen. Unter jenen, die die Eine Macht lenken konnten, waren Raolin Dunkelbann (335—36 NZ), Yurian Steinbogen (ca. 1300—1308 NZ), Davian (FJ 351), Guaire Amalasan (FJ 939—43) und Logain (997 NÄ) (*siehe auch:* Wiedergeborener Drache).

Drachen, Prophezeiungen des: ein im *Karaethon-Zyklus*

enthaltener, wenig bekannter und selten erwähnter Text, der voraussagt, daß der Dunkle König wieder befreit wird und die Welt berührt. Lews Therin Telamon, der Drache, Zerstörer der Welt, wird wiedergeboren, um Tarmon Gai'don, die Letzte Schlacht, gegen den Schatten zu schlagen (*siehe auch:* Drache).

Drachenzahn: ein stilisiertes Zeichen, meist schwarz, in Form einer auf der Spitze stehenden Träne. Wenn es auf eine Tür oder ein Haus gezeichnet wird, gilt dies als Anschuldigung, die Bewohner dienten dem Bösen, oder als Versuch, die Aufmerksamkeit des Dunklen Königs auf den Betreffenden zu lenken und ihm damit zu schaden.

Draghkar: ein Geschöpf des Dunklen Königs, das ursprünglich aus Menschen gezüchtet wurde. Ein Drakhkar sieht aus wie ein hochgewachsener Mann mit Fledermausflügeln, dessen Haut zu blaß und dessen Augen zu groß wirken. Der Gesang des Draghkars lockt seine Opfer an und unterdrückt deren Eigenwillen. Es gibt eine Redensart: ›Der Kuß des Draghkars bedeutet den Tod.‹ Er beißt nicht, doch mit seinem Kuß verschlingt er zuerst die Seele seines Opfers und dann dessen Lebenskraft.

Dunkler König: gebräuchlichste Bezeichnung, in allen Ländern verwendet, für Shai'tan, die Quelle des Bösen. Antithese des Schöpfers. Im Augenblick der Schöpfung wurde er vom Schöpfer in ein Verlies am Shayol Ghul gesperrt. Ein Versuch, ihn aus diesem Kerker zu befreien, führte zum Schattenkrieg, dem Verderben der *Saidin*, der Zerstörung der Welt und dem Ende des Zeitalters der Legenden.

Dunklen König nennen, den: Wenn man den wirklichen Namen des Dunklen Königs erwähnt (Shai'tan), zieht man seine Aufmerksamkeit auf sich, was unweigerlich dazu führt, daß man Pech hat oder schlimmstenfalls eine Katastrophe erlebt. Aus diesem Grund werden viele Euphemismen verwendet, wie z. B. der

Dunkle König, der Vater der Lügen, der Sichtblender, der Herr der Gräber, der Schäfer der Nacht, Herzensbann, Herzfang, Grasbrenner und Blattverderber. Jemand, der das Pech anzuziehen scheint, ›nennt den Dunklen König‹.

Eine Macht, die: die Kraft aus der Wahren Quelle. Die große Mehrheit der Menschen ist völlig unfähig, die Eine Macht anzuwenden. Eine sehr geringe Anzahl von Menschen kann die Anwendung erlernen, und ganz wenige besitzen diese Fähigkeit von Geburt an. Diese wenigen müssen ihren Gebrauch nicht lernen, denn sie werden die Wahre Quelle berühren und die Eine Macht benützen, ob sie wollen oder nicht, vielleicht sogar ohne zu bemerken, was sie tun. Diese angeborene Fähigkeit taucht meist erstmals während der Pubertät auf. Wenn man dann nicht die richtige Beherrschung erlernt — durch Lehrer oder auch ganz allein (extrem schwierig, die Erfolgsquote liegt bei eins zu vier) —, ist der Tod die sichere Folge. Seit der Zeit des Wahns hat kein Mann es gelernt, die Eine Macht kontrolliert anzuwenden, ohne dabei auf die Dauer auf schreckliche Art dem Wahnsinn zu verfallen. Selbst wenn er in gewissem Maß die Kontrolle erlangt hat, stirbt er an einer Verfallskrankheit, bei der er lebendigen Leibs verfault. Auch diese Krankheit wird, genau wie der Wahnsinn, von dem Verderben hervorgerufen, das der Dunkle König über die *Saidin* brachte. Bei Frauen ist der Tod mangels Kontrolle der Einen Macht etwas erträglicher, aber sterben müssen auch sie. Die Aes Sedai suchen nach Mädchen mit diesen angeborenen Fähigkeiten, zum einen, um ihr Leben zu retten und zum anderen, um die Anzahl der Aes Sedai zu vergrößern. Sie suchen nach Männern mit dieser Fähigkeit, um zu verhindern, daß sie Schreckliches damit anrichten, wenn sie dem Wahn verfallen (*siehe auch:* Zeit des Wahns; Wahre Quelle).

Elaida: eine Aes Sedai-Ratgeberin der Königin Morgase von Andor.

Elayne: Königin Morgases Tochter, die Tochter-Erbin des Throns von Andor. Sie führt im Wappen eine goldene Lilie.

Erster Prinz des Schwertes: Titel — normalerweise — des ältesten Bruders der Königin von Andor, der seit seiner Kindheit darauf vorbereitet wurde, im Krieg die Armee der Königin zu kommandieren und im Frieden als ihr Ratgeber zu dienen. Falls die Königin keinen überlebenden Bruder hat, bestimmt sie jemanden für diesen Rang.

Fäule: *siehe* Große Fäule.

Fain, Padan: ein Mann, der in der Festung von Fal Dara als Schattenfreund gefangengehalten wird.

Falkenflügel, Artur: ein legendärer König, der alle Länder westlich des Rückgrats der Welt und einige von jenseits der Aiel-Wüste einte. Er sandte sogar eine Armee über das Aryth-Meer, doch verlor man bei seinem Tod, der den Hundertjährigen Krieg auslöste, jeden Kontakt mit diesen Soldaten. Er führte einen fliegenden goldenen Falken im Wappen (*siehe auch:* Hundertjähriger Krieg).

Far Dareis Mai: wörtlich ›Töchter des Speers‹; eine von mehreren Kriegergemeinschaften der Aiel. Anders als bei den übrigen werden ausschließlich Frauen aufgenommen. Sollte sie heiraten, darf sie nicht Mitglied bleiben. Während einer Schwangerschaft darf ein Mitglied nicht kämpfen. Jedes Kind eines Mitglieds wird von einer anderen Frau aufgezogen, so daß niemand weiß, wer die wirkliche Mutter war. (›Du darfst keinem Manne angehören, und kein Mann oder Kind darf dir angehören. Der Speer ist dein Liebhaber, dein Kind und dein Leben.‹) Diese Kinder sind hochangesehen, denn es wurde prophezeit, daß ein Kind einer Tochter des Speers die Clans vereinen und zu der Bedeutung zurückführen wird, die sie im Zeitalter der

Legenden besaßen (*siehe auch:* Aiel-Kriegergemeinschaften).

Flamme von Tar Valon: das Symbol für Tar Valon und
die Aes Sedai. Die stilisierte Darstellung einer Flamme; eine weiße, nach oben gerichtete Träne.

Fünf Mächte: die Stränge der Einen Macht. Jeder, der
die Eine Macht anwenden kann, wird einige dieser
Stränge besser als die anderen handhaben können.
Diese Stränge nennt man nach den Dingen, die man
durch ihre Anwendung beeinflussen kann: Erde, Luft,
Feuer, Wasser, Geist — die Fünf Mächte. Wer die Eine
Macht anwenden kann, beherrscht gewöhnlich einen
oder zwei dieser Stränge besonders gut und hat
Schwächen in der Anwendung der übrigen. Einige
wenige beherrschen auch drei davon, aber seit dem
Zeitalter der Legenden gab es niemanden mehr, der
alle fünf in gleichem Maße beherrschte. Und auch
dann war dies eine große Seltenheit. Das Maß, in
dem diese Stränge beherrscht werden und Anwendung finden, ist individuell verschieden; einzelne dieser Personen sind sehr viel stärker als die anderen.
Wenn man bestimmte Handlungen mit Hilfe der Einen Macht vollbringen will, muß man einen oder
mehrere bestimmte Stränge beherrschen. Wenn man
beispielsweise ein Feuer entzünden oder beeinflussen
will, braucht man den Feuer-Strang; will man das
Wetter ändern, muß man die Bereiche Luft und Wasser beherrschen, während man für Heilungen Wasser
und Geist benutzen muß. Während Männer und
Frauen in gleichem Maße den Geist beherrschten,
war das Talent in bezug auf Erde und/oder Feuer besonders oft bei Männern ausgeprägt und das für
Wasser und/oder Luft bei Frauen. Es gab Ausnah-
men, aber trotzdem betrachtete man Erde und Feuer
als die männlichen Mächte, Luft und Wasser als die
weiblichen. Im allgemeinen werden die Fähigkeiten
als gleichwertig betrachtet, doch unter den Aes Sedai

gibt es ein Sprichwort: ›Es gibt keinen Felsen, der so fest ist, daß Wind und Wasser ihn nicht abtragen können, und kein Feuer, das nicht von Wasser oder Wind gelöscht werden kann.‹ Es soll nicht unerwähnt bleiben, daß dieses Sprichwort erst lange nach dem Tod des letzten männlichen Aes Sedai aufkam. Irgendein mögliches Äquivalent bei den männlichen Aes Sedai ist nicht mehr bekannt.

Gaidin: wörtlich ›Bruder der Schlacht‹. Ein Titel, den die Aes Sedai den Behütern verleihen. (*siehe auch:* Behüter).

Galad: *siehe* Damodred, Lord Galadedrid.

galldrian su Riatin Rie: wörtlich Galldrian aus dem Hause Riatin, König. König von Cairhien (*siehe auch:* Cairhien).

Gaukler: fahrende Märchenerzähler, Musikanten, Jongleure, Akrobaten und Alleinunterhalter. Ihr Abzeichen ist die aus bunten Flicken zusammengesetzte Kleidung. Sie besuchen vor allem Dörfer und Kleinstädte, da in den größeren Städten schon zuviel andere Unterhaltung geboten wird.

Gawyn: Sohn der Königin Morgase, Bruder von Elayne, der bei Elaynes Thronbesteigung Erster Prinz des Schwertes wird. Er führt einen weißen Keiler im Wappen.

Gefesselten, die: *siehe* Damane.

Gewichtseinheiten: 10 Unzen = 1 Pfund; 10 Pfund = 1 Stein; 10 Steine = 1 Zentner; 10 Zentner = 1 Tonne.

Goaban: eine der Nationen, die nach dem Hundertjährigen Krieg aus dem Imperium Artur Falkenflügels hervorgingen. Sie verfiel danach, und ihre letzten Spuren verloren sich etwa gegen 500 NÄ (*siehe auch:* Falkenflügel, Artur, Hundertjähriger Krieg).

Grenzlande: die an die Große Fäule angrenzenden Nationen: Saldaea, Arafel, Kandor und Schienar.

Große Fäule: eine Region im hohen Norden, die durch den Dunklen König vollständig verdorben wurde. Sie stellt eine Zuflucht für Trollocs, Myrddraal und andere Kreaturen des Dunklen Königs dar.

Großer Herr der Dunkelheit: Diese Bezeichnung verwenden die Schattenfreunde für den Dunklen König. Sie behaupten, es sei Blasphemie, seinen wirklichen Namen zu benützen.

Großes Muster: Das Rad der Zeit verwebt die Muster der einzelnen Zeitalter zum Großen Muster, in dem die gesamte Existenz und Realität, Vergangenheit, Gegenwart und Zukunft festgelegt sind. Auch als Gewebe der Zeiten oder Zeitengewebe bekannt (*siehe auch:* Muster eines Zeitalters; Rad der Zeit).

Große Schlange: ein Symbol für die Zeit und die Ewigkeit, das schon uralt war, bevor das Zeitalter der Legenden begann. Es zeigt eine Schlange, die ihren eigenen Schwanz verschlingt. Man verleiht einen Ring in der Form der Großen Schlange an Frauen, die unter den Aes Sedai zu Auserkorenen befördert werden.

Große Spiel, das: *siehe* Daes Dae'mar.

Haid: Flächenmaß zur Vermessung von Land; etwa 100 x 100 Schritte.

Hailene (Heyliene): in der Alten Sprache ›Die zuvor kamen‹ oder ›Vorgänger‹.

Halbmensch: *siehe* Myrddraal.

Hardan: eine der Nationen, die aus Artur Falkenflügels Reich hervorging. Sie ist längst vergessen und lag einst zwischen Cairhien und Schienar.

Herzstein: eine unzerstörbare Substanz, die während des Zeitalters der Legenden erschaffen wurde. Jede bekannte Kraft, die dazu benützt wird, den Herzstein zu zerstören, wird von ihm absorbiert und stärkt die Kraft des Herzsteins.

Horn von Valere: das legendäre Ziel der Wilden Jagd nach dem Horn. Man nimmt an, das Horn könne tote Helden zum Leben erwecken, damit sie gegen den Schatten kämpfen.

Hundert Gefährten: hundert männliche Aes Sedai, ausgewählt aus den mächtigsten des Zeitalters der Legenden, die — von Lews Therin Telamon geführt — den letzten Angriff durchführten und den Schattenkrieg beendeten, indem sie den Dunklen König erneut in seinen Kerker sperrten und diesen versiegelten. Der Gegenangriff verdarb die *Saidin;* die Hundert Gefährten verfielen dem Wahnsinn und begannen die Zerstörung der Welt (*siehe auch:* Zeit des Wahns, Zerstörung der Welt, Wahre Quelle, Eine Macht).

Hundertjähriger Krieg: eine Reihe sich überschneidender Kriege, geprägt von sich ständig verändernden Bündnissen, ausgelöst durch den Tod von Artur Falkenflügel und die darauffolgenden Auseinandersetzungen um seine Nachfolge. Er dauerte von 994 FJ bis 1117 FJ. Der Krieg entvölkerte weite Landstriche zwischen dem Aryth-Meer und der Aiel-Wüste, zwischen dem Meer der Stürme und der Großen Fäule. Die Zerstörungen waren so schwerwiegend, daß über diese Zeit nur noch fragmentarische Berichte vorliegen. Das Reich Artur Falkenflügels zerfiel, und die heutigen Staaten bildeten sich heraus (*siehe auch:* Falkenflügel, Artur).

Hurin: ein Schienarer, der die Fähigkeit besitzt, zu riechen, wo Gewalt angewandt wurde, und der dem Geruch derjenigen folgen kann, die Gewalt angewandt haben. Er dient als ›Schnüffler‹ dem König in Fal Dara in Schienar.

Illian: ein großer Hafen am Meer der Stürme, Hauptstadt der gleichnamigen Nation. Im Wappen von Illian findet man neun goldene Bienen auf dunkelgrünem Feld.

Ingtar, Lord Ingtar aus dem Hause Schinova: ein Krieger aus Schienar. Sein Wappen ist die Graue Eule.

Ishamael (Ischamajel): in der Alten Sprache ›Verräter aller Hoffnung‹. Einer der Verlorenen. Er war der Anführer der Aes Sedai und lief während des Schattenkriegs zum Dunklen König über. Man sagt, selbst er habe seinen ursprünglichen Namen vergessen (*siehe auch:* Verlorene).

Karaethon-Zyklus: *siehe* Drachen, Prophezeiungen des.

Kesselflicker: *siehe* Tuatha'an.

Kinder des Lichts: eine Gemeinschaft von Asketen, die sich den Sieg über den Dunklen König und die Vernichtung aller Schattenfreunde zum Ziel gesetzt hat. Die Gemeinschaft wurde während des Hundertjährigen Kriegs von Lothair Mantelar gegründet, um gegen die ansteigende Zahl der Schattenfreunde als Prediger anzugehen. Während des Kriegs entwickelte sich daraus eine vollständige militärische Organisation, extrem streng ideologisch ausgerichtet und fest in dem Glauben, nur sie dienten der absoluten Wahrheit und dem Recht. Sie hassen die Aes Sedai und halten sie sowie alle, die sie unterstützen oder sich mit ihnen befreunden, für Schattenfreunde. Sie werden geringschätzig Weißmäntel genannt. Im Wappen führen sie eine goldene Sonne mit Strahlen auf weißem Feld.

Krieg um die Macht: *siehe* Schattenkrieg.

Kuppel der Wahrheit: großer Empfangssaal der Kinder des Lichts. Er befindet sich in Amador, der Hauptstadt von Amadicia. Es gibt einen König von Amadicia, doch die wirklichen Herrscher des Landes sind die Kinder des Lichts (*siehe auch:* Kinder des Lichts).

Längenmaße: 10 Finger = 3 Hände = 1 Fuß; 3 Fuß = 1 Schritt; 2 Schritte = 1 Spanne; 1000 Spannen = 1 Meile.

Laman (Leimahn): ein König von Cairhien aus dem Hause Damodred, der seinen Thron verlor.

Lan, al'Lan Mandragoran: ein Behüter, der Moiraine zugeschworen wurde. Ungekrönter König von Malkier, Dai Shan, und der letzte Überlebende Lord von Malkier (*siehe auch:* Behüter, Moiraine, Malkier, Dai Shan).

Lanfear: in der Alten Sprache ›Tochter der Nacht‹; eine der Verlorenen, vielleicht sogar die mächtigste neben Ishamael. Im Gegensatz zu den anderen Verlorenen wählte sie ihren Namen selbst. Man sagt von ihr, sie habe Lews Therin Telamon geliebt (*siehe auch:* Verlorene; Drache).

Leane: eine Aes Sedai der Blauen Ajah und Behüterin der Chronik (*siehe auch:* Chronik, Behüter der).

Lews Therin Telamon; Lews Therin Brudermörder: *siehe* Drache.

Liandrin: eine Aes Sedai der Roten Ajah aus Tarabon.

Logain: ein falscher Drache, der von den Aes Sedai gedämpft wurde.

Loial: ein Ogier aus dem Stedding Schangtai.

Luc, Lord Luc aus dem Hause Mantear: Tigraines Bruder, der ihr Erster Prinz des Schwertes geworden wäre, hätte sie den Thron bestiegen. Man glaubt allgemein an eine Verbindung zwischen seinem Verschwinden in der Großen Fäule und Tigraines späterem Verschwinden. Er führte eine Eichel im Wappen.

Luthair: *siehe* Mondwin, Luthair Paendrag.

Malkier: eine Nation, einstmals eins der Grenzlande, mittlerweile Teil der Großen Fäule. Im Wappen führte Malkier einen fliegenden goldenen Kranich.

Manetheren: eine der Zehn Nationen, die den Zweiten Pakt schlossen; Hauptstadt des gleichnamigen Staates. Sowohl die Stadt wie auch die Nation wurden in den Trolloc-Kriegen vollständig zerstört.

Maradon: Hauptstadt von Saldaea.

Marath'Damane: in der Alten Sprache ›Die gefesselt werden muß‹. Diese Bezeichnung wird in Seanchan für Frauen verwendet, die die Eine Macht lenken können, aber noch nicht gefangen und mit dem Halsring versehen wurden (*siehe auch:* Damane; A'dam; Seanchan).

Masema: ein Soldat aus Schienar, der die Aiel haßt.

maschiara: in der Alten Sprache ›geliebt‹; bedeutet jedoch: eine verlorene und nicht wiederzubringende Liebe.

Meerleute, Meervolk: Bewohner der Inseln im Aryth-Meer und im Meer der Stürme. Sie verbringen wenig Zeit auf diesen Inseln und leben statt dessen meist auf ihren Schiffen. Sie beherrschen den Seehandel fast vollständig.

Meile: *siehe* Längenmaße.

Merrilin, Thom: ein Gaukler.

Min: eine junge Frau mit der Fähigkeit, die Aura der sie umgebenden Menschen zu erkennen und auf ihre Zukunft zu schließen.

Moiraine (Moarän): eine Aes Sedai der Blauen Ajah.

Mondwin, Luthair Paendrag: Sohn des Artur Falkenflügel. Er befehligte die Armee, die Falkenflügel über das Aryth-Meer sandte. Seine Flagge zeigte einen goldenen Falken mit ausgebreiteten Schwingen, der in seinen Klauen Blitze hält (*siehe auch:* Falkenflügel, Artur).

Mordeth: Ratsherr, der die Stadt Aridhol dazu brachte, Methoden der Schattenfreunde gegen die Schattenfreunde selbst anzuwenden. Dadurch führte er die Zerstörung der Stadt und ihre Umbenennung in Shadar Logoth (›Wo der Schatten wartet‹) herbei. Nur Mordeth überlebte in Shadar Logoth — außer dem Haß, der die Stadt abtötete. Seit zweitausend Jahren ist er in den Ruinen gefangen und wartet auf jemanden, dessen Seele er verschlingen kann, um so einen neuen Körper zu gewinnen.

Morgase (Morgeis): Von der Gnade des Lichts, Königin von Andor, Hochsitz des Hauses Trakand.

Muster eines Zeitalters: Das Rad der Zeit verwebt die Stränge menschlichen Lebens zum Muster eines Zeitalters, das die Substanz der Realität dieser Zeit bildet; auch als Zeitengewebe bekannt (*siehe auch:* Ta've-ren).

Myrddraal: Kreaturen des Dunklen Königs, Kommandanten der Trolloc-Heere. Nachkommen von Trollocs, bei denen das Erbe der menschlichen Vorfahren wieder stärker hervortritt, die man benutzt hat, um die Trollocs zu erschaffen. Trotzdem deutlich vom Bösen dieser Rasse gezeichnet. Sie sehen äußerlich wie Menschen aus, haben aber keine Augen. Sie können jedoch im Hellen wie im Dunklen wie Adler sehen. Sie haben gewisse, vom Dunklen König abstammende Kräfte, darunter die Fähigkeit, mit einem Blick ihr Opfer vor Angst zu lähmen. Wo es Schatten gibt, können sie hineinschlüpfen und sind nahezu unsichtbar. Eine ihrer wenigen bekannten Schwächen besteht darin, daß sie Schwierigkeiten haben, fließendes Wasser zu überqueren. Man kennt sie unter vielen Namen in den verschiedenen Ländern, z. B. als Halbmenschen, Augenlose, Schattenmänner, Lurk und die Blassen.

Niall, Pedron: Lordhauptmann und Kommandeur der Kinder des Lichts (*siehe auch:* Kinder des Lichts).

Nisura, Lady: eine Schienarische Adlige und Hofdame von Lady Amalisa.

Pakt der Zehn Nationen: eine Liga, die in den Jahrhunderten nach der Zerstörung der Welt entstand (ca. 200 NZ); dem Sieg über den Dunklen König verschrieben; zerbrach während der Trolloc-Kriege.

Rad der Zeit: Die Zeit stellt man sich als ein Rad mit sieben Speichen vor — jede Speiche steht für ein Zeitalter. Wie sich das Rad dreht, so folgt Zeitalter auf Zeitalter. Jedes hinterläßt Erinnerungen, die zu Legenden verblassen, zu bloßen Mythen werden und schließlich vergessen sind, wenn dieses Zeitalter wiederkehrt. Das Muster eines Zeitalters wird bei jeder Wiederkehr leicht verändert, doch auch wenn die Änderungen einschneidender Natur sein sollten, bleibt es doch das gleiche Zeitalter.

Ragan: ein Krieger aus Schienar.

Rote Schilde: *siehe* Aiel Krieger-Gemeinschaften.

Renna: eine Frau aus Seanchan; eine Sul'dam (*siehe auch:* Seanchan; Sul'dam).

Rhyagelle (Raiagehl): in der Alten Sprache ›Die nach Hause zurückkehren‹ oder die ›Heimkehrer‹.

Rückgrat der Welt: eine hohe Bergkette, über die nur wenige Pässe führen. Sie trennt die Aiel-Wüste von den westlichen Ländern.

Sa'Angreal: ein extrem seltenes Objekt, das es einem Menschen erlaubt, die Eine Macht in viel stärkerem Maße als sonst möglich zu benutzen. Ein Sa'Angreal ist ähnlich, doch ungleich stärker als ein Angreal. Die Menge an Energie, die mit Hilfe eines Sa'Angreals eingesetzt werden kann, verhält sich zu der eines Angreals wie die mit dessen Hilfe einsetzbare Energie zu der, die man ganz ohne irgendwelche Hilfe beherrschen kann. Relikte des Zeitalters der Legenden. Es ist nicht mehr bekannt, wie sie angefertigt wurden. Es gibt nur noch eine Handvoll davon, weit weniger sogar als Angreale.

Sanche, Siuan (Santschei, Swahn): eine Aes Sedai, die früher der Blauen Ajah angehörte. Im Jahre 985 NÄ zum Amyrlin-Sitz erhoben. Der Amyrlin-Sitz gehört zu allen Ajahs und nicht mehr zu einer einzelnen.

Saidar, Saidin: *siehe* Wahre Quelle.

Saldaea: eines der Grenzlande. Im Wappen führt Saldaea drei silberne Fische auf dunkelblauem Feld.

Schattenfreunde: die Anhänger des Dunklen Königs. Sie glauben, große Macht und andere Belohnungen zu empfangen, wenn er aus seinem Kerker befreit wird.

Schattenkrieg: auch als der Krieg um die Macht bekannt. Mit ihm endet das Zeitalter der Legenden. Er begann kurz nach dem Versuch, den Dunklen König zu befreien, und erfaßte bald schon die ganze Welt. In einer Welt, die selbst die Erinnerung an den Krieg vergessen hatte, wurde nun der Krieg in allen seinen Formen wiederentdeckt. Er war besonders schrecklich, wo die Macht des Dunklen Königs die Welt berührte, und auch die Eine Macht wurde als Waffe verwendet. Der Krieg wurde beendet, als der Dunkle König wieder in seinen Kerker verbannt werden konnte (*siehe auch:* Hundert Gefährten, Drache).

Schicksalsgewebe: *siehe* Ta'maral'ailen.

Schienar: eines der Grenzlande. Im Wappen von Schienar sieht man einen sich herabstürzenden schwarzen Falken.

Schufa: ein Kleidungsstück der Aiel, ein Tuch, gewöhnlich sand- oder felsfarben, das man um Kopf und Hals wickelt. Nur das Gesicht bleibt frei.

Seanchan (Schantschan): (1.) Nachkommen der Armeemitglieder, die Artur Falkenflügel über das Aryth-Meer sandte und die zurückgekehrt sind, um das Land ihrer Vorfahren wieder in Besitz zu nehmen.

(2.) Das Land, aus dem die Seanchaner kommen (*siehe auch:* Hallene; Corenne; Rhyagelle).

Seandar (Schandar): Hauptstadt von Seanchan, wo die Kaiserin im Hof der Neun Monde auf dem Kristallthron sitzt.

Seherin: eine Frau, die in den Frauenzirkel ihres Dorfs berufen wird, weil sie die Fähigkeit des Heilens besitzt, das Wetter vorhersagen kann und auch sonst als kluge Frau anerkannt wird. Ihr Rang erfordert großes Verantwortungsbewußtsein und verleiht ihr viel Autorität. Allgemein wird sie dem Bürgermeister gleichgestellt, in manchen Dörfern steht sie sogar über ihm. Im Gegensatz zum Bürgermeister wird sie auf Lebenszeit gewählt. Es ist äußerst selten, daß eine Seherin vor ihrem Tod aus ihrem Amt entfernt wird. Ihre Auseinandersetzungen mit dem Bürgermeister sind auch zur Tradition geworden (*siehe auch:* Frauenzirkel).

Selene: eine Frau, die auf dem Weg nach Cairhien auftaucht.

Seta: eine Frau aus Seanchan; eine Sul'dam (*siehe auch:* Seanchan; Sul'dam).

Shadar Logoth: in der Alten Sprache ›der Ort, an dem der Schatten wartet‹; eine seit den Trolloc-Kriegen verlassene und gemiedene Stadt. Sie steht auf verfluchtem Land, und kein Steinchen dort ist harmlos (*siehe auch:* Mordeth).

Shai'tan: *siehe* Dunkler König.

Shayol Ghul: ein Berg im Versengten Land; dort befindet sich der Kerker, in dem der Dunkle König gefangengehalten wird.

Sheriam: eine Aes Sedai von den Blauen Ajah.

Spanne: *siehe* Längenmaße.

Sonnentag: ein Festtag im Mittsommer, der in vielen Gegenden der Welt gefeiert wird.

Spiel der Häuser, das: *siehe* Daes Dae'mar.

Stedding: eine Ogier-Enklave. Viele *Stedding* sind seit der Zerstörung der Welt verlassen worden. In Erzählungen und Legenden werden sie als Zufluchtsstätte bezeichnet, und das aus gutem Grund. Auf eine heute nicht mehr bekannte Weise wurden sie abgeschirmt, so daß in ihrem Bereich kein Aes Sedai die Eine Macht anwenden kann und nicht einmal eine Spur der Wahren Quelle wahrnimmt. Versuche, von außerhalb eines *Stedding* mit Hilfe der Einen Macht im Inneren einzugreifen, bleiben erfolglos. Kein Trolloc wird ohne Not ein *Stedding* betreten, und selbst ein Myrddraal betritt es nur, wenn er dazu gezwungen ist, und auch dann nur zögernd und mit größtem Abscheu. Sogar echte Schattenfreunde fühlen sich in einem *Stedding* nicht wohl.

Steinsoldaten: *siehe* Aiel Krieger-Gemeinschatten.

Stein von Tear: die Festung über der Stadt Tear, Man sagt, sie sei die erste Festung gewesen, die nach der Zeit des Wahns gebaut wurde. Manche behaupten sogar, sie sei während der Zeit des Wahns erbaut worden (*siehe auch:* Tear).

Sul'dam: eine Frau, die die Prüfung bestanden hat, mit der sie beweisen mußte, daß sie das Armband eines

A'dam tragen und somit eine *Damane* unter Kontrolle halten kann (*siehe auch:* A'dam; Damane).

Suroth, Hohe Dame: eine Adlige hohen Ranges aus Seanchan.

Tal'shar: in der Alten Sprache ›Ehrbarer Nachkomme des/der‹.

Ta'maral'ailen: in der Alten Sprache ›Schicksalsgewebe‹; eine einschneidende Änderung im Muster eines Zeitalters, die von einer oder mehreren Personen ausgeht. Sie sind *ta'veren* (*siehe auch:* Muster eines Zeitalters, *ta'veren*).

Tanreall, Artur Paendrag: *siehe* Falkenflügel, Artur.

Tarmon Gai'don: die Letzte Schlacht (*siehe auch:* Drachen, Prophezeiungen des; Horn von Valere).

Tar Valon: eine Stadt auf einer Insel im Fluß Erinin; Mittelpunkt der Macht der Aes Sedai. Von hier aus regiert der Amyrlin-Sitz.

Ta'veren: eine Person im Zentrum des Gewebes von Lebenssträngen aus ihrer Umgebung, möglicherweise sogar *aller* Lebenssträange, die vom Rad der Zeit zu einem Schicksalsgewebe zusammengefügt wurden (*siehe auch:* Muster eines Zeitalters).

Tear: ein großer Hafen am Meer der Stürme. Das Wappen von Tear zeigt drei weiße Halbmonde auf rot- und goldgemustertem Feld.

Telamon, Lews Therin: *siehe* Drache, der.

Ter'Angreal: jedes einer Anzahl von Überbleibseln aus dem Zeitalter der Legenden, die die Eine Macht verwenden. Im Gegensatz zu *Angreal* und *Sa'Angreal* wurde jeder *Ter'Angreal* zu einem ganz bestimmten Zweck hergestellt. Z. B. macht ein bestimmter *Ter'Angreal* jeden Eid, der in ihm geschworen wird, zu etwas endgültig Bindendem. Einige werden von den Aes Sedai benützt, aber über ihre ursprüngliche Anwendung ist kaum etwas bekannt. Einige töten sogar oder zerstören die Fähigkeit einer Frau, die sie benützt, die Eine Macht zu lenken (*siehe auch:* Angreal; Sa'Angreal).

tia avende alantin: ›Bruder der Bäume.‹

Tia mi aven Moridin isainde vadin: in der Alten Sprache ›Das Grab ist keine Grenze für meinen Ruf‹. Inschrift auf dem Horn von Valere (*siehe auch:* Horn von Valere).

Tigraine (Tigrän): Als Tochter-Erbin von Andor heiratete sie Taringail Damodred und gebar seinen Sohn Galadedrid. Ihr Verschwinden im Jahr 972 NÄ, kurz nachdem ihr Bruder Luc in der Fäule verschwand, löste einen Kampf um ihre Nachfolge in Andor aus und verursachte die Geschehnisse in Cairhien, die schließlich zum Aiel-Krieg führten. Sie zeigte im Wappen eine Frauenhand, die den Stiel einer Rose mit weißer Blüte umfaßte.

Tochter-Erbin: Titel der Erbin des Throns von Andor. Die älteste Tochter der Königin folgt ihrer Mutter auf den Thron. Sollte keine Tochter geboren oder am Leben sein, geht der Thron an die nächste Blutsverwandte der Königin.

Tochter der Nacht: *siehe* Lanfear.

Trolloc-Kriege: eine Reihe von Kriegen, die etwa gegen 1000 NZ begannen und sich über mehr als 300 Jahre hinzogen. Trolloc-Heere verwüsteten die Welt. Schließlich aber wurden die Trollocs entweder getötet oder in die Große Fäule zurückgetrieben. Mehrere Staaten wurden im Rahmen dieser Kriege ausgelöscht oder entvölkert. Alle Aufzeichnungen aus dieser Zeit sind fragmentarisch (*siehe auch:* Pakt der Zehn Nationen).

Trollocs: Kreaturen des Dunklen Königs, die er während des Schattenkriegs erschuf. Sie sind körperlich sehr groß und extrem bösartig. Sie stellen eine hybride Kreuzung zwischen Tier und Mensch dar und töten aus purer Mordlust. Nur diejenigen, die selbst von den Trollocs gefürchtet werden, können diesen trauen. Trollocs sind schlau, hinterhältig und verräterisch. Sie essen alles, auch jede Art von Fleisch, das von Menschen und anderen Trollocs eingeschlossen.

Da sie zum Teil von Menschen abstammen, sind sie zum Geschlechtsverkehr mit Menschen imstande, doch die meisten einer solchen Verbindung entspringenden Kinder werden entweder tot geboren oder sind kaum lebensfähig. Die Trollocs leben in stammesähnlichen Horden. Die wichtigsten davon heißen: Ahf'frait, Al'ghol, Bhan'sheen, Dha'vol, Dhai'mon, Dhjin'nen, Ghar'ghael, Ghob'hlin, Gho'hlem, Ghraem'lan, Ko'bal und Kno'mon.

Tuatha'an: ein Nomadenvolk, auch als die Kesselflicker oder das Fahrende Volk bekannt. Sie wohnen in buntbemalten Wagen und folgen einer pazifistischen Weltanschauung, die sie den Weg des Blattes nennen. Die von den Kesselflickern reparierten Gegenstände sind häufig besser als vorher. Sie gehören zu den wenigen, die unbehelligt durch die Aiel-Wüste ziehen können, denn die Aiel meiden jeden Kontakt mit ihnen.

Turak, Hoher Herr des Hauses Aladon: ein hochgestellter Adliger aus Seanchan, Befehlshaber der Hailene (*siehe auch:* Seanchan; Hailene).

Verin: eine Aes Sedai der Braunen Ajah.

Verlorenen, die: Name für die dreizehn der mächtigsten Aes Sedai, die es jemals gab, die während des Schattenkriegs zum Dunklen König überliefen, weil er ihnen dafür die Unsterblichkeit versprach. Sowohl Legenden wie auch fragmentarische Berichte stimmen darin überein, daß sie zusammen mit dem Dunklen König eingekerkert wurden, als dessen Gefängnis wiederversiegelt wurde. Ihre Namen werden heute noch verwendet, um Kinder zu erschrecken.

Verräter aller Hoffnung: *siehe* Ishamael.

Versengte Land, das: verwüsteter Landstrich in der Umgebung des Shayol Ghul, jenseits der Großen Fäule.

Wächter der Wogen: eine Gruppe, die glaubt, die von Artur Falkenflügel über das Aryth-Meer gesandte Armee werde eines Tages zurückkehren, und die deshalb von der Stadt Falme auf der Toman-Halbinsel aus Wache hält (*siehe auch:* Do Miere A'vron).

Wahre Quelle, die: die treibende Kraft des Universums, die das Rad der Zeit antreibt. Sie teilt sich in eine männliche (*Saidin*) und eine weibliche Hälfte (*Saidar*), die gleichzeitig miteinander und gegeneinander arbeiten. Nur ein Mann kann von *Saidin* Energie beziehen und nur eine Frau von *Saidar*. Seit dem Beginn der Zeit des Wahns ist *Saidin* von der Hand des Dunklen Königs gezeichnet (*siehe auch:* Eine Macht, die).

Weiße Burg: der Palast des Amyrlin-Sitzes in Tar Valon und der Ort, an dem die Aes Sedai ausgebildet werden.

Weißmäntel: *siehe* Kinder des Lichts.

Wiedergeborener Drache: Nach der Prophezeiung und der Legende wird der Drache dann wiedergeboren werden, wenn die Menschheit in größter Not ist und er die Welt retten muß. Darauf freuen sich die Menschen nicht, denn die Prophezeiung sagt, daß die Wiedergeburt des Drachen zu einer neuen Zerstörung der Welt führen wird, und außerdem erschrecken die Menschen beim Gedanken an Lews Therin Brudermörder, den Drachen, auch wenn er schon mehr als dreitausend Jahre tot ist (*siehe auch:* Drache, Drache, falscher).

Wilde Jagd nach dem Horn, die: ein Zyklus von Erzählungen über die legendäre Suche nach dem Horn von Valere in den Jahren zwischen dem Ende der Trolloc-Kriege und dem Beginn des Hundertjährigen Kriegs. Um sie vollständig zu erzählen, benötigt man viele Tage.

Zeit des Wahns: die Jahre, nachdem der Gegenschlag des Dunklen Königs die männliche Hälfte der Wahren Quelle verdarb, die männlichen Aes Sedai dem Wahnsinn verfielen und die Welt zerstörten. Die genaue Dauer dieser Periode ist unbekannt, aber es wird angenommen, sie habe beinahe hundert Jahre gedauert. Sie war erst vollständig beendet, als der letzte männliche Aes Sedai starb (*siehe auch:* Hundert Gefährten; Wahre Quelle; Eine Macht; Zerstörung der Welt).

Zeitalter der Legenden: das Zeitalter, welches von dem Krieg des Schattens und der Zerstörung der Welt beendet wurde; eine Zeit, in der die Aes Sedai Wunder vollbringen konnten, von denen man heute nur träumen kann (*siehe auch:* Rad der Zeit).

Zerstörung der Welt: Als Lews Therin Telamon und die Hundert Gefährten das Gefängnis des Dunklen Königs wieder versiegelten, fiel durch den Gegenangriff ein Schatten auf die *Saidin.* Schließlich verfiel jeder männliche Aes Sedai auf schreckliche Art dem Wahnsinn. In ihrem Wahn veränderten diese Männer, die die Eine Macht in einem heute unvorstellbaren Maße beherrschten, die Oberfläche der Erde. Sie riefen furchtbare Erdbeben hervor, Gebirgszüge wurden eingeebnet, neue Berge erhoben sich. Wo sich Meere befunden hatten, entstand Festland und an anderen Stellen drang der Ozean in bewohnte Länder ein. Viele Teile der Welt wurden vollständig entvölkert und die Überlebenden wie Staub vom Wind verstreut. Diese Zerstörung wird in Geschichten, Legenden und Geschichtsbüchern als die Zerstörung der Welt bezeichnet (*siehe auch:* Zeit des Wahns).

Zweifler, die: ein Orden innerhalb der Gemeinschaft der Kinder des Lichts. Sie sehen ihre Aufgabe darin, die Wahrheit im Wortstreit zu erkennen und Schattenfreunde zu erkennen. Ihre Suche nach der Wahrheit und dem Licht, so wie sie die Dinge sehen, wird noch eifriger betrieben, als das bei den Kindern des Lichts allgemein üblich ist. Ihre normale Befragungsmethode ist die Folter, wobei sie der Auffassung sind, daß sie selbst die Wahrheit bereits kennen und ihre Opfer nur dazu bringen müssen, sie zu gestehen. Die Zweifler bezeichnen sich als die Hand des Lichts und verhalten sich gelegentlich so, als seien sie völlig unabhängig von den Kindern und dem Rat der Gesalbten, der die Gemeinschaft leitet. Das Oberhaupt der Zweifler ist der Hochinquisitor, der einen Sitz im Rat der Gesalbten hat. Ihr Wappen ist ein blutroter Hirtenstab.

Top Hits der Science Fiction

Man kann nicht alles lesen – deshalb ein paar heiße Tips

Ursula K. Le Guin
Die Geißel des Himmels
06/3373

Poul Anderson
Korridore der Zeit
06/3115

Wolfgang Jeschke
Der letzte Tag der Schöpfung
06/4200

John Brunner
Die Opfer der Nova
06/4341

Harry Harrison
New York 1999
06/4351

Wilhelm Heyne Verlag
München